W0029667

# Une Nuit :
# la promesse

Jodi Ellen Malpas

# Une Nuit :
# la promesse

*Traduit de l'anglais par Elsa Ganem*

ÉDITIONS FRANCE LOISIRS

Publié sous le titre *One night: promised*

Édition du Club France Loisirs,
avec l'autorisation de City Editions.

Éditions France Loisirs,
123, boulevard de Grenelle, Paris.
www.franceloisirs.com

Le Code de la propriété intellectuelle n'autorisant, aux termes des paragraphes 2 et 3 de l'article L.122-5, d'une part, que les « copies ou reproductions strictement réservées à l'usage privé du copiste et non destinées à une utilisation collective » et, d'autre part, sous réserve du nom de l'auteur et de la source, que les « analyses et les courtes citations justifiées par le caractère critique, polémique, pédagogique, scientifique ou d'information », toute représentation ou reproduction intégrale ou partielle, faite sans le consentement de l'auteur ou de ses ayants droit ou ayants cause, est illicite (article L.122-4). Cette représentation ou reproduction, par quelque procédé que ce soit, constituerait donc une contrefaçon sanctionnée par les articles L. 335-2 et suivants du Code de la propriété intellectuelle.

© City Editions 2015 pour la traduction française
© Jodi Ellen Malpas 2014

ISBN : 978-2-298-11379-2

*Pour mon assistante, Siobhan. Pour vous,
c'est la Gardienne de Toutes Choses Importantes.
Pour moi, c'est ma petite sœur.*

## PROLOGUE

Il l'avait convoquée. Elle savait qu'il le découvrirait :
il avait des yeux et des oreilles partout, mais cela ne
l'avait jamais empêchée de lui désobéir. Tout cela faisait partie du plan pour obtenir ce qu'elle voulait.

Dévalant le couloir sombre du club londonien clandestin pour se diriger vers son bureau, elle prit à peine
conscience de sa stupidité. Sa détermination et une trop
grande quantité d'alcool l'en empêchaient. Une famille
aimante l'attendait à la maison, des gens qui la chéris-
saient et l'aimaient, lui montraient qu'ils appréciaient
sa présence et qu'elle comptait pour eux.

En son for intérieur, elle savait qu'il n'y avait aucune
bonne raison d'exposer son corps et son esprit à ce
milieu sordide et minable. Pourtant, elle l'avait fait une
nouvelle fois ce soir. Et elle le referait le lendemain.

Elle eut un haut-le-cœur en approchant de la porte
de son bureau, son cerveau baigné d'alcool fonction-
nant tout juste assez pour lui faire lever la main pour
attraper la poignée. Avec un petit hoquet et en chancelant sur ses ridicules talons aiguilles, elle tomba dans
le bureau de William.

C'était un homme charmant, qui approchait la quarantaine, avec d'épais cheveux qui commençaient à grisonner aux tempes ; cette couleur poivre et sel distinguée allait très bien avec son costume élégant. Sa mâchoire carrée lui donnait un air sévère, mais son sourire était amical, quand il décidait de l'afficher, ce qui n'arrivait pas très souvent. Ses clients hommes ne voyaient jamais ce sourire. William préférait conserver cette facette dure qui les faisait tous frémir en sa présence. Mais pour les filles, ses yeux pétillaient et son visage était toujours doux et rassurant. Elle ne le comprenait pas et n'essayait même pas. Elle savait simplement qu'elle avait besoin de lui. Et que William avait développé une certaine affection pour elle, lui aussi. Elle utilisait cette faiblesse contre lui. Le cœur dur de l'homme d'affaires se faisait tendre pour toutes ses filles, mais pour elle, il se transformait carrément en guimauve.

William la regarda entrer par la porte en titubant et leva la main pour interrompre la discussion sérieuse qu'il entretenait avec le type grand à l'air méchant qui se tenait de l'autre côté de son bureau. Une de ses règles était de toujours frapper à la porte et attendre qu'on propose d'entrer, mais elle ne s'y pliait jamais et William ne la réprimandait pas.

— Nous continuerons cette conversation plus tard, dit-il en congédiant son associé qui partit sans délai ni protestation avant de fermer la porte doucement derrière lui.

William se leva, défroissant sa veste alors qu'il s'écartait de son immense bureau. Même à travers son brouillard alcoolisé, elle pouvait très clairement lire l'inquiétude sur son visage. Elle perçut aussi une pointe d'irritation.

Il s'approcha d'elle prudemment, avec circonspection, comme s'il craignait qu'elle se sauve, puis il lui saisit délicatement le bras. Il l'installa sur l'un des fauteuils en cuir matelassés face à son bureau, puis se servit un Scotch et lui tendit un verre d'eau glacée avant de s'asseoir.

Elle ne semblait pas effrayée en présence de cet homme puissant, même dans un état aussi vulnérable. Bizarrement, elle se sentait toujours en sécurité. Il aurait fait n'importe quoi pour ses filles, y compris castrer n'importe quel type qui dépasserait les bornes. Il avait des règles bien précises, et aucun homme sensé n'osait les enfreindre. Cela aurait pu leur coûter la vie. Elle avait vu le résultat et ce n'était pas joli à voir.

— Je ne t'en dirai pas plus, dit William en essayant de paraître en colère, mais le ton de sa voix était empreint de compassion.

— Si tu ne me les présentes pas, je les trouverai toute seule, bredouilla-t-elle, son ébriété lui insufflant du courage.

Elle jeta son sac sur son bureau devant lui, mais William ignora son manque de respect et le repoussa vers elle.

— Tu as besoin d'argent ? Je vais t'en donner. Je ne veux plus te voir dans ce milieu.

— Ce n'est pas à toi de prendre cette décision, riposta-t-elle avec courage, sachant très bien ce qu'elle était en train de faire.

Ses lèvres pincées et ses yeux gris sombre lui indiquèrent qu'elle était en train de gagner. Elle lui forçait la main.

— Tu as dix-sept ans. Tu as toute la vie devant toi.

Il se leva et contourna son bureau pour s'asseoir sur le bord devant elle.

— Tu m'as menti à propos de ton âge, tu as enfreint un nombre incalculable de règles, et maintenant, tu refuses de me laisser rétablir ta vie.

Il attrapa son menton et leva son visage plein de défi vers lui.

— Tu m'as manqué de respect et, pire encore, tu t'es manqué de respect, à toi.

Elle n'avait rien à dire à ça. Elle l'avait trompé, roulé, juste pour se rapprocher de lui.

— Je suis désolée, marmonna-t-elle doucement, se dégageant pour prendre une grande gorgée d'eau.

Elle ne savait pas quoi dire d'autre et même si elle trouvait les mots, ce ne serait jamais assez bien. Elle savait que la compassion que William éprouvait pour elle pouvait ternir le respect qu'il avait gagné dans ce milieu clandestin, et son refus de le laisser arranger sa situation (une situation pour laquelle il se sentait responsable) mettait encore plus sa réputation en danger. Il s'agenouilla devant elle, ses grandes paumes appuyées sur ses jambes nues.

— Lequel de mes clients a transgressé les règles cette fois-ci ?

Elle haussa les épaules, ne voulant pas partager le nom de l'homme qu'elle avait attiré dans son lit. Elle savait que William les avait tous prévenus de se tenir

12

à l'écart d'elle. Elle l'avait dupé tout comme elle avait dupé William.

— Ça n'a pas d'importance.

Elle voulait que William soit en colère contre elle pour son manque de respect perpétuel, mais il resta calme.

— Tu n'obtiendras pas ce que tu cherches.

William avait l'impression d'être un connard en prononçant des paroles aussi dures. Il savait ce qu'elle voulait.

— Je ne peux pas m'occuper de toi, ajouta-t-il calmement, tirant le bord de sa robe courte vers le bas.

— Je sais, murmura-t-elle.

William prit une respiration longue et lasse. Il savait qu'elle n'appartenait pas à ce monde. Mais il ne savait plus si *lui* en faisait encore partie. Avant, il n'avait jamais laissé la compassion interférer avec les affaires, ne s'était jamais mis dans des situations qui pouvaient ruiner son standing respecté, et pourtant cette jeune femme avait piétiné tous ses principes. C'était à cause de ses yeux saphir. Il ne laissait jamais les sentiments entraver ses affaires non plus (il ne pouvait pas se le permettre), mais cette fois-ci, il avait échoué.

Il leva sa grande main pour caresser sa douce joue de porcelaine et le désespoir qu'il vit dans ses yeux lui transperça le cœur.

— Aide-moi à faire ce qui est bien. Tu n'appartiens pas à mon monde, dit-il.

Elle acquiesça, et William soupira de soulagement. Cette fille était trop belle et insouciante ; une combinaison bien dangereuse. Elle finirait par avoir des problèmes. Il s'en voulait énormément d'avoir laissé ça arriver, même si elle l'avait dupé.

Il prenait soin de ses filles, les respectait, s'assurait que ses clients les respectaient, et il gardait toujours son œil perçant ouvert au cas où quelque chose les mettrait en danger, mentalement et physiquement. Il savait ce qu'elles allaient faire avant qu'elles le fassent. Pourtant, elle, il l'avait laissée glisser. Elle l'avait trompé. Mais il ne pouvait pas lui en vouloir. Il se sentait responsable. Il était trop distrait par la beauté de cette jeune femme, une beauté qui serait à jamais gravée dans sa mémoire. Il la renverrait encore une fois, et cette fois, il s'assurerait qu'elle resterait à l'écart. Il tenait bien trop à elle pour la garder. Et cela marquait douloureusement son âme sombre.

# 1

Il faut dire quelque chose à propos de la préparation de la tasse de café parfaite. Et on pourrait en dire encore plus à propos de la préparation de la tasse de café parfaite avec l'une de ces machines qui ressemble à un vaisseau spatial et qui se trouve devant moi. J'ai passé des jours à observer ma collègue serveuse, Sylvie, accomplir cette tâche aisément, tout en papotant, sortant un autre mug et tapant une commande sur la caisse. Mais tout ce que je suis capable de faire, c'est un cafouillage royal, à la fois dans le café et dans la zone autour de la machine.

Je force sur le bidule du filtre coincé en jurant à voix basse, et il m'échappe, répandant des grains de café partout.

— Non, non, non.

J'attrape mon torchon dans la poche de devant de mon tablier en grommelant.

Il est trempé et marron, vestiges des millions d'autres fois où j'ai essuyé mes dégâts aujourd'hui.

— Tu veux que je prenne la relève ?

Quand la voix amusée de Sylvie surgit derrière moi, mes épaules s'affaissent. C'est inutile. Peu importe le nombre de fois où j'essaie, ça finit toujours mal. Ce vaisseau spatial et moi, nous ne sommes pas copains.

Je soupire exagérément et me retourne pour tendre à Sylvie le gros machin métallique.

— Je suis désolée. Cette machine me déteste.

Ses lèvres bien roses se fendent en un sourire plein de tendresse, et ses cheveux noirs et brillants coupés au carré bruissent alors qu'elle secoue la tête. Sa patience est remarquable.

— Ça viendra. Pourquoi tu n'irais pas débarrasser la table sept ?

Je me dépêche d'attraper un plateau et me dirige vers la table que des clients ont quittée récemment dans l'espoir de me rattraper.

— Il va finir par me virer, dis-je à voix basse en chargeant le plateau.

Je ne travaille ici que depuis quatre jours, mais en m'embauchant, Del a affirmé qu'il ne me faudrait que quelques heures d'entraînement pour prendre le coup avec la machine qui trône à l'arrière du comptoir du petit restaurant. La première journée a été atroce, et je pense que Del est de mon avis.

— Mais non.

Sylvie allume la machine, et le bruit de la vapeur qui s'échappe du tuyau à mousse envahit le bistro.

— Il t'aime bien ! lance-t-elle avec une voix forte, en saisissant un mug, puis un plateau, une petite cuillère, une serviette et les copeaux de chocolat, tout en faisant tourner le pot de lait en métal sans aucune difficulté.

Je souris en regardant la table que j'essuie avant de reprendre le plateau et me retourner vers les cuisines. Bien que Del ne me connaisse que depuis une semaine, il prétend déjà qu'il n'y a pas une once de méchanceté en moi. Ma grand-mère dit exactement la même chose, mais elle ajoute que je ferais mieux de la cultiver parce que le monde et les gens qui l'habitent ne sont pas toujours gentils ou aimables.

Je vide le plateau et commence à remplir le lave-vaisselle.

— Ça va, Livy ?

Je me retourne vers Paul, le cuisinier à la voix bourrue.

— Super. Et toi ?

— Nickel.

Il continue de nettoyer les casseroles en sifflant.

Alors que je me remets à disposer les assiettes dans le lave-vaisselle, je me dis que tout irait bien si je n'étais pas obligée d'affronter cette foutue machine.

— Est-ce qu'il y a autre chose que tu voudrais que je fasse avant de partir ? dis-je à Sylvie qui entre dans la cuisine en poussant les portes battantes.

J'envie sa façon d'accomplir toutes ces tâches aussi vite et aisément, que ce soit pour utiliser cette satanée machine ou empiler des tasses les unes sur les autres sans les regarder.

— Non.

Elle se retourne et essuie ses mains sur son tablier.

— Tu as fini. On se voit demain.

— Merci.

J'enlève mon tablier et le suspends à la patère.

— Salut, Paul.

— Passe une bonne soirée, Livy, lance-t-il en agitant une louche au-dessus de sa tête.

Après m'être frayé un chemin entre les tables du bistro, je pousse la porte et me retrouve dans la ruelle étroite, immédiatement bombardée par la pluie.

— Fantastique, me dis-je avec le sourire en me mettant à courir, la tête protégée par ma veste en jean.

Je saute entre les flaques, mes Converse qui n'aident en rien à garder mes pieds au sec font un bruit de succion à chacun de mes pas pressés vers l'arrêt de bus.

Je monte les marches qui mènent à notre maison, fais claquer la porte et m'y adosse pour reprendre mon souffle.

— Livy ?

La voix voilée de Nan illumine instantanément mon humeur mouillée.

— Livy, c'est toi ?

— Oui, c'est moi !

Je pends ma veste ruisselante au portemanteau et me débarrasse de mes Converse détrempées avant d'emprunter le long couloir qui mène à la cuisine. Je découvre Nan penchée au-dessus de la cuisinière, remuant une grande casserole de quelque chose… De la soupe, certainement.

— Te voilà !

Elle pose sa cuillère en bois et s'avance vers moi en chancelant. À quatre-vingt-un ans, elle est dans une forme remarquable et toujours aussi alerte.

— Tu es trempée !

— Ce n'est pas bien grave.

Je tente de la rassurer en m'ébouriffant les cheveux tandis qu'elle me dévisage de la tête aux pieds, s'arrêtant sur mon ventre plat dévoilé par mon T-shirt qui remonte.

— Tu as besoin de grossir.

Je lève les yeux au ciel, mais me prête au jeu.

— Je meurs de faim.

Le sourire qui embellit son visage ridé me fait sourire moi aussi, alors qu'elle me prend dans ses bras et me frotte le dos.

— Qu'est-ce que tu as fait aujourd'hui, Nan ?

Elle me relâche et désigne la table à manger.

— Assieds-toi.

J'obéis immédiatement et attrape la cuillère qu'elle a posée pour moi.

— Alors ?

Elle se retourne vers moi en fronçant les sourcils.

— Alors quoi ?

— Aujourd'hui. Qu'est-ce que tu as fait ?

— Rien d'excitant. Quelques courses, et j'ai fait ton gâteau aux carottes préféré.

Elle montre du doigt l'autre plan de travail, où un gâteau repose sur une grille. Mais il ne s'agit pas d'un gâteau aux carottes.

— Tu m'as préparé un gâteau aux carottes ?

Je l'observe nous servir deux bols de soupe.

— Oui. Je viens de te le dire, Livy. Ton préféré.

— Mais mon gâteau préféré, c'est celui au citron, Nan. Tu le sais bien.

Elle n'a aucune hésitation tandis qu'elle fait le service, amenant deux bols et les posant sur la table.

— Oui, je sais. C'est pour ça que je t'ai fait un gâteau au citron.

Je jette un coup d'œil de l'autre côté de la cuisine à nouveau, juste pour m'assurer que je ne me trompe pas.

— Nan, ça ressemble à un gâteau renversé à l'ananas.

Elle s'asseoit sur sa chaise et me regarde comme si c'était moi qui perdais la tête.

— Parce que c'est un gâteau renversé à l'ananas.

Elle plonge sa cuillère dans le bol et boit bruyamment la soupe à la coriandre avant de me tendre une tranche de pain frais.

— J'ai fait ton gâteau préféré.

Elle est désorientée, et moi aussi. Après cette conversation de quelques secondes, je n'ai aucune idée de quelle sorte de gâteau elle a cuisiné, et ça m'est égal. Je regarde ma chère grand-mère et l'observe tandis qu'elle mange. Elle semble aller bien et ne paraît pas confuse. Est-ce le début ? Je m'appuie contre le dossier de ma chaise.

— Nan, tu te sens bien ?

Je suis inquiète.

Elle se met à rire.

— Je me moque de toi, Livy !

— Nan !

Je bougonne, mais je suis immédiatement soulagée.

— Tu ne devrais pas faire ça.

— Je ne perds pas encore la boule, s'amuse-t-elle avant d'agiter sa cuillère en direction de mon bol. Mange ton dîner et raconte-moi ta journée.

Mes épaules tombent alors que je pousse un soupir en remuant ma soupe.

— Je ne m'en sors pas avec cette machine à café, ce qui pose un problème quand quatre-vingt-dix pour cent des clients commandent un café.

— Tu finiras par y arriver, dit-elle pleine d'assurance, comme si elle était experte de ce fichu appareil.

— J'en doute. Del ne me gardera pas simplement pour débarrasser les tables.

— Et à part cette machine à café, est-ce que ça te plaît ?

Je souris.

— Oui, vraiment.

— Bien. Tu ne peux pas t'occuper de moi éternellement. Une jeune créature comme toi devrait sortir s'amuser, et pas garder sa grand-mère.

Elle me regarde avec circonspection.

— Et de toute façon, je n'ai pas besoin qu'on me garde.

— J'aime prendre soin de toi.

Je rassemble mes forces pour affronter le sermon habituel.

Nous pourrions nous disputer éternellement à ce sujet sans jamais tomber d'accord.

Elle est fragile, pas physiquement, mais mentalement, même si elle affirme avec insistance qu'elle va bien. Lorsqu'elle prend une grande inspiration, je m'attends au pire.

— Livy, je ne quitterai pas les verts pâturages du Seigneur avant de t'avoir vue te ressaisir, et ça ne risque pas d'arriver si tu passes ton temps à me couver.

Je n'ai plus beaucoup de temps, alors bouge tes petites fesses maigrichonnes.

Je grimace.

— Je te l'ai déjà dit : je suis heureuse comme ça.

— Heureuse de te cacher d'un monde qui a tant à offrir ? me demande-t-elle sérieusement. Commence à vivre, Olivia. Fais-moi confiance, le temps va vite te passer sous le nez. Avant que tu ne t'en rendes compte, on prend tes mesures pour te poser un dentier et tu n'oses plus tousser ou éternuer sans craindre de te faire pipi dessus.

— Nan ! dis-je en m'étranglant avec un morceau de pain, mais elle ne semble pas amusée du tout.

Elle est on ne peut plus sérieuse, comme toujours lors de ce genre de conversations.

— C'est du vécu, dit-elle en soupirant. Sors d'ici. Prends tout ce que la vie te propose. Tu n'es pas ta mère, Oliv…

— Nan.

Je l'interromps calmement, mais avec un ton un peu autoritaire.

Elle s'écroule clairement sur sa chaise. Je sais que je la frustre, mais je suis plutôt heureuse comme ça. J'ai vingt-quatre ans, je vis avec ma grand-mère depuis ma naissance, et dès que j'ai fini le lycée, j'ai trouvé une excuse pour rester à la maison et garder un œil sur elle. Mais si moi, j'étais contente de prendre soin d'elle, ce n'était pas son cas.

— Olivia, j'ai tourné la page. Il faut que tu le fasses aussi. Je n'aurais jamais dû te retenir.

Je souris, ne sachant pas quoi dire. Elle ne s'en rend pas compte, mais j'avais besoin qu'on me retienne. Je suis la fille de ma mère après tout.

— Livy, fais plaisir à ta grand-mère. Mets des chaussures à talons et sors t'amuser.

C'est moi qui m'écroule maintenant. Elle ne s'arrêtera donc jamais.

— Nan, il faudrait m'attacher pour me faire porter des talons.

J'ai mal aux pieds rien que d'y penser.

— Combien de paires de ces chaussures en toile as-tu ? me demande-t-elle, en me passant une autre tranche de pain beurré.

— Douze. Toutes de couleurs différentes.

Je n'ai aucune honte à le clamer.

Je prévois même d'en acheter une autre paire samedi, des jaunes. Je prends le pain et y plante mes dents, le sourire aux lèvres alors qu'elle montre son mécontentement.

— Bon, alors au moins, sors et amuse-toi. Gregory te le propose tout le temps. Pourquoi n'acceptes-tu jamais de l'accompagner ?

— Je ne bois pas.

J'aimerais qu'elle arrête avec ça.

— Et Gregory ne me traînera que dans des bars gays.

Mon meilleur ami couche avec assez d'hommes pour nous deux.

— N'importe quel bar sera toujours mieux qu'aucun bar du tout. Peut-être que ça te plairait.

Elle tend le bras et me frotte la bouche pour enlever des miettes, puis me caresse délicatement la joue. Je sais ce qu'elle s'apprête à dire.

— C'est effrayant ce que tu lui ressembles.

— Je sais.

Je pose ma main sur la sienne et la laisse ainsi tandis qu'elle réfléchit en silence. Je ne me souviens pas très bien de ma mère, mais j'en ai des traces : je suis sa copie carbone. Même mes cheveux blonds tombent étrangement comme les siens en vagues sur mes épaules, donnant presque l'impression qu'ils sont trop nombreux pour mon petit corps. Ils sont incroyablement épais et ne se comportent bien que s'ils sont séchés grossièrement et qu'on les laisse faire ce qu'ils veulent. Et mes grands yeux bleu marine assortis à ceux de ma grand-mère et de ma mère donnent l'impression de faire des reflets comme le verre. Comme des saphirs, nous dit-on parfois. Je ne m'en rends pas compte. Le maquillage est un plaisir, pas une nécessité, mais toujours réduit au minimum sur ma peau claire.

Une fois que je lui ai donné assez de temps pour faire remonter ses souvenirs, je prends sa main et la place près de son bol.

— Mange, Nan, lui dis-je calmement, continuant avec ma propre soupe.

De nouveau dans le présent, elle poursuit son dîner, mais reste silencieuse. Elle ne s'est jamais remise du style de vie irresponsable de ma mère, un mode de vie qui lui a enlevé sa fille. Cela fait dix-huit ans et ma mère lui manque toujours terriblement. Pas à moi. Comment une personne que je connaissais à peine pourrait me manquer ? Mais voir ma grand-mère se laisser si souvent aller à ces pensées tristes me fait tout aussi mal.

Oui, il y a vraiment des choses à dire à propos de la préparation de la tasse de café parfaite. Je fixe de nouveau la machine, mais aujourd'hui, je souris. Je l'ai fait : la bonne quantité de mousse, aussi onctueuse que de la soie et le petit nuage de chocolat, qui forme un cœur parfait par-dessus. C'est juste dommage que ce soit moi qui le boive, et pas un client reconnaissant.

— Il est bon ? me demande Sylvie qui m'observe avec une certaine impatience.

J'approuve et m'écrie :

— La machine à café et moi sommes désormais amies.

— Ouais ! lance-t-elle en un petit cri aigu en m'enlaçant.

J'éclate de rire et rejoins son enthousiasme quand je vois par-dessus son épaule la porte du bistro s'ouvrir.

— Je pense que le rush du déjeuner ne va pas tarder à commencer, dis-je en me libérant de son étreinte. Je m'occupe de celui-là.

— Oh, mais c'est qu'elle est pleine d'assurance, répond Sylvie en riant avant de s'écarter pour me donner accès au comptoir.

Elle m'adresse un immense sourire alors que je me dirige vers l'homme qui vient d'arriver.

— Que puis-je vous servir ?

Je me prépare à noter sa commande.

Mais comme il ne répond pas, je lève les yeux et découvre qu'il m'observe avec attention. Je me mets à gigoter nerveusement, n'appréciant pas cet examen minutieux. Je retrouve la parole.

— Monsieur ?

Il écarquille les yeux.

— Euh, un cappuccino, s'il vous plaît. À emporter.

— Très bien.

Je m'active, laissant M. Grands Yeux retrouver ses esprits, et me dirige vers ma nouvelle meilleure amie pour remplir la poignée et la fixer avec succès dans le support. Jusque-là, tout va bien.

— Voilà pourquoi Del ne te virera pas, murmure Sylvie par-dessus mon épaule, ce qui me fait légèrement sursauter.

— Arrête, dis-je en récupérant sur l'étagère une tasse jetable que je place sous le filtre avant d'appuyer sur le bon bouton.

— Il te regarde.

— Sylvie, arrête !

— Donne-lui ton numéro.

— Non !

Je réagis un peu trop fort, et jette un œil par-dessus mon épaule.

En effet, il me regarde.

— Je ne suis pas intéressée.

— Il est mignon, ajoute Sylvie.

Je dois l'admettre. Il est vraiment mignon, mais je ne suis vraiment pas intéressée.

— Je n'ai pas le temps pour une relation.

Ce n'est pas tout à fait vrai. C'est mon premier boulot et, avant cela, j'ai passé la plus grande partie de ma vie d'adulte à prendre soin de Nan. Or, je ne sais pas vraiment si elle en a encore besoin, ou si c'est juste devenu mon excuse.

Sylvie hausse les épaules et me laisse affronter mon deuxième round contre la machine. J'y parviens et souris alors que je verse le lait dans la tasse avant de saupoudrer du chocolat sur la mousse et poser un couvercle. Je suis tellement fière de moi que ça se voit clairement sur mon visage lorsque je me tourne pour servir son cappuccino à M. Grands Yeux.

— Deux livres quatre-vingts, s'il vous plaît.

Je m'apprête à poser la tasse, mais il m'intercepte et la prend dans mes mains, établissant un contact entre nous.

— Merci, dit-il, attirant mes yeux vers les siens avec ses paroles douces.

— De rien.

Je libère lentement ma main de la sienne pour accepter le billet qu'il me tend.

— Je vais chercher la monnaie.

— Ne vous embêtez pas.

Il secoue légèrement la tête en me dévisageant.

— Par contre, je voudrais bien votre numéro de téléphone.

J'entends Sylvie glousser à la table qu'elle est en train de débarrasser.

— Je suis désolée, je suis prise.

Je tape sa commande sur la caisse et récupère rapidement sa monnaie avant de la lui tendre, en ignorant le grognement de mépris de Sylvie.

— Évidemment que vous êtes prise, répond-il avec un petit rire, visiblement gêné. Je suis bête.

Je souris pour essayer de dissiper son embarras.

— Ce n'est pas grave.

— Habituellement, je ne demande pas son numéro à n'importe quelle femme que je rencontre, explique-t-il. Je ne suis pas un pervers.

— Vraiment, ce n'est pas grave.

Je me sens gênée à mon tour, et je souhaite silencieusement qu'il parte avant que je ne jette une tasse de café à la figure de Sylvie. Je sens son regard choqué rivé sur moi. Je me mets à arranger les serviettes, je ferais n'importe quoi pour être occupée et me sortir de cette situation inconfortable.

— Je ferais mieux de m'occuper de lui, dis-je en indiquant l'homme d'affaires agité à M. Grands Yeux.

— Oh, oui ! Désolé.

Il recule en levant sa tasse en signe de remerciement.

— À une prochaine fois.

— Au revoir.

Je lève la main avant de regarder mon prochain client.

— Que désirez-vous, monsieur ?

— Latte, sans sucre, et vite.

Il me jette à peine un coup d'œil avant de répondre au téléphone et s'éloigner du comptoir, lâchant son porte-documents sur une chaise. Je ne suis qu'à moitié consciente du départ de M. Grands Yeux, mais je remarque bien les bottes de motard de Sylvie qui s'avancent vers moi, alors que je m'attaque une nouvelle fois à la machine à café.

28

— Je n'arrive pas à croire que tu l'aies repoussé !
murmure-t-elle sévèrement. Il était charmant.

Je me dépêche de préparer mon troisième café parfait, sans accorder à son air choqué l'attention qu'il
mérite.

— Il était pas mal.

Je tâche de paraître indifférente.

— Oui, il était pas mal.

Je ne la regarde pas, mais je sais qu'elle vient de
lever les yeux au ciel.

— Pas croyable, marmonne-t-elle en partant d'un
pas lourd, son postérieur voluptueux suivant le balan-
cement de son carré brun.

Alors que je sers le café, j'affiche un sourire triomphal qui ne disparaît même pas quand le businessman
stressé jette trois livres dans ma main avant de saisir sa
tasse et sortir, sans même un merci. Je n'ai pas touché
terre pendant le reste de la journée. J'entre et je sors de
la cuisine d'un pas léger, nettoie un nombre illimité de
tables et fais des douzaines de cafés parfaits.

Pendant mes pauses, j'arrive à téléphoner à Nan
pour m'assurer qu'elle va bien, me faisant gronder à
chaque fois parce que je suis une enquiquineuse.

Alors que dix-sept heures approchent, je m'affale
sur l'un des canapés en cuir marron et ouvre une cannette de Coca, dans l'espoir que la caféine et le sucre
me ramènent à la vie. Je suis crevée.

— Livy, je vais sortir les ordures, me crie Sylvie
en extirpant le sac noir de l'une de nos poubelles.
Ça va ?

— Super.

Je lève ma cannette et repose ma tête sur le sofa, luttant contre la tentation de fermer les yeux et m'efforçant de me concentrer sur les spots au plafond. Je suis impatiente de retrouver mon lit. J'ai mal aux pieds, et je meurs d'envie de prendre une douche.

— Est-ce que quelqu'un travaille ici ou est-ce que c'est en libre-service ?

Je bondis du canapé au son de cette voix douce mais impatiente, et me retourne pour servir mon client.

— Pardon !

En filant jusqu'au comptoir, je me cogne la hanche sur le coin du plan de travail et résiste à l'envie de crier un juron.

— Que puis-je vous servir ?

Je lève les yeux en me frottant la hanche.

J'ai un mouvement de recul. Et le souffle coupé. Ses yeux bleus me transpercent. Jusqu'au plus profond de mon être. Mon regard dérive et découvre sa veste de costume ouverte, un gilet, ainsi qu'une chemise et une cravate bleu pâle, sa barbe de plusieurs jours, et la manière dont sa bouche est légèrement ouverte. Puis je retourne à ses yeux. Ils sont du bleu le plus vif que j'aie jamais vu, et ils me pénètrent avec une pointe de curiosité. La définition de la perfection se tient devant moi et me regarde avec étonnement.

— Est-ce que vous étudiez souvent vos clients comme ça ?

Il penche la tête sur le côté, ses sourcils parfaits arqués pour indiquer son impatience.

— Que puis-je vous servir ? dis-je en un souffle en agitant mon bloc devant lui.

— Un Americano, quatre shots, deux sucres, rempli à moitié.

Les mots sortent de sa bouche, mais je ne les entends pas. Je les vois. Je les lis sur ses lèvres et les note en gardant les yeux rivés sur sa bouche. Avant que je ne réalise ce qui se passe, mon stylo a dévié de mon bloc et je suis en train d'écrire sur mes doigts. Je baisse les yeux en fronçant les sourcils.

— Allô ?

Il paraît à nouveau impatient, ce qui m'incite à relever les yeux. Je me permets de faire un pas en arrière pour bien voir l'ensemble de son visage. Je suis sous le choc, pas parce qu'il est incroyablement beau, mais parce que j'ai perdu l'usage de toutes mes fonctions sensorielles, à l'exception de ma vue.

Elle fonctionne bien, et mes yeux semblent ne pas pouvoir se déconnecter de sa perfection. Mon attention n'est même pas déviée lorsqu'il pose les mains à plat sur le comptoir et se penche en avant, faisant tomber une mèche de ses cheveux noirs ondulés sur son front.

— Est-ce que je vous mets mal à l'aise ? me demande-t-il.

Ça aussi, je le lis sur ses lèvres.

— Que puis-je vous servir ?

Je répète la question une nouvelle fois, essoufflée, et agite encore mon bloc vers lui.

Il fait un signe de la tête vers mon stylo.

— Vous m'avez déjà posé la question. Ma commande est sur votre main.

Je baisse les yeux pour voir l'encre étalée sur mes doigts, mais je ne comprends absolument pas, même quand j'essaie de faire correspondre le bloc avec les traces qu'a laissées le stylo.

Relevant lentement la tête, je croise son regard. C'est comme si ses yeux savaient quelque chose.

Il a l'air suffisant. Ça me désarçonne complètement.

Je scanne les informations stockées ces dernières minutes dans ma tête, mais ne trouve aucune commande de café. Je n'ai sauvegardé que des images de son visage.

— Cappuccino ?

J'espère tomber juste.

— Americano, conteste-t-il avec douceur. Quatre shots, deux sucres et rempli à moitié.

— O.K. !

Je m'extirpe de cet état de stupeur pathétique et me déplace vers la machine à café, les mains tremblantes et le cœur battant la chamade. Je frappe le filtre contre le tiroir en bois pour le vider des grains moulus, en espérant que le bruit me permettra de retrouver mes sens. Mais non. Je me sens toujours… étrange. En tirant le levier du broyeur, je remplis le filtre. Il me fixe. Je sens ses yeux bleus perçants pénétrer mon dos tandis que je traficote la machine que j'avais appris à aimer. Mais là, elle ne m'aime pas. Elle ne fait rien de ce que je lui demande. Je n'arrive pas à fixer le filtre dans le support ; mes mains tremblantes ne m'aident pas.

Je prends une inspiration profonde pour me calmer et recommence, parvenant enfin à charger le filtre et placer la tasse en dessous. J'appuie sur le bouton et attends que la magie opère, tournant toujours le dos à l'inconnu. Pendant toute cette semaine où j'ai travaillé au Bistro de Del, je n'ai jamais vu la machine prendre autant de temps pour faire un café. Je l'implore intérieurement de se grouiller. Après une éternité, je prends la tasse et y plonge deux sucres, et m'apprête à la remplir d'eau.

— Quatre shots.

Il rompt le silence inconfortable.

— Pardon ?

Je ne me retourne pas.

— J'ai commandé quatre shots.

Je baisse le regard sur la tasse qui ne contient qu'un shot, et ferme les yeux, priant les dieux du café de me venir en aide. Je ne sais pas combien de temps ça me prend d'ajouter trois shots, mais quand je me retourne finalement pour lui servir son café, il est assis sur un canapé, son corps élancé étendu, les doigts tapotant l'accoudoir. Son visage ne montre aucun signe d'émotion, mais je devine qu'il n'est pas content, et pour une raison étrange, cela me rend vraiment malheureuse. J'ai géré cette machine à la perfection toute la journée, et là, quand je veux vraiment donner l'impression que je sais ce que je fais, je passe pour une idiote incompétente. Je me sens stupide alors que je soulève la tasse en carton avant de la poser délicatement sur le comptoir. Il dirige son regard vers la tasse, puis vers moi.

— J'aimerais le boire sur place.

Son visage est sérieux, son ton plat mais franc, et je le fixe pour essayer de savoir s'il est difficile ou sincère. Je ne me souviens pas qu'il ait demandé un café à emporter ; je l'ai simplement supposé. Il n'a pas l'air du genre à s'asseoir dans le bistro d'une ruelle. Il est plus du genre bar à champagne. J'attrape une tasse et une soucoupe, transvide simplement le café et dépose une cuillère sur le côté avant de me diriger vers lui d'un pas assuré. Même en y mettant toute ma volonté, je n'arrive pas à empêcher le tintement de la tasse sur la soucoupe. Je les pose sur la table basse et l'observe faire pivoter la soucoupe avant de lever la tasse, mais je ne reste pas là pour le regarder boire et préfère faire demi-tour sur mes Converse et m'enfuir.

Je me précipite dans la cuisine par la porte battante et y découvre Paul en train d'enfiler son manteau.

— Tout va bien, Livy ? me demande-t-il en me dévisageant.

— Ouais.

Je plonge vers le grand évier en inox pour laver mes mains moites, quand le téléphone du restaurant se met à sonner sur le mur. Paul prend l'initiative de répondre, ayant conclu que j'avais la ferme intention de me récurer les mains jusqu'à ce qu'elles disparaissent.

— C'est pour toi, Livy. J'y vais.

— Passe un bon week-end, Paul.

Je m'essuie avant de prendre le téléphone.

— Allô ?

— Livy, ma chérie, tu es prise ce soir ? me demande Del.

— Ce soir ?

— Oui, j'ai un contrat de restauration pour un gala de charité et on m'a laissé tomber. Tu veux bien être un ange et me dépanner ?

— Oh, Del, j'aurais beaucoup aimé, mais…

34

Je ne sais pas du tout pourquoi j'ai dit que j'aurais beaucoup aimé, parce que ce n'était vraiment pas le cas, et je ne peux pas finir ma phrase parce que je ne trouve pas de « mais ». Je n'ai rien de prévu ce soir, si ce n'est buller avec ma grand-mère et qu'elle me le reproche.

— Oh, Livy, je te paierai bien. Je suis dans une situation désespérée.

Je soupire en m'appuyant contre le mur.

— À quelle heure ?

— Tu es géniale ! C'est de sept heures à minuit. Ce n'est pas difficile, ma chérie. Il faut juste se promener avec des plateaux remplis de canapés et de verres de champagne. Un jeu d'enfant.

Un jeu d'enfant ? Il me faudra encore marcher, et mes pieds me font déjà horriblement mal.

— Je dois passer chez moi prendre des nouvelles de ma grand-mère et me changer. Qu'est-ce que je dois mettre ?

— Du noir, et sois à l'entrée de service du Hilton sur Park Lane à sept heures, O.K. ?

— Très bien.

Il raccroche, et je baisse la tête, mais mon attention est vite attirée vers la porte battante quand Sylvie arrive en trombe, ses yeux marron écarquillés.

— Tu as vu ça ?

Sa question me rappelle immédiatement la présence de la créature stupéfiante qui boit un café assise dans le bistro. Je suis à deux doigts de me mettre à rire alors que je repose le combiné sur son support.

— Oui, je l'ai vu.

— Putain, Livy ! Les mecs comme ça devraient porter un panneau d'avertissement.

Elle jette un coup d'œil dans le resto et se met à s'éventer.

— Oh, mon Dieu, il souffle sur son café.

Je n'ai pas besoin de visuel. Je l'imagine.

— Tu travailles ce soir ?

J'essaie de la distraire et attirer son attention dans les cuisines.

— Oui !

Elle revient vers moi.

— Del t'a demandé de l'aide ? me demande-t-elle.

— Oui.

Je décroche mes clés et ferme les portes qui mènent à la ruelle.

— Il a essayé de faire en sorte que ce soit moi qui te le demande, m'explique-t-elle, mais je sais que tu n'es pas fan du travail de nuit, avec ta grand-mère à la maison. Tu as accepté ?

— Oui.

Je lui jette un regard las.

Son expression sérieuse s'illumine.

— Il est l'heure de fermer. Tu veux t'occuper de l'informer qu'il est temps de partir ?

Bêtement, je dois de nouveau lutter contre mes tremblements à l'idée de le regarder, et je m'en veux.

— Oui, je vais le lui dire.

Je donne l'impression d'être très confiante alors que ce n'est absolument pas le cas. Je roule des épaules et passe devant Sylvie d'un pas déterminé, puis entre dans le bistro, mais je m'arrête net quand je découvre qu'il est parti. Une sensation extrêmement étrange m'envahit alors que je parcours la salle des yeux. Un mélange bizarre d'abandon et de déception.

— Où est-il passé ? se lamente Sylvie en me poussant pour passer.

— Je ne sais pas, dis-je en un murmure, en marchant lentement vers le sofa déserté pour ramasser un café à moitié bu et trois pièces d'une livre.

Je détache la serviette qui colle au-dessous de la soucoupe et commence à la froisser, mais des lignes noires attirent mon attention. Alors je la déplie rapidement d'une main et l'aplatis sur la table.

Je retiens mon souffle avant de m'énerver.

*Probablement le pire Americano qui ait jamais insulté ma bouche.*

*M.*

J'affiche une grimace de dégoût tout en faisant une boule avec la serviette avant de la balancer dans la tasse. Quel connard arrogant ! Rien ne m'énerve, et je sais que ça exaspère ma grand-mère et Gregory, mais là, je bous tellement, je suis contrariée. Et pour une raison plutôt idiote. Mais je ne sais pas vraiment si c'est parce que je n'ai pas réussi à faire un bon café alors que j'y étais très bien arrivée avant, ou simplement parce que l'homme parfait ne l'a pas apprécié. Et à quoi correspondait ce « M », d'ailleurs ?

Après avoir débarrassé la tasse, la soucoupe et la serviette incriminée, puis avoir fermé le resto avec Sylvie, j'en viens finalement à la conclusion que le M, c'est pour *Minable*.

## 2

Del nous guide par l'entrée des employés de l'hôtel et balance des instructions en désignant la zone de service et s'assurant que nous avons conscience du type de clientèle que nous aurons ce soir.

En un mot : chic.

Je peux m'en charger. Une fois que j'ai vérifié que Nan allait bien, elle m'a pratiquement mise à la porte et a jeté mes Converse noires devant moi avant d'aller se préparer pour participer à un bingo avec George et le groupe du troisième âge local.

— Ne laissez jamais quelqu'un avec un verre vide, crie Del par-dessus son épaule, en marchant devant nous. Et assurez-vous que les flûtes vides sont ramenées en cuisine pour pouvoir être nettoyées et re-remplies.

Je suis Sylvie, qui suit Del, et l'écoute attentivement en rassemblant mon épaisse chevelure pour l'attacher avec un élastique. Ça semble assez facile, et j'adore observer les gens, alors la soirée pourrait bien s'avérer amusante.

Del s'arrête et nous tend un plateau rond en argent à chacune, puis baisse les yeux sur mes pieds.

— Tu n'avais pas de chaussures noires ?

Suivant son regard, je baisse la tête et remonte légèrement mon pantalon noir.

— Elles sont noires.

Je remue mes doigts de pieds dans mes Converse en imaginant comme mes pieds seraient encore plus douloureux si je portais autre chose. Il ne dit rien de plus ; il se contente de lever les yeux au ciel et reprend la visite jusqu'à un espace cuisine chaotique où des douzaines d'employés d'hôtellerie s'agitent en criant et aboyant des ordres les uns aux autres. Je me rapproche de Sylvie alors que nous continuons à avancer.

Je suis soudain un peu inquiète.

— Il n'y a que nous pour faire le service ?

Toute cette activité frénétique suggère un grand nombre d'invités.

— Non, il y aura aussi l'équipe de l'agence qu'il emploie. Nous sommes là en soutien.

— Il fait ça souvent, alors ?

— Ça représente son revenu principal. Je ne sais pas pourquoi il garde le bistro.

J'acquiesce, pensive.

— L'hôtel ne propose pas de service de restauration ?

— Oh, si, mais le type de personnes qu'on va nourrir et abreuver mène la baraque, et si elles veulent Del, elles ont Del. Il est réputé dans ce milieu. Il faut que tu goûtes à ses canapés.

Elle embrasse ses doigts, et j'éclate de rire.

Mon patron nous fait faire le tour de la salle pour nous montrer où se tient la réception et nous présente aux nombreux autres serveurs et serveuses, qui semblent s'ennuyer et incommodés. À l'évidence, pour eux, c'est la routine, mais pas pour moi. Je suis impatiente.

— Prête ?

Sylvie pose un dernier verre de champagne sur mon plateau.

— Maintenant, l'astuce c'est de le placer sur la paume de ta main.

Elle prend son propre plateau, la paume en dessous bien au centre.

— Puis tu le balances sur ton épaule, comme ça.

En un mouvement fluide, le plateau flotte dans les airs et atterrit sur son épaule, sans même un tintement des verres qui s'entrechoqueraient. Je suis fascinée.

— Tu vois ?

Le plateau redescend de son épaule en un mouvement aérien pour revenir au niveau de sa taille.

— Quand tu proposes, tiens-le ici, et quand tu te déplaces, garde-le en hauteur.

Le plateau s'envole et atterrit à nouveau parfaitement sur son épaule.

— Souviens-toi de te détendre quand tu es en mouvement. Ne sois pas trop raide. Essaie.

Je fais glisser mon plateau chargé sur le comptoir et place ma paume au centre.

— Ce n'est pas lourd.

Je suis surprise.

— Oui, mais souviens-toi que quand les flûtes vides commencent à remplacer les pleines, ce sera encore plus léger, alors garde bien ça à l'esprit lorsque tu les transfères.

— D'accord.

40

Je fais pivoter mon poignet et monte mon plateau au niveau de mon épaule avec aisance. J'affiche un large sourire alors que je le fais redescendre.

— Tu as un don, lance Sylvie en riant. Allons-y.

Remettant le plateau sur mon épaule, je pivote sur mes Converse et me dirige vers les bruits de plus en plus forts de conversations et de rires qui viennent de la salle de réception.

En entrant, mes yeux bleus s'écarquillent, aveuglés par la profusion, les robes de soirée et les smokings. Mais je ne suis pas nerveuse. Je me sens bêtement excitée. C'est la situation idéale pour observer les gens.

Sans attendre que Sylvie m'y incite, je me perds dans la foule, présentant mon plateau à des groupes de personnes, avec le sourire qu'elles me remercient ou pas. La plupart ne le font pas, mais cela n'affecte pas mon humeur.

J'ai l'impression d'être dans mon élément, et cela me surprend. Mon plateau monte et descend aisément en flottant, mon corps se faufile sans effort dans l'opulence, et je fais des allers et retours aux cuisines, encore et encore, pour me réapprovisionner et servir.

— Tu te débrouilles bien, Livy, me dit Del, alors que je repars avec un autre plateau chargé de flûtes de champagne.

— Merci !

Je suis enthousiaste à l'idée de retrouver ma foule assoiffée. Quand j'aperçois Sylvie de l'autre côté de la salle, elle sourit, alors je souris plus encore.

— Champagne ?

Je présente mon plateau à un groupe de six hommes d'âge moyen, tous en smoking et nœud papillon.

— Ah ! Quelle merveille ! lance un homme corpulent en prenant un verre et le tendant à l'un de ses compagnons.

Il réitère à quatre reprises avant d'en prendre un pour lui.

— Vous faites du bon travail, jeune fille.

Il avance sa main libre vers moi et la glisse dans ma poche en faisant un clin d'œil.

— Payez-vous un petit quelque chose.

— Oh non !

Je secoue la tête. Je n'accepterai pas d'argent de la part d'un homme.

— Monsieur, je suis payée par mon patron. Vous ne devriez vraiment pas.

J'essaie de récupérer le billet dans ma poche tout en maintenant le plateau en équilibre sur ma main.

— Nous n'acceptons pas les pourboires.

— Je ne veux pas en entendre parler, insiste-t-il en tirant ma main de ma poche. Et ce n'est pas un pourboire. C'est pour le plaisir de voir de si jolis yeux.

Je tourne immédiatement au rouge pivoine, incapable d'ajouter quoi que ce soit. Il doit avoir soixante ans, au moins !

— Monsieur, vraiment, je ne peux pas accepter.

— Ne dites pas n'importe quoi !

Il me congédie avec un grognement et un signe de sa main potelée, avant de reprendre sa discussion avec son groupe, me laissant à mon questionnement sur ce que je suis censée faire.

Je parcours la salle des yeux, mais ne trouve pas Sylvie pour le lui demander, et Del est absent aussi. Alors je sers rapidement les derniers verres avant de me rendre dans les cuisines où mon patron arrange des canapés.

— Del, quelqu'un m'a donné ça.

Je balance le billet sur le comptoir, me sentant déjà mieux après cette confession, mais mes yeux se figent lorsque je réalise qu'il s'agit d'un billet de cinquante livres. Cinquante ? Qu'avait-il en tête ?

Je suis encore plus abasourdie quand Del se met à rire.

— Livy, tu es géniale. Garde-le.

— Je ne peux pas !

— Bien sûr que si. Ces gens ont plus d'argent que de bon sens. Prends-le comme un compliment.

Il repousse le billet vers moi et continue d'arranger les petits toasts.

Je me sens toujours aussi mal.

— Je lui ai juste servi un verre de champagne, dis-je calmement. Cela ne justifie pas un pourboire de cinquante livres.

— Non, c'est vrai, mais comme je viens de te le dire, prends-le comme un compliment. Remets ça dans ta poche et retourne faire le service.

Il désigne de la tête mon plateau, ce qui me rappelle qu'il est vide.

Je fourre le billet indécent dans ma poche, en me disant que je m'en occuperai plus tard, et recharge mon plateau avant de retourner dans la foule. J'évite l'homme qui vient de gaspiller cinquante livres et pivote dans l'autre direction, m'arrêtant dans le dos d'une robe rouge en satin.

— Champagne, madame ?

J'échange un coup d'œil avec Sylvie. Elle me témoigne sa confiance une nouvelle fois en souriant, mais je n'en ai pas besoin. Je gère.

Je dirige de nouveau mon attention vers la femme vêtue de satin, qui a des cheveux noirs brillants et super raides qui lui tombent jusqu'à ses fesses bien fermes. Je souris quand elle se retourne vers moi et dévoile la personne qui l'accompagne.

Un homme.

Lui.

*M.*

Je ne sais pas comment j'ai réussi à éviter à mon plateau fraîchement rempli de verres de champagne de tomber par terre, mais je l'ai fait. Par contre, je n'ai pas empêché mon sourire de s'effacer. Sa bouche est encore légèrement ouverte, ses yeux rivés sur moi, mais aucune émotion ne transparaît sur son visage exquis. Il n'a plus sa barbe rase, ce qui laisse place à une peau hâlée parfaite, et ses cheveux noirs sont un peu moins ébouriffés et tombent en vagues parfaites au-dessus de ses oreilles.

— Merci, dit lentement la femme en prenant un verre et détournant mon regard de l'inconnu.

Une immense croix étincelante et incrustée de diamants est pendue à son cou délicat, les pierres brillantes nichées juste au creux de sa poitrine. Je sais pertinemment que ce n'est pas du toc.

— Tu en veux ? demande-t-elle en se tournant vers lui et en levant un verre.

Il ne dit rien. Il se contente de prendre la flûte de sa main parfaitement manucurée, gardant tout ce temps ses yeux d'un bleu époustouflant rivés sur moi.

Il n'est pas du tout réceptif, et loin d'être chaleureux, mais je ressens un feu étrange en moi tandis que je fixe son visage. Je n'ai jamais vécu ça auparavant ; je suis à la fois mal à l'aise et vulnérable... Mais je n'ai pas peur.

La femme prend un autre verre, et je sais qu'il est temps que je parte, mais je n'arrive pas à bouger. J'ai l'impression que je devrais sourire, faire n'importe quoi pour briser ce contact visuel, mais ce qui me vient d'habitude si naturellement m'échappe complètement. Rien ne fonctionne, à part mes yeux, et ils refusent de se détourner des siens.

— Ce sera tout, lance la femme sur un ton sévère qui me fait sursauter.

Ses traits délicats sont froissés par la contrariété et ses yeux foncés se sont encore assombris. Elle a un visage superbe, même si elle me jette un regard renfrogné.

— J'ai dit, ce sera tout.

Elle fait un pas pour se placer entre *M* et moi.

*M* ? Je décide à cet instant que M correspond à « mystère », parce que c'est bien ce qu'il représente. Je reste silencieuse, mais fais finalement remonter mon plateau sur mon épaule et me retourne lentement pour m'éloigner, ressentant toutefois l'envie de jeter un œil derrière moi car je sais qu'il me fixe toujours, et je me demande comment ça va se passer avec sa petite amie.

Alors je regarde et trouve ce que j'attendais : des yeux bleus d'acier fixés sur mon dos.

— Hé !

Je saute au plafond et le plateau m'échappe des mains. Je ne peux rien faire pour l'arrêter. Les verres semblent s'envoler vers le sol en marbre. Le champagne se déverse lentement des flûtes et le plateau se retourne en l'air avant que tout éclate par terre dans un grand fracas, qui impose le silence dans la salle. Je suis pétrifiée alors que des éclats de verre valsent autour de mes pieds en donnant l'impression qu'ils mettent une éternité à s'immobiliser, le bruit perçant se prolongeant dans l'espace silencieux autour de moi. Crispée, je baisse les yeux et je sais que toute l'attention est concentrée sur moi.

Rien que moi.

Tout le monde me regarde.

Et je ne sais pas quoi faire.

— Livy !

La voix paniquée de Sylvie me fait relever brusquement la tête et, désespérée, je la vois se précipiter vers moi, ses yeux noisette pleins d'inquiétude.

— Tu vas bien ?

J'acquiesce et m'agenouille pour commencer à ramasser les bris de verre, mais grimace lorsqu'une douleur lancinante surgit dans mon genou. Le tissu de mon pantalon est déchiré.

— Mince !

Je retiens mon souffle et sens immédiatement les larmes me monter aux yeux. Elles sont causées par la douleur, mais aussi par l'embarras extrême. Je n'aime pas attirer l'attention, et je me débrouille toujours pour l'éviter, mais cette fois, je ne peux y échapper. J'ai réussi à imposer un silence sinistre dans une salle bondée de centaines de personnes. J'ai envie de m'enfuir en courant.

— Ne touche pas à ça, Livy !

Sylvie me relève pour m'examiner. Elle doit conclure que j'ai l'air d'être sur le point de m'effondrer, puisqu'elle me traîne rapidement en cuisine, m'arrachant à mon public.

— Grimpe.

Elle tapote le comptoir et je m'y hisse, retenant toujours mes larmes. Elle attrape le bas de mon pantalon et le relève pour exposer ma blessure.

Elle a un mouvement de recul en voyant la coupure nette, puis lève les yeux vers moi.

— Je déteste la vue du sang, Livy. Ce n'était pas le mec du bistro ?

— Si.

Je me recroqueville en voyant Del s'approcher, mais il ne semble pas énervé.

— Livy, tu vas bien ?

Il s'accroupit et affiche une petite grimace à son tour en découvrant mon genou ensanglanté.

— Je suis désolée. Je ne sais pas ce qui s'est passé.

Il va probablement me virer sur-le-champ pour m'être donnée en spectacle.

— Hé là, fait-il en se redressant et affichant une expression pleine de douceur. Les accidents arrivent, ma chérie.

— J'ai fait toute une scène.

— Ça suffit, dit-il d'un ton sévère en se tournant vers le mur pour décrocher la valise de premiers secours. Ce n'est pas la fin du monde.

Il ouvre la boîte et fouille jusqu'à ce qu'il mette la main sur une lingette antiseptique et déchire l'emballage. Je serre les dents lorsqu'il la passe délicatement sur mon genou ; je siffle et me contracte à cause de la douleur.

— Pardon, mais il faut nettoyer ça.

Je retiens ma respiration tandis qu'il continue de soigner ma plaie, et termine en collant un pansement et me faisant descendre du plan de travail.

— Tu peux marcher ?

— Bien sûr.

Je plie le genou et le remercie avec le sourire avant de récupérer un nouveau plateau.

— Qu'est-ce que tu fais ? me demande-t-il en fronçant les sourcils.

— Je…

— Oh, non, m'interrompt-il en riant. Que Dieu te bénisse, Livy. Va aux toilettes et arrange-toi un peu.

Il montre du doigt la sortie de la cuisine.

— Mais je vais bien.

J'insiste, même si ce n'est pas le cas, pas à cause de ma blessure au genou, mais parce que je ne suis pas pressée d'affronter le regard de mes spectateurs ou de M. Il me suffira de garder la tête baissée, éviter ses yeux d'acier et continuer mon service sans autres mésaventures.

— File aux toilettes ! m'ordonne Del en attrapant le plateau et le reposant sur le comptoir. Tout de suite.

Il pose ses mains sur mes épaules et me guide vers la porte, ne me laissant pas la possibilité de protester plus longtemps.

Je m'efforce de sourire malgré mon embarras et abandonne le chaos des cuisines pour entrer dans l'immense salle en faisant mon possible pour la traverser en passant inaperçue. Je sais que c'est raté : la sensation que des yeux bleu vif me transpercent la peau me le confirme. J'ai l'impression d'être une bonne à rien. Je me sens incompétente, stupide et fragile. Mais surtout, j'ai le sentiment d'être mise à nu.

J'arpente un somptueux couloir recouvert de moquette jusqu'à ce que j'atteigne deux portes et débarque dans des toilettes ridiculement extravagantes, ornées de marbre et de dorures brillantes dans tous les coins. J'ose à peine utiliser les sanitaires.

La première chose que je fais, c'est sortir le billet de cinquante livres de ma poche et le considérer un moment. Puis je le froisse et le jette dans la poubelle. Je n'accepte pas d'argent de la part d'un homme. Je me lave les mains avant de me placer devant un miroir gigantesque avec un cadre doré pour rattacher mes cheveux, puis soupire quand je me retrouve face à des yeux saphir hagards. Des yeux curieux.

Je ne fais pas très attention à la porte qui s'ouvre et continue à arranger des mèches de cheveux derrière mes oreilles. Mais soudain, quelqu'un se tient derrière moi et jette une ombre sur mon visage alors que je me penche vers le miroir. *M.* Le souffle coupé, je fais un pas en arrière, juste contre le corps aussi dur et mince que je l'avais imaginé.

— Vous êtes dans les toilettes des dames.

Je me retourne pour lui faire face. J'essaie de mettre de la distance entre nous, mais je ne peux pas aller bien loin avec le lavabo derrière moi.

Malgré le choc, je me permets de profiter de cette proximité : son costume trois-pièces, son visage rasé de près. Son odeur, très virile avec une touche de bois terreux, ne semble pas correspondre à son monde. C'est un cocktail enivrant. Tout chez lui bouleverse complètement mon être sensé.

Il s'avance, diminuant l'espace déjà restreint entre nous, puis me choque en s'agenouillant et en soulevant délicatement la jambe de mon pantalon. Retenant ma respiration, je m'appuie contre le lavabo et l'observe qui passe doucement son pouce sur le pansement qui cache ma coupure.

— Ça fait mal ? me demande-t-il calmement en levant ses incroyables yeux bleus vers moi.

Je n'arrive pas à parler, alors je secoue un peu la tête et le regarde se redresser lentement. Il reste pensif un moment avant de reprendre la parole.

— Je dois me forcer à rester loin de toi.

Je ne lui fais pas remarquer que ce n'est pas du tout réussi. Je n'arrive pas à détacher mes yeux de ses lèvres.

— Pourquoi devez-vous vous forcer ?

Sa main touche mon avant-bras, et je dois user de toutes mes forces pour ne pas tressaillir à cause de la chaleur qui se répand en moi à son contact.

— Parce que tu as l'air d'être une fille gentille qui mérite d'obtenir plus d'un homme que la meilleure baise de sa vie.

Je suis choquée par mon manque d'étonnement. Je me sens même soulagée, même s'il vient de me proposer de me baiser et rien de plus. Je lui plais moi aussi, et cette confirmation m'incite à lever les yeux vers les siens.

— C'est peut-être ce que je veux.

Je le pique au vif, l'encourage, alors que je devrais courir dans la direction opposée.

Il semble partir dans ses pensées alors qu'il regarde le bout de ses doigts se promener sur mon bras.

— Tu veux plus que ça.

Il l'affirme. Ce n'est pas une question. Je ne sais pas ce que je veux. Je n'ai jamais vraiment réfléchi à mon avenir, ni professionnel ni personnel. Je me laisse porter, c'est tout, mais il y a une chose que je sais. Je me trouve sur un terrain dangereux, pas seulement parce que cet inconnu semble être effronté, sombre et bien trop beau, mais parce qu'il vient juste de me dire qu'il ne ferait rien de plus que me baiser.

Je ne le connais pas. Je serais d'une stupidité inconcevable de sauter dans un lit avec lui, juste pour le sexe. Ça va à l'encontre de tous mes principes. Mais j'ai le sentiment que je ne trouverai aucune raison suffisante pour m'arrêter. Ce qu'il provoque en moi devrait me mettre mal à l'aise, mais ce n'est pas le cas. Pour la première fois de ma vie, je me sens vivante. Je vibre, des sentiments auxquels je ne suis pas habituée attaquent mes sens et un frémissement encore plus envahissant m'attaque entre mes cuisses serrées. Je palpite.

— Comme vous appelez-vous ?

— Je ne veux pas te le dire, Livy.

Avant d'avoir le temps de lui demander comment il connaît mon nom, le cri de Sylvie dans la salle de réception résonne dans ma tête. Je veux le toucher, mais alors que je lève la main pour la poser sur son torse, il recule légèrement, les yeux rivés sur ma paume flottant entre nos corps. Je marque une seconde de pause pour voir s'il s'éloigne encore. Mais non. Lorsque ma main retombe et se pose sur sa veste de smoking, il prend une vive inspiration, mais ne m'arrête pas ; il se contente de m'observer alors que je caresse doucement son torse à travers ses vêtements, émerveillée par sa fermeté.

Puis ses yeux se lèvent vers les miens, et sa tête tombe lentement en avant, son souffle réchauffant mon visage tandis qu'il se rapproche jusqu'à ce que je finisse par fermer les yeux et me préparer à sentir ses lèvres. Il est de plus en plus près. Son parfum s'intensifie et mon visage brûle sous son souffle chaud.

Mais de joyeux jacassements féminins brisent le charme, et il me tire soudainement vers la rangée de cabines et me traîne à l'intérieur de la dernière. La porte claque et je me retourne brusquement, coincée contre la porte tandis qu'il appuie sa main sur ma bouche, son visage tout près du mien. Tout mon corps halète alors que nous nous fixons, écoutant les femmes se pomponner devant le miroir et remettre du rouge à lèvres et du parfum. Dans ma tête, je leur hurle de se bouger les fesses pour qu'on puisse reprendre où nous nous sommes arrêtés. Je peux presque sentir ses lèvres frôler les miennes, et cela ne fait que décupler mon désir.

Après ce qui me semble être une éternité, les bavardages s'atténuent enfin. Mais pas ma respiration difficile, même lorsqu'il laisse passer l'air en enlevant sa main de ma bouche.

Il appuie son front sur le mien et ferme les yeux en les serrant très fort.

— Tu es trop pure. Je ne peux pas.

Il me soulève et m'écarte de la porte avant de sortir précipitamment et m'abandonner comme un stupide sac de désir refoulé. Je suis trop pure ? Je laisse échapper un éclat de rire sardonique. Je suis de nouveau en colère ; énervée et prête à le traquer pour lui expliquer qui décide de ce que j'ai envie. Et ce n'est pas lui.

Après être sortie de la cabine, je vérifie rapidement l'état de mon visage et de mon corps dans le miroir, pour arriver à la conclusion que j'ai l'air déboussolée, avant de quitter les toilettes et me diriger vers les cuisines.

Je repère Sylvie à l'entrée.

— Tu es là ! On était sur le point d'envoyer une équipe de recherche.

Elle se précipite vers moi, son visage passant de l'inquiétude amusée à l'inquiétude inquiète.

— Tu vas bien ?

— Oui.

Je la repousse en réalisant que je dois avoir l'air secouée. Je n'attends pas que Sylvie insiste et préfère saisir une bouteille de champagne en ignorant son regard inquisiteur. Elle est vide.

— Il reste des bouteilles ?

Je la repose un peu trop violemment. Je tremble.

— Oui, répond-elle lentement, m'en passant une fraîchement ouverte en échange.

— Merci.

J'affiche un sourire. Un sourire crispé, et elle le sait, mais je n'arrive pas à me débarrasser de ce sentiment d'injustice et de cette colère.

— Tu es sûre que…

— Sylvie.

J'arrête de verser le champagne pour prendre une profonde inspiration, puis me retourne en affichant cette fois un sourire sincère sur mon visage tourmenté.

— Franchement, je vais bien.

Elle acquiesce, pas très convaincue, mais m'aide à remplir les flûtes plutôt que de m'interroger.

— Je pense qu'on devrait continuer le service alors.

— En effet.

Je fais glisser mon plateau sur le comptoir avant de le hisser sur mon épaule.

— J'y vais.

Je quitte Sylvie et affronte la foule, mais je ne suis pas aussi attentive aux invités que je l'étais plus tôt. Je ne souris pas autant en leur proposant du champagne, et je passe mon temps à parcourir la salle des yeux à sa recherche.

Je me dépêche quand je me réapprovisionne dans les cuisines afin de retrouver la foule. Je ne fais absolument pas attention à ce qui m'entoure et risque de me ridiculiser une seconde fois si mon manque de concentration me fait heurter quelque chose et lâcher mon plateau à nouveau. Mais ça m'est égal.

Je ressens un besoin déraisonnable de le revoir… et soudain, quelque chose m'incite à me retourner, une puissance invisible qui attire mon corps.

Il est là.

Je suis figée sur place, mon plateau flottant entre mon épaule et ma taille, et il m'étudie en portant un verre de liquide foncé à sa bouche. Mes yeux sont alors attirés vers ses lèvres… ces lèvres que j'ai failli goûter.

Mes sens s'éveillent lorsqu'il penche lentement le verre et vide son contenu dans sa gorge avant d'essuyer sa bouche du revers de la main et de poser le ballon vide sur le plateau de Sylvie qui passe devant lui. Elle y regarde à deux fois, puis pivote sur elle-même, à l'évidence pour me trouver. Ses grands yeux marron se posent sur moi brièvement avant de lancer un regard plein d'interrogation, mêlée à un peu d'inquiétude, entre moi et cet homme déconcertant.

Il me fixe, clairement, et cela doit attiser la curiosité de la femme qui l'accompagne, puisqu'elle se retourne, suit son regard et tombe sur moi. Elle sourit d'un air narquois en soulevant sa flûte de champagne vide. La panique m'envahit.

Sylvie a disparu, me laissant la tâche de répondre à sa requête. La femme agite le verre dans les airs, pour me faire comprendre de me dépêcher, et ma curiosité, ajoutée au fait que je suis une fille bien élevée, m'empêche de l'ignorer. Je me dirige donc vers eux, alors qu'elle sourit toujours et lui me fixe, jusqu'à ce que je sois assez près pour leur présenter le plateau. Il est évident qu'elle essaie de faire en sorte que je me sente inférieure, mais je suis trop intriguée pour que cela m'affecte.

— Surtout prenez tout votre temps, chérie, ironise-t-elle en prenant un verre pour le lui tendre. Miller ?

— Merci, dit-il calmement en acceptant la flûte.

Miller ? Il s'appelle Miller ? Je penche ma tête vers lui, et pour la première fois, il relève intentionnellement le coin des lèvres. Je suis sûre que s'il se lâchait vraiment, ce sourire me ferait tomber à la renverse.

— Sauvez-vous maintenant, dit la femme, en me tournant le dos et attirant vers elle un Miller réticent.

Mais son impolitesse ne gâche pas ma joie intérieure. Je pivote sur mes Converse, contente de partir en connaissant son nom. Je ne me retourne pas non plus.

Sylvie se jette sur moi comme un loup quand j'entre dans les cuisines, comme je m'y attendais.

— Putain de bordel de merde !

Je grimace en entendant cet accès de grossièretés et pose mon plateau.

— Il te mate, Livy. Avec un regard chaud comme la braise.

— Je sais.

Il faudrait être aveugle ou complètement stupide pour ne pas le remarquer.

— Il est avec une femme.

Si j'étais heureuse d'avoir appris son nom, cette partie-là ne me plaisait pas. Non pas que j'aie le droit d'éprouver de la jalousie. De la jalousie ? Est-ce bien ce que je ressens ? C'est une émotion que je n'ai jamais connue auparavant.

— Oooh, je sens quelque chose, chantonne Sylvie, hilare, alors qu'elle se glisse hors des cuisines.

— Oui. Moi aussi.

Je reste songeuse tandis que je retourne vers l'entrée en sachant qu'il a observé chacun de mes pas jusqu'ici.

Je l'évite pendant le reste de la soirée, mais sens très clairement ses yeux rivés sur moi alors que je me faufile à travers la foule. Je ressens une attraction constante dans sa direction et lutte pour empêcher mes yeux de dévier, et je suis fière de constater que je résiste. Alors que je ressens un plaisir inhabituel sous son regard d'acier, je risquerais de le gâcher en le voyant avec une autre femme.

Après avoir dit au revoir à Del et Sylvie, je sors par la porte de service dans l'air de minuit et me dirige vers le métro impatiente de me pelotonner dans mon lit et de faire la grasse matinée.

— Ce n'est que mon associée.

Sa voix douce derrière moi me tétanise et me donne la chair de poule, mais je ne me retourne pas.

— Je sais que tu te poses la question.

— Vous n'avez pas à vous justifier.

Je continue de marcher en sachant exactement ce que je fais. Je lui plais, et j'ai beau ne pas être habituée au jeu du chat et de la souris, je sais que je ne dois pas paraître désespérée, même si, malheureusement, c'est le cas. Je suis sage ; je sais reconnaître une mauvaise chose quand je la vois, et derrière moi se tient un homme qui pourrait bien détruire ma raison.

Il me saisit par le bras, interrompant ma fuite, et me fait pivote pour que je lui fasse face. Si j'étais assez forte, je fermerais les yeux pour ne pas avoir à supporter son superbe visage. Mais je ne le suis pas.

— Non, je n'ai pas à me justifier, pourtant, c'est exactement ce que je suis en train de faire.

— Pourquoi ?

Je ne dégage pas mon bras de sa prise car la chaleur de son contact pénètre à travers ma veste en jean et réchauffe ma peau froide, stimulant mon sang. Je n'ai jamais rien senti de tel.

— Tu ne veux vraiment pas avoir une liaison avec moi.

Il ne semble pas convaincu lui-même par ce qu'il vient de dire, alors il se fourre le doigt dans l'œil s'il croit que je vais avaler ça. J'aimerais bien. J'aimerais partir, effacer de ma mémoire cette rencontre et redevenir stable et sensée.

— Alors, laissez-moi partir, dis-je calmement, en croisant son regard intense.

Le long silence qui tombe et se prolonge entre nous montre bien qu'il n'en a vraiment pas envie, mais je prends la décision à sa place et libère mon bras.

— Bonne nuit, Miller.

Je fais quelques pas en arrière avant de me retourner et partir. C'est probablement l'une des décisions les plus sages que j'aie jamais prises, même si la majeure partie de mon esprit embrouillé me supplie de poursuivre cette relation. Quelle qu'elle soit.

## 3

La bizarrerie continuelle de ce vendredi soir a vite été détournée par Nan, samedi matin, quand elle a prononcé ma phrase préférée : « Et si on allait faire du tourisme ? ».

Nous nous sommes promenées, nous nous sommes assises, nous avons bu un bon café, nous nous sommes promenées encore un peu, nous avons déjeuné, nous avons bu un autre bon café, puis nous nous sommes encore promenées, pour revenir devant la porte d'entrée tard samedi soir, avec un dîner acheté au *fish and chips* du coin. Puis dimanche, j'ai aidé Nan à assembler la couverture en patchwork qu'elle est en train de confectionner pour un soldat basé en Afghanistan.

Elle ne sait pas du tout pour qui, mais les membres du club de troisième âge du quartier ont tous un correspondant là-bas, et Nan s'est dit que ce serait sympa si le sien avait quelque chose pour lui tenir chaud… dans le désert.

— Tu as caché le soleil dans tes chaussettes, Livy ? me demande Nan alors que j'entre dans la cuisine, prête à aller travailler, lundi matin.

Je baisse les yeux sur mes Converse jaune canari, et souris.

— Tu ne les aimes pas ?

— Elles sont magnifiques !

Elle pose mon bol de corn-flakes sur la table du petit déjeuner en riant.

— Comment va ton genou ?

Une fois assise, je tape sur mon genou et attrape ma petite cuillère.

— Très bien. Qu'as-tu prévu aujourd'hui, Nan ?

— George et moi, nous allons au marché acheter des citrons pour ton gâteau.

Elle dépose une théière sur la table et s'apprête à mettre deux sucres dans mon mug.

— Nan ! Je ne prends pas de sucre !

J'essaie de faire glisser le mug sur la table, mais la main de ma grand-mère se déplace bien trop vite malgré son âge.

— Tu as besoin de grossir, insiste-t-elle en versant le thé et poussant la tasse vers moi. Ne discute pas, Livy. Ou je t'allonge sur mes genoux.

Sa menace me fait sourire. Cela fait vingt-quatre ans qu'elle me fait la promesse de me donner la fessée, mais elle ne l'a jamais mise à exécution.

— Tu pourrais trouver des citrons à l'épicerie du coin.

Je mets ma cuillère dans ma bouche pour m'empêcher d'en dire plus. Je pourrais tellement en rajouter.

— Tu as raison.

Ses yeux bleu marine passent brièvement sur moi avant qu'elle n'avale son thé.

— Mais j'ai envie d'aller au marché et George a dit qu'il m'accompagnerait. N'en parlons plus.

Je me retiens de sourire, mais je sais quand je dois me taire. Le vieux George aime tellement Nan, même si elle est vraiment sèche avec lui. Je ne sais pas pourquoi il s'accroche pour être mené à la baguette comme ça.

Elle joue les sans-cœur et les indifférentes, mais je sais que l'affection que George éprouve pour elle est discrètement partagée. Grand-père est mort il y a sept ans et George ne pourra jamais le remplacer, mais c'est bon pour Nan d'avoir un peu de compagnie.

Perdre sa fille l'a fait plonger dans une profonde dépression, mais grand-père a pris soin d'elle, en souffrant en silence pendant des années, acceptant en silence de faire son deuil et cachant son chagrin jusqu'à ce que son corps cède.

Alors, il n'y a eu plus que moi, une adolescente à qui on a laissé la tâche de préserver cette famille... tâche que j'ai un peu mise de côté ces derniers jours.

Elle se met à rajouter des céréales dans mon bol.

— Je vais au club du lundi à six heures, donc je ne serai pas à la maison quand tu rentreras du travail. Tu pourras te débrouiller pour ton dîner ?

— Bien sûr, dis-je en plaçant ma main au-dessus de mon bol pour arrêter le flot de corn-flakes. George y va aussi ?

— Livy, me met-elle en garde d'un ton sévère.

— Désolée.

Je souris alors que des yeux embarrassés me toisent, puis elle secoue la tête, ses boucles grises se balançant autour de ses oreilles.

— C'est triste de voir que je fréquente plus de gens que ma petite-fille.

Ses paroles font disparaître mon sourire. Je n'entrerai pas dans cette discussion.

— Il faut que j'aille travailler.

Je me lève et me penche pour déposer un baiser sur sa joue en feignant d'ignorer son soupir.

\*

Je descends du bus et je me faufile rapidement à travers le chaos du trafic piéton de l'heure de pointe. Mon humeur reflète la couleur de mes Converse : claire et ensoleillée, tout comme le temps.

Après avoir parcouru les ruelles de Mayfair, j'entre dans le bistro et découvre qu'il est déjà bondé, comme il l'était lundi dernier quand j'ai commencé à travailler pour Del. Je n'ai pas le temps de discuter avec Sylvie ou m'excuser à nouveau auprès de Del pour le fiasco de vendredi.

On me jette mon tablier et je m'affaire, débarrassant immédiatement quatre tables de tasses vides avant que les sièges vacants soient pris d'assaut par de nouveaux clients. Je suis souriante, sers rapidement et débarrasse les tables encore plus vite. J'ai vraiment un don pour faire le service avec le sourire.

Quand arrivent dix-sept heures, mes Converse ne sont plus aussi vives. J'ai mal aux pieds, j'ai mal aux mollets, et j'ai mal à la tête. Mais je souris toujours quand Sylvie me frappe dans le dos en passant près de moi.

— Tu n'es là que depuis une semaine et je me demande déjà ce que je ferais sans toi.

Mon sourire s'élargit alors que je la regarde passer la porte battante pour entrer en cuisine, mais il s'efface aussitôt quand je me retourne et tombe nez à nez avec lui. Je ne suis pas particulièrement adepte des histoires de destin ou du principe selon lequel les choses arrivent pour une bonne raison. Je crois qu'on est maître de sa destinée, que nos décisions et nos actes sont ce qui influence le cours de notre vie.

Mais malheureusement, les décisions et les actes des autres impactent sur ce cours aussi, et parfois, on ne peut pas les empêcher. C'est peut-être pour ça que je me suis fermée au monde, cloîtrée à l'écart et que j'ai rejeté toute personne, situation éventuelle ou possibilité qui pourrait me déposséder de ce contrôle. Cela ne me dérange absolument pas de l'admettre. Les choix malheureux et égoïstes d'autrui ont déjà bien trop affecté ma vie. Ce qui me dérange bien plus, c'est mon incapacité soudaine à suivre ma stratégie raisonnable, probablement au moment le plus important.

Et la raison de cette défaillance se tient devant moi.

La sensation familière des battements de mon cœur qui s'emballent devrait m'indiquer ce que j'ai besoin de savoir. Je suis attirée par lui, vraiment attirée. Mais que fait-il ici ? Il a détesté mon café, et alors que j'ai préparé un nombre incalculable de tasses parfaites toute la journée, je soupçonne que cela pourrait changer dès maintenant.

Il me fixe, encore. Je devrais être embarrassée, mais je ne suis pas en position de lui demander ce qu'il peut bien être en train de regarder parce que je le fixe moi aussi. Il affiche son expression impassible habituelle.

Sait-il sourire ? A-t-il une mauvaise dentition ? Il a l'air d'avoir des dents parfaites. Tout ce que je vois est parfait, et je sais que tout ce que je ne vois pas l'est aussi. Il porte encore un costume trois-pièces, cette fois-ci bleu marine, ce qui rend ses yeux bleus encore plus clairs. Sa tenue semble aussi parfaite et onéreuse que jamais.

Il faut que je dise quelque chose. C'est idiot, mais il faut que Sylvie pousse la porte battante et que celle-ci me frappe dans le dos pour que je sorte de ma transe.

— Oh ! s'écrie-t-elle en me stabilisant en m'attrapant par le bras.

Elle examine mon visage interloqué et s'inquiète quand elle constate que je ne réagis pas et ne fais aucun effort pour bouger. Quand son regard suit finalement le mien, elle reste bouche bée.

— Oh… murmure-t-elle en relâchant mon bras, ses yeux allant de moi à lui. Je vais juste… euh… vider les poubelles.

Elle m'abandonne et me laisse le servir. Je veux lui hurler de revenir, mais encore une fois, ma langue est nouée et je le fixe sans relâche.

Il pose ses mains sur le comptoir, se penche en avant, et une mèche de cheveux tombe sur son front, attirant mes yeux juste au-dessus des siens.

— Tu me regardes avec beaucoup d'attention, murmure-t-il.

— Toi aussi.

J'ai retrouvé ma langue. Il me regarde vraiment.

— Et tu as bien du mal à te tenir à l'écart.

Il ne relève pas ma remarque.

— Quel âge as-tu ? demande-t-il.

Son regard descend lentement le long de mon corps avant de remonter vers mes yeux. Je ne réponds pas, mais je fronce les sourcils tandis que les siens semblent témoigner de son impatience.

— Je t'ai posé une question.

— Vingt-quatre ans.

Je réponds simplement alors que je voulais lui dire de s'occuper de ses affaires.

— Tu es avec quelqu'un ?

— Non.

Je m'étonne moi-même en donnant volontairement cette réponse. Je déclare toujours être en couple quand un homme me témoigne de l'intérêt. C'est comme si j'étais envoûtée.

Il acquiesce d'un air pensif.

— Tu vas finir par me demander ce que je veux ?

J'espère qu'il parle de ce qu'il veut boire. Je me trompe ? Voudrait-il continuer où nous nous sommes arrêtés ? Je commence à triturer l'anneau ancien orné de saphir que grand-père a offert à Nan ; c'est un signe de mon stress. Je le porte depuis trois ans, depuis que Nan me l'a offert pour mes vingt et un ans et dès que je suis stressée, je le tripote.

— Que veux-tu ?

L'assurance dont je faisais preuve vendredi soir a disparu. Je suis une épave.

Ses yeux perçants semblent légèrement s'assombrir.

— Un Americano, avec quatre shots, deux sucres et rempli à moitié.

Je suis terriblement déçue, c'est ridicule. Et ce qui est ridicule aussi, c'est le fait qu'il revient après avoir affirmé que mon café était le pire qu'il n'ait jamais goûté.

— Je croyais que tu n'avais pas aimé mon café.

— C'est le cas, insiste-t-il en s'éloignant du comptoir. Mais j'aimerais te donner une chance de te racheter, Livy.

Mes joues brûlent.

— Est-ce que tu veux essayer de te racheter ?

Son expression est tout à fait impassible, complètement sérieuse.

Je devrais fouiller loin au fond de moi ce mauvais côté dont Nan n'arrête pas de me parler et lui dire d'aller se faire voir, mais je ne pousse pas trop mes recherches.

— O.K.

Je me retourne vers l'affreuse machine à café qui, je le sais, va me laisser tomber. Je ferais du bien meilleur travail si je n'étais pas surveillée de si près.

Après avoir envoyé une petite prière silencieuse aux dieux du café, je commence avec le premier des quatre shots, m'efforçant d'apaiser ma respiration irrégulière. J'entreprends ma tâche lentement, avec précision ; tant pis si ça me prend toute la soirée. Je veux qu'il apprécie celui-là.

Dans ma vision périphérique, je vois la tête curieuse de Sylvie apparaître derrière la porte battante, et je sais qu'elle meurt de savoir ce qu'il se passe. Je sens qu'elle affiche un large sourire, même si je ne le vois pas. J'aimerais qu'elle surgisse et rompe ce silence gêné, pour que j'aie quelqu'un d'agréable à qui parler, mais en même temps, je ne veux pas qu'elle vienne. Je veux être seule avec lui. Je suis attirée par lui, et je ne peux absolument pas m'en empêcher.

Quand j'ai fini, je remplis sa tasse à emporter et y fixe un couvercle avant de me retourner pour le lui servir. Il se rassit et je réalise immédiatement mon erreur. Il ne l'a même pas encore goûté et j'ai déjà foiré.

Il fixe ses yeux bleus sur la tasse en carton, mais j'interviens avant qu'il ne le fasse.

— Tu préfères une vraie tasse ?

— Je vais prendre la version à emporter, dit-il en levant les yeux vers les miens. Ça aura peut-être meilleur goût.

Il ne sourit pas, mais j'ai le sentiment qu'il en a envie.

En marchant prudemment, même si le risque de tout renverser est limité grâce au couvercle, je m'approche et lui tends la tasse.

— J'espère que tu l'apprécieras.

— Moi aussi, dit-il en prenant son café et en désignant le sofa à l'autre bout d'un signe de la tête. Joins-toi à moi.

Il enlève le couvercle et souffle délicatement sur la vapeur s'échappant du café, ses lèvres déjà tentantes semblant m'inviter. Tout ce qu'il fait avec cette bouche est lent, que ce soit parler ou souffler la fumée d'un café chaud. Tout est si réfléchi que je me demande quelle autre geste le serait. Il est plus que beau, bien qu'un peu hautain. Tous les regards doivent se tourner vers lui où qu'il aille.

Il dresse un sourcil et indique à nouveau le canapé. Mes jambes se mettent en marche de leur propre gré pour aller s'asseoir.

— Que penses-tu de ce café ?

Il boit une lente gorgée de son Americano, et je me rends compte que je suis tendue car je m'attends à ce qu'il le recrache. Mais non. Il acquiesce en signe d'approbation et prend une autre gorgée. Je me détends, bêtement soulagée qu'il ne semble pas dégoûté. Il lève les yeux.

— Tu dois avoir remarqué que tu me fascines moi aussi.

— Toi aussi ?

Je suis perplexe.

— Il est évident que je te fascine.

Quelle arrogance.

— Je suppose que tu fascines de nombreuses femmes. Tu les invites toutes à boire un café ?

— Non, seulement toi.

Quand il se penche et se rapproche, j'en ai presque le souffle coupé. Je n'ai jamais été l'objet d'un regard aussi intense. C'est trop.

Je romps le contact visuel et détourne les yeux, mais je me souviens alors de quelque chose et me force à affronter cette intensité.

— Qui était cette femme à la soirée ?

Je ne ressens aucune gêne à poser la question. Il m'a demandé franchement quelle était ma situation personnelle, donc j'ai tout à fait le droit de connaître la sienne.

Elle semblait bien trop familière pour être une associée d'affaires. Je n'y compte pas trop, mais j'ai encore un espoir qu'il soit célibataire. L'idée que cet homme puisse être libre est ridicule, tout comme le fait que je veuille qu'il le soit… Je veux qu'il soit disponible… pour moi.

— Une relation professionnelle, répond-il, en m'observant attentivement, son ton doux me donnant la chair de poule.

— Tu es célibataire ?

Je veux que les choses soient claires, mais j'ignore pour quelle raison. Je me demande en fait ce que mon subconscient prépare, parce que je n'en ai aucune idée... D'ailleurs, je ne suis pas inquiète, alors que cela devrait vraiment me faire peur.

— Oui.

— O.K.

Je n'ajoute rien de plus, mais le regarde fixement, ravie. Maintenant, je veux savoir son âge. Il semble mûr et, à chaque fois que je l'ai vu, il portait des vêtements d'excellente qualité qui criaient leur prix exorbitant.

— O.K., réplique-t-il en buvant une autre gorgée de son café tandis que je l'observe.

Il est comme un aimant géant et intense qui m'entraîne vers... quelque chose.

— J'ai trouvé mon café bon, dit-il en reposant sa tasse avant de la faire pivoter et de se lever lentement du canapé.

Je le suis du regard jusqu'à ce que je me sente toute petite sous ses yeux bleus puissants et pénétrants qui me fixent de haut.

— Tu pars ?

Je suis sous le choc. C'était quoi tout ça ? Quel était son objectif ?

Il remue, mal à l'aise, et tend sa main vers moi.

— C'était un plaisir de te rencontrer.

— Nous nous sommes déjà rencontrés. Tu as failli m'embrasser, mais tu t'es enfui.

Il baisse légèrement la main en entendant mes paroles cinglantes avant de se ressaisir et me la tendre à nouveau.

— Puis tu m'as fui à ton tour.

Alors c'est un jeu ? Il n'est pas content parce que c'est moi qui suis partie, alors maintenant il me le fait payer juste pour avoir le dernier mot ? Quand sa main se rapproche, j'ai un mouvement de recul ; j'ai peur de le toucher.

— Tu crois que ça va faire des étincelles ? me demande-t-il calmement.

J'écarquille les yeux. Je sais que ça fera des étincelles parce que je les ai déjà senties. Son ton moqueur m'insuffle un peu de courage et je lève ma main menue pour qu'elle rencontre la sienne. Et les revoilà. Les étincelles.

Ce n'est pas un courant électrique qui se répand dans tout le bistro et nous coupe le souffle ou nous fait sursauter sous le choc, mais il y a quelque chose, et au lieu de se répandre vers l'extérieur, ça envahit l'intérieur, rebondit partout dans mon corps, fait accélérer les battements de mon cœur et me fait entrouvrir la bouche. Je ne veux pas le laisser partir, mais il me serre la main pour me signifier de lâcher la sienne.

Puis il se retourne et se dirige vers la sortie à grandes enjambées, sans un mot ni un regard qui suggère qu'il a ressenti quelque chose lui aussi. Est-ce le cas ? Qu'est-ce que c'était ? Qui est-ce ? Je porte les paumes de mes mains à mes joues et les frotte vivement, pour essayer de retrouver la raison. Il m'intrigue beaucoup trop, et ce n'est pas du tourisme ou de la couture avec ma grand-mère qui va réussir à distraire mes pensées de leurs errances, pas après cette conversation brève mais instructive. J'avance en territoire inconnu, en terrain dangereux. Après avoir passé des années à éviter tous les hommes, même les plus honnêtes, je me retrouve à en encourager un qui donne l'impression que je devrais vraiment le laisser tranquille.

Mais il y a une attirance… une attirance très forte.

\*

Je n'ai pas touché terre pendant toute la semaine. À chaque fois que la porte du bistro s'ouvrait, j'espérais que c'était lui. Mais non. Ces quatre derniers jours, une douzaine d'hommes m'a demandé mon nom, mon numéro ou m'a dit que mes yeux étaient magnifiques. Et à chaque fois, j'aurais aimé que ce soit Miller.

J'ai été occupée à préparer à la chaîne des cafés parfaits les uns après les autres, et j'ai même fait le service lors d'une autre soirée chic pour Del mardi, en espérant qu'il y serait. Mais non.

J'ai toujours essayé de faire en sorte que ma vie soit simple, mais je ressens à présent comme un grand besoin de complication. Une complication grande, brune et mystérieuse.

On est samedi, et Grégory m'a fait plaisir en venant se promener avec moi aux Parcs royaux. Il sait que quelque chose occupe mes pensées. Il met un coup de pied dans un tas de feuilles tandis que nous nous baladons dans Green Park, vers Buckingham Palace. Il veut me poser des questions, et je sais qu'il ne tiendra plus très longtemps. C'est lui qui a animé toute la conversation jusqu'ici, et je me suis contentée de balancer des réponses en un mot. Je n'y échapperai pas plus longtemps. Je suis clairement ailleurs, et je pourrais probablement trouver l'énergie nécessaire pour faire semblant d'être dans mon état habituel, mais je crois que je n'en ai pas envie. Je crois que je veux que Gregory insiste pour que je partage Miller avec lui.

— J'ai rencontré quelqu'un.

Ces mots s'échappent de ma bouche, rompant le silence inconfortable qui s'était installé entre nous. Il semble choqué, ce qui n'est pas étonnant vu que je le suis aussi.

— Qui ? demande-t-il en m'attrapant par le bras pour que je m'arrête.

— Je ne sais pas.

Je hausse les épaules, m'assieds par terre et attrape quelques brins d'herbe.

— Je l'ai vu deux fois au bistro et aussi à un gala où je faisais le service.

Gregory me rejoint sur l'herbe, son beau visage affichant un immense sourire.

— Olivia Taylor est touchée par un homme ?

— Oui, Olivia Taylor a très clairement été touchée par un homme.

C'est un tel soulagement de partager mon fardeau.

— Je ne peux pas m'empêcher de penser à lui.

— Ah ! lance Gregory en levant les bras en l'air. Il est sexy ?

Je souris.

— Beaucoup trop. Il a les plus beaux yeux que j'aie jamais vus. Aussi bleus que le ciel.

— Je veux tout savoir, déclare-t-il.

— Il n'y a rien de plus à dire.

— Eh bien, qu'est-ce qu'il a dit ?

— Il m'a demandé si j'étais avec quelqu'un.

Je tente de paraître désinvolte, mais je sais ce qui va se passer.

Il se penche vers moi, les yeux écarquillés.

— Et qu'est-ce que tu as répondu ?

— Non.

— C'est arrivé ! crie-t-il sur un ton chantant. Bordel de Dieu, ça a fini par arriver !

— Gregory !

Je le réprimande, mais je ne peux m'empêcher de rire moi aussi. Il a raison ; c'est arrivé, et c'est violent.

Il se redresse avec un air très sérieux.

— Livy, tu ne te rends pas compte depuis combien de temps j'attends ça. Il faut que je le voie.

Je rigole en poussant mes cheveux sur mes épaules.

— C'est assez improbable. Il apparaît d'un coup et disparaît encore plus vite.

— Quel âge a-t-il ?

Je n'ai jamais vu une telle excitation sur le visage de Gregory. Pour lui, c'était la bonne nouvelle de la journée… Ou peut-être du mois, ou même de l'année. Il s'est acharné à essayer de me traîner dans les bars, acceptant même qu'il s'agisse de bars « normaux » si cela pouvait me décider à le suivre.

Gregory fait partie de ma vie depuis huit ans, seulement huit ans, même si j'ai l'impression que ça fait une éternité. C'était le garçon populaire de l'école, toutes les filles se pâmaient d'admiration devant lui et il sortait avec elles, mais il avait un petit secret, un secret qui a causé son rejet dès qu'il a été découvert.

Le mec cool était gay. Ou gay à quatre-vingts pour cent, comme Gregory l'a toujours proclamé. Notre amitié a commencé quand je l'ai trouvé derrière l'abri à vélos, roué de coups par des gamins du lycée.

— Pas loin de trente ans je pense, mais il paraît plus vieux. Tu vois le genre, très mature. Il porte toujours des costumes qui semblent très chers.

— Parfait, dit-il en se frottant les mains. Comment s'appelle-t-il ?

— M, dis-je calmement.

— « M » ?

Le visage de Gregory affiche une grimace désapprobatrice.

— Qui est-ce ? Le patron de James Bond ?

Un éclat de rire m'échappe, et je continue de rire bêtement sous le regard impatient de mon ami, qui attend la confirmation que mon fantasme a un nom, au-delà d'une lettre de l'alphabet.

— Il a signé avec un M.

— Signé ?

Il a l'air de plus en plus confus, et de moins en moins enchanté. Je ne sais pas trop si je dois divulguer cette partie.

— Il n'a pas apprécié mon café et a choisi de me le faire savoir en m'écrivant un petit mot sur une serviette. Il l'a signé « M », mais depuis, j'ai appris qu'il s'appelait Miller.

— Oooooh, sexy ! Mais quel culot !

Il est choqué et a à peu près la même réaction que moi, mais son expression devient alors plus dure et il me toise en plissant les yeux.

— Et comment tu t'es sentie ?

— Incompétente.

Je lâche ce mot sans réfléchir, et je ne m'arrête pas là.

— Stupide, en colère, agacée.

Maintenant, c'est Gregory qui sourit.

— Il a provoqué une réaction chez toi ? me demande-t-il. Ça t'a énervée ?

— Oui !

Je soupire, complètement exaspérée.

— J'étais à cran.

— Oh mon Dieu ! Je l'aime déjà.

Il se lève et me tend la main pour me lever.

— Je parie qu'il est complètement fou de toi, comme la plupart des hommes sur cette Terre.

Acceptant son aide, je le laisse me tirer pour me mettre debout.

— C'est faux.

Je pousse un soupir en réfléchissant aux quelques mots que nous avons échangés ; à une phrase en particulier : « Je suis assez fasciné par toi moi aussi. »

Est-ce que « fasciné » équivaut à « attiré » ?

— Fais-moi confiance, ils le sont.

Je suis soudain impatiente de tout lui dévoiler et savoir ce qu'en pense Gregory.

— J'étais à un millimètre de ses lèvres.

Gregory prend une grande inspiration.

— Comment ça ?

Bien droit, il me fixe en plissant les yeux.

— Et tu t'es dégonflée ?

— Non, c'est moi qui ai engagé la situation.

Je ne ressens aucune honte.

— Il a dit qu'il ne pouvait pas et m'a laissée dans les toilettes des dames comme une idiote désespérée.

— Tu étais énervée ?

— Furieuse.

— Ouais !

Il frappe des mains et m'attire dans ses bras.

— C'est bien. Maintenant, dis-m'en plus.

Je lui raconte toute l'histoire : le champagne renversé, « l'associée » de Miller, comment il m'a approchée par la suite juste pour me mettre en garde.

Une fois mon récit terminé, Gregory reste pensif. Ce n'est pas la réaction que j'attendais ou j'espérais.

— Il est joueur. Il n'est pas bien pour toi, Livy. Oublie-le.

Je suis sous le choc, et ma manière de m'éloigner rapidement de lui et le regard plein de reproche affiché sur mon visage le lui font comprendre.

— L'oublier ? Tu es fou ? Sa façon de me regarder, Gregory… Ça m'a donné envie d'être regardée comme ça pour toujours.

Je marque une courte pause.

— Par lui.

— Oh, pauvre petit bébé.

— Je sais, dis-je en soupirant.

— Changeons de sujet, déclare-t-il en baissant les yeux sur mes Converse orange. Quelle couleur allons-nous acheter aujourd'hui ?

Mes yeux s'illuminent.

— J'en ai vu des bleu ciel sur Carnaby Street.

— Bleu ciel ?

Il glisse son bras autour de mon épaule et nous nous mettons en route vers la station de métro.

— J'aime bien.

**4**

Sylvie et moi sommes les dernières à quitter le bistro. Pendant qu'elle ferme les portes, je traîne les ordures dans la ruelle et les jette dans la poubelle à roulettes.

— Je vais tremper un long moment dans un bon bain, dit Sylvie, m'attrapant le bras tandis que nous commençons à errer sur la rue. Avec des bougies.

— Tu ne sors pas ce soir ?

— Non. Le lundi, c'est la merde, mais les mercredis soir, c'est de la bombe. Tu devrais venir.

Il y a dans ses yeux noisette un pétillement suggestif, mais l'ennui apparaît lorsqu'elle me voit secouer la tête.

— Pourquoi pas ?

— Je ne bois pas.

Nous traversons la route en évitant la circulation de l'heure de pointe et nous faisons klaxonner parce que nous n'utilisons pas le passage piéton.

— Oh, va te faire voir ! crie Sylvie, ce qui nous vaut d'être le centre d'attention d'un million de regards.

— Sylvie !

Je la tire en dehors de la voie, mortifiée.

Elle éclate de rire et fait un doigt d'honneur au conducteur.

— Pourquoi tu ne bois pas ?

— Je ne me fais pas confiance.

Cette phrase m'échappe, me choquant et choquant clairement Sylvie, à en voir les yeux marron très surpris qui se tournent vers moi... puis elle affiche un large sourire.

— Je pense que j'aimerais bien la Livy bourrée.

J'affiche un air de mépris et de désapprobation.

Je désigne l'arrêt de bus alors que je fais un pas sur la route, prête à la retraverser.

— À demain.

Elle se penche pour m'embrasser sur la joue, et nous sursautons quand quelqu'un nous klaxonne à nouveau. J'ignore l'abruti impatient, mais pas Sylvie.

— Qu'est-ce qu'ils ont ces cons ? crie-t-elle. On n'est même pas devant ta Mercedes de merde !

Elle s'avance vers la voiture juste au moment où la vitre du passager commence à descendre. Je sens la rage au volant bouillir. Elle se penche.

— Apprends à cond...

Elle s'arrête et se redresse en s'écartant de la Mercedes noire.

Curieuse, je me penche en avant et découvre ce qui lui a cloué le bec : mon cœur s'arrête de battre.

— Livy...

La voix de Sylvie est tellement basse que je l'entends à peine avec la circulation et les klaxons. Elle s'écarte de l'accotement.

— Je pense que c'est toi qu'il klaxonnait.

Je suis toujours à moitié penchée alors que mes yeux vont vers Sylvie puis retournent à la voiture, où il est assis, détendu, une main posée avec désinvolture sur le volant.

— Monte, m'ordonne-t-il brièvement.

Je sais que je vais monter dans cette voiture, alors je ne comprends pas pourquoi je regarde Sylvie pour qu'elle me donne son avis. Elle secoue la tête.

— Livy, à ta place, je n'y irais pas. Tu ne le connais pas.

Je me redresse et ouvre la bouche pour parler, mais aucun mot n'en sort. Elle a raison et je suis partagée, mes yeux faisant des allers et retours entre la voiture et ma nouvelle amie. Je ne suis pas insouciante ni stupide (je ne l'ai pas été depuis longtemps), et pourtant, toutes les pensées qui me traversent l'esprit juste à cet instant réduisent au silence cette affirmation. Je ne sais pas combien de temps je reste là à réfléchir, mais je suis distraite lorsque la portière côté conducteur de la Mercedes s'ouvre. Il fait alors le tour de la voiture et saisit mon bras avant d'ouvrir la porte passager.

Sylvie tente de me récupérer.

— Qu'est-ce que vous comptez faire là ?

Il me pousse sur le siège avant de se retourner vers Sylvie, stupéfaite.

— Je vais juste discuter avec elle.

Il sort un stylo et un papier de sa poche intérieure et écrit quelque chose avant de tendre la feuille à Sylvie.

— C'est mon numéro. Faites-le sonner.

— Quoi ?

Sylvie lui arrache le papier des mains et le parcourt des yeux.

— Faites-le sonner.

En le toisant avec un regard plein de reproches, elle sort son téléphone de son sac et compose le numéro. Quand un portable vibre, il attrape un iPhone dans sa poche intérieure et me le tend.

— Elle a mon téléphone. Faites-le sonner et elle répondra.

— Je pourrais l'appeler sur son téléphone, fait remarquer Sylvie en raccrochant. Qu'est-ce que ça prouve ? Vous pourriez l'enlever à la seconde où vous vous éloignerez.

— Alors je suppose que vous n'avez plus qu'à me croire sur parole.

Il ferme la portière et contourne la voiture, laissant Sylvie sur le trottoir, bouche bée.

Je devrais sortir et m'enfuir en courant, mais non. Je devrais protester et le traiter de tous les noms, mais non. Au lieu de cela, je regarde mon amie sur le trottoir et lève l'iPhone que Miller vient de me donner. Elle a raison : ça ne prouve rien, mais cela ne me dissuade pas de faire quelque chose d'incroyablement stupide. Je n'ai pas peur de lui. Il ne représente aucun danger pour moi, sauf peut-être pour mon cœur.

D'autres klaxons sonnent autour de nous lorsqu'il se glisse dans la voiture et qu'il quitte le bord de la route sans dire un mot. Je ne suis pas nerveuse. J'ai presque été kidnappée sur une rue de Londres bondée et mon estomac n'est même pas noué par la panique. Par contre, je ressens autre chose. Je tourne discrètement la tête pour le regarder, remarquant son costume sombre et son superbe profil. Je n'ai jamais rien vu de tel que lui. Le silence règne dans l'espace confiné qui nous entoure, mais quelque chose parle, et ce n'est ni Miller, ni moi. C'est le désir. Et il me dit que je suis sur le point de vivre une expérience qui va changer ma vie. Je veux savoir où il m'amène, je veux savoir de quoi il veut qu'on parle, mais mon désir de savoir tout ça ne m'incite pas à le lui demander. Il ne semble pas disposé à me donner ces renseignements tout de suite, alors je me détends au fond du siège en cuir doux et reste calme. Puis l'autoradio résonne et j'écoute soudain avec étonnement le titre de Green Day « Boulevard of Broken Dreams », une chanson que je n'aurais jamais associée à cet homme mystérieux.

Nous restons dans la voiture une bonne demi-heure, au rythme de la circulation dense de l'heure de pointe, jusqu'à ce qu'il entre dans un parking souterrain. Il semble réfléchir intensément alors qu'il arrête le moteur et tapote plusieurs fois le volant avec ses mains avant de sortir et venir de mon côté. Quand la porte s'ouvre, il plonge ses yeux dans les miens, et j'y trouve du réconfort tandis qu'il me tend la main.

— Donne-moi ta main.

Ma réaction est automatique : ma main se lève pour prendre la sienne alors que je sors de la voiture en savourant cette sensation familière comme si des éclairs m'attaquaient de l'intérieur. C'est plus incroyable à chaque fois que je les ressens.

— Les revoilà, murmure-t-il, repositionnant sa main pour mieux serrer la mienne.

Il les sent lui aussi.

— Donne-moi ton sac.

Je lui tends immédiatement mon sac, involontairement, sans même réfléchir. Je suis en pilote automatique.

— Tu as mon téléphone ? me demande-t-il en refermant délicatement la portière de sa voiture avec le pied et me guidant vers une cage d'escalier.

— Oui.

Je le lui montre.

— Appelle ton amie et dis-lui que tu es chez moi.

Il pousse la porte.

— Et s'il y a une personne qui risque de s'inquiéter pour toi, appelle-la aussi.

Je ne peux rien faire d'autre que de le suivre tandis qu'il monte lentement l'escalier, ma main toujours dans la sienne, me laissant passer les coups de téléphone qu'il m'a recommandés.

— Je ferais mieux d'utiliser mon téléphone.

Ma détective de grand-mère remarquerait tout de suite ce numéro inconnu et commencerait à se poser des questions… des questions auxquelles je ne veux pas répondre, ni même ne saurais quoi répondre.

— Comme tu veux.

Il hausse ses épaules minces alors qu'il continue de monter en me tirant derrière lui. Au troisième étage, mes cuisses commencent à brûler et j'ouvre la bouche pour essayer de faire entrer de l'air dans mes poumons épuisés.

— À quel étage habites-tu ?

À bout de souffle, j'ai honte de mon niveau de forme. Je marche beaucoup, mais il m'arrive rarement de grimper autant d'étages.

— Dixième, me lance-t-il par-dessus l'épaule comme si de rien n'était.

Apprendre que j'ai encore six étages à monter vide complètement mes poumons et paralyse mes jambes.

— Il n'y a pas d'ascenseur ?

— Si.

— Alors pourquoi…

Je n'ai assez d'air que pour haleter, et il me coupe le souffle en me soulevant d'un coup pour poursuivre l'ascension. Je n'ai d'autre choix que de me cramponner à ses épaules ; je me sens bien et mon nez et mes yeux profitent de cette proximité.

Quand nous arrivons au dixième étage, il traverse un couloir vide, puis me dépose sur mes pieds avant de mettre la clé dans la serrure d'une porte noire laquée.

— Après toi.

Il s'écarte du passage et me fait signe d'entrer, ce que je fais, sans réfléchir, protester ou demander pourquoi il m'a amenée ici.

Je sens la paume de sa main à la base de ma nuque, chaude et réconfortante, alors que je traverse l'entrée en contournant une immense table ronde, pour atterrir dans un vaste espace couvert de marbre avec des plafonds voûtés et des tableaux immenses un peu partout, représentant tous des œuvres d'architecture londonienne. Ce n'est pas la taille de l'appartement ou la grande surface de marbre crème qui retient mon attention.

Ce sont ces tableaux ; il y en a six, tous accrochés soigneusement dans des endroits bien choisis où ils peuvent être appréciés au mieux. Ils ne sont pas typiques ou traditionnels ; ce sont des peintures abstraites que l'on est obligé de regarder attentivement pour voir exactement ce qu'elles représentent. Mais je connais trop bien ces immeubles et ces monuments, et en regardant autour de moi, je les identifie tous, sans avoir besoin de plisser les yeux.

Je suis gentiment guidée vers le plus grand canapé en cuir couleur crème que j'aie jamais vu.

— Assieds-toi.

Il me pousse à m'installer et pose mon sac près de moi.

— Appelle ton amie, dit-il en me laissant trouver mon téléphone pendant qu'il se dirige vers un grand meuble en noyer et en sort un verre qu'il remplit d'un liquide brun.

Je compose le numéro de Sylvie, et ça ne sonne qu'une fois avant que sa voix plaintive me transperce les tympans.

— Livy ?

— Oui, c'est moi, dis-je calmement tout en l'observant se retourner et s'appuyer contre le meuble en prenant une lente gorgée de sa boisson.

— Où es-tu ?

On dirait qu'elle a couru. Elle semble essoufflée.

— Chez lui. Tout va bien.

Je suis gênée de m'expliquer pendant qu'il m'observe si intensément, mais il n'y a aucun moyen d'échapper à son regard d'acier.

— Mais pour qui il se prend ? me demande-t-elle, incrédule. Et tu es carrément stupide d'y être allée, Livy. À quoi pensais-tu ?

— Je ne sais pas.

Ma réponse est honnête parce que je ne sais vraiment pas. Je l'ai autorisé à m'enlever, me mettre dans sa voiture et m'amener dans un appartement étranger. C'est vrai, je suis carrément stupide, mais même là, alors que j'écoute mon amie tempêter au téléphone et qu'il me fixe avec un regard dénué de toute expression, je n'ai pas peur.

— Mon Dieu. Mais qu'est-ce que vous foutez ? Qu'est-ce qu'il te raconte ? Qu'est-ce qu'il veut ?

— Je ne sais pas.

Je le regarde me regarder alors qu'il prend une autre gorgée.

— Tu ne sais rien de rien, c'est ça ? lance-t-elle, sa forte respiration se calmant peu à peu.

— Non. Je t'appelle quand je rentre.

— Tu as intérêt, dit-elle sur un ton menaçant. Si je n'ai pas de tes nouvelles avant minuit, je préviens la police. J'ai pris son numéro d'immatriculation.

Je souris ; j'apprécie qu'elle s'inquiète pour moi, mais je sais au fond de moi que ce n'est pas nécessaire. Il ne me fera pas de mal.

— Je t'appelle.

— N'oublie pas.

Elle est toujours énervée.

— Et sois prudente, ajoute-t-elle plus gentiment.

— D'accord.

Je raccroche et appelle immédiatement ma grand-mère, pressée d'en finir et découvrir pourquoi il m'a amenée ici. Je n'ai pas besoin de donner trop de détails à Nan. Elle est ravie quand je lui dis que je vais boire un café avec des collègues de travail, comme je m'en doutais.

Une fois terminé, je pose mon téléphone et le sien sur la gigantesque table basse en verre devant moi, puis je me mets à tripoter la bague à mon doigt, en me demandant ce que je pourrais dire. Nous nous contentons de nous fixer, lui sirotant son verre, moi plongeant dans son regard intense.

— Tu veux boire quelque chose ? me demande-t-il. Du vin, du cognac ?

Je secoue la tête.

— De la vodka ?

— Non.

L'alcool est une faiblesse qu'il n'a pas besoin de connaître, bien que je ne pense pas en avoir besoin pour me lâcher avec cet homme.

— Pourquoi suis-je ici ?

Je finis par poser la question essentielle. Je pense que je connais la réponse, mais je veux l'entendre le dire.

Il tapote la paroi de son verre avec un air songeur et écarte son grand corps du meuble pour marcher lentement vers moi. Il déboutonne sa veste et se baisse jusqu'à ce qu'il soit assis sur la table en face de moi. Il pose alors délicatement son verre et rompt notre contact visuel pour voir où il atterrit avant de le déplacer légèrement et de repositionner nos téléphones portables. Mon rythme cardiaque s'accélère, encore plus quand il me fait face et m'attrape sous les genoux pour m'inciter à m'avancer sur le canapé jusqu'à ce qu'il n'y ait plus que quelques centimètres entre nos visages. Il ne dit rien, et moi non plus. Nos fortes respirations qui se mêlent entre nos bouches rapprochées disent tout ce qui est nécessaire. Nous débordons tous les deux de désir.

Son visage s'approche, une mèche de cheveux tombant sur son front, mais il ne vise pas mes lèvres. Il se dirige vers ma joue, et respire fort dans mon oreille. Quand j'appuie mon visage contre le sien, c'est tout à fait involontaire, tout comme le poids qui s'installe entre mes cuisses.

— Je ne peux pas m'empêcher de penser à toi, murmure-t-il, serrant un peu plus mes genoux. J'ai vraiment essayé, mais je te vois constamment où que je regarde.

Je prends une profonde inspiration et vois mes mains se lever pour atteindre ses cheveux ondulés et y passer les doigts en fermant les yeux.

— Tu as dit que tu ne pouvais pas être avec moi.

C'est peut-être stupide, mais je le lui rappelle. Je ne devrais pas insister, parce que s'il se rétractait maintenant, je crois que ça me rendrait folle.

— Je ne peux toujours pas.

Son visage se penche en avant jusqu'à ce que son front parfait repose contre le mien. Il ne peut pas m'avoir amenée ici juste pour réaffirmer ce qu'il m'a déjà dit. Il ne peut pas m'embarquer comme ça, me parler comme ça, et puis ne rien faire.

— Je ne comprends pas, dis-je en priant tous les dieux pour qu'il ne s'arrête pas là.

Son front caresse le mien lentement, délicatement.

— J'ai une proposition à te faire.

Il doit sentir ma confusion car il s'écarte pour observer mon visage. Je prends une grande inspiration pour rassembler mes forces.

— Tout ce que je peux t'offrir, c'est une nuit.

Je n'ai pas besoin de lui demander de quoi il parle. La douleur diffuse dans mon ventre traduit ses intentions avec exactitude.

— Pourquoi ?

— Je suis émotionnellement indisponible, Livy.

Il tend la main pour la poser sur ma joue, son pouce dessinant tendrement des cercles sur ma tempe.

— Mais je dois t'avoir.

— Tu me veux rien que pour une nuit ?

La douleur se transforme en une souffrance vague. Juste une nuit ? De toute façon, ce serait de la folie pour moi d'imaginer d'aller plus loin. La meilleure baise de ma vie. C'est ce qu'il a dit. Rien de plus.

— Une nuit, affirme-t-il. Et j'espère vraiment que tu me l'offriras.

Je suis perdue dans ses yeux bleus, espérant désespérément qu'il dise autre chose… quelque chose qui me réconfortera, parce que là, tout de suite, je me sens dupée, ce qui est ridicule. Je le connais à peine, mais l'idée de n'avoir droit qu'à une nuit avec cet homme me déprime.

— Je ne crois pas que je pourrai.

Mes yeux se ferment, alors que mon cœur se serre.

— Ce n'est pas juste de ta part de me demander ça.

— Je n'ai jamais dit être juste, Livy.

Il attrape mon menton et lève mon visage au niveau du sien.

— J'ai vu quelque chose et je le veux. J'obtiens généralement ce que je convoite, mais je te donne le choix.

— Et quel est mon intérêt ? Qu'est-ce que je retirerai de ça ?

— Je vais te vénérer pendant vingt-quatre heures.

Il ouvre légèrement la bouche et sa langue passe sur sa lèvre inférieure, comme s'il essayait de me montrer ce à quoi pourraient ressembler ces vingt-quatre heures. Il gaspille son énergie ; j'imagine très bien à quoi m'attendre.

— Tu as dit que tu pouvais m'offrir seulement une nuit.

— Vingt-quatre heures, Livy.

J'ai envie de dire oui, mais ma tête commence à se secouer quand mon intégrité essaie de prendre le dessus. Si je sors avec un homme, ça ne peut pas être juste comme ça. Toutes les méthodes que j'ai adoptées pour éviter de suivre la trace de ma mère seront bafouées si je fais ça, et je ne peux pas m'abaisser à ça.

— Je suis désolée. Je ne peux pas.

Je ne devrais pas m'excuser de refuser sa proposition déraisonnable, mais je suis vraiment désolée. J'aimerais qu'il me vénère, mais pas assez pour être dévastée parce que c'est exactement comme ça que ça finira. J'ai déjà l'impression que cela me dépasse complètement et il ne m'a même pas encore embrassée.

Visiblement déçu, il se retourne, rompant tout contact entre nous. Je me sens un peu perdue, ce qui devrait renforcer ma décision de refuser son offre. Une nuit ne me suffira jamais.

— Je suis déçu, lance-t-il dans un soupir. Mais je respecte ta décision.

Je suis déçue qu'il respecte ma décision. J'aimerais qu'il se batte, qu'il me convainc de dire oui. Je n'ai pas les idées claires.

— Je ne sais rien de toi.

Il prend son verre et en boit une gorgée, ce qui attire mes yeux vers ses lèvres.

— Si tu me connaissais mieux, tu reconsidérerais ma proposition ?

— Je ne sais pas.

Je suis frustrée et agacée… agacée qu'il m'ait mise dans cette situation. Repousser un inconnu qui fait une telle proposition devrait être une décision facile à prendre, mais plus je passe de temps avec lui, même dans des circonstances bizarres et inhabituelles, plus j'ai envie de revenir sur ma réponse et, accepter les vingt-quatre heures qu'il m'offre.

— Tu connais mon nom maintenant.

Ses lèvres se relèvent très légèrement, mais elles sont loin d'esquisser un sourire.

— C'est tout ce que je sais. Je ne connais pas ton nom de famille, ton âge, ta profession.

— Et tu as besoin de savoir tout ça pour passer une nuit avec moi ?

Il arque ses sourcils bruns tandis que ses lèvres se retroussent un peu plus. Si seulement il souriait vraiment, j'aurais l'impression de mieux le connaître. Mais dois-je laisser ma fascination pour lui s'accroître si cela signifie m'y attacher encore plus ?

Je ne sais pas, alors je hausse les épaules nonchalamment et baisse la tête, mes cheveux tombant sur mes genoux.

— Je m'appelle Miller Hart, commence-t-il, attirant mes yeux vers les siens. J'ai vingt-neuf ans.

— Stop !

Je lève la main pour l'interrompre.

— Ne m'en dis pas plus. Je n'ai pas besoin de savoir.

Il penche la tête, légèrement amusé, même si sa bouche ne le montre toujours pas.

— Pas besoin ou pas envie ?

— Les deux.

Je suis brusque, car je ressens cette colère dont je n'ai pas l'habitude s'insinuer de nouveau en moi. Il m'avait déjà énervée avant de suggérer quelque chose d'aussi ridicule, mais là, je suis vraiment en colère. Je me mets debout, ce qui le force à bouger sur la table et lever les yeux vers moi.

— Merci pour cette offre, mais ma réponse est non.

Je récupère mon sac et mon téléphone et me dirige vers la porte, mais je n'atteins que le bout du canapé car il m'attrape délicatement et me pousse contre le mur, mon sac m'échappant et tombant sur le marbre alors que je ferme les yeux et les serre fort.

Son menton se trouve sur mon épaule et sa bouche près de mon oreille.

— Tu ne sembles pas convaincue, murmure-t-il, montant son genou entre mes cuisses pour les écarter.

— Je ne le suis pas.

Je l'avoue en m'en voulant aussitôt d'être aussi faible. Sentir son corps le long de mon dos est trop agréable, alors que je voudrais désespérément que ça ne le soit pas. Tout suggère que ça ne va pas, mais ce sentiment de bien-être complètement fou rend les signaux difficiles à ignorer.

— Et c'est exactement pour ça que je ne te laisserai pas partir tant que tu n'auras pas accepté. Tu as envie de moi.

Il me retourne et plaque une main de chaque côté de ma tête sur le mur.

— Et j'ai envie de toi.

— Mais seulement pour vingt-quatre heures.

Ma voix se résume à un halètement alors que je lutte pour contrôler ma respiration erratique.

Il acquiesce et baisse légèrement sa bouche vers la mienne. Il doute, hésite ; je le vois dans ses yeux. Mais il ose finalement mordiller ma lèvre inférieure, picorant avec délicatesse et murmurant ce qui ressemble à des mots pour s'encourager lui-même avant de forcer sa langue dans ma bouche jusqu'à ce que je me détende et accepte cette douce invasion. Rien ne m'empêcherait de gémir, alors que je me relâche dans son baiser et saisis ses épaules. C'est divin, exactement comme je m'y attendais, mais cela n'aide pas mon discernement. Néanmoins, je relègue mes doutes loin dans ma tête et me perds en lui. Il me vénère, et l'idée de passer vingt-quatre heures ainsi me fait presque rompre notre baiser, pour que je puisse crier « oui ! ». Mais je me retiens. Malgré mon plaisir et mon désir grandissant, je me concentre pour apprécier le seul baiser que je ne recevrai jamais de la part de Miller Hart. Et je m'en souviendrai pour le restant de ma vie. Il gémit, appuyant son entrejambe contre mon ventre. Sa raideur palpite contre moi.

— Mon Dieu, tu es délicieuse. Dis oui, marmonne-t-il dans ma bouche en me mordant la lèvre. S'il te plaît, dis oui.

J'ai envie de revenir sur ma réponse, juste pour faire traîner ce baiser exquis, mais je m'enfonce rapidement plus loin à chaque seconde qu'il passe à séduire ma bouche.

Je tourne la tête sur le côté pour rompre le contact entre nos bouches et prendre ma respiration.

— Je ne peux pas. J'en voudrais plus.

Je sais que j'en voudrais plus, aussi fou que cela puisse paraître. Je n'ai jamais cherché ce lien, mais si je l'avais fait, alors ce serait ça : quelque chose de douloureusement bon, dévorant… quelque chose de spécial et incontrôlable ; quelque chose qui rendrait honteuses mes conclusions antérieures sur l'intimité. Ça m'est tombé dessus par accident, quand je m'y attendais le moins, mais c'est arrivé et je ne peux pas succomber encore en sachant qu'il n'y a pas d'espoir et rien d'autre qu'un cœur brisé qui m'attend au bout de ces vingt-quatre heures.

Il pousse un grognement frustré et se détourne du mur.

— Merde, jure-t-il en s'éloignant, les yeux vers le plafond. Je n'aurais pas dû t'emmener ici.

Je mets de l'ordre dans mon esprit embrouillé et me redresse, en restant appuyée contre le mur pour me soutenir.

— Non, tu n'aurais pas dû.

Je suis d'accord et fière de paraître sûre de moi.

— Je ferais mieux de partir.

Je ramasse mon sac par terre et me dirige rapidement vers la porte, sans lancer un regard en arrière.

Une fois en sécurité dans la cage d'escalier, je m'écroule contre le mur, ma respiration laborieuse et mon corps tremblant. Je suis raisonnable. Il faut bien que je m'en souvienne. Rien de bon ne pouvait ressortir de cette histoire, à part des souvenirs d'une journée et d'une nuit incroyables que je n'aurai plus jamais l'occasion de vivre.

Ce serait de la torture, et je refuse de me tourmenter, de me donner un aperçu de quelque chose de fantastique (parce que je sais que ça le serait) pour qu'on me l'enlève aussitôt. Jamais. Je refuse de devenir ma mère. Résolue et satisfaite de ma décision, je descends l'escalier et trouve mon chemin vers la station de métro. Pour la première fois depuis de nombreuses années, j'ai besoin de boire de l'alcool.

5

Je n'ai pas été vraiment moi-même pendant toute la semaine. Ce n'est pas passé inaperçu et on me l'a fait remarquer, mais ma déprime a dissuadé les interrogatoires, sauf pour Gregory, qui, j'en suis sûre, fait ses rapports à Nan, parce qu'elle est passée de curieuse et insistante à inquiète et compatissante. Elle m'a aussi préparé un gâteau au citron tous les jours.

Je débarrasse la dernière table en passant distraitement mon torchon d'un côté à l'autre quand la porte du bistro s'ouvre et que je me retrouve face à M. Grands Yeux.

Il affiche un petit sourire gêné et referme la porte lentement derrière lui.

— Est-il trop tard pour commander un café à emporter ?

— Pas du tout.

Je prends mon plateau et le dépose sur le comptoir avant de charger le filtre.

— Un cappuccino ?

— S'il vous plaît, dit-il poliment en s'approchant.

Je m'affaire en ignorant Sylvie lorsqu'elle passe avec les poubelles et s'arrête, après avoir à l'évidence remarqué mon client.

— Mignon, me souffle-t-elle simplement avant de continuer son chemin.

Elle a raison ; il est vraiment mignon, mais j'ai trop de difficultés à faire disparaître un autre homme de ma tête pour l'apprécier. M. Grands Yeux est le type d'homme sur lequel je devrais porter mon attention (dans le cas où je déciderais de m'intéresser à un homme) ; pas sur les ténébreux, sombres et énigmatiques, qui ne veulent que vingt-quatre heures et rien d'autre.

Déclenchant le tuyau à vapeur, je commence à chauffer le lait, en remuant le pot et produisant un bruit sifflant qui accompagne mon esprit qui s'emballe. Je verse, saupoudre et fixe le couvercle, puis me retourne pour servir mon café parfait.

— Deux quatre-vingts, s'il vous plaît.

Je tends la main.

Il y dépose délicatement trois pièces d'une livre et je tape la commande sur la caisse avec mon autre main.

— Je m'appelle Luke, dit-il lentement. Puis-je connaître votre nom ?

— Livy.

Je stresse en jetant les pièces dans le tiroir négligemment.

— Et il y a quelqu'un dans votre vie ? me demande-t-il avec circonspection, ce qui me fait froncer les sourcils.

— Je vous l'ai déjà dit.

Pour la première fois, je permets à ses charmes de passer outre mon mur de protection mentale et les images de Miller. Ses cheveux châtains retombent sur son front, mais sont raides, et ses yeux marron sont chaleureux et amicaux.

— Alors pourquoi me le deman…

Je m'interromps au milieu de ma phrase et jette un coup d'œil à Sylvie, qui vient juste de passer la porte du bistro, délestée des deux sacs poubelle. Je lui lance un regard plein de reproche, en comprenant bien qu'elle a dit à M. Grands Yeux ici présent que j'étais tout à fait libre.

Elle ne traîne pas pour éviter de subir mon animosité et préfère se précipiter furtivement vers les cuisines où elle est en sécurité. M. Grands Yeux, ou Luke puisque je connais désormais son prénom, remue nerveusement, ignorant manifestement ma traîtresse d'amie lorsqu'elle disparaît hors de notre vue.

— Mon amie a la langue bien pendue.

Je lui tends sa monnaie.

— J'espère que vous apprécierez votre café.

— Pourquoi me repoussez-vous comme ça ?

— Parce que je ne suis pas libre.

Je me répète parce que c'est la vérité, même si c'est pour une tout autre raison à présent. J'ai beau avoir refusé l'offre de Miller, ça n'a pas rendu le fait de l'oublier plus facile pour autant. Je porte mes doigts à mes lèvres, sentant encore les siennes, douces et charnues, s'attarder, chatouiller, mordiller. Je soupire.

— Nous allons fermer.

Luke fait glisser une carte sur le comptoir et la tapote légèrement avant de la lâcher.

— J'aimerais beaucoup vous inviter à sortir un soir, alors si vous décidez que vous êtes libre, je serais ravi d'avoir de vos nouvelles.

Je lève les yeux et le vois me faire un clin d'œil, avec un sourire effronté.

Je lui retourne son petit sourire et le regarde quitter le bistro en sifflant gaiement.

— Je peux entrer ?

La voix inquiète de Sylvie surgit des cuisines, et je me retourne pour voir sa tête brune dépasser de la porte battante.

— Tu lui as dit, traîtresse !

Je tire sur la ficelle de mon tablier.

— Ça a dû m'échapper.

Elle n'ose toujours pas s'avancer dans la salle, préférant rester à l'abri derrière la porte.

— Allez, Livy. Laisse-lui une chance.

Elle se concentre clairement sur Luke, depuis que je l'ai appelée comme elle l'avait demandé avant minuit, la nuit où Miller m'a arrachée du trottoir. Je ne lui ai pas raconté les détails, mais mon abattement lui a dévoilé tout ce qu'elle avait besoin de savoir ; il n'était pas nécessaire de mentionner les propositions choquantes.

— Sylvie, ça ne m'intéresse pas.

Je reste vague en secouant mon tablier avant de le pendre au portemanteau.

— Ce n'est pas ce que tu disais à propos du connard grossier avec l'AMG de luxe.

Elle sait qu'elle ne devrait pas parler de lui, mais elle a raison et tout à fait le droit de le faire savoir.

— Moi, je dis ça, je dis rien.

Je secoue la tête, complètement exaspérée, et la pousse pour passer et me diriger vers les cuisines afin de récupérer ma veste et mon sac. Toutes ces émotions (la gêne, l'irritation, le cœur lourd et l'incertitude) sont le résultat d'une seule chose...

Un homme.

— On se voit demain matin.

Je laisse Sylvie fermer le restaurant toute seule.

Ma petite promenade paisible vers l'arrêt de bus est écourtée quand j'entends Gregory m'appeler. De manière peu charitable, je soupire et pivote lentement sans même prendre la peine d'afficher un sourire hypocrite sur mon visage fatigué.

Il porte ses vêtements de jardinage et des brins d'herbe éparpillés dans ses cheveux ébouriffés lui donnent une allure négligée. Dès qu'il m'atteint, il passe son bras sur mon épaule et me tire sur le côté.

— Tu rentres chez toi ?

— Ouais. Qu'est-ce que tu fais ?

— Je suis venu te raccompagner.

Il semble sincère, mais je sais que ce n'est pas le cas.

— Tu es venu pour me ramener chez moi ou pour me soutirer des informations ?

Je suis sèche, ce qui me vaut un coup de hanche dans la taille.

— Comment tu te sens ?

Je réfléchis soigneusement aux mots que je vais utiliser pour essayer d'éviter d'autres questions. Il en sait assez et a mis Nan au courant. Je ne lui parlerai pas de la proposition des vingt-quatre heures, sur laquelle j'hésite toujours. J'ai dit non et j'ai l'impression d'être une merde, alors peut-être que je devrais accepter tête baissée et avoir aussi l'impression d'être une merde.

Mais au moins, j'aurai des souvenirs à me remémorer de cet état… quelque chose à revivre.

— Bien, finis-je par répondre sur un ton neutre en laissant Gregory montrer le chemin vers sa camionnette.

— S'il t'a dit qu'il était indisponible émotionnellement, Livy, ça ne peut pas être bon signe. Tu as pris la bonne décision en refusant de le revoir.

— Je sais. Alors pourquoi est-ce que je n'arrête pas de penser à lui ?

— Parce qu'on craque toujours pour les mauvais types.

Il se penche et m'embrasse sur le front.

— Ceux qui nous créent des complications et piétinent notre cœur. J'ai connu ça, je l'ai fait, et je suis content que tu aies fait marche arrière avant d'être allée trop loin. Je suis fier de toi. Tu mérites mieux que ça.

Je souris en me souvenant les nombreuses fois où j'ai tenu la main de Gregory après qu'il est tombé sous le charme d'un homme, sauf que Miller n'est pas charmant… pas le moins du monde. C'est difficile de déterminer exactement ce qu'il y a chez lui, si ce n'est son allure théâtrale, mais cette sensation… oh mon Dieu cette sensation. Et ce que vient de dire Gregory est parfaitement vrai. J'ai manqué d'une mère dans ma vie à cause de ses mauvais choix concernant les hommes.

Rien que cela, ça aurait dû me faire fuir dans la direction opposée, mais au lieu de cela, j'ai été attirée. Je sens toujours la douceur de ses lèvres sur les miennes, la chaleur sur ma peau à son contact et je me suis remémoré ce baiser tous les soirs, allongée sur mon lit. Rien n'égalera jamais ces sensations.

Nous entrons dans la maison et je me dirige avec Gregory vers la cuisine. J'entends Nan et George discuter, ainsi que les bruits d'une cuillère en bois contre la paroi d'une grande marmite en métal, une cocotte. Ragoût et boulettes de pâte au menu de ce soir. Je fais la grimace et envisage de courir vers la friterie du coin. Je ne supporte pas le ragoût de ma grand-mère, mais c'est le repas préféré de George et ce dernier est invité à dîner. On dirait donc que je vais devoir manger du ragoût.

— Gregory ! lance Nan en sautant sur mon ami gay pour couvrir son visage de ses lèvres en marshmallow. Il faut que tu restes pour le dîner.

Elle désigne une chaise avant de s'avancer pour m'agresser moi aussi avec sa bouche visqueuse et me placer sur une chaise près de George.

— J'adore quand nous sommes tous ensemble, déclare-t-elle sur un ton joyeux. Du ragoût ?

Tout le monde lève la main, moi y comprise, même si je n'en veux pas.

— Assieds-toi, Gregory, ordonne Nan.

Gregory va s'asseoir sagement en nous fixant, George et moi, et faisant la moue quand il nous voit l'observer avec des petits sourires narquois tandis qu'il se déplace prudemment.

— Tu lui dis non, murmure-t-il.

— Pardon ?

Nan se retourne et nous affichons tous un visage impassible en nous redressant, comme de bons petits enfants.

— Rien.

Nous répondons à l'unisson, ce qui vaut à chacun un regard suspicieux de quelques secondes de la part de ma chère grand-mère.

— Hmmm, fait-elle en posant la cocotte sur la table. Servez-vous !

George plonge pratiquement dans la marmite, tandis que je me contente d'attraper un peu de pain et de prendre de petites bouchées que je mâche tranquillement pendant que tout le monde discute gaiement.

Quand Miller apparaît furtivement dans mon esprit, je ferme les yeux. Quand je sens soudain son odeur, je retiens ma respiration. Quand je sens la chaleur de sa peau, je sursaute sur ma chaise. Je dois lutter mentalement contre moi-même pour chasser ces images, ces souvenirs et le doux son de sa voix.

J'échoue sur tous les plans. Succomber à cet homme pourrait s'avérer être une catastrophe. Tout suggère que ce serait le cas et que ce serait bien agréable, mais non. Je me sens faible et vulnérable, et je déteste ça. Je n'aime pas non plus l'idée de ne plus jamais le revoir.

— Livy, tu n'as quasiment pas touché à ton dîner.

Nan me sort brusquement de mes rêveries en tapotant sa cuillère sur le bord de mon bol.

— Je n'ai pas faim, dis-je en le repoussant avant de me lever. Excusez-moi. Je vais me coucher.

Je sens trois paires d'yeux inquiets se river sur moi alors que je quitte la cuisine, mais je ne m'en fais plus. Eh oui, Livy « Je-n'aurai-jamais-besoin-d'un-homme » Taylor a craqué, et c'est bête mais ça fait mal. Et le pire, c'est qu'elle a craqué pour quelqu'un qu'elle ne peut pas, et, ne devrait probablement pas, avoir.

Je me traîne lourdement dans les escaliers et m'écroule sur mon lit, sans prendre la peine d'enlever mes vêtements et mon maquillage. Il ne fait même pas nuit, mais m'enfouir sous ma grosse couette permet d'y remédier. J'ai envie de silence et d'obscurité pour pouvoir me torturer un peu plus.

La journée de vendredi a été douloureusement longue. J'ai évité Nan en décidant de sauter le petit déjeuner et de supporter, le coup de téléphone inquiet auquel je m'attendais sur le chemin du boulot. Elle n'était pas contente, mais elle ne pouvait pas me gaver de céréales à un kilomètre de distance. Del, Paul et Sylvie ont tous essayé en vain de m'arracher un sourire sincère, et Luke est encore venu prendre un café, juste pour voir si j'avais changé d'avis à propos de mon statut personnel. Il est persévérant, je le lui accorde, et il est mignon et amusant aussi, mais je ne suis toujours pas intéressée.

J'ai pensé à quelque chose toute ta journée, et j'ai toujours envie de demander, avant de me dégonfler, connaissant par avance sa réaction. Et je ne peux pas vraiment lui en vouloir. Mais Sylvie a son numéro de téléphone, et je le veux. Nous sommes en train de fermer le bistro et je n'ai plus beaucoup de temps.

— Sylvie ? dis-je lentement en tortillant innocemment mon torchon.

C'est une tentative idiote pour paraître mignonne, étant donné ce que je suis sur le point de lui demander.

— Livy, dit-elle suspicieuse, en imitant mon ton mielleux.

— Tu as toujours le numéro de Miller ?

— Non ! lance-t-elle en secouant furieusement la tête avant de se précipiter dans les cuisines. Je l'ai jeté.

Je la poursuis, n'ayant aucunement l'intention de renoncer.

— Mais tu l'as composé sur ton téléphone.

Je lui rentre dedans quand elle s'immobilise.

— Je l'ai effacé, crache-t-elle sur un ton peu convaincant.

Elle va m'obliger à la supplier ou à la coincer pour lui voler son téléphone.

— S'il te plaît, Sylvie. Je suis en train de devenir folle.

Je joins mes mains devant mon visage implorant, comme pour émettre une prière.

— Non.

Elle sépare mes deux mains et les pousse de chaque côté de mon corps.

— J'ai entendu ta voix quand tu as quitté son appartement, et j'ai aussi vu ta tête le lendemain. Livy, une créature toute mignonne comme toi n'a rien à faire avec un mec comme lui.

— Je n'arrête pas de penser à lui.

Je serre les dents, comme si ça me coûtait de l'admettre. Et c'est le cas. Ça me coûte d'apparaître si désespérée, et ça me coûte encore plus d'être vraiment désespérée.

Sylvie me contourne et va dans la salle de restaurant, son carré brun se balançant d'un côté à l'autre.

— Non, non, non, Livy. Les choses arrivent pour une bonne raison, et si tu devais être avec…

Je heurte de nouveau son dos quand elle ralentit et s'arrête sur sa lancée.

— Arrête de t'arrêter !

Je sens la frustration monter en moi.

— Qu'est-ce que...

C'est moi qui traîne maintenant, alors que je regarde au-delà de Sylvie et découvre Miller à l'entrée du bistro, avec son allure impeccable dans un costume trois-pièces gris, ses cheveux en vagues noires et ses yeux de cristal bleu clair qui me transpercent.

Il s'avance, ignorant complètement ma collègue de travail, et garde les yeux rivés sur moi.

— Tu as terminé ta journée ?

— Non ! intervient Sylvie en reculant et me tirant avec elle. Non, elle n'a pas fini.

— Sylvie !

Déterminée, je force le passage et vais même jusqu'à la repousser elle, dans les cuisines.

— Je sais ce que je fais, dis-je à voix basse.

Ce n'est pas vrai du tout : je n'ai aucune idée de ce que je fais.

Elle m'attrape par le bras et se penche vers moi.

— Comment quelqu'un peut-il passer d'aussi raisonnable à aussi insensé en l'espace de quelques minutes ? me demande-t-elle en jetant un coup d'œil par-dessus mon épaule. Tu vas t'attirer des ennuis, Livy.

— Laisse-moi.

Je vois bien qu'elle est partagée, mais elle finit par s'adoucir, mais pas sans jeter un regard d'avertissement en direction de Miller.

— Tu es folle, souffle-t-elle en pivotant sur ses bottes de motard avant de s'éloigner d'un pas lourd pour nous laisser seuls.

Je prends une profonde inspiration et me retourne pour faire face à l'homme qui a occupé chaque seconde de mes pensées depuis lundi.

— Tu veux un café ? dis-je en désignant la machine géante derrière moi.

— Non, répond-il calmement en s'approchant à seulement quelques dizaines de centimètres. Viens faire un tour avec moi.

Un tour ?

— Pourquoi ?

Il jette un coup d'œil vers l'entrée des cuisines, manifestement mal à l'aise.

— Prends ton sac et ta veste.

Je m'exécute sans trop réfléchir. J'ignore l'expression stupéfaite de Sylvie quand j'entre pour récupérer mes affaires.

— J'y vais.

Je pars rapidement en la laissant fulminer contre Del et Paul. Je l'entends me traiter d'idiote et j'entends Del dire que je suis une adulte. Ils ont tous les deux raison.

Passant mon sac en bandoulière, je m'approche de lui et ferme les yeux quand il plaque la paume de sa main contre la base de ma nuque pour me guider vers la sortie. Il me fait traverser la rue et m'amène dans un petit square où il me fait asseoir sur un banc et s'installe près de moi, de côté pour me faire face.

— Est-ce que tu as pensé à moi ? me demande-t-il.

— Constamment.

Je l'admets sans tourner autour du pot. C'est le cas, et je veux qu'il le sache.

— Alors comptes-tu passer la nuit avec moi ?

— Toujours seulement vingt-quatre heures ?

Je veux que les choses soient claires ; il acquiesce. Mon cœur se brise, mais cela ne m'empêche pas d'accepter. Je ne peux pas me sentir plus mal qu'actuellement.

Il pose sa main sur mon genou, en serrant doucement.

— Vingt-quatre heures, sans conditions, sans engagement et sans sentiments, juste du plaisir.

Il relâche mon genou et porte sa main à mon menton pour rapprocher mon visage du sien.

— Et ce sera très agréable, Livy. Je te le promets.

Je n'en doute pas une seconde.

— Pourquoi veux-tu que ce soit comme ça ?

Je sais que les femmes sont connues pour être plus sérieuses que les hommes, mais il me demande de ne pas tenir compte d'une chose qu'il m'est impossible de négliger. Je ne ressens pas uniquement du désir sexuel… enfin, je ne pense pas. Je suis désorientée. Je ne sais même pas ce que je ressens.

Pour la première fois depuis que je l'ai rencontré, il sourit. C'est un vrai sourire, un beau sourire… et je succombe encore un peu plus.

— Simplement parce qu'il faut que je t'embrasse encore.

Il se penche et pose délicatement ses lèvres sur les miennes.

— C'est nouveau pour moi. J'ai besoin de savoir un peu mieux quel goût tu as.

Nouveau ? C'est nouveau pour lui ? Comment ça ? Différent des femmes raffinées couvertes de diamants auxquelles il est habitué ?

— Et parce qu'on ne doit pas passer à côté de ce qu'il pourrait y avoir entre nous, Livy.

— Le meilleur coup de ma vie ?

Mes lèvres reposent toujours contre les siennes et je le sens sourire à nouveau.

— Et bien plus encore.

Quand il recule, je me sens démunie. Peut-être devrais-je m'habituer à ce sentiment.

— Où habites-tu ?

— Je vis avec ma grand-mère âgée.

Je ne sais pas pourquoi j'ai précisé « âgée », peut-être pour justifier le fait que je vive avec elle.

— À Camden.

Son front parfait laisse paraître sa surprise.

— Dis à ta grand-mère que tu rentreras demain soir. C'est à quelle adresse ?

Je suis prise de panique.

— Qu'est-ce que je vais lui dire ?

Je n'ai jamais découché toute une nuit, et je ne vois aucune raison plausible de le faire maintenant.

— Je suis certain que tu trouveras quelque chose.

Il se lève en me tendant la main. Je l'attrape et le laisse m'aider à me relever.

— Non, tu ne comprends pas.

Je n'y arriverai jamais.

— Je ne sors pas le soir. Elle ne me croira jamais si j'essaie de lui faire avaler autre chose que la vérité, et je ne peux pas lui parler de toi.

109

Elle en mourrait tellement le choc serait grand. Ou peut-être pas. Peut-être qu'elle danserait dans la cuisine en frappant dans ses mains et remerciant le Seigneur. Connaissant Nan, ce sera plutôt cette dernière option.

— Tu ne sors jamais ? demande-t-il en fronçant les sourcils.

— Non.

Je simule la nonchalance en faisant presque la morte.

— Et tu n'as jamais découché ? Pas même chez une copine ?

Je n'ai jamais été embarrassée par mon style de vie… jusqu'à maintenant. Je me sens soudainement jeune, naïve et inexpérimentée, ce qui est ridicule. Il faut que je retrouve le culot que j'ai perdu depuis long-temps. Alors qu'il m'a promis des rapports sexuels à m'en mettre plein la vue, que va-t-il en retenir, parce que je ne suis certainement pas une bête de sexe qui va secouer son lit. Un homme comme ça doit avoir un nombre incalculable de femmes qui font la queue devant sa porte d'entrée, toutes vêtues de satin ou de dentelle, toutes en talons aiguilles et toutes prêtes à le rendre fou de désir.

Je secoue la tête en baissant les yeux vers le sol.

— Rappelle-moi pourquoi tu veux faire ça ?

— Si c'est à moi que tu parles, ne serait-ce pas plus poli de me regarder ?

Il met un petit coup dans mon menton pour que je relève la tête.

— Tu n'as pas l'air du genre à douter de toi.

— Habituellement, non.

— Et qu'est-ce qui est différent ?

— Toi.

Cet unique mot le met mal à l'aise, et je regrette immédiatement de l'avoir prononcé.

— Moi ?

Ma tête retombe.

— Je ne voulais pas te mettre mal à l'aise.

— Je ne suis pas mal à l'aise, riposte-t-il calmement, mais maintenant je me demande si c'est une bonne idée.

Je relève brusquement la tête, paniquée à l'idée qu'il puisse retirer son offre.

— Non, je veux le faire.

Je ne sais pas ce que je dis, mais cela ne m'empêche pas de continuer à bafouiller.

— Je veux passer vingt-quatre heures avec toi.

Je viens me lover contre son torse et lève les yeux vers les siens... ces yeux dans lesquels je vais très bientôt me perdre, si ce n'est pas déjà le cas.

— J'ai besoin de le faire.

— Pourquoi en as-tu besoin, Livy ?

— J'ai besoin de me prouver que je me trompe depuis trop longtemps.

J'ose lui voler un baiser en me mettant sur la pointe des pieds pour plaquer mes lèvres sur les siennes, en espérant que cela lui rappelle les sensations de la dernière fois, qu'il a ressenti cette vague d'énergie lui aussi. Avant même que j'aie eu le temps d'envisager de faire pénétrer ma langue, je me retrouve serrée dans ses bras, tout contre sa poitrine, nos bouches fusionnées, nos corps collés, mon cœur craquant un peu plus. Sentir ses lèvres sur les miennes et son corps dur me recouvrir est… naturel.

— Tu es sûre ?

Il desserre son étreinte autour de moi pour me tenir à bout de bras et s'accroupit pour s'assurer d'attirer mon regard et mon attention.

— J'ai été clair sur les conditions, Livy. Si tu peux gérer ça, alors, les vingt-quatre prochaines heures, il n'y aura plus que nous… Mon corps et ton corps faisant des choses incroyables.

Je hoche la tête en essayant de paraître convaincante, même si je ne suis absolument pas sûre de moi. Je vois le doute s'attarder sur son superbe visage, ce qui m'incite à sourire, craignant qu'il puisse revenir sur notre deal. Je ne sais peut-être pas ce que je fais, mais ce qui est sûr, c'est que je ne sais pas ce que je ferais s'il m'abandonnait maintenant.

— D'accord, dit-il en faisant glisser sa main autour de mon cou pour me tirer vers lui. Je vais te ramener chez toi.

Nous quittons le square tandis que la paume de sa main est fermement appuyée sur ma nuque pour me guider. Je lève les yeux vers lui, juste pour vérifier qu'il est là… pour vérifier que je ne rêve pas.

Il est bien là, et il me regarde, m'évaluant, analysant probablement mon état psychologique. Je devrais peut-être lui demander sa conclusion, parce que je n'en ai pas la moindre idée. Tout ce que je sais, c'est qu'il m'appartient pour vingt-quatre heures, et que je suis à lui. J'espère juste que je ne serai pas encore plus abattue une fois le temps écoulé. J'ignore la voix dans ma tête qui me crie constamment d'arrêter ça tout de suite. Je sais comment ça va finir, et il y a de fortes chances pour que ce soit compliqué.

Mais je ne peux simplement pas le lui refuser. Ni à moi.

# 6

— Je t'attends ici.

Il s'arrête devant la maison et sort son téléphone de sa poche avant de l'agiter vers moi.

— J'ai des coups de fil à passer, précise-t-il.

Il va attendre ? Et il va attendre devant la maison ? Non, non, ce n'est pas possible. Bon sang, Nan l'a déjà probablement flairé. Je regarde vers la baie vitrée à l'avant de notre maison et guette les rideaux.

— Je peux prendre un taxi pour te rejoindre chez toi.

Je fais une tentative en dressant dans ma tête la liste de ce que je vais devoir faire une fois à l'intérieur : me doucher, me raser… partout, mettre de la crème, du déodorant, me maquiller… trouver rapidement le plus gros mensonge que je raconterai jamais.

— Non, dit-il en déclinant ma proposition sans même me jeter un coup d'œil. Je vais attendre. Va récupérer tes affaires.

Je grimace en sortant de la voiture, puis je marche lentement, prudemment, vers la maison, comme si Nan pouvait m'entendre si j'allais plus vite. J'insère la clé lentement. Je la tourne lentement. Je pousse la porte lentement. Je lève les pieds lentement, prête à entrer en serrant les dents, quand la porte craque.

Mince.

Nan se tient à un mètre de là, les bras croisés, et tape des pieds sur le tapis à motif.

— Qui est cet homme ? demande-t-elle, les sourcils gris arqués. Et pourquoi te comportes-tu comme une cambrioleuse, hein ?

— C'est mon patron.

Je lâche ces mots d'un coup, et c'est ainsi que commence le plus gros mensonge que je raconterai jamais.

— Je travaille ce soir. Il m'a raccompagnée à la maison pour que je me change.

Je vois clairement une vague de déception passer sur son visage marqué par les années.

— Ah, d'accord…

Elle se retourne, ne s'intéressant soudain plus à l'homme dehors.

— Alors je ne vais pas m'embêter avec le dîner.

— D'accord.

Je monte les marches deux à deux et débarque dans la salle de bains pour faire couler la douche et me déshabiller à la vitesse de la lumière. Puis je saute dedans avant même que l'eau n'ait eu le temps de chauffer.

Je m'écarte, mais j'ai la chair de poule et, mon corps tremble de manière incontrôlable.

— Zut, zut, zut ! Chauffe !

Je passe la main sous le jet, en pensant que cela va faire venir l'eau chaude.

— Allez, allez.

Après avoir attendu bien trop longtemps, elle est juste assez chaude pour que ce soit supportable. Je me place alors sous la douche, et m'efforce de me laver les cheveux super vite, de me savonner partout et de me raser… partout.

Après avoir traversé le palier en serviette et m'être réfugiée dans ma chambre, je suis à bout de souffle. Dans des circonstances normales, il me faut dix minutes pour enfiler mes vêtements, me mettre un peu de poudre sur le visage et sécher grossièrement mes cheveux. Mais là, je fais attention ; là, je veux être jolie. Et je n'ai carrément pas le temps.

— Des sous-vêtements.

Je me précipite vers ma commode et ouvre brusquement le premier tiroir. En voyant les piles de petites culottes et soutiens-gorge en coton, je fais la grimace. Je dois bien avoir quelque chose… autre chose que du coton, pitié !

Après cinq minutes à examiner chacun de mes dessous, je découvre que je suis en fait une fille en coton, qui n'a ni dentelle, ni satin, ni cuir.

Je le savais, mais peut-être que je croyais qu'un ensemble sexy serait apparu par magie dans mon tiroir pour m'éviter l'humiliation. Je me suis trompée, et n'ayant pas vraiment d'autre option, j'enfile ma culotte en coton blanc et le soutien-gorge tristement assorti avant de me sécher les cheveux, me mettre un peu de poudre et me pincer les joues.

Et maintenant, j'ai les yeux rivés sur mon sac à bandoulière et je me demande ce que j'ai besoin d'emporter. Je n'ai ni lingerie ni talons aiguilles ni quoi que ce soit d'un tant soit peu sexy. Qu'est-ce que je croyais ? Qu'est-ce qu'*il* croyait ? Je pose mes fesses sur le bord de mon lit et, quand je prends ma tête entre mes mains, mes cheveux tombent en cascade sur mes genoux. Je ferais mieux de rester ici en espérant qu'il en aura marre d'attendre et partira, parce que d'un coup, cela ne me paraît plus être une si bonne idée. En fait, c'est l'idée la plus bête que j'aie jamais eue. Satisfaite de cette conclusion, je rampe sous les couvertures et enfouis mon visage dans un oreiller.

Il est riche, il est beau, il est élégant, même s'il est un peu froid, et il me veut pour vingt-quatre heures ? Il aurait besoin de passer des examens pour sa santé mentale. Mon esprit est rongé par ces pensées alors que je me cache du monde, jusqu'à ce que j'en vienne à une conclusion parfaitement indéfectible : de superbes compagnes doivent se jeter à ses pieds tous les jours (d'ailleurs, j'en ai déjà vu une) et des femmes couvertes de diamants, de sacs à main et chaussures haute couture qui coûtent plus que mon salaire mensuel, alors peut-être qu'il veut essayer quelque chose d'un peu différent, quelque chose comme moi : une simple serveuse, qui rate les cafés et renverse des plateaux de champagne hors de prix. J'enfonce un peu plus mon visage dans mon oreiller et pousse un grognement.

— Idiote, idiote, idiote.

— Tu n'es pas idiote.

Je me redresse brusquement et le vois assis dans le fauteuil dans le coin de ma chambre, les jambes croisées, appuyé sur l'accoudoir, le menton posé dans sa main.

— Qu'est-ce que tu fous là ?

Je bondis, me précipite vers la porte de ma chambre et l'ouvre pour vérifier qu'il n'y a pas de vieilles oreilles dressées. Rien, mais je ne me sens pas soulagée. Nan doit l'avoir laissé entrer.

— Comment es-tu monté ici ?

Je claque la porte et tressaille lorsque le bruit parcourt toute la maison.

Mais pas lui. Il est parfaitement serein ; mon agitation ne l'affecte pas le moins du monde.

— Ta grand-mère devrait prendre la sécurité un peu plus au sérieux.

Il frotte lentement son menton mal rasé avec son index tandis que ses yeux se promènent tranquillement sur mon corps.

Ce n'est qu'à cet instant que je réalise que je suis en sous-vêtements. Mes bras se croisent alors instinctivement sur ma poitrine pour essayer en vain de dissimuler ma pudeur de ses yeux baladeurs. Je suis horrifiée, et encore plus quand les coins de ses lèvres remontent légèrement et ses yeux s'illuminent en croisant les miens.

— Tu ferais mieux d'oublier ta timidité, Livy.

Il se lève et se dirige nonchalamment vers moi en glissant ses mains dans les poches de son pantalon gris. Son torse touche le mien, et il baisse les yeux sur moi, sans me toucher avec ses mains, mais avec absolument tout le reste.

— Même si, je dois l'avouer, j'aime bien ta retenue.

Je frémis… physiquement, et ce n'est pas ce genre de paroles qui va me calmer. J'aimerais donner l'impression d'être sûre de moi, nonchalante et insouciante, mais je ne sais pas par quoi commencer. Des dessous décents seraient peut-être une bonne chose. Il se penche pour aligner son visage avec mes yeux baissés, pousse mes cheveux de mes épaules et les retient pour dévoiler mon visage. Je lève les yeux, très légèrement, et croise les siens.

— Mes vingt-quatre heures ne commenceront que lorsque je t'aurais mise dans mon lit.

Je sens mes sourcils se froncer.

— Tu as vraiment l'intention de minuter ? dis-je en me demandant s'il va utiliser un chronomètre.

L'une de ses mains laisse tomber mes cheveux et il jette un œil à sa montre de luxe.

— Il est six heures et demie. Le temps que je te ramène dans les quartiers chics avec la circulation, il sera environ sept heures et demie. J'ai un bal de charité demain soir vers la même heure, j'ai donc planifié ça à la perfection.

Oui, il a planifié à la perfection. Donc quand l'horloge indiquera sept heures trente, est-ce qu'il me foutra à la porte ? Est-ce que je me transformerai en citrouille ? J'ai déjà l'impression de me faire plaquer alors que nous n'avons même pas commencé, alors comment je vais me sentir quand viendront sept heures et demie demain soir ? Comme une merde, voilà comment… rejetée, indigne, déprimée et abandonnée. J'ouvre la bouche pour mettre fin à tout cet arrangement diabolique, mais j'entends alors le bruit de pas lourds qui montent l'escalier.

— Oh mince, ma grand-mère arrive !

Mes mains se posent sur la veste qui couvre son torse et le poussent vers un placard. Même en panique, j'apprécie toujours son corps ferme sous mes mains. Du coup, mon pas est hésitant et mon cœur bondit dans ma poitrine. Je lève les yeux vers lui.

— Tu te sens bien ? me demande-t-il en glissant ses mains dans mon dos et encerclant ma taille.

Je retiens mon souffle, puis j'entends un nouveau craquement. Cela me fait immédiatement sortir de ma lascivité.

— Il faut que tu te caches.

Il témoigne sa désapprobation en ronchonnant et lâche mes hanches, me détachant de son torse.

— Je ne me cacherai nulle part.

— Miller, s'il te plaît, elle va faire une crise cardiaque si elle te trouve ici.

Je me sens plus que stupide de lui infliger ça, mais je ne peux pas laisser ma grand-mère faire irruption dans ma chambre et le voir. Je sais qu'elle ferait une attaque, et je sais que ce serait un choc, mais ce ne serait pas un choc ordinaire. Non, Nan s'évanouirait quelques secondes, puis elle organiserait une grande fête. Je laisse échapper un hurlement de frustration retenu en oubliant toute gêne concernant le fait que je suis quasiment nue et lui lance un regard suppliant.

— Elle serait tout excitée. Elle prie le Seigneur tout-puissant tous les jours pour que je me découvre.

Je n'ai plus le temps. J'entends le plancher craquer tandis qu'elle s'approche de la porte de ma chambre.

— S'il te plaît.

Mes épaules dénudées s'affaissent en signe de défaite. J'ai déjà du mal à m'infliger ça à moi, alors à ma vieille grand-mère... Ce serait cruel de lui donner de faux espoirs avec une relation vouée à l'échec.

— Je ne te demanderai rien d'autre. Ne la laisse pas te voir, c'est tout.

Ses lèvres forment un trait fin et sa tête tombe légèrement en avant, sa mèche de cheveux bruns indisciplinés tombant sur son front, et sans un mot, il me lâche et traverse ma chambre, mais il n'entre pas dans le placard ; il va derrière mes rideaux qui descendent jusqu'au sol. Je ne le vois plus, alors je ne proteste pas.

— Olivia Taylor !

Je me retourne et découvre Nan sur le pas de la porte, ses yeux scannant l'ensemble de la pièce comme si elle savait que je cachais quelque chose.

— Quoi de neuf ?

Je m'en veux pour les mots que j'ai choisis. « Quoi de neuf ». Je ne dirais jamais ça, et à en voir son expression suspicieuse, elle le remarque elle aussi.

Elle plisse les yeux, ce qui renforce mon impression de ne pas être discrète.

— Cet homme...

— Quel homme ?

Je ferais mieux de ne rien dire et la laisser parler, au lieu de l'interrompre et paraître encore plus suspecte.

— Cet homme dans la voiture dehors, poursuit-elle en posant sa main sur la poignée de la porte. Ton patron.

Il faut vraiment que je me détende parce qu'elle promène ses yeux sur mon corps à moitié nu, avec une expression maligne sur le visage. Elle croit toujours qu'il est là dehors, c'est parfait.

— Et alors ?

J'attrape mon jean skinny dans mon tiroir et l'enfile, secoue les jambes et remonte la fermeture éclair avant de m'emparer d'un T-shirt blanc trop grand sur le dossier de la chaise de ma coiffeuse.

— Il est parti.

Je me fige, mon T-shirt à moitié enfilé, un bras passé dans une manche et les cheveux pris dans l'encolure.

— Où ?

Rien d'autre ne me vient à l'esprit.

— Je n'en sais rien, mais il était là, et je le sais parce que je voyais le haut de sa tête par sa vitre légèrement ouverte, puis je me suis retournée pour dire à George qu'il avait une de ces somptueuses Mercedes, et quand j'ai regardé de nouveau vers lui… Pouf ! Il avait disparu. Mais la voiture de luxe est toujours là (elle se met à taper du pied) et en stationnement interdit, je dois dire.

La culpabilité m'immobilise. C'est une véritable Miss Marple.

— Il est probablement allé faire une course, dis-je en démêlant mon T-shirt et le descendant le long de mon corps.

Je me dépêche de glisser mes pieds dans mes Converse rose vif. Mon Dieu, il va bientôt falloir que je le fasse sortir, et avec la « Femme de fer » sur le coup, ça ne sera pas une mince affaire. Elle se met à rire.

— Une course ? Le magasin le plus proche se trouve à plus d'un kilomètre de là. Il aurait pris la voiture.

Je lutte pour ne pas pousser un cri d'énervement.

— Qu'est-ce que ça fait qu'il soit parti ?

Je m'enfonce dans l'édification de mon plus gros mensonge.

— Au fait, je dors chez Sylvie ce soir. C'est une collègue de travail.

Je contracte les épaules en m'attendant à ce qu'elle exprime un choc, mais ce n'est pas le cas. Je me retourne alors pour voir si elle est toujours dans ma chambre. Eh oui, et elle affiche un large sourire.

— Vraiment ? me demande-t-elle avec des yeux qui pétillent de plaisir alors qu'elle les promène sur mon corps immobile. Ça ne ressemble pas à une tenue pour le travail.

— Je me changerai une fois là-bas.

Ma voix part dans les aigus alors que je m'active à rassembler mes affaires de toilette et à mettre dans mon sac ce dont j'aurai besoin pour passer vingt-quatre heures avec Miller Hart, ce qui se résume à pas grand-chose, enfin je l'espère.

— L'événement pour lequel je travaille ce soir ne finira pas avant minuit, et Sylvie habite tout près, donc je préfère dormir chez elle.

Je suis naïve et gaspille mon souffle pour rien. Ce n'est que là, quand je referme mon sac et le balance sur mon épaule, que je me souviens qu'il est dans ma chambre. Que peut-il bien penser ? Je ne lui en voudrais pas s'il s'enfuyait à l'instant même. La performance de ma grand-mère ne veut absolument pas dire qu'elle désapprouverait qu'il y ait un homme dans ma vie. Elle n'apprécie simplement pas le fait de ne pas être au courant, c'est tout. Mais elle ne le saura pas ; en tout cas, pas officiellement. Le silence qui se répand entre nous est la preuve que nous sommes bien d'accord là-dessus. Gregory lui a dit que j'avais quelqu'un, et elle ne supporte pas que je ne me sois pas confiée à elle. Ce serait déjà assez difficile de lui parler si j'avais une relation normale, dans des circonstances normales, mais avec Miller ? Et avec notre contrat de vingt-quatre heures ? Non, ça va à l'encontre de tous mes principes, et j'en ai honte. Quand Nan me conseillait de faire les quatre cents coups, je ne pense pas qu'elle voulait parler des mêmes coups que ma mère. Elle me dévisage, ses yeux bleu marine songeurs.

— Je suis contente, dit-elle avec douceur. Tu ne pouvais pas te protéger de l'histoire de ta mère éternellement.

Je me ratatine un peu, mais ne voulant pas poursuivre cette conversation, surtout avec Miller caché derrière les rideaux, je hoche simplement la tête ; c'est ma manière de dire oui en silence. Elle acquiesce à son tour et sort lentement de ma chambre, avec calme et nonchalance, mais je sais qu'elle va se précipiter vers la fenêtre du salon pour voir si l'homme est revenu dans sa voiture de luxe. La porte de ma chambre se ferme et Miller apparaît de derrière le rideau. Je n'ai jamais été aussi gênée, et le regard intéressé sur son visage ne fait que renforcer ce sentiment, même si c'est agréable de le voir afficher une expression faciale autre que le sérieux total auquel j'ai commencé à m'habituer.

— Ta grand-mère est un peu fouineuse, non ?

Son interrogatoire l'a vraiment amusé, mais je peux lire aussi de la curiosité sur son visage parfait.

J'ajuste ma tenue histoire de faire autre chose que lui servir de distraction et satisfaire sa curiosité, et hausse les épaules, me sentant plus petite que jamais.

— Elle est marrante.

Je me retourne, les yeux baissés vers le sol. J'aimerais qu'il m'engloutisse à cet instant.

Miller se retrouve contre moi en une seconde.

— J'ai eu l'impression d'être un adolescent.

— Tu te cachais souvent derrière les rideaux à l'époque ?

Je fais un pas en arrière pour avoir un peu d'espace pour respirer, mais ma tentative de lui échapper est totalement vaine.

Il s'avance encore.

— Tu es prête, Olivia Taylor ?

J'ai le sentiment qu'il ne veut pas seulement parler du fait de partir. Mais est-ce que je suis prête ? Et pour quoi ?

— Oui, dis-je d'un ton résolu, ne sachant pas vraiment d'où vient l'assurance avec laquelle j'ai prononcé ce mot.

Je le fixe, pas disposée à détourner le regard en premier. Je ne sais pas où je vais ni ce que je vais vivre une fois là-bas, mais je sais que je veux y aller... avec lui.

Ses jolies lèvres esquissent un sourire presque indétectable, qui me dit qu'il sait que cette assurance est feinte, mais je garde les yeux rivés sur les siens, inébranlable. Il se penche, nous mettant nez à nez, puis cligne lentement les yeux, entrouvre lentement la bouche, fait lentement descendre son regard vers mes lèvres, et là, les battements de mon cœur s'accélèrent lorsqu'il touche mon bras nu avec délicatesse et m'enflamme. Rien d'extraordinaire, et pourtant la sensation est plus qu'extraordinaire ; je n'ai jamais rien ressenti de tel auparavant… jusqu'à ce que je le rencontre.

Il incline la tête, se rapprochant tellement que je ne peux m'empêcher de fermer les yeux. Je suis prise de vertige et d'euphorie à la fois lorsque je sens sa langue caresser ma lèvre inférieure.

— Si je commence, je ne m'arrêterai pas, murmure-t-il en se retirant brusquement. Il faut que je te mette dans mon lit.

Il m'attrape par la nuque et tourne légèrement la main, me forçant à me détourner de lui et avancer.

— Ma grand-mère…

J'arrive à peine à bafouiller dans mon état langoureux.

— Il ne faut pas qu'elle te voie…

Il me guide sur le palier et dans l'escalier ; je suis prudente, il est pressé.

— Je t'attends dans la voiture.

Il me lâche et se dirige vers la porte d'entrée à grandes enjambées, l'ouvre et la referme sans faire attention à ma grand-mère qui jette un coup d'œil furtif.

— Nan !

Prise de panique, je pousse un cri, sachant pertinemment qu'elle doit avoir le nez contre la vitre pour le surveiller.

— Nan !

Je dois détourner son attention avant que Miller n'apparaisse du renfoncement de l'entrée.

— Nan !

— Bon sang, ma fille !

Elle apparaît dans l'embrasure avec George dans son sillage, me regardant, figée, avec des yeux inquiets.

— Qu'est-ce qui t'arrive ?

Déconcertée, je m'approche et dépose un baiser sur sa joue.

— Rien. À demain.

Je ne traîne pas. Je laisse ma grand-mère perplexe et George qui marmonne quelque chose à propos d'une fille étrange, et descends l'allée jusqu'à la Mercedes noire rutilante, saute dedans et m'écroule sur le siège.

— Vas-y !

Mais il ne démarre pas. La voiture reste à l'arrêt au bord du trottoir, et il reste immobile dans son siège, ne montrant aucun signe de précipitation pour fuir ma maison comme je le lui ai demandé. Son grand corps élégamment vêtu est détendu, une main tranquillement posée sur le volant tandis qu'il me regarde, avec un air très sérieux, ses yeux bleu acier ne trahissant aucune émotion. À quoi pense-t-il ? Je romps le contact visuel, mais simplement parce que je veux confirmer ce que je sais déjà. Je lève les yeux vers la fenêtre de la maison et vois les rideaux remuer. Je m'enfonce un peu plus dans mon siège.

— Qu'est-ce qui ne va pas, Livy ? me demande Miller en tendant la main pour la poser sur ma cuisse. Dis-moi.

Mes yeux sont rivés sur sa grosse main virile, et ma chair brûle à son contact.

— Tu n'aurais pas dû entrer, dis-je calmement. Tu as peut-être trouvé ça amusant, mais tu as rendu les choses encore plus difficiles.

— Livy, la politesse veut qu'on regarde la personne à qui on est en train de parler.

Il attrape mon menton et le tire vers lui, me forçant à lui faire face.

— Je m'excuse, ajoute-t-il.

— C'est fait maintenant.

— Rien lors des vingt-quatre prochaines heures ne sera difficile, Livy.

Sa main glisse tendrement sur ma joue, m'incitant à m'y blottir.

— Je sais qu'être avec toi sera la chose la plus simple que j'aie jamais faite.

Peut-être bien que ce sera facile, mais je ne vois pas comment les conséquences pourraient l'être. Non, je prévois une montagne de souffrance de mon côté. Je ne suis pas moi-même quand je suis avec lui.

La femme sensée sur laquelle je me suis modelée est passée d'un extrême à l'autre. Nan est à la fenêtre, la main de Miller caresse doucement ma joue, et je n'arrive même pas à trouver assez d'énergie pour l'arrêter.

— Les vitres sont teintées, murmure-t-il en s'approchant lentement pour poser ses lèvres sur les miennes.

Peut-être ; mais ce n'est pas mon patron, et ma chère petite grand-mère le sait très bien. Mais j'affronterai l'interrogatoire quand je rentrerai à la maison demain.

128

Soudain, je ne suis plus si inquiète. Je suis de nouveau distraite de ma partie sensée.

— Tu es prête ?

Il me repose la question, mais cette fois-ci, je me contente d'acquiescer. Je ne suis pas du tout prête à avoir de nouveau le cœur brisé. Le trajet jusqu'à l'appartement de Miller se fait dans le silence. Le seul bruit qu'on peut entendre c'est Gary Jules qui chante quelque chose à propos d'un monde fou.

Je ne sais pas grand-chose de Miller, mais j'en suis venue à la conclusion qu'il vient d'une bonne famille. Sa manière de parler est raffinée, ses vêtements d'excellente qualité, et il vit à Belgravia. Il s'arrête devant l'immeuble et se retrouve hors de la voiture et de mon côté en un clin d'œil, pour m'ouvrir la portière et m'inviter à sortir.

— Faites-la nettoyer, ordonne-t-il au voiturier vêtu de bleu en lui tendant la clé de la voiture qu'il a détachée du trousseau.

— Bien, Monsieur.

Le voiturier porte la main à son chapeau, puis monte dans la voiture de Miller et appuie immédiatement sur un bouton qui le rapproche du volant.

— Avance.

Il prend mon sac et pose à nouveau la main à la base de ma nuque tandis qu'il me guide pour passer l'immense porte en verre et traverser un hall paré de miroirs. Où que je regarde, je nous vois, moi, guidée et ayant l'air toute petite et anxieuse, et lui qui me pousse à avancer, ayant l'air grand et puissant.

Nous passons devant les rangées d'ascenseurs recouverts de miroirs et nous dirigeons vers la cage d'escalier.

— Les ascenseurs sont en panne ?

Il me guide vers les portes et nous prenons l'escalier.

— Non.

— Alors pourquoi…

— Parce que je ne suis pas paresseux.

Il m'interrompt, ne me laissant pas le temps de poser d'autres questions, et continue à me tenir par la nuque alors que nous montons les marches. Il n'est peut-être pas fainéant, mais il est carrément dément. Après quatre volées d'escalier, les muscles de mes cuisses brûlent à nouveau. Je lutte pour tenir debout. Je m'efforce de monter un étage de plus, et je suis sur le point de demander une pause quand il se retourne et me soulève, visiblement conscient que je suis à bout de souffle. C'est bon de passer mes bras autour de son cou en un geste aussi rassurant que la dernière fois, et il continue à monter en me portant comme si c'était la chose la plus naturelle au monde. Nos visages sont tout près, il sent le mâle, et il garde les yeux rivés devant lui jusqu'à ce qu'on se retrouve devant sa porte noire laquée.

Miller me dépose, me tend mon sac et me saisit par la nuque, en utilisant sa main libre pour ouvrir la porte, mais au moment où je vois l'intérieur de son appartement, j'ai envie de m'enfuir. Je vois les peintures, ce mur où il m'a coincée, et le canapé où il m'a fait asseoir. Les images sont si claires, tout comme mon sentiment d'impuissance. Si je franchis le seuil, je serais à la merci de Miller Hart et je ne pense même pas que le courage que j'ai perdu depuis longtemps pourra me venir en aide... si je parvenais à le retrouver.

— Je ne suis pas sûre de...

Je commence à reculer, l'incertitude s'emparant brusquement de moi, la raison s'insinuant dans mon cerveau embrouillé. Mais la détermination farouche que je vois dans ses yeux clairs me dit que je n'irai nulle part, comme me le fait savoir la pression de sa main sur ma nuque.

— Livy, je ne vais pas te sauter dessus à l'instant où tu seras à l'intérieur.

Sa main descend sur le haut de mon bras, mais ne me serre plus.

— Calme-toi.

J'essaie, mais mon cœur ne veut pas, ni mon corps qui tremble.

— Je suis désolée.

— Ne le sois pas.

Il s'écarte pour me donner accès à l'entrée de son appartement.

— J'aimerais que tu entres, mais seulement si tu veux passer la nuit avec moi, dit-il lentement alors que je plonge mes yeux dans les siens. Et je veux que tu fasses demi-tour et t'en ailles si tu n'es pas sûre de toi parce que je ne peux pas le faire à moins de savoir que tu es à cent pour cent avec moi.

Son visage est dénué d'expression, mais je détecte comme une prière derrière son regard impassible.

— C'est juste que je ne comprends pas pourquoi tu me veux moi.

Je me sens en danger, vulnérable.

Je sais l'image que je donne ; je me remémore toutes les fois où quelqu'un m'a dévisagée ou a fait un commentaire sur mes yeux exceptionnels, mais je sais aussi que je n'ai pas grand-chose à offrir à un homme, si ce n'est quelque chose d'agréable à regarder. La beauté de ma mère a causé sa chute, et je ne veux pas qu'il en soit de même pour moi. Je risque de perdre le respect de moi-même, exactement comme elle. J'ai fait en sorte qu'il n'y ait rien à savoir. Qui voudrait faire attention à une fille qui n'offre aucun mystère ou intérêt au-delà de son apparence ? Je sais exactement qui : les hommes qui ne veulent rien d'autre qu'une jolie femme dans leur lit, ce qui correspond exactement à la raison pour laquelle je me suis privée du potentiel d'être aimée. Pas désirée, mais aimée. Je ne veux pas être ma mère, et pourtant, je suis comme elle là, et approche dangereusement la dévalorisation juste pour un peu de réconfort.

Je devine qu'il réfléchit sérieusement à la réponse qu'il va me donner, comme s'il savait qu'elle influerait ma décision de rester ou partir. Je prie pour qu'il fasse en sorte que ses prochains mots soient les bons.

— Je te l'ai dit, Livy, dit-il en me faisant signe d'entrer. Tu me fascines.

Je ne sais pas si c'est la bonne réponse, mais j'entre lentement dans son appartement, et je l'entends clairement souffler de soulagement derrière moi. Je contourne la table ronde dans son hall d'entrée et pose mon sac sur le marbre blanc tandis que je passe devant, avant de m'arrêter, ne sachant pas si je dois m'asseoir sur le canapé ou aller dans la cuisine.

Un sentiment de gêne nous entoure et, malgré ce qu'il a dit dans la voiture, c'est difficile. Il passe devant moi et retire sa veste, qu'il étend soigneusement sur le dossier d'une chaise avant de se diriger vers le meuble à alcool.

— Tu veux boire quelque chose ? me demande-t-il en versant du liquide brun dans un verre.

— Non, dis-je en secouant la tête, même s'il me tourne le dos.

— De l'eau ?

— Non, merci.

— Assieds-toi, Livy, m'ordonne-t-il alors qu'il se retourne en indiquant le canapé.

Je suis sa main et mets mon corps réticent sur le grand canapé en cuir couleur crème alors qu'il s'appuie contre le meuble, buvant lentement son verre. Quoi qu'il fasse avec ses lèvres, que ce soit parler ou simplement prendre une gorgée de boisson, cela attire mon attention. Elles bougent si lentement, presque sensuellement… posément.

Je m'efforce désespérément de réguler les battements de mon cœur, mais j'échoue lamentablement quand il s'approche de moi et s'assied sur la table basse devant moi, les coudes appuyés sur ses genoux, son verre devant ses lèvres, ses yeux pétillants exprimant toutes sortes de promesses.

— Il faut que je te demande quelque chose, dit-il calmement.

— Quoi ?

Je lâche ce mot avec inquiétude.

Il lève lentement son verre, mais ses yeux restent rivés sur les miens.

— Es-tu vierge ? me demande-t-il avant d'amener le verre à ses lèvres.

— Non !

J'ai un mouvement de recul, mortifiée par le fait qu'il ait pris ma retenue comme un signe de « ça ». Mais à vrai dire, je préférerais.

— Pourquoi ma question t'offense-t-elle autant ?

— J'ai vingt-quatre ans.

Mal à l'aise, je remue sur le canapé, détournant mon regard de ses yeux inquisiteurs. Je sens la chaleur me monter au visage, et j'ai envie d'attraper l'un de ces luxueux coussins en soie pour le cacher.

— Quand as-tu eu des rapports sexuels pour la dernière fois, Livy ?

Je meurs sur-le-champ. Pourquoi veut-il savoir quand j'ai couché avec quelqu'un pour la dernière fois ? Partir en courant me semble être la meilleure option, mais la raison de m'enfuir a changé.

— Livy, insiste-t-il en posant son verre, le bruit me faisant légèrement sursauter. Peux-tu, s'il te plaît, me regarder quand je te parle ?

Son ton menaçant m'énerve, et c'est uniquement pour ça que j'obéis et le regarde.

— Mon passé ne te regarde pas, dis-je calmement, résistant à la tentation de lui balancer son verre à la figure.

— Je t'ai simplement posé une question.

Il est visiblement surpris par mon courage soudain.

— La politesse veut qu'on réponde quand on nous pose une question.

— Non, c'est à moi de juger si je veux répondre à n'importe quelle question qu'on me pose, et je ne vois pas l'intérêt de ta question.

— Ma question est très intéressante, Livy, comme le sera ta réponse.

— Et en quoi ?

Il baisse les yeux sur son verre et le fait pivoter sur la table pendant un moment avant de revenir vers moi. Ses yeux me transpercent.

— Cela déterminera si je vais te baiser brutalement, ou si je vais d'abord t'y préparer.

J'ai le souffle coupé et mes yeux s'écarquillent face à ses propos nauséabonds ; mon état de choc et ma réaction à ses paroles grossières ne l'affectent absolument pas.

Il saisit simplement son verre et prend une autre lente gorgée du liquide brun, en gardant ses yeux impénétrables sur moi.

— Je n'aime pas me répéter, mais je ferai une exception, déclare-t-il. À quand remontent tes derniers rapports sexuels ?

Ma langue est paralysée dans ma bouche alors que je me fige sous son regard attentif. Je n'ai pas envie de le lui dire. Je ne veux pas qu'il me trouve encore plus pathétique que ce qu'il doit déjà penser.

— Je vais prendre ton refus de répondre comme une indication sur le fait que ça fait longtemps.

Quand il penche la tête, sa mèche de cheveux tombe sur son front, me distrayant momentanément de mon humiliation.

— Alors ? insiste-t-il.

— Sept ans, dis-je en un murmure. Tu es content ?

— Oui.

Sa réponse est nette et franche, et la stupéfaction dans ses yeux évidente.

— Je ne sais pas comment c'est possible, mais ça me fait immensément plaisir, affirme-t-il en attrapant mon menton pour le relever. Et je te parle, Livy, alors regarde-moi.

Je suis ses instructions jusqu'à ce que notre contact visuel soit rétabli.

— Je suppose que ça veut dire que je te pénétrerai lentement.

Cette fois, je n'ai pas le souffle coupé, mais mon sang se met instantanément à bouillir, mon pouls s'accélère et mon embarras fait place à du désir. Je le veux plus que je ne le devrais.

Croisant son regard enivrant, j'envoie des instructions aux muscles de mes bras pour qu'ils se lèvent et le touchent, mais avant même d'avoir entamé le geste, mon téléphone se met à sonner dans mon sac.

— Tu devrais répondre.

Il se rassied et me laisse de la place en rompant l'intimité de notre proximité.

— Montre-lui que tu es encore en vie.

Il n'y a aucun signe d'amusement sur son visage, mais je l'entends dans le ton qu'il utilise.

Je me lève rapidement, tenant à rassurer ma grand-mère curieuse que tout va bien. Je ne regarde pas l'écran avant de répondre, mais j'aurais dû.

— Salut !

Je semble de trop bonne humeur, étant donné les circonstances.

— Livy ?

En entendant la voix à l'autre bout de la ligne, je retire mon téléphone de mon oreille et regarde l'écran, même si je sais pertinemment de qui il s'agit. Je soupire, visualisant très bien Nan téléphonant à Gregory comme si elle était désespérée, pour l'informer des derniers événements de ce soir.

— Cet homme. Qui est-ce ? me demande-t-il.

— Mon patron.

Je ferme les yeux en espérant qu'il va gober ça, mais il montre son incrédulité en rigolant, ce qui m'indique que je n'ai pas réussi à le duper.

— Livy, arrête un peu ! C'est qui ?

Je bégaie en cherchant frénétiquement dans ma tête une bêtise à lui sortir.

— C'est juste… C'est… ça n'a pas d'importance !

Je commence à faire les cent pas. Gregory ne va pas être content, pas après nos conversations à propos de Miller Hart.

— C'est le type qui n'aime pas le café, c'est ça ?

Son ton est accusateur, et cela renforce mon irritation.

— Peut-être. Peut-être pas.

Pourquoi j'ai ajouté ça, c'est un mystère. Bien sûr que c'est le type qui n'aime pas le café. Qui cela pourrait-il être d'autre ?

Je suis tellement occupée à essayer de raconter des salades à mon ami que je ne remarque pas le « type qui déteste le café » et qui apparaît derrière moi pour poser son menton sur mon épaule en respirant fort dans mon oreille. Je sursaute en me retournant et, réaction bête ou pas, je raccroche au nez de Gregory. Les sourcils de Miller indiquent sa confusion.

— C'était un homme.

— C'est malpoli d'écouter les conversations.

J'appuie directement sur le bouton « rejeter » de mon téléphone quand il se remet à sonner.

— Peut-être bien.

Il tient son verre et détache un doigt pour le pointer vers moi.

— Mais comme je viens de le dire, c'était un homme. Qui était-ce ?

— Ça ne te regarde pas, dis-je, en m'immobilisant tandis que mes yeux se détournent de son regard bleu accusateur.

— Si je te mets dans mon lit, alors ça me regarde, Livy, fait-il remarquer. Veux-tu me regarder quand je te parle ?

Non. Je garde les yeux rivés sur le sol, en me demandant pourquoi je ne lui dis pas simplement qui c'était. Ce n'est pas ce qu'il croit, donc quelle importance ? Je n'ai rien à cacher, mais le fait qu'il insiste pour avoir ce renseignement éveille en moi une sorte de rébellion puérile. À moins que ce soit mon courage. Je n'ai pas besoin de le chercher parce qu'il semble surgir de lui-même pour se jouer de cet homme, ce qui est assurément une bonne chose.

— Livy.

Il s'accroupit et capture mes yeux, les sourcils arqués comme pour montrer son autorité.

— Si quelque chose ou quelqu'un doit me faire obstacle, alors je serais heureux de l'éliminer.

— C'est un ami.

— Que voulait-il ?

— Savoir où je suis.

— Pourquoi ?

— Parce que ma grand-mère lui a évidemment dit que tu étais passé à la maison et il a recoupé les informations et en a déduit que c'était toi.

Ma honte augmente de seconde en seconde.

— Il connaît mon existence ? demande-t-il, alors que ses sourcils bruns ne semblent pas vouloir se baisser.

— Oui, il te connaît.

C'est complètement idiot.

— Puis-je utiliser ta salle de bains ?

J'ai besoin de m'échapper pour retrouver mes esprits.

— Tu peux.

Il tend le bras avec son verre et indique un couloir donnant sur le salon.

— Troisième porte à droite.

Je ne perds pas de temps à encaisser son regard interrogateur. Je suis son verre, éteins mon téléphone quand il sonne une nouvelle fois et prends la troisième porte à droite, m'écroulant immédiatement contre elle une fois que je l'ai refermée derrière moi. Mais mon exaspération disparaît lorsque je découvre l'espace colossal qui s'étend devant moi. Ce n'est pas une salle de bains. C'est une chambre à coucher.

# 7

Je me redresse et parcours la pièce des yeux, remarquant le lit indécent orné de cuir, le gigantesque lustre suspendu, et les fenêtres du sol au plafond qui donnent une vue stupéfiante sur la ville. Je ne devrais pas être aussi abasourdie. Je savais que son appartement ressemblait à un palais, mais là, c'est autre chose. Je vois une porte de chaque côté de la chambre, et, décidant que l'une d'entre elle doit donner sur une salle de bains, je passe sur le tapis crème moelleux et ouvre la première, en forçant mes yeux à éviter l'immense lit. Ce n'est pas une salle de bains, mais un dressing, si un espace aussi vaste peut être classé parmi les dressings. La pièce carrée est équipée de placards en acajou du sol en plafond et d'étagères sur trois murs, ainsi que d'une commode au centre et un canapé qui y est adossé. Sur la commode, des dizaines de petites boîtes à bijoux sont disposées, toutes ouvertes et exposant un étalage de boutons de manchette, montres et pinces à cravate. J'ai le sentiment que si je déplaçais l'une de ces boîtes, il le saurait. Je referme rapidement la porte et me précipite vers l'autre, et entre dans la salle de bains la plus ridiculement somptueuse que j'aie jamais vue. J'en ai le souffle coupé et mes yeux se figent. Une baignoire géante aux pieds griffus trône fièrement près de l'immense fenêtre, avec des robinets ornés et des marches pour y monter. Les murs de la douche sont décorés avec une mosaïque de carreaux crème et or. J'essaie de tout intégrer. Je n'y arrive pas. C'est trop. On dirait une maison témoin. Après m'être lavé les mains, je les essuie et étends soigneusement les serviettes, ne voulant pas déplacer quoi que ce soit.

En sortant de sa chambre, je me fige, face à face avec Miller. Il fronce encore les sourcils.

— Tu furetais ?

— Non ! J'ai utilisé la salle de bains.

— Ce n'est pas la salle de bains ; c'est ma chambre.

Je retourne dans le couloir et compte les portes se trouvant avant celle dont je sors.

— Tu as dit la troisième porte à droite.

— Oui, et il s'agit de la prochaine.

Je regarde la porte qu'il désigne, complètement désorientée.

— Non.

Je me retourne, pointe du doigt dans l'autre direction.

— Une, deux, trois.

Je montre la porte derrière moi.

— Troisième porte à droite.

— La première, c'est un placard.

Je sens de nouveau l'irritation monter en moi.

— C'est quand même une porte. Et je n'étais pas en train de fureter.

Il hausse ses épaules parfaites et cligne lentement de ses yeux parfaits, avant de parcourir le couloir avec son corps parfait.

— Par ici, lance-t-il par-dessus son épaule.

L'irritation éclate. Pour qui se prend-il ? Mes Converse marquent lourdement ma mauvaise humeur alors que je le suis dans le couloir, mais quand j'arrive dans le salon, il n'est pas là. Je regarde tout autour de moi vers les différentes portes qui mènent Dieu sait où, mais je ne le vois nulle part. Toutes ces émotions inhabituelles sont en train de me rendre folle.

L'irritation, la confusion… le désir, l'envie, la luxure.

Je débarque dans l'entrée, attrape mon sac sur la table et me dirige vers la porte.

— Où vas-tu ?

Son ton doux me donne la chair de poule et je me retourne pour découvrir qu'il a rempli son verre.

— Je m'en vais. C'était une idée stupide.

Il avance vers moi, un peu surpris.

— Tu as fait une erreur bête en prenant la mauvaise porte, et alors ? Est-ce une raison pour partir ?

— Non, c'est toi qui me donnes envie de partir. La porte n'a rien à voir avec ça.

— Je te mets mal à l'aise ? me demande-t-il.

Je détecte un peu d'inquiétude dans sa voix.

— Oui.

Il me met très mal à l'aise, et sur tant de niveaux différents que je me demande pourquoi je suis ici.

Il s'approche de moi, prend ma main et la tire délicatement jusqu'à ce que je lui permette de me faire revenir dans le salon.

— Assieds-toi, m'ordonne-t-il en me poussant sur le canapé.

Il attrape mon sac et mon téléphone, et les pose soigneusement sur la table avant de s'installer devant moi. Il me soutient du regard à nouveau.

— Je m'excuse de te mettre mal à l'aise.

— D'accord.

Mes yeux descendent sur ses lèvres entrouvertes.

— Je vais faire en sorte que tu te sentes moins mal à l'aise.

J'acquiesce parce que je suis trop captivée par les lents mouvements de ses lèvres alors qu'il parle, mais ma vue est troublée quand il se lève et pose son verre sur la table, le faisant pivoter légèrement avant de prendre sa veste et quitter la pièce. Je le suis des yeux avec un air réprobateur et entends une porte s'ouvrir et se refermer. Que fait-il ?

Mon regard perplexe parcourt la pièce, admirant brièvement les peintures et pensant que son appartement est trop net et parfait pour vraiment y vivre, avant de recommencer à me poser des questions.

Puis j'entends la porte s'ouvrir et se refermer, et je m'étrangle presque quand il arrive nonchalamment dans la pièce, vêtu d'un short de sport noir… et rien d'autre. Juste un short. O.K., sa perfection en costume est un peu intimidante, mais bon sang, ça ne va pas m'aider. Maintenant, je me sens encore moins à ma place et plus lascive, alors que, dans ma tête, mes mains explorent son torse ferme et son ventre, mes lèvres rencontrent la douceur hâlée de ses épaules carrées et mes bras enlacent sa taille fine.

Il est de nouveau devant moi et se baisse au-dessus de la table pour attraper son verre.

— C'est mieux ? me demande-t-il.

Je suis sûre que si je réussissais à arracher mes yeux de son torse, je découvrirais un regard plein de supériorité, mais je ne peux pas lui en vouloir. Il est bel et bien supérieur.

— Non.

Je lève les yeux sur son corps jusqu'à ce que je le voie porter son verre à ses lèvres. Lentement.

— Comment cela pourrait-il me mettre à l'aise ?

— Parce que c'est une tenue décontractée.

— Tu es à moitié nu.

Je jette un autre coup d'œil, mes yeux en demandant encore.

— Je te mets toujours mal à l'aise ?

— Oui.

Il soupire et se lève, traversant de nouveau la pièce, mais il ne se dirige pas vers sa chambre. Il part en direction de la cuisine. J'entends des portes s'ouvrir et se refermer pendant un moment avant qu'il revienne et s'asseye à la table devant moi avec un plateau dans la main. Quand il le dépose près de lui, je remarque qu'il est plein de cailloux et de glace.

— Qu'est-ce que c'est ?

Je me penche en avant pour les observer. Il fait tourner le plateau, choisit un caillou et se réinstalle avant de me le tendre.

— Voyons si on peut te détendre, Livy.

— Comment ? Qu'est-ce que c'est ?

Je désigne d'un signe de la tête le caillou dans sa main et remarque qu'il est concave d'un côté et qu'il y a une sorte de gelée qui miroite dans la coquille nacrée.

— Des huîtres. Ouvre la bouche.

Il se penche vers moi et je recule, mon visage affichant une grimace de dégoût.

— Non, merci, dis-je poliment.

Je ne connais pas grand-chose de ce coquillage, mais je sais qu'ils sont excessivement chers et censés être aphrodisiaques. Mais je n'ai pas l'intention de tester parce que ça a l'air répugnant.

— En as-tu déjà goûté ?

— Non.

— Alors il le faut.

Il s'approche un peu plus, ne me laissant plus beaucoup de place pour me retirer.

— Ouvre.

— Toi, d'abord.

J'essaie de gagner du temps.

Il secoue la tête, légèrement exaspéré.

— Comme tu veux.

— Oui, je préfère.

En gardant les yeux rivés sur les miens, il porte lentement l'huître à sa bouche, la tête penchée en arrière. Il allonge le cou et sa gorge est tendue, à portée de baisers. Puis il avale affreusement lentement et je sens comme un coup violent et inhabituel entre mes cuisses qui me fait tressaillir. Oh mince, qu'est-ce qu'il est sexy. J'ai chaud.

Il jette le coquillage, attrape le devant de mon T-shirt dans son poing et me tire d'un coup sec vers sa bouche, me prenant par surprise, mais il n'y a rien que je puisse ou veuille faire pour l'arrêter. Son invasion dévorante déclenche la même intention de ma part. Je trouve ses épaules nues et savoure le premier contact de mes mains sur sa peau. C'est encore meilleur que ce que j'avais imaginé. Sa langue pénètre ma bouche avec ferveur, et je ne peux rien faire d'autre qu'accepter, sentant le goût salé de l'huître, jusqu'à ce qu'il rompe notre baiser et enlève mes mains de ses épaules, lui haletant, moi surprise.

— Ce n'était pas la conséquence de l'huître, dit-il dans un souffle en s'essuyant la bouche avec le dos de sa main avant de m'attirer de nouveau vers lui jusqu'à ce que son nez touche le mien. Mais la conséquence de te voir là, assise devant moi, avec ces yeux magnifiques débordant de désir.

Je veux lui dire qu'il a le même regard, mais je ne le fais pas, réalisant qu'il contemple peut-être toutes les femmes ainsi ou que c'est peut-être juste sa façon de regarder, et c'est tout. Je ne sais pas quoi dire, alors je ne dis rien, et préfère continuer avec ma respiration entrecoupée tandis qu'il m'empêche de bouger.

— Je viens de te faire un compliment.

— Merci.

— De rien. Es-tu prête à me laisser te vénérer, Olivia Taylor ?

J'acquiesce alors qu'il s'avance lentement, ses yeux bleus hésitant constamment entre ma bouche et mes yeux, jusqu'à ce que ses lèvres frôlent légèrement les miennes, mais cette fois, ses gestes sont tendres et détendus, séduisant délicatement ma bouche alors qu'il se lève et m'encourage à en faire de même, avant d'attraper ma nuque une nouvelle fois et de faire un pas en avant, me forçant à reculer.

Je le laisse me guider jusqu'à ce qu'on entre dans sa chambre et que je sente son lit contre l'arrière de mes genoux ; pendant tout ce temps, il a conservé sa bouche collée contre la mienne. Il embrasse formidablement bien, c'est irrésistiblement bon et je n'ai jamais rien connu de tel auparavant. Je déborde de désir, tout comme lui. La raison a encore disparu.

Sa main quitte ma nuque et attrape le bord de mon T-shirt, le soulève et rompt le contact de nos lèvres pour faire passer ma tête ; je suis obligée de lâcher ses épaules et lever les bras. J'ai depuis longtemps oublié le fait que je ne porte pas de sous-vêtements sexy. J'ai l'impression de ne pas pouvoir me concentrer sur autre chose que lui, sa passion et son énergie. C'est dévorant et cela ne laisse aucune place à l'anxiété ou à l'hésitation. Ou, surtout, à cette gêne raisonnable qui semble s'être évaporée sous ses yeux.

— Tu te sens mieux ? me demande-t-il en soufflant, son entrejambe appuyé contre mon ventre.

— Oui.

Je halète, les yeux fermés pour essayer de réaliser ce qui se passe.

— Ne me prive pas de tes yeux, Livy.

Ses mains se posent sur mes joues.

— Ouvre-les.

J'obéis. Quand je les ouvre, je plonge directement dans ses yeux bleus miroitants.

Il se penche sur moi et m'embrasse avec douceur.

— Je fais de gros efforts pour me rappeler constamment que je dois faire ça lentement.

— Je vais bien.

Pour le rassurer, je me redresse et pose mes mains à plat sur son torse. Il agit en gentleman, et je lui en suis reconnaissante, mais je ne suis pas sûre de vouloir qu'il fasse ça lentement. Le désir qui m'étreint est de plus en plus difficile à contrôler.

Il s'écarte et sourit, et je succombe encore.

— J'ai bien l'intention de te gâter lentement.

Il baisse la main et commence à descendre la fermeture de mon jean.

— Vraiment lentement, ajoute-t-il.

— Pourquoi ?

Je pose la question, sans savoir si elle est idiote.

— Parce qu'une chose aussi belle doit être savourée, et pas dévorée. Ôte tes chaussures.

Je fais ce qu'il me demande et le regarde se mettre à genoux et faire glisser mon jean le long de mes jambes, le lançant sur le côté avant d'accrocher le haut de ma petite culotte avec ses doigts. Je baisse les yeux sur lui alors qu'il l'enlève lentement de mes jambes, m'incitant à les lever l'une après l'autre pour qu'il puisse me débarrasser de mes dessous en coton blanc. Il avance alors la bouche et m'embrasse tendrement juste en haut de mes cuisses, et je me contracte de manière manifeste, mais pas parce que je suis nerveuse. Je ne ressens aucune inquiétude. Il est très attentionné avec moi, mais la douleur forte et diffuse dans mon ventre s'intensifie à chaque seconde qui passe.

Il se lève sur ses pieds et tend les mains vers mon dos pour attraper les agrafes de mon soutien-gorge, sa bouche toujours près de mon oreille.

— Tu prends un contraceptif ?

Je secoue la tête, en espérant que cela ne le décourage pas. Mes cycles sont réguliers et mes règles légères, et on ne peut pas dire que je sois sexuellement active.

— D'accord, murmure-t-il en m'ôtant mon soutien-gorge. Enlève-moi mon short.

Ses instructions me font hésiter, l'idée qu'il soit complètement nu provoquant en moi une certaine nervosité, ce qui est fou puisque je suis moi-même complètement nue.

Ses mains se retrouvent soudainement sur les miennes et les guident vers la ceinture de son short.

— Reste avec moi, Livy.

Ses paroles me font agir et je fais descendre lentement, délicatement son short le long de ses cuisses musclées, sans oser baisser les yeux. Je garde le regard rivé sur son visage superbe, le trouvant rassurant.

Je ne peux, toutefois, éviter de le sentir une fois libéré de son short et frôlant mon ventre. Je retiens calmement mon souffle et m'éloigne involontairement de lui, mais il se déplace avec moi et glisse sa main autour de ma taille pour finalement attraper mes fesses.

— Relax, murmure-t-il. Détends-toi, Livy.

— Je suis désolée.

Je baisse la tête, me sentant stupide et énervée contre moi-même. Les doutes s'immiscent à nouveau, et il doit le sentir parce qu'il me soulève contre son torse et va jusqu'au lit, puis me dépose prudemment avant de prendre quelque chose dans le premier tiroir de la table de chevet. Il se positionne alors sur moi, à cheval sur ma taille, son pénis dur et chaud directement dans ma ligne de vision. Il m'obsède et encore plus lorsqu'il se dresse à genoux et s'empoigne. Je détourne brièvement mes yeux vers son visage, le voyant regarder en bas, les lèvres entrouvertes et une légère ride sur le front.

La vue est très agréable, mais l'observer déchirer l'emballage du préservatif qu'il a ouvert avec les dents et dérouler lentement la capote sur sa verge avec aisance dépasse de loin le simple plaisir et je m'interroge sur la suite des événements.

— Tu vas bien ? me demande-t-il, plantant ses mains de chaque côté de ma tête et écartant mes cuisses avec ses genoux.

— Oui.

J'acquiesce sans trop savoir ce que je dois faire de mes mains qui sont posées de chaque côté de mon corps. Mais quand je le sens contre ma fente, elles se précipitent sur sa poitrine en un souffle.

Il me fixe, et mes yeux refusent de le quitter, même si je meurs d'envie de les fermer très fort en retenant mon souffle.

— Prête.

J'acquiesce à nouveau, et il s'avance délicatement, me pénètre lentement et se glisse à l'intérieur de moi en soufflant profondément. La douleur me transperce et me fait gémir doucement et enfoncer mes ongles courts dans ses épaules. Je sais que mon visage affiche mon malaise, et je ne peux rien faire pour l'empêcher. Ça fait mal.

— Oh mon Dieu, souffle-t-il. Mon Dieu, Livy, qu'est-ce que tu es étroite.

L'expression contractée sur son visage m'indique qu'il a mal lui aussi.

— Est-ce que je te fais mal ? me demande-t-il.

— Non !

— Livy, dis-le-moi pour que je puisse arranger ça. Je ne veux pas te blesser.

Il est appuyé sur ses bras, immobile, et attend ma réponse.

— Ça fait un peu mal.

Je l'admets en respirant désespérément vite.

— Je m'en doutais.

Il recule doucement sans se retirer entièrement.

— Les traces sur mes épaules le prouvent.

— Désolée.

Je relâche immédiatement ma prise violente, et il s'avance de nouveau, seulement à moitié cette fois-ci.

— Ne le sois pas. Garde tes morsures et tes griffures pour quand je te baiserai.

Il affiche un petit sourire narquois, et mes yeux s'écarquillent.

— Allez, Livy, fait-il en se retirant lentement et revenant délicatement à l'intérieur. Ne sois pas timide. On est en train de partager le plus intime des actes.

Je sens mes hanches se soulever, voulant qu'il entre plus profondément, maintenant que la douleur s'est un peu calmée.

— Tu m'encourages.

Il descend sur ses coudes et plaque sa bouche contre la mienne, reculant et poussant un peu plus loin, en décrivant des cercles avec son bassin.

— Dis-moi ce que ça te fait.

— C'est bon !

Je souffle et l'invite à accélérer la cadence avec un autre coup de hanches.

— Je suis d'accord.

Il pose ses lèvres sur les miennes et titille ma bouche en sortant brièvement la langue. C'en est trop. J'essaie de capturer ses lèvres, mais il s'écarte.

— Lentement, murmure-t-il.

Il entre et sort avec un mouvement de balancier parfait, les yeux baissés sur moi et clignant paresseusement au rythme de ses poussées délicates. C'est vraiment intime, et il me pénètre comme il me l'avait promis. La tranquillité qui nous entoure n'est troublée que par nos respirations coordonnées, calmes mais saccadées. C'est là que je me demande pourquoi je me suis privée de cette sensation. Je ne me souviens pas avoir déjà connu quelque chose de semblable.

C'est à ça que devrait toujours ressembler le sexe : deux personnes qui partagent du plaisir, sans se précipiter pour atteindre la ligne d'arrivée sans considérer l'autre, contrairement à mes rencontres sous alcool, selon mes souvenirs. C'est à des années-lumière. C'est spécial. C'est ce que je veux. Je sais que je ne devrais pas penser ça, mais je garderai ces souvenirs : lui les yeux baissés sur moi, lui qui me sent, lui qui m'honore, alors je me dis que je peux affronter les conséquences.

Je sens des muscles internes dont j'ignorais l'existence se contracter autour de lui, me rendant plus sensible à chaque mouvement délicieux, m'approchant de… quelque chose. Je ne sais pas quoi, mais je sais que ça va être bon.

Il se penche pour embrasser mon nez, puis descend sur mes lèvres.

— Tu te contractes. Tu vas venir ?

— Je ne sais pas.

— Tu ne sais pas ? dit-il le souffle coupé. Tu n'as jamais eu d'orgasme ?

Je secoue la tête sous sa bouche, ne sentant aucune sorte d'embarras. Je suis trop distraite par le désir qui pèse entre mes cuisses et devient de plus en plus lourd à chaque mouvement de ses hanches. Je n'ai jamais eu d'orgasme en couchant avec un homme. Chaque rencontre m'a dégoûtée et je me demandais ce que ma mère y trouvait d'irrésistible. Je ne voyais pas quel plaisir on pouvait en tirer ; je n'ai jamais réalisé que ça pouvait ressembler à ça. J'ai l'impression que toute rationalité m'a été retirée.

Je m'agrippe à ses épaules, ma tête tremblant nerveusement. La douleur a complètement disparu maintenant. Oh mon Dieu, elle a disparu et autre chose a pris sa place… quelque chose…

— Miller !

— Oh, ma douce.

Il maîtrise de nouveau ses mouvements, mais de façon légèrement plus contrôlée : ils sont plus précis, plus réguliers.

— Livy, tu viens de faire de moi un homme très heureux.

J'enfonce à nouveau mes ongles. Je ne peux pas m'en empêcher. Mon épicentre est bombardé par des étincelles brûlantes.

Il approche son visage du mien et m'embrasse avec douceur. Je ne suis pas douce, pourtant. Je suis avide, et la frénésie de ma bouche le prouve.

— Ralentis, marmonne-t-il sur un ton désespéré en essayant de me guider en m'embrassant délibérément lentement.

Ma tête se vide ; mes yeux roulent et mes mains saisissent sa masse de cheveux noirs ondulés. Mais je ne ralentis pas. Je n'y arrive pas. Je ressens comme une urgence alors que la pression monte encore et encore à chaque fois qu'il pousse ses hanches.

— Ça vient?

Il s'écarte de ma bouche et s'appuie sur ses bras, pompant profondément, me privant de sa bouche à dévorer et de ses cheveux dans lesquels emmêler mes doigts.

— Qu'est-ce que tu sens, Livy ? Dis-moi.

Sa mâchoire est contractée, et ses yeux soudain on ne peut plus sérieux.

— C'est bon !

— Bon comment ?

Il me procure du plaisir, encore et encore et encore.

— Délicieux !

— Tu es prête à venir ?

— Je n'en sais rien !

Est-ce que c'est ça ? J'ai l'impression de ne plus rien maîtriser, presque de devenir folle.

— Oh, ma mignonne, tu n'as rien vécu.

Son rythme augmente, tout comme la pression en bas. Mes mains s'appuient sur ses avant-bras et poussent, me faisant remonter dans le lit, et ma tête commence à trembler sur les côtés. Je me mets à crier :

— Oh mon Dieu ! Oh putain !

— C'est ça, Livy !

Ça devient frénétique : nos respirations, le cri, la transpiration, la contraction, l'étreinte. Mais il maintient sa cadence régulière et modérée.

— Lâche-toi.

Je n'ai aucune idée de ce qui se passe. La chambre commence à tourner, une bombe nucléaire explose entre mes cuisses et je crie. Je ne peux pas me retenir.

Mes bras tombent lâchement derrière ma tête et Miller s'allonge sur moi et exprime son orgasme dans mes cheveux, haletant et glissant sur ma peau mouillée.

— Merci.

Je ne me sens même pas idiote de lui témoigner ma reconnaissance. Il n'arrête pas de me rappeler les bonnes manières et ce qu'il vient de me faire mérite ma gratitude. Nom de Dieu, ça a même dépassé mes plus grandes espérances.

— Non, merci à toi, souffle-t-il en mordillant mon oreille. Tout le plaisir était pour moi.

— Je t'assure, il était pour moi.

J'insiste en souriant quand je le sens sourire contre mon oreille. Je meurs d'envie de le voir, alors je tourne la tête vers lui et découvre un spectacle absolument stupéfiant : un sourire franc et enfantin, qui fait briller ses yeux et révèle une fossette que je n'avais jamais remarquée avant. Ce que je vois actuellement est à des millions de kilomètres de l'homme élégant, sec et puissant qui déteste mon café et qui m'a carrément captivée.

— Tu es mignon quand tu souris.

Il disparaît immédiatement de son visage, et un froncement de sourcil sérieux le remplace.

— Mignon ?

Je n'ai probablement pas choisi le meilleur mot pour un homme aussi viril, mais il était vraiment mignon. Pas maintenant, parce qu'il ne sourit plus, mais le coin de ses lèvres relevé, l'apparition de cette fossette et l'éclat dans ses yeux bleus m'ont montré un homme totalement différent, un homme qui, selon moi, ne se présente pas souvent.

Je me sens un peu intrépide.

— Tu ne souris pas beaucoup. Tu devrais faire un effort. Tu es moins intimidant quand tu souris.

— Alors je passe de mignon à intimidant ?

Il se met sur ses avant-bras et approche son visage du mien, nez à nez, front contre front.

J'incline la tête, ce qui fait aussi bouger la sienne.

— Tu es un peu intimidant.

— Ou alors, c'est toi qui es trop douce.

— Non, c'est toi qui es trop intimidant.

Je le sens palpiter en moi. Je ne ressens plus aucune nervosité, mais seulement le calme et la sérénité. C'est une sensation merveilleuse, et c'est grâce à lui.

— Restons-en là.

Il est de nouveau intimidant, mais ma sérénité reste intacte. Il en faudrait bien plus pour me tirer de cet état d'esprit détendu.

Il se retire et regarde entre mes cuisses en enlevant le préservatif.

— Considère que tu es à présent préparée, Livy.

Son manque de tact me fait grimacer.

— Merci.

— Je t'en prie.

Il glisse plus bas dans le lit et se niche entre mes cuisses avant de lever les yeux vers moi.

— Comment tu te sens ?

Je marque une hésitation.

— Bien. Pourquoi ?

— Je me renseigne juste pour savoir si tu as besoin d'une pause. Si tu veux que je m'arrête, dis-le, d'accord ?

Il pose les lèvres en bas de mon ventre, encourageant l'orgasme qui s'estompait à resurgir. Je suis agitée de petits mouvements convulsifs. J'ai besoin de plus de temps pour me remettre.

— D'accord, dis-je.

Je repose ma tête contre l'oreiller et lève les yeux au plafond. Je ne crois pas que je lui demanderai jamais de s'arrêter.

— Oh putain !

Ce juron m'échappe lorsque je sens quelque chose de chaud et mouillé toucher le bout de mon clitoris sensible. Ma tête s'égare, les muscles de mon ventre se contractent et mes poings se resserrent sur les draps à côté de moi.

Il ignore mon emportement et s'assied, attrape ma jambe, la plie et la soulève pour pouvoir embrasser la plante de mon pied. J'ai envie de rejeter ma tête en arrière, jurer et crier, mais je suis paralysée par ces yeux clairs tandis qu'il me regarde lutter pour supporter sa langue qui monte jusqu'à mon genou et redescend le long de mon mollet.

— C'est bon.

Il remonte jusqu'à ce qu'il trouve mon ventre et commence à promener ses lèvres sur mon nombril, puis redescend dans l'autre sens.

— Tu veux que je continue ?

— Oui.

Mes jambes s'agitent alors que mes muscles se contractent.

— Alors, je continue.

Il mordille l'intérieur de ma cuisse.

— Ma bouche sera bientôt ici, ajoute-t-il calmement en enfonçant un doigt en moi, légèrement. Tu aimerais ?

Je réponds d'un signe de tête et il décrit des cercles, me tirant un gémissement long et grave.

Je tire sur les couvertures et en remonte une, la laissant retomber sur mon visage.

Il rigole presque en m'en débarrassant, mais mes yeux restent bien fermés, même lorsque je le sens remonter sur le lit pour s'installer à moitié sur moi, son doigt toujours immergé.

— Ouvre les yeux.

Je secoue la tête catégoriquement, mon cerveau concentré uniquement sur la sensation que me procure son doigt glissé en moi. Il ne bouge pas, et pourtant je palpite encore constamment autour de lui. Puis je sens ses lèvres sur le côté de ma bouche et je tourne la tête vers la source de chaleur, ouvrant les yeux sur lui, et mes cuisses s'écartent un peu plus, comme pour l'inviter. Je gémis. Un son grave et rauque, signe évident du plaisir que je prends, mais je veux qu'il le sache. Je veux qu'il entende comment je me sens.

— J'adore ce son, murmure-t-il, en enlevant son doigt et en en insérant lentement deux.

Je geins.

— C'est reparti, lance-t-il.

— C'est bon, dis-je calmement contre ses lèvres. Vraiment bon.

— Nous sommes d'accord sur ce point.

Ses lèvres quittent ma bouche et commencent à descendre entre mes modestes seins et sur mon ventre, ses doigts continuant à s'enfoncer et se retirer habilement, soigneusement.

— Ça aurait été un crime si tu avais refusé ça, Livy.

— Je sais !

Mon ventre se noue et les mouvements de mon corps deviennent erratiques.

— Et dire que j'aurais pu rater ça.

Il enlève soudainement ses doigts et se précipite sur moi.

Le haut de mon cœur se soulève quand il écarte mes lèvres pour titiller mon clitoris en passant rapidement et légèrement sa langue.

— Ohhhhh.

Je retombe sur le lit et couvre mon visage avec mes mains alors que mes jambes s'enroulent autour de lui.

Il se blottit un peu plus contre moi, la chaleur de sa bouche m'enrobant totalement alors qu'il me suce avec douceur. Je reconnais le signe à présent. Je reconnais ce poids dans mon entrejambe, le battement régulier dans mon clitoris et ce besoin de me contracter tout entière. Je vais encore jouir.

— Miller !

Je crie alors que mes mains trouvent ses cheveux et s'y agrippent.

Sa bouche me libère et il fait remonter sa langue malicieusement jusqu'au centre de ma fente.

— C'est bon ?

— Oui !

Il se retrouve soudain à genoux et glisse ses mains sous moi pour attraper mes fesses. En un coup, il soulève tout le bas de mon corps.

— Mets tes jambes sur mes épaules, me demande-t-il, en m'aidant à les bouger jusqu'à ce qu'elles étreignent son corps.

Il me soutient avec aisance et me tire vers lui jusqu'à ce que j'atteigne ses lèvres.

— Tu as un goût incroyable.

Sa bouche entame une danse insoutenable entre mes lèvres sensibles et plonge dans ma vulve pour sucer mon clitoris.

— Exquis, Livy.

Cette phrase ne m'atteint pas. Il m'a projetée dans un excès sensoriel et mon corps lutte pour gérer ce déferlement de plaisir. Je suis en territoire inconnu.

Cela dépasse les limites de mon imagination. J'ai l'impression de vivre une expérience extracorporelle.

Mes mollets appuient contre son dos, le rapprochant de moi, et ses mains glissent partout sur moi, me caressant et me massant doucement.

J'ouvre les yeux brusquement et le regarde au-dessus de moi, à genoux, me maintenant au niveau de sa bouche, ses yeux bleus pointés sur moi. Ce regard me pousse à bout. Mon dos se courbe et mes poings frappent le matelas sur les côtés. J'ai envie de hurler.

— Lâche-toi, Livy, marmonne-t-il contre ma chair.

Et c'est ce que je fais.

J'arrête d'essayer de retenir la pression dans mes poumons et laisse tout sortir en criant fort son nom, alors que mes cuisses se contractent autour de son visage et que je rejette la tête en arrière.

— Oh mon Dieu, mon Dieu, mon Dieu !

Je halète et essaie de retrouver mes esprits. En vain. Rien ne peut passer le mur de choc tandis que mon corps se relâche et mon esprit se vide. J'ai perdu tout contrôle. De mon esprit. De mon corps. De mon cœur. Il prend entièrement possession de moi. Je suis à sa merci. Et j'aime ça.

Il me redépose sur le lit, et je ne fais rien pour l'aider tandis qu'il me met sur le côté et s'allonge derrière moi en me serrant contre son torse ferme.

— Et toi ?

Je le sens encore dur dans mon dos.

— Je te laisse d'abord récupérer. Ça peut durer un moment. Faisons un câlin.

— Oh, dis-je en me demandant combien de temps dure « un moment ». Tu veux un câlin ?

Je n'aurais jamais suspecté que les câlins pouvaient faire partie de mes vingt-quatre heures.

— Les câlins, c'est mon truc avec toi, Olivia Taylor. J'ai juste envie de te tenir dans mes bras. Ferme les yeux et apprécie le silence.

Il rassemble ma masse de cheveux couleur miel et les pousse sur le côté pour pouvoir atteindre mon dos, puis il m'octroie un assortiment lent et hypnotique de baisers indolents sur ma peau. Cela rend mes yeux encore plus lourds, et je trouve un immense réconfort dans ses attentions et sa chaleur qui enveloppe mon dos de toute part, alors qu'il m'offre son « truc ».

Je réalise alors que j'ai vécu jusque-là en solitaire.

**8**

Je me réveille dans une semi-obscurité, complètement nue et désorientée. Il me faut un moment pour
retrouver mes esprits et alors, je souris. Je me sens
détendue. Je me sens en paix. Je me sens comblée et à
l'aise, mais quand je roule sur le côté, il n'est pas là.

Je m'assieds et parcours sa chambre des yeux.
Dois-je le chercher ? Dois-je rester là et attendre son
retour ? Que dois-je faire ? J'ai juste le temps de faire
un petit tour à la salle de bains, en m'assurant que je
laisse tout exactement où je l'ai trouvé, avant que la
porte ne s'ouvre et que Miller n'apparaisse. Il porte de
nouveau son short noir, et sa perfection à moitié nue
prend d'assaut mes yeux endormis, les faisant cligner
à plusieurs reprises jusqu'à ce que je sois sûre de ne
pas être en train de rêver. Debout et immobile, il me
regarde, alors que je suis entourée d'un drap et que mes
cheveux doivent ressembler à un nid d'oiseau.

— Tu vas bien ? me demande-t-il en s'approchant.

Ses cheveux sont adorables, avec ces vagues noires
en bataille et cette mèche parfaite en place sur son
front.

— Oui.

Je resserre le drap en me disant que j'aurais peut-être dû m'habiller.

— Je t'attendais.

Il attrape le drap et me l'arrache des mains jusqu'à ce qu'il en tienne un coin dans chaque main et l'ouvre, exposant mon corps nu à ses yeux bleus brillants. Ses lèvres ne sourient pas, mais ses yeux si. Il se glisse sous le drap et passe les coins par-dessus ses épaules de manière à ce qu'on se retrouve tous les deux entourés par le coton blanc.

— Comment te sens-tu ?

— Bien, dis-je en souriant.

Je me sens plus que bien, mais je ne l'admettrai pas devant lui. Je sais pourquoi je suis ici et, à chaque fois que j'y pense, ma conscience et ma morale sont piquées au vif. Donc je ne l'avouerai pas.

— Juste bien ?

Je hausse les épaules. Que veut-il ? Un essai de mille mots sur mon état d'esprit et de santé actuel ? Je pourrais certainement en écrire dix mille.

— Très bien.

Ses mains glissent jusqu'à mes fesses et les pressent.

— Tu as faim ?

— Pas pour des huîtres.

Il se retire des limites du drap et me ré-enroule dedans avec le plus grand soin.

— Non, pas pour des huîtres, confirme-t-il en me mordillant légèrement les lèvres. Je vais te préparer autre chose.

Sa main trouve la base de ma nuque par-dessus mes cheveux, puis me fait faire demi-tour pour me guider hors de la chambre.

— Je devrais m'habiller.

Je n'essaie pas de l'arrêter, mais je veux qu'il sache que je ne suis pas tout à fait à l'aise avec seulement un drap en coton pour couvrir ma pudeur.

— Non. On va manger, puis prendre un bain.

— Ensemble ?

— Oui, ensemble.

Il n'apporte pas à mon ton inquiet l'attention qu'il mérite. Je peux prendre ma douche ou mon bain toute seule. Je n'ai pas besoin de lui pour m'honorer à ce point.

Il m'amène dans sa cuisine et me place sur une chaise devant l'immense table à manger, et je remercie les dieux du coton de m'avoir donné ce drap pour isoler mon derrière du siège froid en dessous de moi.

— Quelle heure est-il ?

Je pose la question en espérant secrètement que je n'ai pas trop gaspillé de mes vingt-quatre heures en dormant.

— Onze heures.

Il ouvre la porte-miroir de l'énorme réfrigérateur américain et commence à déplacer des choses sur le côté et en poser d'autres sur le comptoir près de lui.

— Je t'ai accordé deux heures de sommeil, et j'allais venir t'embêter.

Il place une bouteille de champagne sur le côté et se retourne pour me faire face.

— Tu t'es réveillée juste à temps.

Je souris, en tirant mon drap, et imagine comme ça aurait été agréable de me réveiller avec ses yeux brillants rivés sur moi.

— Ça te dérange si je m'habille ?

Il penche la tête sur le côté en plissant légèrement les yeux.

— Tu ne te sens pas bien ?

— Si.

Je réponds avec assurance, même si je ne m'étais jamais posé la question avant aujourd'hui. Je sais que j'ai tendance à être assez mince, Nan me le rappelle tous les jours, mais est-ce que je suis vraiment bien dans ma peau ? Parce que la manière dont je tiens le drap autour de moi indiquerait le contraire.

Il se retourne vers le frigo.

— Alors c'est réglé, ajoute-t-il.

Un saladier en verre apparaît, rempli de belles grosses fraises, puis il ouvre un placard qui révèle de nombreuses rangées de flûtes de champagne arrangées avec soin.

Il en attrape deux et les place devant moi, avec le saladier de fraises lavées et équeutées, avant d'aller dans un autre placard pour en sortir un seau et le remplir de glace récupérée au distributeur à l'avant du frigo.

Il pose le seau devant moi, plonge le champagne dans de l'eau, puis il se met devant la plaque de cuisson et enfile un gant de cuisine. Je l'observe avec fascination tandis qu'il se déplace dans la pièce avec une grande aisance, chaque geste net et précis, et tous effectués très prudemment. Rien de ce qu'il déplace ou pose ne reste très longtemps à la même position. Il les tourne ou les repositionne jusqu'à ce que cela lui convienne et qu'il puisse passer à autre chose.

Il s'avance alors vers moi avec une casserole en métal dans laquelle se trouve un bol en verre d'où s'échappe de la vapeur.

— Peux-tu me passer ce dessous-de-plat ?

Je regarde dans la direction que m'indique son doigt et me lève aussi rapidement que le drap qui me couvre me le permet pour récupérer le support en métal et le poser près du saladier de fraises, du champagne et des flûtes.

Je me rassieds et le regarde déplacer le support de quelques millimètres sur la droite avant d'y déposer la casserole chaude. Je tends le cou au-dessus et découvre du chocolat fondu.

— Ça a l'air délicieux.

Il tire une chaise juste à côté de moi pour s'y asseoir.

— Et le goût est délicieux aussi.

Je lève le doigt.

— Je peux tremper ?

— Ton doigt ?

— Oui.

Je le regarde et découvre des sourcils noirs relevés en signe de désapprobation.

— C'est trop chaud, affirme-t-il en attrapant le champagne et commençant à détacher le papier d'aluminium. Et c'est d'ailleurs pour ça qu'on a des fraises.

Sa mine renfrognée et ses paroles sèches me donnent l'impression d'être une gamine.

— Alors je peux tremper une fraise, mais pas mon doigt ?

Je le vois me regarder du coin de l'œil pendant qu'il s'occupe du bouchon.

— C'est ça.

Il repousse mon sarcasme et verse le champagne, mais pas avant d'avoir fait un petit tas bien rangé sur une assiette avec les déchets qu'il a accumulés.

Quand il me tend un verre, je me mets à secouer la tête.

— Non, merci.

Il retient à peine sa stupéfaction.

— Livy, c'est un Dom Pérignon millésime 2003. Ça ne se refuse pas. Prends.

Il insiste et je recule.

— Merci, mais je n'en veux pas.

Le choc sur son visage se transforme en un air songeur.

— Tu ne veux pas de cette boisson en particulier, ou de toutes les boissons ?

— De l'eau, ça m'ira très bien, s'il te plaît.

Je n'entrerai pas là-dedans.

— J'apprécie ce que tu as fait avec les fraises et le champagne, mais je préférerais prendre de l'eau, si ça ne te dérange pas.

Il est visiblement abasourdi par mon refus de boire cet alcool hors de prix, mais il n'insiste pas plus et je lui en suis reconnaissante.

— Comme tu veux.

— Merci.

Je souris alors qu'il me quitte pour remplacer le champagne par de l'eau.

— Dis-moi que tu aimes les fraises, me supplie-t-il en rapportant une bouteille.

— J'adore les fraises.

— Je suis soulagé, lance-t-il avant de dévisser le bouchon et verser de l'eau dans une autre flûte. Juste pour me faire plaisir, dit-il en voyant mon front plissé.

J'accepte le verre et le regarde prendre son temps pour choisir une fraise avant de la plonger dans le bol et l'agiter soigneusement pour recouvrir le fruit mûr de chocolat noir.

— Ouvre la bouche.

Il saisit le dossier de ma chaise avec sa main libre et me rapproche pour que je me retrouve juste entre ses cuisses. Son torse nu m'empêche légèrement de me concentrer.

Ma mâchoire se détend automatiquement, principalement parce que je reste bouche bée devant sa beauté toute proche et qu'il soutient mon regard en portant le fruit à ma bouche jusqu'à ce que je le sente frôler ma lèvre. Ma bouche se referme et mes dents s'enfoncent dedans, détachant un petit morceau de sa chair. Je lève la main pour rattraper une trace de jus de fraise sur mon menton, mais il saisit mon poignet avant que je ne puisse l'essuyer.

— Laisse-moi faire, murmure-t-il en s'approchant encore plus de moi.

Et ses lèvres se posent sur mon menton et il nettoie le jus en le léchant avant de faire passer le morceau restant sur ses lèvres.

Je mâche soudain plus lentement pour aller au rythme des mouvements précis de sa bouche. Il avale.

— C'est bon ? me demande-t-il.

J'ai la bouche pleine, alors j'acquiesce (connaissant l'obsession de Miller pour les bonnes manières) et lève le doigt pour lui demander de patienter une seconde tandis que je mâche plus vite. Je me lèche les lèvres et me repenche vers le bol.

— Il faut que tu m'en donnes une autre.

Ses yeux pétillent alors qu'il sélectionne une autre fraise, la trempe et la fait tourner.

— Ce serait meilleur avec du champagne, dit-il d'un air songeur en plongeant ses yeux dans les miens.

Je l'ignore et pose mon verre d'eau sur la table.

Il porte la fraise à ma bouche, mais cette fois frotte le chocolat liquide sur ma lèvre inférieure, et ma langue sort immédiatement de ma bouche pour l'essuyer.

— Non, dit-il en secouant la tête et en faisant glisser sa main sur ma nuque pour m'attirer vers lui. Je vais m'en occuper, murmure-t-il en s'approchant.

Je ne lutte pas. Je le laisse nettoyer la saleté qu'il a faite et profite de l'occasion pour poser mes paumes sur ses cuisses, de chaque côté de mes genoux. Je caresse les doux poils noirs de ses jambes, appréciant la sensation, tandis qu'il en finit avec ma bouche en embrassant le coin de mes lèvres, le centre, et puis l'autre coin.

— Quel chocolat est-ce ?

Je pose ma question calmement, en préférant oublier le goût des choses sucrées pour avoir celui de Miller.

— C'est du Green and Black's.

Il me propose une autre fraise que j'attrape avec les dents.

— Il doit contenir un minimum de quatre-vingts pour cent de cacao.

La fraise que je tiens m'empêche de demander pourquoi, alors je me contente de froncer les sourcils pour l'inciter à poursuivre.

— L'amertume du chocolat couplée à la douceur de la fraise rend le goût vraiment spécial. Ajoute du champagne et tu obtiens une combinaison parfaite. Et les fraises doivent simplement être britanniques.

Il se penche et mord la fraise qui est coincée entre mes dents et le jus explose entre nous.

Je me fiche d'avoir du jus qui coule sur mon menton ou la bouche pleine.

— Pourquoi ?

Il finit de mâcher et avale.

— Parce que ce sont les plus sucrées qu'on puisse trouver.

Il glisse ses mains sous mes cuisses et me soulève, m'attirant pour que je me retrouve à califourchon sur lui. Il lui faut un temps atrocement long pour me nettoyer. Cela me chauffe la peau et ma respiration reste constamment bloquée dans ma gorge alors que j'essaie de contenir l'envie irrésistible de lui sauter dessus. Il balance mon drap, dévoilant ma nudité totale.

— C'est l'heure du bain.

— Tu n'as pas besoin de me laver.

Je me demande jusqu'où il compte aller pour me vénérer. Je me sens vraiment spéciale, mais je peux me laver seule.

Il me prend les mains et les pose sur ses épaules, puis rassemble la masse de cheveux miel qui entoure mon visage.

— Il faut vraiment que je te donne un bain, Livy.

— Pourquoi ?

Il se lève en tenant mes fesses dans ses mains et m'amène contre le réfrigérateur. Il me dépose sur mes pieds et me retourne pour que je me retrouve en face du miroir. Je fixe mon reflet. Je suis mal à l'aise, surtout quand mes yeux tombent sur Miller derrière moi et que je vois son regard qui se promène sur mon corps. Je baisse les yeux vers le sol, mais les remonte rapidement quand il appuie son torse contre moi et que je sens sa verge dure, chaude et humide pressée contre le bas de mon dos. Son short a disparu.

— Tu te sens mieux ? me demande-t-il en soutenant mon regard dans le miroir et passant sa main pour attraper délicatement mon sein.

J'acquiesce, alors qu'en fait, je veux dire non. Il m'intimide sur tous les niveaux, mais tout cela est très addictif.

Il pétrit doucement ma poitrine.

— Ça donne l'eau à la bouche, murmure-t-il en bougeant lentement les lèvres. Parfaitement rebondi. (Il tire légèrement sur mon téton et embrasse mon oreille.) Et avec un goût incroyable.

Je ferme les yeux et m'adosse contre lui, mais mon état de grâce est interrompu quand il me pousse en avant et me presse contre le miroir froid du frigo, mes seins modestes écrabouillés sur la glace et mon visage tourné pour reposer ma joue sur la surface gelée.

— Ne bouge pas.

Il disparaît, mais revient quelques secondes plus tard, pour glisser son genou entre mes cuisses et les écarter avant de prendre mes mains et les lever pour les mettre à plat sur la porte au-dessus de ma tête. Je suis étendue, bras et jambes écartés, contre le frigo, pressée contre la glace et je peux tout juste le voir dans ma vision périphérique. Il tient le bol de chocolat dans une main, et avant que j'aie le temps d'imaginer son prochain mouvement, il vide tout le contenu sur mes épaules. Le chocolat chaud me fait sursauter et j'appelle mentalement à l'aide en sentant le liquide couler dans mon dos, sur mes fesses et le long de mes jambes. Ça va prendre du temps de lécher tout ça, et je connais déjà la sensation de sa langue sur ma peau. Je n'arriverai jamais à supporter ça sans crier ou me retourner pour le dévorer. Je me mets à trembler.

J'entends qu'on repose le bol sur le plan de travail derrière moi, et je perçois même clairement le bruit du verre sur le marbre indiquant qu'on le repositionne. Il vient de déverser du chocolat partout sur moi et maintenant, il s'inquiète de la position d'un bol ?

Je lève la tête pour le chercher dans le reflet et le vois s'approcher de moi. Son pénis est droit et rebondit librement au rythme de ses pas. Il a un emballage en alu dans la main. La gorge serrée, je pose mon front sur la vitre, me préparant mentalement à la douce torture que je suis sur le point d'endurer.

— Tu vois ? Maintenant il faut vraiment que je te lave.

Les paumes de ses mains chaudes atterrissent sur le côté extérieur de mes cuisses et dérapent sur mes hanches, ma taille, mes côtes… jusqu'à ce qu'elles se posent sur mes épaules et me massent, ses grosses mains glissant sur le chocolat. Je jette la tête en arrière, un gémissement s'échappe de mes lèvres, et mon ventre se noue avec l'anticipation.

Se promenant avec douceur le long de ma colonne vertébrale, ses doigts glissent sur mes fesses et en haut de mes cuisses, puis descendent, descendent, descendent, jusqu'à ce qu'il se retrouve à genoux par terre derrière moi et remonte pour caresser mon corps à nouveau. Je suis en état d'alerte maximale. Je suis docile, mais avisée, calme mais affolée… vivante mais engourdie.

— Livy, je ne suis pas sûr que vingt-quatre heures suffisent, murmure-t-il en décrivant des cercles du bout d'un doigt au niveau de ma cheville.

Mes yeux se ferment et j'essaie de distraire mon esprit pour qu'il n'envoie pas à ma bouche les mots que j'ai envie de dire. Ça ne m'aidera pas. Il est excité, c'est tout… rattrapé par l'instant.

Le bout de ce doigt laisse une trace brûlante en remontant le long du bas de ma jambe jusqu'à ce qu'il soit à l'arrière de mon genou. Ma jambe vacille.

— Miller.

Les paumes de mes mains glissent sur le miroir.

— Hmmm.

Il remplace son doigt par sa langue et me lèche l'arrière de la cuisse pour arriver jusqu'à mon postérieur. Il me mord la fesse, ses dents s'enfonçant dans ma chair et la suçant… follement.

— S'il te plaît.

Je le supplie. Je suis en train de faire ce que je m'étais juré de ne jamais faire.

— S'il te plaît, s'il te plaît, s'il te plaît.

— S'il te plaît, quoi ?

Il est de nouveau sur mon dos, remonte le long de ma colonne, lèche, suce et mordille ma peau sur son trajet.

— Dis-moi ce que tu veux.

— Toi, dis-je en haletant. Je te veux, toi.

Je n'ai aucune honte, mais le poids de mon désir monte encore et la chaleur se propage dans mes veines, ne laissant aucune place à la timidité.

— De la même manière que je te veux.

— Tu peux m'avoir.

Je tourne la tête quand il saisit ma nuque, et tombe sur des yeux tellement clairs qu'ils pourraient rivaliser avec les eaux tropicales les plus bleues.

— Je ne comprends pas comment une créature aussi belle peut être aussi pure.

Ses yeux me dévisagent, l'émerveillement débordant de la chaleur de son regard.

— Merci, lance-t-il avant de m'embrasser très délicatement alors que ses mains se baladent partout, jusqu'à ce qu'elles répandent du chocolat sur mes bras et se faufilent dans mes poings serrés.

Je connais la réponse à la question qu'il se pose, mais il ne me l'a pas demandé directement, alors je devrais éviter de lui répondre. Ce n'est pas le propos. De son côté, cela entretient sa fascination. Du mien, il s'agit de remédier au problème que je me suis infligé : c'est en tout cas ce que je dois garder en tête.

— Retourne-toi pour que je puisse te voir, dit-il contre mes lèvres, en m'aidant à pivoter.

Quand il pousse mon dos couvert de chocolat contre le frigo, dérapant et glissant, il fait un pas en arrière et m'examine dans mon ensemble. Je ne ressens pas de timidité parce que je suis trop occupée à observer la montagne de perfection recouverte de chocolat qui se tient devant moi : des épaules larges, des hanches étroites et des cuisses musclées... et une grosse et longue colonne qui dépasse de son entrejambe. Je salive, les yeux fixés sur cette zone, malgré la profusion d'autres éléments parfaits dont mes yeux peuvent se délecter. J'ai envie de le goûter.

Mes yeux se précipitent vers les siens quand il s'avance et voient un visage sérieux, comme d'habitude, qui ne laisse rien paraître.

— Où se promène donc cet esprit ? me demande-t-il en baissant la main pour attraper fermement sa queue, attirant mes yeux et me coupant le souffle.

Je suis à deux doigts de m'étrangler.

Maintenant, je suis nerveuse, et le fait que je ne réponde pas le montre bien. Bêtement, je ne veux pas le décevoir. Je suis certaine que beaucoup de lèvres douces l'ont enveloppé, mais je parie qu'elles savaient toutes très bien ce qu'elles faisaient.

— Je suis... je peux... c'est...

Comme je bégaie et bute sur les mots, il vient me soulager de ma maladresse en enfouissant sa tête dans mon cou et poussant vers le haut jusqu'à ce que ma tête soit forcée de se rejeter en arrière et que je regarde le plafond.

— Tu as besoin de te détendre un peu plus. Je pensais qu'on avançait.

— C'est le cas.

Je suis faible et vacillante quand il me lâche pour déchirer l'emballage du préservatif et se dépêche de le dérouler. Je n'aime pas ça. J'ai l'impression que c'est un crime de couvrir sa beauté.

— J'aurais vraiment aimé qu'on puisse faire ça peau à peau, dit-il d'un ton songeur en levant les yeux sur moi. Mais je ne serais pas vraiment un gentleman si je te mettais enceinte, non ?

Non, en effet, mais qu'y a-t-il de gentleman dans le fait de me considérer comme un sextoy pendant une journée ? Ou en me promettant le meilleur coup de ma vie ? D'ailleurs, il a bafoué cette promesse : depuis mon arrivée, je n'ai rien vu qui ressemble à de la baise. Il est toujours resté gentleman ; un amant doux, attentionné et prévenant.

Je succombe vite… bien trop vite. Et son approche galante ne m'aide pas.

— Livy ?

Sa voix douce mais râpeuse me fait ouvrir les yeux. Je n'avais pas réalisé que je les avais fermés.

— Tu vas bien ?

Il s'approche et met son visage au niveau du mien en caressant ma joue.

— Oui.

Je secoue vigoureusement la tête et affiche un petit sourire.

— Je vais arrêter là, affirme-t-il. On n'a pas à…

Il marque une pause et reste songeur un moment.

— Je dois accepter si tu en as assez, conclut-il.

— Non !

Je suis prise d'une légère panique. Je lutte contre cette hésitation indésirable. J'ai de courtes phases où je fais les choses à contrecœur, malgré le désir insatiable que je ressens pour cet homme. Il est trop attirant. C'est le fruit défendu. Je connais maintenant ce que ça fait lorsqu'il m'honore, et même si je sais que ce sera dur pour moi, j'en veux plus.

— Je ne veux pas que tu l'acceptes.

Ai-je vraiment dit ça à voix haute ?

J'en ai la confirmation en voyant sur son visage mal rasé la confusion mêlée à un léger soulagement.

— Tu veux continuer ?

— Oui.

J'essaie d'être plus calme, plus posée, même si ce n'est pas ce que je ressens. Je suis toujours brûlante de désir pour cet homme beau et respectueux qui se tient devant moi.

Je cherche un peu d'assurance car mon hésitation m'énerve, et lève mes bras couverts de chocolat pour poser mes mains sur sa poitrine douce.

— J'ai encore envie de toi.

Je prends une grande inspiration et pose la bouche sur la peau entre mes paumes.

— Je veux me sentir vivante grâce à toi.

C'est exactement ce qu'il fait.

— Merci mon Dieu, soupire-t-il en m'attrapant sous les cuisses et me soulevant au niveau de ses hanches où mes jambes semblent s'enrouler instinctivement autour de sa taille étroite. Je l'aurais accepté, mais ça ne m'aurait pas particulièrement plu.

Il me re-plaque délicatement contre le frigo et passe sa main entre nos corps.

— J'ai l'impression que je ne serai jamais rassasié de toi, Olivia Taylor.

Je me tiens droite et mes bras trouvent sa nuque, lorsque je sens le bout de son impressionnante virilité appuyer brutalement contre mon ouverture.

— Tu peux te servir autant que tu veux.

— C'est ce que je ferai tant que tu seras là.

Ses mots me blessent, mais très brièvement, parce que je suis distraite de sa déclaration qui me ramène à la réalité quand il me pénètre d'un coup.

— Oh mon Dieu, tu t'es déjà modelée pour moi.

Son visage tombe dans mes cheveux alors qu'il cherche à retrouver ses esprits et que je m'habitue à l'avoir en moi. C'est bon. Chaque muscle et chaque espace semblent se façonner autour de lui comme du liquide. Il n'y a absolument aucune douleur, juste un plaisir incommensurable, et encore plus quand il recule et se renfonce lentement, en gardant sa tête dans mon cou.

Mon cœur bat la chamade. Je ne peux pas parler. Mon corps semble réagir à lui mécaniquement, procurant des sentiments, des sensations et des pensées, que je ne peux pas empêcher.

— S'il te plaît, baise-moi.

Je le supplie en espérant que l'absence de sentiment et d'intimité résoudra le problème qui me pèse de plus en plus.

— Tu m'as déjà bien préparée.

— Savourer et pas dévorer.

Il dévoile son visage et je remarque du chocolat sur son menton.

— Je te l'ai déjà expliqué, ajoute-t-il.

Ses paroles sont ponctuées par des coups de hanches lents, réguliers et méticuleux, encore et encore.

— C'est bon, non ?

J'acquiesce.

— Je suis d'accord, dit-il.

Il serre de plus en plus mes cuisses et descend la bouche vers la mienne.

— Je vais faire durer le plus longtemps possible, promet-il.

J'accepte son baiser et me laisse emporter par les mouvements réguliers de sa langue délicate. C'est facile. Je ne fais rien à contrecœur. Le suivre est la chose la plus aisée que j'aie jamais faite. Nos bouches bougent comme si nous avions répété ce baiser de nombreuses fois, comme si c'était la chose la plus naturelle au monde.

C'est comme ça que je le ressens. Il me semble tellement bien pour moi, malgré le fait que nos vies soient diamétralement opposées sur tous les niveaux : lui, un homme d'affaires puissant, sûr de lui et abrupt, et moi la serveuse douce, mal assurée et ennuyeuse.

Le dicton « les opposés s'attirent » n'a jamais été aussi approprié. Ma réflexion se tient et devrait probablement m'inquiéter, mais pas maintenant, pas quand il me fait ressentir ces choses. Mon sang bout, je suis engourdie par le plaisir, et je me sens plus vivante que jamais.

Il est patient, méthodique. Il finira par causer ma mort avec ses hanches qui décrivent des cercles. Mes mains le sentent partout où elles peuvent se poser, mes jambes fléchissent et sont lourdes, mais ça m'est égal.

— Miller, dis-je dans sa bouche. Ça vient.

Il me mord la lèvre et la suce, m'injectant une surcharge de sensations.

— Je le sens.

— Hmmm…

J'attaque violemment sa bouche et mes mains plongent dans ses cheveux et les tirent. Il me faut relâcher mon étreinte autour de ses hanches, mais avec les pulsations qui martèlent entre mes cuisses, je ne peux me concentrer sur rien d'autre. Tout arrive, mais je ne m'en contente pas.

— S'il te plaît, plus vite.

Comme j'ai envie qu'il me fasse basculer au-delà du supportable, je m'abaisse à des prières encore plus osées. Je ressens ce besoin désespéré de faire en sorte que ce soit autre chose que « faire l'amour tendrement ». Il m'amène vers l'oubli. J'ai besoin de me laisser aller.

— Non, Livy, me dit-il pour me calmer sur un ton posé mais catégorique. Je ne suis pas encore prêt.

— Non !

C'est de la torture. De la torture pure et diabolique.

— Si, riposte-t-il en s'enfonçant en moi, toujours à un rythme régulier. C'est trop bon. Ce n'est pas toi qui mènes la barque.

Ma colère explose, alors je serre effrontément les poings dans ses cheveux et tire sa tête de mes lèvres.

Je halète, et lui aussi, mais cela n'entrave pas ses mouvements de hanches. Ses cheveux sont mouillés, ses lèvres entrouvertes et la mèche ondulée habituelle a été rejointe par d'autres. J'ai envie qu'il me plaque contre le frigo. Je veux qu'il jure et m'insulte parce que je suis une vicieuse. Je veux qu'il me baise.

— Livy, ce n'est pas près de s'arrêter, alors ralentis.

Je retiens mon souffle et l'adjure silencieusement de poursuivre en enfonçant brutalement son corps dans le mien, mais il ne le fait pas. Merde… il garde le contrôle. Je lui tire encore les cheveux pour essayer de provoquer une certaine ardeur, mais il se contente d'afficher son magnifique sourire… alors je tire un peu plus.

— Vicieuse, dit-il en remuant les lèvres silencieusement, toujours sans me donner ce que je veux et en continuant à glisser délicatement en moi.

Je balance la tête en arrière et hurle de frustration en m'assurant de garder le poing agrippé à ses cheveux.

— Livy, tu peux me maltraiter comme tu veux. On fera les choses comme je le décide.

— Je ne peux pas supporter plus.

— Tu veux que je m'arrête ?

— Non !

— Ça fait mal ?

— Non !

— Alors je te rends juste folle ?

Je laisse tomber ma tête et accepte ses coups de piston consciencieux, toujours en bouillonnant et désormais en transpirant. Je croise ses yeux et remarque cette pointe d'arrogance familière.

— Oui.

— Est-ce mal de ma part de m'en réjouir ?

— Oui, dis-je serrant les dents.

Son léger sourire se transforme en un air narquois et suffisant, et ses yeux brillent.

— Je ne vais pas m'excuser, mais tu as de la chance : je suis prêt.

Sur ce, il me soulève encore un peu plus et se retire avant de glisser doucement en moi et de rester bien profondément en poussant un grognement cassé et en tremblant contre moi.

Ça me va.

Je convulse dans ses bras, tandis que mon corps se fait tout mou, mon esprit s'évade et mes mains relâchent leur prise sur ses cheveux. Ce n'est pas volontaire, mais ma paroi interne se resserre sur lui à chacune de ses impulsions, prolongeant la vague de plaisir qui me traverse.

Alors que je me sens plutôt bien, maintenue contre le réfrigérateur, amorphe et inerte, Miller décide que ça ne lui va pas. Il s'abaisse jusqu'à ce que je sois étendue sur sa poitrine, et roule pour passer au-dessus de moi.

Il me regarde lutter pour retrouver mon souffle, puis approche sa bouche de mon téton et le suce fortement tout en pressant la chair qui l'entoure avec sa main.

— Contente d'avoir accepté mon offre ? me demande-t-il, semblant certain de la réponse que je vais donner.

— Oui.

Je lui réponds dans un soupir, en remontant les genoux et cherchant à renforcer mes bras pour pouvoir les lever et caresser l'arrière de sa tête.

— Évidemment, lâche-t-il.

Il couvre mon corps de baisers en remontant jusqu'à mes lèvres qu'il mordille tendrement.

— C'est l'heure de la douche.

— Laisse-moi ici. Je n'ai pas la force.

Mes bras pendent mollement de chaque côté de mon corps.

— Alors je m'en occuperai. Je t'ai dit que je t'honorerais.

— Tu as aussi dit que tu me baiserais.

Il libère ma lèvre et recule, l'air songeur.

— J'ai aussi dit que je commencerais par te préparer en douceur.

À ma grande surprise, je ne rougis même pas.

— Je pense qu'on peut dire sans risque de se tromper que tu peux barrer cette ligne de ta liste, alors maintenant, tu peux me baiser.

Bon sang, mais qu'est-ce qui m'arrive ?

À l'évidence, Miller se pose la même question parce que le choc a fait bondir ses sourcils, mais il ne dit rien. Peut-être que je l'ai rendu muet. Son front se plisse légèrement alors qu'il descend de moi, et, après avoir enlevé la capote et essuyé la plante de ses pieds, il me relève rapidement et saisit ma nuque, comme à son habitude. Puis il me guide vers sa chambre.

— Crois-moi, tu ne veux pas que je te baise.

— Pourquoi ?

— Parce que ce que nous venons de partager est bien plus agréable.

Il a raison, et même si je sais que c'est idiot de ma part, je ne veux pas ajouter Miller à ma liste de rencontres insignifiantes.

— Ta cuisine est dans un sale état.

Je désigne le sol et le frigo couverts de chocolat, mais son regard ne suit pas mon doigt, et il préfère me pousser vers sa chambre.

— Je préfère ne pas regarder.

Ses yeux s'assombrissent et il secoue la tête.

— Je ne vais pas réussir à dormir.

Je ne peux pas m'empêcher de sourire, même si je sais que ça ne lui plaira pas. C'est un maniaque de la propreté. Il a de drôles d'habitudes, comme sa manie de toujours repositionner les choses, mais après être venue ici et avoir vu sa garde-robe immaculée, je pense que ça doit être un légèrement obsessionnel.

À l'instant où nous passons la porte de sa chambre, il me soulève et me fait traverser la pièce. Je suis un peu étonnée, mais c'est tellement agréable que cela m'empêche de dire quoi que ce soit. Il est si fort et si parfaitement bâti, un véritable chef-d'œuvre masculin, et le toucher est aussi agréable que la vue. Lorsqu'il me repose sur mes pieds, juste à l'entrée de la salle de bains, je jette un rapide coup d'œil à sa chambre et en tire immédiatement une conclusion.

La plante de mes pieds est couverte de chocolat. Pas les siens. Il ne voulait pas que je salisse sa moquette. Il mène sa petite vie tranquille dans la salle de bains : il pose les choses (les serviettes, les affaires de toilette) avec beaucoup de précision et ne me jette pas même un regard furtif en passant devant moi pour retourner dans la chambre, me donnant le sentiment d'être toute petite, mais gênante.

Je me reprends et croise les bras sur mon corps nu, tandis que je parcours des yeux l'immense salle de bains jusqu'à ce qu'il finisse par revenir. Il fait couler la douche et teste la température de l'eau. Il n'a aucun problème avec la nudité, et ce n'est pas vraiment surprenant. Il n'a absolument rien dont il puisse avoir honte.

— Après toi.

Il écarte les bras et désigne le super grand espace de douche.

J'hésite, mais je parviens à me stabiliser et avance en traînant les pieds, nue et couverte de chocolat. Je lève les yeux vers son visage dénué d'expression en passant devant lui. Il semble solennel et froid, à l'opposé de ce qu'il était il y a cinq minutes encore.

Après m'être avancée sous le jet d'eau chaude, je baisse immédiatement les yeux et vois l'eau chocolatée autour de mes pieds. Je reste seule un moment, les yeux rivés sur le sol jusqu'à ce que ses pieds apparaissent dans mon champ de vision.

Même eux sont parfaits. Mes yeux remontent lentement le long de son corps, étudiant chaque centimètre parfait et ferme, jusqu'à ce que je le voie verser du savon dans sa main. Ses paumes se retrouveront bientôt sur moi, mais à en juger son regard, ce ne sera pas une scène de douche incendiaire. Il se concentre trop sur la mousse entre ses mains.

Sans dire un mot, il s'accroupit devant moi et commence à frotter le gel douche entre mes cuisses, nettoyant lentement le chocolat. Je ne peux rien faire d'autre qu'observer tranquillement, mais ce silence me met mal à l'aise.

— Qu'est-ce que tu fais dans la vie ?

Il marque une pause, mais reprend rapidement sa tâche.

— Je crois qu'on ne devrait pas entrer dans des bavardages personnels, étant donné notre arrangement, Livy.

Il ne me regarde pas et préfère rester concentré sur mon nettoyage. J'aurais préféré ne rien dire parce que ses mots n'ont pas atténué mon malaise ; je me sens même encore plus gênée. Je ressens le besoin d'en savoir plus à son propos, mais il a raison. Ces informations ne serviraient à rien et ne feraient que rendre la situation plus intime qu'elle est censée l'être.

Il continue à passer ses magnifiques mains partout sur ma peau, sans dire un mot ni même me lancer un regard. Après les familiarités de cette nuit, c'est dur et gênant. C'est comme si nous étions des inconnus. Bon, d'accord, c'est le cas.

Et pourtant, l'homme à genoux devant moi est la seule personne sur Terre à qui je me suis donnée de cette façon. Pas seulement mon passé ou mes problèmes, mais mon corps sobre et ma vulnérabilité. Il m'a fait remettre en question mon approche de la vie et des hommes. Il m'a attirée en me donnant une fausse impression de sécurité, et à présent, il continue comme si c'était du travail, et pas du plaisir.

Je suis perplexe, mais je ne devrais pas. Je connaissais le deal, et pourtant, sa tendresse et le fait qu'il ne m'ait absolument pas baisée m'ont peut-être donné de faux espoirs et fait croire que ça pouvait être plus, ce qui est pathétique. C'est vraiment un inconnu et intimidant, lunatique et imprévisible de surcroît.

Mon fil de pensée est interrompu lorsque ses mains atteignent mes épaules, la fermeté de ses pouces s'enfonçant délicieusement dans ma chair. Et là, il me regarde, le visage toujours sérieux et les cheveux dégoulinant, paraissant plus longs avec l'eau qui aplatit leurs ondulations. Il baisse la tête et m'embrasse délicatement avant de reprendre sa mission qui consiste à débarrasser mon corps de toute trace de chocolat.

C'était quoi ça ?

Une démonstration d'affection ? Un geste d'attention ? L'instinct naturel ? Ou n'était-ce qu'un bisou amical ? La chaleur de nos bouches l'une contre l'autre suggère l'opposé, mais pas l'expression sur son visage. Je devrais partir. Je ne sais pas trop comment je pensais que cette nuit se goupillerait, mais j'ai dû croire que ce serait plus violent, mais si j'avais su, je suis sûre que j'aurais laissé passer son offre. Cela ne me ressemble pas, et je passe rapidement de l'admiration au ressentiment.

Je suis sur le point de déclarer mon intention de mettre fin à notre arrangement quand il prend la parole.

— Dis-moi, comment est-il possible qu'aucun homme ne t'ait attrapée en sept ans, demande-t-il en poussant les cheveux mouillés qui me couvrent le visage.

Je soupire et baisse la tête jusqu'à ce qu'il me force à le regarder.

— Je…

Qu'est-ce que je peux dire ?

— C'est juste que…

— Continue, insiste-t-il d'un ton rassurant.

Je cherche comment éviter de répondre à sa question quand je me souviens soudain de l'affirmation qu'il a faite peu de temps auparavant.

— Étant donné notre « arrangement », je croyais qu'on ne devait pas bavarder.

Il fronce les sourcils comme moi. Il semble embarrassé.

Il pose sa main sur mes cheveux mouillés, m'attrape la nuque par-dessus et me guide pour sortir de la douche.

— Pardonne-moi.

J'affiche toujours un air désapprobateur quand il me sèche avec une serviette, puis me rattrape par la nuque avant de me pousser de la salle de bains vers son gigantesque lit orné de cuir. Je n'y ai pas fait attention avant, mais je sais qu'il ne pouvait pas être aussi bien fait quand je me suis levée ; il a donc été refait. Je ne veux pas gâcher cette perfection, mais Miller me lâche et commence à prendre les coussins pour les déposer soigneusement dans un coffre au pied du lit, avant de tirer la couette et me faire signe de monter.

J'avance prudemment et grimpe sur le grand lit, en ayant le sentiment d'être la princesse au petit pois. Je me pelotonne en le regardant se glisser à côté de moi et tapoter son oreiller avant d'y poser la tête et passer son bras autour de ma taille en me tirant délicatement contre lui. Je me blottis instinctivement dans la chaleur de son torse, en sachant que ce n'est pas bien. Je sais que c'est mal, et encore plus quand il me prend la main, l'embrasse, puis place ma paume sur sa poitrine avant de poser la sienne pour guider une caresse.

C'est silencieux. Je peux entendre d'incessantes pensées pleines d'espoir tourner au ralenti dans ma tête. Et je crois que j'arrive à entendre les siennes aussi, mais il y a maintenant une tension invisible, et cette tension entre nous l'emporte sur les choses géniales qui se sont passées juste avant.

Les battements de son cœur sont réguliers sous mon oreille, et la pression étrange de sa main sur la mienne ressemble à un geste de réconfort, mais je n'arriverai jamais à m'endormir, même si mon corps est épuisé et mon cerveau vidé.

Miller bouge brusquement et m'enlève de son torse pour me mettre correctement sur le côté.

— Reste là, murmure-t-il en m'embrassant sur le front avant de sortir du lit et enfiler son short.

Lorsqu'il quitte la chambre, je me redresse sur mes coudes et regarde la porte se refermer doucement derrière lui. Il doit être très tôt. Que fait-il ? L'absence du silence gêné devrait me permettre de me sentir mieux. Mais non. Je suis nue, irritée entre les cuisses et sagement recroquevillée dans le lit d'un inconnu, mais je ne peux rien faire d'autre que me rallonger et regarder le plafond, avec pour seule compagnie mes pensées malvenues. Il arrive à me donner le sentiment d'être merveilleuse et vivante, et la seconde d'après, maladroite et gênante.

Je ne sais pas trop combien de temps je reste comme ça, mais quand j'entends des bruits et un juron, je ne peux pas m'empêcher de me lever. Je roule jusqu'au bout de lit en emportant le drap avec moi et traverse la chambre à pas feutrés avant de me faufiler avec précaution dans le couloir et me diriger silencieusement vers la source du tapage. Les bruits et les jurons marmonnés se font de plus en plus clairs, jusqu'à ce que je me trouve à l'entrée de la cuisine et découvre Miller en train d'essuyer les portes-miroirs du frigo.

Ce qui devrait m'atterrer d'incrédulité, ce sont les mains frénétiques de Miller qui décrivent des cercles avec un torchon, mais ce sont les muscles de son dos, ondulant et bien marqués, qui me coupent le souffle et me forcent à poser la main sur le cadre de la porte pour me soutenir. Il ne peut pas être réel. C'est une hallucination… un rêve ou un mirage. J'en serais sûre si je n'étais pas si… éreintée.

— Putain de bordel ! souffle-t-il en plongeant sa main dans un seau d'eau savonneuse avant d'essorer le torchon. À quoi je pensais ?

Il plaque le torchon contre le miroir et continue à frotter frénétiquement en jurant.

— Tout va bien ?

Je suis calme et souris intérieurement. Miller aime que tout soit comme lui : parfait.

Il se retourne brusquement, surpris et de mauvaise humeur.

— Pourquoi n'es-tu pas couchée ? lance-t-il en jetant violemment le torchon dans le seau. Tu devrais te reposer.

Je resserre le drap autour de moi, comme si je l'utilisais pour me protéger. Il est en colère, mais est-il en colère contre moi ou contre la porte du frigo couverte de taches ? Je commence à reculer, sur mes gardes.

— Merde.

Il baisse la tête de honte, puis la secoue légèrement en agitant sa lavette foncée d'un geste de la main énervé.

— S'il te plaît, excuse-moi, dit-il en levant ses yeux débordant de regret sincère. Je n'aurais pas dû te parler comme ça. Ce n'était pas bien de ma part.

— En effet. Je ne suis pas ici pour qu'on me gueule dessus.

— C'est juste que...

Il regarde le frigo et ferme les yeux, comme si ça lui faisait mal de voir les taches. Puis il avance vers moi en soupirant, les mains tendues pour me demander silencieusement la permission de me toucher. C'est peut-être idiot, mais j'acquiesce, et il se détend. Il me prend aussitôt dans ses bras en me tirant contre lui et plonge son nez dans mes cheveux humides. Je ne peux pas ignorer le réconfort qu'il m'apporte. Quand il a dit qu'il n'arriverait pas à dormir, il le pensait vraiment. Il n'a pas regardé la pagaille quand je le lui ai fait remarquer, mais ça lui tapait sur les nerfs, le tourmentait.

— Je suis désolé, répète-t-il en embrassant mes cheveux.

— Tu n'aimes pas le désordre.

Ce n'est pas une question parce que c'est trop évident, et je ne lui donnerai pas l'occasion de m'insulter en le niant.

— J'aime que ma maison soit bien tenue, réplique-t-il en me faisant faire demi-tour et me poussant vers la chambre.

À chacun de nos pas, je me remémore cet environnement digne d'un palais.

— Tu n'as pas de femme de ménage ?

Il me paraît logique qu'un homme d'affaires qui vit dans un endroit comme celui-là, s'habille comme Miller et conduit une voiture de luxe ait au moins une gouvernante.

— Non, répond-il en enlevant le drap qui m'entoure et me portant dans le lit. J'aime le faire moi-même.

— Tu aimes le ménage ?

Je suis choquée. Cet homme ne peut vraiment pas être réel.

Ses lèvres esquissent un sourire, qui me soulage vis-à-vis des événements, des paroles et des sentiments qu'il y a eus après nos ébats.

— Je ne dirais pas que j'aime ça, explique-t-il en se glissant près de moi et m'attirant vers lui en mêlant nos jambes nues. Je pense que tu pourrais dire que je suis un dieu du logis.

Moi aussi je souris à présent, et ma main se dirige naturellement vers son torse nu.

— Je ne l'aurais jamais pensé.

— Tu devrais essayer d'arrêter de trop penser. Les gens qui pensent trop se créent des problèmes plus importants que ceux qu'ils ont vraiment.

Il parle doucement, presque nonchalamment, mais ses mots cachent quelque chose, je le sais.

— Comme quoi ?

— Rien de particulier, affirme-t-il en déposant un petit baiser sur le haut de ma tête. C'était un constat général.

Ce n'était pas général du tout, mais je n'ajoute rien. Son humeur changeante a calmé le malaise que je ressentais, et je laisse le sentiment de sécurité que me procure son corps qui m'entoure m'attirer vers un sommeil paisible. Il ne faut pas longtemps avant que mes yeux se ferment et que le dernier son que j'entende soit la voix de Miller qui fredonne quelque chose de doux et hypnotique dans mon oreille.

Prise de panique, j'ouvre brusquement les yeux et bondis sur le lit. Il fait complètement nuit. Je repousse mes cheveux de mon visage et prends quelques secondes pour me remémorer ce qui s'est passé avant que tout me revienne... ou alors j'ai rêvé ?

Je tapote le lit autour de moi, ne sentant rien d'autre que le linge doux et un oreiller sans tête posée dessus. Ce lit est immense, mais je n'y aurais quand même pas perdu un homme.

— Miller ?

Je l'appelle timidement en chuchotant, puis je me rends compte que je n'ai pas de vêtements. Je dors toujours avec ma culotte. Je n'ai pas rêvé, et je ne sais pas si je dois être soulagée ou effrayée. Je sors du lit en trébuchant et cherche mon chemin en frôlant le mur.

— Mince !

Je viens de me cogner le tibia contre quelque chose de dur. Je le frotte pour apaiser la douleur et continue à avancer à l'aveuglette, mais ma tête frappe quelque chose. Le fracas rompt le silence et je fulmine contre un objet qui m'attaque.

J'essaie en vain d'attraper ce qui m'a frappée et le laisse tomber, grimaçant quand il s'écrase par terre, avant de me frotter la tête.

Je m'attends à ce que Miller surgisse de sa cachette pour s'informer de l'origine de tout ce vacarme, mais après être restée sans bouger en silence pendant une éternité dans l'espoir qu'il appuierait sur un interrupteur qui me plongerait dans la lumière, je reste aveugle.

Je réessaie d'avancer en suivant le mur dans l'obscurité jusqu'à ce que je sente quelque chose qui ressemble à un interrupteur. J'appuie dessus et cligne des yeux pour lutter contre l'assaut de la lumière artificielle. Évidemment, je suis seule, et je suis nue. Je découvre le petit meuble contre lequel je me suis cogné le tibia et la lampe que ma tête a frappée et qui repose maintenant contre le meuble, en mille morceaux. Je me précipite vers le lit et attrape le drap pour l'entourer autour de moi tandis que je retourne vers la porte.

Il est probablement encore en train de nettoyer le frigo, mais une fois que j'ai fini par atteindre la cuisine, pas de Miller au ménage.

En fait, il n'y a pas de Miller du tout. Nulle part. Je fais deux fois le tour de son appartement, en ouvrant et refermant les portes, ou tout ce qui peut s'ouvrir. Il y en a une qui ne veut pas. Je tourne la poignée, mais elle ne bouge pas, alors je pose mon oreille et attends. Rien. Je retourne dans sa chambre, très soucieuse. Où est-il allé ?

Assise au bord de son lit, je me demande ce que je dois faire, et pour la première fois, toute la force de la bêtise de cet accord me revient en pleine face. Je suis dans un appartement étranger, nue au milieu de la nuit, après avoir eu des rapports sexuels incroyables, imprudents et sans émotions avec un inconnu. La Livy sage et raisonnable a juste accompli un exploit qui mérite une récompense. Je me suis abandonnée.

Je regarde autour de moi à la recherche de mes vêtements, mais je ne les vois pas.

— Mince !

Qu'a-t-il bien pu en faire ? La logique tombe trop vite et je me retrouve devant le petit meuble. J'enlève la lampe et ouvre un tiroir où je découvre mes vêtements, parfaitement pliés, à côté de mes Converse soigneusement déposées, les lacets cachés à l'intérieur. Je ris toute seule, récupère mes affaires et m'habille en hâte.

Alors que je me retourne pour sortir, je remarque une feuille de papier sur le lit. Je ne veux pas croire qu'il m'a laissé une note sur l'oreiller, et je devrais probablement m'en aller sans la lire, mais je suis bien trop curieuse. Miller attise ma curiosité, et c'est très mauvais parce que tout le monde sait que la curiosité est un vilain défaut. Je me déteste, mais je cours vers le petit mot et le saisis d'un geste brusque. Je suis en colère avant même de l'avoir lu.

*Livy.*
*J'ai dû m'éclipser. Je ne serai pas long, alors s'il te plaît, ne pars pas.*
*Si besoin, appelle-moi. J'ai enregistré mon numéro dans ton téléphone.*

*Miller*
*x*

Je soupire bêtement en voyant le baiser après son nom. Puis je suis soudain très énervée. Il a dû *s'éclipser* ? Qui s'éclipse au milieu de la nuit ? Je commence à chercher mon téléphone pour savoir exactement quelle heure il est.

Je trouve mon sac et mon portable sur la table basse en verre, et après l'avoir allumé et avoir ignoré les dizaines d'appels en absence de la part de Gregory et trois messages écrits me signalant que je fais une bêtise, l'écran indique qu'il est trois heures du matin. Trois heures ?

Je retourne plusieurs fois mon téléphone dans ma main en essayant d'imaginer ce qui a pu le faire sortir à cette heure. Une urgence peut-être ? Quelque chose a pu arriver à un membre de sa famille. Il pourrait être à l'hôpital ou allé récupérer une sœur ivre dans une boîte de nuit. A-t-il une sœur ? Toutes sortes d'excuses tournent dans ma tête, mais lorsque mon téléphone se met à sonner dans ma main et que je baisse les yeux pour découvrir son nom sur l'écran, j'arrête de me poser ces questions parce que je vais bientôt savoir.

Je décroche.

— Allô ?

— Tu es réveillée.

— Oui, et tu n'es pas là.

Je m'assieds sur le canapé.

— Tout va bien ?

— Oui, ça va, répond-il.

Il parle à voix basse. Peut-être qu'il est bien dans un hôpital.

— Je rentre bientôt, alors reste tranquillement au lit, d'accord ?

Tranquillement au lit ?

— J'étais en train de partir.

— Quoi ?

Il ne chuchote plus.

— Tu n'es pas là, je n'ai donc pas de raison de rester.

Ce n'est pas être honorée là, c'est être abandonnée.

— J'ai une bonne raison ! riposte-t-il et j'entends une porte claquer derrière lui. Reste où tu es.

Il semble irritable.

— Miller, tu vas bien ? Est-ce qu'il est arrivé quelque chose ?

— Non, rien.

— Alors qu'est-ce qui t'a fait sortir au beau milieu de la nuit ?

— Juste le boulot, Livy. Retourne te coucher.

Le mot « boulot » éveille un ressentiment injustifié en moi.

— Es-tu avec cette femme ?

— Qu'est-ce qui te fait dire ça ?

Sa question transforme mon ressentiment en soupçon.

— Parce que tu as parlé de « boulot ».

Avec toute cette dévotion laveuse de cerveau, j'avais oublié la beauté brune.

— Non, s'il te plaît. Contente-toi de retourner au lit.

Je m'écroule sur le sofa.

— Je ne dormirai pas. Ça ne faisait pas partie de notre accord, Miller. Je ne veux pas rester seule dans un appartement que je ne connais pas.

L'absurdité de mes paroles me frappe physiquement. Oui, parce qu'à l'évidence je suis plus heureuse dans un appartement inconnu avec un homme inconnu, qui me fait perdre toute raison.

— L'accord tenait pour une nuit, Olivia. Vingt-quatre heures, et ça m'ennuie déjà assez d'en perdre quelques-unes. Si tu n'es pas dans ce lit à mon retour, alors je…

Je me redresse.

— Tu quoi ?

J'entends qu'il panique à sa manière de souffler dans le combiné.

— Oui ?

— Je vais…

— Tu vas quoi ?

Impatiente, je me lève et attrape mon sac. S'agit-il d'une menace ?

— Alors je te retrouverai et t'y ramènerai !

J'éclate de rire.

— Est-ce que tu entends ce que tu es en train de dire ?

— Oui, dit-il sur un ton plus calme. Ce n'est pas poli de rompre un accord.

— On ne l'a pas scellé d'une poignée de main.

— Non, on l'a scellé en baisant.

Je retiens mon souffle et m'étouffe en même temps.

— Je pensais que tu étais un gentleman.

— Qu'est-ce qui t'a fait croire ça ?

Je ferme la bouche en considérant sa question. Notre première rencontre n'a jamais suggéré que c'était un gentleman, ni nos rencontres suivantes, mais sa prévenance et ses manières depuis que je suis arrivée ici, si. Il ne m'a absolument pas baisée.

Je prends alors doucement conscience d'une chose épouvantable. J'ai vraiment été idiote. Il m'a séduite, et il l'a fait brillamment.

— Je n'en sais rien, mais je me suis clairement trompée. Merci pour les innombrables orgasmes.

Je l'entends crier mon nom alors que j'éloigne mon téléphone de mon oreille et raccroche. Je suis stupéfaite par ma propre effronterie, mais Miller Hart a stimulé mon courage. Et il s'agit d'une qualité dangereuse mais essentielle lorsqu'on a affaire à cet homme déconcertant. Balançant mon cartable sur mon épaule, je me dirige vers la porte d'entrée et rejette l'appel entrant avant d'éteindre mon téléphone.

## 9

Je n'ai pas fermé l'œil, malgré le confort de mon lit. Après m'être faufilée dans la maison comme une cambrioleuse professionnelle, j'ai monté l'escalier sur la pointe des pieds, évité toutes les planches qui craquent et traversé le palier furtivement jusqu'à ce que je me retrouve en sécurité dans ma chambre. Je suis alors restée couchée là, dans le noir, pendant les dernières heures de la nuit, regardant dans le vide et à l'aveugle vers le plafond.

Alors que les oiseaux gazouillent, j'entends Nan en bas qui s'affaire dans la cuisine. Je n'ai aucune envie d'affronter cette journée. Mon esprit est inondé d'images, de pensées et de conclusions, pour lesquelles je ne veux pas laisser de place. Mais même en essayant très fort, je n'arrive tout simplement pas à le flanquer hors de mon cerveau embrouillé.

Je me penche au-dessus de ma table de chevet pour débrancher mon téléphone et ose l'allumer. Il y a cinq nouveaux appels manqués de Gregory, un de Miller et un message sur le répondeur. Je ne veux pas entendre ce que cet homme a à dire, mais cela ne m'empêche pas de continuer à me tourmenter en écoutant le foutu message. C'est mon ami inquiet, pas Miller.

« *Olivia Taylor, toi et moi allons avoir une très grande conversation quand je te mettrai la main dessus. À quoi penses-tu, bébé ? Pour l'amour de Dieu ! Je pensais que de nous deux c'était toi, la personne sensée. Tu ferais mieux de m'appeler, ou je rendrai une petite visite à Nan, et je lui raconterai toutes tes transgressions ! Ça pourrait être un voleur un meurtrier ! Nom de Dieu, tu es une idiote ! Je ne suis vraiment pas content !* »

Il semble complètement exaspéré, quel comédien. Et je sais qu'il ne dira rien à Nan parce qu'il sait, aussi bien que moi, qu'elle s'en réjouirait, et ne serait pas désespérée. Ce ne sont que des paroles en l'air, c'est tout. En partie vraies, mais exagérées et totalement hors de propos.

Légèrement.

Un petit peu.

Pas le moins du monde.

Il a raison à cent pour cent, et il n'est même pas au courant de la moitié de ce que qui s'est passé. Je suis une idiote. Je l'appelle avant qu'il ne fasse une crise. Il répond immédiatement, et sa voix donne l'impression qu'il est déjà effondré.

— Livy ?

— Je suis en vie.

Je retombe sur mon oreiller.

— Respire, Gregory.

— Ne te fous pas de ma gueule ! J'ai passé la nuit à essayer de trouver où il vit.

— Tu exagères.

— Je ne crois pas, non.

— Alors, tu ne l'as pas trouvé ?

Je remonte ma couette et me roule en boule.

— En même temps, je n'avais pas beaucoup de pistes, hein ? J'ai googlé « Miller », mais ça veut dire « meunier » en anglais et je ne pense pas que ce soit son métier.

Je ris légèrement.

— Je ne sais pas ce qu'il fait dans la vie.

— Bon, ça n'a pas d'importance parce que tu ne le reverras plus. Qu'est-ce qui s'est passé ? Tu as couché avec lui ? Où es-tu ? Tu as perdu la boule ou quoi ? !

Je ne rigole plus.

— Ça ne te regarde pas, ça ne te regarde pas, je suis chez moi, et oui, j'ai perdu la raison.

— Ça ne me regarde pas ? hurle-t-il, sa voix partant dans les aigus. Livy, ça fait des années que je me casse le cul pour essayer de te faire sortir de cette stupide coquille dans laquelle tu te caches. Je t'ai présentée à un nombre incalculable d'hommes bien, qui étaient tous fous de toi, mais tu as toujours refusé ne serait-ce que d'envisager l'idée de prendre un verre amical, sans parler d'un dîner. Laissez un homme t'offrir un verre de vin et un repas ne te transforme pas en ta mère.

— La ferme !

Le simple fait qu'il mentionne ma mère a tellement attisé ma colère que ça s'entend dans mon ton.

— Je suis désolé, mais qu'est-ce qu'il a cet enculé pour t'avoir transformée en pauvre conne irresponsable et insouciante ?

— Tu es le seul enculé que je connaisse.

Je l'accuse bêtement parce que c'est tout ce que je trouve à dire. J'ai été plutôt insouciante, comme un papillon de nuit…

— Et ce n'est ni un criminel ni un meurtrier. C'est un gentleman.

*Parfois…* c'est ce que j'ajoute dans ma tête.

— Qu'est-ce qui s'est passé ? Raconte-moi.

— Il m'a vénérée.

Il ne va pas arrêter de me harceler, alors autant être claire. Comme ça, c'est fait. Impossible de faire marche arrière.

— « Vénérée » ?

La voix de Gregory se limite presque à un murmure, et je le visualise dans ma tête interrompre ce qu'il peut être en train de faire à l'autre bout de la ligne.

— Oui, il a gâché les chances de tous ceux qui viendront par la suite.

C'est ça. Rien ne sera comparable. Aucun homme n'atteindra sa dextérité, son attention et sa passion. Je suis foutue.

— Oh Seigneur, murmure-t-il encore. C'était si bien que ça ?

— Divin, Gregory. J'ai l'impression de m'être fait escroquer. Alors qu'il m'avait promis vingt-quatre heures, je n'en ai eu que huit. Ça m'énerve et j'aurais aimé avoir le reste…

— Hola ! Rembobine ! Bon sang, rembobine ! crie-t-il au point de me faire sursauter dans mon lit. Reviens en arrière ! C'est quoi cette histoire de vingt-quatre heures ? Vingt-quatre heures pour quoi ?

— Pour me vénérer.

Je me tourne sur le côté et passe mon téléphone à l'autre oreille.

— Il m'a proposé cette durée parce que c'était tout ce qu'il pouvait m'offrir.

Je n'arrive pas à croire que je suis en train de dévoiler toutes ces informations à Gregory. C'est la meilleure, surtout en considérant que le sujet de la discussion, c'était moi.

— Je ne sais même pas quoi te dire.

Je vois le choc sur son visage quand je ferme les yeux.

— Il faut qu'on se voie. J'arrive.

Je bondis et m'assieds sur mon lit.

— Non, non ! Nan ne sait pas que je suis là. Je suis rentrée en douce.

Gregory éclate de rire.

— Bébé, je déteste jouer les oiseaux de mauvais augure, mais ta grand-mère sait très bien où tu es.

— Comment ?

— Parce que c'est elle qui m'a appelé pour me dire que tu étais rentrée.

Il y a une pointe de suffisance dans sa voix. Je lève les yeux au ciel pour me calmer. J'aurais dû m'en douter.

— Alors pourquoi m'as-tu demandé où je suis ?

— Parce que je voulais voir si mon âme sœur avait pris l'habitude de mentir, comme elle a pris l'habitude d'être une imbécile. Je suis content de pouvoir confirmer que seule cette dernière affirmation est juste. J'arrive.

Il raccroche, et aussitôt que je pose mon téléphone sur le lit, j'entends le son familier des planches qui craquent, alors je me précipite sous les couvertures et retiens ma respiration.

La porte s'ouvre, mais je reste aussi immobile qu'une statue, cachée, les yeux fermés et le souffle coupé… Mais je ne m'attends pas à ce que cela la dissuade. Je parie qu'elle meurt d'envie d'avoir le scoop, cette vieille chauve-souris fouineuse.

Le silence est total, mais je sais qu'elle est là. Je sens alors quelque chose me chatouiller la plante du pied et mes jambes se débattent avec un éclat de rire incontrôlable.

— Nan !

J'enlève la couette et découvre son corps grassouillet au pied de mon lit, les bras croisés, et un sale petit sourire satisfait sur le visage.

— Ne me regarde pas comme ça.

— Ton patron, mes fesses !

— Si.

Quand elle vient s'asseoir sur le bord du lit avec un air incrédule, je suis sur le qui-vive.

— Pourquoi tu me racontes des salades ?

— Je ne te raconte pas des salades.

C'est une piètre réponse et mes yeux, qui se détournent des siens, indiquent ma culpabilité.

— Livy, sois gentille avec ta grand-mère, dit-elle en tapant ma cuisse par-dessus la couette. Je suis peut-être une vieille dame, mais mes yeux et mes oreilles fonctionnent très bien.

Je prends le risque de lui jeter un regard à contrecœur et vois bien qu'elle retient un sourire. Je lui ferais très plaisir si je confirmais ce qu'elle sait déjà.

— Oui, tout comme ton nez fouineur.

— Je ne suis pas fouineuse ! réplique-t-elle. Je suis juste… une grand-mère inquiète.

Dubitative, je tire la couette de sous ses fesses pour m'en envelopper et m'enfuir vers la salle de bains.

— Tu n'as pas à t'inquiéter.

— Je pense que si, quand ma gentille petite-fille vit comme une recluse, et qu'elle reste soudain dehors jusqu'à l'aube.

J'ai un mouvement de recul, mais accélère le pas alors qu'elle me suit sur le palier. Mon excuse de boulot ne passera pas maintenant, alors je tiens ma langue et me dépêche de fermer la porte de la salle de bains derrière moi, en apercevant brièvement ses sourcils gris relevés et ses lèvres fines pincées.

— C'est ton petit copain ? lance-t-elle à travers la porte.

J'ouvre la douche et laisse tomber ma couette.

— Non.

— *C'était* ton petit copain ?

— Non !

— Est-ce que tu le courtises ?

— Quoi ?

— Sortir. Ça veut dire sortir avec lui, chérie.

— Non !

— C'est juste pour le sexe alors.

— Nan !

Je hurle en lançant un regard incrédule vers la porte.

— Je pose juste la question.

— Alors arrête !

J'avance dans la baignoire et, sous le jet d'eau chaude, apprécie la sensation agréable mais pas les flash-backs de ma dernière douche. Il envahit chaque recoin de mon cerveau, sauf la petite partie qui sert actuellement à répondre aux questions insensées de Nan. Je presse la bouteille de shampoing pour en verser un peu dans la paume de ma main et me masse les cheveux, en espérant qu'en frottant, les souvenirs partiront.

— Tu es amoureuse de lui ?

Je me fige sous l'eau, les mains immobiles dans la mousse sur ma tête.

— Ne sois pas bête.

J'essaie de paraître choquée, mais tout ce que j'obtiens, c'est un soupir calme et songeur. Je ne suis pas certaine de pouvoir identifier mes sentiments parce qu'ils sont actuellement trop envahissants. Pourtant, ça ne devrait pas être le cas, surtout en sachant qu'il y a une autre femme. Je ne suis pas amoureuse de lui de toute façon. Il m'intrigue, c'est tout. Je le trouve fascinant. J'attends une nouvelle attaque de Nan tandis que mon corps reste immobile et mon esprit anticipe ce qu'elle pourrait dire ensuite. Le silence dure longtemps, mais j'entends finalement le craquement distant du plancher. Elle est partie, et elle n'a pas demandé d'explications suite à ma réponse peu convaincante à sa dernière question, ce qui est extrêmement inattendu.

Gregory compense l'interrogatoire modéré de Nan. Il m'accompagne faire un tour de quelques heures en bus panoramique pour me faire plaisir et m'écoute lui rappeler pourquoi j'aime tant Londres. Mais quand il me traîne à la terrasse d'un café sur Oxford Street, je sais que je ne vais plus lui échapper.

— Café ou eau ? me demande-t-il alors que le serveur approche, en me jetant des coups d'œil intéressés.

— De l'eau.

J'ignore le serveur et commence à triturer nerveusement la serviette, la pliant avec soin trop de fois, jusqu'à ce que ce ne soit plus possible.

Mon ami regarde le serveur de la même façon que le serveur me regarde, les yeux exorbités et avec le sourire.

— Un verre d'eau et un expresso, s'il vous plaît, gentil monsieur.

Je souris à Gregory, formant un triangle de sourires alors que le serveur note notre commande et s'éloigne, sans porter attention à la dame à la table d'à côté qui lui fait signe. Le temps est couvert mais lourd, et mon jean moulant colle à mes cuisses.

— Alors, attaque Gregory en me prenant ma serviette des mains et ne me laissant plus que ma bague pour les occuper. Il t'a promis vingt-quatre heures, et tu n'en as eu que huit.

Il entre directement dans le vif du sujet, sans retenue.

Je fais la moue et ça m'insupporte.

— C'est ce que je t'ai dit, non ?

Je soupire. Passer quelques heures en étant distraite par la grandeur de ma Londres adorée a bien réussi à l'effacer temporairement de ma tête. Mais c'est bien le problème : juste temporairement.

— Et qu'est-ce qui vous a interrompus ?

— Il a dû s'éclipser.

— Où ça ?

— Je ne sais pas.

Je refuse de regarder Gregory, comme si le fait de ne pas croiser ses yeux pouvait rendre la vérité plus facile à dire. Ça doit marcher parce que je continue, pressée de connaître son avis.

— Je me suis réveillée à trois heures du matin et il avait disparu. Il a laissé un mot sur l'oreiller qui disait qu'il allait revenir, puis il a appelé, mais ne m'a pas dit où il était, seulement que c'était pour le boulot. Je me suis un peu énervée et lui aussi.

— Pourquoi était-il énervé ?

— Parce que je lui ai dit que je partais et que selon lui ce n'est pas poli de rompre un contrat.

Je me risque à lancer un regard furtif vers Gregory et découvre ses yeux marron écarquillés.

— On ne l'a pas vraiment scellé puisqu'on s'est pas serré la main.

Je m'arrête là, sans ajouter qu'en fait, selon Miller, nous l'avons scellé en baisant.

— Il a l'air détestable, déclare-t-il méchamment. Arrogant et détestable !

— Non. Bon, il lui arrive d'être un peu comme ça, mais pas quand il me tient dans ses bras. Il m'a vraiment vénérée. Il a dit qu'il allait me baiser, mais il…

— Quoi ?! hurle Gregory en se penchant plus près. Il t'a vraiment dit ça ?

Je me recule dans ma chaise, en réalisant que j'aurais dû garder cette partie pour moi. Je ne veux pas que mon ami déteste Miller, même si c'est un peu mon cas.

— Oui, mais il ne l'a pas fait. Il ne m'a montré que du respect et…

Je marque une pause pour m'empêcher de prononcer un mot aussi stupide dans ces circonstances.

— Quoi ?

Je secoue la tête.

— Il a été très gentleman.

Nos boissons arrivent et je verse immédiatement mon eau dans mon verre et prends une longue lampée tandis que le serveur souriant me reluque et que Gregory le reluque.

Mon ami affiche un immense sourire au serveur pour lui faire connaître son intérêt, malgré la préférence sexuelle évidente du serveur.

— De rien. Passez un agréable moment, dit le serveur en gardant les yeux rivés sur moi avant de remarquer enfin la femme qui lui fait signe.

Le visage souriant de Gregory se transforme bientôt en mine renfrognée lorsque ses yeux reviennent sur moi.

— Livy, tu as déjà dit que tu l'avais vu avec une femme. Je sais aussi bien que toi que ce n'est probablement pas une collègue de travail. Il semble ne rien avoir d'un gentleman.

— Je sais, dis-je à voix basse d'un ton maussade.

Ce souvenir poignarde mon cœur en miettes. Cette femme est belle, élégante, et sans aucun doute aussi cultivée et riche que Miller. C'est son monde : des femmes chics, des hôtels chics, des soirées chics, des vêtements chics, de la nourriture et des boissons chics. Le mien sert cette nourriture et ces boissons chics à ces gens chics. Il faut que je l'oublie. Il faut que je me rappelle comme je deviens exaspérante à ses côtés. Il faut que je me souvienne que c'était du sexe insignifiant.

— Je ne le reverrai pas.

Je pousse un soupir. Pour moi, ce n'était pas insignifiant.

— Je suis ravi de te l'entendre dire.

Gregory prend une gorgée de son expresso en souriant.

— Tu mérites la version toutes options, et pas seulement les miettes qu'un homme te jette quand bon lui semble.

Il tend le bras et serre ma main pour me réconforter.

— Je pense que tu sais qu'il n'est pas bien pour toi.

Je souris, en sachant pertinemment que ce que dit mon meilleur ami est plein de bon sens.

— Oui.

Gregory acquiesce et me fait un clin d'œil avant de se reculer dans sa chaise, au moment où mon téléphone se met à sonner dans mon sac. J'attrape mon cartable sur la chaise à côté et fouille à l'intérieur.

— C'est sûrement Nan. Elle va me rendre dingue.

Gregory éclate de rire, et je craque aussi, mais mon gloussement joyeux s'interrompt brusquement quand je découvre que ce n'est pas Nan qui m'appelle. Mes yeux écarquillés se rivent sur ceux de Gregory.

Il s'arrête lui aussi de rire.

— C'est lui ?

J'acquiesce et rebaisse les yeux sur l'écran, mon pouce survolant le bouton qui me mettra en contact avec Miller.

— Je ne l'ai pas rappelé.

— Sois forte, bébé.

Être forte. Être forte. Être forte. Je prends une profonde inspiration avant de répondre.

— Allô.

— Olivia ?

— Miller.

Je réponds avec un calme froid, malgré mon rythme cardiaque qui s'accélère. La prononciation lente et arrondie de mon nom fait apparaître une image claire de ses lèvres bougeant au ralenti.

— Il faut qu'on reprenne où on s'est arrêtés. J'ai un engagement à tenir ce soir, mais je me libérerai demain.

Il parle sèchement et solennellement, et mon cœur s'emballe un peu plus, mais plus à cause de la colère que du désir. Qu'est-ce que je suis ? Une affaire commerciale ?

— Non, merci.

— Ce n'était pas une question, Livy. Je t'informe simplement que tu passeras la journée avec moi demain.

— C'est très aimable de ta part, mais j'ai bien peur d'avoir des projets.

Je semble hésitante alors que je cherche à montrer de l'assurance. Je suis consciente que Gregory observe et écoute attentivement, et j'en suis contente parce que je suis sûre que s'il n'avait pas été là pour suivre de près la conversation, j'aurais accepté. Entendre sa voix douce, même s'il n'y a rien d'amical dans ses propos, fait ressurgir tous les sentiments que j'ai éprouvés avant qu'il m'abandonne et que je sois en colère.

— Annule-les.

— Je ne peux pas.

— Pour moi, tu peux.

— Non, je ne peux pas.

Je raccroche avant de craquer, et éteins aussitôt mon téléphone.

— Voilà.

Je le jette dans mon sac.

— Bien joué. Tu sais que c'était la bonne chose à faire, dit Gregory en me souriant de l'autre côté de la table. Bois ton verre et je te raccompagne chez toi.

*

Après nous être dit au revoir au coin de la rue, Gregory part se préparer pour une soirée, et moi, je rentre me cacher dans ma chambre pour éviter ma grand-mère indiscrète. Alors que j'insère ma clé lentement dans la serrure, la porte s'ouvre et deux paires d'yeux me regardent avec intérêt : Nan essaie de lire en moi et George scrute par-dessus son épaule avec un petit sourire. Je ne peux qu'imaginer ce qui s'est passé dans cette maison depuis que je suis partie ce matin et que George est arrivé. Il ferait n'importe quoi pour Nan, y compris l'écouter rabâcher des choses sur sa petite-fille ennuyeuse et réservée. Sauf que cette fois, je ne suis pas ennuyeuse. Et le plaisir de George en apprenant cette nouvelle se lit sur son visage rond.

— Ton téléphone est éteint, lance Nan sur un ton accusateur. Pourquoi ?

Mes bras tombent avec un soupir exaspéré, puis je me fraye un passage vers la cuisine.

— Il est déchargé.

Sa manière de souffler avec mépris indique bien son opinion sur mon mensonge tandis qu'elle me suit.

— Ton patron est passé.

Je me retourne brusquement, horrifiée, découvrant des lèvres pincées et George qui sourit toujours au-dessus de son épaule.

— Mon patron ?

Je pose timidement la question alors que mon cœur bat la chamade dans ma poitrine.

— Oui, ton *vrai* patron.

Elle attend ma réaction et elle ne sera pas déçue. Je m'efforce de me retenir, mais je me mets à rougir excessivement et mon corps s'est carrément affaissé.

— Que voulait-il ?

J'essaie de me reprendre.

— Il a essayé de t'appeler.

Elle remplit la bouilloire et fait signe à George de s'asseoir, ce qu'il fait sans attendre, toujours en me souriant.

— Il a parlé d'un gala de charité ce soir.

— Il veut que je travaille ?

Pleine d'espoir, je cherche mon téléphone dans mon sac et l'allume.

— Oui.

Elle continue à préparer le thé, dos à moi.

— Je lui ai fait remarquer que ça faisait peut-être trop, après ton long service d'hier soir.

Je fais les gros yeux dans son dos, et je sais que le sourire de George vient de s'élargir.

— Arrête un peu, Nan, lui dis-je sur un ton menaçant en tapant sur les touches de mon téléphone.

Elle ne se retourne pas et ne dit rien. Elle a marqué un point, comme je l'avais fait. Le téléphone à l'oreille, je monte l'escalier pour me réfugier dans ma chambre. Del a besoin d'une serveuse ce soir et j'accepte volontiers avant qu'il me donne l'adresse et l'heure. Je ferais n'importe quoi pour me changer les idées. En arrivant à l'entrée de l'hôtel, je suis immédiatement accueillie par Sylvie. Elle me saute dessus comme une louve affamée, comme je m'y attendais.

— Raconte-moi tout !

Je passe devant elle pour aller dans les cuisines.

— Il n'y a rien à raconter.

Je la repousse, ne voulant pas admettre qu'elle avait raison. Je prends le tablier que me tend Del en souriant et commence à le mettre.

— Merci.

Il en donne un à Sylvie aussi qu'elle attrape brusquement sans remercier notre patron.

— Alors tu lui as dit d'aller se faire voir ?

— Oui.

J'ai l'air convaincue, probablement parce que c'est en partie la vérité. Je lui ai bien dit d'aller se faire voir. Je commence à charger mon plateau rond avec des verres.

— Donc tu peux arrêter de me harceler parce qu'il n'y a rien à apprendre.

— Oh, dit-elle sur un ton placide en me venant en aide. Alors je suis contente. Ce n'est qu'un connard arrogant.

Je ne nie ni ne confirme ses propos, et préfère changer complètement de sujet. Je suis censée occuper mon esprit vagabond, pas le nourrir.

— Tu es sortie hier soir ?

— Oui, et j'ai encore l'impression d'être une loque, admet-elle en versant du champagne. Mon corps a réclamé de la junk food toute la journée, et j'ai dû m'enfiler près de deux litres de Coca.

— Tant que ça ?

— Épouvantable. Je ne boirai plus… jusqu'à la semaine prochaine.

Je me mets à rire.

— Qu'est-ce qui t'as rendue…

— Arrête ! Cette odeur me donne la nausée.

Elle a un haut-le-cœur et se pince le nez alors qu'elle continue à remplir les flûtes.

Ce n'est que là que je la regarde vraiment et remarque que son carré noir d'ordinaire brillant a l'air terne, tout comme ses joues, habituellement bien roses.

— Je sais. J'ai une sale tête.

Je retourne au plateau.

— Oui, vraiment.

— Et c'est pire à l'intérieur qu'à l'extérieur.

Del apparaît, joyeux, comme à son habitude.

— Les filles, nous avons des membres du Parlement et plusieurs diplomates ce soir. Je sais que je n'ai pas besoin de vous le dire, mais faites attention à vos manières.

Il dit ça en regardant Sylvie et fronce les sourcils.

— Tu as vraiment une sale tête.

— Oui, je sais. Ne t'inquiète pas. Je ne leur soufflerai pas dessus, le raille-t-elle en expirant dans la paume de sa main et reniflant.

Je fais la grimace en voyant son visage dégoûté avant qu'elle ne glisse sa main dans sa poche et jette un bonbon à la menthe dans sa bouche.

— Évite de parler à moins que ce soit nécessaire.

Del secoue la tête et nous laisse, Sylvie et moi, en finir avec le champagne et transférer les canapés des Tupperware aux plateaux.

— Tout est prêt ? demande Sylvie en levant son plateau sur son épaule.

— Je te suis.

— Super. Allons nourrir et abreuver l'élite, grogne-t-elle en souriant gentiment à Del lorsqu'il lui jette un regard d'avertissement. Tu préfères que je les appelle « les snobs » ?

Il la pointe du doigt, en retenant un sourire affectueux.

— Non, je préférerais avoir assez d'employés pour ne pas être obligé d'avoir recours à toi. Bouge-toi les fesses.

— Oui, monsieur !

Elle le salue avec un air sérieux et avance, alors que je la suis en riant. Mais je ne vais pas bien loin. Et mon rire s'éteint en une seconde.

Il me regarde, impassible, alors que je me fige sur place ; mon corps se met à trembler et mon pouls s'accélère. Lui semble très calme ; seule l'intensité de son regard me donne un indice sur ses pensées.

— Non, dis-je en murmurant.

J'essaie de garder le contrôle sur mon plateau qui vacille alors que je fais marche arrière et retourne dans les cuisines. Il est avec cette femme, qui porte de la soie écrue et des diamants étincelants, et qui lui sourit d'un air songeur, la main collée à ses fesses. Les affaires ? Ça me rend folle... folle de jalousie, folle de chagrin et folle en voyant comme il est beau dans ce costume trois-pièces couleur taupe. Sa perfection défie la réalité sur tous les plans.

— Livy ?

La voix inquiète de Del s'immisce dans mes oreilles et ses mains se posent délicatement sur mes épaules derrière moi.

— Tu vas bien, chérie ?

— Pardon ?

Je détourne à contrecœur mes yeux de ce spectacle douloureux, et me retourne, le regard vide, vers mon patron, qui affiche la même inquiétude sur son visage que celle que j'ai entendue dans sa voix.

— Mon Dieu, Livy, tu es blanche comme un fantôme.

Il me prend mon plateau des mains et me touche le front.

— Et tu es froide.

Il faut que je m'en aille. Je ne peux pas passer la soirée à travailler à proximité de Miller, surtout avec elle accrochée à lui, et certainement pas après la nuit dernière. Je remue sur place, fébrile, et mes yeux parcourent les lieux, et mon cœur ne montre aucun signe d'apaisement.

— Je pense que je vais devoir partir.

Je me sens pitoyable.

— Oui, rentre chez toi.

Del me guide à travers les cuisines et jette mon sac dans mes bras.

— Va te mettre au lit et prends bien soin de toi.

J'acquiesce sans conviction, et Sylvie arrive en trombe dans les cuisines avec un plateau de flûtes vides, l'inquiétude et l'affolement dans ses grands yeux s'aggravant quand elle tombe sur ma tête pitoyable et transpirante. Lorsqu'elle ouvre la bouche pour dire quelque chose, je secoue la tête, pour éviter qu'elle ne me trahisse. Que penserait Del s'il découvrait que c'est à cause d'un homme que je suis dans cet état ?

— Tu vas devoir travailler un peu plus dur, Sylvie. Je renvoie Livy chez elle. Elle se sent mal.

Del se retourne et pousse mon corps tremblant vers la sortie.

Je jette un œil par-dessus mon épaule et adresse mes excuses à Sylvie en lui souriant, reconnaissante quand elle efface ma culpabilité d'un signe de la main.

— J'espère que tu vas vite te remettre.

Je débarque dans la ruelle derrière l'hôtel, où se font les livraisons et où les employés sortent pour fumer. C'est la tombée de la nuit et l'air est lourd, tout comme mon cœur. Après avoir trouvé une marche à l'écart du chaos du quai de chargement, je me baisse et mets ma tête entre mes genoux pour essayer de me calmer avant de me traîner jusqu'à la maison. Oublier mes rencontres avec Miller Hart et les sentiments que j'ai eus serait peut-être plus facile si je n'avais plus jamais à le revoir, mais ce sera impossible si je tombe sur lui à tous les coins de rue.

Retourner à mon isolement solitaire semble être la meilleure option, mais j'ai été tentée, j'ai goûté à quelque chose de nouveau et attirant, et désormais, j'en veux plus. La question importante (ou en tout cas la question que je devrais me poser et considérer sérieusement), c'est si j'en veux plus seulement avec Miller, ou si je peux retrouver ces sentiments vibrants, stimulants et vivifiants avec quelqu'un d'autre, un homme qui voudrait de moi pour plus qu'une nuit, un homme qui pourrait entretenir ces sentiments et pas les faire grimper pour les remplacer brusquement et cruellement par le manque et la douleur.

Je n'y compte pas trop. Je force mon corps réticent à se redresser, et en levant la tête, je me retrouve face à face avec Miller Hart. Il se tient à quelques dizaines de centimètres de moi, les jambes écartées et les mains dans les poches.

Son expression est toujours neutre, ne me dévoilant rien, mais cela n'enlève rien à son incroyable beauté. Il y a beaucoup de choses que je veux lui dire, mais cela m'obligerait à entamer la conversation, ce qui me soumettrait certainement un peu plus à son charme. La seule chose sensée que je dois faire à cet instant, c'est fuir sa présence. Et décidée à suivre la raison, je me mets à marcher dans la direction opposée.

— Livy ! crie-t-il alors que je l'entends me suivre. Livy, ce n'est que pour les affaires.

— Tu n'as pas à te justifier avec moi.

Je reste calme. Mais ce n'était pas le langage corporel d'une associée d'affaires.

— S'il te plaît, ne me suis pas.

— Je te parle, Livy.

— Et moi, j'ai décidé de ne pas t'écouter.

Ma nervosité rend mon ton timide et fébrile alors que j'aimerais vraiment y mettre de la colère, mais je préfère monopoliser mes forces pour m'enfuir.

— Livy, tu me dois seize heures.

Son culot me fait vaciller entre deux pas, mais ne m'arrête pas complètement.

— Je ne te dois rien.

— Permets-moi de ne pas partager cet avis.

Son corps se retrouve devant moi, me bloquant le passage, alors je le double rapidement, sans permettre à mes yeux de se détourner de leur point de concentration : la route droit devant.

— Livy.

Il me saisit le bras maintenant, mais je m'en débarrasse, sans bruit mais fermement.

— Où sont passées tes foutues manières ?

— Je m'en fiche quand je suis avec toi.

— Eh bien tu ne devrais pas.

Il m'attrape avec plus de force cette fois, m'empêchant d'aller plus loin.

— Tu as accepté les vingt-quatre heures.

Je refuse de le regarder, et je refuse aussi de parler. Il y aurait tant de choses à dire, mais montrer mes émotions (sur le plan physique et vocal) serait une grave erreur, alors je reste immobile et silencieuse tandis qu'il fixe mon corps sans réaction. Je le frustre. Sa prise impérieuse sur le haut de mes bras le confirme, tout comme le gonflement de son torse en costume. Je me suis réfugiée dans une coquille, et je n'ai pas l'intention d'en sortir. Je suis plus en sécurité ici… protégée de lui.

Il fait descendre son visage dans mon champ de vision, alors je baisse les yeux vers le sol pour l'éviter. Plonger dans ses yeux bleus aussi clairs que du cristal me ferait dérailler en une seconde.

— Livy, quand je te parle, j'aimerais que tu me regardes.

Je n'obéis pas. J'ignore sa requête et me concentre sur mon objectif qui est de rester imperméable, en espérant qu'il se lasse, décide que je n'en vaux pas la peine et me laisse tranquille. Il faut qu'il me laisse tranquille. Il y a une magnifique femme à l'intérieur, clairement intéressée, alors pourquoi perd-il son temps dehors avec moi ?

— Livy, murmure-t-il.

Je ferme les yeux et visualise ses lèvres prononçant mon nom calmement… lentement.

— S'il te plaît, regarde-moi, m'ordonne-t-il gentiment.

Ma tête se met à trembler dans mon obscurité intérieure tandis que je lutte pour maintenir en place mon bouclier de protection, le bouclier anti-Miller.

— Laisse-moi te voir, Olivia Taylor, ajoute-t-il en se baissant encore jusqu'à ce que son visage se retrouve dans mon cou. Laisse-moi passer le temps convenu avec toi.

Je veux l'arrêter. Je ne veux pas l'arrêter. Je veux encore me sentir vivante, mais je ne veux pas me sentir sans vie à nouveau. Je le veux plus que je ne le devrais.

— Je suis loin d'en avoir eu assez. J'en veux plus.

Ses lèvres se posent sur ma joue et ses mains caressent l'arrière de ma tête, ses doigts passant dans mes cheveux et me maintenant en place.

— Je veux me noyer en toi, Livy.

Ses lèvres atteignent les miennes et leur contact me renvoie instantanément à la nuit dernière. Le bouclier vole en éclats et un sanglot retenu s'échappe de mes lèvres, alors que je ferme les yeux pour éviter aux larmes de couler le long de mes joues.

— Ouvre ta bouche, murmure-t-il.

Ma mâchoire se desserre à sa délicate demande, lui donnant le pouvoir sur mes sens, et sa langue se glisse lentement et doucement entre mes lèvres, dessinant un cercle dans ma bouche, alors que son corps se rapproche du mien. Aucune partie de l'avant de mon corps ne touche pas le sien. Je deviens toute molle, ma tête se penche en arrière pour lui laisser le passage et mes mains se lèvent de leur propre chef, remontant sur ses côtés jusqu'à atteindre ses épaules. Il prend un rythme atrocement lent et tendre, et je le suis, massant sa langue avec la mienne et incapable de faire ce que je sais que je devrais.

— Tu vois comme c'est facile ? demande-t-il en s'éloignant lentement et mordillant mes lèvres.

J'acquiesce parce que c'est vrai, mais maintenant que ses lèvres ne sont plus sur les miennes, la raison semble revenir. Je fais un pas en arrière.

— Qui est cette femme ? C'était ça l'engagement dont tu parlais ? Un rendez-vous ?

— C'est pour les affaires, Livy. Juste les affaires.

Je fais un autre pas en arrière.

— Et les affaires, ça implique d'avoir une main collée sur tes fesses ?

Je n'ai aucun droit de paraître si accusatrice. Il a bien caché son jeu.

Il redresse la tête, avec un léger froncement de sourcils.

— Je dois parfois accepter un peu de familiarité au nom des affaires.

— Quelles affaires ?

— On en a déjà parlé. Je ne crois pas que ce soit une bonne idée de devenir trop intimes.

— On a couché ensemble. On ne peut pas être plus intimes que ça.

— Je veux dire émotionnellement, pas physiquement, Livy.

Ses mots confirment mes pensées. Au diable les femmes et leurs sentiments profonds, et les hommes et leur légèreté. Juste du sexe ; je dois garder ça en tête. Ses sentiments sont stimulés par le désir et rien d'autre.

— Je ne suis pas ce genre de personne, Miller. Ce n'est pas ma manière de faire.

Je ne sais pas bien qui j'essaie de convaincre là.

Il s'approche et glisse sa main derrière mon cou, m'attrapant avec ce geste qui est devenu sa signature.

— C'est peut-être ce que je trouve si fascinant.

— Ou peut-être que tu trouves que c'est un défi amusant.

— Si c'est le cas, répond-il en déposant un doux baiser sur ma joue, alors je pense qu'on peut dire sans se tromper que je t'ai conquise.

Il a absolument raison. Il m'a conquise, et c'est le seul homme qui l'ait fait.

— Il faut que j'y aille.

Je commence à reculer, quand son téléphone se met à sonner dans sa poche. Il le sort et jette un coup d'œil vers l'écran, puis vers moi. Je vois bien qu'il est partagé alors qu'il me regarde partir.

— Tu devrais répondre.

Je désigne son téléphone, en espérant qu'il rejette l'appel et tienne sa promesse de me remettre dans son lit. Si je m'enfuis maintenant, alors ce sera terminé. Je me retournerai pour de bon et je trouverai la force de lui résister. Mais s'il m'arrête et vient avec moi, alors je passerai les seize prochaines heures à être vénérée. J'ai envie des deux, mais sa décision sera la mienne. Le choix d'un autre va déterminer mon destin. Et je peux deviner à son regard qu'il en est conscient.

Mon cœur se serre quand il prend l'appel, même si je sais que c'est incontestablement la meilleure issue pour mon destin.

— J'arrive, dit-il calmement avant de raccrocher le téléphone et me regarder accroître la distance qui nous sépare.

Je souris légèrement avant de tourner le dos à Miller Hart et de commencer à échafauder un plan pour l'éradiquer de ma tête.

## 10

Le lundi matin arrive, et je ne me sens pas mieux. Je me suis apitoyée sur mon sort toute la journée d'hier, en choisissant de rester au lit, tandis que Nan passait la tête par ma porte pour vérifier comment j'allais de temps à autre. Je n'ai jamais fait semblant d'être malade avant, mais là, je me rattrape. Ma grand-mère est super suspicieuse, mais garde ses remarques pour elle pour une fois.

C'est nouveau, et j'en suis ravie. Mon téléphone a sonné deux fois, mes deux seuls amis voulant prendre des nouvelles, mais j'ai coupé court à toutes discussions qui traînaient en longueur. Je pense qu'ils ont des soupçons eux aussi, surtout Sylvie, vu qu'elle a été témoin de mon effondrement. Je ne suis pas très bonne comédienne. En fait, je suis même très nulle, au point de faire la grimace en m'entendant leur dire avec une voix peu convaincante que je me sentais mal et que j'avais l'estomac barbouillé et des frissons. Décidant que j'ai besoin d'une journée supplémentaire pour me remettre, j'appelle Del et lui dis que je ne me sens pas mieux.

La voix hésitante de Nan se fait entendre derrière la porte.

— Livy ? J'ai préparé le petit déjeuner. Tu vas être en retard au travail.

— Je n'y vais pas.

J'essaie de parler d'une voix rauque, en vain.

La porte s'ouvre et elle entre avec circonspection en évaluant mon corps couvert de ma couette d'un coup d'œil.

— Tu te sens toujours mal ?

— Atrocement.

Elle ramasse le jean que j'ai jeté négligemment et le plie soigneusement avec un air dubitatif.

— Je vais faire des courses. Tu veux venir ?

— Non.

— Oh, Livy, allez, soupire-t-elle. Tu pourrais m'aider à choisir un ananas pour le gâteau renversé de George.

— Tu as besoin d'aide pour choisir un ananas ?

Frustrée, elle souffle bruyamment et tire ma couverture, exposant mon corps à moitié nu à ses yeux inquisiteurs et à l'air frais matinal de ma chambre.

— Olivia Taylor, tu vas sortir de ce lit et venir m'aider à choisir un ananas pour le gâteau renversé de George. Debout !

— Je suis malade.

J'essaie de récupérer mes couvertures sans succès. Elle semble déterminée, ce qui signifie que je vais perdre ce duel à coup sûr.

— Je ne suis pas stupide, affirme-t-elle en agitant un doigt ridé vers moi. Tu as besoin de te secouer, tout de suite ! Il n'y a rien de moins attirant qu'une femme qui

228

s'apitoie sur elle-même, surtout à cause d'un homme. Envoie-le se faire voir ! Reprends-toi, secoue-toi et va de l'avant, bon sang, ma fille !

Elle attrape mon corps stupéfié et me soulève du lit.

— Bouge ce derrière maigrichon et va prendre une douche. Tu m'accompagnes faire les courses.

Elle sort d'un pas lourd en faisant claquer la porte derrière elle et me laisse sans voix et les yeux écarquillés.

— C'était un peu rude, dis-je.

Je parle toute seule, puisque j'entends ses pas dans l'escalier. Elle ne m'a jamais parlé comme ça de toute ma vie. Mais je ne lui ai jamais donné de raison de le faire. C'est toujours moi qui lui tourne autour, même si je ne suis certainement pas aussi brutale dans mes paroles qu'elle à l'instant. La situation est tellement ironique que ça en devient hilarant. Toujours abasourdie et n'osant pas revenir à la sécurité de mon lit, je traverse prudemment le palier pour prendre une douche.

— On va chez Harrods pour acheter un ananas ?

Bras dessus, bras dessous, nous traversons la route vers le bâtiment grandiose surmonté de vert.

Nan lève la main devant un camion qui se dirige droit vers nous, ce qui l'arrête net, bien qu'il ait la priorité. Je fais un signe pour remercier le chauffeur, alors que Nan continue de traverser la rue, en traînant son cabas à roulettes derrière elle.

— Je pourrais acheter de la double crème aussi.

Je la dépasse et lui ouvre la porte.

— Tu mets le paquet, non ?

Mes sourcils s'agitent de manière suggestive, ce qu'elle ignore superbement en poursuivant sa route en direction de l'espace alimentation.

— Ça, c'est un ananas.

— Qu'on aurait pu acheter au supermarché du quartier.

— Ce ne serait pas pareil. D'ailleurs, ici, ils ont une forme parfaite et leur peau est brillante.

J'essaie de la suivre, et tout le monde dégage le passage pour la vieille dame déterminée qui avance d'un pas énergique dans le magasin avec un cabas derrière elle.

— Mais on enlève la peau.

— Ça n'a pas d'importance. Nous y voilà !

Elle s'arrête à l'entrée de l'espace alimentation, et j'observe ses épaules monter et redescendre lentement pour accompagner son soupir de satisfaction.

— La boucherie !

Elle est repartie.

— Prends un panier, Livy, ajoute-t-elle.

Je baisse les bras, exaspérée, et prends un panier, avant de la rejoindre devant la vitrine du boucher.

— Je croyais que tu voulais un ananas.

— Oui. Je jette juste un coup d'œil.

— À de la viande ?

— Oh, ma fille. Ce n'est pas juste de la viande.

Je suis son regard admiratif vers les morceaux de porc, de bœuf et d'agneau parfaitement exposés.

— C'est quoi alors ?

— Eh bien, répond-elle en plissant son front ridé, c'est de la viande chic.

— Quoi ? Comme de la viande bien éduquée ?

Je fais de mon mieux pour ne pas sourire en désignant un steak.

— Cette vache chiait dans les toilettes et pas dans un champ ?

Nan me lance un regard furieux en soupirant.

— Tu ne peux pas utiliser ce langage chez Harrods !

Elle regarde tout autour de nous pour vérifier si j'ai attiré l'attention. C'est le cas. La vieille dame près de Nan me regarde avec un air dégoûté.

— Qu'est-ce qui te prend ?

Nan redresse son chapeau à larges bords et me toise pour me mettre en garde.

Je me retiens toujours de rire.

— Où sont les ananas ?

— Par là.

Elle pointe le doigt et je le suis vers une autre vitrine, de forme carrée et exposant les fruits les plus beaux que j'aie jamais vus. Il n'y a que des fruits standard (pommes, poires et des trucs dans ce genre), mais ce sont les plus belles pommes et poires que j'aie pu voir ; si belles que je passe la tête au-dessus de la glace pour vérifier si elles sont bien vraies. Les couleurs sont vives et les peaux brillantes. Elles semblent bien trop bonnes pour être mangées.

— Oh, regarde cet ananas ! chantonne Nan, avec un enthousiasme justifié, vu le fruit stupéfiant.

— Nan, il est trop joli pour être taillé en pièces et fourré dans un gâteau.

Je la rejoins près de l'ananas top modèle.

— Et il coûte quinze livres !

Je porte ma main à ma bouche, et Nan me frappe l'épaule.

— Tu vas te taire ? J'aurais dû te laisser à la maison.

— Désolée, mais quinze livres, Nan ? Tu ne vas pas faire ça.

— Si.

Elle redresse les épaules et fait signe au vendeur pour attirer son attention, avec un geste qui pourrait rivaliser avec ceux de la Reine.

— Je voudrais un ananas, lui demande-t-elle avec un air huppé et bien comme il faut.

— Oui, madame.

Je la fixe, incrédule.

— Est-ce qu'en entrant dans l'espace alimentation de chez Harrods, une patate chaude s'est coincée dans ta bouche ?

Elle me jette un regard de travers.

— De quoi tu parles ?

Je me mets à rire.

— De ça. Cette voix. Voyons, Nan !

Elle se penche discrètement.

— Je n'ai pas de patate dans la bouche !

Je souris.

— Si. Une bonne grosse patate bien chaude, et ça te fait parler comme la Reine qui aurait des problèmes respiratoires.

On tend délicatement son magnifique ananas à Nan par-dessus le comptoir et elle le prend avant de le déposer doucement dans le panier que je porte.

— Ooh ! Sois délicate avec lui.

Je continue de rigoler toute seule.

— Tu n'es pas trop vieille pour que je te donne une bonne fessée, me menace Nan.

Cela amplifie mes rires.

— Tu voudrais faire ça ici ?

Je prends un air sérieux.

— Tu pourrais polir mes fesses tant que tu y es, comme ça elles seraient assorties à ton ananas.

Je grogne en réprimant un autre éclat de rire.

— Tais-toi ! Et prends bien soin de mon ananas !

Je suis sur le point d'en remettre une couche quand je vois Nan retrouver son visage méprisant avant de se tourner vers le monsieur qui l'a servie.

— Pouvez-vous me rappeler où je peux trouver de la double crème ?

Je fais de gros efforts pour ne pas me plier de rire au beau milieu de l'espace alimentation de chez Harrods lorsque je vois les gestes de Nan et entends sa voix faussement snob. Le lui rappeler ? Elle n'a jamais acheté de double crème chez Harrods de toute sa vie !

— Certainement, madame.

Il nous guide vers le fond de la zone, où des meubles réfrigérés sont remplis de produits laitiers de luxe. Bien droite, Nan sourit et fait un signe poli de la tête à toutes les personnes que nous croisons, tandis que je ris bêtement et m'agite en tenant mon ventre douloureux à force de rire.

Je glousse toujours en l'observant lire le dos de chaque pot de crème qui se trouve sur l'étagère avec un air dubitatif. Elle ne devrait pas s'inquiéter pour les ingrédients, mais faire plutôt attention au prix.

Décidant que je ferais mieux de me calmer avant que ma grand-mère me gifle, je me mets à respirer profondément pendant que j'attends qu'elle fasse son choix, mais mes épaules ne s'arrêtent pas et je ne peux pas empêcher mes yeux de se baisser sur l'ananas parfait et brillant, qui me rappelle pourquoi je me tords de rire.

Je sursaute quand je sens de l'air chaud dans mon oreille et me retourne, toujours morte de rire jusqu'à ce que je découvre qui le souffle.

— Tu es incroyablement belle quand tu ris, dit-il calmement.

Je m'arrête immédiatement et fais marche arrière, mais j'ai dû rester sur place puisque je viens de rentrer dans Nan, qui souffle encore et pivote sur elle-même.

— Quoi ? crache-t-elle avant de remarquer que je ne suis pas seule. Oh mon…

— Bonjour.

Miller réduit la distance en s'approchant bien trop près, et tend la main.

— Vous devez être la fameuse grand-mère de Livy.

Je me liquéfie sur place. Elle va s'en délecter, purement et simplement.

— Oui.

Elle donne toujours l'impression d'avoir une pomme de terre dans la bouche.

— Et vous êtes le patron de Livy ? demande-t-elle en plaçant soigneusement sa main dans celle de Miller et en me jetant un regard interrogateur.

— Je pense que vous savez que je ne suis pas le patron d'Olivia, madame…

— Taylor ! dit-elle si fort qu'elle le crie presque, contente qu'il ait confirmé ses soupçons.

— Je suis Miller Hart. C'est un plaisir, madame Taylor.

Il dépose un baiser sur le dos de sa main… il lui fait vraiment un baisemain, bon sang !

Nan rit bêtement comme une écolière et, maintenant que mon cœur a surmonté le choc, il commence à battre à grands coups dans ma poitrine. Il est vêtu d'un costume trois-pièces gris, d'une chemise blanche et d'une cravate argentée… chez Harrods.

Je parviens enfin à prendre la parole, dans un souffle :

— Tu fais du shopping ?

Il me fixe intensément tandis qu'il lâche la main ridée de Nan et lève deux housses.

— Je passais juste récupérer deux nouveaux costumes et un rire enchanteur a attiré mon attention.

J'ignore son compliment.

— Parce que tu n'as pas assez de costumes ?

Je me souviens des rangées entières d'ensembles de vestes, pantalons et gilets qui recouvrent les trois murs de son dressing. Je ne l'ai jamais vu deux fois dans le même.

— On n'a jamais assez de costumes, Livy.

— Je suis d'accord ! intervient Nan. C'est si agréable de voir un jeune homme aussi élégant. Tous ces jeunes qui portent des jeans qui pendent au niveau de leurs fesses et montrent leurs sous-vêtements aux yeux du monde… C'est tout bonnement incompréhensible.

L'amusement de Miller est évident.

— J'en conviens.

Il acquiesce d'un air songeur, plongeant ses yeux dans les miens alors que je me rends compte comme c'est étrange de le qualifier de jeune homme.

C'en est un, mais son image donne l'illusion d'un homme bien plus sage, avec plus d'expérience. Sa façon d'agir le fait paraître plus vieux que son âge, même s'il est magnifiquement parfait à vingt-neuf ans.

— Cet ananas a l'air délicieux.

Il désigne le panier dans mes mains d'un signe de la tête.

— C'est exactement mon avis ! chante Nan sur un ton enjoué, de nouveau d'accord avec lui. Il vaut chaque penny.

— En effet, répond Miller. Ici, les produits sont sublimes. Il faut que vous essayiez le caviar.

Il tend le bras vers une étagère toute proche et attrape une boîte pour la montrer à Nan.

— Il est exceptionnel.

Choquée, je ne peux rien faire d'autre que regarder Nan examiner la boîte, en exprimant son approbation d'un signe de tête alors qu'ils papotent tranquillement dans l'espace alimentation de chez Harrods. J'ai envie de me mettre en boule et me cacher.

— Alors comment vous et ma charmante petite-fille vous êtes-vous rencontrés ?

— Charmante, c'est bien le mot, vous ne trouvez pas ? demande Miller en reposant la boîte et la faisant pivoter pour que l'étiquette soit bien positionnée.

Il ne s'arrête pas là. Il passe sa main sur chaque boîte près de celle qu'il vient de poser, et les arrange toutes.

— Elle est adorable.

Nan me donne un coup de coude discret pendant que Miller termine de ranger l'étagère.

— En effet.

Il me regarde, et je sens mon visage chauffer sous son regard intense.

— Elle fait le meilleur café de Londres, ajoute-t-il.

— Vraiment ?

Quel menteur. Il est en phase de séduction offensive.

— Oui. D'ailleurs, j'étais très déçu aujourd'hui quand je suis entré dans le bistro et que j'ai découvert que tu étais malade.

Je rougis de plus belle.

— Je me sens mieux.

— Je suis heureux de l'apprendre. Ta collègue n'est pas aussi amicale que toi.

Ses paroles ont un double sens. Il joue sur les mots et ça m'énerve particulièrement. Amicale ou facile ? Si Nan n'était pas là, je lui poserais franchement la question, mais elle est là et je dois nous éloigner, elle et moi, de cette situation délicate et pénible.

Je l'attrape par le coude.

— On devrait y aller, Nan.

— Vraiment ?

— Oui.

J'essaie de la tirer vers moi, mais elle fait le poids mort.

— Ça m'a fait plaisir de te voir, dis-je.

Je souris légèrement à Miller en la tirant plus fort.

— Viens, Nan.

— Accepterais-tu de te joindre à moi pour le dîner ce soir ? demande Miller avec dans le ton une pointe d'insistance que je suis probablement la seule à détecter.

J'arrête d'essayer de bouger ma grand-mère immobile et lance à Miller un regard interrogateur. Il essaie d'obtenir le temps qu'il lui reste, et il utilise ma grand-mère à son avantage, le fourbe.

— Non, merci.

Je sens le regard choqué de Nan me transpercer.

— Livy, tu dois accepter l'invitation à dîner de ce monsieur, clame-t-elle d'un ton incrédule. C'est très gentil de sa part de te le proposer.

— Cela ne m'arrive pas souvent, dit soudain Miller comme si je devrais lui en être reconnaissante.

Cela ne fait qu'attiser mon irritation alors que je lutte pour me souvenir pourquoi j'ai juré de ne plus jamais le revoir. La tâche est difficile puisque mon esprit rebelle me présente un flot d'images de nos corps nus entrelacés et me repasse les paroles rassurantes que nous nous sommes échangées.

— Tu vois ! crie Nan dans mon oreille.

Je grimace. La patate a disparu et le désespoir a pris sa place. Elle affiche un sourire idiot en se tournant vers Miller.

— Elle adorerait, affirme-t-elle à ma place.

— Non, merci mais je ne viendrai pas.

Je tente d'éloigner mon agaçante grand-mère de l'ennemi juré de mon cœur, mais la vieille bique têtue refuse de bouger.

— Viens, dis-je en la suppliant.

— Je serais heureux que tu reconsidères cette proposition.

La voix douce et rauque de Miller met fin à ma bataille contre le corps inerte de Nan, et je l'entends soupirer d'un air rêveur en regardant l'homme charmant (à mon grand désarroi) qui m'a coincée. Et puis son regard rêveur se transforme en une légère confusion et je le suis pour découvrir ce qui a causé ce changement brutal. Une main bien manucurée est posée sur l'épaule de Miller, tenant une cravate rose cendré qui pend sur la poitrine de ce dernier.

— Celle-là irait à la perfection.

Cette voix suave m'est familière. Je n'ai pas besoin de voir le superbe visage pour confirmer à qui appartient cette main, alors je préfère lever les yeux de la cravate en soie au regard de Miller. Sa mâchoire est contractée, son grand corps figé.

— Qu'est-ce que tu en penses ? demande-t-elle.

Nan ne dit rien, je ne dis rien, et Miller ne dit pas grand-chose non plus. La femme s'avance alors en faisant claquer la cravate, et le silence est rompu.

— Qu'en pensez-vous ? demande-t-elle à Nan, qui acquiesce, sans même jeter un œil à l'accessoire, les yeux rivés sur cette femme magnifique qui est apparue de nulle part.

— Et vous ?

Elle s'adresse à moi, en jouant avec la croix incrustée de diamants qui est toujours suspendue à son cou délicat. Je perçois une menace dans son regard derrière les couches de maquillage hors de prix. Elle marque son territoire. Ce n'est pas une collègue de travail.

— Elle est jolie.

Je lâche le panier et décide d'abandonner ma grand-mère pour battre en retraite.

Je ne serai pas livrée en pâture devant ma vieille grand-mère, ni soumise aux regards pleins de mépris de cette femme parfaite. À chaque coin de rue, il est là. C'est sans espoir.

Je faufile mon corps engourdi dans les différentes sections jusqu'à ce que je me libère de l'enfermement de cet immense magasin et aspire de l'air frais en m'adossant contre le mur à l'extérieur. Ma tête et mon cœur n'ont jamais lutté aussi furieusement.

Jusqu'à aujourd'hui.

Hyde Park me sauve la vie. Je m'assieds dans l'herbe avec un sandwich et une canette de Coca et observe le monde tourner pendant quelques heures.

Je me dis que les gens qui passent ont beaucoup de chance d'avoir un endroit aussi beau où se promener.

Puis je compte au moins dix races de chien différentes en moins de vingt minutes et pense qu'ils sont bien chanceux d'avoir un terrain si merveilleux pour se dégourdir les pattes. Les enfants hurlent, les mères papotent et rient, et les coureurs caracolent. Je me sens mieux, comme si quelque chose de familier et désiré avait réussi à éliminer quelque chose d'inhabituel et indésirable.

Indésirable, indésirable… totalement désiré.

Je me déplie en soupirant et balance mon sac sur mon épaule avant de jeter mes déchets dans la poubelle.

Puis j'emprunte le trajet familier pour rentrer.

Nan est dans tous ses états quand je passe la porte. Vraiment dans tous ses états. Je me sens coupable, même si je devrais plutôt être aussi énervée qu'elle.

— Oh mon Dieu !

Elle se jette sur moi sans me laisser le temps de pendre mon sac au portemanteau dans l'entrée.

— Livy, j'étais si inquiète. Il est sept heures !

Je la prends dans mes bras tandis que ma culpabilité accroît.

— J'ai vingt-quatre ans.

— Ne disparais pas comme ça, Olivia. Mon cœur ne peut pas le supporter.

Maintenant, la culpabilité me paralyse.

— J'ai pique-niqué dans le parc.

— Mais tu es partie sans rien dire !

Elle s'écarte de moi et me tient à distance.

— C'était incroyablement impoli de ta part, Livy, ajoute-t-elle.

Je vois dans son air contrarié que la panique a quasiment disparu.

— Je ne voulais pas dîner avec lui.

— Pourquoi pas ? Ça a l'air d'être un gentleman.

Je m'efforce de ne pas grogner de dégoût. Elle ne penserait pas ça si elle connaissait tous les tenants et les aboutissants.

— Il était avec une autre femme.

— C'est une associée d'affaires ! s'empresse-t-elle de dire, presque excitée à l'idée de clarifier le malentendu. Une gentille femme, d'ailleurs.

Je ne peux pas croire qu'elle a avalé ça. Elle est trop naïve. Des associés d'affaires ne font pas les magasins pour acheter des cravates en soie ensemble.

— On peut en rester là ?

Je pose mon sac et la dépasse rapidement pour me diriger vers la cuisine, sentant une odeur délicieuse en entrant.

— Qu'est-ce que tu cuisines ?

Je trouve George assis à la table.

— Salut George.

Je m'assieds près de lui.

— N'éteins pas ton téléphone portable, Livy, me réprimande-t-il calmement. J'ai dû supporter Josephine qui t'appelait et jurait pendant des heures alors qu'elle préparait le dîner.

— C'est quoi ?

— Du bœuf Wellington, lance gaiement Nan derrière moi. Avec du gratin dauphinois et des minicarottes à la vapeur.

Je jette un regard perplexe à George, mais il se contente de hausser les épaules avant de retourner à son journal.

— Du bœuf Wellington ?

— C'est ça.

Elle n'accorde pas à mon ton surpris l'attention qu'il mérite. Qu'est-il arrivé au ragoût de boulettes ou au poulet rôti ?

— Je me suis dit que j'allais essayer quelque chose de nouveau. J'espère que tu as faim.

— Un peu. Est-ce que c'est du vin ?

Je remarque deux bouteilles de vin rouge et deux bouteilles de blanc sur le plan de travail.

Elle traverse la cuisine et attrape les bouteilles de vin blanc pour les déposer rapidement dans le frigo avant d'ouvrir le rouge.

— Celles-là ont besoin de s'aérer.

M'agitant sur ma chaise, je me risque à regarder George dans l'espoir d'obtenir quelque chose de lui, mais il fait indubitablement ce qu'on lui a demandé en restant assis et silencieux. Il sait que je le regarde.

Je le sais parce que ses yeux se déplacent trop vite sur le texte du journal pour qu'il le lise vraiment. Quand je cogne son genou avec le mien, il m'ignore tout bonnement, le compagnon de Nan préférant décaler ses jambes pour éviter un autre coup intentionnel.

— Nan…

La sonnette m'interrompt et je tourne brusquement la tête vers l'entrée.

— Oh, ce doit être Gregory.

Elle ouvre le four et plante une longue tige en métal dans un immense morceau de pâte.

— Tu veux bien aller ouvrir, s'il te plaît, Livy ?

— Tu as invité Gregory ?

Je recule ma chaise de la table.

— Oui ! Regarde toute cette nourriture.

Elle enlève la pique de la viande et fait la moue en vérifiant la température sur l'écran digital.

— C'est presque prêt, déclare-t-elle.

Je quitte Nan et George et me rends dans l'entrée au petit trot pour faire entrer Gregory, en espérant que Nan n'a pas trop joué les commères avec lui encore une fois.

— J'ai oublié une occasion spéciale ? dis-je en ouvrant la porte.

Mon sourire disparaît instantanément.

## 11

— Qu'est-ce que tu fiches ici ?

Mon énervement gonfle dangereusement.

— Ta grand-mère m'a invité.

Miller a les bras chargés avec des fleurs et un sac Harrods.

— Est-ce que tu vas me faire entrer ? demande-t-il.

— Non.

Je sors et tire la porte derrière moi pour que Nan n'entende pas notre conversation.

— Qu'est-ce que tu fais ? lui dis-je.

Il reste tout à fait calme face à mon agitation.

— Je suis poli et j'accepte une invitation à dîner.

Il n'y a aucune pointe d'humour dans sa voix.

— J'ai du savoir-vivre, ajoute-t-il.

— Non.

Je me rapproche, le choc et l'exaspération atteignant la limite de la colère. Quelle manipulatrice cette Nan.

— Tu as surtout un sacré toupet. Et il faut que ça cesse. Je ne veux pas passer vingt-quatre heures avec toi.

— Tu en veux plus ?

J'ai un mouvement de recul.

— Non !

*Combien de plus ?*

Il ne semble pas sûr de lui et c'est la première fois que je le vois comme ça. Je me redresse alors et mes yeux se plissent avec un air dubitatif.

— Et toi ?

Je lui pose la question en murmurant tandis que mon cœur a un raté et que mon esprit s'emballe.

Son incertitude se transforme en frustration en une nanoseconde, et je me demande si elle est dirigée contre moi ou contre lui-même. J'espère que c'est contre lui.

— Nous nous sommes mis d'accord pour ne pas entrer dans la sphère personnelle.

— Non, c'est toi qui as décrété cette clause du contrat.

Il lève brusquement les yeux, choqué.

— Je sais.

— Et ça tient toujours ?

J'essaie tant bien que mal de paraître confiante et forte, alors que je m'effrite à l'intérieur, mais rassemble mon courage pour accueillir sa réponse.

— Ça tient toujours.

Son ton est déterminé, contrairement à son expression. Mais ça ne me suffit pas pour fonder des espoirs.

— Alors, on s'arrête là.

Je pivote sur mes Converse et, abattue, j'entre dans le hall où je tombe sur Nan.

— C'est un représentant.

Je ne la laisse pas passer. Mon plan ne fonctionnera jamais, je le sais. Elle l'a invité, et elle savait qui c'était à l'instant où la sonnerie a retenti.

Je n'oppose que peu de résistance quand elle me pousse de son passage et la laisse ouvrir la porte ; elle découvre que Miller s'éloigne lentement de la maison.

— Miller ! crie-t-elle. Que faites-vous donc ?

Il se retourne et me regarde, et même si je meurs d'envie d'afficher un regard menaçant, je n'y arrive pas. Nous nous contentons de nous fixer pendant une éternité avant qu'il fasse un léger signe de tête à Nan.

— C'était très gentil de votre part, madame Taylor, mais…

— Oh non !

Nan ne lui laisse pas l'opportunité de faire ses excuses. Elle avance sur l'allée, pas intimidée le moins du monde par son grand corps imposant, et l'attrape par le coude pour le guider vers la maison.

— J'ai préparé un repas exceptionnel, et vous allez rester pour le manger.

Elle pousse Miller dans l'entrée étroite qui devient très intime avec trois personnes.

— Livy va prendre votre veste.

Nan nous laisse et retourne dans la cuisine, en donnant quelques instructions à George.

— Je m'en vais si tu veux. Je ne veux pas te mettre mal à l'aise.

Il reste immobile et ne cherche pas à se débarrasser les mains ni enlever sa veste.

— Ta grand-mère est une sacrée bonne femme.

— Oui. Et tu me mets toujours mal à l'aise.

— Viens chez moi et j'enfilerai un short.

J'écarquille les yeux en imaginant Miller torse et pieds nus.

— Ça ne me met pas plus à l'aise.

Il le sait.

— Ce que j'ai fait après avoir enlevé mes vêtements, par contre…

La fameuse mèche de cheveux glisse sur son front, comme pour soutenir ses paroles et les rendre encore plus suggestives.

Je reste figée sur place.

— Cela n'arrivera plus.

— Ne dis pas des choses que tu ne penses pas, Livy.

Mes yeux se dirigent vers les siens, et il fait un pas en avant, les fleurs qu'il tient touchant l'avant de ma petite robe.

— Tu utilises ma grand-mère contre moi.

— Tu ne me laisses pas le choix.

Il se penche et pose ses lèvres sur les miennes, ce qui m'envoie une délicieuse chaleur.

— Tu ne joues pas franc-jeu.

— Je n'ai jamais affirmé suivre les règles, Livy. Et de toute façon, toutes mes règles ont été effacées à la seconde où j'ai posé les mains sur toi.

— Quelles règles ?

— J'ai oublié.

Il s'attaque délicatement à ma bouche en appuyant un peu plus les fleurs contre ma poitrine, ce qui fait crisser bruyamment leur emballage, mais je suis trop dissipée pour me demander si le bruit risque d'attirer l'attention de ma grand-mère curieuse. Mes sens saturent, mon sang bout et les sensations incroyables que Miller Hart éveille en moi me reviennent en mémoire.

— Sens-moi, gémit-il contre ma bouche.

Sans réfléchir, ma main descend lentement entre nos corps, évitant les fleurs et le sac Harrods, jusqu'à ce que le dos de ma main frotte la partie longue et dure de son entrejambe. Son gémissement profond m'enhardit et je retourne ma main pour le sentir, le caresser et le presser à travers son pantalon.

— C'est à cause de toi, grogne-t-il. Et tant que tu provoqueras ça chez moi, tu seras obligée d'y remédier.

— Cela n'arriverait pas si tu ne me voyais pas.

Je parviens à parler entre deux souffles, en lui mordant la lèvre, sans être affectée par son arrogante déclaration.

— Livy, je n'ai qu'à penser à toi et je suis dur. Te voir me fait mal. Tu viens avec moi ce soir, et je n'accepterai pas que tu dises non.

Il appuie ses lèvres plus fort contre les miennes.

— Cette femme était encore avec toi.

— Combien de fois allons-nous devoir revenir là-dessus ?

— Tu vas souvent faire les magasins avec tes associées d'affaires ?

Je suis toujours contre ses lèvres insatiables.

Il s'éloigne, haletant, les cheveux ébouriffés. Ses yeux bleus finiront par me tuer.

— Pourquoi ne me fais-tu pas confiance ?

— Tu es trop secret. Je ne veux pas que tu aies cette emprise sur moi.

Il se penche et embrasse tendrement mon front. Ses paroles ne correspondent pas à ses actes. C'est trop déroutant pour moi.

— Ce n'est pas une emprise si tu l'acceptes, ma douce.

Je serais d'une stupidité inconcevable si je faisais confiance à cet homme. Ce n'est pas tant cette femme qui me pose problème ; ma conscience semble bien capable de l'oublier. C'est mon destin. Mon cœur. Je succombe trop fort, trop vite.

Il fait un pas en arrière et jette un œil vers son entre-jambe avant de s'arranger.

— Je vais devoir faire face à une gentille vieille dame avec ça, et c'est entièrement ta faute.

Il lève ses yeux presque malicieux vers les miens, ce qui me déroute une nouvelle fois. Voilà encore une expression chez Miller Hart qui m'est étrangère.

Non, je ne pense pas être prête, mais je dis oui toutefois, en sachant ce que je vais trouver dans la cuisine. Et je vois juste. Nan sourit avec un petit air narquois et les yeux de George sortent carrément de sa tête en voyant Miller me guider. Je fais un signe au compagnon de Nan.

— Miller, voici George, l'ami de ma grand-mère.

— Enchanté.

Miller préfère déposer les fleurs et le sac plutôt que de me lâcher, et accepte la main de George avant de la serrer virilement.

— Cette chemise vous donne fière allure, George, fait-il en désignant sincèrement son torse rayé.

— Je trouve aussi, affirme George en se frottant le ventre.

Je ne sais pas pourquoi je ne l'ai pas remarqué avant. George est en habits du dimanche, normalement réservés aux séances de bingo ou à l'église.

Nan est vraiment une vieille bique intrigante. En dirigeant mes yeux vers elle, je remarque sa robe ample à fleurs, qu'elle porte uniquement pour les grandes occasions. Lorsque je baisse les yeux sur ma tenue, je remarque que je suis loin d'être habillée correctement avec ma robe froissée et mes Converse rose bonbon, et cela me met soudain mal à l'aise.

— Je vais à la salle de bains.

Je n'irai nulle part tant que Miller ne me lâchera pas, et il ne semble pas très pressé de le faire.

Au lieu de cela, il ramasse le bouquet de roses jaunes, et le tend à Nan, avec le sac Harrods.

— Ce n'est que quelques broutilles pour vous remercier de votre hospitalité.

Nan enfonce son nez dans le bouquet, puis son visage dans le sac.

— Oh mon Dieu, du caviar ! Oh, George, regarde !

Elle pose les roses sur la table et présente la toute petite boîte à George.

— Soixante-dix livres pour cette petite chose, chuchote-t-elle sans que je sache pourquoi puisque nous nous trouvons à seulement quelques dizaines de centimètres et nous l'entendons parfaitement.

Je suis horrifiée. La patate chaude n'est plus qu'un lointain souvenir, tout comme sa bienséance.

— Soixante-dix livres ? lance George. Pour des œufs de poisson ? Pince-moi, je rêve !

Je m'affaisse sous la main de Miller, et le sens soudain commencer à masser ma nuque à travers mes cheveux.

— Je vais à la salle de bains.

Je me libère de sa main.

— Miller, vous n'auriez pas dû.

Nan sort du sac une bouteille de Dom Pérignon et la montre rapidement à George, bouche bée.

— Je vous en prie, répond Miller.

— Livy, as-tu proposé à Miller de prendre sa veste ? demande Nan.

Lasse, je tourne les yeux vers lui et souris, avec une gentillesse écœurante.

— Puis-je prendre votre veste, monsieur ?

Alors que je résiste à l'envie de faire la révérence, je détecte une pointe d'amusement dans ses yeux.

— Vous pouvez.

Il enlève sa veste et me la tend, tandis que je m'émerveille devant sa chemise et son corps couverts d'un gilet. Il sait que je le fixe et visualise son torse nu. Il se penche et approche sa bouche de mon oreille.

— Ne me regarde pas comme ça, Livy. J'arrive tout juste à me contenir, dans cette situation.

— Je ne peux pas m'en empêcher.

Je lui donne une réponse honnête alors que je quitte la cuisine en éventant mon visage avant d'accrocher soigneusement sa veste au-dessus de la mienne sur le portemanteau. Je la défroisse et prends l'escalier pour débarquer dans ma chambre en courant dans tous les sens comme une possédée ; je me déshabille, vaporise, me rhabille et rafraîchis mon maquillage. En me regardant dans le miroir, je me dis que je suis bien loin de l'associée de Miller.

Mais je suis moi. Tant que ça va avec mes Converse, alors ça fait l'affaire. Or ma robe-chemise blanche parsemée de boutons de rose rouges va parfaitement avec mes Converse rouge cerise. Il y a une autre femme dans sa vie et ce qui m'inquiète, c'est ma capacité à ignorer l'évidence de la situation. Je le veux. Il n'a pas seulement mis à mal mon discernement, il a aussi fait fuir mes principes.

Je me secoue mentalement et ébouriffe ma masse de cheveux blonds avant de descendre les marches à toute vitesse, soudain angoissée par ce que Nan et George peuvent bien être en train de raconter à Miller.

Ils ne sont pas dans la cuisine. Je fais marche arrière et me dirige vers le séjour, mais il est vide lui aussi. J'entends des bavardages qui viennent de la salle à manger, cette salle à manger qu'on n'utilise que lors d'occasions très spéciales.

La dernière fois que nous y avons mangé, c'était pour fêter ma majorité, lors de mon vingt et unième anniversaire, il y a trois ans. C'est pour dire. Je me dirige vers la porte en chêne et jette un coup d'œil : je découvre que le couvert a été dressé sur la grande table en acajou qui domine la pièce, avec la vaisselle Royal Doulton de Nan, les verres à vin en cristal taillé et l'argenterie.

Elle a placé le pire ennemi de mon cœur en bout de table ; personne n'a jamais eu ce privilège auparavant. C'était la place de mon grand-père, et même George n'a pas eu cet honneur.

— La voilà.

Miller se lève et tire la chaise vide à sa gauche.

— Viens t'asseoir.

J'avance lentement et pensivement, ignorant le visage rayonnant de Nan, et prends place.

— Merci.

Puis il me pousse sous la table avant de se réinstaller près de moi.

— Tu t'es changée, fait-il remarquer en tournant l'assiette devant lui de quelques millimètres dans le sens des aiguilles d'une montre.

— Ma tenue était un peu froissée.

— Tu es magnifique.

Il sourit, et je suis à deux doigts de m'évanouir en voyant la jolie fossette qui ne fait que de rares apparitions.

— Merci.

— Je t'en prie.

Il ne me lâche pas des yeux, et même si les miens sont fermement rivés sur les siens, je sais que Nan et George nous regardent.

— Du vin ? demande Nan.

Elle interrompt notre moment et détourne les yeux de Miller des miens. Je lui en veux instantanément.

— Je vous en prie, laissez-moi faire.

Miller se lève et mon regard se lève avec lui, mes yeux semblant monter sans fin jusqu'à ce que son corps soit déplié. Il ne se penche pas au-dessus de la table pour attraper le vin. Non, il la contourne, récupère la bouteille dans le seau à glace et se tient du côté droit de ma grand-mère pour la servir.

— Merci beaucoup.

Nan jette un regard écarquillé et plein d'excitation à George, puis dirige ses yeux bleu marine vers moi. Elle est bien trop excitée, exactement comme je m'y attendais, et ça me tape sérieusement sur le système lors des brefs instants où je suis distraite de Miller. Comme en ce moment même où Nan me regarde avec un sourire rayonnant, remplie de joie par la présence de notre invité et ses manières impeccables.

Miller fait le tour de la table pour remplir aussi le verre de George avant de m'atteindre. Il ne me demande pas si je veux du vin. Il y va franchement et en verse, bien qu'il sache très bien que j'ai poliment refusé tout alcool à chaque fois qu'il m'en a proposé. Je ne prétendrai pas qu'il n'est pas au courant. Il est trop malin… bien trop malin.

— Bien, dit George en se levant tandis que Miller retrouve sa place. Je vais faire le service.

Il prend le couteau à découper et commence à trancher nettement le chef-d'œuvre culinaire de Nan.

— Josephine, ça a l'air fantastique.

— Tout à fait, en convient Miller en prenant une gorgée de son verre de vin avant de le reposer, les doigts en ciseau autour du pied en cristal qui s'élève entre son majeur et son index.

Concentrée, j'étudie attentivement son autre main, posée sur la table.

Et voilà. C'est très discret, mais il déplace un tout petit peu le verre vers la droite. Ce geste est probablement indétectable pour les autres, mais pas pour mon regard scrutateur. Je souris en levant les yeux et découvre qu'il me regarde l'examiner.

Il penche la tête, les yeux plissés mais pétillants.

— Quoi ? articule-t-il en silence, attirant mon attention vers ses lèvres.

Le saligaud les lèche, me forçant à attraper mon verre pour boire une gorgée... ou faire n'importe quoi pour me distraire. Ce n'est que lorsque j'avale que je réalise ce que je viens de faire, le goût inhabituel me faisant contracter les épaules lorsque le liquide glisse dans ma gorge. Quand je repose mon verre un peu trop violemment, je sais que Miller me jette un regard curieux.

Un morceau de bœuf Wellington atterrit dans mon assiette.

— Sers-toi des pommes de terre et des carottes, Livy, dit Nan, en levant son assiette pour que George y dépose de la viande en croûte. Il faut que tu grossisses.

Je mets des carottes et des pommes de terre dans mon assiette à l'aide d'une cuillère avant de servir Miller.

— Je n'ai pas besoin de grossir.

— Tu pourrais prendre quelques kilos, déclare Miller, attirant à nouveau mon regard incrédule vers lui alors que George termine de mettre du bœuf dans son assiette. Ce n'est qu'une simple observation.

— Merci, Miller, souffle Nan d'un ton suffisant en levant un verre pour porter un toast à son approbation. Elle a toujours été maigre.

— Je suis mince, pas maigre.

Je proteste en lançant un regard d'avertissement à Miller, chez qui je perçois l'ombre d'un sourire. Comme une petite fille qui se vengerait, je tends discrètement et nonchalamment le bras pour faire pivoter son verre de vin en le tenant par le pied et le tirant très légèrement vers moi.

— C'est bon ?

Je désigne sa fourchette de bœuf avec la tête.

— C'est délicieux, confirme-t-il, en posant son couteau à la perpendiculaire parfaite du rebord de la table, avant de poser sa main sur la mienne pour l'enlever lentement et repositionner son verre.

Il reprend son couteau et continue son repas.

— C'est le meilleur Wellington que j'aie jamais goûté, madame Taylor.

— Ne dites pas n'importe quoi !

Nan rougit, ce qui est très rare : l'ennemi de mon cœur est également en train de faire palpiter le cœur de ma grand-mère.

— C'était très facile à faire.

— On n'aurait pas dit, marmonne George. Tu as paniqué tout l'après-midi, Josephine.

— Ce n'était pas de la panique !

Je commence à manger mes carottes du bout des dents et mâche lentement en écoutant Nan et George se quereller, mais je garde une main libre pour bouger à nouveau le verre de vin de Miller. Il me surveille du coin de l'œil, puis pose une nouvelle fois son couteau avant de récupérer son verre et le replacer où il doit être. Je me retiens de ne pas afficher un trop large sourire. Même quand il mange, il le fait avec précision, coupant la nourriture en morceaux de taille parfaite et s'assurant que toutes les branches de la fourchette s'enfoncent dans chaque morceau avec le bon angle avant de le porter à sa bouche. Il mâche lentement aussi. Tout ce qu'il fait est tellement réfléchi que ça en est envoûtant. Ma main se faufile discrètement sur la table encore une fois. Je suis intriguée par ce besoin maniaque que les choses soient disposées d'une certaine façon, mais cette fois, je n'atteins pas le verre. Il saisit ma main à mi-chemin et la tient entre nous, ce qui donne simplement l'impression d'une étreinte amoureuse. Il la tient fermement, mais personne d'autre que la personne à l'autre bout de cette étreinte ne peut le percevoir. Et c'est moi. Et c'est une étreinte sévère... pour me mettre en garde. Je suis en train de me faire gronder.

— Que faites-vous dans la vie, Miller ? demande Nan, à mon grand plaisir.

Oui, que fait Miller Hart dans la vie ? Je doute qu'il dira à ma gentille grand-mère qu'il ne veut pas entrer dans des conversations personnelles alors qu'il est assis au bout de sa table à manger.

— Je ne vais pas vous embêter avec ça, madame Taylor. C'est très ennuyeux.

J'avais tort. Il ne l'a pas repoussée directement, mais il a réussi à contourner le problème.

— J'aimerais bien savoir, dis-je.

Je me sens pleine de courage, même si sa prise sur ma main se resserre encore d'un cran.

Il cligne lentement des yeux, puis les lève.

— Je préfère séparer travail et plaisir, Livy. Tu le sais.

— C'est un principe très sage, marmonne George en pointant sa fourchette vers Miller. J'ai vécu toute ma vie avec ce principe.

Le regard de Miller, et surtout ses paroles, anéantit mon culot. Je suis presque une affaire commerciale... un deal, un contrat ou un arrangement. Appelez ça comme vous voulez, cela ne change pas le sens. Alors, techniquement, les paroles de Miller n'ont aucun sens.

Je contracte la main dans la sienne, et il la relâche, en levant les sourcils.

— Tu devrais manger, me dit-il. C'est vraiment délicieux.

Après avoir enlevé ma main, je suis son conseil et poursuis mon repas, mais je ne me sens pas du tout à l'aise. Miller n'aurait pas dû accepter l'invitation à dîner de ma grand-mère. C'est personnel. Il envahit mon intimité, ma sécurité.

C'est lui qui a été clair sur son intention de tout garder sur un plan physique, et pourtant, il est ici, immergé dans mon monde, bien que ce soit un petit monde, mais c'est mon monde quand même. Et ce n'est pas uniquement physique.

Alors que je réfléchis, je sens sa jambe frôler mon genou, ce qui réveille mon esprit vagabond et me ramène à table. Je lève les yeux vers lui alors que j'essaie de manger, et le vois regarder Nan et écouter attentivement ses bavardages. Je ne sais pas de quoi elle parle parce que tout ce que j'entends, c'est l'écho des paroles de Miller.

*« Tant que tu provoqueras ça chez moi, tu seras obligée d'y remédier. »*

*« Toutes mes règles ont été effacées à la seconde où j'ai posé les mains sur toi. »*

Quelles règles, et pendant combien de temps lui ferai-je cet effet ? Je veux avoir une influence sur lui. Je veux que son corps réagisse à moi comme le mien le fait avec lui. Si jamais je passe outre la force morale qui essaie de me tenir à l'écart de sa virilité, ce sera vraiment très facile... trop facile. Effroyablement facile.

— C'était sacrément bon, Josephine, déclare George, le tintement de ses couverts contre son assiette rompant le brouhaha des bavardages.

Je suis ramenée au présent, où Miller est toujours là et Nan réprimande son ami pour son impolitesse.

— Désolé, dit timidement George.

— Si vous voulez bien m'excuser.

Miller pose soigneusement ses couverts sur son assiette vide, avant de tapoter sa bouche avec une serviette brodée.

— Puis-je utiliser vos toilettes ?

— Bien sûr ! répond Nan. C'est la porte en haut de l'escalier.

— Merci.

Il se lève, plie la serviette et la pose à côté de son assiette avant de repousser sa chaise sous la table et quitter la pièce.

Nan suit Miller des yeux.

— Tu as vu ses miches, dit-elle d'un ton songeur alors que son dos disparaît.

— Nan !

Je suis atterrée.

— Musclées et bien formées Livy, tu vas laisser cet homme t'inviter au restaurant.

— Ne dis pas n'importe quoi !

Je baisse les yeux sur mon assiette, remarquant que je n'ai presque pas touché à ma viande. Je n'arrive pas à manger. Je me sens comme en transe.

— Je vais débarrasser la table.

J'attrape l'assiette de Miller.

— Je vais t'aider, dit George.

Alors qu'il s'apprête à se lever, je pose ma main sur son épaule et appuie légèrement, pour l'encourager à rester assis.

— C'est bon, George. Je vais m'en occuper.

Il ne proteste pas et se contente de remplir les verres de vin.

— Rapporte le gâteau renversé à l'ananas ! crie Nan dans mon dos.

Les mains chargées d'une pile d'assiettes, je me dirige vers la cuisine, contente d'échapper à la présence de Miller, même s'il ne se trouve plus dans la pièce. Je n'ai pas refusé quand il m'a dit que j'irais chez lui ce soir, et j'aurais dû. Que vais-je dire à Nan ? Je ne peux pas nier le fait qu'il est à l'origine de mes changements d'humeur récents.

Mon esprit n'a jamais été aussi embrouillé. Je ne contrôle rien, tout cela n'a pas de sens, et je ne suis pas habituée à tous ces sentiments. Mais ce qui me laisse le plus perplexe, c'est l'homme à l'origine de ma dérive. Un homme impénétrable et beau qui inspire le chagrin sur tous les points.

Physique.

Pas de sentiments.

Pas d'émotion.

Juste une nuit.

Vingt-quatre heures, sur lesquelles je lui en dois toujours seize. C'est deux fois plus que ce que j'ai déjà vécu… le double de sensations et de plaisir… le double de souffrance quand nous aurons terminé.

— Je t'entends réfléchir.

Je sursaute et me retourne, la pile d'assiettes toujours dans mes mains.

— Tu m'as fait peur.

Je pose la vaisselle sur le plan de travail.

— Excuse-moi, dit-il avec sincérité en s'approchant nonchalamment.

Je recule, inconsciemment.

— Est-ce que tu réfléchis trop encore ?

— J'appelle ça être prudente.

— Prudente ? me demande-t-il en se tenant juste devant moi à présent. Je n'appellerais pas ça comme ça.

Je lève le regard vers son visage, mais essaie désespérément d'éviter ses yeux.

Il attrape délicatement mon menton pour m'inciter à y plonger.

— J'appelle ça être idiote.

Nos regards se rencontrent, tout comme nos lèvres, mais il ne fait que poser les siennes sur les miennes. Il n'y aurait rien d'idiot à éviter Miller Hart.

— Je peux lire en toi.

Je fais cette affirmation calmement, mais mes paroles ne le font pas reculer d'inquiétude pour autant.

— Je ne veux pas qu'on lise en moi, Livy. Je veux être inondé par le plaisir que tu me procures.

Je me liquéfie contre lui, malgré le fait que ses mots n'ont fait que renforcer ce que je sais déjà. Je veux être inondée par le plaisir qu'il me donne aussi, mais je ne veux pas ressentir les sentiments qui viendront par la suite. Je ne les supporterai pas.

— Tu rends les choses vraiment difficiles.

Ses bras glissent en bas de mon dos et remontent jusqu'à atteindre ma nuque.

— Non. Je rends les choses très faciles. C'est le fait de trop réfléchir qui les rend difficiles, et c'est toi qui réfléchis trop.

Il embrasse ma joue et se blottit dans mon cou.

— Laisse-moi te ramener dans mon lit.

— En faisant ça, je serai dans une situation dans laquelle je me suis juré de ne jamais me retrouver.

— C'est-à-dire ?

Il dépose de délicats baisers partout dans mon cou, et il le fait parce qu'il sait que j'hésite. C'est un homme intelligent. Il excite mes sens, mais pire que tout, il stimule mon esprit.

— À la merci d'un homme.

Je peux clairement sentir une légère hésitation dans ses lèvres. Ce n'est pas le fruit de mon imagination. Il se retire du sanctuaire de mon cou et m'étudie avec un air songeur. Beaucoup de temps passe… assez pour que mon esprit s'attarde sur les caresses qu'il m'a déjà accordées, les baisers que nous avons échangés et la passion que nous avons créée ensemble. C'est comme si je regardais tout ça dans ses yeux, et je me demande s'il revit ces moments lui aussi. Il finit par lever la main pour me caresser doucement la joue.

— Si une personne est à la merci d'une autre ici, Livy, alors c'est moi.

Il baisse les yeux sur mes lèvres et s'avance avec indolence. Et je ne fais rien pour l'arrêter.

Je ne vois pas un homme à ma merci. Je vois un homme qui veut quelque chose et qui semble prêt à tout pour l'obtenir.

— On devrait retourner à table.

J'essaie de me détacher de lui, en tournant la tête.

— Pas avant que tu aies dit que tu partais avec moi.

Il me surprend en me soulevant et m'asseyant sur le comptoir. Les mains posées sur le haut de mes cuisses, il se penche en avant et me regarde intensément, attendant mon accord.

— Dis-le.

— Je ne veux pas.

— Si, affirme-t-il en se mettant nez à nez avec moi. Tu n'as jamais rien voulu aussi fort de toute ta vie.

Il a raison, mais ce n'est pas pour ça que c'est sage.

— Tu es très sûr de toi.

Il secoue la tête en faisant une légère moue et lève le bras pour passer son pouce sur ma lèvre inférieure.

— Tu peux essayer de nous convaincre tous les deux avec des mots, mais tout le reste me dit le contraire.

Il glisse son doigt dans sa bouche et le suce, puis fait une trace humide le long de ma gorge, sur ma poitrine et mon ventre avant que sa main ne disparaisse sous ma robe et entre mes jambes. Mes dents se serrent, mon dos se contracte et mon cœur commence à palpiter, mourant d'envie qu'il me touche à cet endroit. Mon corps me trahit sur tous les niveaux, et il le sait.

— Je suis sûr que je vais sentir que c'est chaud.

Lorsqu'il s'approche de mon entrejambe, ma tête tombe en avant et rencontre son front.

— Je suis sûr que je vais sentir que c'est humide, murmure-t-il alors que son doigt se faufile dans ma culotte par le côté et étale cette humidité. Je suis sûr que si j'entre en toi, des muscles avides se contracteront et ne me laisseront plus ressortir.

— Vas-y.

Ces mots m'échappent sans que je m'en rende compte et mes mains se lèvent pour attraper le haut de ses bras.

— S'il te plaît, fais-le.

— Je ferai tout ce que tu veux, mais je le ferai dans mon lit.

Il m'embrasse violemment sur les lèvres et enlève sa main en tirant le bord de ma culotte.

— J'ai de bonnes manières. Je n'ai pas l'intention de manquer de respect à ta grand-mère en te prenant ici. Peux-tu te maîtriser le temps qu'on mange le gâteau à l'ananas ?

— Si *moi* je peux me maîtriser ?

Je jette un coup d'œil à son entrejambe. Je n'ai pas besoin de le voir pour savoir ce qui s'y passe. Il est en érection et se frotte contre ma jambe.

— Je lutte, crois-moi.

Il s'arrange et me fait descendre du comptoir, puis se met à coiffer soigneusement mes cheveux sur mes épaules.

— Voyons à quelle vitesse je peux manger une part de gâteau à l'ananas. Veux-tu rassembler quelques affaires pour la nuit ?

Non, en fait, je n'en ai pas envie. Je veux qu'il oublie ses bonnes manières. J'essaie en vain de calmer mes nerfs, mais toute la chaleur du bas est en train de remonter vers mon visage quand je réalise qu'il va falloir faire face à Nan et George.

— J'irai prendre quelques trucs après le dessert.

— Comme tu veux.

Il m'attrape par la nuque et me fait sortir de la cuisine, la chaleur de sa main intensifiant mon désir. J'ai tellement envie de lui. J'ai envie de cet homme énigmatique, qui se conduit si bien, mais contredit chaque geste de gentleman la seconde suivante. C'est un imposteur, voilà ce qu'il est.

Un comédien.

Un homme vaniteux, ingénieusement déguisé en gentleman.

Ce qui fait de lui le pire ennemi que mon cœur pouvait trouver.

— Les voilà ! lance Nan en frappant des mains, me faisant sursauter. Où est le gâteau renversé à l'ananas ?

Je m'apprête à me retourner, mais réalise soudain qu'avec Miller qui me tient toujours fermement par la nuque, je ne peux aller nulle part.

— Ce n'est pas grave.

Nan agite sa main vers ma chaise vide.

— Asseyez-vous, je vais y aller.

Miller me place pratiquement sur la chaise avant de la faire avancer sous la table, comme s'il ressentait le besoin compulsif que je sois juste à un emplacement précis, comme tout ce qu'il touche.

— Ça va comme ça ?

— Oui, merci.

— Je t'en prie.

Il s'assied près de moi et réarrange tout à sa place avant de prendre le verre de vin qu'il a déplacé à l'instant et de boire une lente gorgée.

— Oohhh, un gâteau renversé à l'ananas ! s'exclame George en se frottant les mains et se léchant les babines. Mon préféré ! Miller, vous allez mourir de plaisir.

— Tu sais, George, on a acheté l'ananas chez Harrods.

Je ne devrais pas lui dire ça. Nan va me tuer, mais ce n'est pas la seule à pouvoir jouer les entremetteuses.

— Elle l'a payé quinze livres, et c'était avant qu'elle invite Miller à dîner.

Il retient son souffle, puis affiche un sourire songeur. Cela me réchauffe le cœur.

— Elle sait comment faire plaisir à un homme. Quelle femme merveilleuse, ta grand-mère, Livy. Quelle femme merveilleuse.

— En effet, dis-je.

Elle est aussi agaçante que le diable, mais c'est une femme merveilleuse.

— Gâteau renversé à l'ananas ! présente Nan en marchant fièrement avec un plat en argent dans les mains.

Elle le dépose au milieu de la table et tout le monde tend le cou pour admirer le chef-d'œuvre.

— C'est le meilleur que j'aie jamais fait. Voulez-vous goûter un peu de mon gâteau renversé à l'ananas, Miller ?

— J'adorerais, madame Taylor.

— Il est tellement bon que tu vas le dévorer en une seconde, dis-je comme si de rien n'était en prenant ma cuillère, les yeux rivés sur Miller.

Il prend l'assiette que lui tend Nan au-dessus de la table et la pose avant de la tourner de quelques millimètres dans le sens des aiguilles d'une montre.

— Je n'en doute pas.

Il évite de me regarder et ne s'attaque pas au dessert. Il attend poliment que Nan serve tout le monde avant qu'elle s'asseye et prenne sa cuillère. Son savoir-vivre ne lui permettra pas de tenir sa promesse de manger rapidement non plus. Il ne peut tout simplement pas s'en empêcher. Il lève sa cuillère et l'enfonce dans le gâteau pour en détacher un morceau.

Puis il le porte à sa bouche avec une précision ultime. Mes yeux font le trajet, suivant sa cuillère de l'assiette à ses lèvres, alors que ma propre cuillère reste en suspension devant moi. Tout son être est un aimant ridiculement fort pour mes yeux et je commence à abandonner l'idée de lui résister. J'ai l'impression que mes yeux le désirent autant que mon corps.

— Tout va bien ? me demande-t-il, en étudiant la façon dont je le fixe alors qu'il prend une autre bouchée.

Même le fait qu'il en soit conscient ne me dissuade pas.

— Oui, ça va. J'étais juste en train de me dire que je n'avais jamais vu quelqu'un manger l'un des gâteaux de ma grand-mère si lentement.

Je suis choquée par mon observation suggestive, et il est clair que Miller, qui se met à tousser en portant

268

sa main devant sa bouche, l'est aussi. Je suis satisfaite. J'ai le sentiment qu'il faut que je trouve le même sang-froid que lui si je suis destinée à passer seize autres heures en sa compagnie, alors je ferais mieux de commencer dès maintenant.

— Vous allez bien ?

La voix inquiète de Nan atteint mes oreilles. Je suis certaine que son visage ridé montre de l'inquiétude aussi, mais je ne regarderai pas pour le confirmer parce que voir Miller troublé est bien trop inhabituel pour que je le rate. Il finit de mâcher, pose sa cuillère et s'essuie la bouche.

— Pardonnez-moi.

Il attrape son verre et me toise en le portant à ses lèvres.

— Les choses merveilleuses doivent être savourées, Livy, pas dévorées.

Il sirote son vin, et je sens son pied remonter le long de ma jambe sous la table. Je me choque un peu plus en lui adressant un sourire discret tout en gardant mon calme.

— Il est vraiment merveilleux, Nan.

J'imite Miller et prends une bouchée, mâche lentement, avale lentement, puis me lèche les lèvres… lentement. Et je sais que cette suite d'actions assumées a l'effet désiré parce que son regard bleu fait flamber ma peau.

— Il t'a plu, George ?

— Comme toujours !

Il se recule dans sa chaise et se frotte le ventre en poussant un soupir de satisfaction.

— Je vais peut-être bien devoir défaire mon bouton.

— George ! crie Nan, en lui tapant le bras. Nous sommes à table.

— Cela ne te dérange pas d'habitude, marmonne-t-il.

— Oui, eh bien, nous avons un invité.

— Vous êtes chez vous, madame Taylor, intervient Miller. Et je suis honoré d'y être accueilli. C'était le meilleur bœuf Wellington que j'aie jamais eu le plaisir de goûter.

— Oh, lance Nan en agitant sa main au-dessus de la table. Vous êtes trop gentil, Miller.

Non mais quel lèche-cul.

— Meilleur que mon café ?

Je lance des insinuations à tout va, mais je ne peux pas m'en empêcher.

— Ton café ne ressemblait à rien d'autre que j'aie pu goûter auparavant, réplique-t-il avec délicatesse, les sourcils dressés vers moi. J'espère que tu m'en prépareras un demain vers midi quand je passerai.

Je secoue la tête avec un sourire amusé, appréciant nos plaisanteries personnelles.

— Americano, quatre shots, deux sucres et rempli à moitié.

— Je suis impatient.

Il esquisse un sourire que j'ai très envie de revoir, celui que je n'ai aperçu que quelques rares fois depuis que je le connais.

— Madame Taylor, cela vous dérangerait-il si je proposais à Olivia de m'accompagner pour prendre un verre chez moi ?

Je suis stupéfiée par son assurance. Et pourquoi ne me l'a-t-il pas demandé directement ? Ma grand-mère n'aurait pas refusé, de toute façon. Non, elle va probablement essayer désespérément de trouver un déshabillé en soie dans mon tiroir à sous-vêtements pour le glisser dans mon sac en sortant. Elle cherchera en vain.

— Avec plaisir.

Je me permets de répondre pour éviter l'éventualité que la décision soit prise à ma place. Je suis une adulte. Je prends moi-même mes décisions. Je suis maître de mon destin.

— Que c'est galant de votre part de me poser la question.

L'excitation de Nan est évidente, mais un peu énervante. Elle fonde des espoirs sur le peu de choses qu'elle connaît de l'homme assis à sa table. Si elle apprenait toute l'histoire, elle en mourrait prématurément.

— On s'occupera de débarrasser, alors allez-y tous les deux, et amusez-vous bien !

Il tire ma chaise avant même que j'aie eu le temps de poser ma cuillère, et je me retrouve sur mes pieds, guidée vers le côté de la table de Nan et George sans délai.

— Madame Taylor, merci.

— Ce n'est rien ! lance-t-elle en se levant et laissant Miller embrasser ses deux joues, en me regardant, les yeux écarquillés. C'était une merveilleuse soirée.

— J'en conviens, dit-il en tendant sa main libre à George. C'était un plaisir de vous rencontrer, George.

— Oui.

George est debout près de Nan et profite de l'occasion, tant qu'elle est de si bonne humeur, pour glisser sa main autour de sa taille.

— Belle soirée, ajoute-t-il en prenant la main de Miller.

Je les supplie mentalement d'écourter les échanges de politesse. Le dîner a été une longue et douloureuse succession de remarques discrètes et suggestives et de contacts furtifs. Le désir refoulé en moi est inhabituel et assez perturbant, mais le besoin irrépressible de l'assouvir bloque toute mon intelligence, et j'en ai beaucoup à bloquer. Je suis une femme intelligente… sauf quand Miller est dans le coin.

Je sens ses doigts malaxer de manière apaisante ma nuque, ce qui anéantit complètement cette intelligence. Je n'essaierai pas de la chercher, parce qu'elle a disparu depuis longtemps en me laissant vulnérable et désespérée.

J'embrasse Nan et George et laisse Miller me guider pour sortir de la salle à manger. Il ne me lâche pas alors qu'il prend sa veste sur le portemanteau, puis décroche ma veste en jean.

— Tu veux emporter quelque chose ?

— Non, dis-je ne voulant pas retarder encore plus les choses.

Sans un mot, il ouvre délicatement la porte et me pousse dehors. Il ouvre ensuite la portière de sa voiture et me place dans le siège, avant de la refermer rapidement et faire le tour par l'avant pour entrer. Il démarre le moteur et s'éloigne lentement du bas-côté, tandis que je regarde ma maison et aperçois les rideaux bouger. J'imagine très bien la conversation qui a lieu entre George et Nan à cet instant, mais cette pensée s'évanouit quand « Enjoy the Silence » de Depeche Mode surgit des haut-parleurs et que je me souviens que c'est exactement ce qu'il m'a conseillé de faire.

— Tu as été sacrément culottée pendant le dîner, Livy.

Je tourne la tête vers lui. Culottée ?

— Je te rappelle que c'est toi qui m'as coincée dans la cuisine.

— Je garantissais mes plans pour ce soir.

— Je suis un plan ?

— Non, puisque c'était joué d'avance.

Il garde les yeux fixés sur la route, le visage sérieux. Se rend-il compte de ce qu'il est en train de dire ?

— Tu me donnes l'impression d'être une putain.

Les dents et les poings serrés, je sens mon désir se dissiper en une fraction de seconde. J'ai peut-être piétiné toutes mes règles ces dernières semaines, mais je ne suis pas, et ne serai jamais, une putain.

— J'aimerais que tu me ramènes chez moi.

Il prend un virage sec sur la gauche qui me force à me cramponner à la portière, et nous roulons soudain dans une ruelle, bordée des deux côtés par des quais de livraison de commerces. La nuit tombe, c'est sinistre et désert.

— Tu es *mon* plan joué d'avance, Livy. Et de personne d'autre.

Il fait déraper la voiture et l'immobilise avant de défaire sa ceinture de sécurité, puis la mienne, et de me tirer pour me prendre sur ses genoux.

— Qu'est-ce que tu fais ?

Sous le choc, je frémis au son de la chanson tandis qu'elle continue à envahir mes oreilles et que Miller envahit tous mes autres sens.

La vue.

L'odorat.

Le toucher.

Et bientôt, le goût.

Il recule son siège pour avoir plus de place et remonter ma robe au niveau de ma taille.

— Je fais ce que tu n'as pas arrêté de me supplier de faire pendant tout le dîner.

— Je ne suppliais pas.

Ma voix est réduite à un murmure voilé. Je ne la reconnais pas.

— Livy, il n'y a aucun doute là-dessus. Soulève-toi, m'ordonne-t-il en m'attrapant par les hanches pour m'aider.

Je n'oppose aucune résistance et m'appuie sur les genoux pour me redresser.

— Je croyais que tu attendais de me mettre dans ton lit.

— C'est ce que j'aurais fait si tu ne m'avais pas titillé, torturé depuis une heure. Il y a des limites à ce que je peux supporter.

Un préservatif apparaît de nulle part et il le prend avec les dents avant de déboutonner son pantalon.

— Je me rends bien compte que c'est minable, mais je ne peux vraiment plus attendre.

Il libère de son pantalon son pénis dur et dressé, et se dépêche de déchirer l'emballage avec les dents avant de dérouler la capote. J'ai le souffle coupé. Mes mains se tiennent au siège de chaque côté de sa tête et je suis complètement captivée lorsque je le regarde se recouvrir. Des vagues de chaleur s'abattent dans le creux de mon ventre et se propagent dans mon entrejambe. Je le supplie mentalement de se dépêcher. J'ai perdu le contrôle et mon impatience est évidente, encore plus quand je lève le regard vers lui et tombe sur ses yeux bleus embués et ses lèvres humides et entrouvertes.

Retirant ma petite culotte en coton, il se guide vers ma fente en caressant l'intérieur de ma cuisse ; je retiens ma respiration.

— Descends lentement, murmure-t-il en reposant une main sur ma hanche.

En essayant de surmonter la tentation de m'effondrer, je descends lentement et laisse l'air de mes poumons jaillir de ma bouche tandis que ma tête retombe en arrière et que mes doigts s'enfoncent dans le cuir du siège derrière lui.

— Miller !

— Mon Dieu ! aboie-t-il, les hanches tremblantes. Je n'ai jamais rien senti de tel. Reste où tu es.

Je suis complètement empalée sur lui. Je sens le bout de son excitation au plus profond de moi, et je tremble comme une feuille. Des tremblements incontrôlables. Mon corps est vivant et veut à tout prix s'activer et être l'instigateur de plus de plaisir.

— Bouge, dis-je.

Je baisse les yeux et vois Miller, la tête reposée en arrière, le regard baissé et fixant nos genoux. Ses cheveux ondulés et humides sont en bataille et appellent mes mains. Alors je m'exécute. J'entremêle mes doigts dans ses ondulations et joue avec, en les caressant et les tirant.

— S'il te plaît, bouge.

— Je ferai ce que tu veux, Livy.

Il agrippe mes hanches et s'enfonce, me tirant un gémissement grave et envoûtant.

— Mon Dieu, ce bruit !

— Je ne peux pas m'en empêcher.

— Ce n'est pas ce que je veux, dit-il en décrivant fermement des cercles et me faisant gémir de plus belle. Je pourrais l'écouter pour le restant de mes jours.

Je ne suis qu'une masse de désir fiévreux. Il fait même l'amour avec précision, chaque rotation, cercle et coup étant un geste exécuté à la perfection, me faisant grimper à la perfection. Je n'en aurai jamais assez.

Ma respiration est haletante, incontrôlée et mes lèvres laissent échapper des souffles courts.

— Dis-moi ce que tu veux.

Il me soulève et me repose lentement, en serrant ses yeux fermés.

— Dis-moi comment tu me veux, Livy.

Ça m'est égal. À chaque fois qu'il m'a donné du plaisir, ça a été parfaitement parfait. Il ne peut rien faire mal.

— Je veux tout, dis-je dans un souffle, ce qui signifie que je veux bien plus que de simples mouvements.

Je veux ressentir ça éternellement, et je ne suis pas sûre qu'un autre homme pourra le faire.

— Embrasse-moi.

Je le supplie tandis qu'il me fait glisser de haut en bas en tournant les hanches et s'enfonçant avec ardeur. Je deviens folle. Mes mains se serrent dans ses cheveux, mes genoux autour de sa taille.

Il lève les yeux et ses mains trouvent leur place sur ma nuque. Il me tire en avant lentement, avec précision, sans précipitation ni impatience. Je ne sais pas comment il fait.

— Tu m'as complètement ébranlé, Olivia Taylor, murmure-t-il en s'appropriant délicatement mes lèvres. À cause de toi, je remets en question tout ce que je pensais connaître.

Je veux approuver parce que je ressens la même chose, mais ma bouche est trop occupée à savourer ses lèvres douces et dévouées. Je remarque toutefois que cette déclaration ne peut être qu'une bonne chose. Peut-être qu'il ne me laissera pas partir une fois que notre temps sera écoulé. *J'espère* qu'il ne me laissera pas partir parce que je m'abandonne à lui à nouveau, tout en sachant que c'est une erreur. Mais dire non à Miller Hart ne semble pas être quelque chose que je puisse faire… ou simplement que je veuille faire.

— Tu le sens, Livy ? demande-t-il entre deux cercles délicats et hésitants avec sa langue. Cela ne ressemble-t-il pas à rien d'autre ?

— Si.

Je mords sa lèvre et replonge ma langue dans sa bouche en gémissant et me pressant contre lui, alors que je sens des élancements au fond de mon sexe, indices qu'un puissant orgasme arrive. Je renforce alors notre baiser tandis que l'envie désespérée de l'obtenir ruine ma détermination à suivre son rythme tranquille.

— Du calme, gémit-il, Ne t'énerve pas.

J'essaie, mais il commence à cogner en moi, enflant et palpitant, et ça m'excite. Je commence à secouer la tête contre ses lèvres.

— C'est trop bon.

Il rompt notre baiser, mais maintient le rythme de son corps dans le mien, prenant complètement le pouvoir pour que j'arrête de presser les choses.

— Savoure.

Je ferme les yeux et laisse ma tête tomber sur mon épaule tandis que j'essaie de trouver la force nécessaire pour suivre sa cadence. Je suis émerveillée par son self-control. Tout en lui bout désespérément, presque autant qu'en moi : ses yeux enflammés, son corps qui tremble, son sexe qui palpite, son visage trempé de sueur. Pourtant, il semble trouver facile de tolérer le plaisir pénible qu'il nous inflige à tous les deux.

— Mince, j'aurais préféré t'amener dans mon lit, gémit-il. Ne me cache pas ton magnifique visage, Livy. Montre-moi.

Mon corps commence à être agité par les spasmes d'un orgasme que je ne pourrais pas retenir même si je le voulais. Mes mains s'envolent et se plaquent contre les vitres, mais glissent instantanément sur la condensation, ne m'offrant aucune prise pour me stabiliser.

— Livy !

Il attrape mes cheveux et tire ma tête en arrière. Je suis dans tous mes états, mais il garde le même rythme lent et précis.

— Quand je te demande de me regarder, tu me regardes !

Ses hanches poussent vers le haut, et je prends une grande inspiration alors que mes oreilles sont inondées par le flot de sang dans ma tête, ce qui déforme légèrement la musique qui nous entoure.

— Ça arrive.

— Je t'en prie, plus vite. Viens.

— Ça vient.

Il resserre sa prise et me redirige vers sa bouche, m'embrassant à mon apogée tandis que je me cramponne aux manches de sa chemise. Mon monde explose et chaque extrémité nerveuse vibre violemment alors que je pousse un gémissement grave et satisfait dans sa bouche, pendant que Miller palpite en moi.

— Seize heures supplémentaires, ça ne me suffit pas.

Je l'avoue calmement, les sensations physiques intenses ne faisant que décupler mon état émotionnel.

— Tu ne peux pas me faire ça.

Je fais traîner mes lèvres surmenées sur sa mâchoire mal rasée, puis finis par les coller sur son cou, la tête lourde et le corps détendu.

— Tu te rends compte de ce que tu me fais ? demande-t-il calmement. On dirait que tu as l'impression que tout est très facile pour moi.

Je reste le visage caché dans le creux de son cou, trouvant plus aisé de décharger mes pensées quand je n'ai pas à le regarder.

— Je m'en remets à toi. Je fais ce que tu m'as demandé.

Ma voix est grave et faible, un mélange d'épuisement et de timidité.

— Livy, je ne vais pas prétendre que je sais ce qui
se passe.

Il me tire de ma cachette et prend mes joues chaudes
entre ses mains. Son visage est sérieux et je perçois
indubitablement de la confusion.

— Mais ça arrive et je pense que nous sommes tous
les deux dans l'incapacité de l'arrêter.

— Est-ce que tu vas me quitter ?

Je me sens stupide de poser cette question à un
homme que je ne connais que depuis peu de temps,
mais quelque chose nous attire l'un vers l'autre, et ce
n'est pas seulement sa persévérance. C'est quelque
chose d'invisible, de puissant et de résolu.

Il prend une longue inspiration et me tire contre sa
poitrine pour me donner « son truc à lui ». Ses bras
forts qui m'entourent avec aisance m'accueillent à
l'endroit le plus rassurant que je connaisse.

— Je vais te ramener chez moi et t'honorer.

Ce n'est pas une réponse, mais ce n'est pas un oui
non plus. Il y a quelque chose de spécial, j'en suis
certaine. J'ai trouvé incroyablement facile d'éviter
ces sentiments pendant toutes ces années, mais je suis
incapable de m'empêcher de succomber à Miller Hart,
et même si je ne le comprends pas très bien, je veux le
suivre. Je veux me découvrir.

Mais surtout, je veux *le* découvrir… lui tout entier.
Les petits bouts qu'il m'a dévoilés jusque-là m'ont
principalement irritée ou mise en colère, mais il y a plus
que ce qu'on peut voir chez ce gentleman à mi-temps.

Et je veux tout connaître.

Me dégageant de son torse, je me soulève lentement de ses genoux, sa semi-érection glissant alors hors de moi. Rien que cela me donne le sentiment d'être à moitié comblée. Je m'installe sur le siège passager et regarde par la vitre la ruelle sombre et pleine d'ordures alors qu'il s'arrange près de moi et que la musique disparaît. Une petite partie de mon esprit veut que je m'éloigne maintenant avant qu'il n'ait l'occasion de m'infliger ce sort, mais je trouve plus facile de l'ignorer. Je ne m'éloignerai nulle part à moins d'y être forcée. Il n'y a qu'une chose que j'aie jamais été déterminée à faire, et c'est d'éviter de me mettre dans cette situation. Désormais, je suis déterminée à y rester, peu importe ce que cela coûtera à mon cœur.

# 12

Cette fois-ci, j'ai l'endurance pour atteindre le septième étage, avant que Miller ne me porte pour monter les derniers. Ce n'est pas étonnant qu'il ait le physique d'un dieu grec.

— Tu veux boire quelque chose ?

Il est redevenu sec et formel, mais ses manières sont toujours intactes. Il me tient la porte ouverte, alors j'entre et remarque immédiatement un énorme bouquet de fleurs fraîches sur la table ronde.

— Non, merci.

Je la contourne lentement et passe dans le séjour, en jetant un coup d'œil aux tableaux qui ornent les murs tout autour de moi.

— De l'eau ?

— Non.

— Je t'en prie, assieds-toi, dit-il en indiquant le sofa. Je vais juste suspendre ça, ajoute-t-il en prenant nos vestes.

— D'accord.

L'ambiance est tendue ; notre conversation franche a causé une friction dont j'aimerais bien me débarrasser. Quand j'entends de la musique douce, je me retourne en me demandant d'où elle vient tout en étant absorbée par le rythme calme et la douceur de la voix masculine. Je la reconnais. C'est « Let her go » de Passenger. Mon esprit s'emballe.

Miller revient, sans son gilet et sa cravate, et le col déboutonné. Il verse du liquide brun dans un verre, et je remarque l'étiquette cette fois. C'est du Scotch. Il s'assied de nouveau sur la table basse devant moi et boit lentement, mais il fronce les sourcils en regardant son verre avant de le pencher pour faire glisser l'alcool pur dans sa gorge, puis le pose sur la table.

Comme je m'y attendais, il le fait pivoter, puis joins ses mains en me regardant d'un air songeur. Ce regard éveille immédiatement en moi une certaine méfiance.

— Pourquoi tu ne bois pas, Livy ?

J'avais raison d'appréhender. Il n'arrête pas de dire qu'il ne veut pas qu'on devienne intimes, pourtant me poser des questions personnelles ou envahir mon espace, c'est-à-dire ma maison et ma table, ne lui pose aucun problème. Pourtant, je ne le lui fais pas remarquer parce qu'en fait, ce que je veux, c'est que ça devienne vraiment intime entre nous. Je ne veux pas seulement partager mon corps avec lui.

— Je ne me fais pas confiance.

Surpris, il hausse les sourcils.

— Tu ne te fais pas confiance ?

Je me tortille et parcours la pièce des yeux, malgré mon désir de partager ça avec lui. J'ai juste du mal à trouver le courage de formuler ces mots que j'ai refusé de prononcer depuis si longtemps.

— Livy, combien de fois va-t-il falloir que je te le dise ? Quand je te parle, tu me regardes. Quand je te pose une question, tu réponds.

Il attrape délicatement mon menton et me force à lever les yeux vers lui.

— Pourquoi tu ne te fais pas confiance ?

— Je suis une personne différente quand il y a de l'alcool dans mon organisme.

— Je ne suis pas sûr de comprendre ce que tu veux dire.

Je sens mon visage rougir, et il chauffe certainement le bout de ses doigts.

— Explique, me demande-t-il d'un ton sévère, les lèvres pincées.

— Ça n'a pas d'importance.

J'essaie de me débarrasser de sa main, n'étant soudain plus très enthousiaste à l'idée de partager ma vie privée, étant donné son approche brusque. Je n'ai pas besoin d'avoir encore plus honte.

— C'était une question, Livy.

— Non, c'était un ordre.

Sur la défensive, je parviens à me débarrasser de sa main qui tient mon visage.

— Et je choisis de ne pas entrer dans les détails.

— Tu es bien cachottière.

— Tu es bien indiscret.

Il marque une légère hésitation, mais retrouve rapidement ses esprits.

— Alors je vais tâcher de faire marcher mon intuition et suggérer que les seules fois où tu as eu des rapports sexuels, c'était quand tu étais ivre.

Je deviens encore plus rouge.

— Ton instinct voit juste. C'est tout, ou tu veux un rapport précis pour savoir qui, quoi, où et quand ?

— Pas besoin d'être insolente.

— Avec toi, Miller, si.

Il plisse ses yeux bleus sur moi, mais il ne me réprimande pas pour mes mauvaises manières.

— Je veux un rapport précis.

— Non.

— Ta mère.

Je me raidis instantanément en entendant ces mots et en voyant son expression. Il le remarque.

— Quand j'ai été obligé de me cacher dans ta chambre, ta grand-mère a mentionné l'histoire de ta mère.

— Ça n'a pas d'importance.

— Si, ça en a.

— C'était une prostituée.

Ces mots s'échappent automatiquement de ma bouche et me prennent par surprise. Je me risque à jeter un coup d'œil à Miller pour jauger sa réaction.

Il s'apprête à parler, mais, stupéfait, ne parvient qu'à prendre une bouffée d'air. Je l'ai choqué, comme je m'y attendais, mais j'aurais aimé au moins qu'il dise quelque chose… n'importe quoi. Mais non, c'est moi qui reprends la parole.

— Elle m'a abandonnée. Elle m'a laissée chez mes grands-parents pour profiter d'une vie de sexe, d'alcool et de cadeaux hors de prix.

Il me regarde avec attention. Je meurs d'envie de savoir ce qu'il pense. Je sais que ça ne peut pas être positif.

— Dis-moi ce qui lui est arrivé.

— Je te l'ai dit.

Il fait de nouveau pivoter son verre avant de retourner son regard vers moi.

— Tout ce que tu m'as dit, c'est qu'elle acceptait de l'argent en échange de… divertissements.

— Et c'est tout ce qu'il y a à savoir.

— Alors où se trouve-t-elle aujourd'hui ?

— Morte, probablement. Sincèrement, je m'en fiche.

— Morte ? dit-il en retenant son souffle et montrant ainsi plus d'émotions qu'à son habitude.

Je provoque enfin des réactions chez lui.

— Probablement. Elle courait après une chimère. Chaque homme qui la prenait succombait pour elle, mais personne ne lui a jamais convenu, pas même moi.

Son visage s'adoucit et de la compassion envahit ses traits.

— Qu'est-ce qui te fait croire qu'elle est morte ?

Je prends une grande bouffée d'assurance pour m'apprêter à expliquer quelque chose dont je n'ai jamais parlé à qui que ce soit auparavant.

— Elle est trop souvent tombée entre les mains de mauvais types et j'ai un compte en banque rempli d'années de « revenus » que je n'ai pas touché depuis qu'elle a disparu. Je n'avais que six ans, mais je me souviens que mes grands-parents se disputaient constamment à propos d'elle.

Mon esprit est instantanément bombardé d'images de mon grand-père fou d'angoisse et de ma grand-mère en pleurs.

— Elle disparaissait régulièrement pendant plusieurs jours, puis elle n'est plus revenue. Mon grand-père a prévenu la police après trois jours. Ils ont fait des recherches, interrogé son petit ami du moment et les nombreux hommes qu'elle avait eus avant lui, mais vu son histoire, ils ont fermé le dossier. J'étais une petite fille, je ne comprenais pas, mais à dix-sept ans, j'ai trouvé son journal intime. Il m'a tout appris… dans les moindres détails.

— Je…

Il ne sait clairement pas quoi dire, alors je continue. Je me sens soulagée de me décharger de tout ça, même si cela signifie qu'il va me quitter.

— Je ne veux rien avoir en commun avec ma mère. Je ne veux pas boire, ni coucher sans avoir de sentiments. C'est dégradant et ça n'a aucun sens.

Je réalise ce que je viens de dire à la seconde où les mots passent mes lèvres, mais je n'ai jamais donné à Miller de raison de croire qu'il n'y a pas de sentiments de mon côté.

— Elle a préféré ce mode de vie à sa famille.

Je me surprends moi-même quand ma voix reste ferme et assurée, même si entendre tout ça pour la toute première fois me fait mal physiquement.

Miller gonfle les joues et laisse échapper une bouffée d'air, avant de reprendre son verre vide en le regardant, les sourcils froncés.

— Choqué ?

Je me dis que je m'enfilerais bien un verre d'alcool bien fort.

Il me regarde comme si j'étais cinglée, puis se lève et se dirige vers le meuble à alcool pour se verser un autre verre de whisky, cette fois-ci à moitié, contrairement aux deux doigts habituels. Puis il me surprend en versant un autre verre avant de revenir à sa place en face de moi. Il me tend ce dernier.

— Bois un coup.

Je suis un peu abasourdie par le verre qu'il agite sous mon nez.

— Je t'ai dit…

— Olivia, tu peux prendre un verre sans être soûle à en perdre la raison.

Je lève prudemment le bras et attrape le verre.

— Merci.

— De rien, grogne-t-il presque avant de reposer son verre. Et ton père ?

Je dois lutter pour retenir un rire sardonique et me contente de hausser les épaules, ce qui le fait soupirer au-dessus de son verre.

— Tu ne le connais pas ?

Je secoue la tête.

— Je déteste ta mère.

— Quoi ?

Choquée, je me dis que j'ai dû mal entendre.

— Je la déteste, répète-t-il, sur un ton venimeux.

— Moi aussi.

— Bien. Alors on déteste tous les deux ta mère. Je suis content qu'on ait clarifié ce point.

Ne sachant pas vraiment quoi dire, je m'assieds sagement et l'observe plonger dans ses pensées et en émerger, prendre de grandes inspirations comme pour essayer de dire quelque chose, mais se raviser. Il n'y a rien à dire. C'est moche, et il n'y a pas de mots assez rassurants pour embellir les choses. C'est mon histoire. Je ne peux pas changer qui était ma mère ni ce qu'elle a fait, et je ne peux pas changer la manière dont tout cela a influé sur ma vie.

Il finit par prendre la parole, mais pas pour poser la question à laquelle je m'attendais.

— Alors je suis le seul amant que tu aies eu en étant sobre ?

J'acquiesce en m'adossant au canapé et mets de la distance entre nous sans être capable de détourner mon regard du sien.

— Et tu as aimé ça ?

Question stupide.

— Ça me fait peur.

— Je te fais peur ?

— Ce que tu me fais ressentir me fait peur. Je ne me reconnais pas à tes côtés.

Je mets doucement cartes sur table.

Il pose son verre avec précision et s'agenouille devant moi.

— Je te fais te sentir vivante.

Il glisse ses mains dans mon dos et me tire vers lui jusqu'à ce que nos visages soient tout près et que nos respirations se mêlent dans l'espace restreint entre nos bouches.

— Je ne suis pas un homme du genre tendre ou gentil, Olivia, dit-il comme s'il essayait de me mettre à l'aise en se dévoilant un peu. Les femmes me veulent pour une seule et unique chose, et ce parce que je ne leur ai jamais donné de raison d'attendre plus.

J'ai un million de mots sur le bout de la langue, tous désireux de former une phrase et sortir de ma bouche, mais je ne veux pas me précipiter.

— Elles n'espèrent rien de plus que le meilleur coup de leur vie.

— Exactement, dis-je sur un ton très calme.

Il me débarrasse de mon verre et attrape mes mains pour les poser sur ses épaules.

— C'est ce que tu m'as promis.

Ses paupières se baissent lentement sur ses yeux.

— Je ne crois pas pouvoir tenir ma promesse.

— Qu'est-ce que tu dis ?

Je veux qu'il me confirme que mon imagination ne me joue pas des tours ou qu'il ne me dit pas ça par compassion. Ses épaules s'affaissent légèrement avec un soupir las, mais il reste calme et les yeux baissés.

— La politesse veut qu'on réponde quand on nous pose une question.

Quand je murmure, il lève la tête, surpris. Je ne bronche pas. Je veux qu'il me confirme ce qui se passe.

— Je dis que je veux te vénérer.

Il penche la tête et l'avance pour capturer mes lèvres tandis qu'il se lève et m'emporte avec lui. C'est lui qui fait des cachotteries maintenant, mais je ne le pousserai pas à l'admettre. Je peux attendre, et d'ici là, il me vénérera.

Je suis surprise lorsqu'il nous amène sur le canapé et se met sur le dos, me plaçant entre ses cuisses écartées de manière à ce que je sois étendue sur son corps. Nous portons encore tous nos vêtements et il n'essaie pas de les enlever, se contentant visiblement de me couvrir de baisers. Sa barbe de quelques jours est rugueuse contre ma peau, à l'opposé des mouvements doux de ses lèvres, mais dans mon état de béatitude absolue, je remarque à peine cette sensation râpeuse. Avec Miller, les choses se font naturellement. Il guide et je suis. Je n'ai pas besoin de réfléchir, je me contente d'agir, et c'est pour ça que je suis en train de déboutonner sa chemise pour pouvoir sentir sa chaleur sous mes mains. En gémissant contre ses lèvres, j'ai un premier aperçu de sa chaleur mêlée à la mienne quand mes mains passent sur son ventre, montant et descendant délicatement sur ses abdominaux.

— Revoilà ce doux son, murmure-t-il en rassemblant ma masse de cheveux blonds qui tombent tout autour de ma tête. C'est addictif. Tu es addictive.

Son plaisir m'excite alors que ma bouche visite chaque centimètre de son superbe visage jusqu'à ce que j'atteigne son cou et sente son odeur virile et enivrante.

— Tu sens si bon.

Je redescends le long de son torse, sans réfléchir ni adopter un ordre précis. Ma langue atteint ses tétons dressés pour décrire des cercles et les lécher, ce qui le fait remuer et gémir sous moi. Les signes de son plaisir m'enhardissent et son sexe bandé contre mon ventre me rappelle où je veux être. Je veux le goûter. Je veux le sentir dans ma bouche.

— Mince, Livy. Où tu vas ?

Il lève la tête et me regarde, puis attrape sa tête entre ses mains.

— Tu n'as pas à faire ça.

— J'en ai envie.

Je passe mes mains sur son pantalon, attrape la fermeture éclair et la descends délicatement en le regardant m'observer.

— Non, s'il te plaît, c'est bon, Livy.

— J'en. Ai. Envie.

Je perçois de l'incertitude dans ses yeux alors que ses mains se resserrent visiblement sur sa tête quand il se rallonge sur l'oreiller.

— Doucement.

Confiante, je souris toute seule, appréciant sa vulnérabilité et imaginant déjà son goût exquis. Il ne s'est pas enfui en apprenant mon histoire honteuse. Je défais son bouton et me mets à genoux pour lui retirer son pantalon. Le voilà dans un beau boxer noir qui le moule de partout. Il est presque trop beau pour être enlevé, mais ce qui se trouve en dessous me stimule. Je jette son pantalon par terre et passe mes doigts au niveau de la ceinture avant de faire lentement descendre le sous-vêtement le long de ses cuisses musclées en jetant un coup d'œil à son visage avant de me concentrer sur sa grosse queue dure, appuyée sur le bas de son ventre. Ma langue sort involontairement de ma bouche et passe sur ma lèvre inférieure tandis que je l'admire dans toute sa splendeur masculine. Je ne me sens pas intimidée par sa raideur palpitante. Elle m'excite.

Lançant son boxer pour qu'il rejoigne son pantalon sur le sol, je m'allonge et me mets à l'aise, les mains sur ses hanches, le nez presque posé sur son pénis. Mes yeux sont rivés sur lui, le regardent se contracter, et ma bouche s'ouvre tandis que je respire profondément au-dessus de lui. Ses hanches se soulèvent lentement, ce qui le rapproche de moi, et je prends alors une grande bouffée d'air.

— Livy, mon Dieu, je sens la chaleur de ta respiration.

Il lève la tête et me regarde avec des yeux avides.

— Tu vas bien ? me demande-t-il.

— Je suis désolée, c'est juste que…

Je baisse les yeux.

— Ce n'est pas grave.

Il accepte sans difficulté. Du coup, je me sens stupide, et avec ces mots, ma langue quitte ma bouche et je goûte pour la première fois à Miller Hart. Je suis mon instinct et lèche légèrement sa verge de bas en haut en me remettant à genoux. Je n'ai jamais goûté quelque chose d'aussi bon.

Sa tête retombe en arrière et ses mains couvrent son visage, ce que je prends pour un signe positif, alors je l'attrape dans ma main et le redresse, remarquant une gouttelette de liquide blanc qui perle juste au bout. Je la lèche pour vraiment connaître son goût.

Je retiens un peu mon souffle et lutte pour garder mon assurance. Il semble si gros et long. Je n'arriverai jamais à le prendre en entier. Le cran que j'avais jusqu'ici m'échappe doucement, mais je n'ai pas l'intention de passer pour une idiote. Je me maudis intérieurement, haïssant mon hésitation, et le prends en bouche jusqu'à ce qu'il cogne le fond de ma gorge. Ses hanches se soulèvent brusquement, l'enfonçant plus profondément en moi, ce qui me donne un haut-le-cœur et me pousse à me reculer aussitôt.

— Désolé ! lance-t-il en retenant un cri. Mince, Livy, je suis désolé.

Énervée contre moi-même, je n'attends pas pour le reprendre, en n'en mettant cette fois que la moitié avant de remonter et redescendre encore. Je suis surprise par sa douceur. C'est agréable : sa chaleur et sa raideur sous cette peau douce.

Je trouve un rythme confortable, ses gémissements de plaisir m'encourageant tandis que ma main se promène librement pour caresser son torse, ses cuisses, son ventre.

— Livy, arrête tout de suite.

Les muscles de son ventre se contractent tandis qu'il se redresse, puis replie les jambes, me laissant à genoux entre ses cuisses écartées.

— Arrête.

Il met ses mains dans mes cheveux pour me guider délicatement de haut en bas, lentement, patiemment. Il me dit d'arrêter, et semble pourtant m'encourager.

— Oh, mon Dieu, dit-il d'une voix étranglée alors que je sens une main quitter ma tête, et la fermeture de ma robe descendre lentement le long de mon dos.

— Lève-toi, me demande-t-il en tirant sur le bord de ma robe.

Me sentant un peu flouée, je m'exécute toutefois et enlève ma bouche, soulevant mes fesses posées sur mes talons et levant les mains en l'air. Il me retire ma robe tandis que je le regarde et apprécie ses cheveux ébouriffés qui retombent librement, son excitation ayant accentué ses ondulations.

Il disparaît de ma vue pendant seulement quelques secondes le temps de faire passer ma robe par-dessus ma tête, puis la balance négligemment par terre avant de passer ses bras dans mon dos pour dégrafer mon soutien-gorge. Il le fait lentement descendre le long de mes bras et le jette avant de m'attraper délicatement par les hanches et se pencher en avant pour poser ses lèvres sur mon ventre. Je commence à faire glisser sa chemise sur ses épaules, pressée de le voir et le sentir entièrement nu. Il se plie à mes désirs en lâchant une main à la fois pour me permettre de lui enlever les vêtements qui lui restent, mais garde sa bouche sur mon ventre et me mordille légèrement en avançant jusqu'à ma hanche.

— Ta peau est délicieuse, Livy, affirme-t-il d'une voix grave et rauque. Tu es délicieuse.

Mes mains trouvent ses cheveux et je baisse les yeux sur l'arrière de sa tête alors qu'il passe langoureusement sa bouche sur mon nombril. Comme toujours, c'est lent, doux et précis, et cela fait vibrer mon corps. Je ferme les yeux d'un air rêveur. Rien dans nos rapports intimes ne suggère que ce n'est que sexuel... pas un seul élément. Je ne suis peut-être pas au fait des relations intimes, mais je sais que c'est plus que du sexe. C'est forcément plus que du sexe.

Je suis assez comblée pour m'agenouiller devant son corps assis et le laisser agir à sa guise. Ses mains sont partout, saisissant mes fesses, remontant délicatement le long de mon dos et redescendant derrière mes cuisses. Je sens ses pouces se glisser sur les côtés de ma culotte et la tirer jusqu'à ce qu'elle soit bloquée au niveau de mes genoux.

Quand j'ouvre les yeux, je le découvre en train de me regarder. Ses yeux hurlent son désir tandis qu'ils clignent paresseusement, comme si ses cils noirs étaient trop lourds et qu'il lui fallait fournir un gros effort pour les relever.

— Et si je fermais la porte à clé et qu'on restait là pour toujours ? suggère-t-il dans un murmure grave en m'aidant à lever une jambe après l'autre pour lui permettre de m'enlever ma culotte. Oublie le monde extérieur et reste ici avec moi.

Je me remets à genoux et pose mes fesses sur mes talons.

— Pour toujours, ce serait bien plus long qu'une nuit.

Ses lèvres remuent et il tend la main pour frotter son pouce contre mon téton. Quand je baisse la tête, je reprends conscience de ma petite poitrine, bien que cela ne semble pas du tout le déranger.

— En effet, dit-il d'un ton songeur en restant concentré sur son pouce qui décrit des cercles sur le contour foncé autour de mon téton durci. C'était un accord stupide.

Mon cœur rate trop de battements et mon esprit s'envole.

— On ne s'est pas serré la main pour le conclure, dis-je. Et on n'a définitivement pas baisé non plus pour le faire.

J'ai le vertige quand il sourit à mes seins, puis il lève ses yeux bleus vers les miens.

— J'en conviens.

Il se redresse et me fait descendre de manière à ce qu'on se retrouve nez à nez. Je suis incapable d'empêcher le petit sourire qui s'empare de mes lèvres en entendant ces mots et en voyant l'expression sur son visage.

— Je crois que tu n'es pas encore assez préparée, ajoute-t-il.

— J'en conviens.

Mon sourire s'élargit. Nous savons tous les deux que je suis bien plus que préparée. Il s'agit d'un aveu et d'un accord implicites et réciproques. Il me veut plus longtemps, tout comme je le veux plus longtemps. Nous sommes tous les deux décontenancés par cette fascination.

— Vas-tu continuer cette préparation maintenant ?

Je prends un air innocent, en levant et dépliant les jambes pour me mettre sur ses genoux.

Il m'aide en guidant mes jambes derrière son dos avant de tenir mes fesses dans ses mains et de me tirer vers lui.

— Je crois que je suis dans l'obligation de le faire.

Il me mordille les lèvres.

— Et je remplis toujours mes obligations, Olivia Taylor.

— Bien.

Je me dirige vers ses lèvres en soufflant et entremêle mes doigts sur sa nuque.

— Hmmm, soupire-t-il, en balançant ses jambes sur le côté du canapé pour se lever et me prendre délicatement dans ses bras comme si j'étais aussi légère qu'une plume. Il marche vers sa chambre et, quand nous y entrons, il m'amène directement vers son lit, s'y agenouille et avance ainsi jusqu'en haut avant de se retourner et s'adosser à la tête de lit, me posant à cheval sur lui.

Il se penche, ouvre le tiroir de sa table de chevet, en sort un préservatif et me le tend.

— Mets-le-moi.

Je m'en veux lorsque je me raidis sur lui. Je ne sais absolument pas comment m'y prendre pour enfiler ça.

— Ça ira, tu n'as qu'à le faire toi.

J'essaie de ne pas paraître gênée ni effrayée.

— Mais j'ai envie que ce soit toi.

Il me pousse un peu plus bas sur ses genoux, exposant son manche rigide et le prenant en main pour le tenir à la verticale avant de me tendre le paquet en aluminium.

— Prends ça.

Quand je le regarde, il hoche la tête de manière rassurante, alors je l'attrape timidement.

— Ouvre-le, m'ordonne-t-il. Pose-le sur le bout et déroule-le délicatement.

Mon hésitation est évidente alors que je déchire soigneusement le paquet, en sors la capote et la tripote du bout des doigts. Après avoir rassemblé mon courage, je prends une profonde inspiration et suis ses instructions en posant le chapeau sur la large tête de son érection.

— Tiens le bout, souffle-t-il en se reposant en arrière et observant la scène attentivement.

J'attrape l'extrémité entre mon index et mon pouce et utilise mon autre main pour dérouler le préservatif le long de sa verge jusqu'à ce qu'il n'y ait plus rien à dérouler.

Il sourit en levant la tête vers mon visage concentré et me remet sur ses genoux, si près qu'il peut remonter ses genoux derrière moi.

Il m'encourage à me soulever et guide son sexe en érection vers ma fente, haletant tous les deux alors que je descends. Je suis directement projetée dans une extase pure et retiens mon souffle en appuyant mes mains sur ses épaules.

Je gémis lorsqu'il s'enfonce en moi. Je suis dessus, et je sais qu'il n'y aura des mouvements que quand je le déciderai, mais je ne peux pas encore bouger. J'ai l'impression d'être entièrement remplie, mais il tend les jambes et s'enfonce encore plus profondément.

Mes bras se tendent et se contractent contre lui quand je crie, et mon menton tombe contre ma poitrine.

— Tu as le contrôle, Livy, souffle-t-il. Si ça fait mal, détends-toi.

— Ça ne fait pas mal.

Je décris des cercles avec mes hanches pour le lui prouver.

Je ne peux pas m'empêcher de crier alors que je suis bombardée par des vagues de plaisir brûlantes, le frottement excitant à l'endroit le plus sensible de mon anatomie. Cela pousse à faire d'autres cercles.

— C'est bon.

Mes bras se décontractent et mes mains attrapent son visage, enrobant ses joues alors que je fais tourner mes hanches encore et encore.

Il me pousse en avant et nos fronts se touchent, la passion exprimée par nos yeux se heurtant.

— On doit être au paradis, murmure-t-il. Je ne vois pas d'autre explication. Pince-moi.

Je ne le pince pas. Je me soulève et redescends en tournant de plus belle pour m'assurer qu'il sache que je suis bien réelle. Ma détermination renforce ma confiance. La pression qu'il exerce en moi est en train de me faire perdre la raison et me transporte vers des lieux de plaisir dont je n'avais jamais soupçonné l'existence. Voilà ce qu'il provoque en moi, et à en juger les gémissements constants qui s'échappent de ses lèvres, je lui fais le même effet. Je me retire à nouveau, toujours en tournant, pour pouvoir voir son visage en entier.

Ses cheveux sont dans tous les sens, sa mèche rebelle et humide tombe sur son front, ses boucles soyeuses, accentuées par l'humidité, rebiquent sur sa nuque. J'adore.

Il me regarde, les lèvres légèrement entrouvertes et de la sueur coulant sur ses tempes.

— À quoi tu penses ? me demande-t-il en bougeant ses mains sur mes hanches. Dis-moi à quoi tu penses.

— Je me dis qu'il ne te reste plus que treize heures.

J'effectue un cercle parfait et bien ferme. Je suis fourbe, mais j'ai perdu toutes mes inhibitions.

Il plisse les yeux en affichant une petite moue, puis le saligaud donne un grand coup vers le haut, rabaissant mon effronterie complètement déplacée.

— Tu es là depuis une heure maximum. Il me reste quinze heures.

— Le dîner a duré deux heures.

Je gémis alors que ma tête se fait lourde, mais je continue sans relâche à m'activer sur lui. Cette chaleur délicieuse est en train de se répandre sur chaque centimètre de ma peau, signe que je ne vais pas tarder à venir.

— Le dîner ne compte pas.

Il porte une main à mes cheveux et y passe les doigts pour trouver ma nuque sous les mèches décoiffées et mouillées.

— Je n'ai pas pu te toucher pendant le dîner.

— Tu crées de nouvelles règles ! Miller !

— Tu vas venir, Livy ?

— Oui ! Je t'en prie, ne me dis pas que tu n'es pas prêt.

Mes jambes se resserrent contre ses flancs.

— Bon sang, je suis toujours prêt pour toi.

Il s'assied et plonge dans mon cou, s'accrochant avec sa bouche qui m'embrasse et me mord.

— Laisse-toi aller.

Je m'exécute. Chacun de mes muscles se contracte, je hurle et rejette la tête en arrière en palpitant autour de lui ; dans ma tête, ce n'est qu'un tumulte de pensées embrouillées.

— Mon Dieu ! crie-t-il, me surprenant même dans mon état engourdi et béat. Livy, tu palpites autour de moi.

Il guide mon corps qui ne réagit plus. Je suis inerte, à l'exception de mes muscles qui s'agrippent de manière impitoyable et avide à Miller à l'intérieur de moi.

Il jouit en poussant un gémissement grave et ses hanches s'agitent de manière incontrôlée. Je me contente de me jeter dans ses bras, comptant sur lui pour me retenir.

— Tu me fais des choses graves, Olivia Taylor. Des choses graves, graves, graves. Laisse-moi voir ton visage.

Il m'aide à lever ma tête pendante, mais je ne reste pas droite très longtemps, car mon torse tombe en avant et le force à s'adosser à la tête de lit. Il ne se plaint pas. Il me laisse m'enfouir dans son cou et reprendre mon souffle.

— Tu vas bien ? me demande-t-il avec une pointe d'amusement.

Je ne peux pas parler, alors j'acquiesce, ma tête caressant ses biceps tandis qu'il passe les mains sur mon dos. Les seuls bruits que nous pouvons entendre sont nos respirations saccadées, et principalement la mienne. Mais je suis bien. C'est bon.

— Tu as soif ?

Je secoue la tête et m'enfonce un peu plus, me contentant de rester exactement où je suis et le remerciant de m'accepter.

— Tu as perdu ta langue ?

J'acquiesce encore, mais je le sens s'agiter sous moi. Il rit et je veux à tout prix voir ça, alors je me redresse brusquement sur son torse et son visage se retrouve dans mon champ de vision. Mais il est sérieux, et ses yeux sont écarquillés par le choc.

— Qu'est-ce qui ne va pas ? demande-t-il, inquiet, étudiant mon visage.

Je rassemble tout l'air dans mes poumons et l'utilise pour former une phrase.

— Tu riais de moi.

— Je ne riais pas *de* toi.

Il est sur la défensive, pensant à l'évidence que je me sens insultée, alors que ce n'est pas le cas. Je suis contente, mais frustrée d'avoir raté ça.

— Ce n'est pas ce que je voulais dire. Je ne t'ai jamais vu ou entendu rire.

Il semble soudain mal à l'aise.

— C'est peut-être parce qu'il n'y a pas beaucoup de raisons de rire.

Je sens mes sourcils se froncer. J'ai l'impression que Miller Hart ne rit pas très souvent. Et même sourire, c'est très rare.

— Tu es trop sérieux.

Mon ton semble plus accusateur pour la simple remarque que je voulais émettre.

— La vie est sérieuse.

— Tu ne ris pas quand tu vas au pub avec tes amis ?

En lui posant cette question, j'essaie d'imaginer Miller en train de boire une pinte dans un pub miteux et plein de poussière. Impossible.

— Je ne fréquente pas les pubs.

Il semble presque offensé par ma question.

— Et en ce qui concerne les amis ?

J'insiste car il m'est difficile d'imaginer Miller rire et plaisanter avec qui que ce soit, avec ou sans pub pour décor.

— Je crois qu'on est en train de glisser vers le personnel.

Il me snobe carrément et je manque de m'étrangler. Après tout ce que nous avons partagé ?

— Tu as insisté pour que je partage quelque chose de très personnel, et je t'en ai parlé. Quand quelqu'un te pose une question, la politesse veut que tu répondes.

— Non, c'est mon privilège de…

Je l'interromps en levant les yeux au plafond de manière exagérée et n'arrive pas à empêcher ma main espiègle de remonter le long de son aisselle. Il me regarde avec méfiance en suivant ma main des yeux jusqu'à ce que je le chatouille.

Il ne bronche pas et se contente de lever les sourcils avec impudence.

— Même pas peur.

Il a l'air sérieux mais plein de suffisance, ce qui me donne envie de persévérer, alors je promène mes doigts sur sa clavicule puis son menton mal rasé et l'attaque avec mes doigts remuants, mais toujours rien. Il hausse les épaules.

— Je ne suis pas chatouilleux.

— Tout le monde est chatouilleux quelque part.

— Pas moi.

Je plisse les yeux et passe mes doigts sur son ventre, les enfonçant légèrement dans la zone dure et musclée de son abdomen. Il reste impassible et indifférent à mon attaque. Je soupire.

— Les pieds ?

Il secoue la tête lentement, ce qui me fait pousser un autre soupir.

— J'aimerais que tu t'exprimes plus.

Je remonte sur son corps et m'installe à côté de lui, la tête appuyée sur son coude replié alors qu'il change de position pour se mettre face à moi.

— Je pense que je m'exprime suffisamment.

Il tend la main pour attraper une mèche de mes cheveux blonds et commence à la faire tourner entre ses doigts.

— J'adore tes cheveux, lance-t-il d'un air songeur en regardant ses doigts qui les tripotent lentement.

— Ils sont indisciplinés et impossibles à coiffer.

— Ils sont parfaits. Ne les coupe jamais.

Sa main glisse autour de mon cou et me tire plus près de manière à ce qu'il ne reste que quelques centimètres entre nos visages. Mes yeux sont tiraillés ; ils ne savent pas s'ils doivent se concentrer sur ses yeux ou ses lèvres.

Ils choisissent ses lèvres.

— J'adore tes lèvres.

Je m'approche légèrement et pose les miennes sur les siennes. Mon courage s'affermit, et il m'est de plus en plus facile de parler face à cet homme qui ne s'exprime pas.

— Ma bouche aime ton corps, marmonne-t-il en m'attirant encore un peu plus vers lui.

— Mon corps aime tes mains.

Je succombe au mouvement décontracté de sa langue.

— Mes mains aiment sentir ta peau.

Je gémis légèrement lorsqu'il glisse ses mains sur mon ventre, ma hanche et descend le long de ma cuisse. La douceur de ses paumes défie sa masculinité. Elles sont propres, douces et n'ont aucun durillon, ce qui évoque une vie sans aucun travail manuel. Il porte toujours des costumes, est toujours impeccable et élégant et ses manières sont irréprochables, même avec son arrogance lunatique. Tout chez Miller est intrigant, mais incroyablement attirant, et l'attraction invisible qui me tire constamment vers lui est déconcertante et exaspérante, mais il m'est impossible d'y résister. Et à cet instant, quand il m'honore, me sent et me prend si tendrement, j'en conclus que c'est la manière qu'utilise Miller Hart pour s'exprimer. Il s'exprime à l'instant même. Il le fait ainsi. Peut-être qu'il ne rit pas et ne sourit pas beaucoup, que son visage affiche peu d'expressions quand nous discutons pour m'indiquer ce qu'il pense, mais c'est tout son corps qui dévoile son état émotionnel. Et je ne crois pas me tromper en pensant qu'il y a des sentiments, et pas seulement de la fascination.

Je suis un peu ennuyée quand il rompt notre baiser et se retire, les yeux rivés sur moi avant de me retourner pour me prendre dans ses bras, mon dos contre son torse.

— Dors un peu, ma douce, murmure-t-il en enfouissant son nez dans mes cheveux blonds en bataille.

S'endormir avec un homme qui me tient dans ses bras n'est pas une chose à laquelle je suis habituée, mais en le sentant respirer doucement dans mon oreille et fredonner cette douce et lente mélodie, je trouve le sommeil trop facilement, souriant quand je le sens se dégager et sortir du lit.

Il va faire du ménage.

## 13

Il est debout dans l'embrasure de la porte de sa chambre avec son pantalon et sa chemise de costume, en train de nouer sa cravate, tandis que mes bras se croisent sur mon corps nu comme pour me protéger. J'allais tirer la couverture sur moi, mais le côté du lit où il a dormi a été fait et je ne veux pas le défaire. Ses cheveux sont humides et il n'est pas rasé, et même s'il est beau comme un dieu, je suis blessée qu'il ne soit plus au lit avec moi.

— Te joindras-tu à moi pour le petit déjeuner ? me demande-t-il en défaisant le nœud de sa cravate pour le refaire.

— Bien sûr.

Je déteste cette gêne qui l'isole de moi. Je suis surprise de me réveiller alors qu'il fait jour. Quand je me suis endormie cette nuit, j'étais certaine que Miller ne me laisserait que quelques heures pour récupérer, avant de me réveiller et recommencer à m'honorer... ou, en tout cas, c'était ce que j'espérais. Je suis déçue, mais j'essaie de ne pas trop le montrer.

Je ne sais pas pourquoi je cherche des yeux mes vêtements partout dans la pièce, alors que je sais qu'ils ne sont pas là.

— Où sont mes vêtements ?

— Va prendre une douche. Je vais préparer le petit déjeuner.

Il disparaît dans son dressing et réapparaît quelques secondes plus tard, boutonnant son gilet.

— Je dois partir dans trente minutes. Tes vêtements se trouvent dans le tiroir du bas.

Je remue, mal à l'aise, et me demande ce qui a changé. Il est plus distant que jamais. A-t-il passé la nuit à réfléchir, pour intégrer ce que je lui ai raconté ?

— D'accord.

Je suis incapable de trouver quoi que ce soit d'autre à dire. C'est à peine s'il me regarde. Je me sens minable et bonne à rien, un sentiment que j'ai tâché d'éviter pendant des années.

Sans rien dire d'autre, il prend sa veste de costume et me laisse seule dans sa chambre, blessée et confuse. J'aimerais désespérément échapper à ce malaise, mais en même temps, je n'en ai pas du tout envie. Je veux rester et l'aider à se détendre, faire en sorte qu'il me voie, moi, et pas la fille illégitime d'une putain, mais on dirait que je n'ai pas vraiment le choix. Il doit partir dans trente minutes, et il faut que je prenne une douche avant de le rejoindre pour prendre le petit déjeuner, ce qui limite grandement mon temps.

Je bondis du lit, nue, et cours dans la salle de bains. J'utilise son gel douche en frottant vigoureusement, comme si c'était un moyen de le garder avec moi. Après m'être rincée à contrecœur, je sors de la douche, attrape l'une des serviettes impeccables parfaitement pliées sur l'étagère et me sèche en un temps record avant d'enfiler mes vêtements.

Je traverse son appartement en traînant les pieds et le trouve devant le miroir de l'entrée, toujours à batailler avec sa cravate.

— Elle est très bien.

— Non, elle est toute de travers, grogne-t-il en l'arrachant de son cou. Merde !

Je l'observe passer devant moi pour entrer dans la cuisine. Je le suis, un peu amusée, et je ne devrais pas être choquée en le découvrant devant une planche à repasser, mais si.

Il étend soigneusement la cravate, puis, avec une concentration extrême, il fait glisser le fer sur la soie bleue avant de débrancher la prise et de passer la cravate autour de son cou. Il dégage alors la planche et le fer, puis retourne au miroir et recommence sa tâche méticuleuse pour nouer sa cravate, comme si je n'étais pas là.

— C'est mieux, affirme-t-il en repliant son col et me jetant un coup d'œil.

— Ta cravate est de traviole.

Il fait les gros yeux et se retourne vers le miroir, en la secouant légèrement.

— Elle est parfaite.

— Oui, elle est parfaite. Miller.

Je me dirige vers la cuisine.

J'admire la profusion de pains, de confitures et de fruits. Mais je n'ai pas faim. Mon estomac est noué par l'anxiété, et sa froideur ne calme pas mon inquiétude.

— Qu'est-ce qui te ferait plaisir ? demande-t-il en s'asseyant.

— Je vais juste prendre un peu de melon, s'il te plaît.

Il hoche la tête, prend un bol dans lequel il met un peu de fruit et me tend une fourchette.

— Café ?

— Non, merci.

Je prends la fourchette, puis le bol, et le pose aussi soigneusement que possible.

— Du jus d'orange ? Je viens juste de le presser.

— Oui, merci.

Il me sert un peu de jus et verse son café de la cafetière en verre.

— J'ai oublié de te remercier d'avoir détruit ma lampe, dit-il d'un ton songeur en levant lentement sa tasse, les yeux rivés sur moi tandis qu'il prend une gorgée.

Je sens mon visage chauffer sous son regard accusateur, et mon estomac se noue un peu plus.

— Je suis désolée.

Je remue sur ma chaise et baisse les yeux sur mon bol.

— Il faisait noir. Je ne voyais rien.

— Tu es pardonnée.

Je relève les yeux brusquement en laissant échapper un petit rire.

— Bien, merci. *Tu* es pardonné pour m'avoir laissée seule dans le noir.

— Tu aurais dû rester au lit, riposte-t-il en se rasseyant confortablement sur sa chaise. Tu as mis un foutoir incroyable.

— Je suis désolée. La prochaine fois que tu m'abandonnes au milieu de la nuit, je prendrai mes jumelles de vision nocturne avec moi.

Ses sourcils bondissent de surprise, mais je sais que ce n'est pas à cause de mon sarcasme.

— Abandonner ?

J'ai un mouvement de recul et détourne le regard. Je devrais réfléchir avant de parler, surtout en la présence de Miller Hart.

— J'ai mal choisi le mot.

— J'espère bien. Je t'ai laissée dormir. Je ne t'ai pas abandonnée.

Il continue de manger sa tartine, laissant ces paroles indésirables s'attarder dans l'atmosphère inconfortable autour de nous… indésirables pour moi, d'ailleurs.

— Mange et je te ramène chez toi.

Je sens la colère monter en moi.

— Pourquoi tu l'espères ? Tu ne me mets donc pas dans le même panier que ma pitoyable mère ?

— Pitoyable ?

— Oui, influençable. Égoïste.

Choqué, il cligne des yeux et s'agite sur sa chaise.

— Nous avions un accord de vingt-quatre heures, lance-t-il au-dessus de la table.

Je me penche en avant, les dents serrées. Je perçois de façon parfaitement claire que je provoque la colère de cet homme habituellement impassible avec mon accusation. Mais ce qui n'est pas clair, c'est s'il est en colère contre moi ou contre lui-même.

— C'était quoi hier ? Dans la voiture et cette nuit ? Un numéro ? Tu es pathétique !

Les yeux de Miller s'assombrissent et la colère passe sur son visage.

— Ne me pousse pas à bout, ma mignonne. Tu ne devrais pas jouer avec mes nerfs. Nous avions un arrangement et je m'assurais qu'il était rempli.

Mon cœur conquis se brise douloureusement face à un homme bien différent de celui de cette nuit. Cet homme conciliant. Cet homme aimant. L'homme assis actuellement en face de moi est déconcertant. Je n'ai jamais vu Miller Hart perdre son sang-froid. Je l'ai vu s'énerver et je l'ai entendu jurer – principalement quand quelque chose n'a pas « la perfection de Miller » – mais l'éclat dans ses yeux à cet instant me dit que je n'ai encore rien vu. En ajoutant à cela son avertissement sérieux, j'en déduis que je n'en ai vraiment pas envie.

Je me lève brusquement, alors que mon corps semble s'être activé avant mon cerveau, et je m'éloigne, sors de son appartement et emprunte l'escalier vers le hall. Le portier fait un signe de la tête quand je passe devant lui, et lorsque j'émerge dans la fraîcheur du matin, je pousse un profond soupir. L'odeur et les bruits de Londres ne m'aident pas à me sentir mieux.

— J'étais en train de te parler.

Le ton agacé de Miller me frappe par-derrière, mais cela ne m'incite pas à retrouver mes bonnes manières et me retourner pour lui répondre.

— Livy, j'ai dit que j'étais en train de te parler, répète-t-il.

— Et qu'as-tu dit ?

Il apparaît dans ma ligne de vision et reste devant moi à me considérer intensément.

— Je n'aime pas me répéter.

— Je n'aime pas tes sautes d'humeur.

— Je n'ai pas de sautes d'humeur.

— Si. Je ne sais jamais sur quel pied danser avec toi. Une minute tu es doux et attentionné, et l'autre tu es froid et sec.

Il réfléchit à mes paroles, et nous passons un certain temps à nous fixer l'un l'autre avant qu'il finisse par se prononcer.

— On se rapprochait trop d'une relation personnelle.

Je prends une longue inspiration et la retiens, pour essayer désespérément de me retenir de lui crier dessus. Je savais que ça arriverait à la seconde où j'ai ouvert les yeux ce matin. Mais ça fait quand même un mal de chien.

— Est-ce que ça a un rapport avec ton associée, ou est-ce que c'est juste à cause de moi et mon histoire sordide ?

Il ne répond pas et préfère me regarder en silence.

— Je n'aurais jamais dû te donner plus.

— Probablement pas, confirme-t-il sans hésitation.

Ça fait trop mal, alors je m'efforce de m'enfuir avant de perdre le contrôle de cette émotion grandissante. Je ne pleurerai pas devant lui. J'enfonce mes écouteurs dans mes oreilles, appuie sur le bouton « random » de mon iPod et me mets à rire mentalement quand « Unfinished Sympathy » de Massive Attack démarre pour me tenir compagnie pendant tout le trajet jusqu'à la maison.

— Tu n'as pas l'air d'aller mieux, Livy, dit Del en me jaugeant d'un coup d'œil avec un air inquiet. Tu devrais peut-être rentrer chez toi.

— Non.

Je me force à afficher un sourire rassurant, mais c'est très difficile. Nan est à la maison, et j'ai besoin de me changer les idées, pas d'être interrogée.

Elle était tout sourire quand j'ai passé la porte d'entrée ce matin, jusqu'à ce qu'elle remarque ma tête. Puis l'interrogatoire a commencé, mais je me suis rapidement réfugiée dans ma chambre, la laissant faire les cent pas sur le palier alors qu'elle me balançait ses questions de l'autre côté de la porte, sans obtenir aucune réponse de ma part.

Je ne devrais pas ressentir d'agacement contre Nan ; je devrais réserver ça à Miller, mais si elle n'avait pas mis son nez dans cette histoire et ne l'avait pas invité à dîner, alors les événements de la nuit dernière n'auraient pas eu lieu et je ne serais pas aussi bouleversée.

— Je me sens bien mieux, honnêtement.

Je fuis les cuisines et esquive Sylvie qui est en caisse et a essayé de me coincer plusieurs fois depuis ce matin. Heureusement pour moi, nous avons été très occupées, alors j'ai pu échapper à toutes ses interrogations jusqu'ici et m'affairer à débarrasser les tables et servir des cafés.

Pendant ma pause, j'accepte le sandwich thon-mayonnaise que Paul me tend, mais préfère le manger sur le pouce, consciente que si je m'arrête cela donnera envie à Sylvie d'insister pour avoir des réponses.

C'est fourbe, mais j'ai l'impression que ma tête va exploser à force de penser constamment à lui, et en parler me tirerait certainement des larmes. Je refuse de pleurer pour un homme, et surtout pour un homme qui peut se montrer aussi froid.

— Tu aimes ? me demande Paul avec le sourire, en jetant des feuilles de laitue mouillées dans une passoire.

— Hmmm.

Je mâche et avale, puis essuie une trace de mayonnaise sur ma bouche.

— C'est délicieux, dis-je sincèrement en regardant la moitié qu'il me reste à manger. Il a quelque chose de différent.

— Oui, mais ne me demande pas quoi parce que je ne le dirai jamais.

— Une recette de famille secrète ?

— Exactement. Del ne me laissera pas partir tant que le Crousti Thon sera son best-seller et je suis le seul à savoir comment le préparer.

Il me fait un clin d'œil et partage la salade entre les tranches de pain complet recouvertes de la recette secrète de Paul.

— Voilà. Ceux-là sont pour la table quatre.

— Très bien.

Je pousse les portes battantes de la cuisine avec mon dos, passe furtivement près de Sylvie et me dirige vers la table quatre.

— Deux sandwiches Crousti Thon au pain complet, dis-je en déposant les assiettes sur la table. Bon appétit.

Les deux hommes d'affaires me remercient et je les laisse manger, croisant Sylvie dans les cuisines quand je repasse les portes battantes. Elle a les mains sur les hanches. Ce n'est pas bon signe.

— Tu n'as pas l'air d'aller mieux, mais tu n'es pas malade, aboie-t-elle en s'écartant légèrement pour me laisser passer. Qu'est-ce qu'il y a ?

— Rien.

Je donne l'impression d'être bien trop sur la défensive, et je m'en veux immédiatement.

— Je vais bien.

— Il t'a suivie dehors.

— Quoi ?

Mes épaules se contractent. Je sais très bien de quoi parle Sylvie, mais je n'ai pas envie d'aborder ce sujet de conversation. Je me sens à cran, sensible, et parler de lui ne fera qu'empirer les choses.

— Après que tu t'es presque évanouie et que Del t'a renvoyée chez toi, il t'a suivie. J'allais te rejoindre, mais j'ai été très occupée. Qu'est-ce qui s'est passé ?

Je ne lui fais toujours pas face et préfère prendre mon temps pour remplir le lave-vaisselle. Je pourrais partir, mais cela impliquerait de l'affronter et je ne garantis pas qu'elle me laisserait passer.

— Il ne s'est rien passé. Je suis partie.

— C'est ce que je me suis dit quand il est revenu au bistro en fulminant hier.

Il était en colère ? Bizarrement, ça me fait plaisir.

— Ben voilà.

Je pivote nonchalamment et attrape un plateau, mais ne retourne pas tout de suite au front dans la salle. Elle n'a pas encore fini et se trouve toujours dans mon passage.

— Il était encore avec cette femme.

— Je sais.

— Elle était collée à lui.

Je sens une boule se former dans ma gorge.

— Je sais.

— Mais il était clairement distrait.

Je me retourne brusquement et lui fais finalement face pour découvrir l'expression à laquelle je m'attendais : des yeux plissés et des lèvres rose vif pincées.

— Pourquoi tu me dis ça ?

Son carré court noir et brillant caresse ses épaules quand elle les hausse.

— Il n'apporte que des ennuis.

— Je le sais. Pourquoi penses-tu que je me suis enfuie ? Je ne suis pas stupide.

Je devrais me mettre une baffe pour ce commentaire d'une inexactitude indécente. Je suis vraiment stupide.

— Tu broies du noir.

Ses yeux interrogateurs me transpercent, et à juste titre.

— Je ne broie pas du noir, Sylvie. Tu veux bien me laisser retourner bosser ?

Elle s'écarte de mon passage en soupirant.

— Tu es trop gentille, Livy. Un homme comme lui va te bouffer.

Je ferme les yeux et prends une profonde inspiration en passant devant elle. Elle n'a pas besoin d'être au courant pour le dîner familial d'hier soir, et j'aimerais de tout mon cœur qu'il n'y ait rien à dire.

Ma semaine n'a rien amélioré. Nan est retournée deux fois chez Harrods en prétextant que George avait trouvé que son gâteau renversé à l'ananas était si délicieux qu'elle se devait d'en faire un autre... deux fois.

Son vœu secret de tomber sur Miller au cas où il serait là pour acheter d'autres costumes n'avait rien à voir avec sa compulsion de dépenser trente livres pour deux ananas. J'ai évité Gregory à tout prix après avoir reçu un message vocal laconique où il m'avertissait que Nan avait craché le morceau et qu'il me trouvait stupide. Je le sais déjà.

Je saute le petit déjeuner et passe discrètement la porte, avec l'espoir d'éviter Nan et impatiente que la semaine se termine. Je projette de me perdre dans la grandeur de Londres ce week-end, et il me tarde. C'est exactement ce dont j'ai besoin.

Je marche dans la rue, ma longue robe noire en jersey bruissant autour de mes chevilles, mon visage chauffant sous le soleil matinal. Comme toujours, mes cheveux n'en font qu'à leur tête, et aujourd'hui ils sont encore plus ondulés que d'habitude puisque je me suis couchée alors qu'ils étaient mouillés.

— Livy !

Sans réfléchir, j'accélère le pas, en sachant très bien que je n'irai pas très loin. Il semble vraiment énervé.

— Bébé, tu ferais mieux de t'arrêter tout de suite ou tu vas avoir des problèmes !

Je m'immobilise net, consciente que j'ai déjà des problèmes, et attends qu'il me rattrape.

— Bonjour !

Mon salut exagérément enthousiaste n'effacera pas tout ça, et quand il se retrouve en face de moi, son charmant visage déformé par le mécontentement, je ne peux m'empêcher de prendre un air renfrogné moi aussi.

— Quoi ?

Choqué, il sursaute. Je suis énervée contre mon meilleur ami, et pourtant, je n'en ai aucun droit. C'est vendredi, mais il porte un jean déchiré et un T-shirt moulant, ainsi qu'une casquette de baseball. Où est sa tenue de jardinage ?

— Ne me parle pas comme ça ! aboie-t-il à son tour. Je croyais que tu devais te tenir à l'écart.

— J'ai essayé ! J'ai vraiment essayé, mais nous sommes tombées sur lui chez Harrods et Nan l'a invité à dîner !

Gregory a un nouveau mouvement de recul, abasourdi par mon emportement inhabituel, mais son visage buriné et maussade se radoucit.

— Tu n'avais pas à partir avec lui de toute façon, fait-il remarquer avec douceur. Et tu n'aurais vraiment pas dû aller chez lui.

— Eh bien, je l'ai fait, et je regrette vachement.

Il s'avance et me prend dans ses bras.

— Tu aurais dû répondre à mes appels.

— Pour que tu puisses me gronder ? Je sais déjà que je suis une idiote. Je n'ai pas besoin qu'on me le répète.

— Ça a failli me tuer de voir Nan aussi excitée, dit-il en soupirant. Merde, Livy, elle était prête à aller acheter un chapeau.

Je préfère rire que me mettre à pleurer.

— Arrête, s'il te plaît. Je ne peux plus le supporter, Gregory. Il s'est seulement assis à sa table une heure ou deux. Elle s'est répandue en compliments, et maintenant, elle se demande pourquoi je ne le vois plus.

— Quel enculé.

— Je n'arrête pas de te le dire, tu es le seul enculé que je connais.

Je le sens rire un peu, mais lorsqu'il m'éloigne de son torse, son visage est sérieux.

— Pourquoi es-tu partie avec lui ?

— Je ne peux pas dire non quand il est avec moi. Les choses arrivent comme ça.

— Mais tu ne l'as pas vu de la semaine ?

— Non.

Ses sourcils blonds se lèvent.

— Pourquoi ?

Mince, j'aimerais lui dire que je suis partie de mon propre chef, mais Gregory me démasquerait en une nanoseconde.

— C'était merveilleux, et puis c'était atroce. Il était doux, et puis c'est devenu un connard. Je lui ai parlé de ma mère.

Je détecte la surprise sur le visage de Gregory, et il y a clairement un peu de peine aussi. Il sait que je ne parle absolument jamais d'elle, pas même à lui, et pourtant il aimerait bien. Il se reprend et force la peine qui a envahi son visage à se transformer en mépris.

— L'enculé, crache-t-il. Tête de gland. Il faut que tu sois plus forte, bébé. Une petite créature douce comme toi finira par se faire piétiner par un type comme lui.

Mes narines se dilatent et je me mords la langue pour retenir ma réaction spontanée à cette affirmation. En vain.

— Allez tous vous faire voir.

Choqué, il a un mouvement de recul en m'entendant grommeler. Je le pousse et reprends la route d'un pas lourd.

— Voilà ce que j'attends de toi. Un peu de cran !

— Va te faire foutre !

Mon langage vulgaire me choque moi-même.

— Oooh, oui, vas-y. Continue, petite salope qui dit des grossièretés.

Le souffle coupé, je me retourne et le découvre avec le sourire jusqu'aux oreilles.

— Branleur.

— Truie.

— Tapette.

Il sourit un peu plus.

— Chienne.

— Pédale.

— Pute.

Je me fige, horrifiée.

— Je ne suis pas une pute !

Il pâlit instantanément lorsqu'il réalise son erreur.

— Mince, Livy. Je suis désolé.

— Ne t'embête pas !

Je pars en trombe, le sang bouillonnant de rage suite à sa remarque indélicate et irréfléchie.

— Et ne me suis pas, Gregory !

— Oooh, je ne le pensais pas. Je suis désolé.

Il me soulève pour m'empêcher de m'enfuir.

— Le mot m'a bêtement échappé.

Il avance alors que je suis dans ses bras, et je lève la main pour lui tirer les cheveux.

— Pauvre con.

Il se penche avec un grand sourire et m'embrasse sur la joue.

— Je suis sorti avec quelqu'un dimanche dernier.

— Encore un ?

Je lève les yeux au ciel et renforce ma prise sur ses épaules.

— Et qui est l'heureux élu cette fois-ci ?

— En fait, c'était notre quatrième rendez-vous. Il s'appelle Ben.

Un air sérieux et rêveur passe sur le visage de Gregory, et retient mon attention. Cela fait plusieurs années que je n'ai pas vu ce regard.

— Et…

Je l'incite à poursuivre en me demandant comment il a pu tenir secrets ces quatre rendez-vous avec le même homme. Mais je ne peux pas lui en vouloir. Pas après avoir gardé certaines choses pour moi.

— Il est mignon. J'aimerais bien te le présenter.

— Vraiment ?

— Oui, vraiment. Il est organisateur d'événements en freelance. Je lui ai beaucoup parlé de toi, et il aimerait bien te rencontrer.

— Oh ?

Je penche la tête et il m'adresse un sourire timide.

— Ohhh…

— Oui, ohhh.

— Benjamin ?

— Nooon.

Il plisse ses yeux enjoués en continuant à marcher d'un pas régulier alors que je rebondis toujours dans ses bras.

— Juste Ben, ça suffira.

— Benjamin et Gregory, dis-je sur un ton songeur. Ça sonne bien.

— Ben et Greg sonne bien mieux. Pourquoi t'entêtes-tu à m'appeler Gregory ? Même Nan le fait. Ça me donne un air de tapette.

— Tu es une tapette !

J'éclate de rire et il enfonce ses dents dans mon cou pour se venger.

— Arrête !

— Allez.

Il me pose sur mes pieds et me donne le bras.

— Amenons ton petit cul jusqu'à ton travail.

— Tu ne bosses pas aujourd'hui ?

— Non. J'ai fini mon dernier projet plus tôt, et je vais aller me faire couper les cheveux.

— Ah ouais ? Toute une journée de congé pour une coupe ?

— La ferme. Je viens de te le dire : j'ai terminé mon projet.

Je souris en me demandant pourquoi je me suis isolée de mon cher Gregory pendant une semaine. Je me sens déjà un million de fois mieux.

# 14

Personne au boulot ne me demande si je vais bien parce que c'est une évidence. À moins que ma bonne humeur les réduise au silence ? Est-ce que j'en fais trop ? En fait, je m'en fiche. Gregory m'a remonté le moral. J'aurais dû le voir plus tôt dans la semaine.

— Service ! crie Paul.

Je vais vers lui en sautillant avec mon plateau prêt à être chargé.

— Pourquoi es-tu aussi souriante ? me demande-t-il en riant avant de faire glisser un Crousti Thon sur mon plateau.

Sylvie jette des emballages vides et nous rejoint près des plaques de cuisson.

— Ne pose pas de questions, Paul. Contente-toi d'apprécier.

— C'est vendredi.

Je hausse les épaules et me glisse hors des cuisines, un sourire plaqué sur le visage. Alors que j'approche d'une table, je me retrouve face à un autre immense sourire qui m'est offert par M. Grands Yeux.

Ma bonne humeur m'empêche de ne pas être polie, et je me vois même lui rendre son sourire.

— Un Crousti Thon ?

— C'est pour moi, annonce-t-il alors que je me penche au-dessus de la table. Vous êtes particulièrement jolie aujourd'hui.

Je lève les yeux au ciel, mais continue à sourire.

— Merci. Je vous sers autre chose à boire ?

— Non, ça ira.

Il se rassied dans sa chaise en me considérant de ses yeux marron.

— J'attends toujours un rendez-vous.

— Ah oui ?

Je sens que je rougis un peu, alors, pour essayer de le cacher, je me mets à nettoyer la table à côté.

— Puis-je vous inviter à sortir ?

J'essuie la table comme une forcenée, ma main tournant aussi vite que les idées dans ma tête.

— Oui.

Ce mot sort de ma bouche sans que je m'en rende compte, jusqu'à ce que je l'entende de mes propres oreilles.

— Vraiment ?

Il paraît aussi choqué que je le suis.

Il n'y a pas une tache sur la table, mais cela ne m'empêche pas de frotter un peu plus le bois avec mon torchon. Je viens vraiment d'accepter un rendez-vous ?

— Bien sûr.

— Super !

J'essaie d'apaiser le feu de mes joues avant de me retourner pour faire face à… celui avec qui j'ai un rendez-vous. Son sourire est encore plus franc maintenant, et il écrit son numéro sur une serviette en papier. Cela fait ressurgir un souvenir inopportun, que je repousse immédiatement au fond de mon esprit. Je peux sortir avec Luke. En fait, il faut que je sorte avec Luke.

— À quel jour pensiez-vous ?

— Ce soir ? me propose-t-il.

Il lève vers moi des yeux pleins d'espoir en me tendant la serviette.

Je la prends en mettant mes doutes de côté. Je ne peux pas continuer comme je l'ai fait si longtemps, et encore moins après ces moments passés avec Miller Hart. J'ai besoin de commencer à vivre, de l'oublier, d'oublier ma mère et de commencer à vivre... raisonnablement.

— Ce soir. Quelle heure ? Quel endroit ?

— Huit heures devant le Selfridges ? Il y a un petit bar sympa dans la rue transversale. Vous allez adorer.

— Je suis impatiente d'y être.

Je récupère mon plateau et quitte Luke qui sourit en prenant sa première bouchée de Crousti Thon.

— Hé, vous n'allez pas me poser un lapin, hein ? lance-t-il la bouche pleine.

Ce petit détail me rappelle les bonnes manières et...

— Je serai là.

Je le rassure avec un sourire, sa bouche pleine de sandwich tandis qu'il parle m'encourageant un peu plus.

Il ne fait peut-être pas partie de la même catégorie que Miller Hart, mais il reste mignon, et sa désinvolture et son manque de bonnes manières me donnent encore plus de raison d'accepter son offre.

Lorsque je passe la porte battante, les lèvres roses de Sylvie affichent un petit sourire satisfait.

— Je suis tellement fière de toi !

— Oh, arrête.

— Non, vraiment, je t'assure. Il est mignon et normal.

Elle m'aide à décharger mon plateau et son immense sourire m'en tire un.

— Vois ça comme le début d'une nouvelle vie, ajoute-t-elle.

Je fronce les sourcils en me demandant si je fais le bon choix. Je ne connais pas Sylvie depuis très longtemps, même si j'ai l'impression que ça fait des années.

— Je vais juste à un rendez-vous, Sylvie.

— Oh, je sais. Mais je sais aussi qu'Olivia Taylor n'a pas de rendez-vous habituellement. C'est exactement ce dont tu as besoin.

— Ce dont j'ai besoin, c'est que tu arrêtes d'en faire tout un plat.

Je me mets à rire. Par « besoin », elle veut dire que j'ai « besoin » de m'intéresser à quelqu'un, mais je réalise lentement qu'en fait je m'intéresse déjà à quelqu'un. Ce quelqu'un n'a pas de nom. Ce quelqu'un n'existe même pas. Ce quelqu'un est oublié depuis longtemps.

— O.K., O.K.

Sylvie lève les mains, toujours souriante, toujours contente.

— Qu'est-ce que tu vas porter ? me demande-t-elle.

Je me sens pâlir alors que je considère sa question.

— Oh, mon Dieu, qu'est-ce que je vais porter ?

Mon armoire est pleine de Converse de toutes les couleurs, de piles de jeans et de petites robes mais elles sont larges et girly, pas moulantes et sexy.

— Pas de panique, dit-elle en m'attrapant par les épaules et me regardant sérieusement dans les yeux. On va aller faire du shopping après le boulot. On aura seulement une heure, mais je pense que je peux m'en sortir.

Je baisse les yeux sur le jean skinny noir et les grosses bottes à clous de Sylvie et me demande si c'est vraiment une bonne idée d'aller faire les boutiques avec elle. Mais soudain, j'ai une idée.

— Non, ne t'inquiète pas !

Je me libère de ses mains et me précipite sur mon sac pour trouver mon téléphone.

— Gregory ne travaille pas aujourd'hui. Il va m'accompagner.

Je ne pense même pas au fait que Sylvie puisse être vexée, jusqu'à ce qu'elle pousse un soupir de soulagement exaspéré.

— Merci ! souffle-t-elle en s'affaissant sur le plan de travail. J'aurais supporté Topshop pour toi, Livy, mais ça aurait été l'enfer.

Puis elle fronce les sourcils.

— Gregory ? C'est un mec ?

— Oui, c'est mon meilleur pote. C'est un génie en matière de mode.

Elle semble avoir des soupçons.

— Il est gay, non ?

— Seulement à quatre-vingts pour cent.

Je cours vers la porte de sortie des cuisines pour me retrouver dans la ruelle et appeler Gregory en faisant les cent pas.

— Bébé !

— J'ai un rendez-vous ce soir ! Et je n'ai rien à me mettre. Il faut que tu m'aides !

— Avec lui ? Je ne ferai rien d'autre que t'empêcher d'y aller. Tu ne sortiras pas avec ce con !

— Non, non, non ! C'est M. Grands Yeux !

— Qui ?

— Luke. Un type qui me propose de sortir depuis quelques semaines. Je me suis dit : « pourquoi pas ».

Quand je hausse les épaules pour moi-même, je peux pratiquement entendre l'excitation bouillir à l'autre bout de la ligne avant même que Gregory ne prenne la parole. Puis il confirme mes soupçons.

— Oh mon Dieu ! hurle-t-il dans les aigus. Oh mon Dieu, oh, mon Dieu, oh mon Dieu ! À quelle heure finis-tu le boulot ?

— Cinq heures. Et je vois Luke à huit.

— Acheter une tenue et te préparer en trois heures ? Bon sang, ce sera un sacré défi, mais c'est faisable. Je te retrouve au boulot à cinq heures.

— D'accord.

Je raccroche et retourne dans la cuisine avant que Del ne remarque mon absence. Ce sera la course, mais j'ai toute confiance en Gregory. Il a un goût irréprochable.

Aussitôt que Del est parti, je saute sur mon sac et ma veste en jean, embrasse Sylvie sur la joue et fais un signe à Paul avant de les quitter, riant dans les cuisines.

— Bonne chance ! crie Sylvie.

— Merci !

Je me précipite dans l'air frais et trouve Gregory qui m'attend de l'autre côté de la rue. Il agite les bras frénétiquement pour m'indiquer que je dois me dépêcher.

— On a trois heures pour t'habiller, te pomponner et te déposer à ton rendez-vous. Telle est ma mission et je choisis de l'accepter.

Il passe son bras autour de moi en souriant et me guide vers Oxford Street.

— Tu as l'air joyeuse.

— Je le suis.

Cela me surprend, mais je suis impatiente d'être à ce rendez-vous.

— Jolie coupe.

— Merci, dit Gregory en passant sa main sur son cuir chevelu avec un sourire qui me force à faire de même.

— N'est-ce pas triste que je ne sois encore jamais allée à un rendez-vous ?

— Oui, c'est tragique.

Je lui donne un petit coup dans les côtes.

— Tu en as eu assez pour tous les deux.

— Oui, ça aussi c'est tragique. Mais je serai peut-être bientôt l'homme d'un seul homme.

— Ce n'est pas déjà le cas ?

Je lui pose la question en espérant que Gregory n'est pas sur le point de se faire avoir une nouvelle fois. Il est affreusement charmant et devrait avoir toutes ses chances en termes de relation, mais il est trop gentil et en a déjà payé les frais dans le passé. Il est joueur quand il est célibataire, mais dévoué une fois capturé.

— Tu dois rester ouverte aux propositions, Livy.

Il semble résolu, mais ce regard apparaît à nouveau et il affiche clairement : « amoureux ».

Je suis absolument exténuée quand nous arrivons à la maison. J'ai dépensé pratiquement chaque penny que j'ai gagné depuis que je travaille chez Del, et j'ai trois tenues, toutes courtes et qui ne me ressemblent pas vraiment, et deux paires de chaussures, qui ne sont pas des Converse. Quel gâchis. Je ne porterai probablement qu'une paire de chaussures ce soir, et quant aux robes… eh bien, je ne sais pas à quoi je pensais en les achetant.

Je suis debout dans ma serviette devant mon armoire, et je parcours des yeux chacune de mes nouvelles tenues.

— Il faut que tu portes la noire.

Gregory passe sa main sur la robe courte et moulante en soupirant.

— Oui, celle-là, avec les escarpins noirs à talons aiguilles.

Je me sens un peu accablée lorsque je regarde la robe, puis les chaussures. Cela fait très très longtemps que je n'ai pas porté de talons.

— J'ai peur.

— N'importe quoi !

Il dissipe mon inquiétude en grognant et se dirige vers le lit pour attraper la lingerie sexy qu'il m'a forcée à acheter. Nous avons perdu au moins vingt minutes à La Senza à nous disputer à propos de l'ensemble en dentelle qu'il est actuellement en train d'inspecter soigneusement. Mais il a raison. Je ne peux pas porter de sous-vêtements en coton blanc sous ce genre de robe.

— Tu sais, je suis peut-être à quatre-vingts pour cent gay, mais il y a vraiment quelque chose chez une femme qui porte des sous-vêtements sexy.

Il me lance l'ensemble.

— Alors, enfile ça.

Je n'ouvre pas la bouche de peur de protester et me glisse dans la petite culotte tout en maintenant maladroitement ma serviette en place. Ce n'est pas aussi simple pour le soutien-gorge alors je finis par pivoter pour tourner le dos à Gregory, qui ne semble pas perturbé le moins du monde par l'éventualité de mater mon corps quasiment nu.

Il éclate de rire en me voyant batailler avec le soutiengorge, et je ronchonne, absolument pas amusée par son amusement alors que j'arrange ce qui me sert de poitrine dans les bonnets. En baissant les yeux, je suis surprise de découvrir quelque chose qui ressemble à un décolleté.

— Tu vois, dit Gregory en attrapant la serviette pour la faire valser. Les soutiens-gorge push-up sont la plus belle chose qui n'ait jamais été inventée.

— Gregory !

Je croise les bras sur ma poitrine, me sentant timide et exposée, tandis qu'il vient se planter juste devant moi.

Il semble presque hypnotisé alors qu'il promène ses yeux sur mon corps menu.

— Putain de merde, Livy !

— Arrête !

J'essaie en vain de récupérer la serviette, il n'en a rien à faire.

— Rends-la-moi !

— Tu es bandante.

Il a la bouche ouverte et les yeux écarquillés.

— Tu es censé être gay !

— J'apprécie toujours les formes d'une femme, et tu as des formes, bébé, dit-il en jetant la serviette sur le lit. Si tu ne peux pas rester devant moi en sous-vêtements, alors devant qui le pourras-tu ?

— Je vais à un rendez-vous, rien de plus.

J'échappe au regard approbateur de Gregory et attrape mon sèche-cheveux.

— Tu veux bien arrêter de me reluquer ?

— Pardon.

Il semble revenir à la réalité avant de brancher un appareil de coiffure : un lisseur je suppose.

— Qu'est-ce que tu vas boire ?

Sa question me prend au dépourvu. Je n'y ai pas encore réfléchi. Accepter un rendez-vous, se préparer pour ce rendez-vous et aller au rendez-vous, tout ça a monopolisé mes pensées ces dernières heures. Ce que je vais boire et ce dont je vais parler une fois que j'y serai effectivement ne m'a pas encore traversé l'esprit.

— De l'eau !

Je crie pour qu'il m'entende malgré le vacarme de mon sèche-cheveux.

Il a un mouvement de recul et affiche un air dégoûté.

— Tu ne peux pas aller à un rendez-vous et boire de l'eau !

Je lui lance un regard mauvais de l'autre côté de la chambre, mais cela n'a pas l'air de le déranger.

— Je n'ai pas besoin d'alcool.

Ses épaules s'affaissent, comme son cul sur mon lit.

— Livy, prends un verre de vin.

— Écoute, le fait que je sorte avec un homme devrait suffire, alors ne commence pas à me mettre la pression sur l'alcool.

Je secoue la tête de haut en bas et agite mes cheveux blonds dans tous les sens.

— Un pas après l'autre, Gregory.

Je me dis que je dois rester vigilante, et l'alcool ne m'aiderait pas. D'ailleurs, je n'ai pas eu besoin d'alcool pour perdre la raison en compagnie de Miller Ha…

Je rejette la tête en arrière en espérant repousser physiquement cette pensée de ma tête. Ça fonctionne, mais cela n'a rien à voir avec mon mouvement de tête, mais plutôt avec Gregory qui reste bouche bée devant moi.

— Désolé ! lâche-t-il en s'affairant immédiatement à déballer mes chaussures.

Je laisse tomber mon sèche-cheveux et jette un regard dubitatif au lisseur qui produit de la vapeur sur le tapis. Ce truc semble dangereux.

— Je pense que je ferais mieux de laisser mes cheveux naturels.

— Oh non, dit-il en faisant la moue. J'ai toujours voulu te voir avec les cheveux lisses et brillants.

— Il ne va pas me reconnaître. Tu m'as forcée à mettre cette robe et ces talons, et maintenant, tu veux que je me lisse les cheveux.

Je me mets de la crème hydratante sur le visage.

— C'est à moi qu'il a demandé de sortir, pas à la créature raffinée que tu es en train de créer.

— Tu ne seras pas une créature raffinée, objecte-t-il. Tu seras toi, mais en mieux. Je crois que tu ferais mieux de me laisser prendre toutes les décisions.

Il se lève et rapporte la robe avant de l'enlever du cintre.

— Comment sais-tu ce qu'un homme veut d'une femme ?

— Je suis sorti avec des femmes.

— Pas depuis des années.

Je lui fais cette remarque en me souvenant que c'est toujours arrivé après une rupture avec un homme.

Il hausse nonchalamment les épaules et tient la robe en l'air.

— Comment est-ce possible ? demande-t-il. Tais-toi et glisse ce petit corps bien roulé dans cette robe superbe.

Il secoue légèrement les sourcils d'un air effronté, et je me traîne jusqu'à lui à contrecœur, pour le laisser passer la robe sur ma tête et me l'enfiler.

— Voilà.

Il fait un pas en arrière et me jauge d'un coup d'œil pendant que je glisse mes pieds dans les chaussures à talons douloureusement hauts.

Je me regarde et vois la robe noire qui moule chacune des courbes que je n'ai pas et mes pieds qui prennent un angle ridiculement grand. Je me sens instable.

— Je ne suis pas sûre, dis-je en ayant le sentiment d'être bien trop habillée.

Quand Gregory ne répond pas à mon hésitation, je lève les yeux et découvre son visage stupéfait.

— J'ai l'air bête ?

Il ferme sa bouche et semble se gifler mentalement.

— Euh… Non… Je…

Il se met à rire.

— Bordel, j'ai la trique.

Je râle et deviens instantanément rouge écarlate.

— Gregory !

— Je suis désolé !

Il se met à ajuster son entrejambe, alors je me retourne pour échapper à ce spectacle, et chancelle sur ces stupides chaussures à talons. J'entends Gregory retenir son souffle.

Je me tords la cheville, perds une chaussure et me mets à sauter sur un pied comme un kangourou fou.

Gregory est clairement écroulé derrière moi, le salaud.

— Tu vas bien ? me demande-t-il quand même.

— Non ! dis-je violemment en envoyant balader la deuxième chaussure. Je ne les porterai pas.

— Oh, ne réagis pas comme ça. Je vais me contrôler.

— Tu es gay, bon sang !

Je hurle en attrapant une chaussure et l'agitant au-dessus de ma tête.

— Je n'arrive pas à marcher avec ça.

— Tu as à peine essayé.

— Mets-les et dis-moi comme c'est facile.

Je lui jette la chaussure et il l'attrape en riant.

— Livy, ça ferait de moi une drag queen.

— Alors transforme-toi en drag queen !

Gregory se lâche complètement et s'effondre sur mon lit en partant dans un fou rire désespéré.

— Je pleure !

— Salaud, dis-je en enlevant la robe. Où sont mes Converse ?

— Tu ne peux pas faire ça.

Il se relève et remarque immédiatement que j'ai abandonné la robe, tout comme les chaussures.

— Oh non ! Tu étais fabuleuse.

Ses yeux parcourent mon corps à moitié nu.

— Peut-être, mais je ne pouvais pas marcher.

Je me dirige vers mon armoire d'un pas lourd. Cet agacement est une raison suffisante pour que je retourne dans mon mode de vie ennuyeux. J'ai subi tout un tas de nouvelles situations récemment, et la plupart d'entre elles m'ont mise en colère, énervée, donné l'impression d'être inutile. Pourquoi donc est-ce que je m'inflige tout ça ?

Je sors violemment une robe à volants crème et l'enfile, avant de réaliser que mes sous-vêtements sont noirs et qu'on les voit à travers le tissu, alors j'enlève tout à nouveau en demandant à Gregory de cacher sa tête dans l'oreiller pour que je puisse le faire rapidement et sans gêne.

Une fois que j'ai remis mes sous-vêtements en coton et ma robe couleur crème, et passé ma veste en jean par-dessus, mes pieds accueillent avec plaisir mes Converse bleu marine. Je me sens bien mieux.

— Prête.

J'applique un peu de blush sur les joues et un gloss rose sur les lèvres.

— Quel gâchis pour la sortie shopping, marmonne Gregory en se levant de mon lit pour marcher nonchalamment. Tu étais super jolie.

— Et pas maintenant ?

— Eh bien, si, tu es toujours jolie, mais tu ressembles moins à une conquérante en petite robe noire. Cela t'aurait rendue plus forte, donné de l'assurance.

— Je suis bien comme je suis.

Je me demande si c'est tout à fait vrai. En fait, je ne sais plus. Je n'ai pas vraiment été moi-même ces dernières semaines. Je réfléchis à des choses que je n'ai jamais considérées auparavant et fais faire à mon corps des choses auxquelles je n'ai jamais vraiment pensé.

— J'aimerais juste que tu t'exprimes un peu plus, comme tout à l'heure.

Il m'adresse un large sourire en m'ébouriffant les cheveux.

— Tu veux que je devienne folle ?

Parce que c'est exactement l'impression que j'ai. Je me sens lunatique. Irritable. Sous pression.

— Non, je veux qu'un peu d'insolence fasse surface. Je sais qu'elle est là.

— L'insolence est dangereuse.

Je le repousse et transfère mes affaires de mon cartable à un petit sac en bandoulière plus approprié.

— Allons-y avant que je change d'avis.

Je préfère ignorer ses ronchonnements de désapprobation et sors sur le palier.

Je remercie les dieux des Converse quand je descends l'escalier bien à plat, mais arrête bientôt de sourire quand je trouve Nan qui fait les cent pas en bas. George s'écarte de son passage à chaque fois qu'elle exécute un demi-tour, et se colle au mur de l'entrée pour éviter d'être renversé.

— La voilà ! dit George, clairement soulagé à l'idée qu'il n'aura bientôt plus à l'esquiver. N'est-elle pas jolie ?

Je m'arrête sur la dernière marche et regarde Nan donner son approbation globale après m'avoir examinée et regarder par-dessus mon épaule pour s'adresser à Gregory.

— Tu avais parlé de talons, dit-elle incrédule. Tu avais parlé d'une jolie robe noire et de talons assortis.

— J'ai essayé, marmonne Gregory d'un ton maussade derrière moi.

Alors je me retourne pour lui lancer un regard accusateur, qu'il me renvoie.

— Essaie donc d'éviter l'interrogatoire façon Nan, me lance-t-il.

Exaspérée, je soupire et descends la dernière marche, puis passe devant ma grand-mère, pressée d'échapper à toute cette histoire.

— À plus.

— Amuse-toi bien ! crie Nan. Celui-ci est vraiment mieux que ce Miller ? l'entends-je demander doucement.

— Bien mieux ! assure Gregory.

J'accélère alors le pas. Comment pourrait-il le savoir ? Il n'a rencontré ni l'un ni l'autre.

— Tu vois, dit George en riant. Maintenant, où est mon gâteau renversé à l'ananas ?

J'avance, contente d'être sur des chaussures plates et impatiente d'être à mon rendez-vous parce qu'il me permet de sortir de cette maison et de m'éloigner de Nan.

Cette pensée n'est pas très gentille, mais mon Dieu, faites que je trouve la force ! Avoir une vie tranquille était facile, de manière générale, à l'exception des remarques sur mon isolement. À présent, je dois faire face à un torrent de questions et de choix cornéliens. C'est pénible.

— Livy !

Gregory me rattrape alors que j'arrive au bout de la rue.

— Tu es super mignonne, affirme-t-il.

— Tu n'as pas à essayer de faire en sorte que je me sente mieux. Je me sens bien, mais ce n'est pas grâce à toi.

— Tu es de mauvaise humeur aujourd'hui.

Je laisse échapper un petit cri de fille alors qu'il me soulève du trottoir.

— Tu ne veux pas me lâcher ?!

— Le cran, dit-il simplement. Tu peux le trouver sans être désagréable, tu sais.

— Tu le mérites. Fais-moi descendre.

Il me dépose sur mes pieds et m'aide à me redresser.

— Je vais dans l'autre direction, alors je vais t'embrasser et te laisser.

Il se penche et dépose un bisou sur ma joue.

— Sois gentille.

— C'est vraiment bête de me dire ça.

Je lui mets un coup dans l'épaule pour tenter de faire revenir notre relation à la normale.

— Bon, oui, habituellement ça le serait, mais ma meilleure amie a développé un gène de l'idiotie ces dernières semaines.

Il me met un coup dans l'épaule à son tour.

Il a raison ; mais j'ai reperdu ce gène, donc il n'a pas à s'inquiéter, et moi non plus.

— Je vais à un rendez-vous amical, c'est tout.

— Et un peu de bécotage ne te ferait pas de mal, mais pas de bêtises tant que je ne l'ai pas rencontré. Je dois d'abord le passer en revue.

Il m'attrape par les épaules et me fait faire demi-tour.

— Au trot.

— Je t'appellerai, dis-je en le quittant.

— Seulement si tu n'es pas trop occupée, crie-t-il, ce qui me fait rouler les yeux sans qu'il ne puisse le voir.

Il est huit heures moins dix quand j'arrive au Selfridges. Oxford Street grouille toujours, même à cette heure, alors je m'appuie contre la devanture du magasin et observe le monde tourner, en m'efforçant de paraître à l'aise et désinvolte. Je sais que je n'y parviens pas.

Après cinq minutes d'attente, je décide que si je tripote mon téléphone, je donnerai l'impression d'être bien plus décontractée, alors je fouille dans mon sac et commence à envoyer un message à Gregory, juste pour passer le temps.

Combien de temps vais-je devoir attendre ?

J'appuie sur « envoyer » et mon téléphone se met à sonner presque immédiatement en affichant le nom de Gregory.

Je suis contente qu'il ait appelé parce qu'être vraiment au téléphone est une manière bien plus efficace de paraître détendue.

— Il n'est pas encore là ?

— Non, mais il n'est pas encore huit heures.

— Peu importe ! Mince, j'aurais dû te faire arriver plus tard. C'est la règle numéro un pour les rendez-vous.

— C'est-à-dire ?

Je change de position pour m'appuyer sur mon épaule plutôt que sur mon dos.

— La femme doit être en retard. Tout le monde sait ça.

Il ne semble pas content.

Je souris à la foule d'inconnus qui file à toute allure.

— Alors qu'est-ce qui se passe quand les deux personnes qui se donnent rendez-vous sont des hommes ? Qui est celui qui doit être en retard ?

— Très drôle, bébé. Très drôle.

— C'est une question tout à fait sensée.

— Arrête de détourner la conversation sur moi. Il n'est pas encore là ?

Je jette un coup d'œil autour de moi, mais ne trouve pas Luke.

— Non. Combien de temps dois-je l'attendre ?

— Je le déteste déjà, marmonne Gregory. Deux cons en deux semaines. Tu m'impressionnes !

Je ris doucement, en approuvant mentalement mon ami exaspéré, même si je ne le lui avouerai jamais.

— Merci.

Je m'adosse de nouveau contre la vitrine en soupirant.

— Tu n'as toujours pas répondu à ma question. Combien de temps dois-je…

Ma bouche s'assèche en une seconde alors que je regarde une voiture passer et tourne la tête pour suivre son trajet sur Oxford Street. Il doit y avoir des milliers de Mercedes noires à Londres, alors pourquoi suis-je attirée par celle-ci ? Les vitres teintées ? La plaque AMG sur l'aile ?

— Livy ?

Gregory me ramène au présent.

— Livy, tu es là ?

— Oui, dis-je en observant la Mercedes ralentir et faire un demi-tour complètement illégal et qui coûterait trois points de permis avant de revenir vers moi.

— Il est là ? demande mon ami.

— Oui ! dis-je en poussant un cri. Je dois y aller.

— Mieux vaut tard que jamais. Amuse-toi bien.

— Ça ira.

Ces mots arrivent à peine à passer la boule qui s'est formée dans ma gorge, alors je raccroche rapidement, avant de me retourner pour donner l'impression que je n'ai rien remarqué. Peut-être que je devrais partir ? Et si Luke arrive et que je ne suis plus là ? Il est impossible de se garer sur Oxford Street, donc il ne pourra pas s'arrêter. Si c'est bien lui. Peut-être pas. Mince, je sais que si. Je m'écarte de la vitrine et envisage brièvement mes options, mais avant que mon cerveau prenne une décision en connaissance de cause, mes pieds s'activent et m'emmènent loin de ma détresse. Je marche d'un pas déterminé, en respirant profondément et en m'efforçant de garder un rythme régulier.

Je ferme les yeux quand je vois la voiture me dépasser lentement, et ne les rouvre que lorsqu'un homme d'affaires impatient me bouscule et se moque de moi parce que je ne regarde pas où je vais. Je ne trouve même pas la force de m'excuser et reprends la même allure, mais je remarque alors que la voiture s'est arrêtée.

Alors je m'arrête aussi. Je regarde la portière du côté conducteur s'ouvrir. Son corps s'extrait de la voiture avec une grande fluidité et se redresse complètement avant de refermer la portière et boutonner la veste de son costume gris. Sa chemise et sa cravate noires mettent en valeur ses cheveux ondulés, et une barbe de quelques jours recouvre sa mâchoire carrée. Il est magnifique. Je me sens conquise, et il n'est même pas encore venu jusqu'à moi. Que veut-il ? Pourquoi s'est-il arrêté ?

Des pensées sensées luttent dans ma tête, et je me remets en action, me détournant de lui et accélérant le pas.

— Livy !

Je l'entends me poursuivre. Même avec l'agitation de Londres autour de moi, je reconnais le son que font ses chaussures onéreuses en battant lourdement le béton derrière moi.

— Livy, attends !

Le choc qui a activé mes pieds se transforme maintenant en irritation alors que je l'entends crier mon nom, comme si j'étais obligée de lui adresser la parole. Je m'arrête et lui fais face, plus déterminée qu'énervée quand je croise finalement ses yeux.

Il dérape sur ses chaussures de luxe et réajuste sa veste, juste devant moi, sans même essayer de parler. Je ne dis rien, parce que je n'ai rien à dire, et, en fait, j'espère qu'il ne parlera pas, comme ça je n'aurais pas à voir ses lèvres bouger lentement et à écouter la douceur dans cette voix.

Je suis en sécurité quand il est silencieux et immobile... ou en tout cas, vaguement plus en sécurité que lorsqu'il me touche et me parle.

Non. Je ne suis pas du tout en sécurité.

Il avance vers moi, comme s'il savait ce que j'étais en train de penser.

— Tu attends quelqu'un. Qui ?

Je ne réponds pas et garde les yeux rivés sur lui.

— Je t'ai posé une question, Livy.

Il fait un autre pas en avant, et je sais qu'il représente un danger. Pourtant, je reste exactement où je suis alors que je devrais m'enfuir.

— Tu sais que je déteste me répéter. S'il te plaît, réponds.

— J'ai un rendez-vous.

J'essaie de paraître détachée, mais je ne suis pas certaine d'y parvenir totalement. Je suis trop énervée.

— Avec un homme ? demande-t-il.

Je peux pratiquement voir ses poils se hérisser.

— Oui, avec un homme.

Son visage habituellement inexpressif se transforme soudain en une explosion d'émotions. Il est très clairement mécontent. Le savoir renforce mon assurance. Je préférerais ne pas ressentir cette petite lueur d'espoir qui s'agite dans mon ventre, mais je ne peux nier son existence.

Je tâche de prendre une voix plus forte :

— C'est tout ?

— Alors maintenant, tu as des rendez-vous ?

— Oui, dis-je simplement, parce que c'est le cas.

Et comme pour appuyer mes paroles, j'entends une voix qui ne m'est pas encore très familière appeler mon nom.

— Livy ?

Luke apparaît près de moi.

— Salut.

Je me penche et l'embrasse sur la joue.

Il jette un coup d'œil à Miller, qui reste droit et silencieux lorsqu'il me voit accueillir Luke.

— Salut.

Luke tend la main vers Miller, et je suis surprise de le voir la prendre et la serrer fermement ; ses manières ne lui font jamais défaut.

— Bonsoir. Miller Hart.

Il hoche la tête, la mâchoire crispée. Luke grimace avant que Miller ne relâche sa main, puis réarrange sa veste déjà parfaite. Je suis sûre que mon imagination ne me joue pas des tours : son torse puissant se gonfle et se dégonfle, et la colère assombrit ses yeux. Je peux presque entendre quelque chose faire tic-tac en lui, comme une bombe qui ne va pas tarder à exploser. Il est fou de rage et son regard assassin rivé sur Luke commence à m'inquiéter.

— Luke Mason, répond Luke en lui serrant la main. Enchanté de vous rencontrer. Vous êtes un ami de Livy ?

— Non, juste une connaissance.

J'interviens, impatiente d'écarter Luke de cette tension palpable.

— Allons-y.

Luke me tend le bras pour que je le prenne, ce que je fais, le laissant me guider loin de cette situation horriblement inconfortable.

— J'ai pensé qu'on allait tester le Lion au coin de la rue. Il a changé de look apparemment, m'explique-t-il en jetant un coup d'œil par-dessus son épaule.

— Très bien.

Je ne peux m'empêcher de regarder derrière moi aussi, et je le regrette instantanément. Il est immobile et se contente de me regarder m'éloigner avec un autre homme, le visage froid, le corps raide.

Nous tournons bientôt à l'angle de la rue, et quand je sens Luke baisser les yeux sur moi, la culpabilité m'envahit. Je ne sais pas pourquoi. Ce n'est qu'un rendez-vous. Cette culpabilité vient-elle du fait que Luke ne soit pas du tout au fait de la situation ou que Miller soit clairement affecté ?

— Il était un peu étrange, déclare Luke d'un air songeur.

Quand j'acquiesce, il dirige son regard vers moi.

— Tu es très jolie, dit-il. Je suis désolé d'avoir eu quelques minutes de retard. J'aurais dû éviter le taxi et prendre le métro.

— Ce n'est pas grave. Tu es là maintenant.

Il sourit, et c'est un sourire mignon qui réchauffe son visage déjà amical.

— C'est juste là, regarde.

Il indique le haut de la rue.

— Je n'en ai entendu que du bien, ajoute-t-il.

— C'est nouveau ?

— Non, il a juste été rénové. Maintenant, c'est un bar à vin, et plus un pub londonien typique.

Il vérifie la circulation et me fait traverser la rue.

— Même si j'adore les bons vieux pubs à l'ancienne.

Je souris en me disant que j'arrive sans mal à imaginer Luke dans un pub miteux et plein de poussière, en train de boire une pinte en riant avec ses potes. Il est normal, c'est un gars ordinaire... le genre de gars auquel je devrais m'intéresser, maintenant qu'il devient évident que je m'intéresse effectivement aux hommes.

Luke ouvre la porte, me guide à l'intérieur, puis m'amène à une table à l'arrière du bar sur une plate-forme surélevée.

— Que veux-tu boire ? me demande-t-il en me faisant signe de m'asseoir.

Voilà la fameuse question, et alors que j'étais tout à fait prête à demander de l'eau quand j'étais avec Gregory, je me sens maintenant jeune et stupide.

— Du vin, dis-je rapidement avant d'arriver à me convaincre que c'est une mauvaise idée.

D'ailleurs, j'ai l'impression d'avoir besoin de boire un verre. Satané Miller Hart.

— Rouge, blanc, rosé ?

— Blanc, merci.

J'essaie de paraître naturelle et tout à fait à l'aise dans cet environnement, mais revoir Miller m'a de nouveau déstabilisée et plongée dans le doute. J'hésite en repensant à sa tête quand il a vu Luke.

— Un blanc alors.

Luke part vers le bar en souriant, me laissant seule à la table avec le sentiment d'être un poisson hors de l'eau. Le bar est bondé, principalement d'hommes en costumes qui donnent l'impression d'être venus directement en sortant du bureau. Leurs conversations et leurs rires bruyants montrent qu'ils sont ici depuis longtemps, tandis que leurs cravates se desserrent et leurs vestes disparaissent. J'apprécie la déco stylée des lieux, mais pas le bruit. Un premier rendez-vous n'est-il pas censé se passer dans un endroit où on peut manger tranquillement et parler pour apprendre à se connaître ?

Lorsqu'un verre de vin apparaît devant moi, je recule instinctivement dans ma chaise plutôt que de le prendre et remercier Luke. Il s'assied en face de moi, une pinte à la main, et prend sa première gorgée, avant de souffler et la poser.

— Je suis vraiment content que tu aies accepté de prendre un verre avec moi, dit-il. J'étais sur le point d'abandonner.

— Je suis contente d'être venue.

Il sourit.

— Alors, parle-moi un peu de toi.

Je force mes mains à se joindre sur la table où je joue avec ma bague et me donne mentalement un coup de pied aux fesses. Bien sûr qu'il va me poser des questions. Voilà une attitude normale lorsque deux personnes ont un rendez-vous, contrairement au fait de proposer des choses insensées.

Alors je prends une grande inspiration, je serre les dents et dévoile une partie de moi à quelqu'un d'autre, chose que je n'ai jamais faite, ni même imaginé faire un jour.

— J'ai commencé tout récemment à travailler au bistro. Je prenais soin de ma grand-mère avant ça.

Ce n'est pas grand-chose, mais c'est un début.

— Oh, elle est morte ? demande-t-il, mal à l'aise.

— Non, dis-je en riant. Elle est loin d'être morte, crois-moi.

Luke se met à rire lui aussi.

— Ouf. Un moment, j'ai cru que j'avais fait une gaffe. Alors pourquoi veillais-tu sur ta grand-mère ?

Il n'est pas très facile de répondre à cette question, et la vérité est compliquée.

— Elle n'était pas bien pendant un temps, c'est tout.

J'ai honte, mais au moins, j'ai partagé une petite partie de moi.

— Je suis désolé.

— Ne le sois pas. Elle va bien maintenant, dis-je en pensant que Nan adorerait m'entendre l'admettre.

— Et quels sont tes loisirs ?

Mon hésitation est évidente. À vrai dire, je ne fais rien. Je n'ai pas de bande de copines, je ne sors pas pour rencontrer des gens, je n'ai pas de passions, et parce que je ne me suis jamais mise dans une situation où quelqu'un pouvait vouloir le savoir, je n'avais jamais réalisé à quel point je suis isolée et solitaire. Je l'ai toujours su, on peut même dire que je l'ai voulu, mais là, alors que j'aimerais donner l'impression d'être une personne intéressante, je sèche. Je n'ai rien à dire pour alimenter cette conversation. Je n'ai rien à offrir pour créer une amitié ou une relation.

La panique me gagne.

— Je vais dans une salle de sport, je sors avec mes amis.

— Oh, je fais du sport au moins trois fois par semaine. Dans quelle salle vas-tu ?

C'est de pire en pire. Mes mensonges impliquent d'autres questions, qui m'entraînent vers d'autres mensonges. Ce n'est pas l'idéal pour débuter une amitié. Je prends mon verre de vin et le porte à mes lèvres, tactique désespérée pour gagner un peu de temps pendant que je cherche une salle de sport dans mon quartier. Je n'en trouve aucune.

— Celle de Mayfair.

— Le Virgin ?

Il est évident que je suis soulagée que Luke réponde à la question à ma place.

— Oui, le Virgin.

— C'est où je vais ! Je ne t'y ai jamais vue.

Je souffre physiquement.

— J'ai tendance à y aller assez tôt.

Il faut que je détourne cette conversation rapidement avant de dire d'autres mensonges.

— Et toi ? Qu'est-ce que tu fais dans la vie ?

Il semble ravi que je lui demande des renseignements et se plonge dans un rapport détaillé de sa vie. Pendant la demi-heure suivante, j'en apprends beaucoup sur Luke. Il a plein de choses à raconter, et je ne doute pas que tout ce qu'il dit est vrai et aussi intéressant qu'il y paraît, contrairement à ma pauvre tentative de parler de moi et de ma vie. Il est agent de change et vit en colocation avec son pote, Charlie, depuis qu'il a rompu avec une fille avec qui il est resté quatre ans, mais il est sur le point de devenir propriétaire. Il a vingt-cinq ans,

bien plus proche de moi en termes d'âge, et sincèrement, c'est un mec gentil, stable et raisonnable. Je
l'aime bien.

— Donc il n'y a pas d'ex-petit copain dont je devrais
me méfier ? me demande-t-il en terminant sa pinte.

J'aime bien l'écouter. Je suis absorbée, ce qui renforce mon opinion inattendue, mais c'est principalement Luke qui parle, et ça me va très bien.

Jusque-là.

— Non.

Je secoue la tête et prends une petite gorgée de vin.

— Il doit bien y avoir quelqu'un, affirme-t-il en
riant. Une fille comme toi…

— Je veillais sur ma grand-mère. Je n'avais pas
beaucoup de temps pour sortir.

Il s'affale dans sa chaise.

— Waouh ! Je suis épaté.

Alors que j'étais détendue, je me sens de nouveau mal à l'aise, maintenant que la conversation est
revenue sur moi.

— Il n'y a aucune raison de l'être.

Je tripote mon verre.

L'expression sur son visage m'indique qu'il est
curieux, mais il n'insiste pas.

— O.K., dit-il avec le sourire. Je vais chercher un
autre verre. La même chose pour toi ?

— Oui, merci.

Il hoche la tête avec un air songeur se demandant
certainement ce qu'il fout à perdre son temps avec une
serveuse réservée et mystérieuse, et se dirige vers le
bar en se contorsionnant à travers la foule. Je m'écroule

352

sur ma chaise avec un soupir exaspéré et fais pivoter mon verre, en m'en voulant pour… tout. Mon
approche, ma vision et mon orientation de la vie ont
sérieusement besoin d'être repensées. Mais je ne sais
pas par où commencer.

Je fais un bond quand je sens un souffle chaud dans
mon oreille et une main ferme sur ma nuque.

— Viens avec moi.

Je me raidis à son contact et mes yeux se dirigent
vers le bar pour voir où se trouve Luke. Je ne le trouve
pas, mais cela ne veut pas dire que lui ne me voit pas.

— Lève-toi, Livy.

— Qu'est-ce que tu fais ?

Je tâche d'ignorer la chaleur que son contact propage dans la chair de mon cou.

Il attrape le haut de mon bras avec son autre main
et me met debout, puis commence à me pousser vers
l'arrière du bar.

— Je n'ai absolument aucune idée de ce que je suis
en train de foutre, mais j'ai l'impression que je ne peux
pas m'en empêcher.

— Miller, s'il te plaît.

— S'il te plaît quoi ?

— S'il te plaît, arrête.

Je le supplie calmement alors que je devrais me
débattre et le gifler.

— J'ai un rendez-vous.

— Ne dis pas ça.

Il profère ces mots avec difficulté et je suis sûre que
si je pouvais voir son visage, il aurait l'air énervé. Mais
je ne peux pas parce qu'il se tient derrière moi et que

sa façon de me tenir par la nuque m'empêche de me retourner. Il me pousse en avant sans me laisser d'autre choix que de filer pour aller au rythme de ses grandes enjambées déterminées.

Il pousse la porte de secours et la referme d'un coup de pied, puis me retourne et m'appuie doucement contre le mur, son corps ferme pressé contre le mien.

— Tu vas coucher avec lui ?

Ses lèvres sont pincées, ses yeux perçants. Il est toujours fou de rage.

Bien sûr que non, mais ça ne le regarde absolument pas.

— Ce n'est pas tes affaires.

Je lève le menton, un peu comme pour le défier, pleinement consciente que c'est de la provocation. J'aurais pu dire non, mais je suis trop curieuse de savoir ce qu'il va faire. Je ne me mettrai pas à genoux pour le supplier et lui dire ce qu'il veut entendre.

Même si j'en ai envie.

J'ai envie de jurer que je ne regarderai plus jamais un autre homme, tant qu'il me vénérera pour l'éternité. Son grand corps tout contre le mien, ses yeux clairs me transperçant avec une chaleur intense et ses lèvres entrouvertes qui laissent échapper des bouffées d'air délicates font émerger tous ces sentiments inconcevables. Je commence à frémir contre lui.

J'ai envie de lui.

Il approche ses lèvres des miennes.

— Je t'ai posé une question.

— Et j'ai décidé de ne pas y répondre. J'ai dû supporter de te voir en rendez-vous à plusieurs reprises.

— Je te l'ai expliqué une centaine de fois. Tu sais à quel point je déteste me répéter.

— Alors peut-être que tu devrais mieux t'exprimer.

— Pourquoi y a-t-il un verre de vin à ta table ?

— Ça ne te regarde pas.

— Je décide que ça me regarde.

Il s'appuie un peu plus et un soupir passe sur mes lèvres.

— Tu envisages de coucher avec lui, et je ne te laisserai pas faire ça.

Je détourne la tête alors que le désir s'estompe et que l'irritation augmente.

— Tu ne peux pas m'en empêcher.

Je ne sais pas ce que je dis.

— Tu me dois toujours quatre heures, Livy.

Sous le choc, je tourne brusquement la tête vers lui.

— Tu attends de moi que je me livre à toi quatre autres heures, pour redevenir une nouvelle fois froid et sans-cœur ? J'ai partagé quelque chose avec toi. Tu m'as donné le sentiment d'être en sécurité.

Il pince les lèvres et sa respiration se fait plus forte, plus difficile, comme s'il essayait de se contrôler.

— Tu es en sécurité avec moi, grogne-t-il. Et oui, je m'attends à ce que tu me donnes plus. Je veux le temps que tu me dois.

— Tu ne l'auras pas.

Dégoûtée par sa demande absurde, je peux l'affirmer avec beaucoup d'assurance.

— Tu crois vraiment que je te dois quelque chose ?

— Viens chez moi.

— Non, certainement pas.

Je lutte contre l'envie irrépressible de crier « oui ». Mais j'ajoute :

— Et tu n'as pas répondu à *ma* question.

— J'ai décidé de ne pas le faire.

Il se baisse et met ses lèvres au niveau des miennes.

— Laisse-moi avoir ton goût encore une fois.

Le désir lutte pour refaire surface.

— Non.

— Laisse-moi te remettre dans mon lit.

Je secoue désespérément la tête et ferme les yeux en les serrant très fort, alors que je meurs d'envie de le laisser faire, mais que je sais pertinemment que ce serait une erreur monumentale.

— Non, pas pour que tu me jettes encore une fois.

Je sens la chaleur de sa bouche se rapprocher, mais je ne tourne pas la tête.

J'attends.

Je laisse les choses se faire.

Et quand la douceur humide de ses lèvres rencontre les miennes, je me détends et ouvre la bouche avec un gémissement profond, tandis que mes mains trouvent ses épaules et que ma tête se penche pour lui faciliter l'accès. Je déconnecte. Mon discernement est à nouveau bloqué.

— Il y a des étincelles, murmure-t-il, de l'électricité, et c'est nous qui les créons.

Il me mordille les lèvres.

— Ne nous prive pas de ça, ajoute-t-il.

Il se fraye un chemin jusqu'à mon cou en m'embrassant et remonte jusqu'à mon oreille.

— Je t'en prie, conclut-il.

— Juste quatre heures ?

— Arrête de trop réfléchir.

— Je ne réfléchis pas trop. J'arrive à peine à réfléchir tout court quand tu es près de moi.

— J'aime ça.

Il attrape mon cou entre ses mains et penche ma tête en arrière. Ses traits superbes me paralysent.

— Laisse les choses se faire.

— C'est déjà ce que j'ai fait, plus d'une fois, et tu es devenu distant à chaque fois. Est-ce que ce sera encore comme ça ?

— Nul ne sait ce qui se passera dans l'avenir, Livy.

Ses lèvres bougent lentement et retiennent mon attention sur sa bouche.

— Quelle réponse évasive. Tu es pourtant le seul à pouvoir me dire ce qui se passera puisque c'est toi qui as le contrôle.

C'est agaçant, mais j'ai dévoilé mon jeu : je lui fais clairement comprendre que je veux plus que ce qu'il accepte de me donner.

— J'en suis vraiment incapable.

Il s'approche pour m'embrasser, mais je force mon visage à s'écarter, le laissant en suspens près de ma joue.

— Laisse-moi te goûter, Livy.

Je dois lui résister, et sa réponse vague à ma question me donne la force nécessaire pour le faire.

— Tu en as déjà eu trop.

Si je craque maintenant, je ne pourrai pas me relever. En acceptant ça, je lui donne le pouvoir de me tourner le dos après avoir obtenu ce qu'il veut, et je n'aurai jamais de bonne raison à présenter contre lui, parce que je l'aurai permis… encore une fois.

— Et toi ? me demande-t-il. As-tu eu assez de moi, Livy ?

— Trop.

Je le repousse.

— Beaucoup trop. Miller.

Il passe ses mains dans ses cheveux en jurant.

— Je ne te laisserai pas repartir avec cet homme.

— Et comment comptes-tu m'en empêcher ?

Il ne veut pas de moi, mais il ne veut pas non plus que qui que ce soit m'ait. Je ne le comprends pas, et je ne vais pas le laisser m'engloutir une nouvelle fois, juste pour me recracher ensuite.

— Il ne te donnera pas les mêmes sensations que celles que je peux t'offrir.

— Tu veux dire la sensation d'avoir été utilisée ? C'est ce que j'ai ressenti. Je ne me suis jamais exposée émotionnellement à un homme avant, et je l'ai fait avec toi. J'ai amassé un paquet de regrets dans ma vie. Miller. Et tu es tout en haut de cette pile.

— Ne dis pas des choses que tu ne penses pas.

Il tend le bras et passe sa main sur ma joue.

— Comment peux-tu regretter quelque chose de si beau ?

— Facilement.

Je prends sa main et la pousse doucement.

— Je peux le regretter facilement car je sais que je ne l'aurai plus jamais.

Je passe devant lui d'un pas traînant en m'assurant qu'il n'y ait aucun contact entre nous, et entame mon trajet pour rentrer.

— Tu peux l'avoir encore, crie-t-il. On peut l'avoir encore, Olivia.

— Pas si ce n'est que pour quatre heures, dis-je les yeux fermés. Je préfère ne rien avoir du tout.

Mes pieds bougent, mais je ne les sens pas, et je ne suis que vaguement consciente que, dans le bar, il y a un homme avec qui j'étais en rendez-vous et qui doit se demander où je suis passée. Mais je ne peux pas retourner à l'intérieur et faire semblant d'être de bonne humeur, pas en me sentant aussi brisée. Alors j'envoie un message à Luke en prétextant que Nan est malade. Puis je rentre à la maison en traînant.

# 15

— Comment ça s'est passé ? demande Gregory quand je l'appelle le lendemain matin.

Pas de « Bonjour » ou « Comment ça va ? ».

— Il est gentil, mais je ne crois pas que je le reverrai.

— Pourquoi ne suis-je pas surpris ? marmonne-t-il, alors que j'entends de l'agitation derrière lui.

— Où es-tu ?

Il y a un long silence, puis un peu plus de vacarme, et le bruit d'une porte qui se ferme.

— J'ai rejoint Ben hier soir, murmure-t-il.

— Ah ouais ? dis-je en souriant. Une sortie salace.

— Ce n'était pas dans ce genre. On est sortis, puis on est rentrés chez lui prendre un café.

— Et le petit déjeuner.

— Ouais, ouais, et le petit déjeuner.

Quand j'entends son sourire dans sa voix, le mien s'agrandit.

— Écoute. Tu sais que je t'ai dit que Ben voulait te rencontrer ?

— Je me souviens.

— Eh bien, il y a l'inauguration d'une boîte de nuit ce soir. C'est Ben qui s'occupe de l'organisation depuis des semaines et il m'a invité. Il aimerait que tu te joignes à nous.

— Moi ? Dans une boîte de nuit ?

— Oui, allez. Ce sera marrant. C'est un endroit somptueux qui s'appelle Ice. S'il te plaît, dis oui.

Sa voix implorante ne m'émeut pas. Je ne peux pas imaginer pire que m'exposer dans un night-club londonien. Et de toute façon, il y aura plein du monde.

— Je ne crois pas, Gregory.

Je secoue la tête pour moi-même.

— Oh, bébé, gémit-il.

Si je pouvais le voir, je suis sûre qu'il serait en train de faire la moue.

— Ça te changera les idées.

— Qu'est-ce qui te fait penser que j'ai besoin de me changer les idées ? Je vais bien.

Il grogne presque.

— Arrête tes bêtises, Livy. Je n'accepterai pas que tu dises non. Tu viens et puis c'est tout. Et je n'accepterai pas les Converse non plus.

— Alors c'est sûr, je ne viens pas. Tu ne me feras pas porter ces talons une nouvelle fois.

— Si, tu viens. Et si, je vais le faire ! aboie-t-il. Tu as tant à offrir au monde, Livy. Je ne te laisserai pas gâcher plus de temps. Ce n'est pas une session d'entraînement, tu sais. On n'a qu'une vie, bébé. Une seule. Tu sors ce soir, et tu vas faire des efforts. Enfile ces talons aiguilles et promène-toi avec dans la maison toute la journée s'il le faut. Je passerai te prendre à huit heures. Et tu as intérêt à être prête.

Il raccroche et me laisse, le téléphone à l'oreille et la bouche ouverte, prête à protester. Il ne m'a jamais parlé comme ça auparavant. Je suis choquée, mais je me demande si je ne viens pas de recevoir le coup de pied aux fesses que je mérite et qui a mis longtemps à arriver.

J'ai perdu bien trop d'années ; j'ai passé bien trop de temps à prétendre que j'étais satisfaite de ma vie de recluse. Plus maintenant. Miller Hart m'a peut-être projetée dans un tumulte émotionnel dont je n'avais pas l'habitude, mais il m'a aussi fait réaliser que j'avais beaucoup à offrir au monde. Je ne veux plus m'isoler et me cacher, avoir trop peur d'être vulnérable… avoir trop peur de devenir ma mère.

Je saute du lit et glisse mes pieds dans les talons aiguilles noirs et me mets à faire les cent pas dans ma chambre, en m'efforçant de marcher avec grâce et la tête bien haute, sans regarder l'angle ridicule que font mes pieds qui ont l'habitude d'être à plat. En même temps, je pianote sur mon téléphone pour chercher sur Google les salles de sport du coin… en dehors du Virgin… et j'appelle pour fixer un cours d'initiation mardi soir. Puis j'essaie l'escalier, en l'empruntant prudemment et seulement très légèrement penchée pour maintenir ma posture de lady et ma grâce. Je m'en sors plutôt bien.

J'affiche un large sourire lorsque j'atteins le plancher de la cuisine, sans avoir trébuché, chancelé ou glissé.

Nan se retourne au son de mes talons sur le sol et reste bouche bée.

— Qu'est-ce que tu en penses ?

Je fais un petit tour de démonstration de ma stabilité, à la fois pour ma grand-mère et pour moi.

— Évidemment, avec une robe.

Je préfère préciser en remarquant que je porte un short de pyjama.

— Oh, Livy.

Elle sert une serviette contre sa poitrine en soupirant.

— Je me souviens de l'époque où je caracolais en talons comme si c'était des chaussures plates. J'ai des oignons pour le prouver.

— Je doute que je finirai par caracoler, Nan.

— Tu as un autre rendez-vous avec le gentil jeune homme ?

Elle semble pleine d'espoir alors qu'elle s'assied à la table.

Je ne sais pas trop si elle veut parler de Miller, qu'elle a rencontré, ou de Luke, qu'elle ne connaît pas.

— J'ai rendez-vous avec deux hommes ce soir.

— Deux ? s'étonne-t-elle en écarquillant ses yeux bleu marine. Livy, mon cœur, je sais que je t'ai dit de vivre un peu, mais je ne voulais…

— Détends-toi.

Je lève les yeux au ciel, pensant qu'elle devrait mieux me connaître, mais encore une fois, sa petite-fille ennuyeuse et introvertie est sortie plus souvent cette semaine que dans le restant de sa vie.

— Il s'agit de Gregory et son nouveau petit copain.

— C'est mignon ! chante-t-elle, puis son front ridé se plisse un peu plus. Tu ne vas pas aller dans l'un de ces bars gays, n'est-ce pas ?

Je me mets à rire.

— Non, c'est un nouvel endroit en ville. Ce soir, c'est l'inauguration, et le nouveau mec de Gregory s'est occupé de l'organisation. Il m'a invitée.

Je peux voir à son visage qu'elle est contente, mais elle va quand même en faire toute une histoire.

— Tes ongles ! crie-t-elle, ce qui me fait faire un pas en arrière sur mes talons hauts.

— Quoi ?

— Tu dois te vernir les ongles.

Je baisse les yeux sur mes ongles courts, nus et mal entretenus.

— Quelle couleur ?

— Eh bien, que comptes-tu porter ? m'interroge-t-elle.

Je me demande alors s'il y a beaucoup de nanas de vingt-quatre ans qui font appel à leur grand-mère pour avoir ce genre de conseil.

— Gregory m'a fait acheter une robe noire, mais elle est un peu courte et je suis sûre que j'aurais pu prendre une taille au-dessus. Elle est serrée.

— N'importe quoi !

Elle part en trombe, tout excitée et enthousiasmée par ma sortie du soir.

— J'ai un magnifique rouge feu !

Elle disparaît de la cuisine et monte l'escalier, plus vite que je ne l'ai jamais vue faire. Quelques instants plus tard, elle est de retour et agite un flacon de vernis à ongles rouge dans sa main ridée.

— Je l'ai gardé pour les occasions spéciales, dit-elle en me poussant sur une chaise et en en prenant une près de moi.

Je ne peux rien faire d'autre que l'observer recouvrir tranquillement et soigneusement chacun de mes ongles et souffler délicatement sur mes doigts une fois qu'elle a fini. En se renfonçant dans sa chaise, elle penche la tête. Je suis alors son regard qui fixe mes doigts, alors que je les remue un peu avant de les rapprocher et les étudier attentivement.

— C'est très… rouge.

— C'est très classe. Tu ne peux pas te tromper avec des ongles rouges et une robe noire.

Son esprit semble s'égarer, et je souris affectueusement à ma grand-mère tandis que des souvenirs d'enfance la mettant en scène avec mon grand-père envahissent ma tête.

— Tu te souviens quand Gramps nous amenait au Dorchester pour ton anniversaire, Nan ?

J'avais dix ans et étais complètement ébahie par la richesse des lieux. Gramps portait un costume, Nan un ensemble jupe et veste à fleurs, et on me mettait une robe-salopette bleu marine, qui était couverte de gros pois blancs.

Gramps a toujours adoré que les femmes de sa vie portent du bleu marine. Il disait que ça faisait passer nos yeux déjà superbes pour des puits de saphirs sans fond.

Ma grand-mère prend une longue inspiration et affiche un sourire forcé, mais je sais qu'elle aurait envie de verser une larme.

— C'était la première fois que je t'ai mis du vernis. Ton grand-père n'était pas content.

Je lui retourne son sourire, en me souvenant trop bien des mots durs qu'il lui avait servis.

— Et il était encore moins content quand tu m'as teinté les lèvres avec ton rouge à lèvres.

Elle se met à rire.

— C'était un homme de principes et qui tenait fermement à ses habitudes. Il ne comprenait pas qu'une femme ait besoin de couvrir son visage de maquillage, ce qui rendait les choses encore plus difficiles en ce qui concerne ta…

Sa voix s'estompe, puis elle se remet immédiatement à visser le bouchon du vernis.

— Ça va, dis-je.

Je pose ma main sur la sienne et la serre légèrement.

— Je me souviens.

Je n'étais peut-être qu'une enfant, mais je me souviens des vives disputes dans les cris, des portes qui claquent, et de Gramps se tenant la tête avec les mains à de nombreuses occasions. À l'époque, je ne comprenais pas, mais la maturité a fait son chemin et a rendu tout douloureusement clair. Ça et le journal que j'ai trouvé.

— Elle était trop belle et trop influençable.

— Je sais.

J'approuve, mais je ne crois pas du tout qu'elle était influençable. J'en suis venue à la conclusion que c'était ce que s'était dit Nan avec les années pour gérer son deuil. Et je suis contente de lui laisser cette illusion.

— Livy.

Elle enlève délicatement sa main pour éviter de faire baver mon vernis et attrape la mienne, fermement… comme pour me rassurer.

— Tout en toi vient de ta mère, mais pas ça.

Elle tapote sa tempe avec son index.

— Tu ne dois pas avoir peur de devenir comme elle. Ce serait gâcher une autre vie.

— Je sais.

J'ai d'assez bonnes raisons de vouloir éviter de répéter la vie de ma mère, mais il m'a toujours suffi de me souvenir de la dévastation de mes grands-parents pour renforcer cette volonté.

— Tu t'es complètement isolée, Livy. Je sais que je t'ai donné un peu de fil à retordre quand ton grand-père est mort, mais je vais bien maintenant… et ça fait déjà un certain temps, mon cœur.

Elle me regarde en levant ses sourcils gris, voulant à tout prix que je le reconnaisse.

— Je ne me remettrai jamais de les avoir perdus tous les deux, mais je peux continuer à vivre, reprend-elle. Tu n'as pas vécu la moitié de ce que la vie a à offrir, Olivia. Tu étais une enfant et une adolescente si pleine d'entrain avant que tu ne trouves…

Elle marque une pause, et je sais que c'est parce qu'elle ne peut pas prononcer ces mots. Elle veut parler du journal, le rapport effroyablement précis de la vie de ma mère.

— C'était plus sûr ainsi, dis-je à voix basse.

— Mais ce n'était pas sain, mon cœur.

Elle soulève ma main et l'embrasse tendrement.

— Je commence à le comprendre.

Je prends une profonde inspiration pour me donner de l'assurance.

— Cet homme, celui qui est venu dîner…

Je ne sais pas pourquoi je n'utilise pas son nom.

— Il a dévoilé quelque chose en moi, Nan. Ça ne mènera jamais nulle part, mais je suis contente de l'avoir rencontré parce qu'il m'a fait prendre conscience de ce à quoi pouvait ressembler la vie si je la laissais faire.

Je n'en dévoile pas plus, et je ne lui confie pas non plus qu'étant donné les circonstances, je pourrais avoir cette chose que je n'arrive pas à distinguer avec lui, si seulement il me laissait faire. Ce n'est pas que le sexe ; c'est la connexion, ce sentiment de protection totale qui bat tout ce que j'ai essayé d'accomplir de moi-même.

Cela défie la raison, vraiment. Miller Hart est irrationnel, compliqué et lunatique, mais entre ces moments énervants, il y a des périodes incroyablement merveilleuses et sereines. Même si ça me plairait, je ne crois pas pouvoir retrouver ces sentiments avec un autre homme.

Nan me regarde avec un air songeur, en me tenant toujours fermement la main.

— Pourquoi ça ne mènerait nulle part ? demande-t-elle.

Je suis honnête et elle doit voir les choses telles qu'elles sont, de toute façon. Elle n'est pas stupide.

— Parce que je ne crois pas qu'il soit vraiment disponible.

— Oh, Livy, soupire Nan. On ne peut pas choisir de qui on tombe amoureux. Viens là.

Elle se lève et m'attire dans ses bras en me serrant très fort. La tension et l'incertitude semblent soudain s'envoler avec son étreinte.

— Dans chaque expérience de la vie, il faut trouver le positif. Je vois de nombreuses choses positives à retirer de ta rencontre avec Miller, mon cœur.

J'acquiesce contre son épaule, mais me demande si je serai capable d'embrasser ces prétendues opportunités. Il a déjà réussi à interrompre un rendez-vous. Si je veux continuer à résister à Miller Hart, je dois renforcer ma volonté et ma résistance. Le cran qui fait la renommée des filles Taylor m'a échappé, mais je vais le retrouver. Il est là. Il est apparu par-ci par-là ces derniers temps, mais il faut que je l'attrape pour ne plus le laisser partir.

Je regarde de côté quand un appareil photo est porté devant mon visage et que Nan m'aveugle avec le flash.

— Ressaisis-toi, Nan.

Je tire sur le bas de ma robe ridiculement courte en râlant. Cela fait vingt minutes que je me tiens devant mon miroir à délibérer sur cette transformation spectaculaire. Toute la journée, toute cette satanée journée, je l'ai passée à mettre de la crème, m'épiler, lisser et raidir. Je suis épuisée.

— Regarde, George ! lance Nan en prenant quelques clichés supplémentaires. La classe !

Je roule les yeux en regardant George et tire encore sur le bas de ma robe.

— Ça suffit maintenant.

J'écarte l'appareil de mon visage. J'ai l'impression d'être une ado qui va à son premier bal de promo. C'était inévitable, mais ce tapage me donne encore plus le sentiment d'être provocante.

— Tu es impressionnante, Livy ! dit George en riant, avant de prendre l'appareil des mains de Nan en ignorant son regard effaré. Laisse cette pauvre jeune fille tranquille, Josephine.

— Merci, George, dis-je en essayant de nouveau de rendre ma robe plus longue.

— Arrête de tirer sur ta robe.

Nan me met une petite tape sur la main.

— Marche en te grandissant, la tête haute. Continue à gigoter comme ça et tu donneras l'impression de ne pas être à ta place et d'être mal à l'aise.

— Oh mon Dieu, j'y vais.

J'attrape mon sac d'une taille ridicule et me dirige vers la porte, pressée d'échapper aux réactions exagérées à ma… mise en valeur. Je fais claquer la porte plus fort que je n'en avais l'intention, et entends Nan crier sur George alors que je descends l'allée en faisant cliqueter mes talons. Je souris, redresse les épaules et continue d'avancer, ma pochette sous le bras, et en résistant à l'envie de tirer sur le bord de ma robe. Je ne fais que quelques pas avant de voir Gregory au loin, qui s'avance vers moi. Il semble hésiter légèrement, et je sais que si j'étais assez près, je le verrais plisser les yeux. Bizarrement, cette réaction ne me donne pas le sentiment d'être provocante ; je me sens audacieuse, alors je lève la tête et fais de mon mieux pour imiter un mannequin sur un podium. Je ne sais pas si j'y parviens, mais cela fait sourire Gregory jusqu'aux oreilles et il se met à siffler à cinquante mètres de là.

— Sexy !

Il s'arrête et me tend la main.

— Baise-moi, je les battrai tous ! ajoute-t-il.

Je ne rougis même pas. Je réalise une pirouette parfaite avant de passer mes bras autour de son cou.

— Je me suis entraînée toute la journée.

— Ça se voit.

Il me fait reculer et m'examine de la tête aux pieds, puis caresse mes cheveux en souriant.

— Lisses et brillants. Tu es encore plus magnifique que d'habitude. Et bon sang, regarde-moi ces jambes !

Je baisse les yeux sur mes jambes et vois des courbes que je n'ai jamais vues auparavant.

— Je me sens bien.

Il me prend dans ses bras et m'attire à côté de lui.

— Tu as bien raison, parce que tu es superbe. Tu partais sans moi ? me demande-t-il en nous guidant vers la route principale pour prendre un taxi.

— Non, je ne pouvais plus supporter de rester à l'intérieur.

— J'imagine.

— Tu es tout fringant.

Je tire légèrement sur la manche de sa chemise rose.

— Tu veux essayer de faire bonne impression ?

Je lève les yeux vers lui et découvre un sourire retenu. Cela me fait sourire à mon tour.

— Je n'ai pas besoin d'essayer, Livy.

Quelle effronterie.

— Tu veux bien me faire une promesse ? me demande-t-il.

— Quoi ?

— Tu m'appelleras Greg ce soir.

Mon sourire s'élargit et je glisse mon bras autour de sa taille.

— Je t'appellerai Greg si tu m'appelles madame Sans-gêne.

Il éclate de rire.

— Madame Sans-gêne ?

— Oui, bébé, ma mignonne, ma jolie…

Je réalise tout de suite mon erreur.

— Qui t'appelle « ma mignonne » ?

— Peu importe.

Je mets immédiatement un terme à son interrogatoire, et je mets aussi un terme à mon fil de pensée.

— L'idée, c'est que je ne suis pas une petite fille.

— Bon, d'accord. Ce sera madame Sans-gêne.

Il se penche pour m'embrasser sur le front.

— Tu ne peux pas imaginer comme je suis heureux à l'instant même.

— Parce que tu vas voir Benjamin.

— C'est Ben.

Il me donne un petit coup de hanche.

— Eh non, pas à cause de Ben. À cause de toi.

Je lève les yeux vers mon ami adoré et souris.

— Je suis heureuse aussi.

# 16

Me voilà face à une première situation délicate avec ma robe courte. Gregory sort aisément du taxi alors que je réfléchis au meilleur moyen de m'en extraire sans exposer ma culotte noire fantaisie. Je tiens le bord de ma robe avec les deux mains, mais la pochette calée sous mon bras m'échappe.

Je la ramasse en jurant.

— Tu n'as pas répété cette partie, je me trompe ?

Gregory me taquine en tendant un bras pour récupérer ma pochette et l'autre pour me prendre la main.

— Sur le côté. Avance la jambe sur le côté.

Je lui donne mon sac, attrape sa main et suis ses instructions en sortant mon pied droit du taxi ; je trouve ça bien plus facile pour sortir sans me pencher ou me donner en spectacle aux passants.

— Merci.

— Aussi gracieuse qu'un cygne.

Il me fait un clin d'œil et glisse ma pochette sous mon bras.

— Prête ?

Je refais le plein d'assurance en prenant une longue inspiration.

— Prête.

Je lève les yeux vers le bâtiment et vois des lumières bleues s'étalant le long de la devanture en verre et un tapis rouge déroulé sur le trottoir, avec des tas de gens qui attendent qu'on les fasse entrer. Je suis un peu abasourdie. « Blurred Line » de Robin Thicke sort des portes en verre ouvertes, des lumières bleues scintillent à l'intérieur, et les videurs montent la garde, vérifiant la liste avant de laisser entrer qui que ce soit.

On m'attrape la main et on me tire vers l'avant de la file d'attente. Je ne peux pas ignorer les regards méchants que la clientèle en attente nous jette.

— Gregory, il y a une queue.

Je murmure mais assez fort, juste à l'instant où nous nous retrouvons devant le videur à la liste.

— Greg Macy et Olivia Taylor, invités de Ben White, déclare Gregory avec beaucoup d'assurance, tandis que je grimace sous les regards féroces et assassins des clients haineux dans la file.

Le videur feuillette les pages et parcourt la liste de noms, pour finir par grogner en décrochant la grosse corde qui relie deux poteaux en métal.

— Le bar à champagne se trouve au premier étage au fond sur votre gauche. M. White est dans la zone VIP là-bas.

— Merci.

Gregory hoche la tête et me tire en avant pour me faire passer la porte.

— Zone VIP, chuchote-t-il à mon oreille. Et tu viens de m'appeler Gregory, madame Sans-gêne.

— Je ne peux pas m'en empêcher.

Je jette un coup d'œil alentour et découvre plusieurs niveaux, tous accessibles via des escaliers en verre qui ressemble à de la glace, illuminés par des lumières bleues. Il y a des gens bien habillés partout, accoudés aux balustrades en verre, et pas une pinte de bière ou une bouteille en vue… seulement des flûtes de champagne. Derrière chaque bar – j'en ai vu trois jusqu'ici – se trouvent des piles de bouteilles de champagne. Je n'ai jamais goûté à ce truc, mais on dirait que ça va bientôt changer.

Gregory m'escorte pour monter les marches, et mon côté pratique ne peut s'empêcher de penser aux dommages qu'il y aurait si quelqu'un venait à tomber. Mes talons tintent doucement alors je baisse les yeux pour les admirer en souriant et découvrant mon cul qui remue un peu plus.

— Est-ce que tu te pavanes ? me demande Gregory en riant bêtement et me donnant un petit coup dans le flanc. Vas-y, bébé.

Je me retourne et lui lance un regard mauvais malgré mon sourire.

— Sans-gêne.

Je garde le nez en l'air, ce qui fait éclater de rire mon pote.

— Évidemment.

Nous atteignons le haut de l'escalier et nous dirigeons vers la gauche comme on nous l'a indiqué, vers le bar à champagne, ce qui est ironique puisque tout ce que j'ai vu aux autres bars, c'était du champagne aussi, ce qui en fait donc d'autres bars à champagne.

— Qu'est-ce que tu prendras ?

— Un Coca.

Je baisse les yeux pour éviter de croiser son regard indigné.

Il affiche un air de mépris mais ne riposte pas, et se penche sur le bar pour commander deux verres de champagne. Le club est déjà bondé, et il y avait au moins une centaine de personnes qui attendaient dans la file dehors. Gregory ne plaisantait pas quand il disait que c'était somptueux, et le nom reflète bien l'ambiance. S'il n'y avait pas cette foule pour produire de la chaleur, je pense que j'aurais froid.

Je prends le verre qu'on me tend et le lève sous mon nez, sentant une certaine amertume. La fraise qui flotte détourne mon attention de l'arôme qui envahit mes narines et attire mon esprit vers un endroit où je n'ai vraiment pas envie qu'il s'aventure.

Des fraises… des anglaises, pour leur côté sucré.

Du chocolat… avec au moins quatre-vingts pour cent de cacao pour l'amertume.

Du champagne, pour enrober tout ça.

Je sursaute, un peu surprise quand Gregory me met un petit coup.

— Ça va ?

— Bien sûr.

Je tente d'oublier le sucré et l'amertume, tout comme la sensation de la langue chaude de Miller, de sa bouche qui bouge lentement et de son corps bouillant et ferme.

— Quel lieu huppé.

Je lève un peu mon verre et y plonge les lèvres, prenant ma toute première gorgée de champagne.

Le liquide frais et pétillant glisse le long de ma gorge comme de la soie.

— Je n'arrive pas à croire que tu n'y aies jamais goûté avant.

Gregory secoue la tête en penchant le verre sur ses lèvres.

— C'est le paradis dans un verre.

— Je suis d'accord. Alors comme ça, il t'a inscrit sur la liste des invités ?

— Bien sûr.

Il ne mord pas à mon hameçon.

— Je n'allais pas faire la queue comme le vulgaire bétail.

— Tu es vraiment snob, dis-je en riant. Je peux manger la fraise ?

— Oui, mais ne plonge pas tes doigts dans le verre. Essaie de faire ça comme une dame.

— Alors comment je l'attrape ?

Je regarde la flûte étroite les yeux plissés, en me demandant même si mes doigts rentreraient, sans oser essayer.

— Renverse-la.

Gregory me fait une démonstration en penchant sa flûte sur ses lèvres pour attraper la fraise dans sa bouche lorsque cette dernière glisse le long du verre.

— Il vaut mieux attendre que tu aies fini le champagne, ajoute-t-il en croquant le fruit.

— Tu as une grande bouche.

Je bois encore un peu, mais sens bien que je ne suis pas prête à aller si vite. Ne pas boire pendant si longtemps a certainement fait de moi une petite nature en matière d'alcool.

— Oh, tu n'as pas idée, bébé.

Je plisse le nez de dégoût.

— Je ne veux pas savoir, Gregory.

Il m'adresse un regard mauvais.

— C'est Greg !

— Et moi, madame Sans-gêne !

Je lui mets un coup de fesses dans la cuisse.

— D'ailleurs, où est Benjamin ?

Je suis intriguée par l'homme qui a su conquérir mon Gregory.

— *Ben* est par là.

Il indique discrètement avec son verre une direction que je suis des yeux à travers la foule où il y a bien trop d'hommes pour que je puisse le repérer.

— Lequel ?

— Dans la zone VIP. Costume noir, cheveux blonds.

Je parcours des yeux une foule d'hommes, tous en train de discuter près du bar, de rire en se tapant régulièrement dans le dos. Des citadins. Puis mes yeux atterrissent sur un homme bien bâti. Je peux carrément voir ses muscles gonfler sous son costume. Je suis surprise.

Ce n'est pas le genre habituel de mon meilleur ami, mais encore une fois, cela faisait longtemps que je n'avais pas eu le plaisir de rencontrer l'un des partenaires de Gregory.

— Il est…

J'essaie de trouver les bons mots pour le décrire. Colossal. Bodybuildé.

— Costaud, dis-je finalement.

— C'est un fou de fitness.

Je lève les yeux et vois que Gregory affiche un petit sourire alors qu'il regarde Ben.

— Comme toi.

Gregory n'a pas de raison d'avoir honte de son physique, pas le moins du monde même, mais alors Ben... eh bien, c'est plutôt un mammouth, mais pas au point de ne pas être attirant. Je perçois son charme.

— Je suis un amateur à la salle comparé à Ben. On discute tous les jours, madame Sans-gêne.

— Est-ce que tu comptes aller le voir ?

— Non, dit-il en se retenant de rire. Je ne vais pas lui courir après, Livy.

— Mais vous avez déjà eu des rendez-vous. Il t'a invité et mis sur la liste des invités.

— Oui, il joue au chat et à la souris.

— Difficile à avoir ?

— Fuis-moi, je te suis, et tout le tralala.

Il pose le bout de son doigt à la base de mon verre et appuie légèrement.

— Tu vas pouvoir avoir ta fraise maintenant.

Je baisse les yeux et découvre que j'ai fini de boire mon premier verre, et, en effet, je peux atteindre la fraise. Je penche le verre et soupire quand je plante mes dents dans le fruit sucré.

— Délicieuse.

Tout comme celles...

— Un autre ?

Il n'attend pas ma réponse. Il me prend la main et me mène jusqu'au bar, une plaque de verre transparent géante, sous laquelle on peut voir des bouteilles de champagne dans de la glace.

— Deux autres, dit-il au serveur qui présente rapidement deux autres flûtes pleines, avant de récupérer les deux vides.

Nous nous éloignons aussitôt.

— Tu n'as pas besoin de payer ?

— Soirée d'ouverture. Tout est gratuit, mais ne t'emballe pas.

— Ça ne risque pas.

— Oh, il nous a vus.

Gregory se met à gigoter légèrement, et quand je regarde de l'autre côté du bar, je vois Ben qui s'avance vers nous avec un sourire jovial.

— Souviens-toi, madame Sans-gêne. C'est Greg.

— Oui, oui, dis-je sans quitter des yeux le grand corps de Ben qui approche.

— Greg, dit formellement Ben en arrivant. Je suis content que tu aies pu venir.

Il tend la main et Gregory la prend pour la serrer fermement.

— Ravi de te voir, répond mon ami, en lâchant la main de Ben avant de glisser la sienne dans sa poche. Je te présente Livy.

Confuse, je ne peux pas m'empêcher de froncer les sourcils.

— Salut.

— La fameuse Livy.

Il se penche pour m'embrasser la joue.

— Merci d'être venue.

Quand il recule, je l'examine attentivement pour la première fois et me concentre sur son visage et non sur ses gestes formels ou son physique massif. Il a un charme assez rude.

— Merci de m'avoir invitée.

— De rien.

Il tape l'épaule de Gregory.

— J'aurais aimé pouvoir discuter un peu plus, mais il y a un million de personnes ici à qui je dois parler. Peut-être plus tard ?

— À plus tard.

Gregory acquiesce.

— Super.

Ben me sourit chaleureusement.

— Enchanté d'avoir fait ta connaissance, Livy.

— De même.

Mes yeux passent d'un homme à l'autre avant d'observer le dos de Ben disparaître dans la foule.

— Il n'a pas fait son *coming-out* !

Je me retourne vers Gregory et ajoute :

— Personne ne sait qu'il est gay !

— Chuuut. Il attend le bon moment.

Je suis assommée. Gregory a été franc et sincère par rapport à sa sexualité depuis le lycée et a toujours tourné en ridicule ceux qui ne sont pas honnêtes avec eux-mêmes.

— Lors de ces rendez-vous, vous n'êtes pas sortis du tout, n'est-ce pas ?

Gregory refuse de me regarder dans les yeux, et il est de plus en plus agité. Il regarde par terre, mal à l'aise.

— Non, répondit-il calmement.

Mon cœur se serre un peu pour mon meilleur ami. Ce n'est pas différent d'une femme qui fréquente un homme marié et qui assure constamment qu'il va quitter sa femme pour elle. Et le rôle que je dois tenir ce soir m'apparaît trop clairement à présent. C'est dégueulasse !

— Quel âge a-t-il ?

— Vingt-sept.

— Depuis combien de temps le sait-il ?

J'insiste car je n'aime pas ce que j'entends.

— Il dit qu'il a toujours su.

La réponse de Gregory ne fait que renforcer mon impression. S'il a toujours su et qu'il n'a toujours pas dévoilé sa véritable inclination sexuelle, alors qu'est-ce qui fait croire à Gregory qu'il le fera maintenant ? Je ne le lui dis pas, parce qu'à en juger l'expression sur son visage, il s'est déjà posé cette question. Gregory n'est pas efféminé et ne ressent pas le besoin d'exposer sa préférence sexuelle aux yeux de tous, mais il n'en a pas honte non plus. Après avoir passé seulement une minute avec Ben, je peux dire que ce n'est pas son cas, et quand je regarde de l'autre côté du bar et le vois accueillir une femme avec des gestes exagérés, ma vision des choses n'est que confirmée.

Je jette un coup d'œil à Gregory et remarque qu'il regarde dans cette direction lui aussi, et pour essayer de le distraire, je demande un autre verre en agitant ma flûte vide sous son nez.

— Encore ?

— Ça descend très bien.

Je vais pour lui tendre mon verre, mais remarque tout de suite la fraise.

— Oh, attends.

Je penche la flûte et attrape le fruit avant d'abandonner mon verre.

Pendant que Gregory va nous chercher à boire, je me promène vers la galerie en verre et me penche pour observer la foule d'hommes très soignés et les femmes habillées avec élégance en dessous. Cet endroit est un club sélect et haut de gamme, réservé à l'élite londonienne.

Cela devrait me mettre encore plus mal à l'aise, mais non. Je suis simplement contente d'être venue, parce qu'avec Ben qui évite Gregory dans les lieux publics, il se serait retrouvé à errer seul comme une âme en peine.

Une flûte apparaît par-dessus mon épaule.

— Qu'est-ce que tu regardes ? me demande mon ami.

— Tous ces gens riches.

Je me retourne et appuie mes fesses contre la vitre.

— C'est un club privé ?

— À ton avis ?

J'acquiesce.

— Et c'est Ben qui a organisé cette inauguration ?

— Oui, il a une certaine renommée dans son domaine.

Il pose ses coudes sur une grande table en verre.

— Tu n'as pas remarqué ? me demande-t-il.

Je regarde autour de nous.

— Remarqué quoi ?

— Les regards.

Il fait un signe de la tête vers un groupe d'hommes pas loin, qui fixent tous dans notre direction, sans faire l'effort de cacher leur intérêt, même si je suis accompagnée d'un homme. Après tout, Gregory pourrait très bien être mon petit ami.

Je leur tourne le dos et vois que Gregory regarde toujours le groupe, mais pour une tout autre raison.

— Arrête de baver, lui dis-je en prenant une autre gorgée de champagne.

— Désolé.

Son regard revient vers moi.

— Et si on allait faire un tour pour explorer les environs ?

— Oui, allons-y.

— C'est parti alors.

Il se redresse et place sa main dans le creux de mon dos pour me guider.

En montant un escalier, je regarde vers le rez-de-chaussée et remarque que Ben a disparu. Alors je me demande si c'est pour ça qu'on bouge.

— Il y a un bar-jardin, m'apprend Gregory.

— Alors pourquoi est-ce qu'on monte ?

— Il se trouve sur le toit.

Il me dirige vers la gauche et nous prenons d'autres escaliers, quand un mur de verre apparaît, et au-delà, Londres de nuit dans toute sa gloire.

— Oh waouh ! Regarde-moi ça !

— Impressionnant, hein ?

C'est plus qu'impressionnant.

— Est-ce que tu me renierais si je prenais des photos ?

Je suis prête à lui tendre mon verre pour pouvoir fouiller mon sac à la recherche de mon téléphone.

— Oui, je te renierais. Contentons-nous de faire ce que tout le monde fait : boire et apprécier la vue.

Je me sens flouée, car j'aurais voulu prendre quelques photos, juste au cas où ma mémoire ne garde pas une image précise de ce que je suis en train d'admirer.

384

Je suis habituée à Londres, son architecture et sa grandeur, mais je ne l'ai jamais vue de cette façon.

— Alors comment as-tu rencontré Ben ?

Je m'efforce de détourner mon regard de cette vue stupéfiante. Gregory indique ce qui se trouve autour de nous avec un air de « à ton avis » sur le visage, et pour la première fois, je remarque le jardin dans lequel nous avons atterri. Je retiens mon souffle.

— C'est toi qui as fait ça ?

— En effet.

Il gonfle la poitrine de fierté.

— Je l'ai dessiné, créé et réalisé. C'est mon plus beau projet jusqu'ici.

— C'est incroyable, dis-je d'un air songeur, en commençant à assimiler tous les détails discrets mais très importants, ces petites touches qui insufflent la vie. Les murets sont en fait des plantes en forme de boîte compacte, avec des petites feuilles vertes et luxuriantes, et des lumières scintillantes bleu glacial sont intégrées dans les arbustes. Les topiaires sont toutes taillées en boules parfaites et abritent elles aussi des lampes dans leur feuillage.

— C'est de la vraie herbe ?

En palpant des pieds, je remarque que mes talons ne s'enfoncent pas.

— Non, c'est de l'imitation, mais tellement authentique que tu ne l'aurais pas deviné.

— C'est vrai. J'adore les meubles.

— Hmmm. Le thème, c'était la glace, comme tu l'as probablement remarqué. Je n'étais pas très sûr de trouver comment créer un espace extérieur luxueux et fonctionnel avec ça, mais je suis plutôt content du résultat.

— Tu peux.

Je me penche vers lui et l'embrasse sur la joue.

— C'est fabuleux, tout comme toi.

— Arrête, dit-il en riant. Tu vas me faire rougir.

Je ris bêtement avec lui, puis lève les yeux pour avoir un nouvel aperçu de la vue, mais mes yeux ne vont pas jusqu'au panorama parce qu'ils s'arrêtent sur Ben. Et ils le découvrent collé à la bouche d'une femme. Je grimace et essaie tout de suite de bouger, mais je ne pense à rien d'autre que prendre mon verre de champagne frais et le tendre à Gregory.

— Encore un ? me demande-t-il, incrédule. Tu devrais lever le pied, Livy.

— Je me sens bien.

Je le rassure en le prenant par le coude, mais il ne bouge pas, quand je lève les yeux, je vois qu'il a découvert ce dont j'essayais de le préserver.

— Greg ?

Ses yeux tombent lentement sur les miens, et je vois trop de malheur pour adopter l'approche en douce, alors je le tire brusquement jusqu'à ce qu'il soit obligé de bouger.

— Allons boire un verre.

Il a bien du mal à parler et libère ses bras pour me prendre la main.

Gregory me fait descendre les deux étages et m'emmène au bar où il commande deux champagnes. Pendant la courte période où nous nous sommes absentés, l'ambiance est montée d'un cran et les gens commencent à frétiller sur la piste de danse ronde, verre à la main. Le volume de la musique me semble trop fort, et il y a clairement un changement dans la zone réservée, avec le champagne qui coule à flots et gratuitement. Les Daft Punk, accompagnés de Pharrell Williams, battent dans les haut-parleurs.

— Bois.

Gregory ne me passe pas une flûte cette fois-ci. C'est un shooter, et mes yeux se rivent sur le sien.

— Allez, insiste-t-il.

Ma répugnance est évidente. J'ai pris quelques verres de champagne et je me sens bien, mais ça ne devrait pas être le feu vert pour m'envoyer des shooters.

— Greg…

— Allez. Je ne laisserai rien t'arriver, Livy, me garantit-il.

Et peut-être bêtement, je prends le verre et l'entre-choque avec le sien avant de vider le contenu dans ma gorge. La chaleur est instantanée, tout comme le souvenir de toutes les fois où j'ai bu auparavant.

J'halète et repose bruyamment mon verre avant de prendre la flûte et de boire le champagne, bien plus agréable.

— C'était dégueulasse.

— C'était de la tequila, mais tu as oublié le sel et le citron.

Il lève une salière et une tranche de citron avant de suivre la procédure habituelle : il lèche le dos de sa main, saupoudre le sel, lèche une nouvelle fois, boit l'alcool et enfonce ses dents dans le citron.

— C'est bien meilleur comme ça.

— Tu aurais dû m'arrêter, dis-je d'un ton plaintif en essayant de me débarrasser du goût rance.

— Tu ne m'en as pas laissé le temps, lance-t-il en riant. On s'en fait un deuxième.

Il en commande deux autres et cette fois je suis correctement la procédure, en imitant Greg.

Je frissonne en sentant l'arôme s'attarder dans ma bouche, puis pour une tout autre raison quand un rythme familier remplace la dernière chanson. Je regarde immédiatement les yeux écarquillés et enchantés de Gregory.

— « Carte blanche ».

Mon esprit est bombardé d'images de Gregory transformant ma chambre en discothèque à chaque fois que j'ai refusé de l'accompagner en boîte.

— Quelle pertinence, confirme Gregory alors qu'un grand sourire illumine son visage. Veracocha ! Notre titre, bébé !

Nous vidons tous les deux notre énième verre de champagne avant qu'il m'attrape la main et me tire vers la piste de danse. Je ne proteste pas. Je ne pourrais pas. Gregory sourit et après ce qu'il vient de se passer, c'est déjà une bonne chose. Il nous fraie un chemin dans la foule jusqu'à ce que nous ayons rejoint la vague d'autres danseurs qui apprécient tous ce tube autant que nous. Une lumière stroboscopique clignote autour de nous, illuminant les visages des personnes et accentuant mon euphorie. Nous nous imprégnons tous les deux du rythme, les mains en l'air, nos corps ondulants, et nous tournoyons sur la piste en riant. C'est nouveau pour moi, et c'est bon. Je m'amuse.

Gregory m'attire contre son torse et met sa bouche contre mon oreille pour que je puisse l'entendre malgré la musique et les cris.

— Je te laisse trois minutes avant qu'un mec ne vienne vers toi.

— Je danse avec un homme. Il faudrait qu'il ait super confiance en lui.

— Arrête tes conneries. C'est évident qu'on n'est pas ensemble.

Je suis sur le point de riposter, mais je vois Ben approcher derrière Gregory en souriant et saluant les gens qu'il croise dans la foule de la piste de danse. Je veux éloigner mon ami, mais je suis aussi curieuse de savoir comment ça va tourner. Ben ne sait pas que nous l'avons vu, et je me demande comment Gregory va gérer ça. Je lâche mon ami et recule en m'assurant de garder le sourire et de retenir son attention.

Alors que Ben approche, je l'observe qui étudie discrètement le corps de Gregory, en continuant de saluer les gens, toujours avec le sourire.

Aucun doute : il touche le corps de mon ami intentionnellement en passant près de lui, et son bras se glisse autour de sa taille en un geste délicat pour donner l'impression qu'il essaie de passer sans se cogner contre lui.

Mais le visage de Ben exprime le désir et le changement d'attitude de Gregory dont les mouvements fluides et aisés deviennent soudain raides et maladroits, est évident. Va-t-il le repousser ou lui lancer un regard mauvais ?

Non. Il se détend immédiatement quand il voit Ben et retrouve son aisance alors que la musique ralentit momentanément avant de repartir de plus belle et emporter les danseurs dans une exultation totale. Nous formons un triangle, Ben et Gregory se souriant en dansant, mais la tension sexuelle entre les deux hommes est palpable. Ils ne se touchent pas, ne se regardent même pas avec envie, mais c'est là et c'est évident. Ben prend des risques.

Gregory s'approche de moi, tout sourire.

— Il y a un homme qui va t'accoster.

— Ah bon ?

Je suis sur le point de me retourner quand Gregory m'attrape par les épaules.

— Fais-moi confiance. Laisse-le faire.

Il s'évente le visage avant de me relâcher, et je me crispe des pieds à la tête, en rassemblant mes forces. Gregory a bon goût en matière d'hommes, mais ne devrais-je pas avoir mon mot à dire ? Ou alors, devrais-je laisser les choses se faire... garder le contrôle, mais laisser faire ?

Ce sont ses hanches que je sens en premier, appuyées contre le bas de mon dos. Puis il y a ses mains qui se glissent sur mon ventre. Mes mouvements adoptent son rythme sans y penser, et je pose ma main sur la sienne, Gregory me sourit, mais je ne me sens pas obligée de me retourner pour avoir un aperçu de mon partenaire de danse parce que, certainement à cause de l'alcool, je me sens bien avec lui... à l'aise... c'est agréable.

Mes yeux se ferment quand je sens un souffle chaud dans mon oreille.

— Ma douce, tu m'as terrassé.

# 17

Je prends soudainement conscience d'étincelles qui explosent violemment en moi. Je retiens mon souffle, mes yeux s'ouvrent brusquement, et j'essaie de me retourner sans y parvenir. Il appuie son entrejambe contre le creux de mon dos, sa prise sur ma taille se raffermit, tout comme ce qu'il y a dans son pantalon. Je suis complètement paniquée, tous les sentiments qu'il provoque en moi m'assaillant avec acharnement.

— N'essaie pas de m'échapper, murmure-t-il. Je ne laisserai pas cela se produire cette fois.

— Miller, laisse-moi.

— Il faudra me passer sur le corps.

Il pousse mes cheveux sur un côté et ne perd pas de temps avant de poser ses lèvres sur ma nuque, injectant du feu dans ma chair jusque dans mes veines.

— Ta robe est très courte.

— Et ?

Je plante mes ongles dans son bras en soufflant.

— Et j'aime ça.

Sa main glisse sur ma hanche, ma fesse et sous le rebord de ma robe.

— Parce que ça veut dire que je peux faire ça.

Il embrasse mon cou en faufilant sa main sous ma robe pour passer son doigt sous la couture de ma culotte. Je recule les fesses avec un petit cri et cogne son entrejambe. Il me mord le cou.

— Tu es trempée.

— Arrête.

Je le supplie en sentant toute rationalité s'évanouir à son contact.

— S'il te plaît, arrête, arrête, arrête.

— Non… lâche-t-il dans un souffle. Non…

Il décrit des cercles pleins d'assurance avec son entrejambe.

— Non, Livy, répète-t-il.

Son doigt me pénètre et mon visage est déformé par un mélange de plaisir et de désespoir, mes muscles internes se resserrant sur lui.

Ma tête tombe d'un côté alors que je m'abandonne à lui, et les doigts de ma main toujours posée sur la sienne pressent fort, incitant sa paume à bouger et ses doigts à enlacer les miens en serrant fermement. Je sais que je suis en train de succomber, et malgré mon désir irrépressible, je cherche Gregory des yeux pour qu'il me vienne en aide. Il a disparu.

Tout comme Ben. La fureur m'enflamme, alimentée par la promesse bafouée que m'a faite Gregory en m'affirmant qu'il ne laisserait rien se passer. Il a laissé quelque chose arriver, et avec le pire des hommes. Je me débats dans les bras de Miller jusqu'à ce qu'il n'ait plus d'autre choix que de me relâcher ou de me malmener sur le sol. Alors je me retourne et mes cheveux lui fouettent le visage. Je lui lance un regard furieux, ignorant sa beauté incroyable. Il porte ses plus beaux atours, comme toujours, mais sans veste, et les manches de sa chemise sont remontées pour lui donner un air plus décontracté, moins « Miller ». Toutefois, son gilet est toujours boutonné, et ses cheveux forment une superbe crinière ondulée. Ses yeux bleus perçants me poignardent avec un air accusateur.

— J'ai dit non, dis-je les dents serrées. Pas maintenant, pas pour quatre heures. Jamais.

— On verra, réplique-t-il d'un ton assuré en faisant un pas en avant. Tu peux bien répéter le mot « non », Olivia Taylor. Mais ça…

Il passe le bout de son doigt sur ma poitrine et mon ventre, me forçant à prendre une bouffée d'air pour contrôler mes tremblements.

— Ça, reprend-il, ça me dit toujours « oui ».

Quand mes jambes s'activent avant que mon cerveau ne leur en donne l'ordre, je me rends compte que mon instinct prend le contrôle. Fuir. Partir avant que je perde la tête et mon intégrité, et le laisse me jeter à nouveau. Je me retrouve au bar avant d'avoir réalisé quelle direction j'avais prise. Je commande un verre, le prends brutalement de la main du serveur et me retourne en prenant une gorgée.

Miller se trouve juste devant moi. La mâchoire contractée, il fait un signe de tête au serveur derrière moi. Puis, comme par magie, on fait passer un verre au-dessus de mon épaule pour Miller. Mon regard tombe sur ses lèvres alors qu'il prend une lente gorgée en me fixant, comme s'il savait quel effet me faisait sa bouche. Je suis envoûtée. Totalement captivée. Alors il se lèche les lèvres et, ne sachant quoi faire d'autre mais consciente qu'il y a de fortes chances que je l'embrasse si je reste ici, je me remets à courir, cette fois, en montant l'escalier et parcourant la promenade en regardant à travers les vitres à la recherche de Gregory. Il faut que je le trouve, cet emmerdeur.

Je suis tellement occupée à chercher mon ami en bas que je ne fais pas attention où je vais et je heurte quelqu'un. Ce torse aux angles saillants sous cette chemise et ce gilet ne me sont que trop familiers.

— Livy, qu'est-ce que tu fais ? me demande-t-il d'un ton presque las, comme si je luttais dans une bataille perdue d'avance.

J'ai bien peur que ce soit le cas.

— J'essaie de m'éloigner de toi.

Je vois qu'il est contrarié à sa mâchoire qui se contracte un peu plus encore.

— S'il te plaît, pousse-toi.

— Non, Livy.

Il prononce ces mots super lentement, ce qui m'empêche de détourner les yeux de ses lèvres.

— Combien de verres as-tu bu ? me demande-t-il.

— Ça ne te regarde pas.

— Ça me regarde quand tu bois dans mon club.

Je reste bouche bée, mais lui garde son expression impassible et mécontente.

— C'est ton bar ?

— Oui, et cela fait partie de mes responsabilités de m'assurer que mes clients… se comportent bien.

Il avance encore.

— Et tu ne te comportes pas bien, Livy.

— Fous-moi à la porte alors. Fais-moi raccompagner dehors. Je m'en fous complètement.

Il plisse farouchement les yeux.

— Le seul endroit où je vais te foutre, c'est dans mon lit.

C'est moi qui avance maintenant, et j'approche mon visage tout près du sien, comme si je m'apprêtais à l'embrasser. J'ai bien du mal à ne pas connecter nos bouches, comme si je combattais un puissant aimant qui m'attirait. Il pense la même chose. Ses lèvres se sont entrouvertes, et il a les yeux baissés sur moi, ces yeux pleins de désir.

— Va te faire voir, dis-je sur un ton calme et régulier, presque dans un murmure.

Je suis surprise par mon sang-froid, mais je ne risque pas de le montrer. Je croise son regard choqué en restant sûre de moi, sans broncher, et je prends une autre longue et lente gorgée de ma boisson. Mais on me l'enlève d'un geste vif.

— Je pense que tu en as eu assez.

— Oui, tu as raison. J'en ai bien eu assez. De toi !

Je pivote sur mes talons aiguilles et m'éloigne, pour retrouver Gregory, le sauver d'une situation idiote, et partir pour échapper à ma propre situation infernale.

— Livy ! crie Miller derrière moi.

Je l'ignore et continue de marcher, descends quelques marches, tourne à droite à gauche pour aller aux toilettes, et pendant tout ce temps, il me piste, se contente de me suivre alors que j'erre calmement dans son club.

— Qu'est-ce que tu fais ? crie-t-il au-dessus de la musique. Livy ?

Je l'ignore toujours, en me demandant où je pourrais encore regarder. J'ai été partout, sauf…

Je ne réfléchis même pas à ce que je suis en train de faire quand j'ouvre brusquement la porte d'une cabine de toilettes occupée. J'entends alors le bruit du loquet en métal contre le carrelage et me retrouve devant Gregory, penché au-dessus du lavabo, le jean sur les chevilles. Ben, qui tient fermement les hanches de mon ami, le pilonne vigoureusement avec des râles réguliers. Ils ne semblent pas m'avoir remarquée, étant donné le volume du bruit, et le fait que les deux hommes brûlent de désir l'un pour l'autre. Choquée, je porte la main à ma bouche et recule, contre Miller, mais il me pousse en avant et ferme la porte derrière nous, sortant Ben et Gregory de leur euphorie intime. Ce n'est plus intime maintenant, et les hommes semblent tous deux être envahis par la peur, la honte et l'embarras alors qu'ils s'affairent pour paraître décents.

Je me retourne vers Miller.

— On devrait partir.

J'insiste en appuyant mes mains sur sa poitrine.

Il a les yeux rivés sur Gregory et Ben, les sourcils froncés, les lèvres pincées.

— Un chèque pour votre travail sur le toit-terrasse vous attend dans mon bureau, Greg.

— M. Hart.

Gregory fait un signe de tête, le visage écarlate.

— Et il y en a un pour vous aussi.

Miller regarde Ben, qui est manifestement mortifié. Je partage leur gêne, et déteste Miller qui les rabaisse encore plus.

— Je vous demanderais gentiment de ne pas utiliser les toilettes de mon club comme des baisodromes. C'est un établissement privé et sélect. J'apprécierais grandement que vous fassiez preuve de respect.

Je suis à deux doigts de m'étrangler. Du respect ? Il vient juste de mettre sa main sous ma robe au beau milieu de la piste de danse. Il faut que je parte avant que je tue l'un de ces types. J'en veux aux trois. Je sors, choquée par tant de choses en si peu de temps. Ma tête nage dans l'alcool et le sentiment de perdre le contrôle commence à m'inquiéter. Alors que je parcours le couloir en titubant, je vois un homme approcher, ses yeux baladeurs traînant lascivement sur mon corps. Je connais ce regard. Et je ne l'aime pas. Un regard complaisant. Il se frotte à moi en passant avec un sourire narquois.

— Je t'observais, roucoule-t-il, les yeux injectés de désir.

Je devrais continuer à marcher, mais des flash-backs ont interrompu mes mouvements, mon cerveau n'étant pas en état d'accueillir les instructions pour me faire avancer et préférant repasser des images emmagasinées au fond de mon esprit et que je cachais depuis de nombreuses années.

Il grogne et me pousse contre le mur. Je me fige. Je ne peux rien faire. Quand il écrase ses lèvres contre les miennes, les mauvais souvenirs se multiplient, mais avant d'avoir le temps de trouver la force mentale et physique de le repousser, il n'est plus là. On me soulève, calée contre le mur, et je vois Miller qui maîtrise physiquement l'homme qui se débat.

— Qu'est-ce que c'est que ce bordel ? hurle le gars. Lâchez-moi !

Miller sort calmement son iPhone de sa poche et appuie simplement sur un bouton.

— Extérieur, premier étage. Toilettes.

Le gars continue à lutter, mais il est fermement maintenu en place sans effort par Miller, qui me fixe, le visage complètement dénué d'expression. Mais il est fou. Je le vois dans l'éclat d'acier de ses yeux bleus. Il y a de la rage… une rage brûlante, et je ne suis pas du tout à l'aise en la décelant. Je me remets à marcher tant bien que mal et me décale sur le côté du couloir quand deux videurs baraqués foncent vers moi. Je jette un coup d'œil par-dessus mon épaule pour jauger la situation et les vois récupérer le gars entre les mains de Miller et laisser ce dernier rajuster sa chemise et son gilet avant de lever les yeux et croiser les miens. Il est furax, des gouttes de sueur éloquentes luisent sur son front. Il se met à secouer lentement la tête en faisant de grandes enjambées vers moi, ses cheveux tombant sur ses sourcils après les efforts qu'il a déployés. Je sais que je n'irai pas loin, mais je parviendrai bien jusqu'au bar. J'ai besoin d'un autre verre, alors je me dépêche d'atteindre ma destination où je commande du champagne et vide le verre avant que la flûte me soit arrachée de la main et qu'il m'attrape par la nuque pour m'amener ailleurs. Mes pieds bougent rapidement pour correspondre à ses grands pas derrière moi.

— Tu n'auras pas tes quatre heures.

— Je n'en veux pas, grogne-t-il en me poussant brutalement.

Cette déclaration me fait l'effet d'une pique enfoncée à plusieurs reprises dans mon cœur.

De nombreuses personnes font un signe de la tête et parlent à Miller tandis qu'il me fait passer devant le bar, mais il ne s'arrête pour personne et ne les remarque même pas. Je ne peux pas voir son visage pour le confirmer, mais la méfiance sur les visages que nous croisons me dit tout ce que j'ai besoin de savoir.

Il me tient très fermement la nuque par-dessus mes cheveux sans jamais relâcher, même s'il doit être conscient de la pression qu'il applique. Quand nous approchons de l'entrée du bar, j'aperçois l'éclat des immenses portes vitrées devant lesquelles des gens font toujours la queue.

Quelque chose attire mon attention et je dois y regarder à deux fois quand je repère l'associée d'affaires de Miller. Bouche bée, elle fixe Miller qui est en train de me malmener ; le verre près de ses lèvres, elle était prête à boire, mais est clairement choquée par ce qui se passe sous ses yeux. Même ivre, je me demande pour la première fois ce que Miller lui raconte à propos de moi.

— Livy !

J'entends Gregory derrière moi et essaie de me retourner, en vain.

— Continue d'avancer, m'ordonne Miller.

— Livy !

Miller s'arrête et se retourne, m'entraînant avec lui.

— Elle vient avec moi.

— Non.

Gregory secoue la tête en avançant, les yeux rivés sur moi.

— C'est le type qui déteste le café ? me demande-t-il.

Quand j'acquiesce, la culpabilité fait immédiatement rougir le visage de Gregory. Il m'a jetée dans la cage au lion, puis a disparu discrètement pour sauter dans la cage du sien, Ben.

— Miller.

Je confirme que c'est bien la personne à laquelle pense Gregory, mais me demande comment il a pu ne pas le savoir avant, puisqu'il a travaillé pour lui.

— Vous pouvez rester et prendre un verre, dit calmement Miller, ou je peux vous faire sortir de mon club. À vous de voir.

Les paroles de Miller, bien que calmes, sont menaçantes, et je ne doute pas un instant qu'il mettra sa menace à exécution.

— Si je pars, alors Livy vient avec moi.

— Faux.

Miller riposte simplement et d'un air assuré.

— Votre amant vous demandera probablement de prendre une décision sensée et de me laisser l'amener avec moi.

Quel enfoiré.

Ben apparaît derrière Gregory, le visage blafard et plein d'appréhension.

— Qu'est-ce que vous allez faire ? demande-t-il à Miller.

— Ça dépend si vous en faites toute une histoire ou pas. Je me rends dans mon bureau avec Olivia, et tous les deux, vous retournez au bar pour boire un verre à mes frais.

Gregory et Ben nous jettent tous les deux un regard circonspect, visiblement très bouleversés. Je me décide à prendre la parole.

— Je vais bien, dis-je calmement. Allez prendre un verre.

— Non, lance Gregory en faisant un pas en avant. Pas après ce que tu m'as raconté, Livy.

— Je vais bien.

Je répète lentement avant de lever les yeux vers Miller pour lui faire comprendre que nous pouvons continuer à avancer. Sa prise se desserre instantanément, sa colère s'estompe et ses doigts se mettent à me masser, ranimant cette partie engourdie.

— Miller ?

Quand je regarde du côté gauche, je vois son associée. Elle nous a suivis et ses lèvres rouge cerise pincées m'indiquent qu'elle m'a reconnue malgré le maquillage. Puis je lève les yeux vers Miller. Il semble totalement détaché alors qu'elle le dévisage. La situation est embarrassante, la tension rebondissant entre nous cinq est tangible, mais pour des raisons bien différentes. J'ai l'impression d'être un intrus, mais cela ne m'empêche pas de laisser Miller me guider à l'écart de cette scène désagréable. Il reste silencieux tandis qu'il me fait descendre un escalier qui nous mène dans un labyrinthe de couloirs jusqu'à une porte, où il compose un code sur un clavier en métal en jurant avant d'entrer. Je m'attends à ce qu'il me relâche après avoir refermé la porte d'un coup de pied derrière nous, mais il ne me libère pas, m'emmène vers un grand bureau blanc et me fait pivoter sur moi-même. Il me pousse sur le dos, m'écarte les cuisses et s'appuie contre moi en attrapant mes joues entre ses mains et écrasant ses lèvres sur les miennes, sa langue s'enfonçant dans ma bouche pour essayer de décrire des rotations qui ne peuvent être douces. Je voudrais lui demander ce qu'il fout, mais je sais que je préfère savourer cet instant. Pourtant, je ne savourerai jamais les mots enflammés que je sais que nous échangerons après ce baiser, alors j'accepte la situation. Je l'accepte, lui. Avec ce baiser, j'accepte tout ce qu'il m'a fait ce soir et auparavant, quand il a joué avec mon cœur... quand il l'a rempli, puis vidé sans tarder, l'abandonnant telle une masse de muscle endolori dans ma poitrine.

Il gémit, et mes mains montent peu à peu le long de son dos jusqu'à ce qu'elles se reposent sur l'arrière de sa tête pour le pousser à se rapprocher de moi encore.

— Je ne te laisserai pas me faire ça une nouvelle fois.

Contre ses lèvres, je marmonne fébrilement.

Sa bouche qui prend la mienne ne s'interrompt pas, et je n'essaie pas de l'arrêter, malgré mes paroles.

— Je ne pense pas qu'il s'agisse de me laisser faire ou pas, Livy.

Il appuie son entrejambe contre moi, frottant plus vigoureusement ma chair palpitante. Je gémis alors que je cherche la force de volonté pour mettre fin à tout ça.

— Ça arrive, c'est tout.

Il me mord la lèvre et la suce, puis recule un peu en baissant les yeux sur moi. Il pousse les cheveux qui cachent mon visage.

— Nous avons déjà accepté. On ne peut plus arrêter.

— Je peux arrêter, tout comme tu l'as déjà fait plusieurs fois. Je dois arrêter.

— Non. Je ne te laisserai pas faire, et je n'aurais jamais dû le faire non plus.

Ses yeux parcourent mon visage et il se penche pour m'embrasser tendrement.

— Que t'est-il arrivé, ma douce ?

— Toi, dis-je sur un ton accusateur. Tu m'es arrivé.

Il m'a rendue insouciante et irrationnelle. Peut-être qu'il m'a donné l'impression d'être vivante, mais il m'a aussi donné le sentiment d'être sans vie tout aussi soudainement. Je me fais l'avocat du diable avec cet homme déguisé en gentleman, et je m'en veux de ne pas être plus forte, parce que je n'arrête pas tout ça. Combien de temps puis-je m'infliger ça, et combien de fois le fera-t-il ?

— Je n'aime pas ça.

Il attrape ma main dans son dos et regarde mon vernis rouge.

— Et je n'aime pas ça non plus, ajoute-t-il en passant son pouce sur mes lèvres rouges en me fixant.

— Je veux retrouver ma Livy.

— *Ta* Livy ?

Mon cerveau s'emballe et mon rythme cardiaque s'accélère. Il veut retrouver l'ancienne Livy pour pouvoir la piétiner une nouvelle, fois. C'est ça ?

— Je ne t'appartiens pas.

— Faux. Tu es toute à moi.

Il se redresse et attrape mes mains pour me tirer en position assise.

— Je vais quitter ce bureau pour dire à ton ami que tu vas venir chez moi. Il voudra te parler, alors tu répondras au téléphone quand il t'appellera.

— Je viens avec toi ?

Je descends du bureau, mais il m'y replace immédiatement.

— Non, dit-il en désignant un endroit dans mon dos. Tu vas aller dans cette salle de bains, et tu vas enlever ces cochonneries de ton visage.

J'ai un mouvement de recul, mais cela ne le perturbe pas.

— Est-ce que tu vas sortir dire à cette femme que je t'accompagne chez toi ?

Je suis agacée, la colère bout en moi alors qu'il me regarde attentivement.

— Oui, répond-il simplement et sans avoir à réfléchir.

Juste « oui » ? Je n'ai rien à redire à ça, l'ivresse bloquant toute pensée rationnelle, et une fois qu'il a fini d'étudier mon visage stupéfait, il sort et referme la porte derrière lui. Quand j'entends un verrou, je bondis du bureau et me précipite sur la porte pour agiter la poignée, bien consciente que je perds mon temps. Il m'a enfermée à l'intérieur.

Je ne vais pas à la salle de bains ; je me dirige vers le meuble à alcool où je trouve une bouteille de champagne plongée dans de la glace et deux verres sales, posés avec précision juste au bon angle. C'est la signature de Miller, mais pas la trace de rouge à lèvres rouge cerise. Tremblante de fureur, j'attrape un verre, me verse un peu de champagne que j'avale avant de le remplir et de le vider aussi vite. Je suis déjà assez soûle, et je n'en ai pas besoin, mais le contrôle m'échappe rapidement.

Tout comme Miller l'a prédit, mon téléphone se met à sonner dans mon sac que je récupère sur le bureau. Je fouille à l'intérieur et lit le nom de Gregory sur l'écran.

— Allô.

J'essaie de paraître calme et sereine, alors que je voudrais crier dans le téléphone, décharger ma colère et m'en prendre à lui.

— Tu pars avec lui ?

— Tout va bien.

Je n'ai pas besoin de l'inquiéter encore plus, et il est certain que je ne partirai pas avec Miller.

— Tu ne connaissais pas son nom ?

— Non, dit-il en soupirant. Juste M. Hart, le coincé du cul.

— Tu m'as dit de le laisser danser avec moi sur la piste.

— Parce qu'il est super sexy !

— Ou pour que tu puisses te retrouver avec Ben ?

— Une petite danse, c'est tout. Je n'aurais pas laissé les choses aller plus loin.

— Tu l'as fait !

— Je n'ai aucune excuse, marmonne-t-il. J'ai merdé, mais il me semble que ce point est discutable, non ? C'est le putain de type qui déteste le café et tu es déjà amoureuse de ce connard prétentieux !

— Ce n'est pas un connard !

Je ne sais pas ce que je dis. Je peux imaginer des mots bien plus durs et ils iraient tous très bien à Miller.

— Je n'aime pas ça, grogna Gregory.

— Je n'ai pas aimé ce dont j'ai été témoin tout à l'heure non plus, Gregory.

Le silence pèse sur la ligne pendant un moment avant qu'il ne parle.

— Insolente, riposte-t-il d'un ton maussade. S'il te plaît, ne l'oublie pas si tu comptes passer plus de temps avec lui, Livy.

— Je n'y manquerai pas. Tout ira bien. Je t'appellerai. Ben va bien ?

— Non, il n'a toujours pas retrouvé ses couleurs.

Il se met à rire, ce qui détend l'atmosphère.

— Mais il survivra, ajoute-t-il.

— D'accord. On discutera demain.

— Oui, confirme-t-il. Sois prudente.

J'expire profondément et raccroche, en posant mes fesses sur le bord du bureau de Miller, où il n'y a aucun papier, crayon, ordinateur ou chargeur, juste un téléphone sans fil installé sur le côté avec une précision impeccable.

Sa chaise est bien poussée sous le bureau, parfaitement droite, et alors que je parcours l'ensemble de la pièce des yeux, je remarque que tout est disposé avec précision. C'est comme chez lui. Tout est à sa place.

Sauf moi.

Il est propriétaire d'un night-club ?

Je dresse la tête quand j'entends le mécanisme de la porte. Il est de retour et semble satisfait, jusqu'à ce qu'il voie mon visage.

— Je t'ai demandé de faire quelque chose.

— Vas-tu me forcer si je ne le fais pas ?

L'alcool me donne du courage alors je le mets au défi. Il semble perplexe.

— Je ne te forcerai jamais à faire quelque chose si je sais que tu ne veux pas le faire, Livy.

— Tu m'as forcée à venir ici.

— Je ne t'ai pas forcée. Tu aurais pu lutter ou te débattre si tu l'avais vraiment voulu.

Il passe sa main dans ses cheveux et prend une profonde inspiration, avant de s'avancer vers moi en écartant mes cuisses pour se glisser entre elles. Son doigt passe sous mon menton et attire mon visage vers le sien, mais il est un peu flou. Je plisse les yeux, frustrée de ne pas pouvoir apprécier pleinement ses traits.

— Tu es soûle, dit-il avec douceur.

— C'est ta faute.

Je commence à mal articuler.

— Alors je te présente mes excuses.

— Est-ce que tu as parlé de moi à ta copine ?

— Ce n'est pas ma copine, Livy. Mais oui, je lui ai parlé de toi.

Cette idée me donne des frissons, mais s'il a ressenti le besoin de lui parler de moi, alors leur relation n'est pas uniquement professionnelle.

— C'est une ex ?

— Bon sang, non !

— Alors pourquoi as-tu besoin de lui parler de moi ? En quoi ça la regarde ?

— Ça ne la regarde pas !

Il est exaspéré. Je m'en fiche. J'aime bien voir chez lui autre chose qu'un visage sérieux et un ton sec.

— Pourquoi tu fais toujours ça ?

Je recule un peu.

— Tu es tendre, doux et affectueux, puis dur et cruel.

— Je ne suis pas du…

— Si, tu l'es.

Je l'interromps sans craindre d'être réprimandée pour mon manque de bonnes manières. Ce n'était pas très poli de sa part de me malmener pour venir jusqu'ici, mais il l'a fait quand même, et il a raison : j'aurais pu faire plus d'efforts pour l'arrêter. Mais je ne l'ai pas fait.

— Est-ce que tu vas finir par me baiser ?

Je lui pose cette question crue sans aucune honte et de manière tout à fait posée.

Il a un mouvement de recul, et la répulsion s'affiche sur son visage.

— Tu es ivre, lance-t-il. Je ne te ferai rien tant que tu seras soûle.

— Pourquoi ?

Il appuie son visage contre le mien, les dents serrées.

— Parce que je ne ferai jamais rien de moins que t'honorer, voilà pourquoi.

Il prend un moment pour se calmer en fermant brièvement les yeux avant de les rouvrir avec indolence. Son regard déterminé me frappe.

— Je ne serai jamais un coup alcoolisé, Olivia. À chaque fois que je te prendrai, tu t'en souviendras. Chacun de ces moments sera gravé dans ta jolie tête pour toujours, explique-t-il en tapotant délicatement ma tempe. Chaque baiser. Chaque caresse. Chaque mot.

Mes battements de cœur s'accélèrent. C'est trop tard, mais je le dis quand même.

— Je ne veux pas que ça se passe comme ça.

Il a déjà élu résidence de manière permanente dans ma tête.

— Dommage, parce que c'est comme ça que ce sera.

— Ce n'est pas une obligation.

J'insiste en me demandant d'où viennent ces paroles et ce ton pleins d'assurance et si je les pense vraiment.

— Si. C'est obligé.

— Pourquoi ?

Je me mets à tanguer légèrement, et il le remarque puisqu'il m'attrape par le bras pour me stabiliser.

— Ça va ! Et tu n'as pas répondu à ma question.

Il ferme les yeux et les serre fort, puis les rouvre lentement : deux disques de sincérité bleus me foudroient.

— Parce que c'est comme ça pour moi.

Je déglutis, en espérant que mon ébriété n'est pas à l'origine de ce que j'entends. Je n'ai pas de réponse à donner, pas maintenant, peut-être même pas quand je serai sobre.

— Tu me désires.

Mon esprit alcoolisé veut toujours l'entendre dire ces mots.

Il prend une profonde inspiration sans manquer de plonger son regard dans le mien.

— Je. Te. Désire, confirme-t-il lentement, claire-ment. Donne-moi mon « truc ».

Je passe mes bras autour de son cou et l'attire vers moi pour lui donner son « truc ».

Un câlin.

Mon cœur est en chute libre.

Il m'étreint pendant une éternité en me caressant le dos et en peignant mes cheveux avec ses doigts. Je pourrais m'endormir. Il soupire à plusieurs reprises dans mon cou, m'embrassant constamment et me serrant contre lui.

— Puis-je te conduire dans mon lit ? demande-t-il calmement.

— Pour quatre heures ?

— Je pense que tu sais que je veux bien plus que quatre heures, Olivia Taylor.

Il abandonne son « truc » et me saisit par les fesses pour me faire glisser de son bureau et me soulever.

— J'aurais préféré que tu n'aies pas camouflé ton visage.

— C'est du maquillage. Ça ne camoufle pas, ça embellit.

— Tu es une beauté pure et naturelle, ma douce.

Il se retourne et commence à se diriger vers la porte, mais fait d'abord un détour par le meuble à alcool pour ranger les flûtes de champagne.

— J'aimerais qu'elle le reste.

— Tu veux que je sois timide et indulgente.

Il secoue légèrement la tête et ouvre la porte de son bureau, avant de me poser sur mes pieds et m'attraper par la nuque, comme à son habitude.

— Non, je ne veux simplement pas que tu te comportes de manière si imprudente et laisses un autre homme goûter à ces lèvres.

— Je n'en avais pas l'intention.

Je titube, ce qui force Miller à saisir le haut de mon bras pour me stabiliser.

— Il faut que tu sois plus prudente, m'avertit-il.

Et il a raison. Je le réalise, même dans mon état d'ivresse. Alors j'empêche mon insolence due à l'alcool de faire à nouveau surface. Tandis que nous parcourons le couloir et remontons l'escalier vers le club, je sens mon excès de boisson stupide s'emparer de moi. Les gens apparaissent en un mélange de mouvements flous et au ralenti, et la musique forte assaille douloureusement mes oreilles. Je m'écroule sur les genoux, en sentant le regard de Miller sur moi.

— Livy, tu vas bien ?

J'acquiesce, mais ma tête ne fait pas vraiment ce que je lui demande, et son mouvement ressemble plus à un roulement mou sur mon cou. Puis je me cogne contre un mur.

— Je sens…

Ma bouche produit soudainement bien trop de salive, et mon estomac se retourne violemment.

— Oh, merde, Livy !

Il me soulève et retourne vers son bureau à toute vitesse, mais il n'est pas assez rapide. Je vomis dans tout le couloir… et sur Miller.

— Putain ! jure-t-il.

J'ai encore un haut-le-cœur quand il me fait entrer dans son bureau.

— Je me sens mal.

— Bon sang, mais qu'est-ce que tu as pris ? me demande-t-il en guidant péniblement mon corps inerte sur les toilettes dans sa salle de bains.

— Tequila. Mais pas comme il faut. J'ai oublié le sel et le citron, alors on a dû recommencer. Oh !

Je glisse du siège des toilettes et atterris sur les fesses.

— Aïe !

— Oh, pour l'amour de Dieu, ronchonne-t-il et me rattrapant pour me remettre en place, tandis que ma tête pend en arrière et qu'il essaie d'enlever son gilet et sa chemise couverts de vomi.

— Livy, combien de shooters as-tu pris ?

— Deux.

Mes fesses sont de nouveau sur le siège des toilettes.

— Et j'ai bu un certain nombre de verres de champagne, mais je n'ai pas utilisé la flûte avec le rouge à lèvres rouge cerise. Elle veut que votre collaboration aille plus loin que le travail, tu sais, idiot.

— Qu'est-ce qui te prend ?

Je redresse ma tête lourde et essaie de me concentrer, et un torse nu et glabre digne d'un chef-d'œuvre apparaît au niveau de mes yeux.

— Toi. Miller Hart.

Je pose mes mains sur ses pectoraux et prends le temps de le caresser. Je suis peut-être complètement bourrée, mais je peux toujours apprécier ce que je touche, et c'est très agréable.

— C'est toi qui m'as prise.

Je fais l'effort de lever les yeux et découvre que les siens sont baissés et me regardent le toucher.

— Tu es entré dans ma vie et je ne peux pas t'en faire sortir.

Il s'accroupit lentement devant moi et me caresse la joue avant de glisser sa main derrière ma nuque et de tirer mon visage près du sien.

— Je regrette que tu sois dans cet état, à l'instant même.

— Moi aussi.

Je serais bien incapable de m'occuper de lui dans cette stupeur éthylique. Et je n'en aurais même pas envie. Je veux me souvenir de chaque moment intime, même celui-ci.

— Si j'oublie l'expression sur ton visage à l'instant, ou les paroles que tu m'as dites sur ton bureau, promets-moi de me les rappeler.

Il sourit.

— Et ça aussi ! Promets-moi que tu me souriras comme ça la prochaine fois que je te verrai.

Ses sourires sont rares et beaux, et je le déteste pour m'en adresser un maintenant alors qu'il y a de fortes chances que je ne m'en souvienne pas.

Il gémit et je crois qu'il ferme les yeux. À moins que je ferme les miens ? Je ne suis pas très sûre.

— Olivia Taylor, quand tu te réveilleras ce matin, je vais te faire rattraper ce dont tu m'as privé ce soir.

— Tu t'en es privé tout seul. Mais rappelle-moi tout ça d'abord.

Je marmonne tandis qu'il me tire vers lui pour son « truc ».

— Souris-moi.

— Olivia Taylor, si tu restes avec moi, alors je te sourirai pour le restant de ma vie.

# 18

J'ai l'impression que mon cerveau est voilé, et dans mon obscurité, je me demande quelle année on est. Beaucoup de temps a dû passer, mais je sais exactement ce que je vais ressentir quand j'ouvrirai les yeux. J'ai la bouche sèche, mon corps est moite et les coups sourds dans ma tête vont probablement se transformer en un carnaval de percussions incessant quand je lèverai la tête de l'oreiller.

Décidant que la meilleure option qui s'offre à moi est de dormir encore, je roule pour trouver un endroit frais et m'enfouis de nouveau dans l'oreiller, en poussant un soupir de satisfaction après avoir trouvé cette nouvelle position confortable. Je perçois un fredonnement doux et paisible qui me réconforte.

Miller.

Je ne me jette pas sur lui parce que mon corps ne me le permettra pas, mais je parviens à ouvrir les paupières et découvre des yeux souriants d'un bleu bouleversant.

Je plisse les yeux et regarde sa bouche. Oui, il sourit, et c'est comme un rayon de soleil qui transperce des nuages gris et rend tout parfait. Brillant. Réel. Mais pourquoi a-t-il l'air si ravi, et comment ai-je atterri ici ?

— J'ai fait quelque chose de drôle ? lui dis-je.

Ma gorge est rêche et desséchée.

— Non, pas drôle.

— Alors pourquoi souris-tu comme ça ?

— Parce que tu me l'as fait promettre, dit-il en déposant un petit baiser sur mon nez. Si je te fais une promesse, Livy, je la tiens.

Il me tire vers son côté du lit pour me donner son « truc », en me plaçant contre lui et me serrant très fort tandis qu'il enfouit son visage dans mon cou.

— Je ne ferai jamais rien de moins que t'honorer, murmure-t-il. Je ne serai jamais un coup alcoolisé, Livy. À chaque fois que je te prendrai, tu t'en souviendras. Chacun de ces moments sera gravé dans ta jolie tête pour toujours.

Il m'embrasse dans le cou avec douceur et me serre un peu plus.

— Chaque baiser. Chaque caresse. Chaque mot. Parce que c'est comme ça pour moi.

Ma respiration reste bloquée au fond de ma gorge ; ses paroles propagent une chaleur intense tout au fond de moi tandis que le bonheur pur irradie malgré ma langueur. Mais je fronce les sourcils. J'ai l'impression qu'il est au courant d'une conversation secrète et unilatérale.

— Heureusement que je tiens mes promesses.

Il émerge et étudie attentivement mon visage.

— Tu m'as déçu hier soir.

Sa légère accusation éveille un souvenir flou de moi… et d'un autre homme… et de beaucoup d'alcool.

— C'était ta faute.

La surprise lui fait froncer les sourcils.

— Je ne me souviens pas t'avoir demandé de laisser un autre homme te goûter.

— Je ne l'ai pas laissé faire, et je ne me souviens pas avoir été d'accord pour que tu m'amènes ici.

— Je ne m'attendais pas à ce que tu te souviennes de grand-chose.

Il se penche et me mord le nez.

— Tu as vomi partout sur moi et dans mon club ; tu es tombée, plusieurs fois ; et j'ai dû arrêter la voiture deux fois pour que tu puisses te vider. Et tu as quand même réussi à vomir dans ma Mercedes.

Il m'embrasse sur le nez alors que j'ai simplement envie de disparaître, mortifiée.

— Puis tu as décoré le sol dans le hall de l'immeuble de mon appartement *et* le sol de ma cuisine.

— Désolée.

J'ai dû le rendre fou avec ses manies avec la propreté.

— Tu es pardonnée.

Il s'assied et me prend sur ses genoux.

— Ma chérie douce et pure s'est transformée en diable cette nuit.

Un autre souvenir surgit. *Ma Livy.*

— C'est ta faute.

Je me répète parce que je n'ai rien d'autre à déclarer, à part le fait que c'est la mienne, ce qui est vrai, en partie.

— C'est ce que tu n'arrêtes pas de dire.

Il se lève et me met sur mes pieds instables.

— Tu veux la bonne ou la mauvaise nouvelle ?

J'essaie de me concentrer sur lui, ennuyée que ma vision brumeuse post-ébriété ne me permette pas de vraiment m'imprégner de lui.

— Je ne sais pas.

— Je commence par la mauvaise nouvelle.

Il rassemble mes cheveux et les place soigneusement dans mon dos.

— Tu n'avais qu'une robe et tu as vomi dessus, donc tu n'as plus de vêtements.

Je baisse les yeux et découvre que je suis entièrement nue, sans même une culotte et je doute que mon vomi l'ait atteinte.

— Elle était mignonne, mais je te préfère nue.

En levant les yeux, je découvre un regard entendu.

— Tu as lavé mes vêtements, n'est-ce pas ?

— Ta jolie nouvelle culotte, oui. Elle est dans le tiroir. Ta robe, par contre, était vraiment sale et a besoin de tremper.

— Et quelle est la bonne nouvelle ?

Je suis légèrement gênée qu'il ait remarqué mes nouveaux sous-vêtements et qu'il me rappelle mon épisode de vomissement.

— La bonne nouvelle, c'est que tu n'en as pas besoin parce que c'est journée brocoli.

— Journée brocoli ?

— Oui, comme le légume.

Amusée, je souris.

— On va faire les légumes comme des brocolis ?

— Non, tu as tout faux, dit-il en secouant la tête. On va rester couchés comme des brocolis.

— Alors on est des légumes ?

417

— Oui, soupire-t-il, exaspéré. On va faire les légumes toute la journée, pour se transformer en brocolis.

— Je préférerais être une carotte.

— Tu ne peux pas rester couchée comme une carotte.

— Ou un navet. Pourquoi pas un navet ?

— Livy, lance-t-il sur un ton menaçant.

— Non, oublie. J'aimerais vraiment être une courgette.

Il secoue la tête en levant les yeux au ciel.

— On va glander toute la journée.

— Je veux faire le légume.

J'affiche un large sourire, mais lui reste impassible.

— O.K., je vais rester couchée comme un brocoli avec toi. Je serai ce que tu veux que je sois.

— Et si tu commençais par être moins énervante ? me demande-t-il sérieusement.

J'ai une gueule de bois atroce, et je ne sais pas trop comment je suis arrivée ici, mais il m'a souri, dit des mots importants, et il prévoit de passer toute la journée avec moi. Je me fiche qu'il rie ou sourie encore, ou qu'il ne me suive pas dans mes délires quand j'essaie de le taquiner. Il est trop sérieux et je ne trouve pas la trace d'un quelconque sens de l'humour en lui, mais malgré ses manières coincées, je continue de le trouver incroyablement captivant. Je ne peux pas rester loin de lui. Il est séduisant et crée chez moi une dépendance, et lorsqu'il baisse les yeux sur sa montre, je me souviens d'autre chose…

*Je pense que tu sais que je veux bien plus que quatre heures.*

Ce souvenir me fait frissonner. Ça veut dire quoi « plus » ? Et va-t-il revenir sur cette affirmation… encore une fois ? Une autre image s'immisce dans mon esprit embrumé… celle de lèvres rouge cerise et d'un visage stupéfait. Elle est belle, soignée, chic. Elle est tout ce que je m'attendrais à ce qu'un homme comme Miller veuille.

— Ça va ?

Le ton inquiet de Miller me sort de mes pensées.

Je hoche la tête.

— Je suis désolée d'avoir vomi partout.

Je suis sincère et pense qu'une femme comme l'associée de Miller ne ferait pas quelque chose d'aussi humiliant.

— Je t'ai déjà pardonné.

Il m'attrape par la nuque et me guide vers la salle de bains.

— J'ai essayé de te brosser les dents cette nuit, mais tu as refusé de te tenir tranquille.

Je ne sais pas où me mettre et me dis qu'il vaut mieux que je ne me souvienne pas d'une bonne partie de cette soirée. Les éléments dont je me souviens ne me permettent pas de me sentir mieux à propos des éléments dont je ne me souviens pas… à commencer par Gregory et Ben.

— Il faut que j'appelle Gregory.

— Non, c'est inutile, lance-t-il en me tendant une brosse à dents. Il sait où tu es et que tu vas bien.

— Il t'a pris au mot ?

Alors que leur échange vif me revient, je suis surprise.

— Je ne suis pas obligé de me justifier face à l'homme qui a encouragé ton comportement irresponsable.

Il met un peu de dentifrice sur la brosse avant de le reposer dans le placard derrière le miroir géant suspendu au-dessus du lavabo.

— Mais je me suis expliqué auprès de ta grand-mère.

— Tu l'as appelée ?

Je suis méfiante et me demande ce qu'il veut dire par « s'expliquer ». Expliquer qu'il est lunatique, qu'il joue avec mon cœur et ma santé mentale ?

— Oui.

Il me prend la main et la dirige vers ma bouche pour m'encourager à me brosser les dents.

— Nous avons eu une conversation agréable.

Je mets la brosse dans ma bouche et commence à décrire des cercles, juste pour m'empêcher de chercher à savoir sur quoi portait cette conversation. Mais mon visage doit dévoiler ma curiosité, même si je ne veux pas vraiment savoir de quoi ils ont parlé.

— Elle m'a demandé si j'étais marié, dit-il d'un air songeur, me faisant écarquiller les yeux. Et une fois que nous avons clarifié ce point, elle m'a raconté quelques trucs.

Ma brosse ralentit dans ma bouche. Qu'est-ce qu'elle a bien pu lui dire ?

— Qu'est-ce qu'elle t'a dit ?

Cette question à laquelle je ne veux vraiment pas connaître la réponse dépasse le dentifrice et la brosse.

— Elle a mentionné ta mère, et je lui ai dit que tu m'en avais déjà parlé.

Il me fixe pensivement, et je me raidis, me sentant mise à nu.

— Puis elle a mentionné le fait que tu as disparu pendant un certain temps.

Mon cœur se met à battre nerveusement dans ma poitrine. Je suis furieuse. Ce n'est pas à Nan de partager mon histoire avec n'importe qui, et encore moins avec un homme qu'elle n'a rencontré qu'une paire de fois. C'est *mon* histoire et je la raconte si je veux.

Et ce n'est pas le cas. Je n'ai jamais voulu partager cette partie-là. Je crache le dentifrice et me rince la bouche, en souhaitant désespérément échapper à l'intensité de son regard inquisiteur.

— Où vas-tu ? me demande-t-il alors que je quitte la salle de bains. Livy, attends une minute.

— Où sont mes vêtements ?

Je ne m'embête pas à attendre sa réponse et me contente de me diriger vers les tiroirs, je m'agenouille et ouvre celui du bas, où je trouve mon sac, ma culotte et mes chaussures.

Il me rattrape et referme le tiroir avec le pied, puis me relève. En gardant la tête baissée, mes cheveux tombent sur ma poitrine et mon visage, et m'offrent une cachette parfaite, jusqu'à ce qu'il les pousse et me fasse lever le menton, m'exposant alors à un regard plein de curiosité.

— Pourquoi te caches-tu de moi ?

Je ne dis rien parce que je n'ai pas de réponse. Il me regarde avec un air très triste que je déteste. Le fait d'avoir parlé de ma mère et de ma disparition a ranimé chaque seconde de la nuit dernière, chaque détail, chaque verre, chaque geste… tout. Quand il réalise qu'il n'obtiendra rien de moi, il m'attrape et me ramène sur son lit, m'allonge délicatement sur le dos et s'agenouille pour descendre son short le long de ses cuisses.

— Je ne te forcerai jamais à faire quelque chose que tu ne veux pas faire.

Il se penche et embrasse l'os de ma hanche, la sensation de sa bouche qui se déplace lentement sur ma peau sensible chassant immédiatement mes malheurs.

— S'il te plaît, mets-toi ça dans la tête. Je ne vais nulle part, et toi non plus.

Il essaie de me mettre en confiance, mais j'ai déjà bien trop partagé de choses.

Mes yeux se ferment et je le laisse m'amener dans cet endroit merveilleux où l'angoisse, le supplice et les histoires n'existent pas. Le royaume de Miller.

Je sens ses lèvres monter le long de mon corps, laissant une trace brûlante derrière elles.

— S'il te plaît, laisse-moi me doucher.

Je ne veux pas l'arrêter, mais je n'apprécie pas vraiment l'idée qu'il donne du plaisir à mon corps après mon état d'ébriété.

— Je t'ai donné une douche cette nuit, Livy.

Il atteint ma bouche et s'attarde sur mes lèvres avant de se reculer pour m'observer.

— Je t'ai lavée, j'ai débarbouillé ton visage pour qu'il retrouve la beauté que j'aime, et je me suis délecté de chaque instant.

Ma respiration se coupe en entendant le mot « aime ». Il a utilisé le verbe « aimer », et je suis tellement déçue d'avoir raté tout ça. Il a pris soin de moi, même après ma performance consternante de la veille.

Il attrape mes cheveux et les lève, et je remarque que je n'ai plus de mèches raides et brillantes : mes boucles sauvages habituelles sont revenues. Il les porte à son nez et inhale profondément. Puis il me prend la main et me montre mes ongles nus, aucun vernis rouge en vue.

— Une beauté pure et intacte.

— Tu m'as séché les cheveux et enlevé mon vernis ? Tu avais du dissolvant ?

Il fait la moue.

— J'ai peut-être fait un détour par un petit magasin ouvert vingt-quatre heures sur vingt-quatre.

Il se dresse sur ses genoux et tend le bras vers la table de chevet de l'autre côté du lit pour prendre un préservatif.

— On avait besoin de refaire le stock, de toute façon.

Je souris en imaginant Miller parcourir les allées d'un magasin pour trouver du dissolvant à vernis à ongles.

— Du dissolvant et des capotes ?

Il ne semble pas saisir mon amusement.

— On y va ? demande-t-il en déchirant l'emballage avec les dents avant de le faire sortir.

— Je t'en prie.

Je souffle, sans m'inquiéter de donner l'impression de le supplier.

Nous n'avons pas de limite de temps, il n'y a vraiment aucune précipitation, mais j'ai désespérément envie de lui.

Il s'empare de sa proéminence en sifflant légèrement et déroule le préservatif avant de me pousser en avant et d'étaler son corps sur le mien.

— Par-derrière, murmure-t-il, en écartant l'une de mes jambes et la repliant vers le haut, pour que je m'offre à lui.

— C'est confortable ?

— Oui.

— Heureuse ?

— Très.

— Comment tu te sens avec moi, Livy ?

Il descend le long de mon dos et me mord le cul, modelant mes fesses alors qu'il les suce et les lèche.

— Dis-moi, insiste-t-il.

— Vivante.

J'exhale ce mot dans un souffle vif et puissant, en tournant le visage vers l'extérieur, tandis qu'il grimpe sur mon corps et s'enfonce directement en moi, sans faire aucun bruit, alors que je hurle.

— Miller !

— Chhh, laisse-moi te goûter.

Il plaque sa bouche sur la mienne, en gardant son corps immobile. J'appuie ma joue sur l'oreiller pour capturer ses lèvres, et le heurte plus fort que je n'en avais l'intention.

— Savourer, Livy. Pas dévorer.

Il prend le contrôle du rythme, en calmant ma bouche effrénée avec sa cadence douce.

— Tu vois ? Lentement.

— J'ai envie de toi.

Je soulève les fesses, impatiente.

— Miller, j'ai envie de toi, s'il te plaît.

— Alors tu m'auras.

Il se retire et se renfonce lentement avec un gémissement retenu dans ma bouche.

— Dis-moi ce que tu veux, Livy. Tout ce que tu veux.

— Plus vite.

Je lui mords la lèvre, consciente d'une certaine férocité. Il insiste toujours pour qu'on le fasse lentement, mais je veux connaître tout ce qu'il a à me donner. Je veux sentir son humeur changeante et son arrogance quand il me prend. Il me pousse à bout, me rend folle de désir, et pourtant, il garde toujours le contrôle et la tête froide.

— Je te l'ai déjà dit, j'aime prendre mon temps avec toi.

— Pourquoi ?

— Parce que tu mérites d'être honorée.

Il se redresse et sort de moi, pour s'asseoir sur ses talons avant de m'attraper par les hanches et me relever.

— Tu veux que je te pénètre plus profondément ?

Je suis à genoux, toujours dos à lui.

— Voyons voir si on peut te satisfaire sur ce point.

Je jette un coup d'œil derrière moi et vois qu'il se tient bien droit, et quand je baisse le regard, la vue de son ventre musclé au-dessus de la verge solide qu'il saisit fermement me fait haleter.

— Lève-toi et recule.

Il tire sur mes hanches et me guide vers lui, jusqu'à ce que mon corps se retrouve à cheval sur ses genoux.

— Baisse-toi délicatement.

Mes yeux se ferment alors que je m'affaisse sur lui.

Je gémis en le sentant m'empaler, chaque millimètre que je descends l'enfonçant plus profondément jusqu'à ce que je doive me retenir sur mes genoux pour reprendre mon souffle.

— Trop loin, dis-je en haletant. Ça va trop loin.

— Ça fait mal ?

Il glisse ses mains devant moi et attrape mes seins.

— Un peu.

— Prends ton temps, Livy. Donne le temps à ton corps de m'accepter.

— Il t'accepte.

Chacune de mes cellules l'accepte. Mon esprit, mon corps, mon cœur…

— Nous avons tout notre temps. Ne précipite pas les choses.

Il décrit des cercles avec mes seins et me mord les épaules. Mes jambes commencent à trembler, mes muscles protestant contre cette position, alors je descends un peu plus en retenant mon souffle et laisse l'arrière de ma tête reposer sur son épaule. Une main quitte mon sein pour remonter le long de mon torse jusqu'à ma gorge, qu'il couvre de toute sa paume.

— Comment peux-tu rester si calme ?

Je prononce ces mots entre deux respirations contrôlées en voulant relâcher les muscles de mes jambes et le sentir à fond, mais j'ai peur de la douleur que cela pourrait engendrer.

— Je ne veux pas te faire mal.

Il tourne son visage vers ma joue et la mordille avant de l'embrasser tendrement.

— Crois-moi, je fais de sacrés efforts. Tu descends un peu plus ?

J'acquiesce et me baisse encore de quelques milli-mètres.

— Oh mon Dieu.

Je serre les dents, la douleur lancinante rendant ma tête lourde, alors je tourne la tête vers son cou et me cache.

— Une fois qu'on aura passé cette étape, on aura accès à un tout nouveau monde de plaisir.

— Pourquoi ça fait aussi mal ?

— Je ne veux pas paraître prétentieux, mais…

Il retient son souffle et se met à trembler.

— Bon sang, Livy.

— Miller !

J'ai le souffle coupé et détends les muscles de mes jambes, tombant directement sur ses genoux avec un hurlement de choc.

— Tu vas bien ? crie-t-il. Seigneur, Livy, dis-moi que tu vas bien.

Je transpire et pourtant je continue de trembler, malgré mon corps détendu. Ça va au-delà de ce que je peux contrôler.

— Je vais bien.

Je me blottis un peu plus dans son cou.

— Je te fais mal ?

— Oui… non !

Je me recule et passe mes mains dans mes cheveux.

— Laisse-moi juste un moment !

— Combien de temps ?

Je serre les dents et me redresse sur mes genoux, juste un tout petit peu, avant de redescendre encore, de manière moins maîtrisée que je le pensais. Il crie. Je hurle.

— Miller, je ne peux pas !

Je me sens totalement assaillie par ce mélange de plaisir et de douleur. J'aimerais saisir ce poids dans mon entrejambe et l'emmener au niveau supérieur, mais mes jambes n'ont pas la force requise.

— Je ne peux pas le faire.

Je tombe en arrière contre son torse et laisse pendre mollement mes bras sur les côtés, la respiration laborieuse à force de n'avoir presque rien fait.

— Chhh, m'apaise-t-il. Tu veux que j'en prenne soin ?

— S'il te plaît.

Je me sens inutile, médiocre.

— Je crois que je n'ai pas assez insisté sur la préparation, Olivia Taylor.

Il réalise une rotation lente et ferme de son sexe dans mes fesses, en restant enfoncé mais en évitant l'angle qui me cause cette gêne.

— Hmmm.

— C'est mieux ? me demande-t-il en posant ses mains à plat sur mes hanches.

Je témoigne mon consentement en soupirant et le laisse nous connecter entièrement, tandis qu'il tourne continuellement, encore et encore.

— Qu'est-ce que ça te fait ?

— C'est parfait.

— Tu peux te lever un petit peu ?

Je ne réponds pas et me soulève de quelques milli-mètres, le sentant glisser légèrement hors de ma fente.

— Tu es si patient avec moi.

Je me demande s'il était aussi attentionné avec toutes les femmes avec lesquelles il a couché.

— Tu me fais apprécier le sexe, Livy.

Je le sens se dresser légèrement à son tour, ses mains passant de mes hanches à mes seins, puis sur mes épaules, avant de descendre sur mes bras où il attrape mes mains.

En entremêlant ses doigts avec les miens, il sou-lève mes bras inertes et les fait passer derrière sa tête. Il pousse en avant délicatement, se retire et avance à nouveau.

— Laisse-moi te goûter.

Je tourne la tête et trouve ses yeux. Cela fait trop longtemps que je ne les ai pas vus.

— Merci.

Je ne sais pas pourquoi je dis ça, mais je ressens le besoin profond de lui témoigner ma gratitude.

— Pourquoi me remercies-tu ?

Ses yeux pétillent d'un éclat curieux alors qu'il conserve le rythme régulier de son corps dans le mien. C'est divin : toute la douleur a disparu depuis long-temps au profit d'un plaisir magnifique et pur.

— Je ne sais pas.

— Moi si.

Il paraît confiant et poursuit avec un baiser plein d'assurance, puissant mais lent, exigeant mais telle-ment généreux.

— Tu n'as jamais ressenti ça.

Ses hanches s'inclinent et remontent à un angle extrêmement précis, tirant un gémissement grave et empli de plaisir du plus profond de mon être.

— Et moi non plus, ajoute-t-il en me mordillant les lèvres. Alors je dois te remercier moi aussi.

Je me mets à trembler.

— Oh mon Dieu.

Je parais paniquée, désespérée.

— Garde tes mains dans mes cheveux, m'ordonne-t-il tendrement, en laissant ses propres mains tomber sur ma poitrine.

Il les masse avec délicatesse et décrit des cercles avec ses pouces sur le bout de mes tétons, me précipitant au-delà du plaisir. Je perds le contrôle de mes muscles, tout mon corps s'abandonne à des tremblements effrénés, et je ronronne en tirant sa tête vers moi pour atteindre ses lèvres.

— Laisse-moi goûter à toi.

Je répète ces mots en plongeant ma langue dans sa bouche, tournant, retirant et rentrant, tandis qu'il torture mon corps avec son rythme délicat, si soigneux et attentionné.

— Est-ce que j'ai aussi bon goût que toi ? demande-t-il.

— Meilleur.

— J'en doute sincèrement, affirme-t-il. Je veux que tu te concentres, Livy.

Il gémit et sépare nos bouches, ses cheveux trempés de sueur tombant sur son visage.

— Je vais te baisser pour qu'on puisse venir tous les deux, d'accord ?

J'acquiesce, et il m'embrasse en attrapant mes mains sur sa tête et en me poussant pour me mettre à quatre pattes.

— C'est confortable ?

— Oui.

Je plie les bras sans ressentir aucune répugnance ou vulnérabilité à être ainsi exposée. Je suis complètement à l'aise, et lorsqu'il se repositionne pour écarter les jambes et m'attraper gentiment par les hanches, mon esprit déjà au septième ciel s'envole encore plus haut. Je prends une profonde inspiration alors qu'il se retire avec indolence, puis expire tout quand il replonge en moi.

Une main quitte ma hanche et ses doigts se promènent sur ma colonne vertébrale, chaque contact entre le bout de ses doigts et ma peau embrasant ma chair. Une fois à ma nuque, il met sa main à plat et me caresse le dos jusqu'à revenir à mes fesses, où il décrit de grands cercles doux.

— Mon Dieu, Livy, je suis intimidé par tant de perfection.

Mes jambes ont peut-être été soulagées de mon poids, mais mes bras tremblent maintenant à leur place.

— Miller.

Je parviens à ne pas m'écrouler en avant et essaie de contenir des spasmes incontrôlables.

Il donne des coups en avant en jurant, puis il tend le bras sous mon ventre, jusqu'à ce que ses doigts se glissent dans ma chair palpitante. Je crie, ma tête retombe et mes cheveux s'étalent sur le lit sous moi.

— Tu as besoin d'un peu d'aide.

Sa gorge semble irritée, sa voix comme éraillée.

— Laisse le plaisir prendre le contrôle.

Il frotte délicatement son doigt sur mon clitoris alors que ses hanches avancent et reculent, et que sa main libre trouve ma poitrine pour la compresser délicatement. Je suis en surcharge sensorielle, incapable de résister à ce que mon corps réclame.

Une explosion.

La libération.

Et ça vient vite ; mes fesses se relèvent avec un cri étouffé et mes bras abandonnent toute résistance.

— Oh mon Dieu ! crie-t-il en me tirant contre lui et restant bien au fond de moi.

Il soupire et nous tient l'un contre l'autre alors qu'il libère les dernières bribes de notre plaisir, en marmonnant doucement des mots confus.

Je ne suis pas sûre de redescendre sur Terre. Mon esprit est sur un nuage de plaisir qui ne me permet pas de réfléchir correctement, et mon corps est totalement comblé. C'est le matin. Je ne survivrai jamais à son endurance toute la journée. Je le laisse remuer en moi avec indolence, lui gémissant, moi essayant de stabiliser ma respiration gonflée par le plaisir.

— Viens par ici, ma douce, murmure-t-il, en tirant mon corps avec impatience.

— Je ne peux pas bouger.

Je suis toute molle.

— Si, pour moi, tu peux bouger.

Il ne me laisse pas me ramollir et se montre encore plus impatient, de telle manière que je soulève mon corps exténué et me retourne vers lui, avant de le laisser me porter et placer mes cuisses de chaque côté de ses genoux. Il penche légèrement la tête sur le côté alors qu'il parcourt mon torse des yeux et que ses mains me caressent lentement les flancs.

— Pendant toute la nuit, je n'avais qu'une envie, c'était de te toucher.

— Tu aurais pu te mettre contre moi.

— Non, dit-il en secouant la tête. Tu as mal compris.

— Comment ça ?

Je ne laisse pas passer cette opportunité de toucher ses cheveux et entortille une mèche entre mes doigts.

— Te toucher, pas te sentir contre moi.

Il lève les yeux vers moi et je fronce les sourcils, ne saisissant pas vraiment la différence.

— Te sentir me procure un plaisir indicible, Livy.

Il se penche en avant et dépose un baiser entre mes seins.

— Mais te toucher, toucher ton âme. Cela dépasse les frontières du plaisir.

Il cligne lentement les yeux alors qu'il les redirige vers les miens, et c'est à cet instant que je réalise qu'il ne le fait pas exprès. Ses mouvements lents font partie intégrante de cet homme déguisé en gentleman. C'est lui.

— C'est comme si quelque chose de puissant arrivait, chuchote-t-il. Et le plaisir de te faire l'amour n'est qu'un petit supplément.

— Je suis toujours effrayée.

Et encore plus avec tous ces mots pleins d'espoir.

— Tu me terrifies un peu aussi.

Il porte sa main entre nos torses et décrit des cercles aussi délicats qu'avec une plume sur mes tétons.

Je baisse les yeux pour observer ses gestes.

— Je n'ai pas peur de toi. J'ai peur de ce que tu peux me faire.

— Je peux te donner des sensations exceptionnelles, comme celles que tu me procures, murmure-t-il. T'emmener vers un niveau de plaisir qui dépasse ton imagination, un niveau que tu m'as déjà fait atteindre.

En inclinant la tête, il prend mon sein entre les dents et mordille le bout de mon téton, et ma tête retombe alors en arrière tandis que mes poumons réclament de l'air.

— Voilà ce que je peux te donner, Olivia Taylor. Et c'est ce que tu m'offres.

— Tu l'as déjà fait.

Ma voix est méconnaissable, empreinte de luxure, gonflée de désir.

Il se met soudain à bouger et me porte pour me poser sur le dos, son corps me couvrant entièrement alors que mes bras trouvent leur place sur ses épaules. Je le regarde, les yeux cherchant un point où s'arrêter... ses cheveux mouillés qui tombent sur son visage, sa courte barbe qui recouvre sa mâchoire, mais c'est l'attrait de ses yeux pétillants qui capture les miens. À chaque fois qu'il retient mon attention avec ce regard, je suis hypnotisée... sans défense. Je suis à lui.

— Tu as l'air bien dans mon lit, déclare-t-il calmement. Sale, mais bien.

— J'ai l'air sale ?

Vexée, je me dis qu'il aurait dû me laisser prendre la douche que je voulais.

— Non, tu n'as pas bien compris.

Il fronce les sourcils, clairement frustré par le fait que j'interprète mal ses paroles, mais j'ai trop bien entendu ce qu'il vient de dire.

— Mon lit a l'air sale. Toi, tu es superbe.

Je commence à faire la moue quand je réalise son problème. Je parie qu'il dort aussi immobile qu'un mort, les couvertures bien pliées autour de sa taille, alors que moi, je n'arrête pas de gigoter en dormant, et je le sais à cause de l'état de mon propre lit le matin… un peu comme le lit de Miller à l'heure actuelle.

— Tu veux que je fasse ton lit ?

Je suis sérieuse et espère que la réponse sera non, parce que, sincèrement, cette idée m'effraie. J'ai remarqué la précision avec laquelle sont disposés les coussins et le jeté de lit en soie. Je le soupçonne de garder un mètre à ruban dans le tiroir de sa table de chevet pour mesurer la distance exacte entre la tête de lit et les draps et entre l'oreiller et le jeté.

Il sait que je le taquine, malgré le fait que je parvienne à garder un visage sérieux et une voix calme. Son regard songeur le confirme.

— Comme tu veux.

Il embrasse mon visage interloqué et sort son corps nu du lit en se levant sur le côté pour enlever le préservatif avant de mouvoir sa perfection jusqu'à la salle de bains pour le jeter.

J'aurais dû la fermer. Tous les efforts que je pourrais fournir pour faire ce lit ne suffiront jamais. Après avoir remué jusqu'au bord, je me lève et fixe d'un regard vide le fouillis de draps en me demandant par où commencer. Les oreillers. Je devrais commencer par les oreillers. J'attrape l'un des quatre rectangles rebondis, l'arrange soigneusement, puis en pose un autre à côté avant de placer les deux autres au-dessus, en passant mes mains pour lisser le tissu de coton. Satisfaite du résultat, je prends deux coins de la couette, tends les bras vers le ciel et fais claquer le drap qui décrit un carré parfait en descendant sur le lit. Je suis contente de moi, ça semble rangé, mais je sais que ce n'est pas assez net, alors je commence à faire le tour du lit pour tirer sur les coins et aplatir les plis avec la paume de mes mains. Puis j'ouvre le couvercle du coffre géant et commence à placer les coussins, faisant de mon mieux pour me souvenir de leur position exacte la dernière fois que je suis venue. Une fois satisfaite de mon arrangement, je fais glisser le jeté en soie au travers du lit et tire sur les bords pour le mettre en place.

J'arbore un sourire triomphal et me relève pour admirer mon œuvre. Il est impossible qu'il rechigne face à ça. C'est fantastique.

— Tu es contente de toi ?

Mon corps nu pivote brusquement et je découvre Miller, appuyé contre l'encadrement de la porte de la salle de bains, les bras pliés sur la poitrine.

— Je trouve que j'ai fait du bon travail.

Il jette un coup d'œil vers le lit et s'écarte de la porte pour avancer lentement avec un air pensif. Il n'estime pas du tout que c'est du bon travail. Il veut tout recommencer, et mon côté puéril l'adjure de le faire, juste pour pouvoir l'embêter avec ça.

— Tu meurs d'envie de tout enlever pour le refaire, n'est-ce pas ?

Je l'imite en croisant les bras alors que j'étudie minutieusement le lit.

Il hausse les épaules nonchalamment pour feindre ouvertement son approbation.

— Ça ira.

Je souris.

— C'est parfait.

Il soupire et s'en va, me laissant en admiration devant son lit.

— Livy, c'est loin d'être parfait.

Quand il disparaît dans son dressing, je le suis et le vois remonter un boxer noir le long de ses cuisses.

Il est bien difficile de trouver les mots lorsqu'on est confronté à un tel spectacle.

— Pourquoi ressens-tu le besoin que tout soit comme il faut ?

Ses mouvements fluides me font bredouiller.

Il ne me regarde pas et se contente d'arranger l'élastique de son boxer sur ses hanches.

— Je me rends compte de la valeur de ce qui m'appartient.

Il semble me répondre à contrecœur, de manière sèche, et il est évident qu'il n'a pas l'intention de s'attarder sur le sujet.

— Petit déjeuner ?

— Je n'ai pas de vêtements.

Il promène tranquillement ses yeux brillants sur mon corps nu.

— Tu es très bien comme ça.

— Je suis toute nue.

Son expression est complètement impassible.

— Oui. Comme je viens de le dire, tu es très bien.

Il continue en enfilant un short noir et un T-shirt gris, et je me demande alors si Miller Hart est déjà sorti de chez lui autrement qu'en costume trois-pièces.

— Je me sentirais plus à l'aise si j'avais quelque chose sur le dos.

Je tente d'argumenter de manière posée, mais je m'en veux de paraître aussi prude et peu sûre de moi.

Il ajuste son T-shirt et m'observe attentivement, ce qui me met encore plus mal à l'aise, maintenant qu'il est habillé.

— Comme tu veux, marmonne-t-il.

Alors je ne perds pas de temps avant de chercher quelque chose à me mettre.

En fouillant dans les rangées de chemises, je perds un peu patience devant la quantité incroyable de chemises habillées et en attrape une bleue par la manche avec un air exaspéré.

— Livy, qu'est-ce que tu fais ?

Il semble presque s'étouffer en intervenant alors que je passe mes bras dans les manches.

— Je m'habille.

Mes gestes ralentissent quand je remarque l'air horrifié sur son visage.

Après avoir soufflé un grand coup comme pour se calmer, il se dirige vers moi et m'enlève rapidement la chemise.

— Pas avec une chemise à cinq cents livres.

De nouveau nue, je le regarde suspendre la chemise et se mettre à l'épousseter en montrant son ennui en voyant que j'ai créé un minuscule pli qui ne veut pas disparaître. Je ne peux pas rire. Il est trop agacé, et c'est assez inquiétant.

Après un bon moment pendant lequel Miller se débat avec la chemise sous mon regard choqué, il finit par la détacher, la mettre en boule et la jeter dans le panier à linge.

— Elle a besoin d'être lavée, grommelle-t-il en se dirigeant d'un pas lourd vers un tiroir pour l'ouvrir.

Il en sort une pile de T-shirts noirs et la pose sur le meuble au centre de la pièce avant de prendre chaque haut individuellement et d'en faire une autre pile à côté. Quand il atteint le dernier, il le secoue et me le tend, puis remet la nouvelle pile de T-shirts dans le tiroir.

Alors que je le regarde, tout à fait fascinée, je me fige en me rendant compte d'une chose qui est pourtant assez évidente depuis un certain temps. Il n'est pas juste ordonné. Miller Hart souffre de troubles obsessionnels compulsifs.

— Tu comptes le mettre ? me demande-t-il, toujours clairement énervé.

Je ne réponds pas, ne sachant pas trop quoi dire ; je le balance sur ma tête et l'enfile, en pensant qu'il vit sa vie avec une précision militaire, et que ma présence doit représenter un véritable raz-de-marée, même s'il s'acharne à me ramener ici ; je ne devrais donc pas trop m'en inquiéter.

— Tu vas bien ?

Je tente nerveusement de me renseigner, en espérant qu'il me remette dans son lit et recommence à m'honorer.

— Frais et dispos, marmonne-t-il, en ayant l'air ni frais, ni dispos. Je vais préparer le petit déjeuner.

Il attrape brusquement ma main et me tire à travers la chambre. Je ne peux pas m'empêcher de remarquer que Miller s'efforce péniblement de faire semblant d'ignorer le lit, en voyant sa mâchoire se crisper légèrement lorsqu'il regarde de côté les couvertures et les oreillers soigneusement disposés... Enfin, soigneusement selon mes critères.

— Je t'en prie, assieds-toi, m'indique-t-il quand nous atteignons la cuisine, en me laissant poser mes fesses nues sur la surface froide de la chaise. Qu'est-ce qui te ferait plaisir ?

— Je mangerai la même chose que toi.

Je préfère rendre les choses aussi faciles que possible pour lui.

— Je vais prendre un fruit et un yaourt nature. Ça t'ira ?

Il ouvre le réfrigérateur et en sort une pile de boîtes en plastique qui contiennent divers fruits découpés.

— Très bien.

Je soupire en priant pour qu'on ne se redirige pas vers ce genre de conversation aux répliques brèves et détachées.

C'est pourtant mon impression.

— Comme tu veux.

Son ton est sec tandis qu'il prend des bols dans le placard, des cuillères dans le tiroir et des yaourts dans le frigo.

Je le regarde en silence. Chaque objet qu'il pose devant moi est poussé pour atteindre une place précise. Il presse les oranges, prépare le café et s'assied en face de moi en un rien de temps. Je ne touche à rien. Je n'ose pas. Tout est disposé avec une précision extrême, et je ne me risquerai pas à aggraver son humeur en déplaçant quoi que ce soit.

— Sers-toi.

Il désigne mon bol d'un geste de la tête. Je mesure la position du saladier de fruits pour pouvoir le reposer exactement à sa place avant de mettre des fruits dans mon bol. Puis je le replace soigneusement. À peine ai-je attrapé ma cuillère qu'il se penche au-dessus de la table pour décaler le bol de fruits vers la gauche. Ma fascination pour Miller Hart continue de s'accroître, et alors que ces petits traits auraient plutôt tendance à être énervants, ils ont aussi un côté assez touchant. Il me paraît de plus en plus clair que c'est moi qui mets ce gentleman dans la tourmente, moi et mon incapacité à satisfaire sa compulsion à maintenir les choses exactement comme il les aime.

Mais je ne dois pas le prendre de manière personnelle. Je ne pense pas qu'il existe une personne sur cette planète qui pourrait rectifier ça.

Le silence est affreusement désagréable, et je sais exactement pourquoi. Il mange, mais je sais pertinemment qu'il lutte contre le besoin de quitter la table pour redonner à son lit sa perfection habituelle. J'ai envie de lui dire d'y aller, surtout si cela peut le détendre, et donc *me* détendre. Mais il ne m'en laisse pas l'occasion. Il ferme les yeux, prend une profonde inspiration et pose sa cuillère en travers de son bol.

— Excuse-moi le temps que j'utilise la salle de bains.

Il se lève et quitte la pièce, et mes yeux suivent sa trace, alors que je voudrais le voir en action, mais j'en profite pour étudier tout ce qui se trouve sur la table en essayant de trouver exactement ce qui l'apaise dans leurs positions. Je ne trouve pas.

Ce n'est que cinq bonnes minutes plus tard qu'il revient dans la cuisine, visiblement plus détendu. Je me détends aussi, et je suis soulagée d'avoir terminé mon petit déjeuner et bu mon jus d'orange. Ainsi, il n'y a pas besoin de bouger quoi que ce soit… sauf moi, et je commence à prendre conscience qu'il y a un problème avec mon positionnement et mes gestes… comme dans son lit.

Il glisse ses jambes sous la table et prend sa cuillère, la remplit avec une fraise et la porte à sa bouche. Je ne peux empêcher mes yeux de se concentrer sur sa mastication lente. Sa bouche m'hypnotise autant que ses yeux le font lorsqu'il me regarde en brillant. Et je sais que c'est le cas en ce moment même. Je me retrouve alors face à un dilemme. Ses yeux ou sa bouche ?

Il prend la décision pour moi en parlant. Je ne l'entends presque pas car je suis trop captivée par ses lèvres.

— J'ai une requête, déclare-t-il.

Ces mots, quand ils finissent par atteindre mon esprit distrait, attirent mes yeux vers les siens. J'avais raison. Ils pétillent.

— Quel genre de requête ?

— Je ne veux pas que tu voies d'autres hommes.

Il me fixe pensivement, essayant clairement de jauger ma réaction, mais je ne lui donne sûrement pas beaucoup d'indices car mon visage reste sans expression, ne pouvant me résoudre à choisir une réaction à adopter.

— Je pense qu'il s'agit d'une requête raisonnable à la lumière de ta performance d'hier.

À présent, j'ai une expression faciale, et je sais que je dois paraître un peu abasourdie.

— Tu es à l'origine de ma performance d'hier.

— Peut-être bien, mais je n'apprécie pas l'idée que tu puisses t'exposer comme ça.

— M'exposer en général, ou m'exposer à d'autres hommes ?

— Les deux. Tu ne ressentais pas le besoin de t'exposer avant de me rencontrer, alors il me semble que tu ne devrais pas avoir de difficultés à satisfaire cette requête.

Il prend une autre bouchée de fruit, mais je ne ressens pas l'envie de l'observer mâcher cette fois-ci. Non, je suis toujours stupéfaite et le regarde avec des yeux indifférents.

Il semble clairement penser qu'il est tout à fait raisonnable de me faire ce genre de demande. Je ne sais même pas comment réagir. Il vient de m'honorer dans son lit, de me dire des mots touchants, et maintenant, il revient à son sérieux professionnel.

— Et ces rendez-vous stupides, poursuit-il. Ça n'arrivera plus non plus.

Je dois me retenir de rire.

— Pourquoi est-ce que tu me demandes ça ?

Est-ce sa manière de dire qu'il veut que nous soyons exclusifs ?

Il hausse les épaules.

— Aucun homme ne te fera ressentir ce que je te fais, alors c'est dans ton propre intérêt.

Je suis atterrée par son arrogance. Il a raison, mais je n'ai pas l'intention de flatter son ego.

Je pose les coudes sur la table et prends ma tête entre mes mains.

— Tu veux bien m'expliquer exactement ce que tu veux dire par là ?

Je lève les yeux vers lui et découvre une légère inquiétude sur son visage parfait.

— Je ne veux pas que quelqu'un d'autre goûte à toi, dit-il sans aucune forme d'excuse. Cela peut paraître exagéré, mais c'est ce que je veux et j'aimerais que tu l'acceptes.

— Et toi ? Je sais qu'il y a cette femme.

— Elle est au courant.

Au courant ? Alors il doit la mettre au courant ?

— Et elle l'accepte ?

— Oui.

— Pourquoi est-ce important si ce n'est qu'une associée d'affaires ?

— Comme je te l'ai dit hier soir, ça n'a pas d'importance, mais pour toi, si, alors je lui ai parlé de toi et puis c'est tout.

Je lui jette un regard mauvais de l'autre côté de la table.

— Je ne sais rien de toi.

— Tu connais mon club.

— Seulement parce que j'y ai atterri par hasard. Je doute que je l'aurais découvert si j'avais attendu que tu m'en parles, et je suis certaine que tu ne m'y aurais pas amenée volontairement.

— Faux.

Je fronce les sourcils en entendant sa réplique brève et assurée.

— Tu étais sur la liste des invités, Livy. Si j'avais voulu te tenir à l'écart, je t'aurais fait rayer de cette liste.

Je ferme la bouche et essaie de me remémorer les événements qui se sont passés avant que le champagne et la tequila s'emparent de moi.

— Tu m'as observée toute la soirée, n'est-ce pas ?

— Oui.

— J'étais avec Gregory.

— En effet.

— Tu as cru que c'était un rendez-vous ?

— Oui.

— Et tu n'as pas apprécié ?

— Non.

Tout comme il n'a pas apprécié de me voir avec Luke.

— Tu étais jaloux.

Je me demande quand est-ce qu'il s'est rendu compte que Gregory est gay. Peut-être sur la piste de danse. Ou dans les toilettes. Il a travaillé pour l'Ice, mais mon ami n'est pas efféminé. C'est un mec bien bâti qui fait aussi bien tourner les têtes des femmes que des hommes gays.

— Affreusement.

Je m'affaisse sur la table. Le plaisir que me procure Miller est une récompense ultime… ou presque. Mais ce que je veux, c'est son amour constant, comme il me le témoigne quand il me fait son « truc » ou dans son lit.

— Tu me demandes d'être exclusive avec toi.

— Oui.

Cela me convient très bien, mais étant donné les circonstances de cette conversation et comment nous en sommes arrivés là, je ne suis pas sûre que cela signifiera que Miller sera exclusivement à moi.

— Et toi ?

— Moi ?

— Tu vas arrêter de parler en monosyllabe ?

Il se penche au-dessus de la table.

— Je te demande pardon ?

Je me redresse, sentant la rage bouillonner dans mon ventre.

— Tu peux demander ce que tu veux, dis-je. Tu n'obtiendras aucun pardon de ma part.

— Permets-moi de ne pas partager ton avis.

— Et voilà que tu recommences !

Je pousse mon bol sur le côté et il heurte le saladier de fruits en verre, qui se décale lui aussi.

— Des supplications !

Je regarde ses yeux qui se concentrent sur l'objet qui a été déplacé sur sa table parfaite, et il se crispe alors qu'un éclair de colère traverse son visage. Interpellée, je m'assieds.

Plus calme qu'il ne paraît, il passe un certain temps à remettre tout en place, puis se lève. Mes yeux le suivent autour de la table jusqu'à ce qu'il soit hors de ma vue. Il se tient derrière moi, et je me raidis quand il pose ses mains sur mes épaules, transmettant une vague de chaleur à travers le tissu de son T-shirt sur ma peau.

— C'est toi qui vas me supplier, ma douce.

Sa bouche est au niveau de mon oreille et il me mord le lobe.

— Tu vas accepter ma requête parce que nous savons tous les deux que tu te demandes constamment comment tu pourrais survivre sans mes attentions.

Ses pouces commencent à décrire des cercles fermes et délicieux sur mes épaules.

— N'essaie pas de prétendre que tout cela ne concerne que mes propres désirs.

J'aimerais me détendre à son contact, mais je refuse d'accorder à mon corps le plaisir qu'il attend. Au début, il disait qu'il ne pouvait pas m'avoir, et en fait, il ne pourrait pas rester loin de moi.

Ses mains disparaissent un instant et il me soulève de la chaise.

— Je ne prétends rien, Livy.

Il avance lentement, me forçant à faire un pas en arrière jusqu'à ce que je sois délicatement appuyée contre le mur.

— Cela concerne tout autant mes désirs. C'est pourquoi je te fais cette proposition, et c'est aussi pour ça que tu vas accepter.

À ma grande surprise, ma tête parvient sans difficulté à empêcher le désir de s'enflammer. Il est là, mais cohabite avec l'envie d'avoir des réponses.

— Dans ta bouche, cela ressemble à une transaction professionnelle.

— Je travaille beaucoup. Cela me vide émotionnellement et physiquement. Je veux pouvoir te vénérer et te gâter quand j'ai terminé ma journée.

— Je crois que tu fais référence à une relation amoureuse.

— Appelle ça comme tu veux. Je veux que tu sois à ma disposition.

Je suis horrifiée, ravie... incertaine. Pour un homme qui sait si bien s'exprimer, il utilise les mots d'une étrange façon.

— Je pense que j'aimerais appeler ça une relation amoureuse, dis-je pour qu'il sache exactement où je me place.

— Comme tu veux.

Il se penche et trouve ma bouche en passant ses avant-bras dans le creux de mon dos pour me soulever et me serrer contre son torse.

Je me laisse immédiatement aller au rythme tendre de sa langue, en inclinant la tête sur le côté et soupirant dans sa bouche, mais mon esprit retourne toujours les paroles étranges que nous venons juste d'échanger. Miller Hart est-il désormais mon petit ami ? Suis-je sa copine ?

— Arrête de trop réfléchir, marmonne-t-il dans ma bouche, en me retournant pour me faire sortir de la cuisine.

— Je ne réfléchis pas.

— Si.

— Tu me troubles.

Mes jambes s'enroulent autour de sa taille et mes bras autour de son corps.

— Prends-moi comme je suis, Livy.

Il libère mes lèvres et me serre contre lui comme pour appuyer ses paroles en me suppliant.

— Qui es-tu ?

Je murmure ma question dans son cou en le serrant à mon tour.

— Je suis un homme qui a trouvé une fille douce et magnifique qui me donne plus de plaisir que je ne l'aurais jamais cru possible.

Il me fait asseoir sur le canapé et s'allonge près de moi, son visage près du mien, sa main remontant délicatement à l'intérieur de ma cuisse.

— Et je ne parle pas uniquement de sexe, murmure-t-il, me faisant haleter. J'ai été clair sur mes intentions.

Sa main frôle le poil de mon pubis et son doigt se glisse en moi. Mon dos se courbe.

— Elle est toujours prête pour moi, ajoute-t-il en étalant ma moiteur chaude sur chaque centimètre carré de ma chair.

— Elle est toujours excitée à mon contact.

Je pose mon front contre le sien et ferme les yeux.

— Et elle accepte le fait de ne rien pouvoir faire pour l'empêcher. Nous sommes faits pour être ensemble. Nous allons parfaitement ensemble.

J'ai le souffle court et mes jambes se raidissent.

— Elle réagit à moi sans même le savoir.

Il utilise son front pour me repousser.

— Et elle sait ce que je ressens lorsqu'elle me prive de son visage.

M'efforçant d'ouvrir les yeux et de garder la tête immobile, je me mets à donner de petits coups de hanches involontaires pour l'accompagner alors qu'il caresse mon sexe humide et palpitant. Il me stimule avec indolence et me regarde venir. Mes poings serrés agrippent son T-shirt et le tirent, froissant le vêtement auparavant sans plis.

— Elle va venir, dit-il d'un air songeur, ses yeux dérivant sur mon corps pour regarder sa main se promener sur moi.

Mes jambes commencent à remuer pour essayer de maîtriser la vague de pression qui afflue. Il enfonce alors son doigt en moi en soufflant, le remplaçant rapidement par deux quand je me mets à crier et trembler.

— C'est ça, Livy.

Je ne parviens pas à garder les yeux ouverts et rejette la tête en arrière en marmonnant des paroles insensées alors que l'orgasme m'envahit.

— Montre-moi ton visage.

— Je ne peux pas.

— Tu peux le faire pour moi, Livy. Laisse-moi te voir.

Je hurle mon désespoir et redresse la tête.

— Tu ne peux pas me faire ça.

Il m'embrasse, trop tendrement pour mon état de frénésie actuel.

— Je peux, je le fais, et je le ferai toujours. Crie mon nom.

Il appuie son pouce sur mon clitoris et décrit fermement un cercle en me regardant lutter pour gérer le plaisir qu'il m'inflige.

— Miller !

— C'est le seul nom masculin que tu ne crieras jamais, Olivia Taylor.

Il attaque ma bouche et m'embrasse jusqu'à l'orgasme tandis qu'il gémit et presse son torse contre le mien, son corps absorbant mes frissons.

— Je promets que je te donnerai la sensation d'être spéciale.

Il porte ses doigts à ma bouche et répand ma moiteur sur mes lèvres.

— Personne ne goûtera à ça, à part toi et moi.

Son visage n'affiche aucune expression, mais je commence à reconnaître son humeur dans ses yeux ensorcelants. À cet instant, il est moralisateur, satisfait... victorieux. J'ai confirmé toutes ses revendications avec mes gémissements profonds et mes réactions corporelles à son contact.

Miller Hart gouverne mon corps.

Et il est de plus en plus évident qu'il gouverne aussi mon cœur.

# 19

J'ai froid aux jambes et mon corps est courbaturé. Miller ne se trouve pas sur le sofa avec moi, mais je sais qu'il n'est pas loin car j'entends des bruits de placards qui s'ouvrent et de vaisselle qui tinte, m'indiquant clairement où il est et ce qu'il fait. En m'étirant avec un gémissement heureux et le sourire aux lèvres, je regarde le plafond, puis m'assieds pour me remémorer les magnifiques tableaux qui parent les murs de l'appartement. Après les avoir parcourus des yeux un à un, et même à plusieurs reprises, j'abandonne l'idée d'essayer de déterminer mon favori. Je les aime tous, même s'ils sont déformés et presque moches.

Mon esprit n'est plus embrouillé que par le sommeil (et plus par l'alcool), et malgré mes muscles légèrement douloureux, je me sens parfaitement bien. Après m'être levée, je pars à la recherche de Miller et le trouve en train de nettoyer le plan de travail avec un spray antibactérien.

— Salut.

Il lève les yeux et pousse les cheveux sur son front avec le dos de sa main.

Il plie le torchon et le dépose près de l'évier.

— Tu vas bien ?

— Je vais bien. Miller.

Il hoche la tête.

— Excellent. J'ai fait couler un bain. Tu veux te joindre à moi ?

Le gentleman est de retour. Cela me fait sourire.

— J'adorerais me joindre à toi.

Il incline la tête avec un air curieux et s'avance vers moi.

— Ai-je dit quelque chose de drôle ? me demande-t-il en m'attrapant par la nuque pour me faire pivoter.

— Je trouve tes manières amusantes.

Je le laisse me guider vers sa chambre, puis dans la salle de bains où la baignoire immense à pieds griffés est pleine d'eau moussante.

— Devrais-je me sentir vexé ?

Il attrape mon T-shirt et le soulève au-dessus de ma tête, puis le plie soigneusement avant de le poser dans le panier à linge.

Je hausse les épaules.

— Non. Tes habitudes sont charmantes.

— Mes habitudes ?

— Oui, tes habitudes.

Je ne donne pas de détails. Il sait ce à quoi je fais référence, et ce ne sont pas seulement ses manières courtoises… quand il choisit de les adopter.

— Mes habitudes, dit-il d'un air songeur en retirant son T-shirt et suivant la même routine de pliage. Je crois que je suis vraiment vexé.

Il fait glisser son short sur ses cuisses, avant de le plier et le poser soigneusement dans le panier à linge lui aussi.

— Après toi, dit-il en m'indiquant la baignoire, alors que sa nudité parfaite me donne le vertige. Tu as besoin d'aide ?

Je lève les yeux et découvre de la suffisance dans son regard alors qu'il me tend la main.

Je l'attrape timidement et monte les marches avant de me baisser dans la baignoire.

— La température est bonne ? me demande-t-il en me suivant et s'installant de l'autre côté de manière à ce que l'on se retrouve face à face, ses jambes pliées et ses genoux apparaissant à la surface de l'eau.

— Parfaite.

Je m'adosse et la plante de mes pieds glisse contre le fond de la baignoire jusque sous ses fesses. Il dresse les sourcils, me faisant rougir.

— Désolée, ça glisse.

— Tu n'as pas besoin de t'excuser.

Il attrape mes pieds et les lève pour les installer sur son torse.

— Tes pieds sont très mignons.

— Mignons ?

Je dois me retenir de rire. Je ne sais jamais quels mots ni quels tons vont sortir de la bouche de Miller Hart, mais ils ont toujours un effet sur moi, que ce soit de l'amusement, de l'irritation, du désir ou de la confusion.

— Oui, mignons.

Il se penche et embrasse mon petit orteil.

— J'ai une requête.

Cette déclaration suffit à interrompre mon envie de rire. Une autre requête ?

— Laquelle ?

Je suis nerveuse.

— Ne sois pas si inquiète, Livy.

Facile à dire pour lui.

— Je ne suis pas inquiète. Je suis curieuse.

— Moi aussi.

Je le regarde en fronçant les sourcils.

— Qu'es-tu curieux de savoir ?

— Ce que ça fait d'être en toi sans que rien ne nous sépare.

Il tend le bras sous l'eau et atteint ma main, me tire à genoux et la guide vers la barre dure qui repose sur son ventre.

— Tu dois être curieuse toi aussi.

Je le suis maintenant.

— Tu parles comme si tu envisageais du long terme.

Je parle d'un ton hésitant, rassemblant mon courage pour accueillir sa réponse.

— Je t'ai déjà dit que je veux plus que les quatre heures qui restent, qui, il me semble, ont maintenant expiré.

Il positionne mes mains autour de lui et pose les siennes dessus, puis se met à me guider lentement de haut en bas sous l'eau. Tout mon être se détend quand un sentiment de paix m'envahit suite à ses paroles. Sa poitrine se gonfle alors plus amplement au rythme de sa respiration. Il est aussi doux que du velours, mais ma vue sur nos mouvements combinés est entravée par les litres d'eau qui nous entourent. Je ne vois que la tête gonflée de son pénis, alors je lève les yeux et les laisse se complaire de ses incroyables lèvres entrouvertes.

Je m'avance à genoux.

— Je suis curieuse. Mais je ne prends pas la pilule.

— Es-tu prête à y remédier pour qu'on puisse tous les deux satisfaire notre curiosité ?

J'acquiesce en lui permettant de contrôler les caresses de ma main sur son érection. La sensation est divine : il est doux, ferme et gros. La vue est divine elle aussi, et en m'insufflant un peu d'assurance, je plie la main jusqu'à ce qu'il se relâche en fronçant les sourcils et me regarde grimper sur son corps.

— Qu'est-ce que tu fais, Livy ? me demande-t-il, inquiet, mais il ne m'arrête pas avant que je ne me retrouve sur ses genoux, sa verge se dressant parfaitement sous moi.

En fait, il m'aide même.

— Je veux te sentir.

Je baisse la tête à son niveau, encore plus confiante lorsque je le sens palpiter sous moi. Je perds la raison et mon corps agit sans que je ne lui donne d'instructions.

Il secoue légèrement la tête et se dirige vers mes lèvres pour m'embrasser avec dévouement. Peut-être que je le taquine et le tourmente, mais c'est lui qui a le contrôle.

— Ce n'est pas possible, Livy.

— S'il te plaît. Laisse-moi faire.

— Oh, mon Dieu, tu vas causer ma perte.

Je prends sa voix faible et fébrile comme le signe qu'il cède et tends le bras entre nos corps tout en préservant notre baiser.

— C'est moi qui suis perdue, dis-je avant de lui mordre tendrement la langue. *Tu* as causé ma perte.

Ma main trouve ce qu'elle cherchait, et je me redresse pour le placer devant ma fente.

— Je n'ai pas causé ta perte, Livy.

Je sens ses mains me saisir par la taille, interrompant mon acte irresponsable.

— J'ai éveillé en toi un désir que je suis le seul à pouvoir satisfaire.

Il retire ma main, avec un air sérieux et menaçant.

— Et on dirait que l'un d'entre nous doit garder la tête froide avant qu'on se retrouve dans une situation délicate.

Je suis totalement frustrée, mais son air sérieux me ramène rapidement à la réalité.

— C'est ta faute.

Je me sens gênée et rejetée sans raison.

— C'est ce que tu n'arrêtes pas de me dire, dit-il en levant ses yeux bleus au ciel.

Il me montre son exaspération, un rare témoignage d'émotion. Pour essayer de dépasser ma vexation et empêcher Miller de me réprimander d'avantage, je me remets à bouger, avec toujours cette envie de goûter à lui. Mais je ne vais pas très loin.

Il m'arrête, l'air presque énervé, et me soulève, s'empare complètement de moi et s'adosse à la baignoire, en m'installant sur son torse.

Malgré ma confusion face à son refus, je profite de cet instant de bonheur et de son étreinte puissante, me cramponnant à lui et savourant le son de sa respiration tandis que l'eau autour de nos corps clapote doucement.

— J'ai une requête, moi aussi.

Je me sens à l'aise et intrépide.

— Retiens-toi.

Il tourne la tête et embrasse ma joue mouillée.

— Laisse-moi profiter de mon « truc ».

— Je peux faire ma requête pendant que tu as ton « truc ».

— Probablement, mais j'aime te voir quand on discute.

— Je pense que les câlins pourraient être mon « truc » à moi aussi.

Je le serre un peu plus fort, faisant glisser nos corps l'un contre l'autre. Le sentiment de bien-être et la paix qui m'envahissent pendant ces moments me donnent envie de rester collée à lui.

— J'espère que tu parles de câlins avec moi.

— Exclusivement. Puis-je formuler ma requête ?

Contre mon gré, il me relâche et me redresse sur ses genoux.

— Dis-moi ce que tu veux.

— Des renseignements.

Mon courage s'amenuise en voyant ses lèvres pincées et sa mâchoire crispée, mais je trouve la force de continuer.

— Tes habitudes.

— Mes habitudes ? répète-t-il, les sourcils arqués, presque comme une mise en garde.

J'avance prudemment.

— Tu es très…

Je m'interromps pour choisir sagement mes mots.

— Précis.

— Tu veux dire soigneux ?

C'est plus que soigneux. C'est obsessionnel, mais j'ai le sentiment que c'est un sujet délicat pour lui.

— Oui, soigneux. Tu es très soigneux.

— Je m'assure de prendre soin de ce qui m'appartient.

Il tend le bras et me pince le téton, ce qui me fait sursauter sur lui.

— Et tu m'appartiens maintenant, Olivia Taylor.

— Vraiment ?

Je parais choquée, mais je suis secrètement ravie. Je veux être à lui à chaque instant de chaque jour.

— Oui, dit-il simplement en me prenant par la taille pour me faire descendre jusqu'à ce qu'on soit front contre front. Tu es aussi mon habitude.

— Je suis une habitude ?

— Tu es une habitude addictive, ajoute-t-il en m'embrassant sur le nez. Une habitude que je n'ai pas l'intention de perdre.

Je n'hésite pas à lui faire connaître mes pensées à propos de lui et de sa nouvelle habitude.

— D'accord.

— Qui a dit que tu avais le choix ?

— Tu as dit que tu ne me ferais jamais faire quelque chose que je ne veux pas.

— J'ai dit que je ne te ferais jamais faire quelque chose que je sais que tu ne veux pas faire, et je sais que tu veux vraiment être mon habitude. C'est donc une discussion qui ne rime à rien, tu n'es pas d'accord ?

Je lui lance un regard mauvais, ne trouvant rien à redire.

— Tu es insolent.

— Tu vas avoir des ennuis.

Je me retire sur ses genoux.

— Qu'est-ce que tu veux dire par là ?

Est-ce une menace ?

— Et si on parlait d'hier soir, suggère-t-il, comme si nous allions discuter de l'endroit où nous irions dîner.

Je me mets immédiatement sur mes gardes, et ma poitrine qui se colle à la sienne et mon visage qui se cache dans son cou en sont une preuve évidente.

— On en a déjà parlé.

— Pas dans les détails. Je ne connais pas la raison pour laquelle tu as agi de manière si imprudente, Livy, et ça me met mal à l'aise.

Il s'efforce de me repousser de son torse et me tient droite.

— Quand je te parle, tu me regardes.

Je garde la tête baissée.

— Je ne veux pas te parler.

— Dommage.

Il remue pour trouver une position plus confortable.

— Explique-toi, insiste-t-il.

— J'étais soûle, c'est tout.

Ce n'est pas volontaire, mais je serre les dents et lève des yeux agacés vers lui.

— Et arrête de me parler comme si j'étais une délinquante.

— Alors arrête d'agir ainsi.

Il est très sérieux. Je suis abasourdie.

— Tu sais quoi ?

Je me lève et sors du bain, et il ne fait rien pour me retenir. Il se contente de se rallonger, tout à fait détendu et absolument pas affecté par ma petite crise.

— Tu me donnes peut-être la sensation d'être incroyable, tu me dis des choses magnifiques quand tu me fais l'amour, mais quand tu te comportes comme ça, tout… tout… tout…

— Tout quoi, Livy ?

— Tu n'es qu'un petit con moralisateur !

Il ne semble pas du tout décontenancé.

— Dis-moi pourquoi tu as disparu. Où es-tu allée ?

Ses questions insistantes ne font qu'accroître ma fureur… et ma déprime.

— Tu as dit que tu ne me ferais jamais faire quelque chose que je ne veux pas.

— Que je sais que tu ne veux pas. Je vois que ma douce porte un lourd fardeau, explique-t-il en tendant la main. Laisse-moi te soulager.

Je regarde sa main un instant, n'ayant qu'une inquiétude en tête. Il me quitterait encore s'il était au courant.

— Tu ne peux pas.

Je pivote sur mes pieds nus et pars, furieuse. Je ne peux pas supporter ça. Être avec Miller Hart, c'est comme être sur une montagne russe, il me fait passer d'un plaisir extraordinaire à une colère indéfinissable, de la confiance à la gêne et l'agacement, du bonheur à l'état pur à une souffrance insupportable. Je suis constamment déchirée entre deux voies, et même si je ne sais que trop bien comment je me suis sentie quand il m'a abandonnée, je me rends compte qu'au moins, à ce moment-là, le désespoir était cohérent. Je connaissais la situation. Alors cette fois-ci, c'est moi qui prendrai cette décision.

Trempée, j'ai froid. J'ouvre le tiroir inférieur du coffre et récupère ma culotte, mon sac et mes chaussures, puis me précipite vers son dressing pour attraper la première chemise qui me tombe sous la main, la balance sur mes épaules et jette mes chaussures par terre.

Une fois que j'ai enfilé ma culotte et mes escarpins, je m'enfuis en traversant sa chambre et parcourant le couloir puis le séjour, avec une seule chose en tête : échapper à ses questions pressantes et son ton désapprobateur.

Je sais que j'ai été imprudente hier. J'ai fait de nombreuses erreurs, mais rien de plus grave que le fait d'être l'homme avec qui je prenais un bain il y a seulement quelques minutes. Je ne sais pas à quoi je pensais. Il ne comprendrait pas.

Je cours vers la porte de son appartement et commence à me détendre quand ma main touche la poignée. Je ne peux pas la tourner. Elle n'est pas verrouillée, je peux partir si je le veux, mais mes muscles ignorent l'ordre d'ouvrir la porte que mon cerveau leur donne sans conviction. Et c'est parce qu'il y a un ordre plus fort qui l'étouffe et me dit de revenir pour lui faire comprendre.

Je baisse les yeux sur ma main pour lui demander mentalement de tourner la poignée. Mais non. Elle ne le fera pas. J'appuie mon front sur la porte noire laquée et mes yeux se ferment alors que je mets en balance les deux ordres contradictoires et tape des pieds, frustrée.

Je ne peux pas partir. Mon corps et mon esprit ne sont pas prêts à passer cette porte et quitter le seul homme avec lequel j'ai jamais été connectée. Je ne permettrai pas que cela se produise. C'est irrépressible.

Je me retourne et me retrouve dos à la porte en train de fixer Miller. Il se tient tranquillement devant moi et me regarde, entièrement nu et mouillé.

— Tu n'arrives pas à partir, n'est-ce pas ?

— Non.

Je sanglote alors que mes genoux faiblissent autant que mon cœur et qu'ils refusent de maintenir mon corps debout plus longtemps, me laissant m'effondrer le long de la porte jusqu'à ce que mes fesses touchent le sol.

Ma colère se transforme en larmes, et je pleure en silence, mes dernières défenses s'évanouissant. Je laisse mon désespoir couler dans mes mains et mes barricades s'amoindrir sous le regard scrutateur et déconcertant de Miller Hart. J'ai l'impression que ça prend une éternité, mais je sais qu'il lui faut seulement quelques secondes avant de me relever et me porter jusque dans son lit. Il ne dit rien. Il m'assied sur le bord et m'enlève mes chaussures et ma culotte, puis défait sa chemise de mes épaules avant de la faire descendre sur mes bras, en se penchant pour poser ses lèvres sur ma joue.

— Ne pleure pas, ma mignonne, murmure-t-il, en jetant la chemise par terre, ce qui ne lui ressemblait pas, avant de m'allonger délicatement sur le lit. S'il te plaît, ne pleure pas.

Sa demande a l'effet opposé et davantage de larmes se mettent à couler, son torse nu devenant aussi trempé que mon visage alors qu'il me serre contre lui en embrassant tendrement le haut de ma tête de temps à autre, tout en chantonnant cette mélodie apaisante. Elle me calme peu à peu et mes sanglots commencent à s'estomper entre la chaleur de son corps qui m'étreint et sa voix réconfortante qui envahit mes oreilles.

— Je ne suis pas une fille mignonne, dis-je doucement contre son torse. Tu n'arrêtes pas de m'appeler « ma douce » ou « ma mignonne », mais tu ne devrais pas.

Son fredonnement faiblit et ses tendres baisers sur mon front cessent. Il réfléchit à ce que je viens de dire.

— Tu es vraiment une… femme douce et mignonne, Livy.

— Ce n'est pas vraiment la référence à l'âge qui me gêne. Mais plutôt l'innocence liée à ces adjectifs.

Je le sens se raidir un peu avant de m'éloigner légèrement de son torse. Nous discutons, il veut un contact visuel, et quand il l'a, il essuie mes joues mouillées avec ses pouces et me dévisage, les yeux pleins de pitié. Je ne veux pas de pitié, et je ne la mérite pas.

— Tu es *ma* douce.

— Tu te trompes.

— Non, tu es à moi, Livy, affirme-t-il en montrant presque de l'agacement.

— Ce n'est pas ce que je veux dire.

Je baisse les yeux, les remonte rapidement lorsqu'il passe ses mains de mes joues à mon cou et incline la tête en arrière.

— Continue.

— Je veux être à toi.

Il sourit. Il m'offre ce sourire beau et rare, et mon cœur palpite de bonheur pendant une seconde, puis je me souviens de l'orientation de notre conversation.

— J'ai vraiment envie d'être à toi.

— Je suis heureux qu'on ait clarifié ce point.

Il avance ses lèvres des miennes et m'embrasse délicatement.

— Mais tu n'as vraiment pas le choix de toute façon, ajoute-t-il.

— Je sais.

Je suis consciente que ce n'est pas parce que Miller le dit que je n'ai pas le choix. J'ai essayé de partir, et je n'ai pas pu. J'ai vraiment essayé.

— Écoute-moi, dit-il en s'asseyant et m'attirant sur ses genoux. Je n'aurais pas dû te mettre la pression. J'ai dit que je ne te ferais jamais faire quelque chose que je sais que tu ne veux pas. Ça tiendra toujours, mais je t'en prie, sache que tu t'inquiètes pour rien en craignant que quelque chose puisse modifier mon opinion à propos de ma douce.

— Et si ce n'était pas le cas ?

— Je ne le saurai que si tu choisis de me le dire, et si tu ne le fais pas, alors ça ira aussi. Oui, je préférerais que tu te confies à moi, mais pas si c'est pour que ça te rende triste, Livy. Je ne veux pas te voir triste. Je veux que tu aies confiance en moi et que tu saches que ça ne changera en rien ce que je ressens pour toi. Laisse-moi t'aider.

Mon menton se met à trembler.

— Ta mère, dit-il calmement.

Je hoche la tête.

— Livy, tu n'es pas comme ça. Ne laisse pas les choix de quelqu'un d'autre affecter ta vie.

— J'aurais pu être comme ça.

La honte m'envahit peu à peu, alors je baisse la tête.

Il attrape mon visage et le tire vers lui, mais je garde les yeux baissés, ne voulant pas affronter le mépris qu'il me montrera.

— Nous parlons, Livy.

— J'en ai dit assez.

— Non. Regarde-moi.

M'efforçant de lever les yeux, je croise les siens, mais n'y trouve aucun mépris. En fait, il n'y a rien. Même là. Miller Hart ne laisse rien transparaître.

— Je voulais savoir où elle était partie.

Il fronce les sourcils.

— Je ne te suis pas.

— J'ai lu son journal intime. J'ai appris où elle allait et avec qui. J'ai appris des choses sur un homme. Un homme qui s'appelait William. Son maquereau.

Il se contente de me fixer. Il sait vers quoi je me dirige.

— Je suis entrée dans son monde. Miller. J'ai vécu sa vie.

— Non, lance-t-il en secouant la tête. Non, ce n'est pas possible.

— Si. Qu'est-ce qui était si incroyable dans cette vie pour que cela l'empêche d'être une mère ? Pour qu'elle m'abandonne ?

Je lutte pour contrôler les larmes qui menacent de se libérer à nouveau. Je refuse de verser une autre larme pour cette femme.

— J'ai trouvé le gin de Nan, et puis j'ai trouvé William. Je l'ai dupé pour qu'il m'embauche et qu'il me mette en contact avec des clients. Les clients de ma mère. J'ai rencontré la plupart des hommes qui apparaissaient sur la liste de son journal.

— Arrête, murmure-t-il. S'il te plaît, arrête.

Je frotte brutalement mes joues mouillées.

— Tout ce que j'ai trouvé, c'est l'humiliation de laisser un homme me prendre violemment.

Il grimace.

— Ne dis pas ça, Livy.

— Il n'y avait rien de glamour ou d'attirant dans ces rapports sexuels.

— Livy, s'il te plaît ! crie-t-il en m'écartant de son corps avant de se lever et me laisser avec la sensation d'être exposée, seule dans son lit.

Il se met à faire les cent pas dans sa chambre, clairement agité, et rejette la tête en arrière en jurant.

— Je ne comprends pas. Tu es si fondamentalement belle et pure. J'adore ça chez toi.

— L'alcool m'a permis de traverser cette épreuve. Seul mon corps était présent. Mais je ne pouvais pas arrêter. Je continuais de penser qu'il y avait autre chose, une chose qui m'échappait.

— Stop !

Il se retourne brutalement et me foudroie avec un regard enragé qui me fait sursauter sur mon lit.

— On devrait condamner à mort tout homme qui a osé te faire autre chose que t'honorer.

Il s'accroupit par terre, les mains dans les cheveux.

Tout mon être s'effondre : mon corps, mon esprit et mon cœur. Tout cède alors que mon passé rattrape mon présent et me force à m'expliquer. Miller lève le regard vers moi. Ses yeux bleus me transpercent.

Puis ils se ferment et il prend une longue bouffée d'air pour se calmer, mais je ne lui laisse pas le temps de me balancer ce qui lui passe par la tête. J'ai déjà mon idée là-dessus de toute façon.

J'ai ruiné l'opinion qu'il avait de sa petite chérie belle et pure.

— Je suis désolée.

Je sors du lit.

— Je suis désolée de détruire ton idéal.

Je récupère sa chemise par terre et commence à l'enfiler calmement. Je sens la douleur qui me retourne l'estomac, des années d'angoisse et de malheur.

Je remonte ma culotte le long de mes cuisses, ramasse mes chaussures et mon sac, et sors de sa chambre en sachant que cette fois-ci, j'arriverai à partir. Et c'est ce que je fais.

Le mépris évident qu'il ressent m'aide à tourner la poignée de la porte sans mal, et je m'engage dans le couloir vers la cage d'escalier, mes pieds nus pesants comme s'ils traînaient mon cœur brisé.

— Je t'en prie, ne pars pas. Je suis désolé de t'avoir crié dessus.

Sa voix douce me coupe dans mon élan et arrache mon cœur en miettes de ma poitrine.

— Ne te sens pas obligé. Miller.

— Obligé ?

— Oui, obligé.

Je me remets à descendre les marches. Je n'ai pas besoin que Miller se sente coupable de sa réaction violente, ni de sa compassion. Je ne sais pas ce qui vaut le mieux entre les deux, mais j'aurais préféré de l'acceptation et de la compréhension. Ça aurait été plus que ce que je m'accorde.

— Livy !

J'entends ses pieds nus me poursuivre, et quand il se retrouve devant moi, je remarque à peine qu'il ne porte qu'un boxer noir.

— Je ne sais pas combien de fois il va falloir que je te le répète, râle-t-il. Quand je te parle, tu me regardes.

Il dit ça parce qu'il ne sait pas quoi dire d'autre.

— Et qu'est-ce que tu dirais si je te regardais ?

Je n'ai pas besoin de voir du dégoût, de la culpabilité ou de la compassion.

— Si tu me regardais, tu le saurais.

Il se baisse pour entrer dans mon champ de vision, ce qui me force à lever les yeux. Je découvre son visage tout à fait impassible, et alors que, habituellement, je trouve ça frustrant, à cet instant, je suis soulagée, car sans expression, il n'y a ni mépris ni aucune autre émotion que je ne veux pas voir.

— Tu es toujours mon habitude, Livy. Ne me demande pas de te quitter.

— Je te dégoûte.

Je m'efforce de garder la voix ferme. Je ne veux pas pleurer à nouveau devant lui.

— Je me dégoûte moi-même.

Il tend timidement la main pour trouver ma nuque en me regardant attentivement au cas où je lui témoigne mon rejet. Je ne le rejetterai pas. Je ne le rejetterai jamais. Je sais que mon visage doit être aussi difficile à lire que le sien, et c'est parce que je ne sais pas trop ce que je ressens.

Une partie de moi est soulagée ; une immense partie a toujours honte, et une autre, la plus grande, est en train de se rendre compte de ce que Miller Hart signifie pour moi.

Du réconfort.

Un refuge.

L'amour.

J'ai succombé. Cet homme magnifique me procure bien plus de réconfort et représente un refuge bien plus apaisant qu'a pu le faire la stratégie que j'ai adoptée au quotidien pendant des années. Quand il ne me réprimande pas ou ne me rappelle pas les bonnes manières, il me comble d'adoration, et même ses aspects énervants sont devenus bêtement réconfortants. Je suis aussi amoureuse du faux gentleman que de l'amoureux attentionné. Je l'aime… tout entier.

Ses lèvres se retroussent légèrement, mais ce sont les nerfs. J'en suis certaine.

— Je déteste t'imaginer comme ça. Tu n'aurais jamais dû te retrouver dans cette situation.

— Je m'y suis mise toute seule. J'ai bu pour y parvenir, même si ça m'a rendue stupide. William m'a renvoyée quand il a réalisé qui j'étais, mais j'étais déterminée. J'étais idiote.

Il cligne des yeux lentement, essayant d'intégrer le fait d'être assailli par ma réalité. L'histoire de ma mère. Et mon histoire aussi.

— S'il te plaît, rentre.

J'acquiesce faiblement, et il pousse un profond soupir de soulagement en passant son bras autour de mes épaules et m'attirant contre son torse. Nous retournons lentement et en silence dans son appartement.

Après m'avoir assise sur le canapé et avoir déposé mon sac et mes chaussures sous la table, il va directement vers son meuble à alcool, verse un peu de liquide brun dans un verre et le vide avant de le remplir aussitôt. Ses mains sont serrées sur le rebord, sa tête basse. C'est trop calme. Inconfortable. J'ai besoin de savoir ce qui se passe dans son esprit compliqué.

Après un long silence pénible, il s'avance vers moi son whisky à la main et vient s'asseoir sur la table en verre où il pose son verre, en le tournant légèrement. Il finit par soupirer.

— Livy, je ne suis vraiment pas doué pour faire comme si cela ne m'avait pas fait un coup.

— En effet.

— Tu es tellement... eh bien, jolie... innocente de manière pure. J'adore ça chez toi.

Je fronce les sourcils.

— Parce que ça te permet de me piétiner.

— Non, c'est juste que...

— Quoi. Miller ? C'est juste quoi ?

— Tu es différente. Ta beauté commence ici.

Il se penche et passe sa main sur ma joue en m'hypnotisant avec son regard intense. Puis il la descend lentement le long de ma gorge puis sur ma poitrine.

— Et se répand jusqu'ici. Bien au fond. Elle brille dans ces yeux saphir, Olivia Taylor. Je l'ai su à l'instant où je t'ai vue.

Mes émotions m'étouffent, le fait de parler d'yeux saphir éveille des souvenirs de mon grand-père.

— Je veux m'abandonner entièrement à toi, Livy. Je veux t'appartenir. Tu es ma perfection.

Je suis sous le choc. Mais je ne le dis pas. Que Miller dise que je suis sa perfection, étant donné son monde follement parfait, c'est... fou.

Il m'attrape les mains et les embrasse.

— Je me fiche de ce qui s'est passé il y a des années.

Il plisse le front en se mettant à secouer la tête.

— Non, je m'excuse. Je ne m'en fiche pas, je déteste l'idée que tu aies fait ça. Je ne comprends pas pourquoi.

— Je me sentais perdue. Grand-père a gardé des choses après la disparition de ma mère. Il a géré comme il a pu le chagrin de Nan pendant des années et déguisé le sien. Puis il est mort. Il a caché le journal de ma mère pendant tout ce temps.

Je prends une grande inspiration et continue avant de perdre mon élan ou que Miller perde la tête. Chaque seconde, il semble de plus en plus choqué.

— Elle écrivait tout sur ces hommes qui la couvraient de cadeaux et d'attentions. Peut-être que je pouvais trouver ça, et la retrouver elle aussi.

— Ta grand-mère t'aimait.

— Nan n'était pas capable de quoi que ce soit quand Grand-père est mort. Elle passait ses journées entières à pleurer et prier pour avoir des réponses. Son chagrin l'aveuglait et elle ne me voyait pas.

Miller a fermé les yeux et les serre très fort, mais je poursuis, bien qu'il soit évident qu'il se retient d'exploser.

— Je suis partie et j'ai trouvé William. Je lui ai bien plu.

Miller fait à présent grincer ses dents.

— Il ne lui a pas fallu très longtemps pour faire le lien et il m'a renvoyée. Mais je suis revenue. Je savais alors un peu comment ça fonctionnait. J'étais encore plus déterminée à voir si je pouvais découvrir quelque chose à propos de ma mère, mais je n'ai jamais rien trouvé. Tout ce que j'ai ressenti, c'est de la honte quand j'en laissais un m'avoir.

— Livy, s'il te plaît.

Miller gonfle les joues et souffle une lente bouffée d'air, manifestement pour essayer de se calmer.

— William m'a ramenée chez moi, et j'ai trouvé Nan dans un état encore pire que lorsque je l'avais quittée. Elle était tellement déprimée. Je me suis sentie extrêmement coupable et j'ai réalisé que c'était mon rôle de prendre soin d'elle désormais. Nous ne pouvions plus compter que l'une sur l'autre. Je ne suis jamais retournée chez William et je ne me suis plus jamais donnée à qui que ce soit depuis. Nan n'a jamais su où j'étais allée et ce que j'avais fait. Et elle ne le saura jamais.

Mon regard embué voit des yeux bleus, écarquillés et un visage stoïque. Voilà, c'est sorti. Impossible de faire marche arrière maintenant.

Il semble revenir à la vie quand je le sens serrer mes mains.

— Promets-moi que tu ne te dégraderas plus jamais comme ça. Je t'en supplie.

Je n'ai aucune hésitation.

— Je te le promets.

C'est la promesse la plus facile que j'aie jamais faite. C'est tout ce qu'il a à dire ? Aucun air de mépris ou de dégoût.

— Je le promets. Je le promets, je le promets, je le pro…

Je ne vais pas plus loin. Il se jette sur moi, m'allonge sur le dos et me noie dans les attentions de sa bouche en m'embrassant jusqu'à ce que je voie des étoiles. Il gémit dans mon cou, remontant le long de ma joue avec des baisers pour finalement enfoncer sa langue dans ma bouche. Il est partout.

— Je le promets. Je le promets.

Il se débat avec la chemise que je porte et l'ouvre pour accéder à mon corps.

— Tu as intérêt, me dit-il avec un ton sérieux et menaçant, en promenant ses lèvres sur mon cou et ma poitrine.

Sa bouche se fixe sur mon téton qui frémit et le suce ardemment, tandis que j'arque le dos et bouge les mains. Elles atterrissent sur ses épaules puissantes, où mes ongles le griffent, et je sens alors ses doigts qui écartent mes cuisses et sa tête commence à descendre. Il me rend folle avec un coup de langue ferme et chaud sur mon entrejambe, avant de remonter sur mon corps et plonger dans ma bouche.

— Tout à fait prête, marmonne-t-il.

— Viens. Je veux te sentir en moi.

Je suis en demande, attendant désespérément qu'il efface ces dernières heures de jugement et de confessions déchirantes.

— Je t'en prie.

Il gémit et renforce son baiser.

— Préservatif.

— Attrapes-en un.

Il se penche et me jette sur son épaule pour se précipiter vers la chambre où il me dépose sur le lit et enlève immédiatement son boxer avant de trouver une capote et de se dépêcher de la dérouler sur lui.

Je l'observe, impatiente, l'adjurant de se presser avant que je perde complètement la tête.

— Miller, dis-je haletante en tendant la main pour caresser le bas de son ventre.

Il me pousse sur le dos et tombe sur ses poings, de chaque côté de ma tête. Il est à bout de souffle, les cheveux tombant en avant et les yeux avides.

— Voilà tout ce qui compte.

Il fait rouler ses hanches et me pénètre avec un souffle retenu, puis se maintient bien profondément tout en essayant de stabiliser sa respiration irrégulière. Je crie.

— Le plaisir.

Il se retire et remet un coup avec une autre bouffée d'air, obtenant de ma part un autre cri de satisfaction.

— Les sentiments.

Il se retire et rentre à nouveau.

— Voilà comment ce sera toujours.

Ses gestes sont méticuleux, doux et parfaitement précis.

— Nous.

— C'est ce que je veux.

Je m'adapte à ses mouvements en levant constamment les hanches. Ses yeux sourient, et alors, comme les rayons du soleil qui traversent les nuages un jour de brouillard à Londres, sa bouche sourit aussi : ses dents blanches et parfaitement droites pleinement exposées, ses yeux pétillants. Il m'accepte. Tout entière.

— Je suis content qu'on ait clarifié ce point, même si tu n'avais pas vraiment le choix.

— Je ne veux pas avoir le choix.

— Tu sais que c'est parfaitement sensé.

Il se baisse sur ses avant-bras, nous mettant nez à nez, tout en me pilonnant profondément et délicieusement. Je promène mes mains partout dans son dos, les genoux pliés et écartés, alors que sa chemise se transforme en boule chiffonnée sous mon corps.

— J'ai une habitude fascinante, dit-il en parcourant mon visage des yeux.

— Moi aussi.

— C'est la plus magnifique chose qui existe.

— Mon habitude est déconcertante.

Je gémis et lève la tête pour capturer ses lèvres.

— Il est déguisé.

— Déguisé ? me demande-t-il en touchant ma langue avec la sienne.

— Il est déguisé en gentleman.

Il est visiblement surpris.

— Si je ne prenais pas autant de plaisir à l'instant même, je t'aurais fait payer pour ton effronterie. Je *suis* un gentleman.

Il se jette sur moi et me mords la lèvre.

— Tu racontes des conneries !

— Un gentleman ne jure pas !

J'enroule mes jambes autour de sa taille et les serre, appuyant sur ses fesses dures comme de la pierre.

— Merde !

— Oh, mon Dieu ! Plus vite !

Mes mains appuient sur sa nuque, forçant ses lèvres à se presser contre les miennes.

— Savoure, conteste-t-il faiblement. Je te ferai jouir lentement.

Il me fait peut-être jouir lentement, mais je perds vite la tête. Sa maîtrise dépasse ma compréhension. Comment fait-il ?

— Tu as envie d'aller plus vite, dis-je pour le stimuler en tirant sa tignasse ébouriffée.

— Faux.

Il recule la tête, me forçant à le lâcher.

— Ce n'était pas le cas avant. Et ça l'est encore moins maintenant.

Sa manière brutale de me rappeler ce qu'il s'est passé juste avant suspend toutes mes intentions.

— Merci de me garder.

— Ne me remercie pas. C'est comme ça.

Il se retire soudain et me retourne délicatement, tirant mes hanches vers le haut avant de se glisser de nouveau lentement en moi. J'enfouis mon visage dans l'oreiller en mordant le tissu tandis qu'il s'enfonce et recule continuellement, à une lenteur minutieuse. Il exacerbe mes sens, et mon corps se retrouve à suivre sa cadence, flottant au rythme de ses mouvements.

Il change encore, me remettant sur le dos et guidant mes jambes pour qu'elles s'enroulent autour de ses épaules, puis il me pénètre à nouveau, bien profondément.

Il transpire et ses boucles se sont transformées en une bataille charmante de cheveux mouillées et sa barbe naissante brille.

— J'adore voir ton corps bouger.

Je m'autorise à regarder son torse et découvre ses muscles qui se gonflent et se dégonflent à chaque coup de butoir. Je suis proche de l'explosion, mais j'essaie de la maîtriser pour continuer à profiter de lui. Croisant de nouveau son regard, je m'embrase davantage lorsqu'il m'honore d'un autre magnifique sourire.

— Je peux te l'assurer Livy. Ce que tu regardes ne représente pas un centième de la beauté que j'ai sous les yeux.

— Faux.

Je respire fort et tends les bras pour le toucher. Il excède la perfection au point de me faire mal aux yeux.

— Nous en resterons là, ma douce.

Il fait exprès de me pénétrer pour m'empêcher de contester.

— C'est bon ?

— Oui !

Il baisse une épaule et laisse ma jambe glisser le long de son bras pour pouvoir pencher le torse.

— Mets tes mains au-dessus de ta tête.

— Je veux te toucher.

Je me plains, mais mes mains baladeuses s'exécutent avec une frénésie de sensation.

— Mets tes mains au-dessus de ta tête, Livy.

Il renforce son ordre avec un coup fort, qui me fait rejeter la tête en arrière, en même temps que mes mains. Appuyé sur ses avant-bras, il pose ses mains sur le dessous de mes bras et les caresse au rythme de ses hanches. Ses yeux bleus brûlent de passion.

— Tu es prête, Livy ?

J'acquiesce, puis secoue la tête, et la hoche à nouveau.

— Miller !

Il gémit en accélérant un peu.

— Livy, je vais te rendre folle de plaisir tous les jours, alors il va falloir que tu apprennes à contrôler ton corps.

À présent, ma tête tremble, mon corps est attaqué par des vagues de plaisir incessantes. C'est trop.

— S'il te plaît.

Je le supplie en regardant son regard triomphant. Il aime me rendre folle. Ça lui réussit.

— Tu le fais exprès.

Il libère mon autre jambe et m'emprisonne entièrement avec son corps, m'empêche de lutter, de bouger ou de trembler. Je ne peux plus résister. Je vais m'évanouir.

— Bien sûr. Si tu pouvais voir ce que je vois, tu ferais durer toi aussi.

— Ne me torture pas.

Je gémis en poussant les hanches vers le haut.

Il se penche pour m'embrasser.

— Je ne te torture pas, Livy. Je te montre comment ça doit toujours se passer.

— Tu me rends folle.

Il n'a pas besoin de me le montrer. Il a fait ça à chaque fois qu'il m'a donné du plaisir.

— Et c'est le plus jouissif des spectacles, dit-il avant de me mordre la lèvre. Tu veux venir ?

Je hoche la tête et redescends mes bras ; il ne m'arrête pas. Je trouve ses épaules et mes mains se glissent partout alors que je l'embrasse comme une dingue. J'agite la langue inlassablement alors qu'il m'emmène de plus en plus haut, puis ça arrive. Il se secoue en hurlant, je crie en arquant violemment mon corps, et nous nous mettons tous les deux à trembler et frémir. Je suis totalement comblée, et une fois que mes tremblements se sont calmés, je suis toute molle. Inerte. Je ne peux pas parler, je ne peux pas bouger, et je ne peux pas bien voir. Il remue en moi toujours en décrivant des cercles.

— Tu veux la bonne ou la mauvaise nouvelle ? souffle-t-il dans mon cou.

Mais je suis incapable de lui répondre.

Je suis à bout de souffle et mon esprit est brouillé. Je tente de hausser les épaules, mais le mouvement ressemble plutôt à un spasme.

— Je vais te donner la mauvaise nouvelle, dit-il quand il apparaît évident qu'il n'obtiendra pas de réponse de ma part. La mauvaise nouvelle, c'est que je suis paralysé. Je ne peux carrément pas bouger, Livy.

Si j'avais la force, j'aurais souri, mais je ne suis qu'un tas de terminaisons nerveuses agitées convulsivement. Alors je fredonne ma réponse et essaie de le serrer contre moi. Très faiblement.

— La bonne nouvelle, dit-il en haletant, c'est qu'on n'a pas à aller où que ce soit, alors on peut rester comme ça pour toujours. Je suis lourd ?

Il est très lourd, mais je n'ai pas la force ni l'envie de le lui dire. Il est étendu sur moi, couvrant chaque centimètre carré de mon corps, nos peaux moites en contact de partout. Je fredonne ma réponse évasive, alors que mes yeux se ferment d'épuisement.

— Livy ? murmure-t-il.

— Hmmm ?

— Peu importe ce qui s'est passé, tu es vraiment ma mignonne. Rien ne changera jamais ça.

J'ouvre les yeux et trouve l'énergie pour répondre.

— Je suis une femme. Miller.

J'ai besoin qu'il réalise que je ne suis pas une petite fille. Je suis une femme et j'ai des besoins, et parmi ces besoins, le plus important, c'est désormais Miller Hart.

# 20

Il était inévitable qu'il m'abandonne. Tous ses gestes, ses mots rassurants et son réconfort étaient bien trop beaux pour être vrais. J'aurais dû m'en douter en voyant la culpabilité plaquée sur son visage quand il m'avait empêchée de partir. J'aurais préféré qu'il ne me coure jamais après. J'aurais préféré qu'il ne laisse jamais sa compassion prendre le dessus et le forcer à me réconforter. Ça a rendu les choses tellement plus dures à supporter. L'obscurité est constante et la douleur est incessante. Tout est douloureux : mon cerveau qui réfléchit trop, mon corps qui réclame son contact et mes yeux qui le cherchent. Je ne sais pas vraiment depuis combien de temps il m'a quittée. Des jours. Des semaines. Des mois. Peut-être plus.

Je n'ose pas sortir de mes ténèbres silencieuses. Je n'ose pas exposer mon âme blessée au monde et cela m'enfonce dans l'isolement encore plus qu'avant ma rencontre avec Miller Hart.

Des larmes commencent à couler de mes yeux. Des images du visage de ma mère se mêlent à celles du mien, et la main de ma grand-mère me secoue la tête.

— Livy ?

— Laisse-moi tranquille.

Je recroqueville mon corps engourdi en sanglotant et cache mon visage trempé de larmes dans l'oreiller.

— Livy.

Des mains se mettent à me tirer, mais je me débats, ne voulant affronter rien ni personne.

— Livy, s'il te plaît.

— Lâche-moi !

Je m'agite dans tous les sens en criant.

— Livy !

Je me retrouve soudain clouée au matelas, les mains maintenues fermement de chaque côté de mon corps.

— Livy, ouvre les yeux.

Ma tête se met à trembler et mes yeux se pressent encore plus fort. Je ne suis pas encore prête à affronter le monde... et je ne le serai probablement jamais. On me relâche les bras et ma tête se calme, puis je sens la douceur familière de lèvres indolentes sur ma bouche. J'entends le fredonnement grave que j'aime tant. Mes yeux s'ouvrent brusquement et je m'assieds tant bien que mal : sous le choc, désorientée et en sueur. J'ai des palpitations et je ne vois rien à cause de mes cheveux en bataille qui me tombent sur le visage.

— Miller ?

Il dégage ma vue et apparaît lentement dans mon champ de vision, son visage incroyablement beau empreint d'une profonde inquiétude.

— Je suis là, Livy.

Je reprends finalement conscience et me jette sur lui. Il tombe en arrière. Je suis troublée mais soulagée, terrifiée mais apaisée. Ce n'était qu'un rêve.

Un rêve qui m'a fait ressentir trop clairement ce que ça me ferait s'il partait.

— Promets-moi que tu ne m'abandonneras pas. Promets-moi que tu n'iras nulle part.

— Hé, qu'est-ce qui t'arrive ?

— Dis-le, c'est tout.

J'enfouis mon visage dans son cou, refusant de le laisser partir. J'ai déjà fait des rêves où je me réveillais en me demandant si ça s'était vraiment passé, mais celui-ci était différent. Il était effroyablement réel. Je peux encore sentir la douleur dans ma poitrine et la panique s'emparer de moi, même alors qu'il me tient fermement dans ses bras.

Cela lui demande quelques efforts, mais il parvient finalement à arracher mes doigts agrippés à son dos et me détacher de son corps. Après s'être assis et m'avoir placée entre ses cuisses, il encercle complètement mon cou avec ses mains et incline ma tête jusqu'à ce que nos regards soient rivés l'un sur l'autre, le mien noyé de larmes, le sien de tendresse.

— Je ne suis pas ta mère, dit-il avec fermeté.

— Ça fait tellement mal.

Je sanglote tout en essayant de me rassurer sur le fait que ce n'était qu'un rêve… un rêve vraiment stupide.

Son visage s'assombrit.

— Ta mère t'a laissée tomber, Livy. Bien sûr que ça fait mal.

— Non, dis-je en secouant la tête entre ses mains. Ça, ça ne fait plus mal.

Cette nouvelle crainte a noyé toute la douleur liée à l'abandon que je ressentais auparavant.

— Je suis mieux sans elle.

Il grimace et ses yeux se ferment douloureusement en entendant ma sévérité. Ça m'est égal.

— Je parle de toi. Tu m'as quittée.

Je suis consciente que je donne l'impression d'être indigente et faible, mais mon désespoir me paralyse. Comparé à mon état actuel, supporter l'abandon de ma mère, c'est vraiment de la gnognote. Miller s'est montré rassurant. Il m'a acceptée.

— Je n'ai jamais ressenti une telle douleur.

— Livy…

— Non.

Je l'interromps. Il faut qu'il sache. Je sors de son espace personnel et m'installe de l'autre côté du lit de manière à me retrouver hors de sa portée.

— Livy, qu'est-ce que tu fais ? demande-t-il en tendant la main vers moi. Viens par ici.

— Il faut que tu saches quelque chose.

Je murmure nerveusement, refusant de croiser son regard.

— Il y a autre chose ? lâche-t-il en retirant la main qu'il me tendait, comme si je risquais de le mordre.

Il est circonspect, sur ses gardes. Cela ne renforce pas mon assurance. J'ai choqué Miller Hart avec mes secrets pas catholiques, plus qu'il ne m'a jamais choquée avec ses sautes d'humeur, en passant de l'autorité à la passivité et d'un cœur de pierre à un homme aimant trop vite pour que je puisse le suivre.

— Il y a une autre chose.

Je l'entends prendre une grande inspiration pour se préparer à ce que je pourrais lui sortir encore. Pour lui, cela pourrait bien être le plus gros choc.

— Je crois qu'on devrait discuter, Livy.

Son ton est sec et intimidant ; c'est celui qui m'interpelle, de manière méprisante ou effrayante. À cet instant, j'ai peur.

— Tu me fascines encore, dis-je en levant les yeux vers lui. Toutes tes manières bien posées, le fait que tu déplaces des choses qui sont déjà parfaites, et ta façon de faire en sorte que tout soit exactement comme il faut.

Il me regarde en fronçant les sourcils, et pendant l'espace d'une seconde, je m'attends à ce qu'il le nie. Mais non.

— Prends-moi comme je suis, Livy.

— C'est bien ce que je dis.

— Tu peux préciser, me demande-t-il sur un ton sévère, qui m'intimide encore plus.

— Tu me donnes des ordres, et cela devrait probablement m'effrayer ou je devrais te dire d'aller te faire voir, mais…

— Je crois que tu m'as bien envoyé au diable hier.

— C'est ta faute.

— Probablement, râle-t-il en s'adoucissant et en levant ses yeux bleus torrides. Continue.

Je souris intérieurement. C'est exactement ce qu'il est en train de faire : se montrer brusque et affecté, mais c'est terriblement attirant, même si c'est carrément exaspérant. Je me sens tellement en sécurité avec lui.

— Je ne sais pas si mon cœur pourra survivre à tes côtés, dis-je calmement en guettant le moindre signe de réaction, mais je veux te prendre comme tu es.

Je ne devrais pas être surprise quand son expression reste complètement impassible, et je ne le suis pas, mais ses yeux me disent quelque chose. Ils me confirment qu'il sait déjà ce que je ressens. Ce serait vraiment le dernier des idiots s'il n'avait pas compris.

— J'ai succombé.

Son regard bleu atteint mon âme. Il est désormais plein de sagesse et de compréhension.

— Pourquoi es-tu à l'autre bout du lit, Livy ? me demande-t-il d'une voix grave et assurée.

— Je… Je… Je ne…

— Pourquoi es-tu à l'autre bout du lit, Livy ?

Nos yeux se croisent. Il me regarde d'un air sévère, comme s'il était vraiment en colère à cause de la distance à laquelle je me trouve, mais je vois toujours de la compréhension en eux.

— Je…

— Je me suis déjà répété, m'interrompt-il. Ne me force pas à le refaire.

J'hésite trop longtemps, sur le point de m'avancer vers lui mais me reculant aussitôt en me demandant ce qui se passe dans cet esprit aux multiples facettes.

— Tu réfléchis trop, Livy. Donne-moi mon « truc ».

Je m'approche lentement, mais il ne m'accueille pas les bras ouverts ni m'encourage. Il se contente de m'observer, le regard vide, suivant mes yeux qui sont de plus en plus près jusqu'à ce que je rampe délicatement sur ses genoux et enlace timidement ses épaules. Je sens ses mains se poser délicatement sur mes hanches et commencer à caresser mon dos avec indolence tout en baissant lentement la tête dans mes cheveux jusqu'à ce qu'on se retrouve complètement enchâssés l'un dans l'autre… dans les bras l'un de l'autre. Le « truc » de

Miller Hart est rapidement devenu mon « truc » à moi aussi. Rien ne battra jamais la sensation de sécurité et de réconfort que me procure un simple câlin de la part de Miller. Son contact absorbe toute mon angoisse et tout mon désespoir.

— Je ne suis pas sûre de pouvoir vivre sans toi, dis-je doucement. J'ai l'impression que tu es devenu une partie vitale qui me permet de respirer.

Je n'exagère pas. Ce rêve était tellement réel que ça faisait froid dans le dos, et rien que ce sentiment suffit à me faire dire ça. Mais il est trop calme. Je sens son cœur battre contre ma poitrine, à un rythme régulier : il est ni choqué ni erratique, mais c'est tout ce que je peux déceler. Je me demande très rapidement ce qu'il peut penser, probablement que je suis stupide et naïve. Je n'ai jamais vécu ça auparavant, et je suis encore moins confiante que Miller.

— S'il te plaît, parle.

Je le supplie en le serrant contre moi.

— Dis quelque chose.

Il accepte mon étreinte et me la rend, puis il se retire du refuge que lui offre le creux de mon cou en prenant une profonde inspiration et laissant passer le souffle entre ses lèvres lentement et calmement. Je prends une grande inspiration aussi, sauf que je retiens la mienne. En remontant le long de mon dos, sa main trouve mes cheveux et se met à les peigner avec ses doigts. Puis il dirige ses yeux vers les miens.

— Cette fille pure et magnifique est tombée amoureuse du grand méchant loup.

Je fronce les sourcils.

— Tu n'es pas un grand méchant loup.

Je riposte mais ne pense même pas à nier son autre conclusion. Il a absolument raison, et je n'en ai pas honte. Je suis bien amoureuse de lui.

— Et je pensais qu'on s'était mis d'accord sur le fait que je ne suis pas si innocente que ça.

J'ai envie de sentir ses cheveux et ses lèvres, mais il semble troublé, presque déprimé de savoir que quelqu'un l'aime.

— Nous n'avions rien établi de la sorte. Tu es *ma* douce, et la discussion s'arrête là.

— D'accord.

Je cède immédiatement et facilement, bien que je déteste son élocution cassante, mais adore secrètement les mots qu'il a utilisés. Je suis à lui. Il soupire et m'embrasse chastement.

— Tu dois avoir faim. Laisse-moi te préparer à dîner.

Il commence à démêler nos corps et me mettre debout, en parcourant mon corps des yeux. Je porte toujours sa chemise, mais grande ouverte, les boutons défaits, et ce n'est plus qu'un tissu froissé.

— Regarde-moi dans quel état elle est, dit-il d'un ton songeur en secouant légèrement la tête.

Et d'un seul coup, il redevient le Miller Hart parfait et précis, comme si je ne venais pas de lui avouer mon amour.

— Tu devrais peut-être investir dans des chemises qui ne se repassent pas, dis-je en rejoignant les deux pans.

— Ce sont des matières de mauvaise qualité.

Il pousse mes mains et se met à reboutonner la chemise et même à ajuster le col avant de faire un signe de tête pour indiquer son approbation partielle et d'attraper ma nuque.

Il porte déjà un short, ce qui ne peut vouloir dire qu'une chose. Alors que je faisais d'horribles cauchemars, mon Miller pointilleux et minutieux était en train de faire du ménage.

— S'il te plaît, assieds-toi, dit-il en me lâchant lorsque nous arrivons dans la cuisine. Qu'est-ce que tu voudrais ?

Je pose mon derrière sur la chaise, le froid sur mes fesses me rappelant que je ne porte pas de culotte.

— La même chose que toi.

— Eh bien, je vais prendre une bruschetta. Ça te va ?

Il sort plusieurs récipients du réfrigérateur et allume le gril.

Je suppose qu'il veut parler de tomates.

— Parfait.

Je pose mes mains sur mes genoux en attendant qu'il prépare la zone où nous allons manger. Je devrais proposer mon aide, mais je sais que mon offre ne sera pas appréciée. Néanmoins, je le fais quand même. Je pourrais me surprendre, et surprendre Miller, et faire tout correctement.

— Je vais dresser la table.

Je me lève en remarquant bien comment ses épaules se crispent tandis qu'il se retourne lentement vers moi.

— Non, s'il te plaît, laisse-moi m'occuper de toi.

Il utilise le prétexte de me servir comme excuse pour m'empêcher de gâcher sa perfection.

— Ça me fait plaisir.

Je rejette son inquiétude et me dirige vers le placard qui, je le sais, contient la vaisselle, pendant que Miller se détourne à contrecœur et commence à mettre de l'huile d'olive sur du pain.

— Pourquoi ne m'as-tu pas simplement parlé de ton club ?

J'essaie de le distraire de l'éventualité que sa douce sabote sa table parfaite. Je sors deux assiettes du placard et reviens vers la table où je les dépose soigneusement.

Il est sur ses gardes, ses yeux passent furtivement des assiettes à moi alors qu'il termine sa tâche avec l'huile.

— Je te l'ai dit. Je n'aime pas mélanger le travail et le plaisir.

— Alors tu ne parleras jamais boulot avec moi ?

Je me dirige vers les tiroirs.

— Non. C'est ennuyant.

Il fait glisser le plateau plein de pain sous le gril et s'affaire à ranger le désordre qu'il n'y a pas.

— Quand je suis avec toi, je veux me concentrer sur toi uniquement.

J'ai un mouvement d'hésitation alors que je prends deux paires de couverts.

— Je crois que je peux m'en accommoder, dis-je avec un petit sourire.

— Qui a dit que tu avais le choix ?

Mon sourire s'élargit quand je me retrouve face à lui.

— Je ne veux pas avoir le choix.

— Alors cette conversation ne rime à rien, tu n'es pas d'accord ?

— Je suis d'accord.

— Je suis content qu'on ait clarifié ce point, dit-il sérieusement en retirant les pains légèrement dorés de sous le gril. Tu voudras du vin avec ton repas ?

Encore une fois, j'hésite, certaine que je ne l'ai pas bien entendu. Après tout ce que je lui ai raconté ?

— Je prendrai de l'eau.

Je reviens lentement à l'îlot central.

— Avec une bruschetta ? s'étonne-t-il d'un air dégoûté. Non, on prend du chianti avec une bruschetta. Il y a une bouteille dans le meuble à alcool et les verres sont du côté gauche du placard.

Il indique le séjour d'un signe de la tête tout en étalant soigneusement à la cuillère la préparation à la tomate sur les toasts avant de les déposer sur un plat blanc. Après avoir placé les couteaux et les fourchettes aussi précisément que possible, je me dirige vers le meuble à alcool où je trouve des douzaines de bouteilles de vin, toutes bien alignées, étiquettes visibles. N'osant pas les toucher, je me penche légèrement pour commencer à les lire, une par une, sans trouver quoi que ce soit qui porterait le nom de « chianti ». Je me redresse en fronçant les sourcils et parcours des yeux toutes les bouteilles qui ornent la surface du meuble ; je remarque qu'elles sont classées selon le type d'alcool qu'elles contiennent. Je vois un panier contenant une bouteille arrondie, et, quand je m'approche, je lis l'étiquette qui indique : « Chianti ». Elle est ouverte.

Je souris en attrapant la bouteille dans le panier en osier et ouvre le placard de gauche. Tous les verres étincellent lorsque l'éclairage artificiel de la pièce frappe le cristal taillé, et j'admire les éclats de lumière qui se réfléchissent d'un verre sur l'autre pendant un moment, avant d'en choisir deux et revenir en cuisine.

— Une bouteille de chianti et deux verres.

Je lève mes trouvailles, mais m'immobilise rapidement lorsque je vois que mes efforts pour mettre la table n'ont été qu'une perte de temps. Il est en train de positionner les serviettes fraîchement lavées en triangles précis à gauche de chaque place quand il lève la tête.

Je le regarde en fronçant les sourcils, mais il fait de même. Je ne sais pas du tout pourquoi. Il étudie la bouteille, puis les verres, et, totalement exaspéré, il s'avance à grandes enjambées et me les prend des mains. Je l'observe avec un air consterné les ramener dans le meuble, reposer la bouteille dans le panier et les verres dans le placard. J'ai vu l'étiquette. Il était bien écrit « Chianti », et je ne suis pas une grande connaisseuse en vin, mais il s'agissait bien de verres à vin.

Son air désapprobateur ne fait que s'accentuer lorsqu'il sort deux autres verres du même placard, et prend le panier qui contient le vin pour retraverser la pièce.

— Tu vas t'asseoir, oui ou non ? me demande-t-il en me guidant vers la table.

Je lui réponds en posant mes fesses sur la chaise tout en continuant de le regarder placer les verres à droite, au-dessus des couteaux. Puis il pose le panier avec la bouteille entre nous. Non satisfait de l'arrangement final des différents objets, il les déplace tous avant de prendre la bouteille de vin et d'en verser quelques centimètres dans mon verre.

— Qu'est-ce que j'ai fait ?

— On garde traditionnellement le chianti dans une fiasque, explique-t-il en s'en versant quelques centimètres aussi. Et les verres que tu avais choisis étaient des verres à vin blanc.

Regardant les verres à présent remplis partiellement de vin rouge, je fronce un peu plus les sourcils.

— C'est important ?

Il paraît choqué, et garde sa bouche pulpeuse légèrement entrouverte.

— Bien sûr que c'est important. Les verres à vin rouge sont plus larges parce que l'exposition plus importante à l'air permet aux arômes plus profonds et variés du vin rouge de se développer pleinement.

Il prend une gorgée et la fait tourner dans sa bouche pendant quelques secondes. Je m'attends presque à ce qu'il crache, mais non. Il avale et recommence.

— Plus la surface est grande, plus l'exposition à l'air est importante, et un verre de vin plus large permet à plus de vin d'être exposé en même temps.

Je reste sans voix et me sens plutôt inculte et intimidée.

— Je le savais, dis-je en attrapant mon propre verre. Mais quel frimeur.

Je sais qu'il se retient de sourire. J'aimerais qu'il se montre plus coulant avec le raffinement et les manières coincées qu'on doit adopter à table pour dîner, et qu'il affiche franchement ce sourire qui pourrait faire cesser de battre mon cœur.

— Je suis un frimeur parce que j'apprécie les belles choses ?

Il hausse ses sourcils parfaits alors qu'il lève son verre parfait qui contient le vin parfait, pour prendre une gorgée suggestive, lente et parfaite avec ses lèvres parfaites.

— Tu les apprécies ou elles t'obsèdent ?

Je sors enfin le mot parce qu'il y a bien une chose à propos de Miller Hart dont je suis persuadée, c'est qu'il souffre d'obsessions, et à peu près tout dans sa vie l'obsède. Et j'espère que je fais partie de ces choses.

— J'ai plutôt tendance à apprécier.

— J'ai plutôt tendant à obséder.

Il penche la tête, amusé.

— Est-ce que tu parles en code, ma douce ?

— Es-tu doué pour déchiffrer les codes ?

— Je suis un maître en la matière, dit-il doucement, en se léchant les lèvres, ce qui me fait me tortiller sur ma chaise. Je t'ai déchiffrée.

Il incline son verre vers moi.

— Et je t'ai aussi conquise.

Je ne peux pas contester ce qu'il dit, c'est vrai, alors je tends le bras et prends une bruschetta.

— Ça a l'air délicieux.

— J'en conviens, dit-il en s'en prenant une.

Je plante mes dents dedans en soupirant de plaisir et remarque rapidement qu'il me regarde à nouveau avec un air désapprobateur. Je mâche moins vite en me demandant ce que j'ai encore fait. Je vais bientôt le savoir.

Il prend son couteau et sa fourchette et fait une démonstration ridiculement lente de tranchage du pain avant de saisir lentement le morceau avec sa fourchette et reposer ses couverts avec soin. Il se met à mâcher tout en me regardant rougir d'embarras. J'ai besoin de prendre des cours de raffinement.

— Est-ce que je t'énerve ?

Je repose ma bruschetta et fais comme lui.

— M'énerver ?

— Oui.

— Loin de là, Livy. Sauf quand tu es un peu imprudente.

Il me lance un regard désapprobateur que je préfère éviter.

— Et mes manières ordinaires ?

— Tu n'es pas ordinaire.

— Non, tu as raison. C'est toi qui es snob… (Je marque une courte pause quand il retient son souffle de surprise.) Parfois.

Mon magnifique homme déguisé est généralement un gentleman, sauf quand c'est un con arrogant.

— Je ne pense pas qu'on puisse dire qu'être bien élevé relève du snobisme.

— Tu es plus que bien élevé. Miller.

Je soupire, mais résiste à l'envie de poser mes coudes sur la table.

— Mais j'aime bien ça.

— Comme je te l'ai déjà dit, Livy. Prends-moi comme je suis.

— C'est ce que j'ai fait.

— Tout comme je l'ai fait avec toi.

Au fond de moi, je me sens un peu blessée par sa remarque. Il veut dire qu'il a accepté mon histoire honteuse et mon manque de bonnes manières, c'est ça qu'il veut dire… Moi, je l'ai accepté en tant que gentleman à temps partiel avec une compulsion fascinante pour que tout soit parfait dans sa vie, alors que lui m'a acceptée en tant que putain insouciante qui ne sait pas faire la distinction entre un verre à vin blanc et un verre à vin rouge. Il a raison au fond, et je suis contente qu'il m'ait acceptée, mais il n'a pas besoin de me rappeler mes défauts.

— Tu réfléchis trop, Livy, dit-il calmement, me sortant de mes pensées.

— Je suis désolée. C'est juste que je ne comprends pas…

— Tu fais l'idiote.

— Je ne crois pas…

— Arrête ! crie-t-il en déplaçant le verre de vin qu'il vient de poser. Accepte simplement ce qui se passe, comme j'ai dit que je le ferais.

Je m'enfonce dans ma chaise en restant calme.

— Je t'ai déjà dit que je ne comprends pas forcément, mais les choses se passent comme ça et il n'y a rien que moi ou toi puisse ou doive faire.

Il attrape brusquement son verre, rendant son geste précédent complètement inutile et prend une vive gorgée… pas une gorgée, il ne savoure pas le goût : il avale d'un trait.

Il est furieux.

— Merde, lâche-t-il en reposant violemment son verre avant d'attraper sa tête. Livy, je…

Il soupire et recule sa chaise en me tendant la main.

— S'il te plaît, viens par là, ajoute-t-il.

Je soupire aussi et me lève en secouant la tête de frustration avant de contourner la table pour le rejoindre, m'installer sur ses genoux et le laisser s'excuser avec son « truc ».

— Je m'excuse, murmure-t-il en m'embrassant les cheveux. Ça me perturbe quand tu parles comme ça, comme si tu n'étais pas digne. C'est moi qui suis indigne.

— Ce n'est pas vrai.

Je me recule pour pouvoir voir son beau visage. Et il est vraiment beau, avec son habituelle barbe de trois jours et ses yeux bleu clair pétillants. Je tends la main pour attraper une mèche de ses cheveux ondulés et l'entortille délicatement entre mes doigts.

— Restons-en là.

Il se baisse pour prendre ma bouche et renforce ses excuses en faisant langoureusement danser sa langue avec la mienne. Le monde tourne à nouveau, mais ses accès de colère commencent à m'inquiéter. Sur le moment, il semble toujours sauvage, et je perçois clairement qu'il lutte pour se maîtriser. Après s'être bien excusé, il me fait faire demi-tour sur ses genoux et me donne un peu de bruschetta à manger, puis se sert lui aussi. Nous mangeons dans un silence agréable, mais le fait que Miller m'accepte sur ses genoux à table me rend quelque peu perplexe, alors qu'il ne permet pas que la bouteille de vin soit légèrement décalée par rapport à la position qu'elle doit occuper. Tout est calme et charmant, jusqu'à ce que son iPhone interrompe notre dîner paisible en sonnant obstinément quelque part derrière moi.

— Excuse-moi, dit-il en me soulevant pour pouvoir se mettre debout et aller vers les étagères près du frigo.

Je vois clairement une pointe d'irritation lorsqu'il jette un coup d'œil à l'écran de son téléphone avant de répondre.

Il quitte la cuisine et me laisse me réinstaller sur ma chaise.

— Pas de problème, assure-t-il à quiconque se trouve à l'autre bout de la ligne alors que son dos nu disparaît.

Je profite de son absence pour étudier la disposition des objets sur la table, pour essayer une nouvelle fois de découvrir s'il existe une théorie associée à sa folie. Je prends le plat pour voir bêtement s'il y a une trace qui indique sa place. Évidemment, il n'y a rien, mais cela ne m'arrête pas, et je continue en soulevant mon assiette pour vérifier en dessous aussi. Rien. Avec le sourire, j'arrive à la conclusion qu'il y a bien des marques pour tout, mais seul Miller peut les voir. Alors je prends mon verre de vin rouge et le passe sous mon nez avant de boire avec circonspection. Mon attention est attirée par Miller lorsqu'il rentre dans la cuisine et repose son téléphone à sa place sur la station d'accueil.

— C'était le gérant de l'Ice.

— Le gérant ?

— Oui, Tony. Il s'occupe de tout pendant mon absence. J'ai une interview demain. Il me confirmait juste l'heure.

— Une interview pour un journal ?

— Oui, à propos de l'inauguration du nouveau club élitiste de Londres, explique-t-il en commençant à charger le lave-vaisselle. À dix-huit heures. Tu voudrais m'accompagner ?

Mon esprit s'envole bêtement.

— Je croyais que tu ne mélangeais pas boulot et plaisir.

Je le regarde en haussant un sourcil, et il fait de même, ce qui me fait sourire.

— Est-ce que tu veux venir ? répète-t-il.

Je souris franchement maintenant.

— C'est où ?

— Au club. Je t'amènerai dîner après, affirme-t-il en me regardant de travers. C'est malpoli de ne pas accepter la proposition d'un homme à dîner et boire un verre de vin, dit-il sérieusement. Demande à ta grand-mère.

J'éclate de rire et commence à ramasser la vaisselle sur la table.

— Proposition acceptée.

— Très bien, mademoiselle Taylor.

Quand je remarque qu'il y a de l'humour dans son ton, mon sourire s'épanouit.

— Puis-je suggérer que tu appelles ta grand-mère ?

— Tu peux.

Je pose la dernière assiette sur le plan de travail et laisse Miller réorganiser tout ça et remplir le lave-vaisselle.

— Dans quel tiroir trouverai-je mes affaires ?

— Deuxième en partant du bas. Et dépêche-toi. J'ai une habitude avec laquelle j'ai envie de me perdre sous les draps.

Il est sérieux et froid... mais je ne pourrais pas moins m'en ficher.

## 21

Je succombe lentement au sommeil avec le ton calme de Miller qui fredonne doucement à mon oreille et m'embrasse les cheveux en m'étreignant de son « truc ». Je sais qu'il est sorti du lit pour ramasser son boxer et la chemise que j'avais laissée par terre, mais il est vite revenu derrière moi pour me prendre dans ses bras.

Quand je me suis réveillée, il était déjà debout, douché et habillé, et son côté du lit était fait. Je suis restée allongée un moment en réfléchissant à quel point mon apparition devait représenter un bouleversement dans son monde parfaitement disposé et organisé, avant qu'il m'ordonne de me lever et de m'habiller. N'ayant pas d'autres vêtements, il m'a déposée chez moi dans ma robe fraîchement lavée, au grand plaisir de Nan.

Après avoir pris une douche, envoyé un message à Gregory pour l'informer que je suis vivante et m'être préparée pour aller au travail, je dévale l'escalier avec seulement vingt minutes pour amener mon petit cul heureux jusqu'au bistro. Nan m'attend en bas des marches, son visage enjoué faisant plaisir à voir, mais l'agenda qu'elle tient à la main beaucoup moins.

— Demande à Miller qu'il vienne dîner, m'ordonne-t-elle alors que j'enfile ma veste en jean.

Elle fait tourner les pages de son agenda et passe son doigt ridé sur les dates.

— Ce soir, ça m'irait, mais je peux aussi demain ou mercredi. Si on fixe à ce soir, ça fait un peu court, mais j'ai le temps de passer chez Harrods. Ou alors, on peut faire ça samedi… Oh, non. J'ai une collation de prévue.

— Miller a une interview ce soir.

Ses vieux yeux marine se lèvent brusquement vers moi, surpris.

— Une interview ?

— Oui, pour le nouveau bar qu'il a ouvert.

— Miller possède un bar ? Bonté divine ! lance-t-elle en fermant son agenda. Tu veux dire qu'il va être dans le journal ?

— Oui.

Je balance mon sac sur mon épaule.

— Il vient me chercher au boulot, alors je ne serai pas là pour le thé.

— Comme c'est excitant ! Et qu'est-ce que tu penses de samedi pour le dîner ? Je pourrais m'arranger.

Soudain, je réalise à quel point la vie sociale de ma grand-mère est plus remplie que la mienne… en tout cas jusque récemment.

— Je lui demanderai, dis-je pour la calmer en ouvrant la porte d'entrée.

— Appelle-le maintenant.

Je me retourne en faisant les gros yeux.

— Je le verrai tout à l'heure.

— Non, non. Il faut que je sache maintenant. Je vais devoir aller faire des courses et appeler le centre social pour déplacer la collation. Je ne peux pas juste m'adapter à votre emploi du temps, à Miller et toi.

Je ris intérieurement.

— Alors dînons ensemble la semaine prochaine.

Cela résoudrait aussitôt le problème.

Elle pince ses lèvres minces.

— Appelle-le ! insiste-t-elle, me forçant à fouiller immédiatement dans mon sac pour trouver mon téléphone.

Je ne peux pas lui reprocher son excitation, pas maintenant que Miller et moi semblons être sur la même longueur d'onde.

— D'accord.

Je compose le numéro de Miller sous ses yeux.

Il répond instantanément.

— Miller Hart, dit-il sur son ton formel et professionnel.

Je fronce les sourcils.

— Tu n'as pas enregistré mon numéro ?

— Bien sûr que si.

— Alors pourquoi est-ce que tu réponds comme si tu ne savais pas qui c'était ?

— L'habitude.

Je secoue la main et lève les yeux vers Nan qui fronce les sourcils, elle aussi.

— Est-ce que tu es libre samedi soir ?

Je me sens très mal à l'aise sous le regard insistant de ma grand-mère. C'est dans des moments comme ça, quand il est réservé et sec, qu'il défie l'homme tendre auquel je suis confrontée lorsqu'il ne porte plus de costume et m'a pour lui tout seul.

— Tu me proposes un rendez-vous ?

Je perçois une pointe d'amusement dans sa voix.

— Non, mais ma grand-mère oui. Elle aimerait que tu reviennes dîner à la maison.

J'ai vraiment l'impression d'être une gamine.

— Ce serait avec plaisir, dit-il. J'apporterai mes miches.

Je ne peux m'empêcher d'éclater de rire, et Nan prend alors un air vexé.

— Nan sera ravie.

— Qui ne le serait pas ? demande-t-il avec impudence. On se voit après le boulot, ma douce.

Je raccroche et laisse Nan dans l'entrée tandis que je cours presque dans l'allée de la maison.

— Alors ? crie-t-elle en me suivant dehors.

— Tu as un rendez-vous !

— Qu'est-ce qui est si drôle ?

— Miller apporte ses miches !

Pendant tout le trajet jusqu'au boulot, je ris intérieurement.

— J'aurais peut-être besoin de toi dimanche soir, Livy, me dit Del vers la fin de mon service. Tu penses que tu pourras me donner un coup de main ? Il y a un gros événement. J'ai besoin d'autant de mains que possible.

— Bien sûr.

— Sylvie ? demande-t-il en lui faisant un signe de la tête alors qu'elle se dirige vers la sortie du bistro avec une serpillière.

Elle pivote sur ses bottes de motard avec un sourire mielleux.

— Non, dit-elle simplement.

Notre patron part en maugréant quelque chose comme « va trouver de l'aide à notre époque », alors que Paul rit ouvertement et que j'essaie de me retenir.

— Alors, commence Sylvie une fois que Paul nous a dit au revoir. J'espère que ta bonne humeur est due à l'excellente soirée que tu as passée avec M. Grands Yeux.

J'ai un mouvement de recul.

— Il a été gentil.

— Vraiment ? demande-t-elle, incrédule.

— Oui.

— Bordel de merde, Livy. Si tu comptes choper un mec bien, alors il faut que tu sois un peu plus enthousiaste.

Elle me lance un regard furieux et je fais tout pour l'éviter.

— Alors qu'est-ce qui te rend si guillerette ?

— Je pense que tu le sais déjà.

Je ne la regarde pas, mais je sais qu'elle vient d'essayer de dissimuler le fait qu'elle a levé les yeux au plafond et poussé un soupir d'inquiétude.

— Miller passe me prendre, lui dis-je en jetant un œil vers la rue. Il sera là dans une minute.

— Bien, répond-elle, brièvement et sèchement. Je ne suis pas certaine que…

Je l'arrête et me retourne avant de poser doucement une main sur son bras.

— J'apprécie que tu t'inquiètes pour moi, mais s'il te plaît, n'essaie pas de m'empêcher de le voir.

— C'est juste que…

— Une gentille fille comme moi ?

Elle sourit vaguement.

— Tu es trop gentille. C'est ça qui m'inquiète.

— C'est bon, Sylvie. Je ne peux pas m'éloigner. Si tu avais eu la vie que j'ai eue, tu comprendrais ce que ça signifie.

Je peux voir sur son visage qu'elle réfléchit, pour essayer de deviner ce que je veux dire.

— Et ça veut dire quoi ?

— C'est l'occasion de me sentir vivante. Il représente une chance pour moi de vivre et ressentir des choses.

Elle hoche lentement la tête et se penche pour m'embrasser sur la joue, puis me prend dans ses bras.

— Je suis là, dit-elle simplement. J'espère qu'il représente tout ce que tu veux et ce dont tu as besoin.

— J'en suis sûre.

Je prends une profonde inspiration et me libère de l'étreinte de Sylvie.

— Le voilà.

Je quitte Sylvie et me dirige vers la Mercedes noire, me glisse à l'intérieur et lui fais un petit signe. Elle me le renvoie en s'éloignant lentement.

— Bonsoir, Olivia Taylor.

— Bonsoir, Miller Hart.

Je mets ma ceinture et souris quand j'entends « Gypsy Woman » des Crystal Waters.

— Ta journée a été bonne ?

Il s'insère rapidement dans la circulation.

— J'ai eu une journée très chargée, répond-il. Et toi ?

— Chargée aussi.

— Tu as faim ?

Il me jette un coup d'œil, le visage sérieux, impassible.

— Un peu.

J'ai un peu froid dans cette voiture climatisée. En regardant l'affichage digital sur le tableau de bord, je remarque de nombreux boutons. Deux températures sont affichées, avec chacune un cadran. Elles affichent toutes les deux seize degrés.

— Pourquoi y a-t-il deux indicateurs de températures ?

— Un pour le côté passager et l'autre pour le conducteur.

Il garde les yeux rivés sur la route.

— Alors on peut mettre deux températures différentes ?

— Oui.

— Alors mon côté peut être à vingt degrés, et le tien à seize ?

— Oui.

Je tends le bras en pensant que c'est vraiment un gadget ridicule, et tourne mon cadran pour qu'il fasse vingt degrés de mon côté de la voiture.

— Qu'est-ce que tu fais ? demande-t-il en se mettant à gigoter sur son siège.

— J'ai froid.

Il tend la main vers le cadran et le remet dans sa position initiale, à seize degrés.

— Il ne fait pas froid.

Je le regarde de l'autre côté de la voiture et commence à comprendre où réside le problème.

— Mais n'est-ce pas là l'intérêt d'avoir deux contrôles des températures ? Pour qu'à la fois le passager et le conducteur puissent se sentir bien ?

— Dans cette voiture, elles restent les mêmes.

— Et si je mettais les deux à vingt degrés ?

— Alors j'aurais trop chaud, répond-il brièvement en reposant sa main sur le volant. La température convient très bien ainsi.

— Ou alors c'est le cadran qui te va très bien ainsi.

Je me rassieds au fond de mon siège. Je n'arrive pas à imaginer comme ce doit être stressant de vivre dans un monde où le désir que tout ait une place bien précise est si compulsif qu'il prend le pouvoir sur votre vie. Je souris intérieurement.

En fait, j'y arrive, parce que non seulement ma vie a été complètement retournée par ce gentleman déconcertant et trompeur qui est assis à côté de moi, mais ses manières particulières ont un effet amusant sur moi aussi. Je deviens de plus en plus consciente de la disposition que doivent avoir les choses, même si je ne suis pas très sûre de comment il faut les mettre. Mais j'apprendrai, et alors je pourrai essayer de rendre la vie de Miller la moins stressante possible.

Le club me paraît totalement différent, éclairé à la lumière naturelle et sans les lampes bleues qui l'illuminaient de nuit, exposant du verre dépoli partout où je regarde. L'espace est désormais vide ; il n'y a que les employés éparpillés ici et là pour réapprovisionner les bars ou essuyer une partie de la grande étendue de verre. C'est si calme, seule Lana Del Rey chantonne doucement en fond quelque chose à propos des jeux vidéo. Nous sommes à des années-lumière des basses assourdissantes du samedi soir.

Un type costaud et trapu, portant un costume et des bottes, attend de l'autre côté de la piste de danse, assis sur un tabouret en Plexiglass, une bouteille de bière à la main. Alors que nous nous approchons, il lève sa tête chauve du papier qu'il lit attentivement et fait signe au barman, qui prépare immédiatement un verre pour Miller et le place sur la surface en verre du bar juste à l'instant où nous arrivons.

— Miller.

Le type se lève et tend la main.

Miller relâche ma nuque et lui serre la main de manière ferme et virile avant de m'indiquer de m'asseoir, ce que je fais sans délai.

— Tony, voici Olivia. Livy, Tony.

Il remue la main entre nous, puis ne perd pas de temps pour saisir son verre et le reposer en en demandant un autre.

— Enchanté de vous rencontrer, Olivia.

Tony prononce mon nom comme s'il posait une question, se demandant clairement quelle version utiliser.

Je prends sa main et le laisse la serrer alors qu'il me regarde avec attention.

— Tu veux boire quelque chose ? me demande Miller en acceptant son deuxième verre de la part du barman.

— Non, merci.

— Comme tu veux.

Il reporte toute son attention sur Tony.

— Cassie sera bientôt là, dit ce dernier, en jetant un regard d'avertissement dans ma direction.

Cela retient mon attention, alors je me redresse.

— Elle n'aurait pas dû se déranger, répond Miller en s'assurant de garder les yeux sur moi. Je lui ai dit de ne pas venir.

Tony se met à rire.

— Depuis quand est-ce qu'elle écoute ce que tu as à dire, fiston ?

Miller reporte son regard d'acier vers Tony, mais ignore sa question, ce qui fait que je continue à me demander qui peut bien être cette Cassie et pourquoi elle n'écoute jamais Miller. Ce n'est visiblement pas le moment de poser la question, mais avec le regard de Tony et la réaction de Miller, je crois que je connais déjà la réponse. Pourquoi vient-elle ici ? Elle ne l'écoute jamais ? À quel propos ? Tout ? C'est quoi tout ? Je me réprimande mentalement et en essayant de contenir mes idées galopantes jusqu'à un moment plus approprié, j'apprécie le décor dernier cri du club.

Il y fait froid, sans la foule et l'obscurité, et la lumière et le verre de tous côtés me donnent l'impression d'être coincée dans un gigantesque morceau de… glace.

Tandis que je regarde Miller qui jette un coup d'œil aux papiers que lui tend Tony, je me demande s'il serait très différent à cet instant s'il portait un jean et un T-shirt.

Le costume trois-pièces gris et la chemise bleue font ressortir la couleur de ses yeux à merveille, mais cette tenue maintient en place le masque habituel, et il la porte quatre-vingt-dix-neuf pour cent du temps.

— Mon bureau.

La voix de Miller tire mes yeux de sa chemise vers le bleu de son regard intense.

— Pardon ?

— Va dans mon bureau.

Il me fait délicatement descendre du tabouret et tourner dans la direction que je dois prendre.

— Tu te souviens de son emplacement ?

— Je crois.

Je me souviens avoir été emmenée vers l'entrée du club et avoir descendu des escaliers, mais j'étais déjà bien ivre.

— Je t'y rejoindrai.

Je regarde par-dessus mon épaule alors que je quitte Miller au bar avec Tony, les deux hommes attendant manifestement que je sois hors de portée de voix avant de discuter. Miller est impassible et Tony songeur. Ce dernier me donne l'impression d'être gêné, alors j'en conclus soit qu'ils parlent affaires et que je ne dois pas entendre ça, soit qu'ils parlent de moi. Un sentiment étrange, en plus du malaise de Tony, me fait pencher vers cette dernière option, et lorsque j'atteins l'autre côté du club et tourne à un angle, je vois Tony agiter sa main devant Miller, ce qui confirme mon opinion. Je m'arrête et regarde à travers le verre de la cage d'escalier, pour voir Tony s'effondrer sur un tabouret en prenant son visage rond dans ses mains. Il semble exaspéré. Puis Miller manifeste exceptionnellement sa contrariété et laisse apparaître cette colère que j'ai déjà aperçue, en levant les mains en l'air et jurant en s'agitant dans tous les sens. Je dévale l'escalier et parcours les couloirs jusqu'à ce que je repère le digicode en métal dont je me souviens vaguement.

Quelques secondes plus tard. Miller apparaît, clairement énervé, passant sa main dans ses cheveux ondulés pour repousser en arrière la mèche qui était tombée sur son front. Il s'avance vers moi d'un pas déterminé, sa contrariété se remarque aisément, et encore plus lorsqu'il tape violemment le code et ouvre la porte un peu trop fort, la faisant heurter le plâtre derrière elle.

Je sursaute en entendant le bruit sourd, et Miller baisse la tête.

— Merde, jure-t-il doucement, sans essayer d'entrer dans son bureau.

— Tout va bien ?

Je garde mes distances. J'attends constamment qu'il montre ses émotions, mais pas si c'est de cette façon.

— Je m'excuse, murmure-t-il, les yeux toujours rivés sur le sol, bafouant sa propre règle selon laquelle il faut regarder quelqu'un quand on lui parle.

Je ne la lui rappelle pas. Les paroles qu'il vient d'échanger avec le gérant du bar me concernaient, je n'ai aucun doute là-dessus. Et maintenant, il est furieux.

— Livy ?

Je sens mon dos se crisper et me tiens subitement droite.

— Oui ?

Il redresse les épaules et pousse un long soupir.

— Donne-moi mon « truc », dit-il en levant des yeux suppliants vers moi. S'il te plaît.

Mes épaules s'affaissent en découvrant une facette de Miller Hart que je n'avais encore jamais vue. Il a besoin de réconfort. J'attrape ses larges épaules et me mets sur la pointe des pieds pour enfouir mon visage dans son cou.

— Merci, marmonne-t-il en enlaçant ma taille et me soulevant.

La force de son étreinte comprime ma cage thoracique et m'empêche un peu de respirer, mais je n'ai pas l'intention de l'arrêter. Quand je passe mes jambes autour de sa taille, il ferme la porte et nous emmène jusqu'à son bureau vide. Il pose alors les fesses sur le bord pour nous permettre de maintenir notre étreinte, sans montrer aucun signe de vouloir me lâcher. Je suis surprise. Son costume va être froissé et il a une interview.

— Je vais te chiffonner.

— J'ai un fer à repasser.

Il me serre plus fort.

— Évidemment.

Je recule pour qu'on puisse se regarder dans les yeux. Il ne me montre rien. Son énervement semble avoir disparu, et son visage est aussi inexpressif que d'habitude.

— Qu'est-ce qui t'a perturbé comme ça ?

— La vie, répond-il sans hésitation. Les gens qui réfléchissent trop et qui se mêlent de ce qui ne les regarde pas.

— Comme quoi ?

Je soupçonne de connaître la réponse.

— Tout, souffle-t-il.

— Qui est Cassie ?

Je connais aussi la réponse à cette question.

Il se lève, me dépose sur mes pieds et met ses mains sur mes joues.

— La femme que tu prenais pour ma petite amie.

Il me donne un long baiser mouillé qui me donne le vertige.

— Pourquoi vient-elle ici ?

Il ne rompt pas notre baiser.

— Parce que c'est une emmerdeuse.

Il remonte jusqu'à mes oreilles.

— Et parce qu'elle croit que posséder des parts dans mon club lui donne le droit de contrôler ce qui se passe ici.

Je retiens mon souffle et recule.

— Alors c'est vraiment ton associée ?

Il me jette presque un regard mauvais avant de me ramener contre son torse.

— Oui. Combien de fois va-t-il falloir que je te le dise ? Je t'ai dit de me faire confiance.

513

Cette information ne me permet pas de me sentir mieux. Je ne suis pas complètement stupide et j'ai bien vu comment elle le regarde. Et comment elle me regarde, d'ailleurs.

— J'ai eu une journée horrible.

Miller embrasse tendrement ma joue, me distrayant avec ses lèvres douces.

— Mais tu vas m'aider à déstresser quand je te ramènerai à la maison.

Je le laisse prendre ma main et me guider de l'autre côté de son bureau.

— Qu'est-ce qu'on fait ?

Il s'assied sur sa chaise et me fait faire demi-tour pour me retrouver face à son bureau, puis il attrape une télécommande dans le tiroir et se penche près de moi, en appuyant son coude sur le bras du fauteuil.

— Je veux te montrer quelque chose.

— Quoi ?

Je remarque que le bureau de Miller est aussi vide que la dernière fois que je l'ai vu, le téléphone étant le seul objet qu'on y trouve.

— Ça.

Il appuie sur un bouton et je sursaute dans ma chaise lorsque son bureau se met à bouger devant moi.

— Qu'est-ce que…

Je suis bouche bée et affiche un air niais tandis que cinq écrans plats sortent du fond du meuble.

— Bon sang !

— Impressionnée ?

Je suis peut-être un peu abasourdie, mais j'entends clairement la fierté dans sa voix.

— Alors tu te contentes de regarder la télé ici ?

— Non, Livy, soupire-t-il avant d'appuyer sur un autre bouton qui allume les écrans et révèle différentes images de son club.

— De la vidéosurveillance ?

Mes yeux parcourent les écrans, chacun partagé en six images, sauf l'écran central. Celui-ci affiche juste une grande image.

Et je suis dessus.

Je me penche en avant et me découvre le soir de l'inauguration de l'Ice en train de boire avec Gregory, puis l'image change et nous montre en train de monter l'escalier, un air émerveillé sur mon visage. Puis je suis sur la piste de danse. Et Miller rôde derrière moi. Je vois Gregory murmurer à mon oreille, et moi qui m'apprête à me retourner, puis je l'observe s'approcher en m'inspectant attentivement avant de poser ses mains sur moi. L'image est claire, mais quand Miller tend le bras pour toucher le centre de l'écran, elle devient plus grande, plus claire, et l'expression sur son visage me fait mouiller instantanément. Je frémis, et je me demande alors pourquoi je regarde un écran alors que la réalité se trouve juste à côté de moi.

Je me retourne lentement pour lui faire face.

— Tu t'es assis ici et tu m'as observée.

Ce n'est pas une question, parce que c'est évident. Je savais que ce genre d'endroit était sous surveillance, mais je n'imaginais pas qu'un club était bourré de caméras comme ça.

Il me regarde d'un air songeur et penche légèrement sa tête.

— Ma douce magnifique, es-tu excitée ?

Sans le vouloir, je me tortille dans son grand fauteuil de bureau et mes joues brûlent.

— Tu es là. Bien sûr que je le suis.

Il faut que j'essaie d'adopter le même sang-froid que lui… « essayer », c'est bien le mot. Je ne pourrai jamais égaler Miller pour l'aspect intense, troublant, chaud ou sexy. Mais peut-être pour l'insolence.

Il fait lentement tourner mon fauteuil pour que je lui fasse face, dépose soigneusement la télécommande sur le bureau et glisse ses mains sous mes cuisses, m'attirant vers lui jusqu'à ce qu'il n'y ait plus que quelques centimètres qui séparent nos visages.

— Quand je t'ai observée samedi soir, murmure-t-il sur mon visage, j'étais excité moi aussi.

L'image de Miller étendue sur son fauteuil, un verre d'alcool fort à la main, en train de me regarder tranquillement boire, discuter et me promener dans son club, envahit mon esprit plein de luxure. Cette image fait descendre la chaleur de mon visage directement entre mes cuisses. Je suis trempée, et il le sait.

— Et maintenant, tu es excité ?

J'approche un peu plus mon visage jusqu'à ce que nos nez se touchent.

— Tu n'as qu'à le découvrir par toi-même.

Il pose ses lèvres sur les miennes et se lève, me forçant à rejeter la tête en arrière pour suivre notre baiser. Ses mains sont fixées aux accoudoirs du fauteuil et me piègent. Le gémissement de plaisir qui s'échappe de sa bouche collée contre la mienne est le son le plus agréable que j'aie jamais entendu.

Je ne perds pas de temps avant de poser mes mains sur lui. Je défais sa ceinture à l'aveugle tandis que nos bouches se cherchent frénétiquement, l'idée de l'approcher en douceur n'étant plus qu'un vieux souvenir à cet instant précis. Il semble stressé, et si je peux arranger ça, je le ferai.

— Juste ta main, marmonne-t-il sur un ton désespéré.

Je descends la fermeture éclair, enlève le bouton et glisse ma main dans son pantalon où je découvre immédiatement sa raideur brûlante.

Quand je l'attrape sans serrer, il retient son souffle, ce qui m'incite à remonter mon regard. Je plonge dans ses yeux bleus aveuglants en le caressant avec lenteur et douceur, et ses lèvres entrouvertes laissent passer son halètement chaud sur mon visage.

— Est-ce que tu te faisais ça quand tu me regardais ?

Son attente désespérée me motive et renforce mon assurance.

— Je ne me fais jamais ça.

Sa réponse me choque et mon rythme faiblit.

— Jamais ?

— Jamais.

Il pousse délicatement les hanches en avant.

— Pourquoi pas ?

Je suis profondément choquée, et même si cela semble incroyable, je le crois.

Il descend et s'attaque à mes lèvres, m'empêchant de formuler d'autres questions. Je suis concentrée sur mes gestes doux, mais avec sa bouche qui m'entreprend de manière inhabituellement ferme, cela semble influencer mes mains et mon mouvement s'accélère, lui tirant des gémissements continus.

— Reste régulière, me demande-t-il en me suppliant presque.

Suivant son conseil, je ralentis le rythme jusqu'à monter et descendre à une cadence constante le long de son manche.

Il se raidit des pieds à la tête, comme s'il était sur ses gardes, mais qu'il appréciait ça. Je le sens palpiter dans ma main, la chaleur monte et sa respiration se fait plus saccadée. Maintenir notre baiser fougueux est facile. Me retenir de pomper plus fort avec ma main l'est nettement moins.

Quand je prends conscience que sa jouissance monte, cela renforce ma confiance, même si ma main serrée commence à être douloureuse à force d'être contractée pour retenir l'instinct de monter et descendre plus vite le long de sa verge.

Il me mord la lèvre et se recule, m'offrant une vue parfaite sur son visage parfait alors que je continue à m'occuper de lui. Ses hanches se mettent à suivre le mouvement de ma main, et je vois ses bras se contracter sur le fauteuil. Mais son visage est toujours aussi impassible.

— C'est bon ?

J'aimerais avoir autre chose que ses réactions physiques. Je veux entendre les mots pour lesquels il est si doué dans ces moments-là.

— Tu n'imagines même pas.

Il baisse légèrement la tête et se met à souffler bruyamment. Je glisse ma main libre sous sa chemise pour sentir les contractions de ses abdominaux.

— Merde, jure-t-il.

J'attrape sa queue et la presse plus fort, mais lorsque quelqu'un frappe brusquement à la porte, je sursaute, le lâche et retourne sur mon fauteuil.

Il halète.

— Bon sang, Livy !

— Je suis désolée !

Je ne sais pas si je dois retourner mon attention sur Miller ou me cacher sous le bureau.

Je vois la douleur sur son visage alors qu'il se lève de son fauteuil et essaie de maîtriser sa respiration laborieuse.

— Je ne vois pas pourquoi. Tout est parfait, non ? dit-il avec ironie.

Je serre les lèvres en le regardant s'arranger et reboutonner son pantalon et sa ceinture.

— Je suis désolée.

Je me répète, ne sachant que dire d'autre. Il est toujours dur comme un roc et cela se voit clairement sous son pantalon.

— Tu as des raisons de l'être, marmonne-t-il.

Mais je ne parviens plus à me retenir de sourire.

— Regarde ça, dit-il en indiquant son entrejambe et haussant les sourcils en remarquant que ça m'amuse. J'ai comme qui dirait un problème.

— En effet.

En regardant l'un de ses écrans, je vois deux personnes de l'autre côté de la porte de son bureau, juste au moment où elles frappent à nouveau.

— Je dois les faire entrer ?

Il s'arrange encore en râlant.

— Oui, s'il te plaît, ajoute-t-il.

Je me lève d'un bond et laisse Miller s'installer dans son fauteuil, arrivant facilement à contrôler mon propre état surexcité grâce à la distraction que m'offre le malaise évident de Miller. En ouvrant la porte, je tombe face à face avec une femme ravissante, qui me dévisage immédiatement avec un air désapprobateur.

— Vous êtes ? dit-elle en faisant signe à l'homme qui la suit avec un appareil photo.

Je fais un pas en arrière pour dégager le passage avant qu'elle me pousse.

— Livy.

Je lui réponds dans le vent puisqu'elle est déjà passée devant moi et se dirige vers le bureau de Miller, tout sourire et trop exubérante. Je suis ravie quand je vois qu'il porte son masque habituel, son personnage froid et professionnel ayant remplacé son état pré-orgasmique.

— Salut ! lui chante-t-elle au visage en se jetant pratiquement au-dessus de son bureau pour l'atteindre. Diana Low.

Elle lui tend la main, mais je devine qu'elle meurt d'envie de l'embrasser.

— Waouh, cet endroit est stupéfiant !

— Merci.

Miller est aussi cérémonieux qu'à son habitude quand il lui serre la main avant d'indiquer le fauteuil de l'autre côté de son bureau et d'arranger discrètement la zone de son entrejambe.

— Je peux vous offrir un verre ?

Elle pose son petit arrière-train sur le fauteuil et son carnet sur le bureau. Je perçois immédiatement le malaise qui émane de Miller alors qu'il fixe le carnet.

— Oh, je ne suis pas censée boire pendant le boulot, mais vous êtes mon dernier rendez-vous de la journée. Je prendrai un Martini avec des glaçons.

Le photographe passe près de moi, clairement épuisé.

Ce n'est que là que je me demande si Miller veut que je reste, alors je lui jette un coup d'œil et fais un geste vers la porte, mais il secoue la tête et m'indique le sofa alors qu'il prend le carnet de mademoiselle Low et le lui tend. Il veut que je reste.

Je ferme la porte et regarde le photographe s'asseoir près de la femme hyper sociable et poser son appareil photo sur ses genoux.

— Un verre ?

Miller le regarde, mais je le vois secouer la tête de derrière.

— Non, ça ira.

— Je vais aller chercher les boissons, dis-je en ouvrant la porte. Un Martini et un Scotch ?

— Avec des glaçons !

La femme se retourne en m'examinant à nouveau.

— Assurez-vous qu'il y ait des glaçons.

— Des glaçons, dis-je en regardant Miller qui me remercie d'un signe de tête. Je reviens.

Je me glisse hors du bureau, heureuse d'échapper à la voix énervante de Diana Low.

Je découvre que les lumières ont été baissées et les éclairages bleus allumés, plongeant le bar dans la lueur dont je me souviens. Ayant plus d'un bar comme options, je fixe finalement mon choix sur celui où Miller a rejoint Tony, et où je trouve un jeune homme accroupi derrière, en train de réapprovisionner les réfrigérateurs vitrés.

— Bonjour, dis-je pour attirer son attention. Puis-je avoir un Martini avec des glaçons et un Scotch sec ?

— Pour M. Hart ?

J'acquiesce et il s'active : il sort un verre qu'il essuie pour le faire briller avant de verser quelques centimètres d'alcool et de le faire glisser sur le bar.

— Et un Martini ?

— S'il vous plaît.

Pendant que le barman prépare le verre, j'attends, un peu gênée car je sais que Tony me regarde avec intérêt. Je lui jette un coup d'œil et reçois un petit sourire, mais cela ne parvient pas à me mettre à l'aise. Son visage rond est pensif.

— Comment ça se passe là-bas ? demande-t-il, rompant ce silence désagréable.

— Je viens de les laisser.

Je réponds poliment en acceptant le Martini.

— Miller n'aime pas faire du tapage et attirer l'attention.

J'essaie de détecter un sous-entendu dans cette déclaration abrupte de la part Tony.

— Je sais.

Je soupçonne qu'il insinue que ce n'est pas mon cas.

— Il est heureux dans son petit monde bien organisé.

— Je sais.

Je me répète et me retourne pour quitter cette conversation gênante. Il n'est pas particulièrement hostile, mais je n'aime pas l'orientation que prend la discussion.

— Il est émotionnellement indisponible.

Je m'arrête et me retourne, fixant un moment l'air songeur sur son visage avant de parler.

— Y a-t-il une raison à cela ?

En lui posant franchement la question, je réalise que mon irritation a pris le pas sur mon sang-froid. Miller m'a dit exactement la même chose, et pourtant, je trouve des émotions en lui. Pas de manière ordinaire, mais elles sont bien là.

Il sourit. C'est un sourire sincère, mais c'est aussi un sourire qui suggère que je suis aveugle, naïve et complètement dépassée.

— Une petite chose fragile comme vous ne devrait pas se retrouver piégée dans ce monde.

— Qu'est-ce qui vous donne l'impression que je suis fragile ?

Mon irritation monte. Et qu'est-ce qu'il veut dire par « ce monde » ? Les clubs ? L'alcool ? Il secoue la tête et retourne à sa paperasse, sans répondre à ma question.

— Tony, qu'est-ce que vous voulez dire ?

— Je veux dire que…

Il marque une pause et lève les yeux en soupirant.

— Vous êtes une distraction dont il pourrait se passer.

— Une distraction ?

— Oui. Il a besoin de rester concentré.

— Sur quoi ?

Tony lève son corps trapu du tabouret et rassemble ses papiers, avant de glisser son stylo sur son oreille et d'attraper sa bouteille de bière.

— Ce monde, dit-il simplement avant de se retourner pour errer dans le club.

Je reste immobile et le regarde s'éloigner, profondément perplexe. Peut-être qu'une distraction est exactement ce dont a besoin Miller. Il travaille dur, il est stressé et il a besoin de se détendre à la fin de la journée. Je veux faire ça. Je veux l'aider.

En baissant les yeux sur les deux verres que je tiens, je remarque que la chaleur de ma main autour du verre de Martini a fait fondre les glaçons, mais je ne vais pas l'échanger. Diana Low aura un Martini avec des glaçons fondus. Je retourne au bureau de Miller.

Ses yeux sont fixés sur la porte quand j'entre, et Diana fait les cent pas dans son bureau, en s'efforçant de bien se trémousser, pendant que le photographe a juste l'air de s'ennuyer, affalé dans son fauteuil. Je prends le Scotch de Miller et le mets dans sa main, plutôt que sur son bureau, ne sachant pas où il faudrait le poser.

— Merci, dit-il en soupirant presque et en tapotant sur ses genoux pour m'indiquer de venir m'asseoir.

Je suis un peu abasourdie par sa proposition infor-
melle pour un rendez-vous professionnel, mais ne
proteste pas.

Je viens donc m'installer sur ses genoux et regarde
avec amusement comment Diana Low accueille la
situation. Je ne peux pas m'empêcher de lui montrer
un peu mon pouvoir, en lui tendant son Martini de
manière à ce qu'elle soit obligée de venir vers moi pour
l'avoir.

Aussitôt que le verre quitte ma main. Miller passe
son bras autour de ma taille et me plaque contre son
torse.

Diana Low a bien du mal à m'adresser un sourire
chaleureux tandis qu'elle se calme.

— Je suppose qu'il va falloir que je change le titre
de mon article.

— Et quel était le titre de votre article, mademoiselle Low ? demande froidement Miller.

— Eh bien, c'était « Le plus beau parti célibataire de
Londres ouvre le plus prestigieux club de Londres ».

Miller se raidit sous moi.

— Oui, dit-il en posant son verre et le plaçant sur
son bureau avec une précision extrême. Changez-le.

Troublée, elle se rassied dans le fauteuil. Le plus beau
parti célibataire de Londres ? Miller l'a confirmé, mais
c'est toujours agréable d'entendre quelqu'un d'autre
reconnaître qu'il est célibataire. Enfin, il l'était.

Lorsqu'elle pose son verre sur le bureau en fronçant les sourcils, Miller se crispe et je me crispe à
mon tour.

— Puis-je ? dis-je en m'avançant pour récupérer le verre avant de le remettre dans sa main. Il n'y a pas de sous-verre et ce bureau coûte une petite fortune.

Elle dirige son regard confus vers le verre vide de Miller qui se trouve, lui, sur le bureau sans sous-verre… mais il est au bon endroit.

— Désolée, répond-elle en récupérant son verre.

— Ce n'est pas grave.

Je lui adresse un sourire, que je veux aussi sincère que le sien, et sens Miller me remercier en me serrant discrètement contre lui.

— Alors, finissons-en, lance-t-elle en luttant pour tenir son verre tout en essayant de prendre des notes sur son carnet. Sur quel critère acceptez-vous les membres de votre club ?

— Le paiement, répond Miller sur un ton sec et las, ce qui me fait sourire.

— Et comment les membres potentiels peuvent-ils faire une demande d'adhésion ?

— Ils ne peuvent pas.

Elle relève les yeux, perplexe.

— Alors comment devenir membre ?

— Il faut être présenté par un membre.

— Cela ne limite-t-il pas votre clientèle ? demande-t-elle.

— Absolument pas. J'ai déjà plus de deux mille membres et nous avons ouvert il y a moins d'une semaine. Il y a désormais une liste d'attente.

Elle semble déçue, mais elle sourit de manière suggestive et croise lentement les jambes.

— Et que faut-il faire pour passer outre la file d'attente ?

Je fais une grimace de dégoût face à son aplomb et ses avances éhontées.

— Oui, que faut-il faire, Miller ?

Je me retourne pour le regarder en faisant la moue.

Ses yeux pétillent, les coins de sa bouche se lèvent très légèrement alors qu'il retourne son attention vers Diana Low.

— Vous connaissez des membres, mademoiselle Low ?

Elle affiche un sourire encore plus éclatant.

— Je vous connais, vous.

Sous le choc, je dois m'efforcer de retenir ma toux. Est-ce qu'elle me voit ?

— Vous ne me connaissez pas, mademoiselle Low, affirme Miller, d'une voix grave et dure. Peu de gens me connaissent.

Le photographe mal à l'aise remue sur son siège et Diana rougit d'embarras. Je devine qu'on ne l'envoie pas souvent balader, et je me demande si Miller fait bien d'être aussi hostile alors qu'elle va écrire un article sur lui et son nouveau club. Ses paroles n'ont pas le même effet sur moi, parce que, moi, je le connais.

— Photo ! crie Diana en bondissant de son fauteuil et reposant son verre, oubliant certainement ma précédente requête dans son agitation.

Je m'empresse de le récupérer avant que Miller ne se mette à se convulser et reste de côté pour que le photographe puisse avoir ce dont il a besoin. J'observe Miller se lever et commencer à défroisser les plis de son costume en râlant et soufflant. C'est ma faute, puisque je l'ai empêché de sortir sa planche à repasser pour pouvoir perfectionner son apparence, bien qu'il n'en ait vraiment pas besoin. Il a toujours l'air parfait.

Il me jette un regard accusateur et articule silencieusement : « Ta faute ».

J'affiche un immense sourire et mime en haussant les épaules : « Désolée ».

— Ne le sois pas, dit-il à haute voix. Moi, je ne le suis pas.

Il me fait un clin d'œil qui me fait presque tomber à la renverse, avant de se réinstaller sur son grand fauteuil, déboutonner sa veste et faire un signe de tête au photographe.

— Prêt quand vous le serez.

— Super.

Il prépare son appareil et fait quelques pas en arrière.

— On va laisser les écrans en place. Je pensais mettre quelques trucs supplémentaires sur votre bureau, par contre.

— Comme quoi ? demande Miller alors qu'apparaît l'horreur sur son visage à l'idée que quelqu'un dérange cette surface parfaitement rangée.

— Quelques papiers, répond-il en prenant le carnet de Diana pour le positionner à la gauche de Miller. Parfait.

Ce n'est pas du tout parfait. Même moi je peux voir qu'il est de travers, puisque le bord du papier n'est pas parallèle au bord du bureau, et le geste de Miller pour arranger la position du carnet le confirme.

— Allons-y alors, grogne-t-il en essayant de se détendre dans son fauteuil, en vain.

Il ne tient pas en place.

Le photographe paraît mettre des heures pour cibler et prendre en photo mon pauvre Miller, qui semble prêt à exploser à cause du stress. On lui demande de se mettre dans une position et une autre, le gars contourne son bureau et prend un cliché des moniteurs alors que Miller les observe avec désinvolture, et puis il lui demande de s'asseoir sur le bord du bureau, décontracté, avec les pieds et les bras croisés. Il souffre, et on lui inflige le coup final en lui demandant de sourire.

Il me jette un coup d'œil incrédule, comme pour me demander comment ils osent lui infliger ça.

— Nous avons terminé, aboie-t-il sur un ton irrité, en reboutonnant sa veste et ramassant le carnet qui gâche la perfection de son bureau depuis trop longtemps. Merci pour le temps que vous m'avez consacré.

Il remet le carnet à Diana Low et se dirige à grandes enjambées vers la porte pour l'ouvrir et leur indiquer de partir.

Ni la journaliste ni le photographe ne traînent, et ils traversent tous les deux rapidement le bureau de Miller pour rejoindre la porte.

— Merci.

Diana s'immobilise devant la porte et lève les yeux vers Miller.

— J'espère que nous nous reverrons, ajoute-t-elle.

Atterrée, je me demande si son comportement est normal. Elle est incorrigible.

— Au revoir, répond Miller avec une irrévocabilité extrême en l'envoyant promener, juste au moment où une autre femme arrive en trombe dans son bureau.

L'associée de Miller.

Cassie. Elle s'avère être très agitée et essoufflée, mais elle se calme à la seconde où elle pose les yeux sur Diana Low qui se trouve tout près de Miller. Cassie toise la journaliste en plissant les yeux.

— J'ai dit qu'il n'était pas disponible pour des interviews.

— Oui, je sais.

Diana n'est pas perturbée par l'hostilité de la femme d'affaires habillée de vêtements de designer.

— Mais à l'évidence vous vous trompiez, puisque quelques coups de téléphone ont révélé que ce n'était pas le cas.

Elle se tourne à nouveau vers Miller et lui lance un sourire séducteur.

— À bientôt.

Elle lève la main pour faire un signe avant de jeter un regard narquois à Cassie en sortant du bureau de Miller. Une fois qu'elle a disparu, je sais que son humeur de chien va se diriger vers moi.

Elle se retourne et semble pour la première fois remarquer ma présence.

— Qu'est-ce qu'elle fait ici ? crache-t-elle en regardant Miller pour qu'il lui donne une réponse.

Choquée, j'ai un mouvement de recul quand Miller lui répond.

— Occupe-toi de tes affaires, dit-il calmement en lui prenant le bras pour la guider vers la porte.

— Je m'inquiète pour toi, riposte-t-elle sans vraiment lutter alors que ses paroles confirment mes soupçons.

— Ne gâche pas ton énergie pour rien, Cassie.

Il la pousse gentiment dehors et quand la porte de son bureau se referme un peu bruyamment, je sursaute. Il m'a dit de lui faire confiance et c'est ce que j'aurais dû faire. Il l'a vraiment envoyée promener. Il se retourne pour me faire face, avec un air bougon et exténué.

— Je suis stressé, proclame-t-il en parlant fort, affirmant l'évidence et me faisant sursauter une nouvelle fois de l'autre côté du tapis.

— Tu veux que je te rapporte un autre verre ?

Pour la première fois, je me dis que Miller boit peut-être trop. Ou est-ce juste depuis qu'il me connaît ?

— Je n'ai pas besoin d'un verre, Livy.

Sa voix se fait gutturale, et ses yeux se posent avidement sur moi.

— Je pense que tu sais ce dont j'ai besoin, ajoute-t-il.

Mon sang se réchauffe sous son regard bestial et tout mon être sexuel devient sensible et réceptif. Et voilà qu'il pose sa main sur moi.

— Qu'on t'aide à déstresser.

Je lève les yeux et l'observe à travers mes cils tandis qu'il avance lentement vers moi.

— Tu es comme une thérapie pour moi.

Il me tend la main et passe à l'attaque, m'embrassant avec détermination et éloquence, gémissant et marmonnant dans ma bouche alors que sa langue joue allègrement avec la mienne. Mon esprit s'emballe immédiatement.

— J'adore t'embrasser.

Nous sommes dans son bureau. Je ne veux pas être dans son bureau. Je veux être dans son lit.

— Ramène-moi chez toi.

— Cela prendrait trop de temps. J'ai besoin de déstresser maintenant.

— S'il te plaît, dis-je en posant mes mains sur ses épaules et en reculant. Tu me transmets ton stress quand tu es si tendu.

Il pousse un profond soupir et baisse la tête, ce qui fait tomber ses boucles rebelles. Cela me donne envie de les repousser de son front, alors je le fais et saute sur l'occasion pour profiter pleinement de ses cheveux. J'ai l'impression que c'est un privilège pour moi que cet homme complexe m'ait assigné le rôle de l'aider à déstresser, et je le ferai avec plaisir à chaque fois que ce sera nécessaire, mais je peux voir qu'il y a des choses qu'il pourrait faire seul pour y arriver.

— Je m'excuse, murmure-t-il. J'ai bien noté ta requête.

— Merci. Emmène-moi dans ton lit.

— Comme tu veux.

Il baisse les yeux sur son costume en râlant contre les plis alors qu'il essaie de les défroisser. Il abandonne en soupirant d'un air exaspéré et penche la tête quand il voit que je souris.

— Qu'y a-t-il d'amusant ?

— Rien.

Je hausse les épaules nonchalamment et me mets à défroisser ma tenue à mon tour. C'est un geste sarcastique, mais quand je lève les yeux et découvre que

Miller a sorti une planche à repasser d'un placard camouflé dans le mur et est en train de la déplier, ça ne m'amuse plus.

— Tu ne vas pas faire ça ?

Il marque une pause et plonge ses yeux dans les miens, exorbités.

— Quoi ?

— Tu vas repasser ton costume ?

— Il est tout froissé.

Il semble horrifié par le fait que cela me choque.

— Quelqu'un m'a distrait tout à l'heure, alors je vais ressembler à un sac de pommes de terre sur la photo.

— Et pour le lit ?

Je soupire en réalisant que je vais devoir patienter le temps que Miller perfectionne la perfection.

— Dès que j'aurai fini.

Il se retourne et sort un fer à repasser.

— Miller…

Je me fige quand je détecte un très léger soubresaut de ses épaules, et, très intriguée, je passe devant lui pour le voir et découvre le plus grand sourire enfantin que j'aie jamais eu le plaisir de voir.

Je reste bouche bée. Abasourdie, je ne me souviens même pas de ce que j'allais lui dire.

— Cette tête ! dit-il en riant, alors qu'il replie la planche et la range.

Miller Hart, M. Sérieux, mon homme complexe et déconcertant me fait marcher ? Il me fait une blague ? Je crois que je vais m'évanouir.

— Ce n'est même pas marrant.

Avec un air boudeur, je referme la porte du placard d'un geste puéril.

— Permets-moi de ne pas être de cet avis, lance-t-il, toujours en riant, me frappant à nouveau avec son sourire jusqu'aux oreilles.

Je n'ai jamais rien vu de tel.

— Je te permets rien du tout.

Je pousse un cri quand il me prend dans ses bras et me fait tourner.

— Je ne vais pas repasser mon costume parce que te mettre dans mon lit revêt une importance primordiale.

— C'est plus important que redonner sa perfection à ton costume ?

J'entremêle mes doigts dans ses boucles avant d'ajouter :

— Et plus important que te recoiffer ?

— Considérablement.

Il me repose sur mes pieds.

— Prête ?

— Je m'attendais à ce que tu m'amènes dîner.

— Resto ou lit ? Là, tu fais juste l'idiote.

Je souris.

— Que faut-il faire pour passer outre la liste d'attente du club ?

Ses yeux perdent un peu de leur éclat lorsqu'il les plisse, tandis que ses lèvres se pincent. Il se retient de rire.

— Il faut connaître un membre.

— Je connais le propriétaire.

Je suis pleine d'assurance, mais je me souviens rapidement du commentaire qu'il a fait à mademoiselle

Low. Va-t-il me dire la même chose ? Je connais Miller, mais est-il de cet avis ?

Il se dirige vers son bureau en acquiesçant d'un air songeur, ouvre un tiroir et en sort quelque chose. Quoi que ce soit, il est passé, bipé et scanné sur une partie des écrans plats avant qu'ils disparaissent dans les profondeurs du bureau blanc.

Il me tend ce qui ressemble à une carte de crédit transparente avec un mot gravé en petites lettres capitales au centre.

ICE

Je la retourne et découvre une bande argentée, mais c'est tout. Rien d'autre. Aucun détail sur le club ou le membre. Je lève les yeux d'un air suspect.

— C'est une fausse, n'est-ce pas ?

Il rit légèrement et me fait sortir de la pièce avant qu'on remonte dans le club, mais il ne m'attrape pas par la nuque comme à son habitude. Il passe son bras puissant sur mes épaules menues et me serre contre lui.

— Elle est tout à fait vraie, Olivia.

## 22

Après m'avoir portée pour monter les escaliers et fait entrer dans son appartement, il fait couler un bain et nous déshabille tous les deux. Puis il me prend dans ses bras pour grimper les marches et nous installe dans l'eau chaude et moussante. Ce n'est pas son lit, mais je ne proteste pas. Je suis dans ses bras, l'endroit où je suis la plus heureuse. C'est bien plus que satisfaisant.

Je soupire, tout à fait comblée, pendant qu'il s'évertue à recouvrir mon corps en me touchant partout et me serrant très fort. Il fredonne cette douce mélodie. Elle m'est de plus en plus familière. Je sais quand il va reprendre son souffle et quand la tonalité change, et je repère quand une courte pause arrive et qu'il saute sur l'occasion de ce bref silence pour appuyer ses lèvres sur le haut de ma tête.

Ma joue est posée sur son torse mouillé tandis que je décris lentement des cercles autour de son téton avec le bout de mon doigt, les yeux se promenant sur la vaste étendue de sa peau. Les adjectifs « décontractée » et « tranquille » sont loin d'approcher la réalité pour décrire comment je me sens. C'est dans ces moments que j'ai l'impression d'être avec le vrai Miller Hart, et pas l'homme qui se cache derrière un magnifique costume trois-pièces et un visage impassible.

Le Miller Hart sérieux, l'homme déguisé en gentleman, cache sa beauté intérieure au monde et ne lui montre qu'un homme qui semble vouloir à tout prix repousser tout signe amical qu'on lui témoignerait, ou déconcerter les gens avec ses manières impeccables, qui sont toujours livrées avec une telle réserve qu'elles gâchent le fait qu'il est, effectivement, bien élevé.

— Parle-moi de ta famille.

Je brise le silence avec ma question calme, presque certaine qu'il va esquiver.

— Je n'en ai pas, murmure-t-il simplement et doucement, en embrassant le sommet de ma tête une nouvelle fois tandis que je fronce les sourcils contre son torse.

— Pas du tout ?

J'essaie de ne pas paraître incrédule, mais en vain. Je n'ai pour ainsi dire pas de famille, à l'exception de ma grand-mère, mais le fait d'avoir au moins un parent est inestimable.

— Il n'y a que moi, confirme-t-il, me laissant compatissante alors que je mesure la solitude que cela implique.

— Que toi ?

— Peu importe la manière dont tu le dis, Livy. Il n'y a toujours que moi.

— Tu n'as personne ?

Mon corps se soulève et s'abaisse avec sa poitrine quand il soupire.

— Et de trois. On va aller jusqu'à quatre ? demande-t-il gentiment.

Il ne montre aucun signe d'exaspération ou d'impatience, mais je devine que si j'atteins cette quatrième fois, cela pourrait changer.

Je ne devrais pas trouver ça si difficile à croire, étant donné ma propre famille restreinte. J'ai aussi Gregory, et George, mais il n'y a qu'une seule personne avec qui j'ai un lien de sang. Un, c'est plus qu'aucun, et un, ça représente déjà un morceau d'histoire.

— Pas âme qui vive ?

Je grimace aussitôt que cette quatrième fois m'échappe et m'en excuse immédiatement.

— Je suis désolée.

— Tu n'as pas besoin de t'excuser.

— Mais personne ?

— Et voilà la cinquième.

Il y a une pointe d'humour dans sa voix, et, en espérant que je vais pouvoir saisir ce rare sourire, je me lève de son torse, mais tout ce que je trouve, c'est sa beauté mouillée et impassible.

— Désolée, dis-je en souriant.

— Excuses acceptées.

Il me déplace jusqu'à l'autre bout de la baignoire et m'étend sur le dos. Il s'agenouille entre mes cuisses écartées avant de prendre une de mes jambes et de lever mon pied jusqu'à ce que ma plante repose au milieu de son torse. Mon petit trente-huit semble perdu au milieu de la vaste étendue de muscles, et plus petit encore quand sa main puissante se met à le caresser tandis qu'il me regarde avec un air pensif.

— Quoi ?

Ma voix n'est rien de plus qu'un souffle sous ses yeux bleus perçants et aimants. La passion suinte de chaque pore du corps de Miller Hart et encore plus fortement de ce regard bleu déterminé. J'espère qu'il est exceptionnel et qu'il m'est entièrement réservé, mais je sais que cet espoir est illusoire. Peut-être que Miller Hart ne s'exprime et enlève ce masque que lorsqu'il a une femme à gâter.

— Je considère juste à quel point tu es belle dans mon bain, dit-il d'un ton songeur en portant mon pied à sa bouche pour lécher mes orteils avec une lenteur insoutenable, puis remonter sur le dessus du pied, le tibia, le genou… et la cuisse.

L'eau clapote autour de moi quand je remue, et mes mains font des éclaboussures en s'accrochant aux parois de la baignoire, mais glissent sur la porcelaine.

Ma peau est chaude à cause de la température de l'eau et la vapeur dans la salle de bains, mais avec la chaleur que procure sa langue à ma chair déjà brûlante, je suis en feu.

J'halète doucement. Je ferme les yeux et me prépare à ce qu'il me donne du plaisir, et lorsqu'il atteint le point où ma cuisse touche l'eau, il glisse son avant-bras dans le creux de mon dos et me soulève sans mal pour m'amener à sa bouche, m'obligeant à bouger les mains si je ne veux pas glisser sous l'eau. Je trouve le bord de la baignoire et m'y cramponne comme je peux, guidée délicatement vers son royaume d'extase absolue… un endroit où les affres de la passion sont intenses et qui me permet de m'enfoncer toujours un peu plus dans le monde de Miller Hart.

Lorsqu'il mordille légèrement mon clitoris, j'ai bien du mal à le gérer. Les petits coups de langue qui suivent chacune de ses morsures relèvent de la torture.

Mais lorsqu'il glisse lentement deux doigts en moi et les enfonce avec indolence en même temps qu'il me mordille et met des coups de langue, j'abandonne tout espoir de préserver le silence serein qui nous entoure.

Je gémis et cambre le dos, les muscles de mes bras qui me maintiennent droite devenant instantanément douloureux et les muscles de mon ventre se contractant pour essayer de contrôler les forts tiraillements entre mes cuisses. Ma détresse croissante ne fait que l'encourager et ses doigts soutiennent cette cadence que j'aime tant, mais les coups se font plus fermes, plus déterminés.

— Je ne sais pas comment tu arrives à me faire ça.

Les yeux fermés, je secoue lentement la tête sur les côtés.

— Faire quoi ? murmure-t-il en soufflant de l'air froid sur ma vulve palpitante.

La fraîcheur de son souffle sur ma peau enflammée me fait frissonner.

— Ça.

Je me cramponne aux parois de la baignoire en haletant et en criant quand il me malmène avec un ensemble de douces morsures avec ses dents, de rotations lentes avec sa langue et de coups fermes avec ses doigts.

— Et ça !

La puissance des spasmes qui s'emparent de moi fait comme fondre tous les muscles de mon corps tandis que j'essaie de toutes mes forces de rester calme dans l'eau.

Mes yeux s'ouvrent et il faut quelques secondes pour que ma vue fasse la mise au point, mais elle est de nouveau altérée, simplement par ce qui se trouve devant moi : une perfection indescriptible… cette pureté dans ses yeux que je ne vois que lorsqu'il me donne du plaisir et ses cheveux noirs qui sont presque trop longs, les mèches bouclées dépassant derrière ses oreilles.

Malgré ma fièvre retenue, il est détendu, calme et posé tandis qu'il me regarde sans jamais interrompre les gestes qui me procurent tant de plaisir.

— Tu veux dire que si c'était éternel, alors ça te conviendrait très bien.

J'acquiesce en espérant qu'il est du même avis et n'essaie pas simplement d'exprimer mes pensées.

Il ne confirme pas mon interrogation silencieuse avec des mots et préfère concentrer son attention sur le centre névralgique entre mes cuisses.

Son visage s'y enfouit et son regard, toujours rivé sur moi, m'offre la vue la plus sensuelle que j'aie jamais eue. Pourtant je ne peux m'empêcher de fermer les yeux en me préparant pour l'assaut qui va faire exploser mon esprit.

— Ne t'arrête pas.

Je réclame encore plus de plaisir insensé et insupportable. Soudain, il bouge, créant une vague qui éclabousse partout autour de nous tandis qu'il grimpe sur mon corps et colle sa bouche sur la mienne, sa langue me caressant en même temps que les coups pernicieux de ses doigts, son pouce décrivant des cercles énergiques sur mon clitoris palpitant.

Mes mains s'agrippent à ses épaules mouillées comme si ma vie en dépendait, sa force étant la seule chose qui m'évite de glisser sous l'eau. Alors que je suis en feu, Miller, lui, fait les choses avec régularité et maîtrise, malgré mes gémissements de désarroi.

Puis elle arrive.

L'explosion.

La libération d'un million d'éclairs qui me forcent à rompre notre baiser et cacher mon visage dans son cou tandis que mon corps essaie de gérer le bombardement de plaisir. Il est paisible et aide mon corps tremblant à se calmer. Les seuls mouvements qu'il fait résident dans les cercles que décrivent ses doigts tout au fond de moi et son pouce posé légèrement sur ma boule de nerfs palpitante pour soulager les coups vifs et persistants.

— Je croyais que j'étais censée t'aider à déstresser.

Je respire bruyamment et ne veux pas relâcher mon étreinte… jamais.

— Livy, tu viens de le faire.

— En te laissant me procurer du plaisir ?

— Oui, un peu, mais principalement en me laissant juste être avec toi.

Il s'assied, m'attire avec lui et m'installe sur ses genoux. Ma lourde chevelure mouillée tombe naturellement, et ses mains entourent le haut de mes bras pour me tenir fermement.

— Tu es si belle.

Je sens ma peau chauffer, et baisse les yeux, un peu gênée.

— Je te fais un compliment, Livy, murmure-t-il, attirant mon regard.

— Merci.

Il sourit légèrement et fait glisser ses mains sur ma taille, ses yeux parcourant chaque portion visible de mon corps. Je le regarde attentivement alors qu'il pose lentement les lèvres sur ma poitrine et l'embrasse tendrement, puis commence à promener ses doigts partout sur moi, avec une telle légèreté que parfois je ne les sens pas. Il prend une inspiration profonde et méditative et expire en penchant un peu la tête sur le côté, ce qui renforce son air pensif.

— À chaque fois que je te touche, je ressens le besoin de le faire avec le plus grand soin.

— Pourquoi ?

Je suis un peu perplexe.

Il inspire de nouveau longuement et dirige ses yeux vers moi, en les plissant lentement.

— Parce que j'ai peur que tu t'envoles en poussière.

Son aveu me fait m'étrangler.

— Je ne m'envolerai pas en poussière.

— Tu pourrais, murmure-t-il. Et que ferais-je alors ?

Ses yeux étudient mon visage, et je suis choquée de ne voir rien d'autre qu'un grand sérieux, et peut-être même un peu de crainte.

Je ne peux m'empêcher d'être contente, même si un sentiment de culpabilité me dit que je ne devrais pas. Il succombe lui aussi, tout autant que moi. Je profite de son moment de doute et l'enlace en le serrant très fort, passant mes bras autour de son cou et mes jambes autour de ses hanches, comme si j'essayais de l'inonder de réconfort.

— Je ne partirai que si tu me le demandes.

Je pense que c'est ce qu'il voulait dire. Je ne peux pas vraiment m'envoler et me transformer en poussière.

— Il y a quelque chose que je voudrais partager avec toi.

— Quoi ?

Je reste où je suis, le visage dans son cou.

— Lavons-nous et je te le montrerai.

Il attrape mes bras dans sa nuque et les enlève, me forçant à quitter ma zone de confort.

— Tu seras la première.

— La première ?

— La première personne à le voir.

Il me retourne dans ses bras, détournant ainsi mon visage inquisiteur.

— Voir ?

Il pose son menton sur mon épaule.

— J'aime ta curiosité.

— C'est toi qui me rends curieuse, dis-je d'un ton accusateur en poussant ma joue contre ses lèvres. Qu'est-ce que tu vas me montrer ?

— Tu verras, dit-il simplement pour me taquiner.

Je me retourne pour être de nouveau face à lui et le vois descendre, pencher la tête et y frotter du shampoing avant de rincer et recommencer avec du démêlant.

Je me mets à l'aise de l'autre côté de la baignoire et le regarde appliquer son produit sur ses boucles.

— Mes cheveux sont très indisciplinés.

— Les miens aussi.

— Alors tu comprends ma douleur.

Il se glisse de nouveau dans le bain et rince sa chevelure rebelle, alors que je souris comme une idiote. Ça le gêne.

Lorsqu'il refait surface, je souris toujours, et il lève les yeux au plafond en m'aidant à me mettre debout, mon regard suivant son long corps qui me surplombe et sa perfection nue et mouillée.

— Je te laisse laver ta crinière sauvage.

Il ne sourit pas, mais je devine qu'il en a envie.

— Je vous remercie, mon bon monsieur.

Je continue à admirer sa nudité trempée alors qu'il descend les marches de la baignoire, les muscles de ses fesses se contractant et se gonflant de façon charmante.

— Jolies miches, dis-je doucement en m'enfonçant dans la mousse.

Il se retourne lentement et penche la tête sur le côté.

— Je t'en prie, évite d'adopter le vocabulaire de ta grand-mère.

Je deviens rouge écarlate, et n'ayant nulle part où cacher mon embarras, je disparais sous l'eau.

Une fois que j'ai fini de dompter mes propres mèches rebelles avec le démêlant, je quitte à contrecœur la chaude sérénité du bain immense de Miller et me sèche.

Après m'être assurée d'avoir bien vidé la baignoire, rincé la mousse et rangé la salle de bains après mon passage, je me rends à pas de loup dans sa chambre où je trouve un boxer et un T-shirt gris étendus soigneusement sur le lit. Je souris toute seule en m'habillant alors que son boxer tient difficilement en place sur ma taille et que je nage amplement dans son T-shirt. Mais ils sentent Miller, alors je tolère la gêne de devoir maintenir le short en partant à sa recherche.

Je le trouve dans la cuisine, absolument époustouflant dans son boxer noir et un T-shirt assorti à celui qu'il a choisi pour moi. Voir Miller sans un costume parfait pour orner son corps parfait est rare, mais le côté informel que cela lui donne est toujours agréable. Toutefois, ses costumes me déplaisent de plus en plus, car je vois en eux un masque derrière lequel il se cache.

— Nos tenues sont assorties, dis-je en retenant mon boxer.

— Comme nous.

Il s'approche de moi et passe les doigts dans mes boucles mouillées avant de les porter à son nez pour les sentir profondément.

— Je devrais appeler ma grand-mère, dis-je en fermant les yeux pour m'imprégner de sa proximité : son parfum, sa chaleur… son tout. Je ne veux pas qu'elle s'inquiète.

Il me relâche et arrange mes cheveux en me fixant d'un air pensif.

— Tu vas bien ?

— Oui, pardon, dit-il en semblant sortir de ses rêveries. Je me disais juste que tu étais très jolie dans mes vêtements.

— Ils sont un peu grands.

Je baisse les yeux sur les fringues dans lesquelles je nage.

— Ils sont parfaits sur toi. Appelle ta grand-mère.

Une fois que j'ai passé un coup de fil à Nan, il attrape délicatement ma nuque et m'amène vers la station d'accueil où se trouve son iPhone. Il appuie sur quelques boutons avant de me faire sortir de la cuisine sans dire un mot. La chanson « Angels » des XX nous accompagne, douce et envoûtante, diffusée délicatement par les haut-parleurs intégrés. Nous passons devant la chambre de Miller et tournons à gauche, puis il ouvre une porte et me fait entrer dans une grande pièce.

— Waouh !

Le souffle coupé, je me fige sur le pas de la porte.

— Oh waouh !

— Entre.

Il m'encourage à avancer et appuie sur un interrupteur qui plonge la pièce dans une puissante lumière artificielle. Je me protège les yeux, ennuyée que ma vue ait été gâchée pendant quelques secondes le temps de m'habituer.

Une fois que j'ai fini de plisser les yeux, je baisse une de mes mains et tiens toujours le boxer de l'autre, tandis que j'observe le décor avec émerveillement. Je suis fascinée. Je suis au paradis… Je suis sous le choc.

Je me retourne vers lui et lui jette un regard perplexe.

— C'est à toi ?

Il semble presque gêné quand il hausse légèrement les épaules.

— Nous sommes chez moi, donc je suppose que oui.

Je me tourne lentement vers ce qui m'a mise dans cet état et commence à m'en imprégner. Ils recouvrent les murs, y sont adossés et empilés sur des étagères en métal. Il y en a des douzaines, peut-être des centaines, et ils représentent tous ma chère Londres, que ce soit son architecture ou ses paysages.

— Tu peins ?

Il est debout derrière moi, les bras posés sur mes épaules.

— Penses-tu être capable de dire quelque chose qui ne sonne pas comme une question ?

Il me mordille l'oreille, ce qui devrait me faire retenir mon souffle, mais je ne l'ai pas encore retrouvé. Ça ne peut pas être vrai.

— C'est toi qui les as tous faits ?

Je désigne l'ensemble du studio en le parcourant encore des yeux.

— Une autre question, dit-il, cette fois-ci en me mordillant la joue. C'était mon habitude avant que je ne te rencontre.

— Ce n'est pas une habitude, c'est un loisir.

Je regarde encore les tableaux sur le mur et réalise qu'une telle excellence ne peut pas vraiment être qualifiée de loisir. Ils sont dignes d'une galerie.

— Alors, désormais, c'est toi mon loisir.

Je mets un moment à comprendre, puis je commence à avancer, me libérant de Miller pour sortir du studio de peinture et me rendre dans le séjour jusqu'à ce que je me retrouve devant l'une des toiles qui ornent ses murs. Celle-ci représente la grande roue, « London Eye », de manière floue, mais évidente.

— C'est de toi ?

Encore une question stupide.

— Excuse-moi.

Il s'approche à ma gauche et reste près de moi pour observer sa propre création.

— Oui.

— Et celle-là ?

Je désigne le mur opposé, où le London Bridge se dresse, toujours en retenant ce satané boxer.

— Oui, confirme-t-il alors que je me déplace à nouveau et retourne dans son studio.

Je m'enfonce un peu plus dans la pièce cette fois-ci, et me retrouve encerclée par les œuvres de Miller.

Il y a cinq chevalets qui supportent tous une toile blanche avec des travaux partiellement terminés. Une immense table en bois s'étend sur toute la longueur d'un mur et est encombrée de pots de pinceaux et de peintures de toutes les couleurs qui existent sur Terre, et des photographies sont éparpillées partout, certaines épinglées sur des tableaux de liège au milieu des œuvres. Un vieux canapé usé est installé face à la fenêtre qui s'étend du sol au plafond, de manière à ce qu'on puisse s'asseoir et admirer la vue sur la ville, qui égale presque la magnificence des tableaux qui m'entourent. C'est un studio d'artiste typique… et il va complètement à l'encontre de tout ce que Miller Hart représente.

Cet endroit s'exprime, mais, ce qui est encore plus choquant, c'est qu'il y règne un désordre incroyable. J'ai l'impression d'être dans une sorte de rêve, un peu comme si j'étais dans *Alice au pays des merveilles*, et dans un élan de curiosité idiot, je me mets à étudier chaque objet plus attentivement pour essayer de déterminer s'il y a une logique quelconque dans la disposition des choses ici.

On ne dirait pas ; tout semble placé au hasard et en désordre, mais pour m'en assurer, je vais jusqu'à la table, prends un pot de pinceaux et le fais tourner dans ma main comme si de rien n'était. Puis je le repose négligemment avant de me retourner pour observer sa réaction.

Il ne se crispe pas, il ne regarde pas le pot comme s'il allait mordre, et il ne vient pas le replacer. Il se contente de me considérer avec intérêt, et après avoir plongé dans ses yeux un instant, j'affiche un grand sourire. Mon choc s'est transformé en bonheur parce que ce que je vois dans cette pièce, c'est un homme différent. Cela l'humanise presque. Avant moi, il s'exprimait et déstressait grâce à la peinture, et ça n'a pas d'importance s'il doit être super précis dans tous les autres éléments de sa vie, parce qu'ici, c'est le chaos.

— J'adore, dis-je en regardant encore lentement l'ensemble de la pièce, sans même que la beauté de Miller m'en détourne. Vraiment, j'adore.

— Je savais que ça te plairait.

Il fait sombre à nouveau, à l'exception des lueurs de Londres la nuit qui pénètrent par la vitre. Il marche lentement et prend ma main pour me guider vers le vieux canapé. Il s'assied et m'encourage à venir près de lui.

— Je m'endors ici presque tous les soirs, dit-il avec nostalgie en m'attirant vers lui. C'est hypnotique, tu ne trouves pas ?

— Incroyable, dis-je, mais je suis encore plus fascinée par ce qui se trouve derrière moi. Tu as toujours fait de la peinture ?

— Par intermittence.

— Seulement des paysages et de l'architecture ?

— Principalement.

— Tu as beaucoup de talent, dis-je calmement en glissant mes pieds sous mes fesses. Tu devrais les exposer.

Il rit doucement, et je lève aussitôt les yeux vers lui, agacée qu'il choisisse toujours de faire ça quand je ne peux pas le voir. Il ne rit déjà plus, mais il me sourit. C'est suffisant.

— Livy, ce n'est qu'un loisir. J'ai déjà le club et une tonne de stress. Transformer un loisir en quelque chose de plus sérieux le rend stressant.

Je fronce les sourcils ; je ne saisis pas du tout sa logique, et j'espère que sa théorie ne s'applique pas à moi. Je suis un loisir.

— Je te faisais un compliment.

Je hausse les sourcils avec un air effronté qui le fait sourire un peu plus, avec les yeux qui pétillent et tout ce qui va avec.

— En effet. Je m'excuse, dit-il en m'embrassant tendrement et me reprenant sous son bras. Merci.

Je laisse mon corps se mouler contre ses angles saillants et glisse ma main sous le rebord de son T-shirt. J'adore vraiment ce Miller-là : détendu, insouciant et expressif. Je suis pelotonnée douillettement sous son bras et savoure les tendres baisers qu'il dépose sur ma tête et les douces caresses de mon bras. Mais il m'incite soudain à me déplacer pour que je m'allonge sur le dos, la tête sur ses genoux.

Il dégage mon visage de mes cheveux et me fixe un moment avant de soupirer et rejeter la tête en arrière. Il me caresse toujours alors qu'il regarde le plafond en silence et que la mélodie mélancolique de la chanson flotte dans l'atmosphère paisible qui nous entoure. Tout est simplement charmant : le calme qui envahit mon esprit paisible et le contact de Miller qui caresse ma joue avec indolence. Mais la sonnerie de son téléphone dans la cuisine interrompt notre sérénité.

— Excuse-moi.

Il me fait bouger et sort de la pièce, et je reste seule, avec un sentiment amer qui m'empêche d'apprécier la vue plus longtemps. Alors je me lève et le suis.

Quand j'entre dans la cuisine, il est en train de saisir son iPhone sur la station d'accueil sur l'étagère et arrête brusquement la jolie chanson.

— Miller Hart, dit-il en retournant vers la cuisine.

Je ne veux pas le suivre pendant qu'il est au téléphone, il trouverait assurément ça grossier, alors je m'assieds devant la table vide et tripote ma bague, en souhaitant qu'on regagne bientôt son studio.

Lorsque Miller revient, il est toujours au téléphone. Il marche d'un pas déterminé vers un meuble à tiroirs et ouvre celui du haut, d'où il sort un agenda en cuir avant de faire tourner les pages.

— À court terme, oui, mais comme je l'ai déjà dit, ce n'est pas un problème.

Il prend un stylo dans le tiroir et commence à écrire sur la page.

— Je suis impatient d'y être.

Il raccroche et referme son agenda avant de le replacer dans le tiroir. Il ne semble pas du tout impatient.

Il se passe un certain temps avant qu'il se tourne vers moi, mais lorsqu'il le fait, je vois immédiatement qu'il n'est pas content, même si son visage est totalement impassible.

— Je vais te raccompagner chez toi.

Je me redresse sur la chaise.

— Maintenant ?

Je me sens vexée et agacée.

— Oui, je suis désolé, dit-il en sortant de la cuisine. Une réunion de dernière minute au club.

Puis il disparaît.

Troublée, énervée et blessée, je me retourne pour me retrouver face à la table parfaitement vide, mais la curiosité me pousse à me lever et, avant que je ne puisse m'arrêter, je suis près du meuble et ouvre le premier tiroir. L'agenda en cuir est placé dans l'angle inférieur droit et me crie de l'ouvrir, alors j'étudie sa position exacte avant de le sortir en jetant un coup d'œil par-dessus mon épaule. Je ne devrais pas faire ça. Je fouille dans ses affaires alors que je n'en ai pas le droit… mais je ne peux pas m'en empêcher. Satanée curiosité. Et satané Miller qui l'attise.

Je tourne les pages, où se trouvent différentes notes, mais, consciente que Miller pourrait me surprendre à tout moment, je me dépêche de les passer pour arriver à la date d'aujourd'hui. Et là, dans son écriture parfaite, il y a un message.

*Quaglino's 21 heures*
*C.*
*Costume noir. Cravate noire.*

Je sursaute en fronçant les sourcils quand j'entends une porte se fermer. Prise de panique et le cœur battant à tout rompre, j'essaie comme je peux de replacer l'agenda de Miller. Je n'ai pas le temps. Je me précipite vers la table et me rassieds, en usant de toutes mes forces pour arrêter de trembler et paraître normale. C ? Cassie ?

— Tes vêtements sont sur le lit.

Je me retourne et découvre Miller portant uniquement son boxer, mais mon esprit est trop occupé pour apprécier la vue.

— Merci.

— De rien, dit-il en quittant de nouveau la pièce. Dépêche-toi.

Quelque chose ne colle pas. Il a revêtu son masque de gentleman en étant formel et sec, ce qui représente une insulte après les moments que nous avons passés ensemble, particulièrement ces derniers jours. Il a partagé quelque chose de très intime et spécial, et maintenant, il me traite à nouveau comme une affaire commerciale. Ou une putain. Je grimace à cette pensée, et me cogne la tête avec le plat de ma main. C'est quoi Quaglino's, et pourquoi a-t-il menti à ce propos ? Le doute et la méfiance me tourmentent et il m'est impossible d'empêcher mon esprit de s'emballer.

Je trouve mon téléphone et prie pour qu'il ait encore de la batterie. J'ai deux barres, et aussi deux messages en absence… de Luke. Il m'a appelée ? Pourquoi ? Il n'a pas répondu à mon message écrit, et c'était il y a déjà plusieurs jours. Je n'ai pas le temps de penser à ça. Je les efface et charge une page Google où je tape « Quaglino's » en revenant vers la cuisine. Quand ma connexion Internet se décide enfin à me fournir les renseignements que j'attends, je n'aime pas ce que je lis : un restaurant chic à Mayfair, avec un bar à cocktail. Je me méfie encore plus quand Miller arrive à grands pas dans la pièce avec un costume et une cravate noirs.

— Livy, il faut que j'y aille, dit-il sèchement devant le miroir en dérangeant sa cravate qui était déjà parfaite.

Je le laisse seul perfectionner la perfection, et me précipite vers sa chambre pour enfiler mon jean et mes Converse. J'ai des soupçons, et c'est la première fois pour moi car je n'ai jamais eu de raison d'en avoir. Je n'aime pas ça.

— Prête ?

Je lève les yeux et remarque avec amertume comme il est beau. Il l'est toujours, mais un costume trois-pièces noir pour une réunion au club ?

— C'est bon.

— Ça va ?

Comme à son habitude, il m'attrape par la nuque et me fait sortir de la chambre.

— Je t'accompagne, dis-je le ton débordant d'assurance.

— Olivia, tu vas t'ennuyer à mourir.

Il n'est absolument pas décontenancé par ma demande.

— Je ne m'ennuierai pas.

— Fais-moi confiance.

Il se penche en avant et m'embrasse sur le front.

— Je serai épuisé en rentrant. J'aurai besoin que tu me câlines, alors je passerai te prendre et tu pourras rester avec moi cette nuit.

— Alors je ferais aussi bien de rester ici.

— Non, tu pourrais rassembler quelques affaires et je te déposerai directement au travail demain matin.

— À quelle heure tu auras fini ?

— Je ne sais pas trop. Je t'appellerai.

J'abandonne et le laisse me faire avancer, descendre les volées d'escaliers jusqu'à ce qu'on arrive à sa voiture dans le parking souterrain. Il règne un silence de mort pendant tout le trajet, et lorsqu'il s'arrête devant chez Nan, il défait sa ceinture et se retourne sur son siège pour me faire face.

— Tu es contrariée, dit-il en tendant la main pour me frotter délicatement la joue avec son pouce. Il faut que je travaille, Livy.

— Je ne suis pas contrariée.

Mais il est manifestement évident que je le suis, même si c'est pour des raisons très différentes que ce que pense Miller.

— Permets-moi de ne pas être de cet avis.

— On en reparlera plus tard.

— Oui.

Il se penche et passe un certain temps à me rafraîchir la mémoire sur ce que je vais rater pendant ces prochaines heures. Cela n'arrange en rien mon humeur.

Je sors, remonte l'allée vers la maison en réfléchissant à toute vitesse avant de me faufiler rapidement à l'intérieur et de fermer la porte derrière moi. Comme je m'y attendais, Nan se tient en bas de l'escalier, un immense sourire sur le visage.

— Tu as passé un bon moment ? me demande-t-elle. Je veux dire, avec Miller.

— Super.

J'essaie d'imiter son sourire, mais les soupçons et l'inquiétude me paralysent. Si c'est pour le travail, alors pourquoi lui donne-t-elle rendez-vous dans un restaurant chic ?

— Je croyais que tu restais pour la nuit.

— Je ressors.

Ces mots m'échappent comme si mon subconscient prenait les décisions à ma place.

— Avec Miller ? demande-t-elle pleine d'espoir.

— Oui.

Son bonheur en entendant cette nouvelle écrase douloureusement mon cœur amoureux.

## 23

Je sors du taxi aussi élégamment que possible, exactement comme Gregory me l'a montré. J'ai beaucoup hésité sur ma tenue, mais après avoir vérifié sur Google, il semblerait qu'on ne porte pas de Converse au Quaglino's, et on ne s'y pointe pas sans réservation, mais je n'ai pas prévu de manger. Ma cible, c'est le bar à cocktail.

Le portier me fait un signe de tête et ouvre la porte vitrée en tenant la poignée en forme de Q géant.

Je me redresse et passe devant lui, puis me mets à épousseter la robe courte en soie bleu pâle que Gregory m'a fait acheter. Miller a peut-être dénigré ma coiffure et mon maquillage, mais je me souviens très bien l'avoir entendu dire qu'il aimait la robe. Maintenant que mes cheveux font de nouveau des vagues dorées et que mon maquillage est naturel, ça devrait plutôt lui plaire. S'il est avec cette femme, alors j'espère qu'il s'étouffera en posant ses yeux sur moi.

Je grimace en descendant l'escalier vers le maître d'hôtel car mes nouveaux escarpins à talons hauts me pincent les orteils. Elle me sourit jovialement.

— Bonsoir, madame.

— Bonsoir.

Je ne sais pas d'où je sors ce ton assuré qui donne l'impression que je suis une habituée de ce genre d'endroit chic.

— Réservation au nom de ?

Elle baisse les yeux sur sa liste.

— Je vais m'installer au bar et prendre un cocktail en attendant la personne avec qui j'ai rendez-vous.

Les mots coulent avec une telle fluidité que je me surprends moi-même.

— Bien sûr, madame. Je vous en prie, c'est par ici.

Elle désigne le bar et m'ouvre la voie. Quand nous tournons à un angle, je dois me retenir de suffoquer bruyamment.

Un escalier en marbre avec des rampes dorées et lustrées et des Q entrelacés pour former une balustrade de chaque côté apparaît. Il descend vers une salle de restaurant immense, spacieuse et tout illuminée, surplombée en son centre d'une voûte de verre époustouflante. C'est bruyant et très animé pour un lundi soir. Des groupes discutent gaiement à chaque table.

Je suis soulagée quand je découvre que le bar à cocktail se trouve à ce niveau : les panneaux de verre me permettront de voir ce qui se passe en bas, dans le restaurant. Je jette des regards furtifs de tous les côtés, étudie chaque recoin, mais je ne le vois pas. Ai-je fait une monumentale erreur ?

— Puis-je vous recommander le Bellini cerise-orange ? dit le maître d'hôtel en m'indiquant un tabouret.

Je décline son offre de siège à l'arrière du bar et en choisis un au bout pour avoir une meilleure vue.

— Merci. J'essaierai peut-être.

Je souris en me demandant si je pourrais m'en sortir en buvant un verre d'eau dans un lieu aussi chic avec une robe aussi chic.

Elle me fait un signe de tête et me laisse avec le barman qui me tend une carte des cocktails en souriant.

— Le Martini lavande-litchi est bien meilleur.

Je lui retourne son sourire, bien plus à l'aise maintenant que mon corps est soutenu par un tabouret.

Je croise les jambes et garde le dos bien droit tandis que je lis attentivement la carte et remarque que la suggestion du barman contient du London Dry Gin, ce qui l'élimine d'office de ma liste. Je souris en me souvenant de mon grand-père qui se disputait constamment avec ma grand-mère parce qu'elle avait l'habitude de boire du gin. Il disait toujours que si on veut qu'une femme fonde en larmes, il suffit de lui donner du gin. Puis mon sourire disparaît lorsque je me remémore la dernière fois où j'ai bu du gin moi-même.

Le Bellini cerise-orange contient du champagne, de loin le grand gagnant. Je lève les yeux sur le barman qui attend et le désigne sur la carte.

— Merci, mais je vais prendre le Bellini.

— Ça valait le coup d'essayer.

Il me fait un clin d'œil et s'attelle à la préparation de mon cocktail, pendant que je pivote sur mon tabouret et commence à examiner l'espace en dessous. Un balayage rapide ne donne aucun résultat, alors je m'attarde sur chaque table, l'une après l'autre, et étudie les visages et l'arrière des têtes des clients. C'est idiot. Je repérerais la tête de Miller dans un flash mob avec mille personnes sur Trafalgar Square. Il n'est pas là.

— Madame ?

Le barman attire de nouveau mon attention et me tend une flûte, décorée avec de la menthe et une cerise au marasquin.

— Merci.

J'attrape délicatement le verre et prends une gorgée tout aussi délicate sous l'œil attentif du barman.

— Délicieux.

J'exprime mon approbation en souriant, et il me fait un nouveau clin d'œil avant d'aller s'occuper d'un couple installé de l'autre côté du bar.

Lui tournant le dos, je sirote le succulent cocktail tout en réfléchissant à ce que je pourrais bien faire. Il est neuf heures et demie. Son rendez-vous était à neuf heures. Il devrait toujours être là tout de même ? Et comme si mon téléphone avait entendu mes pensées, il se met à sonner.

Paniquée, je pose rapidement mon verre pour fouiller dans mon sac. J'ai un mouvement de recul quand je vois le nom qui apparaît sur l'écran. Mes épaules remontent jusqu'à mes oreilles et chaque muscle de mon corps réagit en se contractant.

— Allô.

— Je me dépêche de terminer. Je serai chez toi dans une heure.

Je me liquéfie de soulagement. Je peux ramener mon imagination débordante et mon corps trop bien habillé à la maison en une heure. Tout va bien et je me sens un peu stupide.

— D'accord.

J'attrape mon verre et avale une gorgée plus qu'appréciée. Aurais-je regardé à la mauvaise date dans son agenda ? Dans l'affolement et la précipitation, c'est possible.

— Il y a du bruit. Où es-tu ?

— C'est la télé. Nan devient sourde.

— Évidemment, dit-il sur un ton sec. Tu es prête pour me déstresser, ma douce ?

Je souris.

— Tout à fait prête.

— Je suis content qu'on ait clarifié ce point. Sois prête dans une heure.

Il raccroche, et je soupire, rêveuse et regonflée d'amour, accoudée au bar, où je me dépêche de finir mon verre de Bellini.

Je fais un signe au barman.

— Puis-je régler la note, s'il vous plaît ?

— Un verre seulement ? dit-il en désignant ma flûte vide.

— Je dois rejoindre quelqu'un.

— Dommage, lance-t-il d'un air songeur en me passant une minuscule assiette noire avec mon addition.

Je lui tends un billet de vingt en souriant.

— Passez une bonne soirée, madame.

— Merci.

Je descends élégamment sur mes pieds et pivote pour prendre la direction de la sortie en espérant trouver un taxi rapidement.

Mais à peine ai-je fait deux pas que je dérape et me fige. Mon estomac se noue et ma peau se glace, me filant la chair de poule sur tout le corps.

Il est là. Et il est avec elle. Elle est en train de s'installer à table, dos à moi, mais je vois très bien le visage de Miller, et il est impassible, comme d'habitude, et pourtant, je perçois clairement de l'ennui.

Cassie s'agite en faisant de grands gestes dans tous les sens, rejetant sa tête en arrière en riant aux éclats et s'envoyant du champagne. Ses cheveux sont enroulés en un chignon serré sur sa nuque et elle porte du satin noir ; un accoutrement pas très adapté pour travailler. Il y a des huîtres sur la table. Et elle n'arrête pas de le toucher.

— Décidée à rester pour un autre ? demande le barman.

Mais je ne réponds pas. Je garde les yeux rivés sur Miller et recule jusqu'à ce que mes fesses touchent le tabouret. Puis je me hisse lentement.

— Oui, s'il vous plaît.

Ma voix n'est qu'un murmure alors que je repose mon sac sur le bar. Je ne sais pas bien comment j'ai pu le rater. Sa table est directement en dessous, parfaitement en vue. Peut-être que j'étais trop concentrée. Je réfléchis intensément pour essayer de déterminer quelle sera la prochaine étape. Mon Dieu, je commence à sentir la rage bouillir au fond de moi.

J'accepte le Bellini qu'on me tend, puis je saisis mon téléphone pour l'appeler calmement. Ça sonne. Je le regarde remuer sur son siège et lever le doigt devant Cassie pour s'excuser, mais lorsqu'il jette un œil à l'écran, il ne montre ni choc ni émotion en voyant mon nom. Il le remet dans sa poche et secoue la tête. Visiblement, cela suggère que la personne qui l'appelle n'est pas importante. Sa réaction avive ma douleur, mais pire que tout, elle attise ma colère.

Je relâche mon téléphone dans mon sac et me retourne vers le barman.

— Je vais juste faire un tour aux toilettes.

— En bas de l'escalier. Je surveille votre verre.

Je prends une grande et profonde inspiration pour gonfler mon assurance et me dirige vers l'escalier. Je me cramponne fermement à la rampe, tout en priant les dieux des escaliers pour ne pas me ridiculiser en tombant sur les fesses. Je tremble comme une feuille, mais il faut que je reste calme et posée. Bon sang, comment j'ai bien pu me retrouver au beau milieu de cette histoire atroce ?

En m'y fourrant comme une grande, voilà comment.

Mes pas sont précis et mon corps se balance de manière séductrice. Je trouve ça trop facile. De nombreux hommes me regardent. Descendre cet escalier, c'est comme le partage des eaux. Je suis seule, et j'attire volontairement l'attention sur moi. Mais je ne regarde nulle part, sauf droit vers celui qui représente la torture pour mon cœur, en l'adjurant de lever les yeux et me voir. Il écoute Cassie en hochant la tête et dit quelques mots, mais ce qu'il fait le plus souvent, c'est boire lentement son Scotch. Le ressentiment me paralyse… le ressentiment qu'une autre femme puisse voir en gros plan ses lèvres parfaites se poser sur son verre.

Je détourne le regard lorsqu'il jette un œil vers l'escalier. Il m'a vue, j'en suis certaine. Je sens des yeux bleu glacial geler ma peau, mais je refuse de m'arrêter, et alors que j'atteins les toilettes, je jette un coup d'œil par-dessus mon épaule. J'ai dit que je le ferais s'étouffer, et je crois que j'ai réussi. Son visage mélange trop d'émotions : la colère, le choc… l'inquiétude.

Réfugiée dans les toilettes des dames, je me regarde dans le miroir. Pas moyen d'y échapper ; on peut lire de la contrariété et un peu de détresse sur mon visage. Je me frotte légèrement les joues et finis par me donner

de petites claques pour essayer de faire revenir les sensations. Je suis en territoire inconnu. Je ne sais pas
comment gérer cette situation, mais l'instinct semble
plutôt bien me guider. Il sait que je suis là. Il sait que
je sais qu'il m'a menti. Que va-t-il dire ?

Décidée à savoir, je lave rapidement mes mains
moites, arrange ma robe et rassemble mon courage
pour l'affronter. Je suis à cran lorsque j'ouvre la porte
pour sortir, mais le voir attendre adossé au mur, l'air
très irrité, met immédiatement mes nerfs à vif. Je suis
tout simplement furieuse.

Je croise ses yeux clairs avec mépris.

— Comment étaient les huîtres ?

— Salées, répond-il, le creux de ses joues remuant
avec sa mâchoire crispée.

— C'est honteux, mais ce n'est pas bien grave.
Ta petite amie est probablement trop soûle pour s'en
rendre compte.

Il s'approche, les yeux plissés.

— Ce n'est pas ma petite amie.

— Alors c'est quoi ?

— Le boulot.

Je me mets à rire. D'un rire condescendant et grossier,
mais je m'en contrefous. Les réunions professionnelles
n'ont pas lieu le lundi soir au Quaglino's. Et on ne
porte pas de robe en satin.

— Tu m'as menti.

— Tu as fouillé dans mes affaires.

Comme je ne peux pas le nier, je ne le fais pas.
Je sens l'émotion m'envahir. Elle vibre en moi, pour
compenser celle qu'il n'y a pas chez Miller.

— Juste le boulot.

Il fait un autre pas vers moi, réduisant l'espace qui nous sépare. Je voudrais reculer, prendre mes distances, mais mes talons sont cimentés sur place et mes muscles refusent de fonctionner.

— Je ne te crois pas.

— Tu devrais.

— Tu ne m'as donné aucune raison de le faire, Miller.

Je prends le dessus sur mes membres inertes et passe devant lui.

— Apprécie bien ta soirée.

— Je le ferai une fois que je pourrai déstresser, riposte-t-il doucement, en saisissant ma nuque pour m'empêcher de m'enfuir.

La chaleur à son contact débarrasse immédiatement mon corps de ma chair de poule et me réchauffe… partout.

— Rentre à la maison, Livy. Je passerai te prendre d'ici peu. Nous aurons une discussion avant d'attaquer la séance de relaxation.

Dégoûtée, je me retourne en me débattant pour lui échapper et jette un regard furieux vers son visage impassible.

— Tu n'obtiendras rien de moi.

— Permets-moi de ne pas être de cet avis.

Je grimace face à son arrogance et son assurance. Je n'ai jamais giflé un homme dans ma vie. Je n'ai jamais giflé personne.

Jusqu'à maintenant.

La force de ma petite main sur sa joue crée un son extrêmement perçant et le claquement résonne dans l'atmosphère bruyante autour de nous. Ma main est en feu, et à en juger la marque rouge qui apparaît instantanément sur la peau mate de Miller, sa joue aussi. Je suis choquée par mon geste, et mon corps figé et mon visage abasourdi le prouvent. Il attrape son menton comme pour se remettre la mâchoire en place. Miller Hart n'est pas du genre à abandonner, mais sa surprise est indéniable.

— Sacrée gifle, ma douce.

— Je ne suis pas ta douce.

Miller se frotte la joue. En prenant les escaliers trop vite, je ne vire pas à gauche vers la sortie ; l'attrait de mon Bellini est trop fort pour que j'y résiste. J'atterris donc au bar et m'enfile mon verre d'un trait avant de le poser si bruyamment que j'attire l'attention du barman.

— Un autre ? me demande-t-il en se retournant avant de s'activer dès que j'acquiesce.

— Livy.

Le murmure de Miller dans mon oreille me fait bondir.

— S'il te plaît, rentre chez toi et attends-moi là-bas.

— Non.

— Livy, je te le demande gentiment.

La pointe de désarroi que je perçois dans sa voix me fait pivoter sur mon tabouret pour lui faire face. Son visage est sérieux, mais ses yeux me supplient.

— Laisse-moi arranger ça.

Et il m'implore, mais cela ne fait que confirmer le it qu'il y a vraiment quelque chose qui ne va pas.

— Qu'est-ce qu'il faut arranger ?

– Nous.

566

Il prononce calmement cette réponse en un mot.

— Parce qu'il n'y a plus de moi ou de toi, Livy. C'est nous.

— Alors pourquoi mentir ? Si tu n'as rien à cacher, pourquoi me mentir ?

Il ferme les yeux, pour essayer à l'évidence de garder son sang-froid, puis il les rouvre lentement.

— Crois-moi. Ce n'est que le travail.

Ses yeux et le ton de sa voix sont pleins de sincérité tandis qu'il se penche et m'embrasse tendrement sur les lèvres.

— Ne me laisse pas repartir sans toi ce soir. J'ai besoin que tu sois dans mes bras.

— Je vais t'attendre ici.

— Le travail et le plaisir, Olivia. Tu connais mes règles.

Il me fait délicatement descendre du tabouret.

— Alors tu n'as jamais mélangé le travail et le plaisir avec Cassie ?

— Non, répond-il en fronçant les sourcils.

Je les fronce aussi.

— Pourquoi ce repas dans un restaurant chic alors ? Et les huîtres et le fait qu'elle te touche tout le temps ?

Nos sourcils plissés sont assortis, mais avant que Miller n'ait l'opportunité de clarifier cette confusion évidente, nous nous retrouvons face à Cassie.

Ou en tout cas, celle que je pensais être Cassie. Cette femme, bien que superbe et présentant une silhouette incroyable vue de dos, est plus âgée… d'au moins quinze ans. Elle est manifestement riche et très exubérante.

— Miller, chéri ! lui chante-t-elle.

Elle est ivre et agite une flûte de champagne devant moi.

— Crystal.

Il se raidit et me pousse dans le dos.

— S'il vous plaît, excusez-moi un instant, ajoute-t-il.

— Bien sûr ! dit-elle en s'asseyant sur le tabouret que j'ai quitté il y a peu. Dois-je commander d'autres verres ?

— Non, répond Miller en m'incitant à avancer.

C ? Crystal ? Je suis désorientée, mais mon pauvre esprit surmené ne me permet pas de l'exprimer ou de poser des questions.

— Il n'est pas nécessaire que ton amie s'en aille, ronronne-t-elle.

Quand je regarde derrière, je vois qu'elle me sourit. Mais ce n'est pas un sourire anodin : c'est un sourire satisfait.

— Plus on est de fous, plus on rit, ajoute-t-elle.

Les sourcils froncés, je regarde Miller, qui semble en état de choc. Il parle, mais ses dents sont serrées, ce qui rend ses paroles presque menaçantes.

— Je vous ai dit que ce n'était qu'un dîner.

— Oui, oui.

Elle lève ses yeux au ciel de façon exagérée et vide fin de son verre de champagne.

— Et cette douce petite créature serait-elle la raison changements dans nos habitudes ?

Ça ne vous regarde pas.

Il essaie de m'éloigner du bar, mais je suis aussi crispée que lui à présent, et m'y oppose.

— De quoi parle-t-elle, Miller ?

Je parais plus calme que je ne le suis.

— Rien. Allons-y.

— Non !

Je me retourne, me libérant de sa main, pour faire face à cette femme.

Elle ne semble pas remarquer la tension entre Miller et moi alors qu'elle demande une autre flûte de champagne au barman avant de me tendre une carte.

— Tenez. On dirait que je n'en aurai plus besoin. Gardez-la précieusement.

Elle éclate de rire.

— Mettez-le dans vos raccourcis, mon ange, ajoute-t-elle.

— Crystal ! crie Miller, la faisant taire immédiatement. Il est temps pour vous de partir.

Ses yeux s'écarquillent et elle se retourne lentement vers moi.

— Oh mon Dieu, souffle-t-elle, parcourant mon corps figé avec son regard plein de suffisance. Le plus célèbre escort boy de Londres serait-il tombé amoureux ?

Ses mots font disparaître tout l'air de mes poumons et mes genoux flanchent, ce qui m'oblige à tendre le bras pour attraper la veste de Miller. Escort boy ? Je retourne lentement la carte et découvre l'inscription « Hart Services » dans une élégante police manuscrite.

— La ferme, Crystal, aboie-t-il en serrant ma main.

— Elle n'est pas au courant ?

Elle rit de plus belle en me regardant avec pitié.

— Et moi qui pensais qu'elle payait comme nous autres.

Elle descend sa nouvelle flûte de champagne pendant que j'essaie d'empêcher la bile de monter dans ma gorge.

— Je trouve que vous avez de la chance, mon ange. Une nuit avec Miller Hart coûte plusieurs milliers de livres.

Je murmure en secouant la tête :

— S'il vous plaît, arrêtez.

Je veux m'enfuir en courant, mais mon cœur bat si fort qu'il empêche les instructions données par mon cerveau d'atteindre mes jambes. Il les renvoie directement vers ma tête, qui est tout embrouillée et tourne.

— Livy.

Il apparaît dans mon champ de vision, alors que j'ai les yeux baissés, et son visage ne porte pas la beauté sans expression à laquelle je me suis vite habituée.

— Elle est soûle. Je t'en prie, ne l'écoute pas.

— Tu acceptes de l'argent pour du sexe.

Ces mots me font l'effet de coups de poignard répétés.

— Tu m'as écoutée répandre tout ça… sur ma mère et sur moi. Tu as fait comme si tu étais choqué, alors que tu es exactement comme elle. Comment ai-je…

— Non.

Il secoue catégoriquement la tête.

— Si, dis-je alors que mon corps immobile revient à la vie et se met à trembler. Tu te vends.

— Non, Livy.

Dans ma vision périphérique, je vois Crystal descendre du tabouret.

— J'adore les drames, mais j'ai un connard de mari chauve et gras qui va devoir me suffire ce soir.

Miller se retourne brusquement vers elle.

— Vous allez garder ça pour vous.

Elle lui frotte le bras en souriant.

— Je ne suis pas une pipelette, Miller.

Il semble la mépriser lorsqu'elle quitte le bar d'un pas léger et attrape le manteau de fourrure qu'on lui tend du vestiaire sur son passage.

Miller sort un portefeuille de sa poche et jette un paquet de billets sur le bar, puis me saisit par la nuque.

— On s'en va.

Je ne me débats pas. Je suis sous le choc, j'ai la nausée, l'impression d'être sonnée. Je n'arrive même pas à réfléchir correctement pour comprendre ce qui se passe. Je sens mes jambes bouger, mais je n'ai pas l'impression d'aller où que ce soit. Je sens mon cœur qui bat violemment, mais j'ai l'impression que je ne peux pas respirer. Mes yeux sont ouverts, mais tout ce que je vois, c'est ma mère.

— Livy ?

Je lève des yeux vides vers lui et trouve de la peine, de l'angoisse et du tourment.

— Dis-moi que je rêve.

Ce serait le pire rêve que j'aie jamais fait, mais tant que ce n'est pas réel, je m'en fiche. S'il vous plaît, réveillez-moi.

Sa mine déconfite brouille son visage alors qu'il s'arrête de marcher et m'immobilise près de la porte vitrée géante. Il semble totalement abattu.

— Olivia, j'aimerais pouvoir te le confirmer.

Il me tire dans ses bras et me presse violemment contre sa poitrine, mais je ne lui rends pas son « truc ». Je suis inerte.

— On rentre à la maison.

Il me prend sous son bras et me guide sur la rue. Nous marchons un certain temps sans qu'aucun de nous deux ne dise quoi que ce soit ; moi parce que j'en suis physiquement incapable et Miller parce qu'il ne sait pas quoi dire, je le devine. Le choc m'a peut-être assommée, mais mon cerveau n'a jamais aussi bien fonctionné, et il me fait revivre des souvenirs sur lesquels je me suis déjà trop attardée ces derniers temps. Ma mère. Moi. Et maintenant Miller.

Il me fait délicatement entrer dans sa voiture, comme s'il craignait que je me brise. Je pourrais… si ce n'est pas déjà le cas. Je veux revenir au début de la soirée, changer tant de choses, mais où je serais alors, si ce n'est dans l'ignorance et dans l'obscurité complète ?

— Tu veux que je te raccompagne chez toi ? demande-t-il en s'installant prudemment dans son siège.

Je tourne mon visage sans expression vers le sien. Les rôles sont inversés. C'est lui qui montre toute l'émotion à présent, pas moi.

— Où pourrais-je vouloir aller d'autre ?

Il baisse les yeux, démarre le moteur et me conduit à la maison alors que le groupe Snow Patrol me rappelle d'ouvrir les yeux.

Le trajet est lent, comme s'il le faisait traîner, durer une éternité, et lorsqu'il ralentit pour s'arrêter devant la maison de Nan, j'ouvre la portière pour sortir sans délai.

— Livy.

Il semble désespéré alors qu'il saisit mon bras pour m'empêcher d'aller plus loin, mais il ne dit rien d'autre. Je ne vois pas trop ce qu'il pourrait dire, et manifestement, lui non plus.

— Quoi ?

J'espère à chaque instant que je vais me réveiller et me réveiller pelotonnée dans son « truc », en sécurité dans son lit, loin de la dure et froide réalité dans laquelle je me suis découverte… une réalité qui m'est bien trop familière.

Le silence est perturbé par le téléphone de Miller, et il tape brusquement sur le bouton de refus en jurant, mais l'appareil se remet à sonner.

— Merde ! crie-t-il en le balançant sur le tableau de bord.

Il s'arrête et sonne encore.

— Tu devrais répondre, dis-je en tirant mon bras. Je suppose qu'elles sont toutes prêtes à dépenser leurs milliers de livres pour passer une nuit avec le plus célèbre escort boy de Londres. Autant te faire du blé en baisant une nana. Je te dois un paquet de fric.

J'ignore sa grimace et le laisse dans sa voiture, la souffrance gravée sur son visage, en étant disposée à mobiliser toute mon énergie pour oublier la deuxième prostituée qui ait fait partie de ma courte existence. Sauf que la dernière m'a acceptée et apporté du réconfort. M'en remettre sera plus dur. Non, ce sera impossible. Je sens déjà qu'une solitude plus sombre m'attend.

## 24

Lorsque le jour se lève, je fixe toujours d'un air absent le plafond de ma chambre. Je suis restée toute la nuit dans un cercle vicieux : s'endormir et faire des cauchemars ou rester éveillée et les vivre. Je n'ai pas eu à décider.

Je n'ai pas réussi à dormir. Aucun répit n'est accordé à ma tête et mes yeux sont bombardés de flash-backs de son visage. Je ne suis pas en état d'affronter le monde. Tout comme je le craignais, je m'enfonce dans la solitude plus loin que jamais avant ma rencontre avec Miller Hart.

Quand mon portable sonne sur la table de chevet, je tends le bras en sachant qu'il ne peut s'agir que de deux personnes, mais étant donné l'air abattu de Miller hier soir, j'opte pour Gregory. Il veut être au parfum du reste de mon week-end avec le type qui déteste le café. J'ai raison. Je ne ressens aucune culpabilité en refusant l'appel pour laisser le répondeur faire son travail. Je ne peux parler à personne. Je lui envoie un bref message.

*Retard pour le boulot. T'appelle + tard. J'espère que ça va. xx*

Peut-être bien que je suis en retard, je n'en sais rien, mais ça n'a aucune importance parce que je n'irai nulle part, sauf sous mes couvertures où règnent le silence et l'obscurité. J'entends le plancher craquer, puis Nan qui exprime sa bonne humeur en fredonnant. Mes yeux se remplissent alors à nouveau de larmes, mais je les essuie résolument quand elle débarque dans ma chambre et me regarde avec ses yeux bleu marine ravis.

— Bonjour ! chantonne-t-elle en se dirigeant vers les rideaux pour les ouvrir.

La lumière du matin attaque violemment mes yeux.

— Nan ! Ferme ces rideaux !

Je m'enfouis sous mes couvertures pour échapper à la clarté, mais surtout à son visage réjoui. Il me ronge de l'intérieur.

— Mais tu vas être en retard.

— Je n'ai pas à aller travailler aujourd'hui.

Je suis en mode automatique quand je sors une excuse pour rester au lit et éloigner Nan.

— Je travaille vendredi soir, alors Del m'a donné ma journée. Je vais rattraper mon sommeil.

Je garde la tête cachée sous les couvertures et même sans la voir, je sais qu'elle sourit.

— Tu n'as pas beaucoup dormi chez Miller ce week-end alors ?

La joie dans le ton de sa voix me fait mal.

— Non.

Avoir ce genre de conversation avec ma grand-mère est ridiculement inapproprié, mais je sais que ça la calmera et qu'elle me laissera tranquille… pour le moment. Je n'arrive même pas à me sentir coupable de lui mentir.

— Merveilleux ! crie-t-elle. Je vais faire les courses avec George.

Je sens sa main me frotter brièvement le dos à travers les couvertures avant que le bruit de ses pas diminue et que la porte de ma chambre se ferme.

Trouver la force de parler de ma rupture avec Miller à Nan devra attendre que j'arrive à réfléchir à une raison plausible de le faire. Elle ne se contentera de rien d'autre qu'une explication complète. Ce n'est pas qu'elle aime Miller Hart ; elle aime l'idée que je sois heureuse et dans une relation stable.

Mais si je me trompe et qu'elle aime vraiment Miller, alors je pourrai vite y remédier… mais je ne le ferai pas. Ce que je viens d'apprendre ne fera que réveiller des vieux fantômes pour Nan aussi. Elle a beau avoir du cran, ça reste une vieille dame. Je supporterai ce malheur seule.

Je me détends sur mon matelas et essaie de trouver le sommeil en espérant que mes rêves n'apporteront pas plus de cauchemars.

En vain. Mon sommeil a été agité, et je me suis réveillée régulièrement, transpirante, essoufflée, et furieuse. J'ai abandonné l'idée de dormir quand est venu le soir. Après m'être forcée à prendre une douche, je me suis allongée, enroulée dans une serviette sur mon lit, en essayant de débarrasser mon esprit de Miller et de trouver quelque chose d'autre sur lequel me concentrer. N'importe quoi d'autre.

Je devrais m'inscrire dans une salle de sport. Je me redresse sur mon lit. Mais je *suis* inscrite dans une salle de sport.

— Mince !

J'attrape mon téléphone et remarque que j'ai quarante minutes pour aller à mon cours d'initiation. C'est faisable et ce sera la distraction idéale. On dit que faire de l'exercice soulage le stress et permet aux phéromones du bien-être de s'exprimer. C'est exactement ce qu'il me faut. Je passe alors de ma langueur à une frénésie agitée en fourrant un legging, un T-shirt trop grand et mes Converse blanches dans un sac.

Je vais ressembler à une véritable débutante sans vraie tenue de sport, mais ça ira pour le moment. J'irai faire les magasins plus tard. J'attache mon épaisse chevelure avec un élastique alors que je me précipite sur le palier, mais m'arrête quand mon téléphone m'annonce l'arrivée d'un message écrit. En descendant lentement l'escalier, mon cœur défaille à chaque pas lorsque je vois que c'est lui.

Je serai à la brasserie Langan's sur Stratton Street à 20 h.

Je veux mes quatre heures.

Je m'assieds au milieu de l'escalier, et fixe le message, le lisant encore et encore. Il a déjà eu bien plus que ses quatre heures. Qu'est-ce qu'il essaie de faire ? Il me ressort un accord passé il y a plusieurs semaines et qui depuis a été annulé par des sentiments et bien trop de contacts pour les énumérer. Il a même dit lui-même que cet accord était stupide. C'était vraiment un accord stupide. Et c'est toujours un accord stupide.

Sa demande insensée éveille des années de colère jusqu'à ce qu'elle bouille de manière incontrôlable au fond de moi. Je me suis infligé des années de torture. Je me suis gâché la vie à essayer de comprendre ce que ma mère avait découvert qui était plus important que moi et mes grands-parents. J'ai vu la douleur qu'elle causait affecter ma grand-mère et mon grand-père, et j'ai bien failli leur faire subir plus de souffrance moi-même. Et ce serait toujours possible, si Nan découvrait où j'étais véritablement lorsque j'ai disparu comme par enchantement. Il m'a écoutée décharger mon cœur, il m'a submergée de compassion, et en même temps, c'était le roi de la débauche ? Je repose les yeux sur son message.

Il croit qu'en redevenant le connard arrogant et coincé je vais retomber à ses pieds ? Un brouillard rouge tombe, bloquant les questions que je voudrais poser et les réponses qu'il faut que je découvre. Je ne vois rien d'autre que du ressentiment, de la souffrance et une colère cuisante. Je n'irai pas au sport pour libérer ma douleur sur un tapis de jogging ou un punching-ball. Miller sera un très bon récepteur.

Je me relève brusquement et cours vers ma chambre pour m'emparer de la troisième et dernière robe achetée lors de ma virée shopping avec Gregory. Après l'avoir bien examinée, j'en viens rapidement à la conclusion qu'il va se désintégrer sous mes yeux. Bon sang, elle est mortelle. Je me demande bien ce qui m'a pris de laisser Gregory me convaincre de l'acheter, mais je suis très contente qu'il l'ait fait. Elle est rouge, dos-nu, courte… osée.

Une fois que j'ai pris mon temps pour une autre douche, que je me suis rasée partout et que j'ai appliqué de la crème de la tête aux pieds, je me contorsionne pour enfiler la robe. La coupe ne permet pas de porter de soutien-gorge ce qui, malheureusement, n'est pas un problème pour moi et ma toute petite poitrine.

Je mets la tête en bas et utilise mon sèche-cheveux sur ma masse blonde pour obtenir des ondulations parfaites qui tombent librement, puis mets un peu de maquillage, en faisant mon possible pour que ça reste naturel, juste comme il aime. Mes nouveaux escarpins et sac noirs terminent la tenue et, estimant qu'une veste gâcherait l'effet, je descends ainsi l'escalier à une vitesse pas très prudente.

La porte s'ouvre avant que je n'y arrive et Nan et George interrompent sur-le-champ leur conversation lorsqu'ils me voient courir vers eux.

— Saperlipopette ! lâche George avant de s'excuser platement quand Nan le réprimande. Désolé. Ça fait un choc, c'est tout.

— Tu sors avec Miller ?

Nan donne l'impression d'avoir touché le jackpot au bingo.

— Oui.

Je passe rapidement devant eux.

— Bonne nouvelle ! Tu as vu comme elle porte bien le rouge, George ?

Je n'entends pas sa réponse, bien que je devine à sa réaction face à mon corps paré de rouge que c'était un « oui » retentissant.

À peine ai-je fait quelques dizaines de mètres sur la rue pour rejoindre la route principale que je commence à suer. Alors je ralentis le pas en pensant aussi au fait que je devrais être en retard, juste ce qu'il faut, pour le faire suer lui.

J'erre dans le quartier quelques minutes, en ayant l'impression ironique d'être une prostituée, avant de faire signe à un taxi et lui communiquer ma destination.

Je vérifie mon maquillage dans le reflet de la vitre, agite ma chevelure et époussette ma robe en m'assurant qu'elle ne sera pas froissée. Je suis aussi impeccable que Miller, mais je parie qu'il n'a pas de papillons dans le ventre, et je m'en veux à mort d'en héberger toute une nuée qui volète dans mon bide.

Lorsque le taxi quitte Piccadilly pour rejoindre Stratton Street, je jette un coup d'œil au tableau de bord. Il est huit heures cinq. Je ne suis pas assez en retard, et il faut que je trouve un distributeur de billets.

— Ça ira, dis-je en fouillant dans mon porte-monnaie pour donner mon seul billet de vingt. Merci.

Je sors aussi élégamment que possible et arpente la rue animée, où je parais ridiculement trop habillée pour un soir de semaine. Cela ne fait qu'intensifier ma gêne, mais en me souvenant de ce que m'a dit Gregory, je fais de mon mieux pour donner l'impression que je suis assurée, comme je le fais toujours. Une fois que j'ai trouvé un distributeur, je retire de l'argent et tourne au coin de Stratton Street. Il est huit heures et quart : le quart d'heure de retard parfait. On m'ouvre la porte et je prends une profonde inspiration pour gonfler ma confiance et entre en ayant l'air calme et assurée, alors qu'au fond, je me demande ce que je fais ici.

— Avez-vous rendez-vous avec quelqu'un, madame ? me demande le maître d'hôtel en me jaugeant d'un coup d'œil et semblant à la fois impressionné et légèrement désapprobateur.

Je tire un peu ma robe vers le bas, mais me réprimande mentalement aussitôt.

— Miller Hart.

Je réponds avec une assurance excessive pour compenser mon petit dérapage lorsque j'ai ajusté ma robe.

— Ah, M. Hart.

Il est évident qu'il le connaît. Cela me donne le sentiment d'être une merde. Sait-il ce que fait Miller ? Pense-t-il que je suis une cliente ? Mon stress disparaît pour faire de nouveau place à la colère.

Il me sourit jovialement en m'indiquant la direction à suivre, ce que je fais en m'efforçant de ne pas chercher Miller des yeux dans tout le restaurant.

Alors que nous passons au milieu des tables disposées de manière aléatoire, je commence à sentir sur ma peau la brûlure que le pire ennemi de mon cœur provoque, juste en me regardant. Où qu'il soit, il m'a vue, et alors que je parcours lentement la salle des yeux, je le vois moi aussi. Il n'y a vraiment rien que je puisse faire pour arrêter les battements de mon cœur de s'accélérer ou ma respiration de se couper.

C'est peut-être l'équivalent masculin d'une prostituée de luxe, mais ça reste Miller et il est toujours magnifique et il est toujours… parfait. Il se lève de sa chaise et attache les boutons de sa veste ; sa barbe de quelques jours embellit son visage d'une beauté inconcevable et ses yeux bleus sortent de leurs orbites à mon approche. Je ne flanche pas.

Je croise son regard avec la même résolution, décelant immédiatement ce que je vais devoir affronter. Il a l'air très déterminé. Il va essayer de me séduire à nouveau, ce qui est bien, mais il n'obtiendra pas sa « douce ».

Il fait un signe de tête au maître d'hôtel pour indiquer qu'il prend la suite, puis contourne la table et tire ma chaise.

Je m'assieds et place mon sac sur la table, presque détendue jusqu'à ce que Miller pose sa main sur mon épaule et approche sa bouche de mon oreille.

— Tu es d'une beauté inimaginable.

Il met mes cheveux sur le côté et frôle le creux juste sous mon oreille avec ses lèvres. Il ne peut pas me voir, alors ce n'est pas grave si je ferme les yeux, mais ma tête qui se penche pour lui laisser l'accès est une révélation involontaire de l'effet qu'il me fait.

— Exquise, murmure-t-il, envoyant une vague de frissons le long de ma colonne vertébrale.

Après m'avoir libérée, il réapparaît devant moi, déboutonne sa veste et s'assied. Il baisse les yeux sur sa montre hors de prix et dresse les sourcils, remarquant silencieusement mon retard.

— J'ai pris la liberté de commander pour nous deux.

Je lève les sourcils à mon tour.

— Tu étais manifestement certain que je viendrais.

— Tu es là, non ?

Il ramasse une bouteille de vin blanc dans un seau posé par terre près de la table et commence à servir. Les verres sont plus petits que ceux pour le vin rouge que nous avons utilisés hier, et je me demande comment Miller va gérer la disposition des objets sur la table de restaurant. Rien n'est positionné comme ça le serait chez lui, mais il ne semble pas trop perturbé. Il n'est pas anxieux, et bizarrement, cela me rend très nerveuse. J'ai presque envie de poser le vin à sa bonne place sur la table.

Concentrant mon esprit vagabond vers l'homme assis en face de moi, j'observe son personnage calme pendant un certain temps, puis je prends la parole.

— Pourquoi m'as-tu demandé de venir ?

Il lève son verre et fait lentement tourner le vin avant de le porter à ses lèvres dévastatrices et de boire lentement, tout en s'assurant que ses yeux ne quittent jamais les miens. Il sait ce qu'il fait.

— Je ne me souviens pas de t'avoir demandé de venir.

L'espace d'une seconde, je ne suis pas loin de perdre mon sang-froid.

— Tu n'apprécies pas que je sois ici ? dis-je avec impudence.

— D'après mes souvenirs, je t'ai envoyé un message disant que je serais ici ce soir à huit heures. J'ai aussi exprimé mon désir pour quelque chose. Je ne l'ai pas demandé, explique-t-il avant de prendre une autre gorgée lente. Mais en venant ici, je présume que tu aimerais me donner ce que je désire.

Son arrogance est revenue au galop. Elle attise mon insolence, et je sais que Miller s'en méfie à présent. Il préfère sa « douce ». Je sors mon portefeuille et rassemble l'argent que j'ai retiré. Puis je le jette sur l'assiette devant lui avant de me reculer au fond de ma chaise, culottée et parfaitement calme.

— J'aimerais qu'on me divertisse pendant quatre heures, dis-je avec aplomb.

Son verre de vin flotte entre sa bouche et la table alors qu'il fixe le tas de billets, que j'ai obtenu en piochant dans mon compte épargne ; le compte qui contenait chaque penny que ma mère m'a laissé, le compte que je n'avais jamais touché par principe. Quelle ironie que j'utilise à présent cet argent pour être... divertie. Comme prévu, j'ai provoqué une réaction, et les paroles qu'il a prononcées un jour s'affichent au premier plan dans ma tête et m'encouragent. « *Promets-moi que tu ne te dégraderas plus jamais comme ça.* » Moi ? Et lui alors ?

Il reste sans voix. Ses yeux sont rivés sur les billets, et je vois clairement sa main se mettre à trembler en l'air, le vin se ridant pour le prouver.

— C'est quoi ? demande-t-il en reposant son verre.

Je ne suis pas choquée quand je le vois repositionner le verre avant de lever ses yeux bleus outrés vers moi.

— Mille livres, dis-je sans être perturbée par sa colère évidente. Je sais que le célèbre Miller Hart demande plus, mais puisque nous avons négocié un accord pour seulement quatre heures et que tu sais déjà ce que tu vas avoir, je me suis dit que mille livres, c'était honnête.

J'attrape mon verre et bois lentement, en exagérant mes gestes lorsque j'avale et me lèche les lèvres. Ses yeux bleus sont plus grands que d'habitude. N'importe qui d'autre ne remarquerait probablement pas qu'il est sous le choc, mais je connais ses yeux, et je sais que c'est en eux qu'on lit la plupart de ses émotions.

Il prend une profonde inspiration et attrape lentement l'argent sur son assiette pour les arranger en une pile impeccable avant de tendre le bras vers mon sac pour les mettre dedans.

— Ne m'insulte pas, Olivia.

— Tu te sens insulté ?

J'éclate de rire.

— Combien d'argent t'es-tu fait en te donnant à ces femmes ?

Il se penche en avant, la mâchoire crispée. Oh, je suscite des émotions.

— Assez pour acheter un club privé, dit-il froidement. Et je ne me *donne* pas à ces femmes, Olivia. Je leur donne mon corps, rien d'autre.

Je grimace, et je sais qu'il l'a remarqué, mais l'écouter parler comme ça me retourne l'estomac.

— C'est à peine si tu m'as donné plus.

Je suis injuste. Bien sûr qu'il m'a donné autre chose que son corps, et son mouvement de recul à peine perceptible m'indique qu'il le sait lui aussi. Il est blessé par mon affirmation.

— Achète-toi une nouvelle cravate.

Je ressors l'argent et le jette de son côté de la table, choquée par ma propre rudesse, mais ses réactions m'y encouragent en alimentant mon besoin de prouver quelque chose, même si je ne suis pas entièrement sûre de connaître le but de ma froideur. Mais je ne peux pas m'arrêter. Je suis en mode automatique.

Le creux de ses joues se met à convulser.

— Et en quoi était-ce différent quand tu étais à ma place ? lâche-t-il péniblement.

J'essaie de dissimuler ma voix étranglée :

— J'avais une raison d'entrer dans ce monde. Je n'appréciais pas ces frasques. Je ne faisais pas ça pour gagner ma vie.

Il ferme brusquement la bouche et baisse brièvement les yeux sur la table avant de se lever et boutonner sa veste.

— Que t'est-il arrivé ?

— Je te l'ai déjà dit, Miller Hart. Tu es arrivé dans ma vie.

— Je n'aime pas cette personne. J'aime la fille qui…

— Alors. Tu. Aurais. Dû. Me. Laisser. Tranquille.

Je parle lentement et distinctement, arrachant encore plus de sentiments de la part de cet homme à l'apparence impassible. Il peine à se contenir. Je ne sais pas trop s'il a envie de crier ou de pleurer.

Nous sommes interrompus lorsque le serveur pose un plat d'huîtres et de glace sur la table. Il ne dit rien, ne demande pas si nous avons besoin d'autre chose. Il s'éloigne discrètement et lentement, conscient de la tension manifeste, et me laisse fixer le plat avec incrédulité.

— Des huîtres.

— Oui, bon appétit. Je m'en vais, dit-il, forçant à l'évidence son corps à se détourner de moi.

— Je suis une cliente et j'ai payé.

J'attrape un coquillage et déloge la chair avec ma fourchette.

Il se retourne lentement vers moi.

— Tu me donnes l'impression d'être dévalorisé.

Bien, me dis-je. Des costumes hors de prix et le luxe ne rendent pas les choses acceptables.

— Et pas par les autres femmes ? J'aurais dû t'acheter une Rolex ?

Je porte lentement l'huître à mes lèvres et l'avale avant de m'essuyer la bouche avec le dos de la main et de me lécher les lèvres de manière aguicheuse, les yeux rivés sur les siens.

— Ne me provoque pas, Livy.

— Baise-moi.

Quand je me penche en avant sur ma chaise, je sens un frisson étrange me traverser quand je me rends compte qu'il réfléchit intensément à ce qu'il doit faire de moi. Il n'a certainement pas pensé à ça quand il a préparé cette soirée. Je retourne son plan contre lui.

Il lui faut un certain temps pour retrouver ses esprits avant de se pencher au-dessus de la table lui aussi.

— Tu veux que je te baise ? me demande-t-il, sans être perturbé par le fait qu'il oublie ses manières de gentleman en présence d'autres personnes.

Je parviens à me contenir face à sa confiance regagnée, même si je ne prononce aucun mot.

Il se penche un peu plus, le visage sérieux, alors que toute la douleur, la colère et le choc semblent avoir disparu.

— Je t'ai posé une question. Tu sais ce que je pense du fait de devoir répéter.

Pour des raisons que je ne connaîtrais probablement jamais, je n'hésite pas.

— Oui.

Ma voix se limite à un murmure voilé et, au lieu de se débattre, mon corps passe en mode « réception sensorielle ».

Ses yeux enflammés me transpercent.

— Lève-toi.

## 25

Je me lève immédiatement et attends qu'il contourne la table. Il m'attrape alors fermement par la nuque et me pousse hors du restaurant avec empressement. Lorsque nous nous retrouvons dans l'air frais du soir, il me fait traverser la route vers un grand hôtel majestueux où je suppose que sa voiture est garée, sauf que nous n'allons pas vers le parking.

Le portier ouvre la porte vitrée que Miller me fait passer, et je me retrouve soudain entourée d'un décor traditionnel exceptionnel, avec une fontaine en pierre au centre et des canapés en cuir usé disposés un peu partout. Tout a beaucoup de caractère. C'est majestueusement classique, comme si la Reine elle-même pouvait apparaître à tout instant.

Miller lâche ma nuque.

— Attends ici, m'ordonne-t-il sèchement en approchant de la réception.

Il parle calmement à la femme de l'autre côté du grand comptoir arrondi pendant un certain temps, avant de prendre la clé qu'on lui tend. Il se retourne et penche la tête vers les escaliers, mais comme il ne me tient pas par la nuque, je me sens un peu décontenancée.

— Livy, lance-t-il sur un ton impatient qui me réveille.

Il me laisse libre tandis que nous montons les marches, la tension entre nous presque intolérable, mais je ne sais pas bien s'il s'agit de tension sexuelle ou nerveuse.

Les deux.

À présent, je suis nerveuse, alors que Miller déborde de désir sexuel. Son regard vide fixé devant lui ne montre rien, ce qui n'est pas inhabituel, sauf que là, ça me met mal à l'aise. Il est complètement fermé, et même si je frémis de désir, je ressens aussi un peu d'appréhension.

Il me rattrape par la nuque quand nous atteignons le quatrième étage, puis me guide dans un couloir somptueux jusqu'à ce qu'il insère une carte dans une porte et me pousse à l'intérieur de la chambre. Je devrais être subjuguée par le lit à baldaquins et le luxe exubérant, mais je suis trop occupée à essayer de gérer mes sens. Je suis debout au milieu de la pièce, me sentant exposée et vulnérable, alors que Miller semble calme et puissant.

Il commence à défaire sa cravate.

— Voyons ce que mille livres te permettent d'obtenir du fameux Miller Hart.

Son ton indique un détachement total.

— Déshabille-toi, ma mignonne.

Je peux percevoir du sarcasme lorsqu'il prononce ce surnom affectueux.

Je cherche partout l'insolence que j'avais tout à l'heure, mais j'ai bien du mal à la retrouver.

— Tu doutes, Livy. Les femmes que je baise ne gaspillent pas leur temps quand elles sont avec moi.

Ses paroles me déchirent le cœur, mais injectent aussi du courage et raniment ma colère. Je ne peux pas le laisser me voir flancher. C'est moi qui ai voulu cette situation, mais je ne me souviens plus pourquoi. Je raffermis mes mouvements, enlève ma robe et la laisse tomber par terre, le tissu rouge s'étalant à mes pieds.

— Pas de soutien-gorge, dit-il d'un ton songeur en enlevant sa veste et déboutonnant son gilet.

Ses yeux descendent lentement le long de mon corps sans en perdre une miette.

— Enlève ta culotte.

Il a souvent utilisé ce ton autoritaire auparavant, mais là, la pointe de douceur a complètement disparu. Je ne veux pas que cela m'excite. Je ne veux pas sentir s'intensifier les palpitations entre mes cuisses. Je ne veux pas trouver le connard vaniteux devant moi attirant. Pourtant, je ne peux empêcher mon corps de réagir face à lui. Je tremble à l'avance. Je suis vaincue d'avance. Même là.

Je fais lentement descendre ma culotte le long de mes cuisses et fais un pas de côté, avant d'enlever mes chaussures. Je suis dévêtue, et quand je reporte mes yeux sur Miller et vois qu'il est à présent torse nu, j'oublie toute répugnance, aveuglée par la beauté de son torse. Il n'y a vraiment pas de mots, mais lorsqu'il ôte lentement son pantalon et son boxer, j'en trouve un.

— Ohhhh…

Mes lèvres s'entrouvrent pour essayer de fournir de l'air à mes poumons. Il jette négligemment ses vêtements sur le côté et me fixe sous ses cils noirs pendant qu'il enfile un préservatif.

— Impressionnée ?

Je ne sais pas pourquoi il pose la question. Il n'y a rien que je n'aie pas déjà vu auparavant, mais je le trouve plus beau à chaque fois que j'y suis confrontée.

La verge parfaite de Miller, son corps parfait et son visage parfait. Tout cela crie « danger ». Et c'était déjà le cas avant. Je le savais et je le sais très bien à cet instant.

— Tu vas me forcer à reposer la question ?

Je tourne les yeux vers les siens et prononce quelques mots.

— Pas pour un sou.

Mon impertinence me choque.

Il contracte la mâchoire et commence à s'approcher avec de lentes enjambées régulières jusqu'à ce qu'il se dresse juste devant moi et que je sente son souffle.

— Voyons voir ce que l'on peut faire pour y remédier.

Je n'ai pas le temps de répondre. Il me pousse vers le lit jusqu'à ce que l'arrière de mes cuisses le touche et que je ne puisse aller plus loin.

Je meurs d'envie de le sentir, alors je lève les mains et passe mes doigts dans ses cheveux, ébouriffant ses vagues noires avec des caresses circulaires.

— Enlève tes mains de moi, grogne-t-il.

Je ne peux pas cacher mon choc en entendant son ordre sévère, et mes mains tombent instantanément sur mes côtés.

— Tu n'as pas le droit de me toucher, Livy.

Il saisit mon téton entre son pouce et son index et le presse fortement.

Je siffle de douleur et crie, mais la vague de souffrance me surprend et descend dans mon entrejambe pour se mélanger au plaisir. Ce cocktail de sensations est grisant, et je ne sais absolument pas comment gérer ça.

— Je vais te rendre folle, déclare-t-il en faisant apparaître une ceinture de derrière son dos.

La vue du cuir marron me fait écarquiller les yeux et les plonger dans les siens, où je trouve une pointe d'incertitude. Il n'est pas sûr de lui ; je le vois.

— Tu vas me faire mal ?

La crainte qu'il utilise cette ceinture sur moi s'empare de moi.

— Je ne fais pas mal aux femmes, Olivia. Lève tes mains vers la barre.

Je lève les yeux et vois une barre en bois marron qui s'étend d'une colonne à l'autre, et, soulagée que ses intentions semblent être différentes de ce à quoi je pensais, je lève les bras de mon plein gré. Mais je ne l'atteins pas.

— Je ne peux pas…

— Monte sur le lit.

Il est brusque, impatient.

Grimper sur le matelas mou est une épreuve, mais je finis par réussir à me stabiliser, sans qu'il ne me propose aucune aide, puis il plaque mes poignets contre la barre.

Il va m'attacher, me dominer, et bien que ce soit une option plus attirante que l'idée d'être fouettée, elle ne m'enchante pas entièrement. Je pensais qu'il allait me baiser. Je ne m'attendais pas à ce qu'il introduise du bondage, et il est clair que je pensais pouvoir le toucher.

Sa grande taille lui permet d'atteindre la barre facilement, et il se met à entrelacer le cuir entre mes poignets et autour de la barre avec aisance et assurance. Il l'a déjà fait.

— Arrête de gigoter, aboie-t-il alors que je me tortille, le cuir me blessant les poignets.

— Miller, ça…

— Tu abandonnes ?

Il lève les sourcils comme s'il me défiait, un air victorieux dans ses yeux bleus. Il croit que je vais abandonner. Il croit que je vais lui demander d'arrêter.

Il se trompe.

— Non.

Je lève la tête avec assurance, ma certitude se renforçant alors que sa suffisance disparaît.

— Comme tu veux.

Il tire mes jambes hors du lit et je me retrouve suspendue ; le cuir se resserre alors instantanément et me coupe les poignets.

— Tiens-toi à la barre pour soulager la pression.

Je parviens à suivre son ordre et ferme mes doigts autour de la barre. Cela allège la coupure du cuir dans ma chair et me met un peu plus à l'aise, mais pas les paroles sévères de Miller ni son visage dur. Jusqu'ici, il m'a toujours fait l'amour. Il m'a toujours honorée. Je vois clairement que je n'aurai ni l'un ni l'autre cette fois.

Il commence à promener ses yeux sur mon corps nu et suspendu pour décider par où commencer, puis après avoir fixé mon entrejambe pendant un moment, il place sa main sur ma cuisse et se met à remonter jusqu'à frotter légèrement mon clitoris. Je prends une longue inspiration et la retiens. Son geste est plutôt tendre, mais je n'ai aucune illusion sur le fait que je ne serai pas honorée.

— J'ai des règles, dit-il lentement en enfonçant son doigt en moi ce qui m'oblige à expulser tout l'air de mes poumons. Tu ne me touches pas.

Il retire ses doigts et les essuie sur ma lèvre inférieure en étalant mon humidité partout avant de se pencher aussi près que possible.

— Et je n'embrasse pas.

J'intègre son regard et ses paroles durs. Mes mains entravées m'empêchent de le toucher, mais ses lèvres sont tout près, alors je me penche en avant pour essayer de les capturer. Il recule en secouant la tête et enroule ses mains autour du haut de mes cuisses avant de les attraper violemment pour soulever mon corps. Comme un homme possédé, il me tire sur lui avec un cri guttural et m'empale pleinement, sans délicatesse ni mots doux pour accompagner sa pénétration. Choquée par son geste sans pitié, je crie et mes jambes s'accrochent faiblement autour de ses hanches, mais il ne me laisse pas le temps de m'habituer. Il soulève mon corps et me tire à nouveau contre lui. Il est absolument impitoyable. Il adopte un rythme atrocement rapide et brutal, me pilonnant sans répit, encore et encore, criant et gémissant à chaque coup. Ma tête tombe mollement, mes cris sont graves et mon corps sous le choc. C'est doulou-reux, mais tandis qu'il me pilonne, la gêne apparaît et le plaisir s'éloigne, projetant mon esprit délirant vers la détresse.

Je tire sur mes poignets pour essayer en vain de me libérer. Il faut que je le sente, mais il m'ignore, alors qu'il renforce sa prise et que ses hanches me frappent plus fort.

— Miller !

— La ferme, Livy ! crie-t-il en assortissant son ordre froid d'un coup puissant de son corps dans le mien.

Je force chaque muscle inerte de mon cou à soute-nir ma tête molle pour la relever et voir des yeux bleu clair tout à fait résolus. Il semble fou et complètement détaché, comme si son esprit n'était pas là et que son corps agissait par instinct. Il n'y a rien dans ses yeux. Je n'aime pas ça.

— Embrasse-moi !

Je hurle pour faire émerger ses sentiments qui sont là, je le sais. C'est insupportable, et pas à cause de ses pénétrations impitoyables, mais parce qu'il n'y a pas cette connexion qui existe habituellement entre nous. Elle a complètement disparu, et j'en ai besoin, surtout alors qu'il me prend de manière si agressive.

— Embrasse-moi !

Je crie sur son visage cette fois, mais il se contente de serrer plus fort mes cuisses et me pilonner plus violemment, la sueur coulant sur son visage. Je n'ai plus aucun plaisir. Cela ne me procure plus rien, sauf la douleur qui revient, mais en plus d'avoir mal physiquement, j'ai mal émotionnellement maintenant. Je ne tiens plus la barre au-dessus de moi, ce qui laisse la ceinture en cuir me trancher la peau, et les mains de Miller à l'arrière de mes cuisses me pincent la chair. Mais c'est mon cœur qui est le plus douloureux. Je ne ressens pas ce bonheur extrême et agréable ni ce sentiment de sécurité auquel je suis habituée, et son refus de me laisser l'embrasser m'achève. Il sait exactement ce qu'il fait. Et c'est moi qui le lui ai demandé.

Mes yeux se ferment et je rejette la tête en arrière, ne voulant plus voir son visage. Je ne le reconnais pas. Ce n'est pas l'homme dont je suis tombée amoureuse, mais je ne mets pas fin à tout ça parce que, d'une certaine façon, cela me permettra de me débarrasser de Miller Hart, et le fait qu'il ne me réprimande pas de le priver de mon visage ne fait qu'attiser ma douleur. Soudain, je ne peux plus penser qu'aux raisons qui m'ont poussée à prendre cette stupide décision, alors que je fais abstraction de tout et accepte sa brutalité. Je pense à tous les mots d'amour qu'il m'a dits, tous les gestes tendres qu'il m'a accordés.

*« Je ne ferai jamais rien de moins que t'honorer. Je ne serai jamais un coup alcoolisé, Olivia. À chaque fois que je te prendrai, tu t'en souviendras. Chacun de ces moments sera gravé dans ta jolie tête pour toujours. Chaque baiser. Chaque caresse. Chaque mot. »*

Le grondement de Miller me ramène directement dans un endroit froid et peu accueillant, malgré la chaleur et le luxe de l'environnement. Et quelque chose d'étrange arrive : quelque chose que je ne maîtrise pas. Je suis sous le choc, mon corps prend le contrôle de mon esprit tout seul et répond à ses attaques vicieuses. Je jouis. Mais cela passe sans aucune trace de plaisir. Je suis attaquée par une dernière volée de coups avant qu'il me soulève légèrement pour renforcer sa prise, puis finisse par un beuglement perçant qui résonne dans la chambre. Il reste en moi et rejette la tête en arrière, sa poitrine gonflant à un rythme fou et de la sueur coulant le long de son cou. Je suis engourdie. Je ne sens pas la douleur du cuir ou l'agonie de mon cœur.

*« On devrait condamner à mort tout homme qui a osé te faire autre chose que t'honorer ! »*

Il enlève mes jambes de sa taille et se retire de moi rapidement, mais il ne commence pas par me détacher. Il s'éloigne de moi en jurant à voix basse et va dans la salle de bains en faisant claquer la porte brutalement derrière lui.

Quand je me mets alors à pleurer, cette débâcle compense toutes les émotions qui ont manqué à ce rapport sexuel. Ma tête tombe lâchement, le menton contre le torse, et je ne trouve même pas la force de soulager la douleur dans mes poignets en remontant sur le lit. Je reste juste suspendue sans vie, mon corps agité par mes sanglots.

Détruit.

Vide.

J'entends la porte s'ouvrir, mais je garde la tête baissée. Je ne peux pas le regarder ni le laisser voir que j'ai craqué. Je l'ai provoqué, repoussé dans ses retranchements. Il m'avait caché cet homme. Il a lutté pour garder le contrôle pendant tout ce temps.

— Merde ! rugit-il.

Je lève alors ma tête lourde pour voir son visage dirigé vers le plafond. Ses traits sont déformés… bouleversés. Il pousse un autre beuglement perçant et se retourne pour cogner du poing la porte de la salle de bains qui vole en éclats par terre.

Un sanglot retenu m'échappe et mon menton retombe contre ma poitrine.

— Livy ?

Sa voix est plus douce, mais ne soulage pas mon état misérable alors que je sens ses mains s'agiter autour de mes poignets. Il passe une main autour de ma taille pour me soutenir tandis qu'il dénoue la ceinture, et je siffle de douleur quand mes bras tombent inertes le long de mon corps.

— Livy, tu as lâché cette putain de barre !

Il m'assied sur le bord du lit et s'agenouille par terre devant moi, avant de pousser mes cheveux pour pouvoir me voir. Je lève les yeux pour croiser les siens. Mon visage est trempé de larmes et Miller n'est qu'une forme indistincte à travers mes yeux embués, mais l'horreur sur son visage est évidente, même avec ma vue déformée.

Il m'attrape les poignets, porte mes mains à sa bouche et les embrasse à plusieurs reprises, mais je tressaillis car la douleur brûle ma chair à son contact, son visage s'assombrit encore un peu plus. Il saisit alors mes avant-bras et étudie silencieusement les traces jusqu'à ce que je retire mes bras et me lève sur mes jambes tremblantes.

— Livy ?

J'ignore l'angoisse dans sa voix et ramasse ma culotte avant de l'enfiler aussi vite que mes jambes flageolantes me le permettent.

— Livy, qu'est-ce que tu fais ? me demande-t-il en se mettant devant moi pour apparaître dans mon champ de vision.

Quand je lève les yeux, je vois la panique et le doute.

— Je m'en vais.

— Non.

Il secoue la tête et pose les mains sur ma taille.

— Ne me touche pas !

Je fais un bond en arrière pour lui échapper. Je ne peux pas le supporter.

— Oh mon Dieu, non !

Il ramasse ma robe par terre et la cache derrière son dos.

— Tu ne peux pas partir.

Il se trompe. Pour une fois, je n'aurai aucune difficulté à m'éloigner de lui.

— Je peux avoir ma robe ?

— Non !

Il la jette de l'autre côté de la chambre et attrape à nouveau ma taille.

— Livy, cet homme, ce n'est pas moi.

— Lâche-moi !

Je me dégage de son emprise et me dirige vers l'endroit où ma robe a atterri, mais il y arrive avant moi.

— S'il te plaît, donne-moi ma robe.

— Non, Livy. Je ne te laisserai pas partir.

— Je ne veux plus jamais te revoir !

Quand je lui crie au visage, il se fige.

— Je t'en prie, ne dis pas ça, me supplie-t-il alors que j'essaie de récupérer ma robe. Livy, je ne laisserai pas ça être ton dernier souvenir de moi.

Je lui arrache ma robe des mains, récupère mon sac et mes chaussures à talons et sors de la chambre à moitié nue, laissant Miller en train de lutter pour mettre son boxer. J'ai la tête qui tourne et mon corps tremble alors que je fonce dans l'ascenseur et enfonce tous les boutons que je vois avec mon poing, ne prenant pas le temps de trouver celui dont j'ai besoin.

— Livy !

Le bruit de ses pas lourds s'approche dans le couloir de l'hôtel alors que je continue de presser les boutons.

— Allez ! Ferme-toi !

— Livy, je t'en prie !

Je m'écroule contre le mur du fond quand les portes commencent à se clore, mais elles ne se ferment pas complètement. Le bras de Miller apparaît et les force à se rouvrir.

— Non ! dis-je en me réfugiant dans un coin de l'ascenseur.

Il halète, transpire, la panique évidente sur son visage parfait et habituellement impassible.

— Olivia, s'il te plaît, sors de cet ascenseur.

Je m'attends à ce qu'il entre et m'attrape, mais non. Il reste sur le seuil, en jurant et forçant les portes à se rouvrir à chaque fois qu'elles essaient de se fermer.

— Livy, sors.

— Non.

Je secoue la tête en serrant mes affaires contre ma poitrine.

Il tend le bras, mais il reste encore au moins soixante centimètres entre sa main et moi.

— Donne-moi ta main.

Pourquoi n'entre-t-il pas pour me faire sortir ? Il a l'air terrifié, et je commence à réaliser que ce n'est pas seulement parce que je m'enfuis.

Il a peur d'autre chose. Je réalise alors, en revoyant un nombre incalculable de flash-backs où il me portait dans des escaliers interminables. Il a peur des ascenseurs.

Il observe attentivement l'intérieur de la cabine jusqu'à ce que ses yeux tombent lentement sur les miens.

— Livy, je t'en supplie. S'il te plaît, donne-moi ta main.

Il me tend à nouveau la main, mais je suis trop abasourdie pour la prendre. Il est véritablement pétrifié.

— Livy !

— Non, dis-je calmement, en appuyant de nouveau sur les boutons. Je ne sortirai pas.

Mes yeux embués laissent sortir les torrents de larmes qui commencent à couler sur mes joues.

Il abandonne et passe ses mains dans ses cheveux noirs.

Les portes recommencent à se fermer.

Et cette fois, il ne les arrête pas.

Nous nous fixons le temps bref qu'il leur faut pour se rejoindre, et la dernière image de Miller Hart que je vois est celle à laquelle je m'attendais. Un visage sérieux. Qui n'affiche rien pour m'indiquer à quoi il pense. Mais je n'ai plus besoin qu'il l'exprime pour savoir ce qu'il ressent.

Je fixe la porte en silence, l'esprit inondé par tant de pensées, mais le carillon de l'ascenseur me fait sursauter et les portes commencent à s'ouvrir. Ce n'est qu'à cet instant que je réalise que je suis en sous-vêtements, ma robe, mes chaussures et mon sac toujours serrés contre ma poitrine.

Je me dépêche de m'habiller alors qu'un couloir apparaît, soulagée que personne n'attende l'arrivée de l'ascenseur. Puis je m'arrête à chaque étage en descendant jusqu'à ce que les portes s'ouvrent sur le hall d'entrée. Mon cœur blessé marche à plein régime, battant contre ma cage thoracique tandis que je me précipite hors de la cabine pour fuir désespérément cet hôtel. Des images de Miller escortant de nombreuses femmes dans ces lieux s'emparent de mon esprit et la réceptionniste croise mon regard alors que je passe devant elle.

Elle connaît Miller, elle connaissait la marche à suivre quand elle lui a tendu la clé d'une chambre sans poser de questions ni demander de paiement. Et maintenant, elle m'observe avec un regard entendu. Ça m'est insupportable.

Je perds l'équilibre et atterris sur les genoux, laissant tomber mon sac et envoyant sur le sol un beau porte-documents en cuir. La douleur remonte dans mes bras lorsque mes mains frappent le marbre pour empêcher ma tête de cogner la surface dure, alors que je ne peux plus retenir mes larmes à présent. J'entends des gens sous le choc qui retiennent leur souffle tandis que je fixe le sol moucheté. Puis le silence. Tout le monde me regarde.

— Tout va bien, mon chou ?

Une grosse main apparaît dans mon champ de vision lorsque cette voix grave et granuleuse attire mon regard vers la forme accroupie devant moi. Je découvre un homme mature dans un costume de qualité.

Je suffoque.

Il a un mouvement de recul.

Je m'efforce de me redresser et retombe en arrière, atterrissant sur mes fesses. Mon rythme cardiaque s'emballe. Nous nous fixons.

— Olivia ?

Je ramasse mon sac et lutte pour me lever, ne sachant pas combien d'autres chocs je vais pouvoir encaisser. Cela fait seulement sept ans, mais ses tempes poivre et sel sont devenues complètement grises, tout comme le reste de ses cheveux. Il est choqué de me voir, lui aussi, mais son visage exprime toujours cette douceur et ses yeux gris brillent.

— William.

Son nom sort de ma bouche dans un souffle.

Son grand corps se redresse tandis que ses yeux parcourent mon visage.

— Qu'est-ce que tu fais ici ?

— Je…

— Olivia !

Je me retourne et découvre Miller qui arrive en courant des escaliers en se débattant avec sa veste de costume. Il est ébouriffé et débraillé, à l'opposé de mon Miller tatillon et élégant habituel. Le hall est silencieux : tout le monde regarde la fille qui vient juste de se prendre une gamelle et maintenant le type qui a dévalé les escaliers en s'habillant. Il atteint le bas et s'arrête net, son regard projeté par-dessus mon épaule, les yeux écarquillés. Cela m'incite à me retourner lentement jusqu'à ce que je voie que William le fixe aussi intensément. Les deux hommes marquent un temps d'arrêt et je suis au milieu.

Ils se connaissent.

Mon petit monde ordinaire a été mis sens dessus dessous et vient juste d'exploser. Je dois m'enfuir. Mes jambes s'activent et je laisse derrière moi les deux seuls hommes que j'aie jamais aimés.

William est un fantôme pour moi et devrait le rester.

Mais Miller est celui qui fait battre le cœur dans ma poitrine.

Chaque fois que mes pieds touchent le sol une image de lui surgit. Chaque inspiration attise un souvenir de ses paroles. Chaque battement de mon cœur me rappelle douloureusement l'absence de ses caresses. Mais il n'y a rien de pire que l'empreinte de son magnifique visage dans mon esprit alors que je m'éloigne en courant.

Que je le fuis.

Que je me cache de lui.

Que je me protège de lui.

C'est indéniable : c'est la bonne chose à faire. Tout indique que je suis sage… ma tête, mon corps… tout.

Sauf mon cœur brisé.

# Remerciements

La dernière fois que j'ai rédigé des remerciements, c'était il y a un an, pour *This Man Confessed*, le dernier tome de ma trilogie This Man, et je me souviens d'avoir ressenti beaucoup de pression pour donner à l'histoire de Jesse et Ava une fin explosive mais satisfaisante. Mais autre chose me taraudait…

Qu'est-ce que j'allais bien pouvoir écrire ensuite ? *Une nuit* m'est apparu brusquement. Livy et M étaient nés, et alors que j'écrivais leur histoire, le mélange d'excitation et d'inquiétude m'a bouleversée. Jesse « The Lord » Ward était un sacré défi à relever, pourtant, tandis que ma nouvelle histoire progressait, je ne pouvais m'empêcher de penser que j'aurais pu égaler toutes les qualités que je m'étais efforcée d'obtenir dans *This Man*. Puis mon agent, Andrea Barzvi, a lu le premier livre et reflété mes pensées, suivi par Beth Guzman de Grand Central Publishing et Genevieve Pegg d'Orion Books.

L'engouement pour ma nouvelle histoire a alors commencé.

Un grand merci à mon merveilleux avocat, Matthew Savare, qui représente un soutien constant dans ce nouvel environnement. Il insiste pour que je ne l'apprécie pas. Tous les clients détestent leur avocat. Je vous aime trop pour ne pas vous apprécier !

À mon fabuleux agent, Andrea Barzvi d'Empire Literary : vous avez fait bien plus que votre devoir dans une relation agent/client. Je suis si reconnaissante pour tout ce que vous faites, professionnellement, mais aussi sur tant d'autres niveaux.

Beth de Guzman, Leah Hultenschmidt, et la surprenante équipe de Grand Central Publishing, je suis si heureuse d'avoir pu faire ça une nouvelle fois avec vous ! Merci pour votre foi en mon travail et de me soutenir dans cette nouvelle aventure.

À Genevieve Pegg, Laura Gerrard, et toutes les personnes merveilleuses d'Orion Books. J'adore faire partie d'une maison d'édition britannique aussi attentive et accommodante. Cul sec !

Je pourrais continuer sur des pages. J'ai la chance d'avoir une équipe formidable qui travaille avec moi, ici en Grande-Bretagne et de l'autre côté de l'Atlantique, et chaque personne a une valeur inestimable pour moi. Chacune d'entre elle.

Mais il y a des mercis plus importants, ils vont à ma mère et ma sœur. Maman a interrompu sa retraite pour gérer JEM, et ma sœur a abandonné son boulot et s'est attelée à l'organisation de ma vie chaotique. Je tiens beaucoup à nos réunions du lundi matin au « QG de JEM », et je tiens beaucoup à vous deux. Merci de participer et soutenir ma nouvelle carrière.

Et un merci plus grand encore à mon père : un type normal qui a lâché les trois femmes de sa vie dans le grand monde en leur offrant son soutien et sa bénédiction. Vous n'avez qu'à demander à n'importe qui et ils vous diront que c'est l'un des hommes les plus gentils qui existent. Ils ont raison. Big Pat est comme ça et il n'y a que deux personnes sur Terre qui ont la chance de l'appeler « papa ». Je suis reconnaissante chaque jour d'être l'une de ces deux personnes.

J'ai créé un autre monde de passion féroce, d'intensité aveuglante et d'amour dévorant. Il m'a fait pleurer, rire et crier. Je l'aime autant que *This Man*. J'espère que vous aussi, vous l'adorerez.

Jodi

xxx

Composition et mise en pages réalisées
par IND - 39100 Brevans

Achevé d'imprimer par GGP Media GmbH, Pößneck
en juin 2016
pour le compte de France Loisirs,
Paris

N° d'éditeur : 85461
Dépôt légal : avril 2016
Imprimé en Allemagne